國家社科基金重大委托項目“《子海》整理與研究”成果

山東省社科規劃重大委托項目成果

子海精華編

主編 王承略 聶濟冬

管城碩記

［清］徐文靖 撰 王其和 點校

山東人民出版社·濟南

國家一級出版社 全國百佳圖書出版單位

圖書在版編目（CIP）數據

管城碩記／（清）徐文靖撰；王其和點校.--濟南：山東人民出版社，2018.2（2020.1 重印）
（子海精華編/王承略，聶濟冬主編）
ISBN 978-7-209-11174-4

Ⅰ.①管… Ⅱ.①徐… ②王… Ⅲ.①筆記小說—中國—清代 Ⅳ.①I242.1

中國版本圖書館 CIP 數據核字(2017)第 300846 號

責任編輯：孫　姣　劉嬌嬌　李　濤
封面設計：武　斌

管城碩記
GUANCHENGSHUOJI
［清］徐文靖 撰　王其和 點校

主管單位　山東出版傳媒股份有限公司
出版發行　山東人民出版社
出 版 人　胡長青
社　　址　濟南市英雄山路 165 號
郵　　編　250002
電　　話　總編室（0531）82098914
　　　　　市場部（0531）82098027
網　　址　http://www.sd-book.com.cn
印　　裝　陽谷毕昇印務有限公司
經　　銷　新華書店

規　　格　32 開（148mm×210mm）
印　　張　18
字　　數　350 千字
版　　次　2018 年 2 月第 1 版
印　　次　2020 年 1 月第 2 次
ISBN 978-7-209-11174-4
定　　價　96.00 圓

國家社科基金重大委托項目"《子海》整理與研究"成果之一

《子海精華編》

審稿專家：周立昇　鄭慶篤　王洲明　吴慶峰　林開甲　張崇琛
徐有富　鄭傑文　唐子恒　晁岳佩

執行主編：王承略　聶濟冬

執行編纂（按姓氏筆畫排列）：
王成厚　王　娜　尹思琦　曲娟娟　李　兵　宋恩來
苗　露　柏　雲　柳湘瑜　張雨霏　賈　兵　蘇運蕾

編　　務：張　櫻　劉　端　孫紅苑　沈　虎

本書審稿專家：唐子恒

《子海精華編》出版説明

"子海",即"子書淵海"的簡稱。"《子海》整理與研究"課題係國家社科基金重大委托項目、山東省社科規劃重大委托項目。該課題分《珍本編》《精華編》《研究編》《翻譯編》四個版塊,力圖把子部珍稀文獻、精華文獻進行深層次的整理、研究和譯介,挖掘子部文獻的價值,促進子學研究的發展。

山東大學向來以文史見長。古籍整理與子學研究,是其中的傳統研究方向。"《子海》整理與研究",是在山東大學前輩學者高亨先生積三十年之力陸續做成的《先秦諸子研究文獻目録》的基础上,由已故著名古籍整理與研究專家董治安先生參與策劃、設計的大型綜合研究課題。課題立項後,得到了中宣部、教育部、財政部、山東省政府和山東大學的大力支持,學界同仁踴躍參與。《精華編》的整理研究團隊近兩百人,來自海内外四十八所高校和研究機構。在組織管理上,《精華編》努力探索傳統文化研究協同創新的新體制、新機制,現已呈現出活力和實效。

華夏文明是由多元文化構築而成的。中國古代子部典籍,以歷代士人個性化作品的形式,系統性地展示了華夏民族的世界觀和方法論,立體性地反映了中華民族對世界文明發展的貢獻。其中,無論是宏篇大論,還是叢殘小語,都激蕩着歷史的聲音,閃爍着智慧的光芒,構成中國古代思想、藝術、科技和生活方式的主體内容。《精華編》通過對子部最優秀的典籍的整理,一方面擷英取粹,爲華夏文明的傳播提供可靠的資源和文本;另一方面以古鑒今,爲當下社會的發展提供智力支持和精神支撑。并希望進而梳理中華傳統文化的多元結構,繼承中華優秀傳統文化的一貫文脈。

根據漢代以後子學發展和子部典籍的實際情況,參照官私目録的分類與著録,《精華編》選取先秦諸子、儒學、兵家、法家、農家、醫家、曆算、術數、藝術、雜家、小説家、譜録、釋道、類書等十四個類目的要籍幾百種,編爲目録,作爲整理的依據,而在成果展現上則不出現具體的類目。爲統一體例,便於工作,《精華編》編有詳細的《整理細則》,并有簡明的《整理要則》,供整理者遵循使用。

《精華編》整理原則是,對每種子書的整理,突出學術性、資料性和創新性,力求吸納已有的整理成果,推出更具參考價值、更方便閱讀的整理文本。所采用的整理方式,大體有三種:一、部頭較大且前人未曾整理者,采用標點、校勘的方式整理;二、前人曾經標點、校勘者,或采用抽换更好或别具學術特色底本的方式整理,或采用集校、集注的方式整理,或采用校箋、疏證的方式整理，或綜合使用以上方式；三、前人已有較好的注本者，則采用集注、彙評、補正等方式整理。

《精華編》采用五次校審、遞進推動的管理程式，即：一、初校全稿。子海編纂中心組織碩、博研究生，修改文稿錯别字，規範異體字，調整格式，發現并標明校點中的不妥之處。二、初審文稿。子海編纂中心的編纂人員根據情況，解決初校時發現的問題，并判斷書稿的整體質量。三、匿名評審。聘請資深教授通審全稿，全面進行學術把關，消滅硬傷，寫出審稿意見。四、修改文稿。子海編纂中心及時把專家審稿意見反饋給整理者。整理者根據審稿意見修改，做出新文稿。五、終審文稿。待新文稿返回子海編纂中心後，總編纂做最後的學術質量把關。五步程序完成後，將文稿交付出版社。

五次校審的目的是爲了保證學術質量，提高整理水平，減少錯訛硬傷。但校書如掃塵埃落葉，隨掃隨有，《精華編》雖經多道程序嚴加把關，仍難免有錯，懇請方家不吝指教。子海編纂中心將及時總結經驗，吸取教訓，把工作做得更好，以實現課題設計的初衷。

目　録

整理説明

徐文靖（1667—1756），字位山（一説號位山），一字容尊，安徽當塗人，清代初期著名學者。他少年勤苦，承家教博覽經史，“務古學，無所不窺”。但徐文靖的仕途並不順利，雍正元年（1723）才參加江南鄉試，中舉人，時年五十七歲。考官黄叔琳稱他與任啟運、陳祖範爲“三不朽士”。乾隆元年(1736)，舉博學鴻詞，但因錯過試期而未能應試。後侍讀學士張鵬翀推薦其所著《山河兩戒考》《管城碩記》進呈，授國子監學政。八十六歲入萬壽恩科會試，以老壽賜翰林檢討。後病卒，年九十餘。徐文靖一生著作宏富，尤喜尋究輿圖方志，著有《皇極經世考》三卷、《周易經言拾遺》十四卷、《禹貢會箋》十二卷、《竹書統箋》十二卷、《管城碩記》三十卷、《山河兩戒考》十四卷、《天文考異》一卷、《位山詩賦全集》二卷等。

《管城碩記》是徐氏整理的歷年讀書筆記，是其代表作。對於此書的寫作緣由，徐氏在《自序》中云：“余株守一經，不能盡蓄天下之書，羅古今之富，凡耳目所經涉者，不過數千卷書耳。而姿稟愚鈍，又不能博聞强記，積貯逾時，縱窮年繙閱，掩卷輒忘。回憶平生，枵腹如故。不得已而托之管城子①，假以記室，凡經傳、子史、騷賦、雜集，遇有疑信相參、先後互異者，則速爲濡毫摛翰，類聚部分，寸積銖累，裒爲一集，凡三十卷。”

《管城碩記》共計三十卷，一千二百九十三則，涉及《周易》《尚書》《詩經》《春秋》《禮記》《楚辭》、史類、《正字通》、詩賦、《天文考異》《楊升庵集》《通雅》等，考訂經典，駁難傳統注疏，旁及子史雜説，材料宏富，立論有據，堪稱一家之言。全書的基本體例在書前《凡例》亦有説明：“每一則以前人之言爲客，復加按字以相駁難。”如《周易》主要駁難朱熹的《周易本義》；《尚書》以孔傳爲主，而蔡傳訛誤頗多，徐氏多加駁正；《詩經》以小序爲準，而對朱熹《詩集傳》所言加以批評補正；等等。《四庫全書總目提要》評價此書云：“自經史以至詩文，辨析考證。每條以所引原書爲綱而各繫以論辨，略似《學林就正》之體，而考訂加詳，大致與箋疏相近。……要其推原《詩》《禮》諸經之論，旁及子史説部，語必求當，亦可謂博而勤矣。”《全謝山先生經史問答》對此書亦評價甚高，云：“檢討所著《管城碩記》最精博有考據。”②

《管城碩記》目前的主要版本有乾隆九年刻本、文淵閣《四庫全書》本、《徐位山先生著作六種》本、光緒二年刻本等。臺灣商務印書館影印出版了文淵閣《四庫全書》，1992 年上海古籍出版社“四庫筆記小説叢書”《管城碩記（外二種）》

① 韓愈《毛穎傳》：“秦皇帝使恬賜之湯沐，而封諸管城，號管城子。”后以“管城子”爲筆的代稱。

② 《全謝山先生經史問答》卷一，《四部叢刊》本。

亦據《四庫全書》本影印。1998 年中華書局出版了范祥雍先生以光緒本爲底本的《管城碩記》點校本，繁體豎排，這是目前第一部標點本，有功學林，但此書在點校方面也存在一些問題。本次整理，我們選用了文淵閣《四庫全書》本爲底本，參校了其他幾種本子，吸收了范本點校的優點，同時也對其中的點校不足之處加以改正。

點校過程中，書中所引文獻盡可能核對原文，對於誤文、衍文和脱文等加以改正，出校記；不影響文意的異文不改原文，出校記；對原文中出現的因避諱改字之處，首次出現時改正，出校記説明，以後相同情況則徑改，不再出校記。

由於水平所限，錯誤缺漏之處在所難免，敬請方家批評指正。

點校者

2015 年 9 月

自　序[①]

余株守一經，不能盡蓄天下之書，羅古今之富，凡耳目所經涉者，不過數千卷書耳。而姿稟愚鈍，又不能博聞強記，積貯逾時，縱窮年繙閲，掩卷輒忘。回憶平生，枵腹如故。不得已而托之管城子，假以記室，凡經傳、子史、騷賦、雜集，遇有疑信相參、先後互異者，則速爲濡毫摛翰，類聚部分，寸積銖累，裒爲一集，凡三十卷。

其於《易》也，遠稽乎子夏，旁攬乎康成、輔嗣以及程傳。其於《書》也，兼采乎古文、今文，暨日記、裨傳，以糾正蔡氏之訛。其於《詩》也，仍宗《毛序》，悉有證據，所與朱傳契合者，惟數十篇。《春秋》以《左氏》爲主，《公》《穀》附之。胡康侯以夏時冠周月，開卷差謬，餘亦可知。《三禮》以《周禮》爲經，《儀禮》爲緯，而《禮記》則二禮之傳注。《楚辭》爲《詩》之變體，故次於經。而逸注淺陋，如"該秉朴牛"之類，貽誤千載，莫究其非。史學、字學、詩賦、雜集，其有抄録箋注沿襲承訛者，一皆參伍折衷，悉記其有可信無可疑。

夫天地之大，載籍之繁，訛誤頻仍，不可殫述，余亦頗擇其善者識其大者而已。周公《釋詁》曰："碩，大也。"《小

---

① 四庫本無此序，今據光緒二年刻本補之。

雅》曰："蛇蛇碩言，出自口矣。"朱子謂："善言之出於口，宜矣。"是善且大兼賅者，無過於碩。郭弘農叙述《方言》，品爲碩記，意亦有見於此乎！顧《方言》者，一方之言也。拘於一方而不能相通，如宋、齊之間之所謂碩，而他或以爲嘏、爲介、爲夏、爲京者，此類是也。

以姿稟愚鈍之人，目不睹古今之富，而妄欲擇其善者，識其大者，是亦方隅之見而已矣。爰遂名之曰"碩記"，而又不敢没管城之勞，因并弁之於首云。

時乾隆九年，歲在甲子，孟春上元日，當塗徐文靖位山自識。

凡　例[1]

一、《碩記》凡三十卷，卷數十則，意主於考訂訛誤。每一則以前人之言爲客，復加按字以相爲駁難。或所援引者甚多，則又加按字、據字，不厭其複，總以考證明確者爲主。

一、《易》爲《五經》之源，冠於卷首。如以《文言》爲文王之言，本之梁武帝。蓋穆姜筮往東宫在襄公九年之前，是時孔子猶未生，而已有"元體之長，亨嘉之會，至貞固足以幹事"等語，是也。又如"小人勿用"，乃是大君命戒之辭，"飲食宴樂"，乃敬饗不速之客，於理爲優。

一、《書》以孔《傳》爲主。蔡仲默《書傳》訛舛頗多，如"泗濱浮磬"，舊皆云"浮生土中"。據《春秋左氏·隱八年》"盟于浮來"，浮蓋山名，産此磬石。又《武成》一書，舊以篇中有"武成"二字，遂以名篇。據《竹書》武王十二年辛卯，率諸侯伐殷。夏四月歸于豐，饗于太廟，作《大武樂》。《樂記》夫子語賓牟賈曰："夫《武》者[2]，象成者也。"是"武成"謂《大武》之樂告成于廟也，故以名篇。

一、《詩》以《小序》爲準，而朱子詆之太甚，過矣。余鄉陶忠憲公安《讀毛詩》詩云："古韻自諧何用叶，《序》文

---

① 四庫本無此凡例，今據光緒二年刻本補之。

② "武"，《禮記·樂記》作"樂"。

有受未全非。考亭理趣明如日，獨此時時與願違。”數語檃括殆盡。

一、《春秋》三傳惟左氏身事夫子，造膝親授。劉子政《别録》：左丘明授曾申，申授吴起，起授其子期，期授楚人鐸椒，椒作《抄撮》八卷，授虞卿，虞作《抄撮》九卷，授荀卿，荀授張蒼。其源流遠有端緒者也。若公羊高、穀梁赤雖受經於子夏，傳聞之不如親見，審矣。

一、三禮以《周禮》爲大綱，《儀禮》爲節目。《周禮》，周公攝政時所作，官制與《尚書》周官不同，當是未成之書，猶未較若畫一也。《儀禮》如後世所謂“儀注”，其初蓋三千餘條，後多亡失。《禮記》雜出於漢儒，不過二禮之義疏，近世專用以取士，考禮者猶或惜之。

一、《楚辭》，古詩之變體也，故次於經後，有王逸注、洪興祖《補注》、朱子《集注》。如樸牛，地名，見《山海經》，注以爲大牛；卷葹爲惡草，見《郡國志》，注以爲卷葹；《承雲》，帝顓頊樂，見《竹書紀年》，注以爲無考。如此類者，指不勝屈。

一、史類論斷不一，諸儒所置座右者，無過涑水之《通鑑》、紫陽之《綱目》。其他如歷朝專史，鮮有披讀再四者。今遇有可疑，必繙閲原傳、原志，不敢附和前人。

一、字學訛誤相仍，不可勝記。如《尚書》“鳥獸毴毨”，見《周禮·司裘》注下，毴音毛。今字書皆音冗。《春秋》“戰于升陘”，見僖公二十二年經注。今字書謂《傳》有“井陘”，無“升陘”。幾侯張路、武安侯劉愋，見《前漢書》。今字書云“並無是人”。如此類者，何以爲初學指南？

一、天文淩雜，非疇人子弟無由仰闚玄象，然巫咸、甘、石而外，亦有可備采擇者。如以天牢爲守將，本之《春秋合誠圖》。天理司喉舌，本之《後漢·李固傳》。勢四星爲權勢星而非閹宦，本之《易緯河圖》。皆各有證據，非敢好爲異説也。

一、巨集如楊氏之《丹鉛》，方氏之《通雅》，最稱淹博。然或以戕戩戈旁爲謬，青雲指仕爲非，以皋陶冢爲公琴，霍子侯爲小侯，俱屬疑誤可商。

一、雜述如《山海經》《汲冢書》《白虎通》《玉海》《弇州四部》及《筆蕺》之類，多或八九則，少或一二則，不能會粹成卷者，爰以雜述系之。

卷一

翰林院檢討徐文靖　撰

易一

1.① 《周易本義》曰:② “周，代名也。《易》，書名也。其卦本伏羲所畫，有交易、變易之義，故謂之易。其辭則文王、周公所繫，故繫之周。”

按，《周禮・太卜》：“掌《三易》。”賈公彦曰：“《連山》《歸藏》皆不言地號，以義名《易》，則周非地號。以《周易》以乾爲首,③ 乾爲天，天能周匝於四時,④ 故名《易》爲周。”⑤ 孔仲達《易正義》曰：“文王作《易》,⑥ 正在羑里，周德未興，猶是殷世也，故題周，别於殷。”據此，則“周易”二字疑文王所自取也。朱子乃以“其辭爲文王、周公所繫，故繫之周”，豈“周易”二字爲後人之所加乎？

2.《乾》：“元亨利貞。”《本義》曰：“元亨利貞，文王所

---

① 原文無序號,序號爲點校者所加。
② “易”,原作“書”,今據《周易本義》改。
③ “乾”上,《周禮・太卜》賈疏有“純”字。
④ “匝”,《周禮・太卜》賈疏作“布”。
⑤ “周”下,《周禮・太卜》賈疏有“也”字。
⑥ “易”下,《周易正義》有“之時”二字。

繫之辭。元，大也。"

按，《文言》："元，善之長也。"《晋語》："司空季子曰：'筮告我曰利建侯。屯，厚也。主震雷，長也，故曰元。'"韋昭曰："震爲長男，爲雷，雷爲諸侯，故曰元。元，善之長也。"古皆訓元爲長。朱子《本義》曰："元，大也。"《易見》曰："如必元之謂大，大哉乾元，宜爲大哉乾大也。凡六籍之稱元，皆取諸長，不謂大也。元后作民父母，言長民也。元首明哉，不謂大首也。殷王元子，不謂大子也。元年春王正月，不謂大年也。大與元相去千里，故周公之占爻也，别之爲元吉、大吉。"然以元爲大，不始朱子。《詩》"元戎十乘"，韓嬰《章句》曰："元戎，大戎，謂兵車也。"《禮·文王世子》"一有元良，萬邦以貞"，鄭康成注曰："元，大也。"《漢·董仲舒傳》"臣謹案《春秋》謂一元之義，一者，萬物之所從始也；元者，辭之所謂大也"，師古曰："《易》稱'元者，善之長也'故曰辭之所謂大也。"《易·大有》"元亨"，王弼曰："不大通，何由得大有乎？"程《傳》曰："元有大善之義，有元亨者四卦，《大有》《蠱》《升》《鼎》也。"是元之訓大，不始朱子，而《易見》非之，殊失考也。

3. 夕惕若厲，无咎。《本義》曰："言能憂懼如是，則雖處危地而无咎矣。"①

按，王弼注："至於夕惕，猶若厲也。"《淮南·人間訓》："夕惕若厲，以陰息也。"《漢書·王莽傳》："《易》曰'終日乾乾，夕惕若厲'，公之謂矣。"張衡《思玄賦》："夕惕若厲以省諐兮，懼余身之未敕也。"② 晋傅咸《叩頭蟲賦》："无咎生於惕厲。"後周保定三年詔："惟斯不安，夕惕若厲。"宋隆興元年九月，馬騏講《乾》"夕惕若厲"，上曰："當讀爲若厲。"是古者皆以"夕惕若厲"爲句，"厲"只是震動儆

① "矣"，四庫本《周易本義》作"也"。

② "未"，原作"來"，據《文選·思玄賦》改。

惕之意，非危地也。三重剛不中，居下之上，乃爲危地。《文言》“雖危无咎”者，言夕惕若厲雖處危地而无咎，非即以厲爲危也。《孝經》云：“在上不驕，高而不危。”三之謂矣。《本義》以爲終日乾乾而夕猶惕若，則是以厲爲危矣。以厲爲危，可謂雖厲无咎乎？

4.《乾·文言》《坤·文言》。《本義》曰：“此申《彖傳》《象傳》之意，以盡《乾》《坤》二卦之藴。”

按，王洙《王氏談録》曰：“公言祕閣有鄭氏注《易》一卷，《文言》自爲篇。”馬貴與《經籍考》曰：“凡以《彖》《象》《文言》雜入卦中者，自費氏始。”孔氏《易正義》曰：“《文言》者，是夫子第七翼也。夫子贊明《易》道，申説義理，以釋二卦之經文，故稱《文言》。”梁武帝曰：“《文言》是文王所制。穆姜筮往於東宫，已有是言。”《襄公九年傳》：“穆姜薨於東宫，始往而筮之，遇《艮》之八。史曰：‘是謂《艮》之《隨》。’姜曰：‘是於《周易》曰：《隨》，元亨利貞，无咎。元，體之長也；亨，嘉之會也；利，義之和也；貞，事之幹也。體仁足以長人，嘉德足以合禮,① 利物足以和義，貞固足以幹事。”是時孔子未生而先有是言，則《文言》是文王所制者，理或然也。“初九，潛龍勿用，何謂也”以下，則《文言》傳也，故加“子曰”以别之。

5. 乾元用九，乃見天則。《本義》曰：“剛而能柔，天之法也。”

按，徐在漢曰：“乾元用九，即所謂大明終始，時乘御天者也，故曰乃見天則。”

6.《坤》初，《象》曰：“履霜堅冰，陰始凝也。”《本

① “德”,原作“會”,據《左傳·襄公九年》改。

義》曰："按《魏志》作'初六履霜'，今當從之。"

按，《魏志》太史許芝引此句，"履霜"上有"初六"字，下无"堅冰"字，《舉正》只存"履霜"二字。趙胥山曰："七十二候，九月霜降，十一月冰堅，而《坤》則十月之卦，何以言霜言冰？蓋《坤》初一變爲《復》，《復》之初即《剥》之上。人但知《剥》極爲《復》，而不知九月之《剥》十一月之《復》，其間尚有十月之《坤》焉。《坤》純陰疑于无陽，而不知《復》之一陽從十月半漸生于《坤》中，至冬至而一陽始成。《剥》之一陽自霜降漸消，至十月半而一陽始盡。"

7.《蒙》初："利用刑人，用説桎梏，以往吝。"《本義》曰："當痛懲而暫舍之，以觀其後。"

按，《爾雅》"杻謂之梏，械謂之桎"，此豈發蒙之具哉？程《傳》以發蒙爲發下民之蒙，又以桎梏爲拘束，蓋謂此也。其實利用刑人者，不過如《虞書》"扑作教刑"，《伊訓》制"官刑儆于有位"，具訓于蒙士已耳。蓋教刑即夏楚以收其威，而蒙士即童蒙始學之士，不必其皆下民也。此發蒙所利用也。用説桎梏者，説如輿説輻之説，謂棄去也。《象傳》："蒙以養正。"《孟子》："中也養不中，才也養不才。"胥此道也。其取象於桎梏者，《蒙》之下卦《坎》體也。《荀九家》"《坎》爲桎梏"，故《蒙》初取象以之，豈痛懲而暫舍之謂哉？

8.《需象》："君子以飲食宴樂。"《本義》曰："事之當需者，亦不容更有所爲，但飲食宴樂，俟其自至而已。"

按，《需》以《乾》剛遇《坎》險，而不遽進以陷於險，故曰《需》。《需》豈但飲食宴樂無所作爲而遂不陷於險乎？《象》云"雲上於天"，乃萬方待雨之期，萬方待澤之象也。君子之施澤於臣民者，用以飲食之，教誨之，笙簧酒醴以晏樂嘉賓云爾。於是建中守正，而臣民效力，故能涉川有功而險可出也。觀上六陰居險極，下應九三，三與下二陽

《需》極並進，爲不速客三人來之象。則所謂飲食宴樂即是敬之終吉，即是酒食貞吉也。若乃險在前而自爲飲食宴樂以待之，吾恐其需者，事之賊也。宴安酖毒，險可出乎？

9. 上《象》："不速之客來，敬之終吉。雖不當位，未大失也。"《本義》曰："以陰居上，是爲當位。言不當位，未詳。"

按，《象》雖不當位，未大失，蓋言上能下應九三，三與下二陽《需》極而進爲不速之客。不速者，難進易退，不肯躁進也。上乃能敬之如此，則雖不當位，猶必不至於大失。况上六以陰居上，而爲當位者乎！

10. 《訟》："有孚窒，惕中吉。"《本義》曰："九二中實，上无應與，又爲加憂。且於卦變自《遯》而來，爲剛來居二而當下卦之中。有有孚而見窒，能懼而得中之象。"

按，朱子《卦變圖》云："凡一陰一陽之卦，皆自《復》《姤》而來，二陰二陽之卦，皆自《臨》《遯》而來。"又曰："伊川不取卦變之説，自柔來而文剛，剛自外來而爲主於内，諸處牽強。説了王輔嗣卦變，又變得不自然。"以余按之，《易》原无所爲卦變。卦變者，揲蓍求卦之法，由本卦變而之他卦也。故曰"爻者言乎變者也"，又曰"十有八變而成卦"，又曰"化而裁之存乎變"。變者，變動而不居，聖人觀變而立卦，如《乾》一爻變則立爲《姤》，《坤》一爻變則立爲《復》也。有本卦變而之他卦者，閔元年，"畢萬筮仕，遇《屯》之《比》"，初九變也。昭二十九年，蔡墨論《乾》云："其《同人》曰見龍在田"，九二變也。僖二十五年，晋侯將納王，①"遇《大有》之《睽》"，九三變也。莊二十二年，"周史筮陳敬仲遇《觀》之《否》"，六四變也。昭十二年，"南蒯之筮遇《坤》之《比》"，六五變也。僖十五年，"晋獻公筮嫁伯姬於秦，遇《歸妹》之《睽》"，上六變也。

① "晋侯"，《左傳·僖公二十五年》作"秦伯"。

故曰辭也者，各指其所之之卦也。《賁》三陽三陰，不以上卦之柔來入于《乾》中，則無以文剛；不以下卦之二剛分其一以文卦上，則無以文柔。所謂分陰分陽，迭用柔剛，間雜而成文者也。《无妄》以外卦《乾》之一剛來居，内卦之《坤》初爲主於内。内卦一陽來《復》，《復》則不妄，故无妄。《本義》以《賁》卦自《損》而來，又自《既濟》而來，《无妄》自《訟》而變，則是先有彼卦而後方有此卦也。其實犧皇重卦，只因一已成之卦，以八卦次第加之，非有所謂自某卦變成者也。朱子作爲《卦變圖》，胡雙湖謂："《彖傳》中所釋卦變，《訟》《泰》《否》《隨》《蠱》《噬嗑》《賁》《无妄》《大畜》《咸》《恒》《晋》《睽》《蹇》《解》《升》《鼎》《漸》《涣》只十九卦。其所釋自《訟》《晋》與《卦變圖》同外，餘皆不合。如《隨》自《困》《噬嗑》《未濟》來，據圖則自《否》《泰》來之類，是也。"然則卦變之説，安可據爲畫一也？

又按，《周易略例》曰："爻苟合順，何必《坤》乃爲牛？義苟應健，何必《乾》乃爲馬？而或者定馬於《乾》。案文《賁》卦有馬无《乾》，則詭説滋漫，難可紀矣。互體不足，遂及卦變，變又不足，推致五行，縱復或值，而義無所取。"是輔嗣亦未嘗有取卦變之説。又《吴·鍾會傳》："會嘗論《易》無互體。"

11.《訟》："天與水違行。"《本義》曰："天上水下，其行相違。"

按，孔氏疏曰："天道西轉，水流東注，是天與水相違而行，象人彼此兩相乖戾，故致訟也。"《後魏書·陳奇傳》曰："祕書監游雅與奇論典誥及《詩》《書》，雅贊扶馬、鄭。至於《易·訟》卦天與水違行，雅曰：'自葱嶺以西，水皆西流，推此而言，《易》之所及自葱嶺以東耳。'奇曰：'易理綿廣，包含宇宙。若如公言，自葱嶺以西，豈東向望天哉？'"《北史·奇傳》亦載其事，以末二句爲雅言，是則《北史》之誤也。大概以天西轉、水東注，與孔氏正義略同。朱子乃易東西爲上下，天上水下，理所固然，何有見其違行哉？

12.《師》:“五,田有禽,利執言,无咎。”《本義》曰:“敵加于己,不得已而應之,故爲田有禽之象。而其占利以搏執而无咎也。言,語辭也。”

按,王弼注曰:“物先犯己,故可以執言而无咎也。”程《傳》曰:“執言,奉辭也,謂奉辭以誅之也。”但此當爲田獵教戰而言也。《周禮》:“大司馬之職:仲春教振旅,遂以蒐田。仲夏教茇舍,遂以苗田。仲秋教治兵,遂以獮田。仲冬教大閱,遂以狩田。”田則有春夏獻禽,秋冬致禽之事,故曰有禽。田則有表貉、誓民、讀書契、載事號、戒衆庶,皆賴有言以宣之,故曰利執言,利執此以教民也。此所謂教而後戰者也。不教而戰,是謂棄之,故曰“長子帥師,弟子輿尸”也。《比》卦,《師》之反。《師》五言百姓之田,《比》五言王者之田。一則田有禽,一則失前禽,非皆取象於田哉。

13.《師》:“六,開國承家,小人勿用。”《朱子語類》曰:“舊時説只作論功行賞之時,不可及小人。今思量看理,却去不得他。① 既一例有功,如何不及他得?看來開國承家是公共得的,② 未分别君子小人。在小人,則是勿用他謀議經畫耳。③ 此義方思量得,④ 未改入《本義》,姑記取。”

按,“小人勿用”,承上“大君有命”而言。勿者,禁止之詞。勿用者,即大君之命也。二剛而中,王錫命,以著其寵,⑤ 上順之極。君有命,以重其防。蓋大君正功之日,功大者開之以國,功小者承之以家,

① “却”,四庫本《朱子語類》無此字。

② “共”,原作“其”,據四庫本《朱子語類》改。“的”,四庫本《朱子語類》作“底”。

③ “謀”,原作“講”,據四庫本《朱子語類》改。“耳”,四庫本《朱子語類》作“爾”。

④ “得”下,四庫本《朱子語類》有“如此”二字。

⑤ “其”,光緒二年刻本作“共”。

分茅胙土，大啟爾宇。而又欲世世子孫安其人民，守其社稷，進君子而退小人，長保富貴於無窮也。長國家而小人是用，則必致敗于而國，凶于而家。故大君於正功之日，申之以命令，俾凡有國有家者，戒以“小人勿用”也。“勿用”句，即大君命之之詞。若謂開國承家不妨與小人共之，但勿用與他謀議經畫，則此有國有家者，已經與小人公共，又何從使綱紀政治不與謀議經畫乎？故知小人勿用者，大君命之之辭。漢武命廣陵王曰“勿邇宵人”，亦是意也。

14.《比》：“吉，原筮元永貞，无咎。”《本義》曰：“必再筮以自審，有元善長永正固之德，然後可以當衆之歸而无咎。”

按，孔氏疏曰：“原，謂原窮。《比》者，根本。筮，謂筮決，求《比》之情。”程傳曰：“必推原占，決其可比者而比之。”惟朱子以原筮爲再筮。《爾雅·釋言》：“原，再也。”《文王世子》：“末有原。”後漢張衡再轉復爲太史令，曰：“曩滯日官，今又原之。”是原爲再之意也。胡雲峰曰：“《蒙》之筮，問之人者也，不一則不專。《比》之筮，問其在我者也，不再則不審。”

15.“不寧方來。”《本義》曰：“其未比有所不安者，亦將皆來歸之。”

按，鄭氏《大射儀》注：“天子祝侯曰：惟若寧侯，無或若女不寧侯，不屬于王所，故抗而射女。”蓋我能再筮，自審果有元永貞之德，則不寧之侯方來，正歸重於自審意，未可以方來爲將來也。“後夫凶”，《本義》以“遲而後至”爲訓，竊意後當訓不，如“松柏後凋”之“後”，如《家語》“禹朝群臣于塗山，防風氏後至，戮之”之“後”，非但遲至而已。《史記·封禪書》：“萇弘設射殺《貍首》。①《貍首》者，

① “殺”，今本《史記》無此字。

諸侯之不來者。”徐廣曰：“貍，一名不來。”因取以況諸侯之不來，即所云“後夫凶”也。

16.《履》：“三，武人爲于大君。”《本義》曰：“又爲剛武之人得志而肆暴之象，如秦政、項籍之類。”①

按，“履虎尾，咥人凶”，此蓋暴虎馮河之武人，雖至死而不悔者。以此人而有爲於大君，其志徒切於剛猛，必不能臨事而懼，好謀而成，此所以若蹈虎尾而有咥人之凶也。三雖居下之上，於位爲不當，顧乃比之以秦政、項籍，非其倫矣。若四之愬愬終吉，是乃臨事而懼者。知四之志行，則三之志剛而不足與有行，可知矣。

17.《泰》：“初，拔茅征吉，志在外也。”《否》：“初，拔茅貞吉，志在君也。”《本義》釋《否》曰：“小人而變爲君子，則能以愛君爲念。”

按，《泰》初志在外者，君子之志在天下，不在一身，故曰“在外”。《否》初志在君者，小人之志，本欲得君以用事，故曰“在君”。《爻象》胥戒以能貞則吉，蓋小人進不以正，志亦非真愛君者，豈遂能變爲君子？

18.《泰》：“五，帝乙歸妹，以祉元吉。”《本義》曰：“帝乙歸妹之時，亦嘗占得此爻。”

按，《易緯》《易》之帝乙，爲《湯書》之帝乙六世王。又京房《易傳》載湯歸妹之辭，是皆以帝乙爲湯。《書・多士》：“自成湯至於帝乙，罔不明德恤祀。”程傳亦疑之，以爲未知孰是。據《左傳・哀公九年》“晋趙鞅卜救鄭。陽虎以《周易》筮之，遇《泰》之《需》，曰：微子

① “之類”，《周易本義》作“豈能久也”。

啟，帝乙之元子也。宋、鄭，甥舅也。祉，禄也。若帝乙之元子，歸妹而有吉禄，我安得吉焉？乃止"，是帝乙謂紂父無疑。世泥于《易緯》之説，非矣。

19.《有》："三，公用亨于天子。"《本義》曰："亨，《春秋傳》作'享'，謂朝獻也。古者亨通之亨，① 享獻之享，皆作'亨'字。"

按，《隨》六"王用亨於西山"，王弼曰："通于西山。"《升》四"王用亨于岐山"，弼曰："順物之情以通庶志。"《有》三"公用亨于天子"，弼曰："公用斯位乃得通乎天子之道。"是皆以亨爲元亨之亨。惟《益》二"王用享于帝吉，則以爲享帝之美"，不訓作通，以享從子，亨從了，字異故也。據《僖二十五年傳》，狐偃言于晋侯曰："求諸侯，莫如勤王。"公曰："筮之。"筮之，遇《大有》之《睽》曰："吉，遇公用享于天子之卦。戰克而王饗，吉孰大焉！"又京房《易傳》曰："享，獻也。"《説文》亨、享二字本一字，則《本義》作"用享"者，是也。

20.《豫》："四，勿疑，朋盍簪。"《本義》曰："至誠不疑，則朋類合而從之。簪，聚也，又速也。"

按，《辨體》曰："君子進而衆賢聚，故《復》'朋來无咎'。衆賢盛而君子安，故《解》'朋至斯孚'。君子志行而小人之心服，故《豫》'勿疑，朋盍簪'。簪，聚也。四以剛居柔而易疑，故曰勿。"王弼曰："勿疑，則朋合疾也。盍，合也。簪，疾也。"《易》原曰"簪"，京房本作"撍"，蜀才云"速也"。虞翻本作"戠"，云"叢合也"。陸希聲本作"捷"。《本義》訓聚、訓速者，以此。

① "亨"，原作"享"，今據文意改。

21.《隨》:①“隨時之義大矣哉。”《本義》曰:“王肅本‘時’字在‘之’字下,今當從之。”

按:王弼注:“隨之所施,惟在於時也。時異而不隨,否之道也。故隨時之義大矣哉。”干寶《晋武帝革命論》曰:“各得其運而得天下,隨時之義大矣哉!”魯褒《錢神論》曰:“《易》不云乎,隨時之義大矣哉!”皆作“隨時”。

22.《蠱》:“元亨,利涉大川。”《本義》曰:“《蠱》壞之極,亂當復治,故其占爲元亨,而利涉大川。”

按,陸庸成曰:“《隨》備元亨利貞四德,而貞爲要,故曰大亨貞,《爻》亦首貞吉焉。《蠱》只云‘元亨利’而不言‘貞’。且《爻》又云‘不可貞’,而‘貞’字不更見,何也?《隨》無故也,無故而動悦,則必言貞以防之。蠱則飭也,當飭而巽止,則聖人最欲激之使幹,不復言貞以阻之。”

23.《臨》:“剛浸而長。”《本義》曰:“二陽浸長以逼於陰,故爲臨。”

按,《陰符經》云:“天地之道浸,故陰陽勝。”朱子曰:“浸,漸也。天地之道漸漸消長,故剛柔勝,此便是吉凶貞勝之理。《陰符經》此等處特然好。”王伯厚曰:“愚嘗讀《易》之《臨》曰剛浸而長,《遯》曰浸而長也。自《臨》而長爲泰,自《遯》而長爲否。浸者,漸也。聖人之戒深矣。”

24.《噬嗑》:“四爻,得金矢。”《本義》曰:“《周禮》

---

① “隨”,原脱,今據全書文例補。

訟獄入鈞金束矢而後聽之。"①

按，王弼注："金，剛也。矢，直也。"程傳亦云："金取剛，矢取直。九四陽德剛直，爲得剛直之道。"非入鈞金束矢之謂也。或謂"訟獄入金矢，蓋劉歆逢新室之惡，假訟獄以爲聚財，而陰托《周禮》爲名，實開後世鬻獄行賄之端。朱子不宜引之以注《易》"，是又不然。《大司寇》"以兩造禁民訟，入束矢於朝，然後聽之。以兩劑禁民獄，入鈞金三日，乃致於朝，然後聽之"，注云："百矢爲一束，三十斤爲鈞。"束矢鈞金，固非貧民所能辦，必入而後聽其辭，則民之不能達者多矣。不知聖人之意以入矢入金，禁民訟獄，使之自惜其金矢而萌悔心，猶可止也。故入金三日乃致於朝，實禁之也。且亦如官刑軍刑之類。則入鈞矢，非窮民也。若窮民之獄，《秋官·司寇》既以肺石達窮民，《夏官·太僕》又建路鼓于大寢之門外以待達窮者。與遽然則入金矢，所以禁富民之健訟也。剛直則聽，自知不剛直則不聽也。《管子》曰"索訟者三禁而不可上下坐成以束矢"，亦是意也，豈真假之以聚財，而因疑《周禮》非周公之書，并疑朱子之誤信以注《易》哉?

25.《賁象》:"君子以明庶政，无敢折獄。"《本義》曰："明庶政，事之小者；折獄，事之大者。"

按，《洹詞》曰："獄貴詳審，而忌明察。苟恃其明察而深文緣飾，没其情實，是之謂敢。敢則民有不得其死者矣。其无敢折者，非不折也，虚明之心存於中，慈愛之政行於外，於无敢而見庶政之能明，止於明也。若以庶政小而折獄大，庶政或可明而折獄則无敢，獄將誰折哉？總之，明庶政則洞如觀火也。无敢折獄，判案如山也，皆《賁》象也。"

26.《復》："反復其道，七日來復。"《本義》曰："自五

① "訟獄",《周易本義》作"獄訟"。

月《姤》卦一陰始生，至此七爻而一陽來復，乃天運之自然，故其占又爲反覆其道，① 至于七日，當得來復。”

按：孔氏疏曰：“褚氏、莊氏並云：五月一陰生，至十一月一陽生，凡七月，而云七日，不云月者，欲見陽長須速，故變月言日。”

又按，安石《詩説》曰：“彼曰七月、九月，此曰一之日、二之日，何也？陽生矣則言日，陰生矣則言月，與《易·臨》‘至于八月有凶’，《復》‘七日來復’同意。蓋《坤》爲純陰，十月之卦也。陰數窮于六，而七則又爲《乾》之始復，一陽即《乾》之初，故云‘七日來復’也。《復》與《剥》相對，《剥》卦倒而成《復》，反復其道，即一陰一陽之謂道也。”

27. 復其見天地之心乎？《本義》曰：“邵子之詩亦曰：‘冬至子之半，天心无改移。一陽初動處，萬物未生時。”

按，《周易大全》：“或問天心無改移，謂何？朱子曰：年年歲歲是如此，月月日日是如此。”章本清《圖書編》曰：“以一日言，起於子，則爲子時。出卯入酉，則時爲卯酉。歷十二辰而爲日。一日如是，日日如之，而每日起於子中者，無改移焉。以一月言，晦朔之間，日與月交會於壬子，則爲朔。周三十日而爲月。一月如是，月月如之，而每月交於子中者，無改移焉。以一歲言，冬至日與天會於子，故十一月建子，周十二月而爲歲。一歲如是，歲歲如之，而每歲會於子中者，無改移焉。可見歷數以日爲主，算歷數當以子中爲主，而其有改移者，天之宿度與星辰之次舍不齊耳。日起子中，子曷嘗有過不及哉？② 堯時日短星昴，冬至日在虚，固虚爲子中矣。夏商在女，周在牛，漢至宋在斗，元在箕，今歷冬至箕三四度矣。何亦以子中爲定位乎？曰：天度密移，惟其一日過一度也。積一歲過三百六十五度，積而至於六七十年，則實移一度矣。

① “覆”,《周易本義》作“復”。

② “子”,四庫本《圖書編》無此字。

其實左旋而過之者，日之起子終亥者，無改移也。試以今曆太陽行度言之，列宿三十餘度爲一宫。十一月冬至日躔析木，寅宫也。自至日積之三十日，則過三十度而移一宫矣。故十二月日躔星紀，非丑宫乎？然其所以躔丑宫者，由天之過度，星紀適當乎子，非日過丑宫與月交也。自十一月起子，積至來歲十月建亥，則過三百六十五度，移十二宫而一周矣。故二月日躔大火，非卯宫乎？然其所以躔卯宫者，由天之過度，大火適當乎子，非日過卯宫與月交也。知一歲太陽之躔度，則十百千歲可知矣。堯時日躔虛宿，由虛宿恰當子宫本位也。從此天度密移數千百年，歷虞、夏、商、周，冬至日躔經女越牛，去虛宿遠矣。由天之過度，牛女各適值子宫，故日與天會，由當日正值牛女之宿也。而其會於子者，何異堯之時哉？又從此密移數百千年，歷漢、唐、宋、元，冬至日躔經斗越箕，去虛宿愈遠矣。由天之過度各適值子宫，故日與天會，當時皆值箕與斗之宿也。而其會於子者，何異堯之時哉？若謂日躔於箕乃日之實過於箕，則今歷冬至當在建寅之月矣，曷爲仍在建子之月也？可見密移者天之度，而日位子中不可得而易也。”邵子詩云“冬至子之半，天心無改移”，朱子所以深嘆其至也。

28.《大畜象》:“天在山中。”《本義》曰：“天在山中，不必實有是事，但以其象言之耳。”

按，人之淺見尠聞，譬之如坐井觀天，以管闚天，又烏知天之廣且大也？試一登泰山日觀之峰，則週天三百五十六度以及於五緯二曜多在目前。史公之所謂“旁羅日月星辰”，李賀之所謂“二十八宿羅心胸”者，皆在於此。豈不天在山中乎？《本義》謂“天在山中，不必實有是事”，亦泥於“在”字爲過實耳。《測言》曰：“天在山中，即芥子納須彌之意。”則又視“在”字爲過虛矣。

29. 六五，豶豕之牙。程傳曰：“豶去其勢，則牙雖存而剛躁自止。”

按，孔氏疏曰：“褚氏云：豶，除也，除其牙也。”然豶之爲除，古無明訓。據《爾雅》“豨豶”，郭注云：“俗呼小豶猪爲豨子。”則是豶豕爲小豶，猶童牛耳。今五以柔居中，當尊位，是以制二之剛健，若小豕之牙也。

又按，《埤雅》曰：“牙者，畜豶豕之杙也。《方言》‘海岱之間繫豕杙謂之牙’。”此可以發千古之蒙矣。

又按，《周禮·肆師職》“大祭祀，展犧牲，繫于牢，頒于職人”，注：“職讀爲樴，樴可以繫牲者。”附注：“職音弋，樴同。”是樴杙音義同也，即《方言》所謂牙也。

30.《咸》：上《象》曰：“咸其輔頰舌，滕口説也。”《本義》曰：“滕、騰通用。”

按，孔疏曰：“舊説字作滕，滕，競與也。所競者口，無復心實。鄭氏又作媵。媵，送也。”據《爾雅》云：“滕、徵，虚也。”注云：“滕、徵，未詳。”亦不知引《易》爲證。《説卦傳》“兑爲口舌”，云以虚口説動人，而不能至誠感物，故曰“滕口説也”，非滕、騰通用之謂。

31.《晋》：“二，受兹介福，于其王母。”《本義》曰：“王母，指六五，蓋享先妣之吉占。”

按，君之於臣有父道焉，母道焉，故《家人》有嚴君、父母之謂也。《晋》五之於二，不惟錫予之厚，又見親禮，是以母道之慈愛待其臣者，故云王母。胡雲峰曰：“《小過》六二遇其妣，即此言王母也。然不言母而言王母者，《晋》下《坤》體，坤爲母。六五居尊，故言王母以別之。”程傳以王母爲祖母，則非矣。

32. 上九，晋其角，維用伐邑。《本義》曰：“角，剛而居上，上九剛進之極，有其象矣。”

按，孔氏疏曰："晋其角者，西南隅也。"蓋以《晋》上卦爲《離》，《離》爲日，《晋》上九日昃之象，故曰角也。日已在角而猶進，進過乎中，豈可成其大事哉？維用伐邑而已。《離》爲甲胄，爲戈兵，故云伐邑。《離》本卦"王用出征"，亦猶是也。程傳曰："角爲剛而居上之物。伐邑，謂内自治也。"夫以角爲剛而居上，則得矣。於《晋》所謂明出地上者，則未當也。王弼曰："處《晋》之極，過《明》之中，《明》將夷焉，而猶進。"今當從之。

33.《解》："二，田獲三狐，得黄矢。"《本義》曰："此爻取象之義未詳。或曰：卦凡四陰，除六五君位，餘三陰，即三狐之象也。"

按，《蒙引》謂："卦凡四陰，除六五君位，《易》中無此例。於《師》以五陰從九二，《泰》六四言三陰翩然下復，《臨》初九、九二之遍臨四陰，俱未嘗除五君位。今田獲三狐，乃獨除五，不然也。況田獵之矢，豈有黄者？"愚竊謂《解》下爲《坎》，《坎》爲隱伏狐之類，近之。荀《九家》又有爲狐，《坎》三爻即三狐也。九二居中爲得中直，故云"田獲三狐，得黄矢"。總之，去邪媚而得中直，一言以蔽之矣。

34.《損》："二簋可用享。"《本義》曰："言當損時則至薄无害。"

按，趙彦陵曰："享，徐進齋主燕享，説以下奉上之謂享，謂獻也。古者享禮，陳簋八簋爲盛，四爲中，二爲簡。"洪覺山曰："二簋，惟損時可用。聖人恐人泥以爲常，故《彖》特以應有時發之。"《本義》言當損時，時者，天之運，而與時偕行者，聖人之權也。

35.《益》："五，有孚惠心，勿問元吉。"《本義》曰："上有信以惠於下，則下亦有信以惠於上，不問而元吉可知。"

按，鄭孩如曰："《損》之六五，受下之益者也。《益》之九五，益下者也。《損》五受《益》而獲元吉，《益》五但知民之當益而已，勿問元吉矣。此惠心之出於有孚者也。"

36.《夬》："五，莧陸夬夬。"《本義》曰："莧陸，今馬齒莧，感陰氣之多者。"

按，孟喜《易注》曰："莧，山羊也。"《正譌》曰："莧，胡官切，音桓，上从䒑，是羊頭，非草頭。下从見，如兔字，非見字。蓋山羊細角而大形者。"項氏《玩辭》曰："陸猶鴻漸於陸之陸，蓋《夬》之上卦爲《兑》，兑爲羊，故四五皆取象於羊也。"《子夏易傳》曰："莧陸，木根草莖，① 剛下柔上也。"馬融、王肅曰："莧陸，一名商陸。"董遇曰："莧，人莧也。陸，商陸也。"是一是二，迄無定論。程傳曰"莧陸，今馬齒莧"，《本義》宗之。丘行可曰："瓜生五月，故於《姤》言瓜；莧生三月，故於《夬》言莧。"

37.《姤》:《彖》曰："姤，遇也。柔遇剛也。"《本義》曰："姤，遇也，以其本非所望而卒然值之，如不期而遇者，故爲遇。"

按，五陰在下，一陽在上，則爲《剥》。《剥》盡則爲純坤，十月之卦也。至十一月一陽生，聖人於陽之生，幸其長，則曰來復。來者，冀其復反之謂也。五陽在下，一陰在上，則爲《夬》。《夬》盡則爲純《乾》，四月之卦也。至五月而一陰生，聖人於陰之生，慮其壯，則曰姤遇。遇者，偶然相值之謂也。聖人扶陽抑陰之義，于此可見。

38.《升》："南征吉。"《本義》曰："南征，前進也。"

---

① "木",原作"本",據《子夏易傳》及光緒二年刻本改。

按，趙胥山曰：“《巽》東南，《坤》西南，從《巽》而《升》，必歷《離》南而後至于《坤》，故曰‘南征吉’。”王弼曰：“以柔之南，則麗乎大明。”孔疏曰：“南是明陽之方，故曰‘南征吉’也。”

39.《困》：“二，困于酒食，朱紱方來。”《本義》曰：“困于酒食，厭飫苦惱之意。酒食，人之所欲，然醉飽過宜，則是反爲所困矣。”

按，《儀禮·士昏禮》疏賈公彦曰：“《易·困》卦九二云‘困于酒食，朱韍方來’，鄭注云：‘二據初，辰在未，未爲土，此二爲大人有地之象。未上值天厨酒食象。困于酒食者，采地薄不足己用也。’”今解“困于酒食”者，皆當從之。張夔東曰：“朱紱，赤紱，皆行飾，所謂天子純朱、大夫赤者也。二朱紱方來，得君寵也；五困于赤紱，失臣翼也。”今解“朱紱方來”者，皆當從之。

40.《井》：“二，井谷射鮒，甕敝漏。”陸氏《釋文》曰：“鮒，魚名。”

按，王弼注曰：“井之爲道，以下給上者也。二無應於上，反下與初，故曰‘井谷射鮒’。鮒謂初也。”孔疏曰：“《子夏傳》云：‘井中蝦蟆呼爲鮒魚也。”據《廣雅》鮒一名鰿，今之鯽也。《文選》：“雖復臨河而釣鯉，無異射鮒於井谷。”皆以鮒爲小魚也。然《莊子》謂見涸轍中有鮒魚，亦即是蝦蟆耳。《莊子·秋水》篇：“蛙跳梁於井幹之上，入休乎缺甃之中。”① 後漢馬援謂子陽爲井底蛙。蛙與蝦蟆常在於井中，間在於涸轍，知必非鯽魚也。

① “中”,《莊子·秋水》作“崖”。

41.《革》:"己日乃孚。"① 《本義》曰:"變革之初,人未之信,故必己日而後信。"

按,王弼注曰:"夫民可與習常,難與適變;可與樂成,難與慮始。故《革》之爲道,即日不孚,已日乃孚也。"《本義》宗之。己讀爲《損》初"己事遄往"之"己"。徐在漢曰:"卦象五行,《震》東方木,《蠱》中爻雜《震》爲甲日。《兑》西方金,《巽》中爻雜《兑》爲庚日。《坎》《離》,天地之中;戊己,十干之中。己陰土,陰生午中,《離》中一陰爲己日。"趙胥山曰:"五行於五德惟土配信。己日乃孚,即革而信之也。"此讀爲戊己之己。

42. 初九,鞏用黄牛之革。《本義》曰:"黄,中色。牛,順物。革,所以固物。其占爲當堅確固守而不可以有爲。"

按,《革》之下卦爲《離》,《離》爲火。《荀九家》有爲牝牛,故初取象於牛也。陸庸城曰:"《革》之始不可輕動,故取牛之中順。《革》之終可與樂成,故取虎豹之變。蓋《革》之上卦爲《兑》,《兑》爲澤,爲西方白虎之象,故五上取象於虎豹也。"

43.《鼎》:"四,其形渥,凶。"《本義》引晁氏曰:"形渥,諸本作刑剭,謂重刑也。今從之。"

按,王弼注:"渥,沾濡之貌也。既覆公餗,體爲渥沾,知小謀大,② 不堪其任。受其至辱,災及其身,故曰'其刑渥,凶'也。"《周禮·司烜氏》"邦若屋誅,則爲明竁焉",鄭司農曰:"屋誅謂夷三族。屋讀如其刑剭之剭。"此則鄭氏之誤也。蓋屋誅謂不殺於市,而誅於甸師氏屋舍中者,非夷族也。《竹書》"平王二十五年,秦初用族刑",至戰國時商鞅造參夷之法。參夷,夷三族也。成周盛時,豈有剭誅夷族之刑

① "孚",原作"革",今據《周易·革卦》改。
② "謀",原作"課",今據四庫本《周易注》改。

哉？《漢書·哀帝叙傳》曰“底剭鼎臣”，師古曰：“剭者，厚刑，謂重誅也。”唐元載以罪誅，史臣贊曰：“《易》稱鼎折足，其刑剭，諒哉！”是皆沿舊本之誤者也。程傳謂“所用匪人，至於覆敗，乃不勝其任，可羞愧之甚也。其刑渥，謂赧汗也”。此與弼注意同，解形渥者，當從之。

44.《震》：“二，億喪貝，躋于九陵，勿逐，七日得。”《本義》曰：“億字未詳。”又曰：“此爻占具象中，但九陵七日之象，則未詳耳。”

按，初九以剛居下，能以恐懼致福，即是有德之人。二以柔乘之，假若傲尊陵貴，則將自喪其資助，而爲喪貝之象。億讀如“億則屢中”之“億”，謂意料其必然也。乃二乘初之上。初震而與之俱震，一則震來虩虩，一則震來厲，則雖所處之地極高，如躋于九陵，而向之億其爲喪貝者，勿逐而自得，原未嘗有所失也。至于得而無過七日者，《復》下卦爲《震》，“七日來復”，故《震》二亦取象於“七日得”也。《唐書·曆志》:① 僧一行《卦議》曰:②“夫陽精道消，靜而無迹，不過極其正數，至七而通矣。”此所謂七日，以二之“震厲”，如是其有得於初之資助者不遠而復，如七日之來復也。《乾》三之重剛以厲而无咎，《震》二之乘剛以厲而有得。厲者，君子之所爲恐懼修省者也。

45.《漸》：“二，鴻漸于磐。”《本義》曰：“磐，大石也。漸遠於水，進於磐而益安矣。”

按，《史記·孝武帝紀》“鴻漸于般，意庶幾焉”，裴駰注云：“般，水涯堆也。”楊用脩是之，以鴻不棲石。今本《易》作磐，此因磐字從石而誤。果如楊説，四鴻漸于木，五鴻漸于陵，鴻又豈棲木、棲陵者乎？據《水經注》磻磎中有泉，謂之兹泉。水次磐石，即太公垂釣之所。是

① “曆”,原作“天文”,今據《新唐書·曆志》改。
② “卦議”,原作“卦候議”,今據《新唐書·曆志》改。

磐石爲水次之大石，烏在磐爲漸遠于水也？

46.《豐》："三，豐其沛，日中見沬，折其右肱。"《本義》曰："沛，一作旆，謂旛幔也。其蔽甚於蔀矣。沬，小星也。"

按:① 沛，古本或作旆。沬，《子夏傳》作昧，云"星之小者"。《字林》云："斗杓後星。"薛仁貴云："輔星，據《星傳》輔一星在北斗第六星左，去極三十度，入角宿三度。"《漢書·翟方進傳》："輔湛没，火守舍。"張晏曰："輔沉没不見，則天下之兵銷。"蓋輔星象親近之大臣。三居下卦之上，乃大臣象也。處《離》明之極，以應上六之柔暗，勢餤逼主，如旛幔蔽日。當午而見沬，宜明反暗，豈可以當大事乎？《儀禮·覲禮》云："事畢，乃右肉袒于廟門之東，乃入門右，北面立，告聽事。"賈公彦疏曰："按《易·豐》卦九三云：'折其右肱，无咎。'鄭氏注云：'三《艮》爻，《艮》爲手，互體爲《巽》。《巽》又爲進退。手而便于進退，右肱也。猶大臣用事於君，君能誅之，故无咎。"此所謂"日中見沬，折其右肱"，於九三《爻》義爲更切也。

47.《涣》："二，涣奔其机。"《本義》曰："蓋九奔而二机也。"

按，王弼注："机，承物者也，謂初也。"孔氏曰："二俱无應，與初相得，而初得遠難之道，今二散奔歸初，故曰'涣奔其机'也。"程傳曰："二目初爲机。先儒皆以五爲机，非也。方涣離之時，二陽豈能同也？机謂俯就也。"其釋机與弼注意同。《本義》以爲九奔而二机。胡雲峰曰："九奔二机，蓋以卦變言也。九剛故象奔，二中故象机。"然《困》初曰臀困于株木。孔氏曰："釋株者机木，謂之株也。"《襄十年左

① "按",原作"抑",今據全書文例改。

傳》"諸侯之師久于偪陽。荀偃、士匄請班師。知伯怒，投之以机"，注："机，本作几。"故弼以承物爲机，則以二就初爲奔机者，乃正説也。

48.《中孚》："豚魚吉。"《本義》曰："豚魚，無知之物，至信可感豚魚。故占者能致豚魚之應，則吉。"

按，《毛詩》"衆維魚矣，實維豐年"，鄭箋曰："今衆人相與捕魚，則是歲孰爲供養之祥也。《易·中孚》卦曰：'豚魚吉。'"孔疏曰："豚魚吉者，彼注云二體《兑》，《兑》爲澤，四上值天淵，二五皆《坎》爻，《坎》爲水。二侵澤則豚利，五亦以水灌淵，則魚利。豚魚以喻小民也。而爲明君賢臣恩意所供養，故吉。"《易·中孚》疏曰："魚者，蟲之幽隱；豚者，獸之微賤。人主内有誠信，則雖微隱之物，① 信皆及矣。"是皆以豚與魚爲二也。其實卦所謂豚魚即今所謂江豚也，蓋一物也。《山堂肆考》曰："江豚，俗呼拜江猪，狀似㹠，鼻中有聲，腦上有孔，噴水直上，出入波浪中。見則有風，以其腦中有井，故又名井魚。"《本草》陳藏器曰："江豚生江中，狀如海豚而小，出没水上。舟人候之，占風。"此風澤之卦所以取象於豚魚也。

49.《小過》："四，弗過遇之。"《本義》曰："弗過遇之，言弗過於剛而適合其宜也。或曰：若以六二爻例，則當如此説；若依九三爻例，則過遇當如過防之義。未詳孰是。"

按，王弼注曰："雖體陽爻，失位在下，不能過者也。故得合於免咎之宜，故曰弗過遇之。"胡雙湖曰："弗過遇之者，陽微而弗能過乎陰，反遇乎陰也。弗遇過之者，陰上而弗能遇乎陽，反過乎陽也。"李衷一曰："大抵《小過》六爻，皆反覆於過不過之間，以弗過而遇爲宜，以過而弗遇爲非宜，總是發明卦辭中可小事而宜下之意。"

① "微"，《周易正義》孔穎達疏作"德"。

50.《既濟》:"九三,高宗伐鬼方,三年克之。"《本義》曰:"言其久而後克,戒占者不可輕動之意。"

按,《竹書紀年》:"殷武丁三十二年,伐鬼方,次于荆。三十四年,王師克鬼方,氐羌來賓。"是其事也。《詩》:"覃及鬼方。"毛傳曰:"鬼方,遠方也。"《史記·楚世家》:"陸終娶于鬼方氏,曰女潰。"鬼方,蓋國名耳。王弼《易》注曰:"處既濟之時,居文明之終,履得其位,是居衰末而能濟者。"蓋高宗德實文明,勢當隆盛,伐鬼方而歷之以三年,其用兵亦勞憊矣。然而在所必克者,所謂能濟者也。孔氏疏謂"以衰憊之故,故三年乃克之",蓋非也。觀《未濟》"三年有賞於大國",《象》曰"志行",良可睹已。

51. 九五,東鄰殺牛,不如西鄰之禴祭。《本義》曰:"當文王與紂之事,故其象占如此。"

按,孔氏疏曰:"禴,殷春祭之名,祭之薄者也。"《詩·小雅·天保》"禴祠烝嘗",疏曰:"自殷以上則禴禘嘗烝。《王制》文也。至周公則去夏禘之名,以春禴當之,更名春曰祠,故《禘祫志》云:宗廟之祭,春曰禴。周公制禮,乃改夏爲禴。若然,文王之詩所以已得有制禮所改之名者。《易》曰'不如西鄰之禴祭',鄭注爲夏祭之名,則文王時已改。言周公者,據制禮大定言之耳。"今按《竹書紀年》"殷帝辛六年,西伯初禴于畢",則禴自文王始矣。西鄰,文王也。東鄰,紂也。故曰"當文王與紂之事"。

52.《未濟》。《本義》曰:"卦之六爻皆失其位,故爲未濟。"

按,《周易考異》曰:"《未濟》三陽失位,程子得之成都隱者。"朱子謂《火珠林》已有。蓋程子未曾看雜書。今按唐孔氏疏曰:"君子見

《未濟》之時，剛柔失正。”① 又曰：“中以行正者，釋九二失位。志行者，釋九四失位。” 三陽失位，本出於孔氏《易疏》，一以爲得之成都隱者，一以爲出《火珠林》，何也？

① “正”上,原衍“位”字,今據《周易正義》孔穎達疏删。

卷二

翰林院檢討徐文靖　撰

易二

1.《繫辭上傳》。《本義》曰："《繫辭》，本謂文王、周公所作之辭，繫于卦爻之下者，即今經文。此篇乃孔子所述《繫辭》之傳也。"

按，《南齊書·陸澄傳》："澄與王儉書曰：弼於注經中已舉《繫辭》，故不復别注。今若專取弼《易》，則《繫》説無注。"《顧歡傳》："歡又注王弼《二繫》，學者傳之。"又《沈驎士傳》："著《周易兩繫訓注》。"其書並亡。今所傳者，惟韓注已耳。宋天禧中毗陵范諤昌撰《易證墜簡》二卷，上卷類郭京《舉正》，如《震》卦《彖辭》内云："脱'不喪匕鬯'四字。"程正叔取之。《漸》卦上六"疑陸字誤"，胡翼之取之。自謂其學出於溢浦李處約、廬山許堅。下卷辨《繫辭》非孔子命名，止可謂之贊《繫》，今爻辭乃可謂之《繫辭》，又重定其次序。又有《注補》一篇，辨周、孔述作，與諸儒異。據此則文王所作卦辭，不當與周公爻辭同在《繫辭》之列。後云"《繫辭》以斷其吉凶，是故謂之爻"，則亦止言爻也。《本義》以爲文王繫《彖辭》，周公繫《爻辭》，故同爲《繫辭》，又古本作《繫辭上》，或作《繫辭傳》，惟王肅本作《繫辭上傳》，今從之。

2. 是故剛柔相摩，八卦相盪。《本義》曰：“此言《易》卦之變化也。六十四卦之初，剛柔兩畫而已。”

按，《易》中蓍策老少，陰變爲陽，陽化爲陰，陽剛而陰柔，共相切摩。剛摩柔爲《震》《坎》《艮》之變化，柔摩剛爲《巽》《離》《兑》之變化。剛柔兩體爲陰陽二爻，相雜而成卦，遞相推盪。若十一月一陽生，而推去一陰。五月一陰生，而推去一陽。雖諸卦遞相推移，本從八卦而來。故曰“八卦相盪”也。其變化之成象者，鼓之以雷霆，《震》起而《艮》止也。潤之以風雨，《兑》見而《巽》伏也。日月運行，一寒一暑，《離》上而《坎》下也。合而言之，皆《乾》剛而《坤》柔也。其變化之成形者，《乾》陽也，《坤》陰也。一陰一陽之謂道，陰陽合德而剛柔有體。《乾》，陽道也，統《坤》而成男，《震》《坎》《艮》皆男而皆成矣。《坤》，陰道也，承《乾》而成女，《巽》《離》《兑》皆女而皆成矣。夫孰非陽變陰化之所爲耶?

3. 聖人設卦觀象，繫辭焉而明吉凶。《本義》曰：“此言聖人作《易》，觀卦爻之象而繫以辭也。”

按，《易》或曰：“史稱漢宣帝時，河内女子伐老屋得《易》本，舊稱《説卦傳》三卷，後亡其二。靈川全賜以《繫辭》上下傳即是。”而不知《説卦》之爲設卦，《繫辭》又本於設卦也。《傳》云：“設卦觀象，繫辭焉而明吉凶。”又云：“設卦以盡情僞，繫辭焉以盡其言。”明明設卦、繫辭原是二事。設卦者，猶云更置卦畫也。繫辭本于設卦，故《説卦傳》繼之。何得改繫辭爲説卦乎?

又案，設卦者，如天地設位之設，蓋陳設卦爻，非必更置之謂也。

4. 六爻之動，三極之道也。《本義》曰：“極，至也。三極，天、地、人之至理，三才各一太極也。”

按，康伯注：“三極，三才也。”孔氏曰：“言六爻遞相推動而生變化，是天、地、人三才至極之道。”《本義》因之，以六爻初二爲地，三四爲人，五上爲天。陸德明以初四爲下極，則地與人合一。二五爲中極，則天與地合一。三上爲上極，則人與天合一。所謂人爲天地心者以此。

5. 辭也者，各指其所之。《本義》曰：“各隨所向。”

按，蓍法，卦有之卦。各指所之，蓋謂之卦也。之卦見於《左》《國》者凡十有八。《莊公二十二年》：“周史有以《周易》見陳侯者，使筮之，遇《觀》之《否》。”《閔公元年》：“初，畢萬筮仕於晋，遇《屯》之《比》。”“成季之將生也，筮之，遇《大有》之《乾》。”①《僖公二十五年》晋侯將勤王，“筮之，遇《大有》之《睽》”。《宣公六年》王子伯廖曰：“其在《周易·豐》之《離》。”《宣公十二年》知莊子曰：“《周易》有之，在《師》之《臨》。”《襄公九年》穆姜初往于東宫，筮之，遇《艮》之八，史曰：“是謂《艮》之《隨》。”《襄公二十五年》崔武子將娶東郭偃之妹，“筮之，遇《困》之《大過》”。《襄公二十八年》游吉如楚，歸告子展曰：“楚子將死矣，《周易》有之，在《復》之《頤》。”“叔孫穆子之生也，莊叔筮之，遇《明夷》之《謙》。”②“衛襄公，嬖人婤始生元，孔成子筮之，遇《屯》之《比》。”③《昭公十二年》南蒯之將叛也，“枚筮之，遇《坤》之《比》”。《昭公二十九年》：“秋，龍見于絳郊。蔡墨曰：《周易》有之，在《乾》之《姤》。”《哀公九年》：晋趙鞅卜救鄭，未決，“陽虎以《周易》筮之，遇《泰》之《需》”。《周語》簡王十三年，單襄公謂其子曰：“周將得晋國。昔成公之歸也，晋人筮之，遇《乾》之《否》。”《晋語》董因爲公子重耳筮之，得《泰》之八。是皆所謂之卦也。之卦者，由本卦變而之他卦也。故其

① 此句在《左傳·閔公二年》。
② 此事在《左傳·昭公五年》。
③ 此事在《左傳·昭公七年》。

辭亦各指所之而繫焉。

6. 故神无方而《易》无體。《本義》曰："至神之妙，无有方所。《易》之變化，无有形體也。"

按，康伯注曰："方體者，皆係於形器者也。神則陰陽不測。《易》則惟變所適，不可以一方一體明。"徐在漢曰："往來不窮謂之通。通乎幽明之故而知，通乎死生之説而知，通乎鬼神之情狀而知。皆是通乎晝夜之道而知，皆是通乎天地之道而知。神以天地爲方，故立不易方而无方。《易》以天地爲體，故體物不遺而无體。"

7. 一陰一陽之謂道。《本義》曰："陰陽迭運者，氣也。其理則所謂道。"

按，一者，數之始也。天數始于一，聖人畫一奇以象陽。地數始於一，聖人畫一耦以象陰。陽之輕清者爲天，陰之重濁者爲地。一陰一陽而天地生。人生物之道不外乎是。一陰一陽之謂道，是即彌綸天地之道也。陰陽互藏其宅，動静互爲其根，陽之中有陰，陰之中有陽，合而言之，道也。故曰"一陰一陽之謂道"。張彦陵曰："朱子以理氣分爲兩截。夫理言虚，氣言實。氣之條理謂之理，惡可與氣對？天地間豈别有理可以運是氣乎？陰陽原是渾合不相離的。一字不是説分，正是説合。若云迭運，則陰陽仍是二物矣。"

8. 繼之者，善也；成之者，性也。《本義》曰："繼，言其發也。善謂化育之功，陽之事也。成，言其具也。性謂物之所受，陰之事也。"

按，一陰一陽之道，盈滿於天地之間。天地以是道生人，生物。當其由天而之人，則謂之繼。其純然最初者善也。天地之性人爲貴。得乾道之一陰一陽以成男，則其性健。得坤道之一陰一陽以成女，則其性順。

降衷各正者性也。“繼之者善，成之者性”，天命之謂性，率性之謂道也。孟子之所謂性善，其原蓋出於此。《本義》以上句屬陽，下句屬陰，無由見陰陽之合德矣。

9. 陰陽不測之謂神。《本義》曰：“張子曰：兩在故不測。”

按，趙氏曰：“兩在，不可謂道在陰又在陽。只是陽中含陰，不可測其爲陽；陰中含陽，不可測其爲陰。其實張子所謂兩在，即前所謂在天成象，在地成形，變化見矣者。在天與在地不同，而所在則只此陰變爲陽，陽化爲陰者。成象，謂《乾》在天成象也。效法，謂《坤》在地成形也。知來謂占，通變謂事，而變化見也。神也者，妙萬物而爲言者也。無在而無乎不在，而烏乎測之?”

10. 成性存存，道義之門。《本義》曰：“成性，本成之性也。存存，謂存而又存，不已之意也。”

按，《易》或曰：“老子曰：有物渾成，先天地生，故曰成性。此言蓋非也。夫成性，即成之者性也。性本善，庶民去之，君子存之。存，即孟子所謂以仁存心，以禮存心者。聖人知崇而智存，禮卑而禮存。崇效天，則聖人一《乾》也。卑法地，則聖人一《坤》也。《乾》《坤》爲《易》之門。聖人效《乾》法《坤》，爲道義之門。《易》之門，爲諸卦所從出。道義之門，爲德業所從出也。”

11. 天一，地二；天三，地四；天五，地六；天七，地八；天九，地十。《本義》曰：“此言天地之數，陽奇陰耦，即所謂《河圖》者也。”

按，伏羲畫卦，仰以觀于天文，俯以察于地理。天數奇，一、三、五皆天。地數耦，二、四、六皆地。數起于一，中于五，五者參天兩地，六、七、八、九、十倚之而起。《夏小正》言節氣無過五日又五日，是也。《易》雖言《河圖》《洛書》，“聖人則之”，未嘗明言則以作《易》也。即因以作《易》，龍馬不過一獸耳，不過觀鳥獸之文以遠取諸物耳。《易》明言天尊地卑，乾坤定矣，觀變于陰陽以畫卦矣。明言太極生兩儀，兩儀生四象，四象生八卦矣。若以天一地二，天三地四，陽奇陰耦，即《河圖》之數。《河圖》出而始知天一地二乎？孔氏曰：“此言天地陰陽自然奇耦之數也。”斯言得之矣。

12. 天數五，地數五。《本義》曰：“此簡本在大衍之後，今按宜在此。”

按，古《易》大衍之數節在前，天數五節在後。蓋天地之數，始於一而成於十。《左傳》莊叔曰：“日之數十，故有十時，亦當十位。”天五地五，合而言之爲十位，分而言之爲五位。蓋十者天之成數，而要以五而兩。故聖人作《易》幽贊於神明而生蓍，參天兩地而倚數。參兩者，五也。自一而衍之成五，又衍之成十。大衍之而成五十。於五十之中虛其一而不用。《子夏易傳》曰：“一不用者，太極也。”邵子曰：“五者，蓍之小衍，故五十爲大衍。”蓍德圓以況天數，故七七四十九。聖人畫卦，至四十九而爲《革》，《彖》曰：“天地革而四時成。”《象》曰“君子以治歷明時。”大衍之四十九策，適與之合，此一行所以有取于大衍也。五位者，分二爲兩儀之位，掛一爲三才之位，揲四爲四時之位，歸奇再扐爲閏月成歲歸餘於終之位。五位成而先後多寡之相得，陰陽老少之有合，於是而著。蓋四十九策，一、三、五、七、九皆天，而五則天之中數，積五而衍之，無過二十有五。二、四、六、八、十皆地，而六則地之中數，積六而衍之，無過三十。蓋五六者，天地之中，合四時十二月中氣所由定也。此天地變化，聖人效之以作《易》也。而變化之神妙莫測者，則曰鬼神。故曰：“知變化之道者，其知神之所爲乎？”古本天數五節在大衍節後，非錯簡也。

13.《乾》之策二百一十有六,《坤》之策百四十有四,凡三百有六十,① 當期之日。《本義》曰:“凡此策數生於四象。少陰退而未極乎虚,少陽進而未極乎盈,故此獨以老陽老陰計《乾》《坤》六爻之策數,餘可推而知也。期,周一歲也。凡三百六十五日四分日之一,此特舉成數而概言之耳。”

按,《易象震衡交圖説》曰:“《衡圖》者,乾坤平衡爲南北陸,卯酉之中日道四十八,以蓍法揲之,或贏或乏。《乾》陽得九,四九三十六,以六乘之,《乾》六爻得二百一十六。《坤》陰得六,四六二十四,以六乘之,《坤》六爻得一百四十四。天日平行十二次,每次平行三十度。夏至之日,出寅入戌,首尾贏各三度。中更七次,二百一十六度。冬至之日出辰入申,首尾縮各三度,近五次爲百四十四。此冬夏晝日長短之大率也。其與《乾》《坤》之策數合,而當期之日者深有契也。”

14. 二篇之策,萬有一千五百二十,當萬物之數也。《本義》曰:“二篇,謂上下經。”

按,唐孔氏《正義序》曰:“第八論誰加經字。但《子夏傳》云:雖分爲上下二篇,未有經字。經字是後人所加。”《晋·束晳傳》曰:“太康二年,盗發魏安釐王冢,得竹書數十車。其《易經》二篇與《周易》上下經同。”《易緯》謂文王所分是矣。又按,《周禮·太卜》“掌三易之法,其經卦皆八”。則經字自古有之,非後人所加也。韓康伯注曰:“陽爻六,一爻三十六策。陰爻六,一爻二十四策。二篇三百八十四爻,合萬一千五百二十策。”張衡《靈憲》曰:“微星之數蓋萬一千五百二十,庶物蠢動,咸得係命。”其意蓋本於此也。

15. 是故四營而成易,十有八變而成卦。《本義》曰:

---

① “十”,原作“日”,今據《周易正義》改。

“四營，謂分二、掛一、揲四、歸奇也。易，變易也，謂一變也。三變成爻，十八變則成六爻也。”

按，胡方平曰：“畢中和《揲法》，其言三揲皆掛，正合四營之義。朱子亦謂畢氏《揲法》視疏義爲詳。”劉禹錫《辨易九六論》曰：“畢中和之學，其傳原於一行禪師。”蘇子瞻曰：“唐一行之學，以爲三變皆少，則《乾》之象也。《乾》所以爲老，陽而四數，其揲得九，故以九名之。三變皆多，則《坤》之象也，《坤》所以爲老，陰而四數，其揲得六，故以六名之。三變而少者一，則《震》《坎》《艮》之象也。《震》《坎》《艮》所以爲少，陽而四數，其揲得七，故以七名之。三變而多者一，則《巽》《離》《兑》之象也。《巽》《離》《兑》所以爲少，陰而四數，其揲得八，故以八名之。故七、八、九、六者，因揲數以名陰陽，而陰陽之所以爲老少者，不在乎是而在乎三變之間，八卦之象也。”

16. 是故《易》有太極。《本義》曰：“易者，陰陽之變。太極者，其理也。”

按，《北史·李業興傳》：“梁武帝問：‘《易》有太極，極是有無？’對曰：‘所傳太極是有。’”蓋據《易》有太極而言也。朱子曰：“至宋受命，五星聚奎，開文明之運，而周子出焉。不由師傳，默契道體，建圖屬書，根極要領。”又曰：“先生之學，其妙具於太極一圖。無極而太極，此五字添減一字不得。”又曰：“上天之載，無聲無臭，而實造化之樞紐，品彙之根柢也。故曰無極而太極。”據《爾雅》曰：“哉，始也。”《詩》“載見辟王”，毛傳曰：“載，始也。”孔疏曰：“哉、載義同。”此上天之載，蓋謂上天之始，聲臭俱無，所謂無極也。朱子《詩傳》曰：“載，事也。”《禮記》鄭注曰：“載讀曰栽，謂生物也。”若以爲上天之事即是造化，何以爲造化之樞紐乎？若以爲生物即是品彙，又何以爲品彙之根柢乎？蓋極者，中也，即太極也。虛其中，而更無一點居中，即無極也。無中而中在，即無極而太極也。在天爲極，人受天地之中以生，天命之謂性，故曰性猶太極也。《易乾鑿度》曰："夫有形者生於無形，則《乾》《坤》安從而生？故有太易。太易者，未見氣也。韓康伯曰："夫有必始於無，故太極生兩儀也。"先儒何氏曰："《繫辭》分爲上下二篇者，上篇明无，故曰《易》有太極。太極即无也。"又云："聖人以此洗心退藏於密，是其无也。下篇明幾，從无入有，故云知幾其神乎！然則無極而太極，蓋古注疏中義也。"《周書》曰："道天莫如無極。"《老子》曰："知黑守白，復歸於無極。"《列子》引夏革曰："無則無極。"又云："含天地也故無極。"無極之説，自古有之。無極而太極，即《易》有太極。《易》无體，故爲无極。周子圖説極有根柢，自宋儒諱言古注，以爲不由師傳，默契道體。致疑是圖者，或謂其得之陳摶、穆脩，或謂其得之鶴林寺僧，殊可嘆也。

17. 縣象著明，莫大乎日月。徐進齋曰："日月之明，旁燭幽遐，非《易》之示人本隱之顯，何以開物成務？是言其有所合也。"

按，虞翻曰："縣象著明，謂日月懸天成八卦象。三日暮，《震》象，月出庚。八日，《兑》象，月見丁。十五日《乾》象，月盈甲壬。十六日旦，①《巽》象，月退辛。二十三日《艮》象，月消丙。三十日《坤》象，月滅乙癸。晦夕朔旦則《坎》象，水流戊，日中則《離》象，火就己。戊己土位，象見于中，日月相推而明生焉。"此以納甲分八卦之方，與魏伯陽《參同契》略同。《參同契》不列壬癸，視此爲較疎矣。

18. 河出圖，洛出書，聖人則之。《本義》曰："《河圖》《洛書》，詳見《啓蒙》。"

按，蔡季通曰："闞子明、邵康節皆以十爲《河圖》，九爲《洛書》。

---

① "十六"，四庫本《周易述》引虞翻文作"十七"。

惟劉牧《臆見》以九爲《河圖》，十爲《洛書》，托言出於希夷。”據子華子曰：“《河圖》之二與四，抱九而上躋；六與八，蹈一而下沉。戴九而履一，據三而持七，五居中宫，數之所由生。一縱一横，數之所由成。”則以九爲《河圖》者，其説蓋肇於此。然《洪範》自初一至次九與《洛書》合。孔安國、① 劉歆皆以十爲《河圖》，九爲《洛書》，是也。《易學啓蒙》曰：“《洛書》而虚其中，則亦太極也。奇偶各居二十，則亦兩儀也。一二三四而合九八七六，縱横十五而互爲七八九六，則亦四象也。四方之正以爲《乾》《坤》《離》《坎》，四隅之偏以爲《兑》《震》《巽》《艮》，則亦八卦也。《河圖》之一六爲水，二七爲火，三八爲木，四九爲金，五十爲土，則固《洪範》之五行。而五十有五者，又九疇之子目也。是則《洛書》固可以爲《易》，而《河圖》亦可以爲《範》矣。《河圖》《洛書》相爲經緯，不信然哉！”

19. 陽卦奇，陰卦耦。《本義》曰：“凡陽卦皆五畫，凡陰卦皆四畫。”

按：聖人畫卦，畫一奇以象陽，畫一耦以象陰。三奇，《乾》也，爲老陽。三耦，《坤》也，爲老陰。其餘兩耦一奇，則一奇爲之君。故《震》《坎》《艮》爲少陽之卦。奇在初爲《震》，中爲《坎》，末爲《艮》。兩奇一耦，則一耦爲之主。故《巽》《離》《兑》爲少陰之卦。耦在初爲《巽》，中爲《離》，末爲《兑》。此所謂陽卦奇，陰卦耦。季彭山曰：“奇耦之名，始見於此。”

20. 介如石焉，寧用終日。《本義》曰：“此釋《豫》六二爻義。”

按，《晋書·桓温傳》温上疏曰：“砎如石焉，所以成務。”《豫》二

① “安”，原作“子”，今據《尚書正義》改。

“介於石”，古文作“砎”，鄭康成曰：“磨砎也。”温疏“砎如石”，宗鄭學也。

21.《乾》《坤》，其《易》之門邪？胡氏曰：“闔闢言户，此言門。户一也，以流形言。門二也，以對待言。”

按，《乾》《坤》指奇耦二畫，《易》指諸卦。蓋《乾》《坤》爲諸卦所從出，故謂之門。闔户謂之《坤》，闢户謂之《乾》，分而言之則曰户，一闔一闢，往來不窮。合而言之，則曰門。其實則一而已矣。

22. 於稽其類，其衰世之意邪？《本義》曰：“卦爻之義，雖雜出而不差謬，然非上古淳質之時思慮所及也，故以爲衰世之意。”

按，伏羲畫卦，既本陰陽以盡意。文、周豈外是以盡言哉？蓋《易》之興也，因貳以濟民行，以明失得之報。明其所行之得者，報之以吉，所行之失者，報之以凶。伏羲淳古時豈應有此？故以爲衰世之意。

23. 是故《履》，德之基也；《謙》，德之柄也；《復》，德之本也。《本義》曰：“此章三陳九卦，以明處憂患之道。”

按，《履》柔《履》剛也，剛中正所以爲德之始基也。《謙》“亨，君子有終。人道惡盈而好謙”，人之所當執持也，所以爲德之柄也。“《復》亨，剛反動而以順行，出入无疾，朋來无咎”，皆本於此，所以爲德之本也。“《恒》亨，无咎，利貞。”貞正而固也。固則恒久而不已，所以爲德之固也。《損》剛《益》柔有時，君子進德修業，欲及時也，所以爲德之修也。《益》動而《巽》日進無疆，進則日見其充裕，① 所以爲德之裕也。《困》而不失其所亨，其爲君子乎？匪君子而安能不失

① “充”，中華書局本作“克”。

也？人品於是而辨，所以爲德之辨也。《坤》爲地，萬物皆致養焉。《井》養而不窮，一安貞之應地也，所以爲德之地也。剛《巽》乎中正，柔皆順乎剛一，若有所制而伏於下。《兑》見而《巽》伏也，所以爲德之制也。初陳者，言九卦可以修德。再陳者，言九卦之德所以當用。三陳者，言所以用之之方。

24. 其出入以度，外内使知懼。《本義》曰："此句未詳，疑有脱誤。"

按，康伯注："出入猶行藏，外内猶隱顯。"孔氏曰："言行藏各有其度，不可違失於時。若不應隱而隱，不應顯而顯者，必有凶咎。使知畏懼而不爲也。"徐在漢曰："變之所適，有出有入。而變易之中，無非天則，故曰其出入以度。有出有入，則有内有外，而出入之度無非懼以終始，故曰外内使知懼。"

今按，出入猶出處，外謂外卦，内謂内卦。《晋語》：司空季子曰："屯，厚也。豫，樂也。車班外内，順以訓之。"韋昭謂"屯内豫外"，知外内即外卦内卦也。其出入進退各有度限，如節之制數度議德行也。出入之所占，或外或内，或當或不當，各有度限以制之。否則必至於凶咎，凡所以使人知所懼也。

25. 四多懼，近也。《本義》曰："四近君，故多懼。"

按，洪容齋《隨筆》曰："郭京《易舉正》三卷云：曾得王輔嗣、韓康伯手寫注定傳授真本，① 比校今世流行本，② 舉正其訛，凡一百三十五處。今略取其明白者二十處載於此：《坤》初六：'履霜堅冰至。'《象》曰：'履霜，陰始凝也。'今本《象》文'霜'字下誤增'堅冰'二字。《屯》六三《象》曰：'即鹿无虞，何以從禽也？'今本脱'何'

---

① "真"，原作"貞"，今據《容齋隨筆》卷五改。

② "校"，原作"挍"，今據《容齋隨筆》卷五改。

字。《師》六五：‘田有禽，利執之。’元本‘之’字誤作‘言’，觀注義亦全不作‘言’字釋也。《比》九五《象》曰：‘失前禽，舍逆取順也。’今本誤倒其句。《賁》：‘亨，不利有攸往。’今本‘不’字誤作‘小’字。‘剛柔交錯，天文也’，① 注云：‘剛柔交錯而成文焉，天之文也。’今本脱‘剛柔交錯’一句。《坎》卦‘習坎’，上脱‘坎’字。《姤》九四：‘包失漁。’注：‘二有其漁，故失之也。’今本誤作‘无魚’。《蹇》九三：‘往蹇來正。’今本作‘來反’。《困》初六《象》曰：‘入於幽谷，不明也。’今本‘谷’字下多‘幽’字。‘聖人亨以享上帝，以養聖賢。’今本正文多‘而大亨’三字，故注文亦誤增‘大亨’二字。《震》象曰：‘不喪匕鬯，出可以守宗廟社稷以爲祭主也。’今本脱‘不喪匕鬯’一句。《漸》象曰：‘君子以居賢德，善風俗。’今正文脱‘風’字。《豐》九四《象》：‘遇其夷主，吉，志行也。’今文脱‘志’字。《中孚》象：‘豚魚吉，信及也。’今本‘及’字下多‘豚魚’二字。《小過》象：‘柔得中，是以可小事也。’今本脱‘可’字，而‘事’字下誤增‘吉’字。六五《象》曰：‘密雲不雨，已止也。’注：‘陽已止下，故也。’今本正文作‘已上’，故注亦誤作‘陽已上故止也’。《繫辭》下：‘二多譽，四多懼。’注：‘懼，近也。’今本正文誤作‘四多懼，近也’。”

26.《説卦傳》：“幽贊於神明而生蓍。”《本義》曰：“幽贊神明，猶言贊化育。”

按，朱子嘗曰：“《易》只爲卜筮而作，故《周禮》分明言太卜掌《三易》：《連山》《歸藏》《周易》。秦去古未遠，故《周易》亦以卜筮得不焚。今人才説《易》是卜筮之書，便以爲辱累了《易》。見夫子説許多道理，便以爲《易》只説道理。”以愚臆之，《周禮·太卜》“掌《三易》之法”，鄭氏注曰：“《易》者，揲蓍變易之數可占者也。”賈公

① 《容齋隨筆》下有“文明以止，人文也”句。

彦曰："《易繫辭》云：'分而爲二以象兩，掛一以象三，揲之以四以象四時，歸奇於扐以象閏。'此是揲蓍變易之數可占者也。"非謂全《易》之書只爲卜筮而作，故掌之以太卜也。子曰："《易》與天地準，故能彌綸天地之道。"又曰："《易》有聖人之道四焉。"又曰："夫《易》開物成務，冒天下之道。"又曰："聖人之作《易》也，將以順性命之理。"《易》只卜筮云乎哉？《荀子》曰："善爲《易》者不占。"見《易》之不專爲卜筮也。秦人以爲卜筮者，時明《易》者屏迹而不出，而秦人亦視爲卜筮而不廢，《易》之幸也。豈可以秦人之視《易》言《易》哉？

27. 天地定位，山澤通氣。邵子曰："此伏羲八卦之位，所謂先天之學也。"

帝出乎《震》，齊乎《巽》。邵子曰："此卦位乃文王所定，所謂後天之學也。"

按，《周禮·太卜》"掌三易之法"，干寶注曰：①"天地定位，山澤通氣，雷風相薄，水火不相射，此小成之《易》也。帝出乎《震》，齊乎《巽》，相見乎《離》，致役乎《坤》，説言乎《兑》，戰乎《乾》，勞乎《坎》，成言乎《艮》，此《連山》之《易》也。初《輿》、初《乾》、初《艮》、初《兑》、初《犖》、初《離》、初《釐》、初《巽》，此《歸藏》之《易》也。"朱子《本義》直從邵子之説也。

28.《雜卦傳》注康伯曰："《雜卦》者，雜糅衆卦，錯綜其義。"

按，孔疏曰："虞氏云：《雜卦》者，雜六十四卦以爲義，其於《序卦》之外別言也。昔者聖人之興，因時而作，隨其時宜，不必皆相因襲。

① "干"，原作"于"，今據文意改。

故《歸藏》名卦之次，亦多異於時。”今《歸藏易》亡，惟存六十四卦名，又闕其四，與《周易》不同。如坤作臾，需作溽，小畜作毒，① 謙作兼，蠱作蜀，剥作僕，无妄作毋亡，大畜作奮，坎作犖，咸作諴，遯作逯，家人作散家人，解作荔，損作員，升作稱，震作釐，艮作狠，涣作奂之類，是也。

29.《經籍考》云：“陳氏曰：《九家易》者，漢淮南王所聘明《易》者九人。荀爽嘗爲之集解。”

按，朱子《説卦傳》注所引荀《九家易》，《經典序録》曰：“荀爽《九家集注》十卷，不知何人所集，稱荀爽者，以爲主故也。”其序有荀爽、京房、馬融、鄭玄、宋衷、虞翻、陸續、姚信、翟子玄。是九人者，皆在淮南王安之後，陳氏以漢淮南王所聘明《易》者九人，爲荀《九家易》，失考甚矣。荀爽别名諝，見《吴書·虞翻傳》注。

30. 王伯厚《易經考異》曰：“《館閣書目》：《周易元包》十卷，唐衛元嵩撰。”

按，《元包》，衛元嵩撰，其書以八純卦爲八篇之首，先《坤》後《乾》《兑》《艮》《離》《坎》《巽》《震》。蘇允明注之，謂《易》起於《乾》，《包》起於《坤》。李江序之，謂周曰《周易》，唐曰《唐包》。據楊楫序《元包》云：“元嵩，益州成都人，明陰陽曆數算，獻策後周。賜爵持節蜀郡公。武帝尊禮，不敢臣之。”《周書·褚該傳》：“蜀郡衛元嵩亦好言將來事。天和中預論周、隋廢興及皇家受命，並有徵驗。性尤不信釋教，嘗上書極論之。”《書目》及李江之序皆云“唐人”，殊失考矣。

---

① “毒”下，原衍“畜”字，今據上下文義删。

31.《經籍考》:《子夏易》十卷。晁氏曰:“《唐·藝文志》子夏書已亡,今此書約王弼注爲之者,止《雜卦》。景迂云:張弧僞作。”

按,《隋》《唐志》,《易》有《卜夏傳》二卷,殘闕。孔氏《易正義序》引《子夏傳》云:“雖分爲上下二篇,未有‘經’字。”《屯》二“乘馬班如”,引《子夏傳》云:“班如者,謂相牽不進也。”《泰》上“城復于隍”,引《子夏傳》云:“隍是城下池也。”《夬》五引《子夏傳》云:①“莧陸,木根草莖,剛下柔上也。”《姤》五引《子夏傳》云:“作杞匏瓜。”《井》二引《子夏傳》云:“井中蝦蟆,呼爲鮒魚也。”《益象》引《子夏傳》云:“雷以動之,風以散之,萬物皆益也。”② 洪容齋曰:“孔子弟子惟子夏於諸經獨有書。於《易》則有傳,於《詩》則有序,於《禮》則有《儀禮喪服》一篇,於《春秋》所云‘不能贊一辭’,蓋亦嘗從事於斯矣。後漢徐防上疏曰:《詩》《書》《禮》《樂》定自孔子,發明章句始於子夏。斯其証云。”今《經解》以子夏《易傳》爲首卷,亦是意也。

32.《崇文總目》曰:鄭康成《易注》,今唯《文言》《説卦》《序卦》《雜卦》合四篇,餘皆逸。③ 指趣淵確,本去聖之未遠。

按,《南齊書·陸澄傳》:澄與王儉書曰:“晋太興四年,太常荀菘請置《周易鄭氏注》博士,④ 行乎前代。於時政由王庾,皆儁神清識,能言玄遠,舍輔嗣而用康成,⑤ 豈其妄然。元嘉建學之始,玄弼兩立。

---

① “五”,原作“二”,今據《周易正義》改。

② 四庫本《周禮注疏》無“也”字。

③ “餘”,中華書局本作“篇”。

④ “菘”,《南齊書·陸澄傳》作“崧”。“鄭氏”,《南齊書·陸澄傳》作“鄭玄”。

⑤ “用”,原作“周”,今據《南齊書·陸澄傳》改。

逮顔延之爲祭酒，黜鄭置王。”則後儒之廢鄭者，自顔始也。鄭注向所存《文言》《説卦》《序卦》《雜卦》四篇，今并亡之。而經注所引，如《内則》‘不敢睇’疏引《明夷》六二爻辭鄭氏注；《坊記》“東鄰殺牛”，疏引《既濟》九五爻辭鄭氏注；《士昏禮》“爵弁服纁裳純衣緇帶韎韐”，疏引《困》卦九二“朱韍方來”鄭氏注；《詩》“衆維魚矣”，疏引《中孚》“豚魚吉”鄭氏注；《詩》“賁然來思”，疏引《賁》象“山下有火”鄭氏注；《爾雅》“盎謂之缶”，疏引《坎》六四“樽酒簋貳用缶”、《比》初六“有孚盈缶”鄭氏注；而《易》疏《屯》二“匪寇昏媾”“媾猶會也”引鄭氏注。其餘蓋不經見云。

33.《漢·藝文志》：“《京氏段嘉》十二篇。”師古曰：“嘉即京房所從受《易》者。”

按，《儒林傳》“房授東海殷嘉”，則嘉乃京之門人，非京所從受《易》者。受當作授，段當作殷，① 字訛也。《後漢·馮異傳》“段建”，《東漢記》作“殷建”；《班彪傳》“殷肅”，《固集》作“段肅”，皆以字近而訛。

34.《南史》伏曼容云：“何晏疑《易》中九事，以吾觀之，晏了不學也。”

按，《南齊書·張緒傳》：“緒長於《周易》，見宗一時，嘗云何平叔所不解《易》中七事，② 諸卦中所有時義，是其一也。”嘗是謂六十四卦其云“《豫》之時義”“《隨》之時義”“《旅》之時義”者三卦而已。七事、九事，未知孰是。據晏常自言《易》義精了，所不解《易》者九事，一日迎管公明共論《易》，九事皆明。則言九事者是也。曼容以何晏“了不學”而譏之，此《南史》謂其倜儻好大言也。

---

① “段”，原文作“叚”，今據上文及光緒本改。下兩“段”字同。

② “嘗”，《南齊書·張緒傳》作“常”。

35.《朱子語録》曰："京房卦氣用六日七分。季通云：康節亦用六日七分。但不見康節説處。"

按，《易緯稽覽圖》曰："卦氣起《中孚》，故《離》《坎》《震》《兑》各主其一方。其餘六十卦，卦有六爻，爻别主一日，凡主三百六十日，餘有五日四分日之一者。每日分爲八十分，五日分爲四百分。四分日之一，又爲二十分，是四百二十分。六十四卦分之，六七四十二，卦别各得七分，是每卦得六日七分也。"京氏之學，蓋原於此。《後漢·郎顗傳》"善六日七分"，《崔瑗傳》"明京房《易傳》六日七分"。今世術士所用世應、飛伏、游魂、歸魂、納甲之説，皆出京氏。康節數學，想亦用此，故蔡氏及之。

36. 程迥《周易古占》曰："襄九年，穆姜始往東宫，遇《艮》之八。史曰：是謂《艮》之《隨》。蓋五爻皆變，惟二八不變也。杜征南引《連山》《歸藏》以七八占，其失遠矣。"

按，《晋語》："公子重耳親筮之曰：'尚有晋國，得貞《屯》悔《豫》，皆八。'"注曰："《震》在《屯》爲貞，在《豫》爲悔。八謂《震》兩陰爻在貞在悔皆不動，故曰皆八。"謂爻無爲也。又"董因迎公於河，曰：'臣筮之，得《泰》之八"，注曰："《乾》下《坤》上，《泰》。遇《泰》無動爻，無爲侯。①《泰》三至五，震爲侯，陰爻不動，其數皆八。故得《泰》之八。"沙隨程氏之所謂古占，蓋即此也。黄石《齋易象震》曰："貞《屯》悔《豫》皆八，是兩筮也。兩筮之陽爻皆動，陰爻皆不動。不動者多陽變而從八，八即《坤》也。古人名《坤》曰八，猶今之言《坤》八也。"其意亦本於《晋語》："司空季子曰：《震》，車也；《坎》，水也；《坤》，土也；《屯》，厚也；《豫》，樂也。"注曰："《豫》内爲《坤》，《屯》二與四亦爲《坤》。"是皆《坤》也，

① "無"，原作"筮"，今據《國語·晋語》韋昭注改。

故因以八即《坤》也。然穆姜之史明言爲《艮》之《隨》，今改以爲《艮》之《坤》，可乎？則以爻之不變者爲八爲得解也。

37. 周子《通書》曰："《易》何止《五經》之源，其天地鬼神之奥乎？"朱子注曰："陰陽有自然之變，卦畫有自然之體，此《易》之爲書，所以爲文字之祖、義理之宗也。"

按，《漢·藝文志》曰："六藝之文：《樂》以和神，仁之表也；《詩》以正言，義之用也；《禮》以明體，明者著見，故無訓也；《書》以廣聽，知之術也；《春秋》以斷事，信之符也。五者，蓋五常之道，相須而備，而《易》爲之原。"《後魏書·常爽傳》曰："爽因教授之暇，述《六經略注》，以廣制作。其序曰：《樂》以和神，《詩》以正言，《禮》以明體，《書》以廣聽，《春秋》以斷事。五者，蓋五常之道，相須而備，而《易》爲之源。故曰《易》不可見，則《乾》《坤》其幾乎息矣。"周子曰"《易》何止《五經》之源"，意蓋本此而言耳。

38. 邵子《觀物詩》曰："《乾》遇《巽》時爲月窟，地逢雷處見天根。天根月窟閒來往，三十六宫都是春。"注以《乾》一《兑》二爲三宫，《離》三《震》四爲七，《巽》五《坎》六爲十一，《艮》七《坤》八爲十五，合之則三十六宫。

按，先生《小車初出吟》曰："物外洞天三十六，俱疑散布洛陽中。小車春暖秋凉日，一日止能移一宫。"此即是詩之注脚。必欲強求其數以合之，則鑿矣。

39. 伊川《易傳》十卷。朱子曰："《易》本是卜筮之書，程先生只説得一理。"又曰："程《易》言理甚備，象數却欠在。"

按，《二程遺書》："張閎中以書問《易》之義，本起於數。程子答曰：謂易起數，① 則非也。有理而後有象，有象而後有數。《易》因象以知數，得其義則象在其中矣。必欲窮象之纖微，② 盡數之毫忽，乃尋流逐末，術家所尚，非儒者之務也。管輅、郭璞之學是已。”蓋程子之意以爲理數一源，有理即有數，初不必岐而二之。而《朱子語録》曰：“聖人分明説：③ 昔者聖人之作《易》，④ 觀象設卦，繫辭焉以明吉凶，幾多分曉。某所以説《易》只是卜筮書者，此類可見。”然夫子又曰：“觀變於陰陽而立卦，發揮於剛柔而生爻，和順於道德而理於義，窮理盡性以至於命。”又曰：“昔者聖人之作《易》也，將以順性命之理。”有理而數在其中，故曰“天下之理得而成位乎中矣”。觀象繫辭之説可據，窮理盡性之説獨不可據乎？

又按，《歸藏》曰：“昔黄神將戰，筮於巫咸。”《世本》曰：“巫咸作筮。”蓋黄帝臣也。而庖犧畫卦，佃漁取諸《離》；神農氏作耒耜取諸《益》，市取諸《噬嗑》；斯時尚未有卜筮。後世聖人乃以《易》爲卜筮之用耳。謂《易》只卜筮之書，可乎？

① “易”，《二程遺書》作“義”。
② “纖”，《二程遺書》作“隱”。
③ “分”，原作“今”，今據《朱子語類》改。
④ “作”，原脱，今據《朱子語類》補。

卷三

翰林院檢討徐文靖　撰

書一

1.《尚書序》云："魯共王壞孔子宅，於壁中得先人所藏古文虞夏商周之書，皆科斗文字。科斗書廢已久，時人無能知者，以所聞伏生之《書》考論文義，定其可知者爲隸古定，①更以竹簡寫之。"

按，《尚書》有古文者，倉頡書也，孔壁所藏者是也。今文者，漢隸書也，伏生所授者是也。《古文尚書》，孔安國爲之作傳，定五十八篇。會武帝末，國有巫蠱事，用不復以聞。《書傳》散失於民間，終漢之世，諸儒皆未之見。孔氏曰："劉歆作《三統曆》，論武王伐紂，引《今文泰誓》云：丙午逮師。又引《武成》'越若來三月五日甲子，咸劉商王受'，並不與孔同。"是不見孔傳也。後漢初，賈逵奏《尚書》疏云"流爲烏"，是與孔亦異也。馬融《書序》云："經傳所引《泰誓》，《泰誓》並無此文。"又云："逸十六篇，並無師説。"是融亦不見也。服虔、杜預注《左傳》"亂其紀綱"，並云"夏桀時"。服虔、杜預皆不見也。鄭玄亦不見之，故注《書序》《舜典》云"入麓伐木"，注《五子之歌》

① "定"，原作"文"，今據《尚書正義序》改。

云“避亂於洛汭”，注《胤征》云“胤征，臣名”，又注《禹貢》引《胤征》云“厥篚玄黄，昭我周王”，① 又注《咸有一德》云“伊陟、臣扈曰”，又注《典寶》引《伊訓》云“載孚在亳”，又曰“征是三朡”，又注《旅獒》云“獒讀曰豪，謂是酋豪之長”。又古文有《仲虺之誥》《太甲》《説命》等見在，而云亡。其《汨作》《典寶》之等一十三篇見亡，而云已逸。是不見古文也。至晋世王肅注《書》，始似竊見孔傳，故注“亂其紀綱”，爲夏太康時。又《晋書·皇甫謐傳》云：“姑子外弟梁柳邊得《古文尚書》，故作《帝王世紀》，往往載孔傳五十八篇之書。”《晋書》又云：晋太保公鄭冲以古文授扶風蘇愉，愉授天水梁柳，柳授城陽臧曹，曹授郡守子汝南梅賾，又爲豫章内史，遂於前晋奏上其書，而施行焉。時已亡失《舜典》一篇。晋末范甯爲解時，已不得焉。至齊蕭鸞建武四年，姚方興於大航頭得而獻之，議者以爲孔安國之所注也。值方興有罪，事亦隨寢。至隋開皇二年購募遺典，乃得其篇焉。

2.《堯典》：“寅賓出日。”蔡傳曰：“賓，禮接之如賓客也。蓋以春分之旦，朝方出之日，而識其初出之景也。”

按，寅賓、寅餞，孔傳曰：“賓，導也。敬導出日，平均次序東作之事以務農也。餞，送也。日出言導，日入言送，因事之宜。”蓋出日納日，以初春初秋而言。日中宵中，乃以二分而言也。《北史·李業興傳》天平四年使梁，梁武問：“堯時以前，何月爲正？”對曰：“自堯以上，書典不載，② 實所不知。”梁武云：“‘寅賓出日’是正月，‘日中星鳥’是二月，此出《堯典》，何得云堯時不知用何正？”然則鄭玄注云：“寅賓出日，謂春分朝日。寅餞納日，謂秋分夕月。”其説非矣。蔡傳宗之，而以爲“識其方出方納之景”，抑豈敬授人時之實乎？

① “昭”，原作“紹”，今據《尚書注疏》改。

② “典”，原作“所”，今據《北史·李業興傳》改。

3. 象恭滔天。孔傳曰:“貌象恭敬,而心傲狠若漫天。”蔡傳曰:“滔天二字,未詳。與下文相似,疑有舛誤。”

按,《竹書》:“帝堯十九年,命共工治河。六十一年,命崇伯鯀治河。”則鯀未命以前,四十一年中治河者,皆共工也。時帝問誰順予事,而驩兜美共工之僝功。帝謂其治河外若貌承君命,而洪水仍致滔天,與下文“浩浩滔天”同一義也。

4. 朕在位七十載。孔傳曰:“堯年十六以唐侯升爲天子,在位七十年,時年八十六。”疏曰:“遍檢今之書傳,無堯即位之年。《傳》言年十六,必當有所案據,未知出何書。”

按,《竹書》:“帝嚳高辛氏四十五年,帝錫唐侯命。六十三年帝陟。[①] 帝子摯立,九年而廢。帝堯陶唐氏即位,居冀。元年丙子,命羲和歷象。”計命爲唐侯之年,至帝即位之年,二十有六年矣。《傳》言十六年,誤也。

又按,《前漢·地理志》:“中山國唐縣,堯山在南。”張晏曰:“堯爲唐侯,國於此。堯山在唐東北望都界。”《後漢·郡國志》:“中山唐縣。”劉昭注引《帝王世紀》曰:“堯封唐。堯山在北,唐水西入河,南有望都山,即堯母慶都所居。”計堯封唐之年當十有餘歲,安在嗣摯即位之年,僅十有六乎?

5.《舜典》:“正月上日,受終于文祖。”孔傳曰:“文祖者,堯文德之祖廟。”蔡傳曰:“文祖,[②] 堯始祖之廟。未詳所指何人也。”[③]

按,《隋書·牛弘傳》曰:“今檢明堂必立五室者何?《尚書帝命驗》

---

① “三”,原脱,今據《竹書紀年》補。

② “祖”下,《尚書集傳》有“者”字。

③ “指”下,《尚書集傳》有“爲”字。

曰：‘帝者承天立五府，赤曰文祖，黄曰神升，白曰顯祀，黑曰玄矩，蒼曰靈府。’康成注云：①‘五府與周之明堂同矣。’”是文祖蓋明庭之南府，非謂堯始祖廟也。《竹書》：“帝堯七十三年春正月，舜受終於文祖。七十四年，虞舜初巡狩四岳。八十七年，初建十有二州。”《舜典》所載大半攝位時事也。舜格于文祖以後，則帝舜在位事耳。

6. 五十載，陟方乃死。孔傳曰：“方，道也。舜即位五十年，升道南方巡守，死於蒼梧之野而葬焉。”蔡傳曰：“陟方，猶升遐也。陟方乃死，猶言徂落而死也。”

按，《竹書》：“帝舜三十二年，帝命夏后總師，遂陟方岳。四十九年，帝居于鳴條。五十年，帝陟。”夫陟方在十八年之前，五十年乃死，豈可以陟方訓爲死乎？《吴都賦》曰：“烏聞梁岷有陟方之舘，行宫之基。”晋庾闡《揚都賦》曰：“天包龍軫，地奄衡霍，玄聖所游，陟方所托。”《水經注》曰：“言大舜之陟方也，二妃從征，溺於湘江。”皆以“陟方”爲巡守方岳。蔡氏注以爲升遐，謂升遐乃死，可乎？

7.《大禹謨》：“正月朔旦，受命于神宗。帝曰：咨禹，惟時有苗弗率，汝徂征。”蔡傳曰：“神宗，堯廟也。”林氏曰：“禹征有苗，蓋在居攝之後，而禀命於舜，禹不敢專也。”

按，《竹書》：“帝舜三十三年春正月，夏后受命於神宗。三十五年，帝命夏后征有苗。有苗氏來朝。”即是事也。神宗，《傳》以爲堯廟。《尚書帝命驗》曰：“帝者立五府，黄曰神升。”蓋神宗也，如明堂之太室也。

8.《益稷》云：“無若丹朱傲，惟慢游是好。”蔡傳曰：“《漢志》堯處子朱於丹淵，爲諸侯。丹，朱之國名也。罔水

---

① “康成注云”,《隋書·牛弘傳》作“鄭玄注曰”。

行舟，如奡盪舟之類。”

按，《竹書》：“帝堯五十八年，帝使后稷放帝子朱於丹水。”世以其爲帝子而尊之，雖食租衣税，未嘗爲諸侯也。《竹書》：“舜二十九年，帝命子義鈞封于商。”封之則列於諸侯，放之則不得爲諸侯也。舜即位，乃始封朱於房。又罔水行舟，蓋所謂陸地行舟。而《論語》奡盪舟，則非此，先儒皆誤解也。奡，寒浞之子，《春秋傳》作澆。《竹書》：“夏帝相二十六年，寒浞使其子澆帥師滅斟灌。二十七年，澆伐斟鄩，大戰于濰，覆其舟，滅之。”《天問》：“覆舟斟尋，何道取之？”謂此耳。豈可以爲陸地行舟乎？

9.《夏書·禹貢序》云：“禹別九州，隨山濬川，任土作貢。”孔傳曰：“此堯時事而在《夏書》之首，禹之王以是功。”蔡傳曰：“夏，禹有天下之號也，《禹貢》作於虞時，而繫之《夏書》者，禹之王以是功也。”

按，《竹書》：“帝舜三十三年，夏后受命于神宗，遂復九州。”禹制九州貢法，作于虞時。孔傳云“堯時”，非也。《帝王世紀》曰：“禹受封爲夏伯，在豫州外方之南。”《水經注》曰：“河南陽翟縣有夏亭城，夏禹始封於此爲夏國。”蓋《禹貢》作於虞時，時禹爲夏伯，故曰《夏書》。何得謂夏爲禹有天下之號？

10.《禹貢》：“既修太原，至于岳陽。”蔡傳曰：“岳，太岳也。山南曰陽，即今岳陽縣地也。蓋汾水出於太原，經於太岳，東入于河，此則導汾水也。”

按，朱長孺曰：“此岳陽謂霍山之南，所包者廣。蔡傳專指岳陽縣言，非。”又按，《山海經》：“管涔之山，汾水出焉，而西流注于河。”郭璞曰：“至汾陰縣北，西入河。”《漢志》：“太原汾陽縣北山，汾水所出。西南至汾陰入河。”蔡傳云“東入河”，非。

11. 大陸既作。蔡傳曰："大陸，孫炎曰：'鉅鹿北廣阿澤，河所經也。'程氏曰：'鉅鹿去古河絶遠，①河未嘗逕邢以行鉅鹿之廣阿，非是。'按，古河之在貝冀以及枯洚之南，率皆穿西山踵趾以行，及其已過信洚之北，則西山勢斷，曠然四平，蓋以此謂之大陸。乃與下文北至大陸者合。故隋改趙之昭慶以爲大陸縣。唐又割鹿城置陸澤縣。②皆疑鉅鹿之大陸不與河應，而亦求之向北之地。杜佑、李吉甫以爲邢、趙、深三州爲大陸者，得之。"

按，《山海經》："敦與之山，溹水出於其陽，而東流注于泰陸之水。"郭璞曰："大陸水也。"《名勝志》："敦與山在趙州臨城縣南七十里。"《吕氏春秋》："九藪，趙之鉅鹿。"高誘曰："廣阿澤也。"《漢志》："鉅鹿縣，《禹貢》大陸，在北。"則大陸在趙，即廣阿，明矣。魏收《地形志》："殷州，治廣阿。"劉昫曰：③"北齊改爲趙州，隋改廣阿爲大陸，唐天寶二年改爲昭慶，以有建初、啓運二陵也。"蔡傳以爲隋改昭慶爲大陸，謬矣。《唐志》邢州鉅鹿縣有大陸澤。深州束鹿縣，本鹿城。先天二年析鹿城，置陸澤。《金史志》深州静安縣有大陸澤，是也。蔡傳謂隋唐以來皆疑鉅鹿之大陸不與河應，則是非邢之鉅鹿，非趙之大陸，乃以邢、趙、深三州爲大陸者得之，何也？

12. 九河既道。蔡傳曰："九河，《爾雅》一曰徒駭，二曰太史，三曰馬頰，四曰覆鬴，五曰胡蘇，六曰簡絜，七曰鉤盤，八曰鬲津。其一則河之經流也。先儒不知河之經流，遂分簡絜爲二。自漢以來講求九河者甚詳。漢世近古，止得其三，

---

① "鹿",原作"陸",今據上下文及蔡沈《書經集傳》改。

② "澤",蔡沈《書經集傳》作"渾"。

③ "昫",原作"朐",今據《舊唐書·地理志》改。

唐人集累世積傳之語，遂得其六。歐陽忞《輿地記》又得其一。要之，皆似是而非，無所依據。至其顯然謬誤者，班固以滹沱爲徒駭，而不知滹沱不與古河相涉。樂史馬頰，乃以漢篤馬河當之。鄭氏又以爲九河，齊桓塞其八流以自廣。河水可塞，河道果能盡平乎？惟程氏謂今滄州之地，北與平州接境，相去五百餘里，禹之九河當在其地。後爲海水淪没，故其迹不存。又上文言夾右碣石，則九河入海之處，有碣石在其西北岸。今兗、冀之地，既無此石，而平州正南有山而名碣石者，尚在海中，去岸五百餘里，卓立可見。則是古河自今以爲海處向北斜行，始分爲九。其河道已淪入於海，明矣。"

按，郭璞注《爾雅》、朱子注《孟子》、陸氏《釋文》皆以"簡絜"爲二，蔡傳以"簡絜"爲一，非也。班史《地理志》：勃海東光縣有胡蘇亭，又成平縣虖沱河，① 民曰徒駭河。平原鬲縣，平當以爲鬲津。又般縣，師古曰："《爾雅》説九河云：'鉤般。'"《水經注》般縣般河，蓋亦九河之一也。此虖沱即徒駭之别名。《漢書·溝洫志》："許商以爲古説九河之名，有徒駭、胡蘇、鬲津，今見在成平、東光、鬲界中。自鬲以北至徒駭間，相去二百餘里。今河雖數移徙，不離此域者也。"② 假令皆淪於海，則所謂"見在"者，何地也？蔡傳以滹沱不與古河相涉，而譏班固爲不知，非也。成帝鴻嘉中，孫禁以爲可開通大河，令入故篤馬河，至海五百里，水道浚利。假令九河淪海，則此五百里亦應入海，所謂故篤馬河安在也？哀帝初，平當使領河隄，奏言九河實滅。王莽時徵能治河者，韓牧以爲可略於《禹貢》九河處穿之，縱不能爲九，但爲四五，宜有益。則九河之未嘗淪海，可知也。《漢志》大碣石在右北平驪城縣西南，若果淪海五百里，所謂在縣西南者何山？《封禪書》北至

① "沱"，《漢書·地理志》作"池"。
② "者也"，《漢書·溝洫志》無此二字。

碣石，巡自遼西。若果淪入于海，所謂北至者何石？《明一統志》碣石山在永平府昌黎縣西北，離海三十里，其爲卓立可見者宜矣。蔡傳以碣石在海中，去岸五百餘里，尚卓立可見。然耶？否耶？

13．雷夏既澤。蔡傳曰："雷夏，《地志》在濟陰成陽西北，今濮州雷澤縣西北也。《山海經》云：澤中有雷神，① 龍身而人頭，② 鼓其腹則雷。然則本夏澤也，因其神名之曰雷夏也。"

按，《郡國志》"吴郡吴縣，震澤在西"，劉昭注引《越絶書》云："湖周三萬六千頃，又有大雷山、小雷山。"《山海經》本文："雷澤有雷神，龍身而人頭，鼓其腹，在吴西。"此蓋記震澤在吴西，有大雷山、小雷山。澤亦謂之雷澤，非《禹貢》"雷夏既澤"，在漢濟陰成陽縣西北之雷澤也。蔡傳引之，大誤。

14．灉沮會同。蔡傳曰："許慎云：汳水受陳留浚儀陰溝，至蒙爲灉水。《水經》汳水出陰溝，東至蒙爲狙獾。則灉水即汳水也。"

按，蔡傳所引狙獾，數百年無有辨其誤者，何也？據《水經》，汳水出陰溝於浚儀縣北，東至梁郡蒙縣爲濉水。③ 獲水出汳水於梁郡蒙縣北，又東至彭城縣北，東入于泗。則"狙"乃"沮"之訛，而"獾"乃"獲"之訛也。

15．浮于濟漯，達于河。蔡傳曰："按《地志》，漯水出

① "澤"上,《山海經》有"雷"字。
② "頭",《書經集傳》作"頬"。
③ "濉",《水經注》作"獲"。

東郡東武陽，至千乘入海。”程氏以爲此乃漢河，與漯殊異。然亦不能明言漯河所在，未詳其地也。

按，《水經注》云：“桑欽《地理志》曰：漯水出高唐。余按《竹書》《穆天子傳》稱，丁卯，天子自五鹿東征，釣于漯水，以祭淑人，是曰祭丘。己巳，天子東征，食馬于漯水之上。尋其沿歷逕趣，不得近出高唐也。”據《穆傳》“天子飲于漯水之上，官人膳鹿，獻之天子”，郭璞注曰：“漯水，今濟陰漯陰縣，音沓。”是漯水在濟水之陰也。《水經》“漯水逕高唐縣故城東，又東北逕漯陰縣故城北”，故兗州貢賦浮濟浮漯以達河也。

16. 淮沂其乂。蔡傳曰：“沂水，《地志》出泰山郡蓋縣艾山，[①] 今沂州沂水縣也。曾氏曰：徐州水以沂名者非一，酈道元謂水出尼丘山西北，徑魯之雩門，亦謂之沂水。水出太山武陽之冠石山，[②] 亦謂之沂水。而沂水之大，則出於泰山也。”

按，《漢志》：“泰山蓋縣，沂水南至下邳，入泗。”蓋縣無艾山也。《左傳·隱公六年》“公會齊侯，盟于艾”，杜預曰：“泰山牟縣東南有艾山。”蔡傳以艾山在蓋縣沂水出，誤矣。

又按，《水經注》：“沂水又南逕臨沂縣故城東。《郡國志》琅邪有臨沂縣，有洛水注之。水出泰山南武陽縣之冠石山。《地理志》曰：冠石山，洛水所出。應劭《地理風俗志》曰：武水出焉。蓋水異名也。”據此，則出冠石者洛水，曾氏以爲沂水，誤。蔡傳漫引之，亦誤。

17. 泗濱浮磬。蔡傳曰：“泗，水名。濱，水旁也。浮磬，石露水濱，若浮於水然。或曰：非也。泗濱非必水中，泗水之

---

① “出”上，《書經集傳》有“云”字。
② “太山”，《書經集傳》作“太公”。

旁近。浮者，石浮生土中，不根著者也。今下邳有石磬山，或以爲古取磬之地。”

按，《左傳·隱八年》“公及莒人盟於浮來”，杜預曰：“浮來，紀邑，東莞縣北，有邳鄉，邳鄉西有公來山，號曰邳來間。”《後漢·郡國志》：“琅邪東莞有邳鄉，有公來山，或曰古浮來。”《水經注》：“沂水又東，逕浮來之山，在邳鄉西，故號曰邳來之間也。浮來之水注之。”據此，則古以邳爲浮，浮磬即邳磬矣。蓋當時泗水之濱實有邳國，産此磬石。邳與浮同，故曰浮磬。《路史·國名記》有浮來國，云“即邳來”，是也。又按，《九域志》：“泗州西至濠州，百七十五里。”胡三省注《通鑑》曰：“濠州東九十里有浮山，山下有穴名浮山洞。”則浮磬在泗濱者，不得謂浮生土中，明矣。

18. 浮于淮泗，達于河。蔡傳曰：“淮泗之可以達河者，以灉至于泗也。泗之上源自泲亦可以通河也。”

按，《漢志》：“山陽湖陵縣，《禹貢》‘浮于淮泗，達于河’，水在南。”陸氏《釋文》曰：“河，如字。《説文》作菏，云‘水出山陽湖陵南’。”①《尚書日記》曰：“淮入海，泗入淮，淮泗不與河通。”此班氏、許氏皆疑爲達于菏也。據酈元注《水經》云：“禹塞淫水於滎陽下，引河東南以通淮泗。”《宋河渠志》云：“張洎曰：禹於滎澤下分大河爲陰溝，引注東南以通淮泗，至大梁浚儀縣西北，復分爲二渠。一渠元經陽武縣中牟臺下，爲官渡水；一渠始皇疏鑿以灌魏郡，謂之鴻溝。”《文獻通考》曰：“官渡直黄河也，故袁曹相距，沮授曰：‘悠悠黄河，吾其濟乎？’是禹時淮泗原與河通，諸儒疑之，皆失考也。”又鴻溝之名，不始於秦。據《國策》，蘇秦爲趙合從説魏王曰“大王之地，東有鴻溝、陳、汝南”，則鴻溝之名，自古有之，可知。

① “水出山陽湖陵南”，《説文·水部》作“水在山陽湖陵”。

19. 三江既入。蔡傳曰："唐仲初《吴都賦》注：松江下七十里分流，東北入海者爲婁江。東南流者爲東江，併松江爲三江。其地今亦名三江口。"

按，《山海經》岷三江："首大江，出岷山；北江，出曼山；南江，出高山。入海，在長州南。"有北有南，岷江爲中江可知。故導江謂之中江。漢水入江，又在中江之北，故導漾爲北江。不言南者，松江合東婁二江入海，即南江也。《漢志》南江從會稽吴縣南，東入海。中江從丹陽蕪湖東北至會稽陽羡東入海。北江從會稽毗陵縣北，東入海。此爲《禹貢》之三江無疑。蓋三江既入，入海之道有三，非謂入震澤也。蔡傳以松江、婁江、東江當之。蘇子瞻曰："三吴之水瀦爲太湖，湖之水溢爲松江。"歸震川曰："松江源本洪大，故别出而爲婁江、東江。"然則三江皆太湖之委，又近在數十里内，合爲一江以入海，無所謂"三江既入"者也，安得據以爲《禹貢》三江？

20. 九江孔殷。蔡傳曰："九江即今之洞庭也。今沅水、漸水、元水、辰水、敘水、酉水、澧水、資水、湘水，皆合於洞庭，意以是名九江也。"

按，《漢志》曰："豫章郡鄱陽鄱水、餘汗餘水、艾縣修水、① 新淦淦水、南城盱水、建成蜀水、宜春南水、南壄彭水並入湖漢。湖漢水東至彭澤入江。"《太康地記》曰："九江，劉歆以爲湖漢九水入彭蠡澤也。"《漢志》又曰："廬江郡尋陽，《禹貢》九江在南。"應劭曰："江自尋陽分爲九道。"今彭蠡湖口所入之江，即尋陽江也。《竹書》"康王十六年，王南巡狩，至九江廬山。"太史公曰："余南登廬山，觀禹疏九江。"宋支曇諦《廬山賦》："縈以三湖，帶以九江。"《唐書·地理志》江州尋陽縣有廬山。九江可移，而九江之廬山不可移。胡周父謂九江在

① "修",中華書局本作"脩"。

洞庭，蔡傳乃從而信之，非矣。

21. 沱潛既道。蔡傳曰："《爾雅》水自江出爲沱，漢出爲潛。此則荆州江漢之出者也。今按，南郡枝江有沱水，然其流入江，而非出於江也。華容有夏水，首出江，尾入沔，亦謂之沱。若潛，則未有見也。"

按，《史·夏本紀》"沱涔已道"，索隱曰："涔亦作潛。"《漢志》"南郡枝江縣，故羅國。江沱出西，東入江"，師古曰："沱即江别出者也。"胡三省注《通鑑》曰："江水於枝江縣西别出爲沱，而東復合於江。"蔡傳以爲非出江，誤矣。《漢志》："武都，東漢水受氐道水，一名沔，過江夏，謂之夏水，入江。"又"隴西氐道，《禹貢》養水所出，至武都爲漢"。師古曰："養，本作漾。"據此，則夏水自漢出而入江。蔡傳依鄭氏注，以爲首出江，誤矣。蓋鄭氏之誤以氐道爲蜀郡湔氐道，江水所出。不審其爲隴西氐道縣，乃漾水所出也。

又按，《尚書埤傳》曰："王氏炎曰：《隋志》南郡松滋縣有涔水。涔即古潛字。今松滋分爲潛江矣。"考《承天府志》漢水自鍾祥縣北分爲蘆洑湖，經潛江東南復入漢。此爲古潛水，甚明。蔡傳依鄭氏注，謂潛水則未有見，皆失考也。

22. 滎波既豬。蔡傳曰："滎、波，二水名。濟水自今孟州温縣入河，南溢爲滎，在今鄭州滎澤縣西、敖倉東南也。波水，《周職方》：'其川滎洛，其浸波溠。'《爾雅》：'洛出爲波。'《山海經》：'婁涿之山，波水出于其陰。'① 二説不同，未詳孰是。"

按，《水經》"濟水東逕敖山北，又東合滎澤"，注曰："瀆水受河

---

① "波",《山海經》作"陂"。

水，有石門，謂之爲滎口石門也，而地形殊卑。蓋故滎播所道，自此始也。”《水經》“洛水出上洛縣讙舉山，又東門水出焉”，注曰：“《爾雅》所謂洛出爲波也。”洛水自上洛縣東北於拒城西北分爲二水，枝渠東北出爲門水也。門水又東北歷陽華之山。《山海經》曰：“門水至於河七百九十里，入洛水。”鄭樵《通志》：“門水在靈寶縣西南，北流爲弘農澗，即《禹貢》之波水矣。”《山海經》婁涿之波，字本作陂。郭璞曰：“世謂之百答水。”《金史·志》河南新安縣有陂水，即此，非自洛出之波也。

23. 導菏澤。蔡傳曰：“菏澤，《地志》在濟陰郡定陶縣東，蓋濟水所經。”

按，《宋·河渠志》“導菏水，自開封歷陳留、曹、濟、鄆，其廣五丈。乾德三年，京師引五丈河，造水磑”，即此也。又杜佑《通典》濟水因王莽末渠涸，不復截河過。今東平、濟南、淄川、北海界中有水流入海，謂之清河，實菏澤汶水合流，亦曰濟河，蓋因舊名，非濟水也。蔡傳以爲濟水所經，謂滎澤濟河雖枯，而濟水未嘗絶流，非也。

24. 沱潛既道。蔡傳曰：“此江漢别流之在梁州者。沱水，《地志》蜀郡郫縣，江沱在東。① 汶江縣，江沱在西南。潛水，《地志》巴郡宕渠縣潛水西南入江。酈道元謂宕渠有大穴，潛水入焉。通罡山下西南潛出，南入于江。又《地志》漢中安陽縣鬵谷水出西南，入漢。鬵音潛。

按，《爾雅疏》曰：“郭氏音義云：沱水自蜀郡都水縣湔山與江别而更流，所謂水出自江爲沱也。”徐士彰《禹貢考》曰：“江漢二水，源出梁州，夾蜀山而行。江在山之南，漢在山之北，自梁至荆山，行數千里，凡山南谿谷之水，皆自江而出。山北谿谷之水，皆自漢而出。其水衆多，

① “東”,《漢書·地理志》作“西”。

不足盡録。故南總爲沱，北總爲潛，蓋當時之方言，猶今言谿谷云爾。後之讀《爾雅》者，誤以江漢爲沱潛所出之源，不知其爲沱潛所出之路也。《禹貢》言岷山導江，東别爲沱。沱猶言它也。蓋江之發源在岷山極西處。自江源而東，凡别水之來會者，皆爲此江之沱，不得自爲一水也。今蜀江沿岸谿水合，猶有鑑沱、勾流沱、明月沱、歸鄉沱之名。當可推見當時命名之意云。”

又按，庾仲雍《漢水記》云：“墊江有别江，出晋壽縣，即潛水也。其南源取巴西，是西漢水也。”《蜀都賦》注云：“潛水從犍爲郡江陽縣南流至漢嘉縣，入大穴中，通罡山下，西南潛出，今名復出水。”據此，大穴在漢嘉，今雅州名山縣也。蔡傳引酈注“宕渠有大穴”，今順慶府渠縣也。又《水經》“潛水出宕渠縣”，注云：“潛水，蓋漢水枝分潛出，故受其稱耳。今爰有大穴，潛水入焉。”豈即謂宕渠有大穴哉？傳又引安陽縣灊谷水。據《漢志》：“漢中安陽，鬵谷水出西南，北入漢。在谷水出北，南入漢。”在谷、鬵谷皆谷水之名，豈可以鬵谷水爲即潛水哉？

25. 蔡蒙旅平。蔡傳曰：“蔡、蒙，二山名。酈道元謂山上合下開，沫水逕其間，溷崖水脈漂疾，歷代爲患。蜀郡太守李冰發卒鑿平溷崖。則此二山在禹爲用功多也。”

按，《一統志》：“蔡山在今雅州城東五里，一名周公山。《圖經》云：諸葛亮南征，夢周公，於此立祠祀之，因名。又有周公水，水源自滎經縣瓦屋山，流經蔡山，故因同受此名也。名山縣在州城東北四十里，蒙山在縣西一十五里。又有地名旅平，在州城東一十里。夏禹治水，功成，旅祭於此。今其地俗呼爲落平。《禹貢》‘蔡蒙旅平’，是也。”《水經注》云：“沫水出岷山西，① 東流過漢嘉郡。南流衝一高山，山上合下開，沫水逕其間。② 山即蒙山也。沫水自蒙山至南安而溷崖，水脈漂疾，

① “沫”，原作“沬”，今據《水經注》改。下同。
② “沫”，《水經注》無此字。

破害舟船，歷代爲患。”據此，溷崖在南安。《漢志》“蜀郡青衣縣，《禹貢》蒙山谿大渡水東南至南安入涐”者也。漢南安屬犍爲郡，蒙山在青衣，屬蜀郡。蔡傳移鑿開溷崖於蔡、蒙二山之下，殊失考也。又酈注謂山上合下開，乃蒙山也，與蔡山無涉。蔡傳謂“於此二山用功爲多”，亦少分別。

26. 和夷厎績。蔡傳曰：“和夷，地名。嚴道以西有和川，有夷道，或其地也。晁氏曰：和、夷，二水名。和水，今雅州滎經縣北和川水。夷水，出巴郡魚復縣，過夷道縣北，入江。”①

按，《唐志》“雅州盧山郡有和川城”，《明一統志》“天全司南有和水”，即其地也。《漢志》“越嶲郡蘇示縣，尼江在西北”，師古曰：“示讀曰祇。尼，古夷字。”此《禹貢》梁州之夷水也。《水經注》：“夷水導源佷山，東至夷道入江。”佷山，漢屬武陵郡，夷道屬南郡，皆荆州地，與和川爲太遠，恐非也。

27. 浮于潛，逾于沔，入于渭，亂于河。蔡傳曰：“漢武帝時，人有欲通褒斜道及漕，② 事下張湯問之云：褒水通沔，斜水通渭，皆可以漕。從南鄭上沔入褒，③ 褒絶水至斜間百餘里，以車轉從斜下渭，如此則漢中穀可致。經言沔渭而不言褒斜者，因大以見小也。褒斜之間，絶水百餘里，故曰逾，然於經文則當曰逾于渭，今曰逾于沔，則又未可曉也。”

按，郭璞曰：“白水源從臨洮之西西傾山經沓中，東流通陰平，至漢

① “入江”,《書經集傳》作“東入于江”。

② “有”下,《書經集傳》有“上書”二字。

③ “南鄭”,《書經集傳》作“南陽”。

壽入潛。”是西傾貢道直與潛通，故《禹貢》“因桓是來”，即繼以浮于潛也。鄭康成曰：“西漢水即潛水也。”應劭曰：“沔水下尾與漢合，乃入江。”《水經》沔水出武都沮縣，孔安國曰“漢上水爲沔”，是也。蓋漢水不與渭通，所隔祗一大散關。大散關之水北流爲渭，南流爲漢，故梁州貢道多從南鄭上沔入褒。逾褒至斜，從斜入渭。渭與河通，沔不與渭通。若逾渭入沔，則無由亂于河矣。蔡傳謂經文當曰逾渭，非酈氏所稱不乖入渭之宗，復符亂河之義者矣。

28. 漆沮既從。蔡傳曰：“《寰宇記》：沮水自坊州昇平縣北子午嶺出，俗號子午水。下合榆谷、慈馬等川，遂爲沮水。至耀州華原縣，合漆水，至同州朝邑縣東南入渭。既從者，從於渭也。《水經》：漆水出扶風杜陽。程氏曰：杜陽，今岐山普潤縣之地。其水入渭，在灃水之上，與經序渭水節次不合，非《禹貢》之漆水也。”

按，《前漢書·匈奴傳》“涇洛之北”，師古曰：“此洛即漆沮水也。”《史記·魏世家》“築雒陰郃陽”，正義曰：“雒，漆沮水也。《括地志》：雒陰在同州西。”①《延安洛記》曰：“洛水出慶陽環縣，經延安甘泉縣，經鄜州宜君縣子午嶺至中部縣，入西安界。經耀州及同官縣至富平縣，合沮水，歷蒲城、同州至朝邑縣，東南入渭。”據此，則蔡傳云“漆水自同官界來，沮水自子午嶺出，至朝邑東南入渭”，乃所謂洛水也。《水經注》曰：“昔韓使水工鄭國間秦，鑿涇引水，謂之鄭渠。渠水上承涇水於中山西瓠口，② 所謂瓠中也。鄭渠故瀆，又東逕巀嶭山南。又東逕南原下，北屈逕原東，與沮水合，分爲二水。一水東南出，至白渠與澤泉合，俗謂之漆水，又謂之爲漆沮水。絕白渠，東逕萬年縣故城北，爲櫟陽渠。其水又南屈，更名石川水。又西南逕郭獳城西，又南入于渭水

① “州”，原作“官”，今據《史記·魏世家》正義改。

② “渠水”，《水經注》作“渠首”。

也。”程氏《雍録》曰：“雍境漆水凡四，惟雍州富平縣石川河當爲《禹貢》‘漆沮’。”此則渭水東會于涇，又東過漆沮，其先後莫此之詳悉也。

29. 三危既宅，三苗丕叙。蔡傳曰：“三危即舜竄三苗之地。或以爲燉煌，未詳其地。三苗之竄，在洪水未平之前，及是三危已可居，三苗於是大有功叙。”

按，《史·夏本紀》“三危既度，三苗大序”，索隱曰：“鄭玄引《河圖》及《地説》云：三危山在鳥鼠西南，與岐山相連。”《後漢·郡國志》“隴西首陽縣有鳥鼠同穴山，渭水出”，劉昭注引《地道記》：“有三危山，三苗所處。”《水經注》曰：“渭水東歷大利，又東南流，苗谷水注之。”《地道記》云：“有三危，三苗所處，故有苗谷。”相如《大人賦》“直徑馳乎三危”，張揖曰：“三危山在鳥鼠之西，與嵋山相近。”此所謂三危，當指隴西而言。若以爲燉煌，則在沙州。“厥田惟上上，厥土惟黄壤”，沙州有之乎？《通鑑前編》堯七十六載，“竄三苗于三危”，當猶是竄之隴西之地。其有桀驁不悛者，復又竄之于燉煌。故瓜沙之地亦有三危。《昭九年左傳》“先王居檮杌于四裔，故允姓之奸居于瓜州”，杜預曰：“允姓之祖與三苗俱放于三危。瓜州，今燉煌也。”《後漢書·西羌傳》注“三危山在沙州，① 燉煌縣東南”是也。《韓非子》曰：“三苗有成駒，亡國之臣也。”其遠竄於瓜沙者，蓋此輩耳。

30. 浮于積石，至于龍門西河，會于渭汭。蔡傳曰：“積石，《地志》在金城河關縣西南羌中，今鄯州龍支縣界也。龍門山，《地志》在馮翊夏陽縣，今河中府龍門縣也。西河，冀之西河也，雍之貢道東北境，自積石至西河西南境，則會於渭汭。言渭汭不言河者，蒙梁州之文也。”

---

① “在”下,《後漢書·西羌傳》注有“今”字。

按，易氏祓曰："河自廓州積石軍北，東北流一百五十里，至化成縣南八十步，東流一百四十里，至鄯州龍支縣西南六十里。積石山在縣西九十八里。又三百九十里，至河州枹罕縣南五十里，積石在縣西北七十里。今人目龍支縣山爲大積石，此山名小積石。"《明一統志》："西寧衛境廢龍支縣南有積石山，是大積石也。"又按《漢志》夏陽縣，今同州韓城縣也。龍門山在縣北八十里。宋河中府龍門縣，今蒲州河津縣也。自龍門上口至此一百八十里，縣北二十五里，亦爲龍門口，故縣氏之，非龍門山，即此縣山也。西河爲冀州之西，《史記·淮陰侯傳》"涉西河"，注曰："即同州之龍門河，從夏陽渡者。"經所謂"龍門西河"是也。孔傳曰："積石，河所經也。沿河順流而北，千里而東，千里而南。"此東北謂河道之所行，非貢道也。積石在河關西南，若貢道，浮于積石，於雍爲西北，安在爲東北乎？經明言至于龍門西河，會于渭汭，蔡傳以爲言渭汭，不言河者，蒙梁州之文也。豈西河獨非河乎？

31. 織皮崐崘、析支、渠搜。孔傳曰："織皮，毛布。"蔡傳曰："三國皆貢皮衣，故以織皮冠之。崐崘，即河源所出，在臨羌。析支，在河關西千餘里。渠搜，蓋近朔方之地。"

按，《爾雅》："氂，罽也。"舍人曰："謂毛罽也。"經言織皮，蓋織獸皮之毛爲布耳。《晋載記》云"氊毲"，《唐地志》云"交梭彌牟布"，《元史》云"青速夫"，皆毛布也。梁州織皮，傳曰織金罽，以毛爲罽，故用織。若皮衣，何假織爲？崐崘在臨羌，《汲冢書》曰："穆王十七年，西征于崐崘丘，① 見西王母。"王充《論衡》曰："漢得西王母石室，因立西海郡。"《水經注》曰："金城郡，王莽之西海也。南有湟水出塞外，東逕西王母石室石釜。"《後漢書》"竇固出燉煌，擊崐崘塞"，注云："崐崘，山名，在今肅州酒泉縣西南。"經所云崐崘，即此。非河源所出之昆侖也。

---

① "于"，《竹書紀年》無此字。

卷四

翰林院檢討徐文靖　撰

書二

1. 逾于河。蔡傳曰："逾者，禹自荆山而過於河也。孔氏以爲荆山之脈逾河而爲壺口雷首者，非是。蓋禹之治水，隨山刊木，其所表識諸山之名，以見其施功之次第，初非有意推其脈絡之所自，① 如今葬法所言也。"②

按，《考工記》曰："凡天下地勢，兩山之間必有川焉，凡溝逆地阞，謂之不行。"鄭注："地阞，地脈也。若逆其脈理，則水不行。"又《史記·天官書》曰："中國山川東北流，其維，首在隴蜀，尾没於勃碣。"正義曰："言中國山川東北流行。"今岍岐皆在秦隴，是爲維首。若山脈必不逾河，則自隴蜀而止，何以東北流行、尾没於勃碣？地脈之説，未可廢也。若謂禹自荆山逾河而書之，八年於外，可勝書哉？

2. 朱圉。蔡傳曰："《地志》在天水郡冀縣南，今秦州大潭縣也。俗呼爲白巖山。"

---

① "自"下,《書經集傳》有"來"字。

② "如",《書經集傳》作"若"。"今"下,《書經集傳》有"之"字。

按，《水經注》："子午谷水南入渭水。南有長塹谷水，次東有安蒲溪水，次東有衣谷水，並南出朱圉山。山在梧中聚。"《一統志》："朱圉山在鞏昌府伏羌縣西南二百里。"

3. 外方。蔡傳曰："《地志》潁川密高縣，有密高山，古文以爲外方。在今西京登封縣也。"

按，《唐志》："河南伊闕縣有陸渾山，一名方山。"金仁山曰："舊以嵩高爲外方，非是。嵩高，世名中岳，安得與江夏内方相爲内外哉？據《唐志》，陸渾山一名方山，蓋古外方云。"

4. 熊耳、外方、桐柏至于陪尾。孔傳曰："四山相連，東南在豫州界。"蔡傳曰："《地志》江夏安陸縣有横尾山，古文以爲陪尾。今安州安陸也。"

按，《水經》"洛水北過河南縣南"，注曰："《地記》云：洛水東北過五零、陪尾北，與澗瀍合。"則陪尾應在河南縣之東北，爲豫州山。舊以爲安陸横尾，則荆州界矣。

5. 過九江，至于敷淺原。蔡傳曰："《地志》豫章歷陵縣南有傅易山，古文以爲敷淺原。今江州德安縣博陽山也。晁氏以鄱陽有博陽山，又有歷陵山，爲應《地志》歷陵縣之名。然鄱陽漢舊縣地，不應又爲歷陵縣，山名偶同，不足據也。江州德安雖爲近之，然所謂敷淺原者，其山甚小而卑，亦未見其爲在所表見者。惟廬阜在大江、彭蠡之交，最高且大，宜所當紀志者，而皆無考據。過，經過也，與導岍逾于河之義同。孔氏以爲衡山之脈連延而爲敷淺原者，亦非是。蓋岷山之脈，其北一支爲衡山，而盡於洞庭之西。其非衡山之脈連延過九江而爲敷淺原者，明甚。”

按，《郡國志》鄱陽有鄱水，歷陵有傅陽山，① 二縣並屬豫章。則歷陵山之在鄱陽者，即漢以歷陵名縣者也。後以鄱陽屬饒州，歷陵屬江州，乃始覺其分耳。據《爾雅》“廣平曰原”，惟其甚小而卑，故以“敷淺原”目之。若廬山甚高且大，《山圖》曰“四方周四百餘里，叠鄣之巖萬仞”，其與“廣平曰原”者，豈有當耶？《尚書日記》曰：“江州潯陽縣蒲塘驛前有敷淺原，西有傅陽山。應劭曰：‘江自尋陽分爲九道。’經言‘荆及衡陽惟荆州，九江孔殷’，則九江與敷淺原皆在衡山之陽，皆荆州之界。”朱子答程泰之云：“詳經文敷淺原是衡山東北一支盡處，意即今廬山。雖山之高卑大小不同，而脈絡貫通則一。”蔡傳以“過九江”爲禹過，導漾亦曰過三澨，至于大别；導江亦曰過九江，至于東陵，皆可以爲禹過耶，否耶？

6. 導弱水，至于合黎，餘波入于流沙。蔡傳曰：“弱水，見雍州。合黎，山名。《隋志》在張掖縣西北，亦名羌谷。流沙，杜佑云：在沙州西八十里。”

按，《漢志》張掖删丹縣，“桑欽以爲導弱水自此，西至酒泉合黎”，則弱水尚在酒泉之東，明矣。《通鑑》秦征西將軍孔子討吐谷渾覔地於弱水南。覔地降於秦，拜弱水護軍。證知爲《禹貢》弱水無疑。《括地志》曰：“弱水有二源，俱出女國北阿耨達山，東南流會於國北，又南歷國北，東去一里，深丈餘，濶六十步，非毛舟不可濟。南流入海。”此柳州所謂不能負芥，故名弱水者也。蔡傳混以爲《禹貢》“弱水”，非矣。孔傳曰：“合黎，水名。”《史記正義》曰：“合黎水出臨路松山東，而北流歷張掖故城下，又北流經張掖縣二十三里，② 又北流經合黎山，折而北流，經流沙磧之西，入居延海。”此合黎當是水名，故得有餘波入

---

① “陽”，《後漢書·郡國志》作“昜”。

② “二”，原作“三”，今據《史記正義》改。

流沙也。《晋書》弱水出流沙，流沙與水同行也，在西海郡北。方勺曰："西安州西至流沙六日，沙深細没馬脛，無水源，即乾沙耳。二日至西海。"《一統志》："弱水在今甘州衛城西，合黎山在陝西行都司城西北。"

7. 導黑水至于三危，入于南海。蔡傳曰："黑水，[①]《地志》出犍爲南廣縣汾關山，[②]《水經》出張掖雞山。唐樊綽曰：[③] 麗水即古之黑水。程氏曰：西洱河其流正趨南海。武帝初開滇嶲時，其地古有黑水舊祠。"

按，《穆天子傳》："乃封長肱于黑水之西河，是惟昆侖鴻鷺之上。"黑水之西河，經所云"黑水西河惟雍州"也。昆侖鴻鷺，《唐志》"肅州酒泉縣有昆侖山"，山在今肅州衛也。韓苑洛曰："黑水在今肅州衛城西十五里。水南流，去積石幾及三百里，不與積石河相通。"《水經》"黑水出張掖雞山，南至燉煌，過三危山，南流入于南海"，與經文悉相符合，其爲《禹貢》之黑水無疑，不必旁引麗水、汾關、山西洱河爲證也。

又按，《西河舊事》曰："三危山俗亦謂昇雨山。"今《禹貢錐指》作"卑羽山"，蓋以翻本《史記注》誤也。

8. 導河積石，至于龍門。蔡傳曰："按《西域傳》張騫所窮河源，云河有兩源，一出葱嶺，一出于闐。又唐長慶中薛元鼎使吐蕃，自隴西成紀縣西南出塞二千餘里，得河源於莫賀延磧尾，曰穆穆哩山，[④] 所謂昆侖也。二説恐薛氏爲是。河自積石而下三千里，[⑤] 而後至于龍門。經但一書積石，不言方向

① "黑水"，原在"地志"下，今據《書經集傳》乙正。

② "爲"下，《書經集傳》有"郡"字。

③ "曰"，中華書局本及《書經集傳》皆作"云"。

④ "穆穆哩山"，中華書局本及《書經集傳》皆作"悶磨黎山"。

⑤ "而下"，《書經集傳》無此二字。

荒遠，其所略也。又按李復云：禹鑿龍門，起於唐張仁愿所築東受降城之東，自北而南，至此山盡。若果如此，則禹未鑿時，河之故道不知却在何處？

按，《爾雅》："河出昆侖虛，色白，所渠并千七百一川，色黄。百里一小曲，千里一曲一直。"經史之言河源者，其簡括莫過於此，然猶未得其詳也。我聖祖諭閣部諸臣曰："黄河之源出西寧外枯爾坤山之東，沮洳涣散，望之燦若列星。蒙古名鄂端他拉，西番名蘇羅木，譯言皆星宿海也。滙而爲查靈、鄂靈二湖，東南行，折北復東行，由歸德堡積石關入蘭州。"原原本本，朗如日照，今古之言河源者，悉當奉爲典謨矣。蔡傳所引殊多訛誤。據《唐書・吐蕃傳》云：① 長慶元年，以大理卿劉元鼎爲盟會使，逾湟水，至龍泉谷，得河源於悶磨黎山，東距長安五千里。元鼎非薛姓也。又《唐循吏傳》有薛大鼎、薛元賞，俱無窮河源事，則蔡傳云"薛氏"，誤。宋易氏祓《禹貢疆理記》"河自積石至龍門，計四千七百二十三里"，蔡傳云"三千"，誤。又李復言同州韓城北有安國嶺，禹鑿龍門起於唐東受降城之東，至此山盡。計河自東受降城至于龍門，凡一千八百七十七里，豈皆爲禹所開鑿者乎？《魏土地記》曰："梁山北有龍門山，大禹所鑿通，孟津河口廣八十步。"則禹之治水行所無事，所開鑿者，大概如斯耳。復之言安可據也？《吕氏春秋》曰："古龍門未開，吕梁未鑿，河出孟門之上，大溢逆流，名曰洪水。"大河故道，正亦無俟他求耳。

9．至于大伾。蔡傳曰："大伾，當以黎陽者爲是。"

按，《括地志》云："大伾山，今名黎陽。"東山易氏曰："大伾在黎陽縣南七里，俗號爲黎山。"《水經注》云："今黎山之東北故城，蓋黎陽縣之故城也。"山在城西，故劉楨《黎陽山賦》曰："南蔭黄河，左覆金城。"東西南之不同者，或城邑遷改有不同耳。

---

① "吐蕃"，原作"契丹"，今據《新唐書・吐蕃傳下》改。

10. 同爲逆河，入于海。蔡傳曰："逆河，謂以海水逆潮而得名。[①] 九河既淪于海，則逆河在其下流，固不復有矣。河上播而爲九，下同而爲一，其分播合流，[②] 皆水勢之自然，禹特順而導之耳。"

按，《爾雅》曰："逆，迎也。"如《春秋》"如齊逆女"，《書·顧命》"逆子釗于南門之外"，是也。經蓋言九河雖分，其實同爲迎逆大河之水以入于海也。漢許商謂自鬲津以北至徒駭間，相去二百餘里。如必又開通大河，使此二百餘里之九河合爲一河，無論此景、德、滄、瀛之地無處可容此大河，且九河之勢已將入海，而必不聽其自爲入海，乃合九河爲一，然後入海，何禹之不憚煩也？孔傳曰："同合爲一大河名逆河，入于渤海。"鄭玄曰："下尾合名爲逆河。"皆誤解也。觀《孟子》曰"禹疏九河注之海"，則九河自爲入海可知。王肅注曰："同逆一大河納之于海。"斯則不易之論矣。

11. 嶓冢導漾，東流爲漢。蔡傳曰："《水經》漾水出隴西氐道嶓冢山。常璩曰：漢水有兩源，此東源也。其西源出隴西嶓冢山，會泉始源曰沔。"

按，《巴漢志》曰："漢水二源：東源出氐道縣之養山，名養；西源出隴西嶓冢山，會白水，經葭萌入漢，始源曰沔，故曰漢沔。"《水經》曰："漾水出嶓冢山，東至武都沮縣爲漢水。又東南至廣漢白水縣西，又東南至葭萌縣東北。"此蓋以西漢會白水而言耳。故《漢志》白水縣注，應劭曰"水出徼外北入漢"，是也。蔡傳誤合白水爲泉，謂"西漢出嶓冢山，會泉始源曰沔"，非矣。

---

① "謂",《書經集傳》作"意"。

② "流",《書經集傳》作"同"。

12. 東匯澤，爲彭蠡。東爲北江，入于海。蔡傳曰："彭蠡，古今記載皆謂之番陽，然其澤在江之南，去漢水入江之處已七百餘里。既在大江之南，於經則宜曰南匯彭蠡，不應曰東匯。匯既在南，於經則宜曰北爲北江，不應曰東爲北江。今廬江之北有所謂巢湖者，大江泛溢之時，水淤入湖。大江水落，湖水方洩，隨江以東，爲合東匯北匯之文。然番陽之湖方五六百里，不應記其小而遺其大。意當時龍門、九河等處，勢重役煩，禹親莅而身督之。若江淮地偏，或分遣官屬往視，況洞庭、彭蠡之間，乃三苗所居，官屬之往者，亦未必遽敢深入。是以但知彭蠡之爲澤，而不知其非漢水所匯，但意如巢湖、江水之淤，而不知彭蠡之源爲甚衆也。以此致誤，謂之爲匯，謂之北江，無足怪者。"

按，《山海經》曰："廬江出三天子都入江，彭澤西。"又曰："贛水又北過彭澤西北，入于江。"是禹時已有彭澤之名。《漢志》"豫章彭澤縣，《禹貢》彭蠡澤在西"，則彭澤乃在彭蠡之東，明矣。"東匯澤"者，謂東匯彭澤爲彭蠡也。鄭氏曰："匯，回也。"漢與江鬥，轉東成澤，即彭澤也。不曰中江，而曰北江，江在彭蠡之北也。《史·淮南王傳》"絶豫章之口"，張守節曰："即彭蠡湖口北流出大江者是也。"不曰北爲北江，而曰"東爲北江"者，漢水出隴西氐道，江水出蜀湔氐道西徼外，江、漢皆源於西，故匯澤彭蠡。入江東下，不曰北，而曰東者，自西而東故也。且江勢正北處受漢口，而漢之入江又自北來，因以北江名之。不曰漢，而曰江者，漢自漢口入江之後，見江而不見漢故也。山謙之《南徐州記》"京江，《禹貢》北江也，故曰東爲北江入于海"。蔡傳乃以爲經誤，妄矣。至以洞庭彭蠡間，三苗所居，官屬之往未敢深入，是以但知彭蠡之爲澤，而不知其非漢水所匯，尤屬無稽。蓋匯澤即九江之孔殷，而非爲漢水之所匯也。《太康地記》曰："九江，劉歆以爲湖漢九水入彭蠡澤也。"《漢志》"豫章九水皆入湖、漢水，湖、漢水東至彭澤入江，行千九百八十里”，則匯澤爲九江之匯，可知矣。謂之彭者，南野有彭水，此有彭澤，彭亦江名也，爰因以名之耳。漢水入江，至此已七百餘里，乃謂不知非漢水所匯，當日之官屬想亦愚不至此。且謂洞庭、彭蠡間三苗所居，未必遽敢深入，則揚州、彭蠡既豬，固屬虚談。而《舜典》之“竄三苗”，又將誰竄之耶？《大禹謨》：“帝曰：咨禹，惟時有苗弗率，汝徂征。”夫三苗之國，左洞庭而右彭蠡，禹之徂征，亦應親至彭蠡矣。豈不知彭蠡之源爲甚衆乎？兩《漢志》鄱陽有鄱水，彭澤有彭蠡澤。蔡傳謂彭蠡即番陽湖，非矣。《史記》秦伐楚，取番，置番陽縣，以在番水之陽也。隋始以番陽名湖。金仁山曰：“彭蠡，今鄱陽湖也。”番湖之名，蓋起於後代，釋《禹貢》者，何用嘵嘵於此也？

13. 岷山導江。蔡傳曰：“岷山在今茂州汶山縣，江水所出也。見梁州下。”

按，《溯江紀源》曰：“《禹貢》‘岷山導江’，特泛濫中國之始。按其發源，河自昆侖之北，江亦自昆侖之南，其龍脈與金沙江相並南下，環滇池以達五嶺。江之所以大於河也。”然亦衹得其梗概，多略而不詳。我聖祖諭閣部諸臣曰：“岷江之源出黄河西巴顔喀拉嶺察七爾哈納，番名岷捏撮。《漢書》‘岷山在西徼外，江水所出’，是也。《禹貢》導江之處在今四川黄勝關外乃褚山，古人謂江源與河源相近。《禹貢》‘岷山導江’，乃引其流。斯言實有可據，自黄勝關瀺灂而入至灌縣，分數十道，至新津縣復爲一，東南行至叙州，金沙江自馬湖來合之。金沙江之源自達賴喇嘛東北，番言烏捏烏蘇，譯言乳牛山也。東南流喀木地，槩名母魯斯烏蘇衣。又東南流中甸，入雲南塔城關，名金沙江，至麗江府，亦名麗江，至永寧府合打冲河，東流至武定府，邐迤諸土司界入蜀，合岷江出三峽，入楚。”天語煌煌，地理、河渠瞭然指掌。勒之金石，以貽萬世。後之讀《禹貢》者，何幸也！

14. 又東至于澧。蔡傳曰：“澧宜山澤之名。按下文九江，澧水既與其一，則非水明矣。”

按，《漢志》“武陵充縣歷山，澧水所出，東至下雋入沅”。“沅”誤，當作“江”。《水經》“澧水過作唐縣北，又東至長沙下雋縣西北，東入于江”，則澧之入江，明矣。《山海經》：“洞庭之山，帝之二女居之，是常游於江淵澧沅之交，瀟湘之淵。”郭璞曰：“江、湘、沅水皆共會巴陵頭，故號爲三江之口。澧又去之七八十里而入江焉。”則澧水不與九江之數，而自爲入江，明矣。蔡傳疑“下文九江，澧水既與其一，則非水”，然以澧列九江者，始於自爲之傳，而非先儒之説也。若依《漢志》九江在尋陽，則澧爲水名，又何嘗與九江之一乎？

15. 過九江，至于東陵。蔡傳曰：“東陵，巴陵也，今岳州巴陵縣也。《地志》在廬江西北者，非是。”

按，《漢志》廬江郡金蘭西北有東陵鄉；《晉書·卞壼傳》蘇峻至東陵口，壼與戰于陵西；①《通鑑》梁韋叡攻魏，至合肥，諸軍進至東陵：皆是東陵也。《史記·楚世家》“秦拔我西陵”，《括地志》“西陵在黄州黄山西二里”，此二陵相爲東西者也。若岳州巴陵，古未有東陵之名。《水經注》曰：“巴邱山在湘水右岸。晉太康元年立巴陵縣於此。”是從前並無巴陵之名，何從而爲東陵乎？沈約《宋書·州郡志》曰：“夷陵，漢舊縣，吴改曰西陵。”是從前並無西陵之名，何從與巴陵而相爲東西乎？且蔡傳所據者，以《水經》曰“九江地在長沙下雋西北”也，而《水經》又曰“東陵地在廬江蘭陵西北”，又曰“江水逕西陵縣故城南，又東過蘄春縣南，又東過下雉縣北。刊水從東陵西南注之”，酈氏曰：“下雉縣後併新陽江水口，② 又東得蘭溪水口，並江浦也，即水出廬江郡

① “陵西”，《晉書·卞壼傳》作“西陵”。

② 此句《水經注》原文作“又西北逕下雉縣，王莽更名之潤光矣，後並陽新。水之左右，公私裂溉，咸成沃壤，舊吴屯所在也”。

之東陵鄉者,①《尚書》云：江水過九江至東陵者也。”是數説皆《水經》也，豈皆不可據，而“九江在下雋西北”者，獨可據乎？且安知下雋西北不爲東北之訛乎？

16．東迤北會于匯，東爲中江，入于海。蔡傳曰：“會匯中江，見上。”

按,《爾雅》:“江、河、淮、濟爲四瀆。發源注海者也。”漢自大别入江，雖獨能注海，不以漢名，因其所入處在江之北，故曰北江。觀荆州並言“江漢朝宗”與“九江孔殷”，則江在中，漢在北，九江在南，可知。江水至東陵之東，邪迤而北，同會於所匯之處。北即北江，不言江者，蒙上“北江”之文也。匯即匯澤，不言澤者，蒙上“匯澤”之文也。江與北江同會于所匯之處，故曰于匯。朱長孺謂“東迤”句當作“爲匯”，不當云“于匯”，非也。蓋“會于匯”者，與“會于涇”“會于伊”，同一例也。江漢同會于匯，而後分東爲中江，則中之北爲北江，南爲南江，可知。《國語》“范蠡乘扁舟，出三江，入五湖”，應劭曰：“今廬江臨丹陽蕪湖縣是也。”是蕪湖雖名中江，而三江自此分矣。北江自毗陵北入海，南江自吴縣南入海，當《禹貢》之時，南江由丹湖趨宜興百瀆以抵於吴南。《越絶書》有丹湖、有西江，西江即中江，以在吴西故也。漢唐以前於溧陽之間，築分水銀林五堰以節其流，故南江上流得以西决於蕪湖，而下流乃東趨於吴縣入海，所謂“三江既入，震澤底定”也。後之讀經者，不能通經而轉疑經文爲誤，殊可嘆也。

17．禹錫玄圭，告厥成功。蔡傳曰：“錫，與‘師錫’之‘錫’同。水土既平，禹以玄圭爲贄，而告成功於舜也。”

按,《竹書》“帝堯七十五年，司空禹治河。八十六年，司空入覲，

① “者”,《水經注》卷三十五無此字。

贊用玄圭”，則是當云告成功於堯。蔡傳以爲告舜，誤。温公《通鑑》“堯七十有二載，命禹平水土，八十載，禹功告成”，亦以爲堯時也。

18.《甘誓》：“威侮五行，怠棄三正。”蔡傳曰：“按《史記》：啓立，有扈不服，遂滅之。唐孔氏謂堯舜受禪，啓獨繼父，以是不服。亦臆度之耳。三正，子、丑、寅之正也。”①

按，《天問》曰：“啓代益作后，卒然離蠥。”則啓立而有扈不服者，亦明證也。《竹書》“夏帝啓二年，王帥師伐有扈，大戰于甘”，即此也。“威侮五行，怠棄三正”，孔傳曰：“五行之德，王者相承所取法。是則威虐侮慢五行，怠惰棄廢天地人之正道。”② 此説爲得其正也。《韓非子》曰：“有扈氏有失度亡國之臣也。”其君臣威侮怠棄如此。是不獨以不服己而征之也。

19.《五子之歌》：“曰：維彼陶唐，有此冀方。”蔡傳曰：“堯初爲唐侯，及爲天子都陶，③ 故曰陶唐。”

按，孔疏曰：“韋昭云：陶、唐，皆國名，猶湯稱殷商也。案書傳皆言堯以唐侯升爲天子，不言封於陶唐。陶唐二字或共爲地名，未必如昭言也。”據《竹書》：“帝堯陶唐氏元年丙子，帝即位，居冀。八十九年，作游宫於陶。九十年，帝游居於陶。一百年，帝陟於陶。”《水經》“河水又南逕陶城西，又南過蒲坂縣西”，注曰：“陶城在蒲坂城北。城即舜所都也。”帝堯倦勤，游居於陶，世以堯爲陶唐氏，蓋繇此也。

20.《胤征》：“乃季秋月朔，辰弗集于房。”蔡傳曰：“集，《漢書》作輯，言日月會次不相和輯，而掩蝕於房宿也。

---

① “之”下，原衍“三”字，今據《書經集傳》删。

② “棄廢”，原作“廢棄”，今據《尚書注疏》乙正。

③ “及”，《書經集傳》作“後”。

按《唐志》，日蝕在仲康即位之五年。”

按，孔傳曰：“房，所舍之次。”① 疏曰：“房謂室之房也。或以爲房星。九月，日月會於大火之次，房星共爲大火，言辰在房星似矣。② 知不然者，但言不集於房星似太遲太疾，③ 惟可見歷錯不得以表日食也。”《唐天文志》“大衍曆議”云：“仲康五年癸巳歲九月庚戌朔，日蝕在房二度。”④ 蔡傳謂“掩蝕於房宿”者，蓋依此也。邵子《皇極經世》云：“仲康元年壬戌征羲和。”五年丙寅，與《大衍》歲建不合。據《竹書》“仲康元年己丑，帝即位，居斟鄩。五年秋九月庚戌朔，⑤ 日有食之。命胤侯帥師征羲和”，與《大衍》實相符合。則邵氏之説未足據也。

21.《仲虺之誥》曰：“成湯放桀于南巢，惟有慚德。”蔡傳曰：“桀奔于此，因以放之。”

按，《竹書》夏帝癸三十一年，⑥“商自陑征夏邑，克昆吾。大雷雨，戰于鳴條，夏師敗績。桀出奔三朡。商師征三朡，戰于郕，獲桀于焦門，放之于南巢”。殷商成湯二十年，“夏桀卒于亭山，禁弦歌舞”。據此，乃湯獲桀而放之。若桀自奔于此，則聽之可矣，何謂之放？至桀卒，禁弦歌舞。湯自謂有慚德者，數十年如一日也。《左傳・昭十八年》“二月乙卯，周毛得殺毛伯過而代之。萇弘曰：毛得必亡，是昆吾稔之日也”，杜預曰：“昆吾，夏伯也。以乙卯日與桀同誅。”夫謂昆吾以乙卯受誅可矣，乃云與桀同誅，何謬也？

22.《伊訓》：“惟元祀，十有二月乙丑，伊尹祠于先王，

---

① “所舍之次”，原作“所次之舍”，今據《尚書注疏》改。

② “星”下，《尚書注疏》有“事有”二字。

③ “但”，《尚書注疏》無此字。

④ 《新唐書・天文志》無此語。此句出自《新唐書・曆志》“日度議”。

⑤ “戌”，原作“戍”，今據《竹書紀年》改。

⑥ “夏”，原作“殷”，今據《竹書紀年》改。

奉嗣王，祇見厥祖。”蔡傳曰：“元祀者，太甲即位之元年。十二月者，商以建丑爲正，故以十二月爲正也。或曰：孔氏言湯崩逾月，太甲即位，則十二月者，湯崩之年建子之月也。豈改正朔而不改月數乎？曰：太甲繼仲壬之後，服仲壬之喪。而孔氏曰‘湯崩奠殯而告’，固已誤矣。至於改正朔而不改月數，則於經史尤可考。周建子矣，而《詩》言‘四月維夏，六月徂暑’，則寅月起數，周未嘗改也。秦建亥矣，而《史記》始皇三十一年十二月，更名臘曰嘉平。① 夫臘必建丑月也。秦以亥正，則臘爲三月。云十二月者，則寅月起數，秦未嘗改也。”

按，《竹書》：“成湯在位二十九年，② 陟。外丙名勝，元年乙亥，即位居亳，命卿士伊尹。二年，陟。仲壬名庸，元年丁丑，王即位居亳。命卿士伊尹。太甲名至，元年辛巳，王即位居亳。伊尹放太甲于桐。”計湯陟之年歲在甲戌，至此凡八年矣。《孟子》言“湯崩，太丁未立，外丙二年，仲壬四年”，趙岐曰：“太丁，湯之太子，未立而薨。外丙立二年，仲壬立四年，皆太丁之弟也。”孫奭曰：“《史記》云外丙即位三年，不稽《孟子》之過也。”又《周書·無逸》周公言殷王中宗、高宗、祖甲而後，或五六年，或四三年，蓋亦指此而言耳。而孔氏疑之，非也。至於改正朔不改月數，則亦有不盡然者。《月令》孟冬之月“大飲，烝。天子乃祈來年於天宗。大割，祠于公社及門閭，臘先祖五祀，勞農以休息之”，則是周以孟冬建亥之月爲臘也。《郊特牲》：“天子大蜡八。歲十二月而合聚萬物而索饗之。”鄭康成曰：“十二月，建亥之月也。”是周以建亥之月改爲十二月也。但《伊訓》所言十二月者，乃嗣王元祀之十二月。商正建丑，即位改元，以正朔舉事，此爲建丑之月無疑也。《逸周書》曰：“周公正三統之義，作周月，以建子之月爲正。易民之視，至於

① “曰”，原作“月”，今據《書經集傳》改。

② “在位”，《竹書紀年》無此二字。

敬授民時，巡狩祭享，猶自夏焉。”是謂周月以紀于政。繇此推之，則“四月維夏”諸詩，可無疑矣。商雖建丑，何必不與夏正並行也?

23.《太甲上》:“惟嗣王不惠於阿衡。”蔡傳曰:“阿衡，商之官名，言天下所倚平也。亦曰保衡，或曰伊尹之號。”

按,《竹書》:“沃丁八年，祠保衡。”《説命》:“昔先正保衡。”又:“罔俾阿衡，專美有商。”《君奭》:“在太甲時則有若保衡。”《詩》毛傳曰:“阿衡，伊尹也。”《書》孔傳曰:“伊尹爲保衡。”他書不見有是官，當以伊尹之號爲是。

24.《盤庚上》:“不常厥邑，于今五邦。”蔡傳曰:“五邦:漢孔氏謂湯遷亳，仲丁遷囂，河亶居相，[①] 祖乙居耿，并盤庚遷殷爲五邦。然以下文今不承于古文勢考之，則盤庚之前當自有五遷。《史記》言祖乙遷邢，或祖乙兩遷也。

按，湯始爲天子而都亳，不當在遷數也。且上文云“兹猶不常寧”，湯之都亳，豈猶不寧乎?蓋湯之後，盤庚之前，自有五遷也。《竹書》“仲丁元年辛丑，王即位，自亳遷于囂，于河上”，一也;“河亶甲元年庚申，王即位，自囂遷于相”，二也;“祖乙元年己巳，王即位，自相遷于耿”，三也;“二年圮于耿，自耿遷于庇。八年城庇”，四也;“南庚元年丙辰，王即位，居庇。三年，遷于奄”，五也。《殷本紀》“祖乙遷邢”，索隱曰:“邢音耿，近代本亦作耿。”[②] 非有二也。《竹書》:“盤庚元年丙寅，王即位居奄。十四年，自奄遷于北蒙，曰殷。十五年營殷邑。”周氏曰:“商人稱殷，自盤庚始。”

---

① “居”上,《書經集傳》有“甲”字。

② “近”,原脱,今據《史記索隱》補。

25.《説命下》:“台小子舊學于甘盤，既乃遁于荒野。”蔡傳曰:“唐孔氏曰:‘高宗爲王子時，其父小乙欲其知民之艱苦，故使居民間。’蘇氏謂甘盤遯于荒野，非是。”

按，孔疏曰:“《君奭》篇在武丁時則有若甘盤。蓋甘盤于小乙之世受遺輔政。及高宗免喪，甘盤已死。傳曰:高宗即位，甘盤佐之，後有傅説。是言傅説之前有甘盤也。但下言既乃遯于荒野，是學訖乃遯，非即位之初從甘盤學也。”據《竹書》:“小乙六年，命世子武丁居于河，學于甘盤。十年，陟。武丁元年丁未，王即位居殷，命卿士甘盤。三年夢求傅説，得之。六年命卿士傅説。”蓋《説命》作于三年之後，追述其舊學既遯之事，不必定學訖而乃遯也。六年命説爲卿士，則六年之前猶盤爲卿士。孔疏言“高宗免喪，甘盤已死”，無所據也。

26.《高宗肜日》:“越有雊雉。”蔡傳曰:“於肜日有雊雉之異，蓋祭禰廟也。《序》言湯廟者，非是。”

按,《書序》“高宗祭成湯，有飛雉升鼎耳而雊。祖已訓諸王，作《高宗肜日》，高宗之訓”。唐孔氏曰“高宗之訓，所以訓高宗也”，蓋非也。高宗，武丁廟號也。若是書作於武丁未陟之前，可謂高宗之訓乎?《竹書》:“殷武丁二十九年，肜祭太廟，有雉來。五十九年，陟。廟號高宗。祖庚元年丙午，即位居殷，作《高宗之訓》。”《殷本紀》:“帝武丁崩，子帝祖庚立。祖己嘉武丁之以祥雉爲德，立其廟爲高宗，遂作《高宗肜日》及訓。”意是時祖庚繹於高宗之廟，每過於豐，故戒以“無豐于昵”，而作《高宗之訓》，乃所以訓祖庚也。孔疏以爲訓高宗，誤矣。《書序》“高宗祭成湯”,《竹書》“武丁祭太廟”，並有證據。而蔡傳云“祭禰廟”，以“序言祭湯廟非”，意以“豐于昵”，昵爲近廟，則不得言湯廟也。不審“豐于昵”者祖庚也、“祭湯廟”者武丁也。祖己因其豐于昵，以高宗肜日訓之，故曰“惟先格王正厥事，乃訓于王”。格王，孔傳言“至道之王”，則是以高宗爲先世至道之王，而乃以訓于王也。何得以《序》爲非?

27.《西伯戡黎》。蔡傳曰："西伯，文王也。或曰西伯，武王也。武王亦繼文王爲西伯。"

按，《大全》引朱子曰："看來文王只是不伐紂耳，其他事亦是都做了，如伐崇戡黎之類。"或問：西伯戡黎，惟陳少南、吕伯恭、薛季隆以爲武王，吴才老亦言乘黎恐是伐紂時事。然《史記》又謂文王伐崇、伐密須、敗耆國，耆即黎也，音相近。二説未知孰是？曰：此等無證據，姑且闕之。據《竹書》："殷帝辛三十二年，密人侵阮，西伯帥師伐密。三十三年，王錫命西伯得專征伐。三十四年，周師取耆及邘，遂伐崇。四十一年春三月，西伯昌薨。四十二年，西伯發受丹書於吕尚。四十四年，西伯發伐黎。"則是取耆者，文王；戡黎者，武王。耆亦非即黎也。

卷五

翰林院檢討徐文靖　撰

書三

1.《泰誓》："惟十有三年春，大會于孟津。"蔡傳曰："十三年者，武王即位之十三年也。春者，孟春建寅之月也。漢孔氏言虞芮質成，爲文王受命改元之年，凡九年而崩。武王立三年伐紂，合爲十有三年。此皆惑於僞《書·泰誓》之文而誤。歐陽氏曰："西伯即位已改元年，中間不宜改元。武王即位宜改元，[①] 乃上冒先君之元年，并其居喪稱十一年，由是言之皆妄也。"歐陽之辨極明，但其曰十一年者，亦惑於《書序》十一年之誤也。又漢孔氏以《序》言一月戊午而經又係之以春。以春爲建子之月，則商以季冬爲春，周以仲冬爲春，四時反逆，豈三代聖人奉天之政乎？

按，朱子曰："《泰誓序》十有一年武王伐殷，經云十有三年春大會于孟津，必差誤。[②] 説者乃以十一年爲觀兵，尤無義理。舊有人引《洪

① "宜"，原脱，今據《書經集傳》補。
② "必"上，《朱子語類》卷七十九有"序"字。

範》'十有三祀，王訪于箕子'，則十有一年之誤可知矣。"余嘗考之，《書序》不誤，而經文"十有三年"，"三"字誤也。據《竹書》："殷帝辛四十一年春三月，西伯昌薨。四十二年，西伯發受丹書於吕尚。五十一年十一月戊子，周師渡盟津而還。五十二年庚寅，周始伐殷。秋，周師次于鮮原。冬十有二月，周師有事于上帝，庸、蜀、羌、髳、微、盧、彭、濮從周師伐殷。武王十二年辛卯，王率西夷諸侯伐殷，敗之于坶野。"計帝辛四十二年武王即位之元年，至五十二年周始伐殷，由庚辰至庚寅，凡十有一年。《書序》爲不誤也。明年誅紂，歲在辛卯，爲武王即位之十二年，是經文"三"字誤也。《洪範》"惟十有三祀，王訪于箕子"，孔傳謂箕子是年四月歸周，亦以"釋箕子囚"而知之，訪問天道，作《洪範》，豈必即是年事哉？又《書序》云："惟十有一年，武王伐殷。"孔傳曰："周自虞芮質成，諸侯並附，以爲受命之年。"初未嘗言受命改元也。蔡傳譏其言改元爲誤，非矣。至於以建子之月爲春，則《春秋》二百四十二年，其書春王正月者九十有三，凡皆周正建子之月也。後漢元和三年，① 陳寵奏曰："夫冬至之節，陽氣始萌，故十一月有蘭、射干、芸、荔之應。《時令》曰：'諸生蕩，安形體。'天以爲正，周以爲春。十二月陽氣上通，雉雊雞乳，地以爲正，殷以爲春。十三月陽氣已至，天地已交，萬物皆出，蟄蟲始振，人以爲正，夏以爲春。"則是季冬、仲冬皆可言春也。《魏書・李彪傳》"誠宜遠稽周典，近采漢制，不於三統之春，行斬絞之刑"，則是建子、建丑皆可爲春也。孔疏曰："案《三統曆》以殷之十二月武王發師至，二月甲子，咸劉商王紂。彼十二月即周之正月，建子之月也。"此唐孔氏也，蔡傳以爲漢孔氏，誤。大抵紂未亡以前，《竹書》所紀者商正，帝辛五十二年冬十有二月，庸、蜀、羌、髳從周師伐殷，是於周爲十一月建子之月。孔傳曰"周之孟春"，是也。

① "三年",《後漢書・陳寵傳》作"二年"。

2.《武成》:“厥四月哉生明,王來自商,至于豐。丁未,祀于周廟。越三日,庚戌,大告武成。”蔡傳曰:“史氏記武王往伐歸獸,祀群神,告群后與其政事,共爲一書,篇中有‘武成’二字,遂以名篇。”

按,《竹書》:“武王十二年辛卯,率諸侯伐殷,親禽受于南單之臺。夏四月,王歸于豐,饗于太廟,作《大武樂》。”則是大告武成者,謂《大武》之樂所由成也。《樂記》夫子語賓牟賈曰:“夫武者,① 象成者也。且夫武始而北出,再成而滅商,三成而南,四成而南國是疆,五成而分周公左,召公右,六成復綴以崇。”鄭注曰:“成猶奏也。每奏《武曲》一終,爲一成。始奏,象觀兵孟津時也。再奏,象克殷時也。三奏,象克殷有餘力而反也。四奏,象南方荆蠻之國侵畔者服也。五奏,象周、召分職而治也。六奏,象兵還振旅也。”

又按,《周頌·武》篇曰:“勝殷遏劉,耆定爾功。”《春秋傳》以此爲《大武》之首章,其名篇亦止“武”之一字。則此大告武成者,即告以《大武》之六成也。向使《竹書》不出,不以夏四月王歸于豐,饗于太廟,作《大武樂》,連書於十有二年之下,予又安從而疑之?又安從而辨之?孔傳曰:“文王受命,有此武功,成於克商。”《詩》言有此武功者,指伐崇耳。若謂文有克商之武功,至此而告天祭廟以著其成,不幾視聖人之心幾同於魏武乎?

3.《洪範》:“天乃錫禹《洪範》九疇。”蔡傳曰:“按孔氏曰:天與禹神龜負文而出,列于背,禹遂因而第之,以成九類。世傳戴九履一,左三右七,二四爲肩,六八爲足,即《洛書》之數也。”

按,唐孔氏曰:“傳云禹因而第之。”則孔以“第”是禹之所爲,

---

① “武”,《禮記·樂記》作“樂”。

“初一曰”等二十七字，必是禹加之也。其“敬用”“農用”等一十八字，大劉及顧氏以爲龜背先有，小劉以“敬用”等字亦禹所第叙。其龜文惟有二十字，並無明據，未知孰是。余讀《南齊書》永明八年四月長山縣王惠獲六目龜一頭，下有萬歡字，并有卦兆。九年八月，獲神龜一頭，下有《巽》《兑》卦。車頻《秦書》“苻堅建元十二年，高陸縣民穿井得龜，大三尺六寸，背文負八卦古文”。《晋書·苻堅傳》亦載其事。①《隋書·王劭傳》汝水得神龜，腹下有文曰“天下楊興”。則禹時洛水龜書，先有文字，無足怪也。歐陽氏作《葛氏鼎歌》曰：“馬圖出河龜負疇，自古怪説何悠悠?”真荆公所云“歐九不學故也”。

4. 一曰水，二曰火，三曰木，四曰金，五曰土。蔡傳曰：“水、火、木、金、土者，五行之生序也。天一生水，地二生火，天三生木，地四生金，天五生土。”

按，《禹謨》“水、火、金、木、土、穀”，② 蔡傳曰：“水克火，火克金，金克木，木克土，而生五穀。”《洪範》“水、火、木、金、土”，蔡傳曰：“五行相生之序。”殊不知聖人作書，偶然序列，不過倒置一金字，而遂互生異議也。凡此皆五德相勝之説以爲之倡，而班《志》遂有天一生水、地二生火之説。據《月令》春在木，其數八；夏在火，其數七；秋在金，其數九；冬在水，其數六。初無以水屬天，以火屬地之説。《左傳》蔡墨對魏獻子五行之官，③ 木正勾芒，火正祝融，金正蓐收，水正玄冥，土正后土，與《月令》合。又史伯言先王以土與木、金、水、火雜以成百物，是以和五味以調口，與《洪範》合。初何嘗以五行分屬於天地?若謂《禹謨》主相克，《洪範》主相生，五行以三者屬天，二者屬地，必不然矣。《左傳》子罕曰：“天生五材，民並用之。”杜預曰：

---

① “苻”，原脱，今據《晋書·苻堅傳》補。

② “金、木”，原作“木、金”，今據《尚書·大禹謨》改。

③ “左”，原作“在”，今據《左傳·昭公二十九年》改。

"金、木、水、火、土也。"五行皆天之所生，而謂天生者三、地生者二，必不然矣。然則生克之説將遂可廢乎？曰：不然。據《禮記·昏義》有云：①"適見于天，日爲之食。"孔疏曰："《左傳》昭三十一年：'十二月辛亥朔，②日有食之。庚午之日，始有謫。'謫謂日將食之氣。氣見於上，所以責人君也。公問於梓慎禍福何爲？對曰：二至二分，日有食之，不爲災也。日月之行也，分同道也。其他月則爲災，③陽不克也。故常爲水也。然《詩》之十月，則夏之八月，秋分日食而爲災者，以辛卯之日，卯往侵辛，木反克金，故爲災。昭七年夏四月甲辰朔，日有食之。而大咎衛君上卿。四月，夏之二月，而爲災者，以其甲辰之日，甲爲木，辰爲土，木當克土。今日食，土反克木，故爲災也。昭二十一年秋七月壬午朔而日食。壬爲水，午爲火，水應克火而日食，火反克水。不爲災者，以秋七月，夏之五月，是壬午之日故不爲災。"④然則五行之相生，如火爲土母、水爲木母之類。五行之相克，如木當克土、土反克木之類。豈《禹謨》則專主於相克，《洪範》則專主於相生之謂哉？

5. 五：皇極，皇建其有極。蔡傳曰："皇，君也。極，猶北極之極，中立而四方之所取正焉者也。"

按，《爾雅·釋詁》："皇，大也。"孔傳曰："凡立事當用大中之道。"孔疏曰："《詩》云'莫匪爾極'、《周禮》'以爲民極'，皆謂用大中也。"《洛書》以皇極居中，爲九疇之本，猶《河圖》以太極居中，而爲八卦之本也。建用皇極，即所謂彝倫之攸叙也。自五行至六極，其二十字本龜文所有，禹因而第之，以皇極居五。而箕子之陳《洪範》又因以明禹所受於堯舜相傳之法也。彝倫攸叙，而亦謂之爲法者，即所謂父

---

① "禮記昏義"，原作"儀禮昏禮"，今據《禮記·昏義》改。
② "辛亥"，原作"辛卯"，今據《左傳·昭公三十一年》及《禮記正義》改。
③ "月"，原脱，今據《禮記正義》補。
④ 此句《禮記正義》孔疏作"是壬午之時，得有克壬之理，故不得爲災"。

子兄弟足法而后民法之也。下所謂“錫汝保極，維皇作極”，是也。建極猶建中，即堯舜之執中、用中也。“初一曰五行”，潤下炎上，即水、火、金、木、土、穀惟修也。“次二曰敬用五事”，作肅作睿，即慎厥身修思永也。“次三曰農用八政”，食貨賓師，即食哉惟時，以及於懋遷有無化居、司空平水土、司徒敷五教之類也。“次四曰協用五紀”，歲月星辰，即歷象日月星辰敬授人時，與所謂曆數在汝躬也。“次六曰乂用三德”，正直剛柔，即正德利用、直哉惟清，以及剛而塞柔而立也。“次七曰明用稽疑，擇建立卜筮人”，龜從筮從，即官占惟先蔽志，詢謀僉同，龜筮協從也。“次八曰念用庶徵”，省歲省月，即惟幾惟康，昭受上帝、無曠庶官，天工人其代之也。“次九曰嚮用五福，威用六極”，壽富康寧凶短折，即惠迪吉、從逆凶惟影響也。九疇以皇極爲本，皇極建而九疇皆得矣。故孔傳曰“大中之道，大立其有中，謂行九疇之義”也。

6. 無偏無陂，遵王之義。蔡傳曰：“偏，不中也。陂，不平也。”

按，孔傳曰：“偏，不平。陂，不正。當循先王之正義以治民。”注引釋文曰：“陂音祕，舊本作頗，音普多反。”按《唐紀》開元十四年，明皇以《洪範》“無偏無頗”聲不協，詔改頗爲陂，曰：“朕聽政之暇，每夜觀書，匪徒説於微言，實欲暢於精理。讀《尚書·洪範》至‘無偏無頗，遵王之義’，三復斯文，並皆協韻。惟‘頗’一字，實則不倫。又《周易·泰》卦中‘無平不陂’，釋文‘陂’字亦有‘頗’音。陂之與頗訓詁無别，爲陂則文亦會意，爲頗則聲不成文。應由煨燼之餘，簡編墜缺，傳授之際，差舛相仍。原始要終，須有刊革。宜改‘頗’字爲‘陂’，仍宣示國學。”又《宋史》徽宗宣和六年詔《洪範》復從舊文以陂爲頗。蔡傳成於寧宗嘉定二年己巳歲，則是在宣和之後，不知其何以不改。據《易》“无平不陂”，蔡傳“陂，不平”，於義爲允。而孔傳云“陂，不正”，蓋彼時猶是“無頗”，故訓爲不正也。

7.《旅獒》:“西旅底貢厥獒。”蔡傳曰:“西旅,西方蠻夷國名。”

按,《孟子》“無忘賓旅”,趙岐注曰:“賓,賓客。旅,羈旅。”此蓋以西夷獻獒,周以其地遠不臣,以賓旅待之,故曰西旅。《竹書》:“武王十三年,巢伯來賓。”《書序》巢伯來朝,王命芮伯作《旅巢命》,是皆以賓旅之禮待之,言賓則太過,言旅則降於賓矣。《泰誓中》①《下》曰“西土有衆”“我西土君子”,《牧誓》曰“逖矣西土之人”,故西土有貢獒者,而武王意不忍却,太保作《旅獒》,用訓于王。《旅獒》《旅巢》義一也。漢孔氏《旅巢傳》曰:“陳威德以命巢。”於《旅獒傳》曰:“西戎遠國貢大犬。”“召公陳戒。”並以《爾雅》“旅,陳也”爲訓,非矣。至謂“西方之戎有國名旅者”,其誤始於唐孔氏,而蔡傳依之也。

8.《金縢》:“周公乃告二公曰:我之弗辟,我無以告我先王。周公居東二年,則罪人斯得。”蔡傳曰:“辟,讀爲避。鄭氏《詩傳》言周公以管、蔡流言,避居東都,是也。漢孔氏以爲致辟于管、蔡之辟,謂誅殺之。以居東爲東征,非也。”

按,《竹書》:“成王元年春正月,王即位,命冢宰周文公總百官。夏六月,葬武王于畢。秋,武庚以殷畔。周文公出居于東。二年秋,王逆周文公于郊,遂伐殷。三年,王師滅殷。”據此,則居東二年乃是避居于東。陸氏釋文曰:“辟,馬、鄭音避,謂避居東都。”其説蓋始於馬融也。然以爲避居東都,則亦非也。《史記·魯世家》曰:“人或譖周公,周公奔楚。”邵寶曰:“周公辟流言嘗居東矣。魯,公封也,不之魯而之楚乎?”據《國策》季歷葬於楚山之尾。《季婦鼎銘》曰:“王在成周,王徙于楚麓。”《括地志》終南山一名楚山,在雍州萬年縣南五十里。周

① “中”上,原有“傳”字,下所引皆《尚書》文,非傳文,今删。

公奔楚當是因流言出居，依於祖考之墓地，必無遠適東都之理。邵疑奔楚爲楚國，失之遠矣。觀下文“王啓金縢，執書以泣曰，惟朕小子其新迎。王出郊，天乃雨，反風”，則居東在成周之東，爲甚近，而必非東都明矣。

9.《大誥》：“若兄考，乃有友伐厥子，民養其勸弗救。”蔡傳曰：“民養，未詳。”蘇氏曰：“養，厮養也。謂人之臣僕，大意言若父兄有友攻伐其子爲之臣僕者，其可勸其攻伐而不救乎？父兄以喻武王，友以喻四國，子以喻百姓，民養以喻邦君御事。”

按，《書序》：“武王崩，三監及淮夷叛，周公相成王，將黜殷，作《大誥》。”則受命東征者，周公也。武王爲周公之兄，成王之考。此言若兄考，謂若兄即予考也，本一體相關。“乃有友伐厥子民”，友即上所謂“大化誘我友邦君”者是也。時三監淮夷共相叛亂以伐我周之子民，豈可以養寇害民，反勸若而弗救乎？觀此則周公本無誅戮管、蔡之心，而成王之責任周公，① 蓋有不得不然者也。蔡傳乃以爲喻言，非矣。

10.《康誥》。蔡傳曰：“按《書序》以《康誥》爲成王之書，今詳本篇，康叔於成王爲叔父，成王不應以弟稱之。説者謂周公以成王命誥，故曰弟。然既謂之王若曰，則爲成王之言。周公何遽自以弟稱之也？序書者不知篇首四十八字爲《洛誥》脱簡，遂因誤爲成王之書。是知《書序》果非孔子所作也。

按，《衛康叔世家》曰：“周公旦以成王命興師伐殷，殺武庚禄父、管叔，以殷餘民封康叔爲衛君。周公旦懼康叔齒少，乃申告康叔。”故謂之《康誥》。蔡傳以爲序書者誤，豈太史公亦誤乎？據《竹書》：“武王

① “公”下，中華書局本有“者”字。

十三年大封諸侯。十五年冬，遷九鼎于洛。十七年冬十二月，王陟。成王元年秋，武庚以殷叛。① 三年，王師滅殷，殺武庚禄父，遷殷民于衛。"《康誥》"惟三月哉生魄"，周之三月，夏之正月也。計武王以丙申年十二月陟，至成王三年正月，相距二十七月。時成王冲幼，在喪服亮陰之中，方二年及三月耳，不得遽作誥以命康叔，故周公取武王時告康叔者申之。太史公謂周公申告康叔者是也。序《書》者因叙之於此，非誤也。且康叔於武王時初封于康，則曰《康誥》。猶召公封召，則曰《召誥》，蔡仲封蔡，則曰《蔡仲之命》。若成王三年遷殷民于衛，時康叔已改封于衛矣，不曰《衛誥》而曰《康誥》者，豈非本武王之書而周公申之哉？蔡傳又以序《書》者不知《康誥》篇首四十八字爲《洛誥》脱簡，遂因誤爲成王之書。是又不然。篇首云"周公初基作新大邑于東國洛"，非直指《洛誥》言也。《史記·周本紀》："武王曰：粤瞻雒伊，毋遠天室。營周居于洛邑而後去。"至十五年，遂遷鼎于洛。《書序》所云豈即《洛誥》之洛哉？

11.《洛誥》："王命周公後作册逸誥，在十有二月，惟周公誕保文武受命，惟七年。"蔡傳曰："逸誥者，史逸誥周公治洛留後也。在十有二月者，明戊辰爲十二月也。② 吴氏曰：周公自留洛之後，凡七年而薨也。"

按，上文"王命作册逸祝册，惟告周公其後"，孔傳曰："尊周公，立其後爲魯侯。"王爲册書，使史逸誥伯禽。據《漢·律曆志》曰"成王元年正月己巳"，此命伯禽俾侯于魯之歲也。安在於召公如洛度邑之後，始尊周公之後爲魯侯乎？據《竹書》："成王七年春三月，召康公如洛度邑。甲子，周文公誥《多士》于成周，遂城東都。十年，周文公出居于豐。十一年，王命周平公治東都。十四年，洛邑告成。二十一年，

① "叛"，原作"畔"，今據《竹書紀年》改。

② "月"下，《書經集傳》有"日"字。

周文公薨于豐。”蓋當時召公如洛，周公繼至。王如東都，復封公之次子君陳爲周公，以代公後。爰於十有二月烝祭日用兩騂牛于文武，命史逸爲祝册以告之。言惟告周公其後者，示重也。《春秋傳》隱六年，周桓公僖九年宰周公，其後也。前言“命公後、廸將其後、公勿替刑、四方其世享”，蓋言其世爲周公儀刑勿替，俾四方世享其德。公答曰：“予旦以多子越御事，篤前人成烈。”多子者，公旦之諸子也。言己以諸子治事篤厚前人之功烈，答衆望而作周孚信也。蔡傳乃以多子爲衆卿大夫、前人爲文武，非矣。夫以前人爲文武，則多子即公之諸子可知矣。至以“命公後”爲“命公留後治洛”者，則又惑於吳氏公留洛七年之説而失考也。公，成王七年至洛，十年出居于豐，在洛者凡三年耳。經云“惟七年”，蓋以成王十四年洛邑告成，二十一年周公薨于豐，相距凡七年。公何嘗七年留洛，且薨于洛也？《書·君陳序》云：“周公既没，命君陳分正東郊成周。”蓋先時册命周公後，乃分尹東郊耳。

12.《多士》。蔡傳曰：“周公黜殷之後，以殷民反覆難制，即遷于洛，至是建成周，造廬舍，定疆埸，乃告命與之更始焉爾。此《多士》之所以作也。《書序》以爲成周既成，遷殷頑民者，謬矣。”

按，《竹書》“成王五年,① 遷殷民于洛邑，遂營成周。七年三月，召康公如洛度邑。甲子，周文公誥多士于成周”，即是事也。《書序》：“成周既成,② 遷殷頑民。周公以王命誥，作《多士》。”《序》蓋以成周既成，其所遷殷民之中又有頑梗不率者，爰作《多士》以誥之。此特爲頑民而發，非謂始遷其民也。又《竹書》：“成王三年，滅殷，遷殷民于衛。五年，營成周。八年，命魯侯禽父、齊侯伋遷庶殷于魯。”則是成周既成，亦嘗有遷殷民之事矣。又《多士》曰：“惟三月周公

① “五”,原作“三”,今據《竹書紀年》改。

② “既成”,原作“既城”,今據《尚書正義》改。

初于新邑洛，用告商王士。”三月，即召公如洛之三月也。蔡傳以爲成王祀洛次年之三月。周公至洛久矣，至是始行治洛之事，故謂之初也。殊失考矣。

13.《無逸》：“周公曰：‘嗚呼！君子所其無逸。”蔡傳曰：“所，猶處所也。君子以無逸爲所，動静食息無不在是焉。作輟則非所謂所矣。”

按，《論語》“譬如北辰，居其所而衆星共之”，朱子集注曰：“居其所，不動也。”蓋以不動者爲所，而衆動以之爲樞紐也。在天爲北極，在《易》爲太極，在《範》爲皇極，在聖人爲主静以立極。君子以無逸爲所，即君子以無逸爲極也。益曰：“罔游于逸。”皋陶曰：“無教逸欲有邦。”周公曰：“所其無逸。”聖賢相傳之心法，無有不以是爲兢兢業業者。若但以處所釋之，其意雖本於宋玉，然以爲動静食息無不在是處，則亦淺之乎言無逸矣。至謂先知稼穡之艱難乃逸，即《豳風·七月》意也。朱子《詩傳》曰：“周公以成王未知稼穡之艱難，故陳后稷、公劉風化之所由，使瞽矇朝夕諷誦以教之。《豳風》《無逸》不有互相發明哉！

14. 肆祖甲之享國三十有三年。蔡傳曰：“邵子《經世書》高宗五十九年，祖庚七年，祖甲三十三年。”

按，《竹書》：“武丁元年丁未，五十九年，陟。祖庚元年丙午，十一年，陟。祖甲元年丁巳，三十三年，陟。”邵子云“祖庚七年”，恐未足據。又《竹書》外壬、小乙皆十年，庚丁八年，小庚、開甲皆五年，南庚六年，仲壬、陽甲馮辛皆四年，小辛三年。《書》言或十年，或七八年，或五六年，或四三年，亦各有所指，非泛言也。

15.《君奭》：“耇造德不降，我則鳴鳥不聞。”蔡傳曰：

“言召公去，則耇老成人之德不下於民，在郊之鳳將不得復聞其鳴矣。是時周方隆盛，鳴鳳在郊。《卷阿》‘鳴于高岡’者，乃咏其實，故周公云爾也。”

按，《竹書》成王十八年：“鳳凰見，遂有事于河。”是時“鳳凰翔庭，成王援琴而歌曰‘鳳凰翔兮于紫庭，余何德以感靈。賴先王兮恩澤臻，于胥樂兮民以寧’”。

16.《蔡仲之命》：“乃致辟管叔于商。”蔡傳曰：“致辟云者，誅戮之也。”

按，《周書·作雒解》曰：“降辟三叔，管叔經而卒。”是時周公東征，既誅武庚而三叔依然無恙。致辟云者，辟，法也。謂欲以國法懲之。管叔經而卒。《前漢志》中牟縣有管城，《後漢志》縣有林鄉。《天問》曰：“伯林雉經，維其何故?”是管叔於伯林之地自經而死也，是周公未嘗誅戮之也。孔傳以辟爲誅殺，蔡傳依之，非也。

17.《多方》：“惟五月丁亥，王來自奄，至于宗周。”蔡傳曰：“成王即政之明年，商奄又叛，成王征滅之。”

按，《竹書》：“成王二年，奄人、徐人及淮夷入于邶以叛。三年，王師滅殷，遂伐奄，滅蒲姑。四年，王師伐淮夷，遂入奄。五年春正月，王在奄，遷其君于蒲姑。夏五月，王至自奄。六年，大蒐于岐陽。七年，周公復政于王。”《書》：“五月丁亥，王來自奄。”蓋周公攝政五年之事。書詞先言周公曰，而後言王若曰者，此也。成王即政，則猶在二年之後。而孔傳謂周公歸政之明年，蔡傳據爲成王即政之明年，皆失考也。觀下文，王曰“今爾奔走臣我監五祀”，其爲成王之五年，不益信哉!

18.《周官》：“惟周王撫萬邦，巡侯甸，四征弗庭。歸于宗周，董正治官。”蔡傳曰：“此書之本序也。成王歸于鎬京，董正治事之官，[①] 外攘之功舉，而益嚴內治之修也。”

按，《竹書》：“成王十九年，王巡狩侯甸方岳，召康公從，歸于宗周，遂正百官，黜豐侯。”《周官》之作當在是時也。《書序》：“成王既黜殷命，滅淮夷，還歸在豐，作《周官》。”計滅殷與伐淮夷事在三年四年，至此相距十五年。《序》以經言四征弗庭而實之，非謂以征是地而歸也。《序》言豐，豐亦即宗周也。徐廣曰“鎬去豐二十五里”，是皆爲宗周也。

19.《顧命》：“惟四月哉生魄，王不懌。”蔡傳曰：“哉生魄，[②] 十六日。”

按，孔傳曰：“成王崩年之四月始生魄，月十六日。”孔疏曰：“成王崩年，經典不載。《漢書·律曆志》云‘成王即位三十年四月庚戌朔十五日甲子哉生魄’，即引此《顧命》之文，以爲成王即位三十年而崩。此是劉歆説也。孔以甲子爲十六日，則不得與歆同矣。鄭玄云：此成王二十八年。傳惟言成王崩年，未知成王即位幾年崩也。”據《竹書》“成王元年丁酉春正月王即位。三十七年夏四月乙丑，王陟。康王元年甲戌春正月，王即位，命冢宰召康公總百官諸侯朝于豐宮”，則是成王崩年歲在癸酉。唐時《竹書》既出，而孔氏仍未之考，是亦其疎略處也。

20.《吕刑》：“蚩尤惟始作亂，延及于平民，罔不寇賊。苗民弗用靈，制以刑。”蔡傳曰：“苗民承蚩尤之暴，不用善而制以刑。”

按，孔傳曰：“蚩尤，黄帝所滅。三苗，帝堯所誅。言異世而同惡。”

---

① “董”,《書經集傳》作“督”。

② “哉”,《書經集傳》作“始”。

據《後漢書·張衡傳》“凡讖皆云伐蚩尤，而《詩讖》獨云蚩尤敗，然後堯受命”，疑蚩尤種類，高辛之末尚在，故三苗之君得習蚩尤之惡，而制以重刑，如《張衡傳》所云者。

又按，《周禮·肆師》疏賈公彥引《三朝記》曰“蚩尤，庶人之貪者”，殆即經所云延及平民，罔不寇賊者也。

21．大辟疑赦，其罰千鍰，[①] 閱實其罪。蔡傳曰：“皐陶所謂罪疑惟輕者，降一等而罪之。今五刑疑赦而直罰之以金，是大辟、宫、剕、劓、墨者，皆不復降等用矣。舜之贖刑，官府學校鞭扑之刑耳，[②] 而穆王之所謂贖，雖大辟亦贖也。舜豈有是制哉？”

按，經文“墨辟疑赦，其罰百鍰，閱實其罪”，言犯墨法者，事有可疑則赦之，而又不徑赦之也，罰之百鍰以示懲。若乃簡閱其情實無可疑者，其罪之。實與疑對，罪與赦對，實則不疑，罪則不赦也。大辟之法亦然，疑則赦之使贖，實則罪之不赦也。豈謂贖之以金，雖大辟亦許其贖免哉？蔡傳謂穆王巡游無度，財匱民勞，乃爲此一切權宜之術以斂民財，非也。觀其言“五過之疵，惟官，惟反，惟内，惟貨，惟來”。又言“獄貨非寶，惟府辜功”，其兢兢以黷貨爲戒者，豈反借以斂民財爲哉？蔡傳又以爲夫子録之，蓋亦示戒，則又非也。夫子作《孝經》引《甫刑》云“一人有慶，兆民賴之”，又曰“五刑之屬三千”，皆《吕刑》文也。向使以穆王爲戒，而又何引之以垂訓哉？

① “千”，原作“百”，今據《尚書正義》改。

② “扑”，中華書局本作“朴。”

卷六

翰林院檢討徐文靖　撰

詩一

1.《釋文》:“舊説云:《詩·序》,‘《關雎》,后妃之德也’,[①] 至用之邦國焉,名《關雎序》,謂之《小序》。此以下則《大序》也。[②] 沈重云:案鄭《詩譜》意《大序》是子夏作,《小序》是子夏、毛公合作。卜商意有不盡,毛更足成之。或云:《小序》是東海衛敬仲所作。”朱子曰:近世諸儒多以《序》之首句爲毛公所分,而其下推説云云者,爲後人所益,理或有之。但今考其首句,則已有不得詩人之本意而肆爲妄説者矣。況沿襲云云之誤哉?又論《邶·柏舟序》曰:《詩》之文意事類,可以思而得。其時世名氏,則不可以強而推。若爲《小序》者姑以其意推尋探索,依約而言。不知其時者,必強以爲某王某公之時;不知其人者,必強以爲某甲某乙之事。於是傅會書史,依托名謚,鑿空妄語,以誑後人。且如《柏舟》

① “《詩·序》,‘《關雎》,后妃之德也’”,《經典釋文》作“起此”。

② 此句《經典釋文》作“自‘風,風也’訖末名爲大序”。

不知其出於婦人，而以爲男子；不知其不得於夫，而以爲不遇於君，此則失矣。乃斷然以爲衛頃公之時，則其故爲欺罔，以誤後人之罪，不可揜矣。凡《小序》之失，以此推之，什得八九矣。

按，馬端臨《經籍考》曰："《詩》《書》之《序》自史傳不能明其爲何人所作，而先儒多疑之。至朱文公之解經，則依古經文析而二之，而備論其得失，而於《詩·國風》諸篇之《序》詆斥尤多。以愚讀《國風》諸詩，知《詩》之不可無《序》，而《序》之有功於《詩》也。蓋《風》之爲體，比興之辭多於叙述，諷諭之意浮於指斥，蓋有反覆咏嘆，聯章累句，而無一言叙作之之意者。而序者乃一言以蔽之曰：爲某事也。苟非其傳授之有源，探索之無舛，則孰能臆料當時指意之所歸，以示千載乎？而文公深詆之，且於《桑中》《溱洧》諸篇辨析尤至。① 以爲安有刺人之惡，而自爲彼人之辭，以陷於所刺之地而不自知者哉？其意蓋謂詩之辭如彼，而《序》之説如此，則以詩求詩可也，烏有捨明白可見之詩辭，而必欲曲從臆度難見之序説乎？其説固善矣。然愚以爲必若此，則《詩》之難讀者多矣，豈直《鄭》《衛》諸篇哉？夫《芣苢》之《序》以爲婦人樂有子，爲后妃之美也，而其詩語不過采掇芣苢之情狀而已。《黍離》之《序》以爲閔周室宫廟之顛覆也，而其詩語不過慨嘆禾黍之苗穗而已。此《詩》之不言所作之意，而賴《序》以明者也。若捨《序》以求之，則其所以采掇者爲何事，而慨嘆者爲何説乎？《叔于田》之二詩《序》以爲刺鄭莊公也，而其詩語則鄭人愛叔段之辭耳。《揚之水》《椒聊》二詩《序》以爲刺晋昭公也，而其詩語則晋人愛桓叔之辭耳。此詩之叙其事以諷，初不言刺之之意，而賴《序》以明者也。若捨《序》以求之，則知四詩也，非子雲美新之賦，則袁宏《九錫》之文耳。是豈可以訓，而夫子不删之乎？《鴇羽》《陟岵》之詩，見於變風，《序》以爲征役者不堪命而作也。《四牡》《采薇》之詩，見於正雅，

① "析",中華書局本作"折"。

《序》以爲勞使臣遣戍役而作也。而深味四詩之旨，則嘆行役之勞苦，敘飢渴之情狀，憂孝養之不遂，悼歸休之無期，其辭語一耳。此詩之辭同意異，而賴《序》以明者也。若捨《序》以求之，則文王之臣民亦怨其上，而《四牡》《采薇》不得爲正雅矣。即是數端而觀之，則知《序》之不可廢。《序》不可廢，則《桑中》《溱洧》何嫌其爲刺奔乎？蓋嘗論之，均一勞苦之詞也，出於敘情閔勞者之口，則爲正雅；而出於困役傷財者之口，則爲變風也。均一淫泆之詞也，出於奔者之口，則可删；而出於刺奔者之口，則可録也。均一愛戴之詞也，出於愛叔段、桓叔者之口，則可删；而出於刺鄭莊、晋昭者之口則可録也。夫《芣苢》《黍離》之不言所謂，《叔于田》《揚之水》之反辭以諷，《四牡》《采薇》之辭同變風，文公胡不玩索詩辭，别自爲説，而卒如序者之舊説，求作詩之意於詩辭之外矣。何獨於《鄭》《衛》諸篇而必以爲奔者所自作，而使聖經爲録淫辭之具乎？且夫子嘗删《詩》矣，其所取於《關雎》者，謂其樂而不淫耳。則夫《詩》之可删，孰有大於淫者。今以文公《詩傳》考之，其指以爲男女淫佚奔誘而自作詩以敘其事者，凡二十有四，如《桑中》《東門之墠》《溱洧》《東門之枌》①《東門之池》《東門之楊》《月出》，則《序》以爲刺淫，而文公以爲淫者所自作也。如《静女》《木瓜》《采葛》《丘中有麻》《將仲子》《遵大路》《有女同車》《山有扶蘇》《蘀兮》《狡童》《褰裳》《丰》《風雨》《子衿》《揚之水》《出其東門》《野有蔓草》，則《序》本别指他事而文公亦以爲淫者所自作也。夫以昏淫不檢之人，發而爲放蕩無恥之辭，而其詩篇之繁多如此，夫子猶存之，則不知所删何等一篇也？愚非敢苟同《序》説而妄議先儒也，蓋嘗以孔子、孟子之所以説《詩》者讀《詩》而後知《序》説之不繆，而文公之説多可疑也。孔子之説曰：‘誦《詩》三百，一言以蔽之，曰思無邪。’孟子之説曰：‘説《詩》者不以文害辭，不以辭害志，以意逆志，是爲得之。’夫經非所以誨邪也，而戒其無邪。辭所以達意也，而戒

① “枌”，原作“日”，今據《詩集傳》改。

其害意。蓋知詩人之意者，莫如孔、孟。慮學者讀《詩》而不得其意者，亦莫如孔、孟。是以有無邪之訓焉，則以其辭之不能不鄰乎邪也。使篇篇如《文王》《大明》，則奚邪之可閑乎？是以有害意之戒焉，則以其辭之不能不害其意也。使章章如《清廟》《臣工》，則奚意之難明乎？以是觀之，則知刺奔果出於作詩者之本意，而夫子所不删者，其詩决非淫泆之人所自賦也。或又曰：文公嘗言：《雅》者，二雅是也；《鄭》者，《緇衣》以下二十一篇是也。《衛》者，《邶》《鄘》《衛》三十九篇是也。《桑間》，《衛》之一篇《桑中》是也。《二南》《雅》《頌》，祭祀朝聘之所用也。《鄭》《衛》《桑》《濮》，里巷俠邪之所作也。夫子於《鄭》《衛》，蓋深絶其聲於樂以爲法，而嚴立其詞於《詩》以爲戒。今乃欲爲之諱其《鄭》《衛》《桑》《濮》之實，而文以雅樂之名，又欲從而奏之郊廟之中，朝廷之上，則未知其將欲薦之於何等之鬼神，用之於何等之賓客乎？愚又以爲未然。夫《左傳》言季札來聘，請觀周樂，而所歌者《邶》《鄘》《衛》《鄭》皆在焉，則諸詩固雅樂矣。使其爲里巷俠邪所用，則周樂安得有之？而魯之樂工亦安能歌異國淫邪之詩乎？然愚之所論不過求其文意之指歸而知其得於性情之正耳，至於被之絃歌，合之音樂，則《儀禮》《左傳》所載古人歌詩合樂之意，蓋有不可曉者。夫《關雎》《鵲巢》，閨門之事，后妃夫人之詩也，而《鄉飲酒》《燕禮》歌之。《采蘋》《采蘩》，夫人大夫妻能主祭之詩也，而《射禮》歌之。《肆夏》《繁遏渠》，宗廟配天之詩也，而天子享元侯歌之。《文王》《大明》《綿》，文王興周之詩也，而兩君相見歌之。以是觀之，其歌詩之用與詩人作詩之本意，蓋有判然不相合者，不可强通也。則烏知《鄭》《衛》諸詩不可用之於燕享之際乎？《左傳》載列國聘享賦詩，固多斷章取義，然其大不倫者，亦以來譏誚。如鄭伯有賦《鶉之奔奔》，楚令尹子圍賦《大明》，及穆叔不拜《肆夏》，甯武子不拜《彤弓》之類，是也。然鄭伯如晋，子展賦《將仲子》；鄭伯享趙孟，子太叔賦《野有蔓草》；鄭六卿餞韓宣子，子齹賦《野有蔓草》；子太叔賦《褰裳》，子游賦《風雨》，子期賦《有女同車》，子柳賦《籜兮》，此六詩皆文公所斥以爲淫奔之人所作也，然所賦皆見善於叔向、趙武、韓起，不聞被譏。乃知《鄭》《衛》之詩未嘗不施之於燕享，而此六詩之旨意訓詁當如《序》者之説，不當如文公之説也。或曰：文公之於《詩序》，於其見於經傳信而有證者則從之，如《碩人》《載馳》《清人》《鴟鴞》之類是也。其可疑者，則未嘗盡斷以臆説，而固有引書以證其謬者矣。曰：是則然矣。然愚之所以不能不疑者，則以其惡《序》之意太過，而所引援指摘似亦未能盡出於公平而足以當人心也。夫《關雎》，《韓詩》以爲衰周之刺詩，《賓之初筵》，《韓詩》以爲衛武公飲酒悔過之詩，皆與毛《序》反者也。而《韓詩》説《關雎》，則違夫子不淫不傷之訓，是決不可從者也。《初筵》之詩，夫子未有論説也，則詆毛而從韓。夫一《韓詩》也，《初筵》之《序》可信，而《關雎》之《序》獨不可信乎？《邶・柏舟》，毛《序》以爲仁人不遇而作，文公以爲婦人之作，而引《列女傳》爲證，非臆説矣。然《列女傳》出於劉向，向上封事論恭顯傾陷正人，引是《詩》'憂心悄悄，愠于群小'之語，而繼之曰：小人成群，亦足愠也。則正毛《序》之意矣。夫一劉向也，《列女傳》之説可信，而封事之説獨不可信乎？此愚所以疑文公惡《序》之意太過，而引援指摘似爲未當，此類是也。"

2. 唐孔氏《關雎》疏曰："《二南》之風，實文王之化而美后妃之德者。以夫婦之性，人倫之重，非是褒賞后妃能爲此行也。"

按，《關雎》化始房中，故遂云后妃之德，非不知有文王也。亦有言文王而不及后妃者，如《漢廣》之《序》是也。朱子乃云："序者徒見其辭而不察其意，遂壹以后妃爲主，而不復知有文王。"又哀窈窕思賢才，足上所云憂在進賢也；而無傷善之心，足上所云不淫其色也。朱子乃曰"至於傷爲傷善之心，則又大失其旨而全無文理"，過矣。

又按，子貢《詩傳》曰："文王之妃姒氏思得淑女以供内職，賦《關雎》。"是淑女爲太姒，思賢以自輔而忘其身之爲逑，若曰兹淑女是君子之好逑，吾何德以配君子云爾。蓋是詩爲后妃所自作，故取之以冠全詩，義或然也。

3.《葛覃·序》云："后妃在父母家，則志在於女功之事。"

按，朱子以在父母家一句爲未安，蓋以爲若在父母之家，即詩中不應以歸寧父母爲言。然《序》先言其志在女功，後言其服澣濯，尊師傅，化天下以婦道，是《序》分言之，而朱子故爲連讀之也。

4.《卷耳·序》云："后妃之志也。又當輔佐君子，求賢審官，知臣下之勤勞。"

按，襄十五年《左傳》引"《詩》曰'嗟我懷人，寘彼周行'，能官人也"，與《詩序》求賢審官意合。蓋后妃思君子官賢人，志在於輔佐，於是代文王設身處地以爲嗟我懷人，我姑酌彼金罍耳。凡言我者，皆指文王也。朱子以爲后妃所自作。采卷耳，后妃不屑。嗟我懷人，非后妃口吻。甚至欲陟崔嵬而思乘馬，思酌酒，豈后妃所自爲乎？

5.《螽斯·序》云："言若螽斯不妒忌，則子孫衆多也。"

按，朱子以"螽斯爲不妒忌，則子孫衆多"之比，《序》者不達此詩之體，故遂以不妒忌者歸之螽斯。然《序》以"言若螽斯"爲句，其所以能若此者，由於不妒忌則子孫衆多也。加一"若"字，則亦以爲比可知。

6.《兔罝·序》云："《關雎》之化行，則莫不好德，賢人衆多也。"

按，《左傳》云："天下有道，則公侯能爲民干城。"申培《詩説》云："文王舉閎夭、散宜生，而詩人咏之。"墨子云："文王舉閎夭、太顛于罝網之中，西土服。”蓋商季賢才隱遯，如太公隱於屠釣，則閎、散隱於兔罝，容或有之。《序》以爲《關雎》之詩，后妃思賢勝以自輔，故化行而賢人衆多也。但既爲干城腹心，則已在官使矣。曰武夫者，追言其始進時耳。朱子以爲野人，亦未然。

7.《汝墳·序》云：“文王之化行乎汝墳之國。”①

按，《韓詩》曰：“汝墳，辭家也。”薛氏曰：“燬，烈火也，孔邇，以父母甚迫近飢寒也。”言王室政如烈火，猶觸冒而仕者，以父母甚迫近飢寒，故爲禄仕。東漢周磐貧薄不充養，嘗誦《汝墳》之卒章，乃慨然解韋帶，就孝廉之舉，亦此意也。子貢《詩傳》曰：“受辛無道，商人慕文王而歸之，賦《汝墳》。”朱子《集傳》父母指文王也，與《詩傳》意同。

8.《鵲巢·序》云：“夫人之德也。”鄭箋云：“夫人有均一之德，② 如鳲鳩然，而後可配國君。”

按，《集傳》曰：“鳩性拙不能爲巢，或有居鵲之成巢者。”是先將鳩説壞矣，何以爲夫人興乎？

9.《草蟲·序》云：“大夫妻能以禮自防也。”朱子曰：“此恐亦是夫人之詩，未見以禮自防之意。”

按，徐幹《中論》曰：“良霄以《鶉奔》喪年，子展以《草蟲》昌族，君子感凶德之如彼，見吉德之如此，故立必磬折，坐必抱鼓，周旋中規，折旋中矩。”亦是以禮自防之意也。

① 上“之”字，原脱，今據《毛詩正義》補。
② “一”，中華書局本及《毛詩注疏》作“壹”。

10.《行露·序》云："召伯聽訟也。彊暴之男不能侵凌貞女也。"

按,《鄭志》:"張逸問《行露》召伯聽訟,察民之意化耳。何訟乎?答曰:民被化久矣,故能有訟。"孔氏疏曰:"言彊暴者,謂彊行無禮而凌暴於人。"①《左傳·昭元年》云"徐吾犯之妹美,公孫楚聘之矣,公孫黑又使彊委禽焉",是也。朱子《集傳》謂:"女子不爲彊暴所污,自述己志,作此詩以絶其人。"無論彊暴者非一詩所能絶,而所云"速我訟獄",皆是自述己志乎?劉向《列女傳》曰:"召南申女許嫁于酆,夫家禮不備而欲迎之,女不肯往。夫家訟之,女終拒之而作詩。"蓋是實有其事,非但自述其志也。

11.《殷其靁·序》云:"勸以義也。"

按,《詩》"莫敢或遑,莫敢遑息",正是勸以爲臣之義而閔其勤勞。朱子謂此詩無勸以義之意,何也?

12.《邶·柏舟·序》云:"言仁而不遇也。"朱子曰:"婦人不得於其夫,故以柏舟自比。"

按,《孟子》引"《詩》云'憂心悄悄,愠于群小',孔子也"。朱子《集注》曰:②"本言衛之仁人見怒於群小,孟子以爲孔子之事,可以當之。"則仍依《序》説也。今考其辭氣,"微我無酒,以敖以游",大不類婦人語也。自當以仁人不遇爲是。

13.《日月·序》云:"衛莊姜遭州吁之難,傷己不見答於先君,以至困窮也。"

---

① "凌",中華書局本及《毛詩注疏》作"陵"。

② "注",原作"傳",今據《四書章句集注》改。

按，朱子謂此詩當在《燕燕》之前。① 蓋詩言“寧不我顧”，猶有望之之意。又言“德音無良”，亦非所宜施於前人者，明是莊公在時所作。然細按之，則《序》説爲長。蓋是時莊公既薨，莊姜追念之言。日月照臨，出自東方，猶有復明之時，而莊公既逝，不復故處，是可傷也。先君往矣，不我顧矣，寧不我顧，蓋傷之甚而轉冀之也。所謂德音無良者，《史記·衛世家》陳女女弟幸於莊公，生子完，莊公令夫人齊女子之，是德音也。而今見弑於州吁，反爲不善，是無良也。不然，德音豈有無良哉？序詩以此在《燕燕》之後，非錯簡也。

14.《北門·序》云：“刺仕不得志也。”

按，《詩》云“王事適我”，鄭箋云：“國有王命役使之事。”此詩當作於衛惠公時，桓五年，衛人從王伐鄭，鄭伯禦之。爲左拒以當蔡人、衛人。王事，當指此也。

15.《北風·序》云：“刺虐也。衛國並爲威虐，百姓不親。”朱子曰：“衛以淫亂亡國，未聞其有威虐之政。”

按，衛詩《擊鼓》怨州吁用兵暴亂也。《雄雉》刺宣公淫亂，不恤國事，軍旅數起也。況於納伋之妻而使盜殺其子哉？

16.《鄘·柏舟·序》云：“衛世子共伯蚤死，其妻守義。父母欲奪而嫁之，誓而弗許。”

按，《内則》“子事父母，總拂髦”，是兩髦者，乃父母在之飾也。鄭氏箋曰：“共伯僖侯之世子。”詩稱兩髦，則是時僖侯尚在可知。《史記·世家》云：“武公和篡共伯而立。”無論睿聖武公不應有篡兄之事，即髡彼兩髦，可以證僖侯尚在，武公何由篡之？以共伯蚤死之説參之，

① “詩”，原脱。今據《詩集傳》補。

詩《序》何可廢也?

17.《桑中·序》云:“刺奔也。”朱子曰:“此淫奔者,[1]自言其與所私之人相期會迎送如此也。”[2]

按,《序》以爲刺奔者,於“云誰之思”决之,蓋以淫亂者所思何人,不過與某某爲期約耳。若以爲淫奔者所自作,則將顯然告人曰:“我思誰人,既淫姜姓之長女,又淫弋姓之長女,又淫庸姓之長女,而皆與我相期送。”恐雖淫亂無耻者,未必恐人不知其淫也。況《序》曰“相竊妻妾”,[3]既竊矣,而又何以告之哉?孟姜、孟弋、孟庸,皆貴族。《穀梁傳》“定公十五年秋七月壬申,弋氏卒”,傳曰:“哀公之母也。”《左傳》作“姒氏”也。《詩故》曰:“庸即鄘女,亦國姓也。”

18.《氓·序》云:“刺時也。宣公之時,男女奔誘,復相棄背,故序其事以風焉。”朱子曰:“此淫婦爲人所棄而自叙其事。”

按,毛傳:“氓,民也。”以氓而抱布,非士可知。至於期約則曰子,笑言則曰爾,原有次序,非或親或鄙而忽貴之爲士也。又“三歲食貧,三歲爲婦”,非女可知。“老使我怨”,老而後見棄可知。然則作詩者歷叙淫婦之見棄,因嘆曰“于嗟女兮,無與士耽”!爲凡爲女者戒之,所謂前車之覆,後車之鑒也。桑落黄隕,婦人以色衰見棄如此。“女也不爽,士貳其行”,世多有之,謂可常恃其色哉?故作者叙其事以風焉,而歸之於刺時也。朱子謂此非刺詩,總不欲依《序》説耳。

① “淫奔者”,《詩集傳》作“人”。

② 此句《詩集傳》作“自言將采唐於沬而與其所思之人相期會迎送如此也”。

③ “序”,原作“傳”,今據《毛詩注疏》改。

19.《芄蘭·序》云:“刺惠公也。惠公驕而無禮,[①] 大夫刺之。”朱子曰:“此詩不知所謂。”

按,毛傳:“觿,成人之佩也。”《尚書注》“人君十二而冠,佩爲成人”,可知君當童幼之年所宜佩觿也。詩不敢斥言其君,惟以其佩觿指之,故云刺也。閔二年《左傳》曰:“初,惠公之即位也少。”杜預云:“蓋年十五六,《詩》所謂童子也。”《史記·世家》“宣公卒,太子朔立,是爲惠公。左右公子不平朔之立也”,則大夫刺之,自應有也。朱子不信《小序》,故云“不知所謂”也。

20.《河廣·序》云:“宋襄公母歸于衛,思而不止,故作是詩。”[②] 朱子《集傳》曰:“衛在河北,宋在河南。”

按,閔二年,狄入衛之後,戴公渡河而南,故唐孔氏《詩疏》曰:“文公之時,衛已在河南。自衛適宋不渡河。”則言河廣者,不過取河爲喻耳。嚴華谷因《集傳》云“衛在河北”,遂疑此詩爲作於衛未遷之前,而以孔疏爲非。不知宋襄公以魯僖公十年即位,二十一年卒,始終當衛文公時。其母思之,賦《河廣》,安得不以爲文公時乎?若以此詩爲作於衛未遷前,衛在汲郡朝歌縣,宋在梁國睢陽縣,相去甚遠,亦可因跂予望之,而謂跂足可見乎?意蓋以河狹地近,以義不往,非謂其遠耳。

21.《伯兮·序》云:“刺時也。”鄭箋曰:“衛宣公之時,蔡人、衛人、陳人從王伐鄭伯也。爲王前驅久,故家人思之。”

按,詩“自伯之東”,朱子曰:“鄭在衛西,不得爲此行云之東也。”唐孔氏疏曰:“蔡、衛、陳三國從王伐鄭,則兵至京師,乃東行伐鄭也。非謂鄭在衛東。”桓五年《傳》曰:“王以諸侯伐鄭,王爲中軍,虢公林父將右軍,蔡人、衛人屬焉。”則會師之鄭,不自衛出可知。《鄭世家》

---

① “惠公”,《毛詩注疏》無此二字。

② “詩”下,《毛詩注疏》有“也”字。

有云“東其民於洛”，東周在鄭東，時伯之東，受命西伐耳。

22.《木瓜·序》云：“美齊桓公也。衛爲狄敗，[①] 出處於漕。齊桓公救而封之，衛人欲厚報之，[②] 而作是詩。”朱子曰：“疑亦男女相贈答之辭，如《靜女》之類。”

按，子夏《詩傳》：“朋友相贈，賦《木瓜》。”《孔叢子》引孔子曰：“吾於《木瓜》，見包苴之禮行。”以二説證之，豈可指爲男女贈答之辭哉？

23.《君子陽陽·序》云：“閔周也。遭亂相招爲禄仕，[③] 全身遠害而已。”朱子曰：“此詩疑亦前篇婦人所作。”

按，前篇“君子于役，不知其期”，《集傳》曰：“大夫久役於外，其室家思而賦之。”“此則其夫既歸，安於貧賤以自樂，其家人又識其意而嘆美之。”夫以爲安於貧賤，而曰“左執簧”，所云歙笙鼓簧者是也。又曰“右招我由房”，惟天子諸侯得有房中之樂，貧賤者何所有也？且曰“左執翿”，所云植其鷺翿者是也。又曰“右招我由敖”，敖，舞位也。相招而從於燕舞之位，貧賤者何所有也？《序》以爲君子遭亂相招爲禄仕，則此皆在位有官職者，非但安於貧賤以自樂而已。

24.《兔爰·序》云：“閔周也。桓王失信，諸侯背叛，構怨連禍，王師傷敗，君子不樂其生焉。”朱子曰：“‘君子不樂其生’一句得之，餘皆衍説。”

按，隱三年《傳》：“平王崩，周人將畀虢公政。鄭祭足帥師取温之

① 此句《毛詩注疏》作“衛國有狄人之敗”。

② “衛人”下，《詩毛詩注疏》有“思之”二字。

③ “遭”上，《毛詩注疏》有“君子”二字。

麥。秋，又取成周之禾。君子曰：信不由中，質無益也。”是桓王失信之事也。《竹書》：“桓王二年,① 王使虢父伐晋之曲沃。② 十二年，王師、秦師圍魏。十四年，伐曲沃，立哀侯弟緡于翼。十六年，滅翼。”《史記·鄭世家》：“莊公二十七年始朝周。周桓王怒其取禾，弗禮也。三十七年，莊公不朝周，周桓王率陳、蔡、虢、衛伐鄭。莊公與祭仲、高渠彌發兵自救，王師大敗。”《序》謂諸侯背叛，王師傷敗者，此也。夫兵，凶器也，逢此百凶，構怨連禍可知矣，何得以《序》爲衍説？

25.《大車·序》云：“刺周大夫也。禮義陵遲，男女淫奔，故陳古以刺今。”朱子曰：“周衰，大夫猶有能治其私邑，淫奔者畏而歌之。”

按，詩明言“畏子不奔”，則未嘗奔矣。《集傳》猶謂“淫奔者畏而歌之”，何也？吕東萊曰：“此詩唯能止其奔，未能革其心，與《行露》之詩異矣。故《序》以爲刺周大夫也。”

26.《丘中有麻·序》云：“莊王不明，賢人放逐，國人思之而作是詩。”朱子曰：“婦人望其所與私者而不來，故疑復有與之私而留之者。”

按，詩“彼留子嗟”“彼留子國”，毛傳：“留，大夫氏。子國，子嗟父。”先言其子，乃言其父者，當是賢人放逐止謂子嗟耳。作者既思其子，又美其奕世有德，遂及其父。孔氏曰：“毛時書籍猶多，或有所據。”朱子何所據而易爲淫婦所私之人哉？

又按，桓十一年《公羊傳》：“古者鄭國處于留，先鄭伯有善於鄶公者，通乎夫人，以取其國，而遷鄭焉，而野留。莊公死，已葬，祭仲將往省于留，塗出于宋，宋人執之。”然則“留”者，鄭鄙邑。“子嗟”

① “二”,原作“三”,今據《竹書紀年》改。

② “父”,《竹書紀年》作“公”。

者，治留之大夫也。

27.《將仲子·序》云："刺莊公也。弟叔失道而公弗制，祭仲諫而公弗聽。"朱子曰："莆田鄭氏曰：此淫奔者之辭。"

按，仲子指祭仲也。"毋逾我里"，逾，過也。所謂"都城過百雉，國之害也"。"毋折我樹杞"，仲子曰"毋使滋蔓"，公曰"姑待之"，是也。"畏我父母"，公所謂"姜氏欲之，焉辟害"也。詩人辭意婉切，而莆田鄭氏臆料爲淫奔之辭，朱子信之，遂以仲子爲男子之字，何哉？

28.《遵大路·序》云："莊公失道，君子去之，國人思望焉。"朱子曰："淫婦爲人所棄，於其去也而留之。"

按，《集傳》以宋玉《登徒子好色賦》有"遵大路兮攬子祛"之句，遂易爲淫婦爲人所棄而作。果如玉言，彼稱詩以贈游女，今以爲婦人所作，抑又何也？且留之不於所私之地，而乃於大路留之，恐無是情理也。

29.《有女同車·序》云："鄭人刺忽之不昏于齊，卒以無大國之助，至於見逐。"朱子曰："此疑亦淫奔之詩。"

按，詩"有女同車"，傳曰："親迎同車也。""彼美孟姜"，傳曰："孟姜，齊之長女也。"《史記·鄭世家》"莊公三十八年，北戎伐齊，齊使求救。鄭遣太子忽將兵救齊。齊釐公欲妻之。忽謝曰：'我小國，非齊敵也。'四十三年，莊公卒"，太子忽立。秋，忽出奔衛。夫齊女賢而不娶，卒以無大國之助，至于見逐，故詩人刺之。朱子必疑爲淫奔之詩，何哉？

30.《山有扶蘇·序》云："刺忽也。"朱子曰："淫女戲其所私者。"

按，詩"不見子都，乃見狂且""不見子充，乃見狡童"，傳曰：

“狂，狂人也。狡童，昭公也。”孔疏曰：“狂者，狂愚之人。下傳以狡童爲昭公，則此亦謂昭公也。”然詩人之意當以子都、子充指鄭忽；狂且、狡童指鄭突。《春秋》桓公十一年九月丁亥，昭公忽奔衛。己亥，厲公突立。是鄭人思忽而不得見，目中止見有突也。如此則詩人無訕上悖理之虚惡，而亦不必以意料逆揣，指爲淫謔之詞矣。或曰：“目君爲狡童，則忘君臣之分。”然箕子《麥秀》之歌“彼狡童兮，不我好兮”，狡童指紂也。詩人不敢斥言，而托之狡童，故云刺也。

31.《褰裳·序》云：“思見正也。狂童恣行，國人思大國之正已也。”朱子曰：“淫女語其所私者。”

按，《狡童》《褰裳》疑皆托齊人因忽辭昏而爲之刺。《狡童》曰：“不與我言，不與我食。”《褰裳》曰：“子不我思，豈無他人?”疑托之齊人之口，而非鄭人自刺其君也。《竹書》：平王六年，鄭遷于溱洧。其後桓王十三年，北戎伐齊，鄭忽帥師救齊。“子惠思我，褰裳涉溱”者，謂忽有功於我，涉溱洧而救我也，故欲以孟姜妻之。子辭之而不我思，豈無他人與昏哉?若當日與齊爲昏，則忽之見逐，大國必有以正已。《左傳》鄭六卿餞韓宣子，子太叔賦《褰裳》，亦取大國正己之意也。朱子以《狡童》《褰裳》皆爲淫女之詞，何哉?

32.《子衿·序》云：“刺學校廢也。”朱子曰：“此亦淫奔之詩。”

按，毛傳曰：“青衿，青領也。學子之所服。”《集傳》以子爲男子，以詩爲淫奔之詩，乃自作《白鹿洞賦》，又曰“廣《青衿》之疑問”，則仍依《序》説矣。

33.《敝笱·序》云：“齊人惡魯桓公微弱，不能防閑文姜，使至淫亂，爲二國患。”朱子曰：“桓當作莊。”

按，文姜以桓三年歸魯，十八年公與如齊，齊侯通焉。設使桓公納申繻之諫，防閑文姜，不與如齊，則亦不至於淫亂可知。蓋文姜是時歸魯十有六年，與如齊而使至於淫亂者，桓公也。若莊公即位，夫人固在齊矣。其後夫人姜氏會齊侯于禚，享齊侯于祝丘，以及於會防、會穀，不能防閑則有之，使至淫亂，非桓而何？《集傳》以敝笱不能制大魚，比魯莊不能防閑文姜，謂詩《序》“桓當作莊”，非也。

34.《汾沮洳·序》云：“其君儉以能勤，刺不得禮也。”朱子曰：“崔靈恩《集注》‘其君’作‘君子’，義雖稍通，然未必序者之本意也。”

按，王肅、孫毓皆以“言采其莫”爲大夫采莫，不以爲君。又陸氏《釋文》曰：“其君子，一本無‘子’字。”則詩《序》本作“君子”可知。朱子以爲未必序者之本意，必欲非之而後快，何也？

35.《蟋蟀·序》云：“刺晉僖公也。儉不中禮，故作是詩以閔之，欲其及時以禮自虞樂也。”

按，《史記·世家》厲王奔彘之二年，晉僖侯司徒即位。宣王二年，僖侯卒。據詩意及《序》，僖侯蓋非能儉者，有時而儉不能中禮，又常好自虞樂者，不能依禮，故時人刺之，欲其節之以禮耳。觀下云“蟋蟀在堂，役車其休。今我不樂，日月其慆”，則今我者，詩人自我也。《周禮·春官·巾車》“庶人乘役車”，農功既畢，役車其休，我此時何至不樂？否則日月易過，又將始播百穀矣。君之虞樂，自有其時，無甚爲太樂，蓋當主思於所居之職，毋或廢弛國政，如良士瞿瞿蹶蹶可矣。詩意乃刺其不儉，非刺儉也。向使既儉矣，而又戒之曰“無已太康”何哉？又《爾雅》“瞿瞿、休休，儉也”，則詩意欲其崇儉可知。

36.《山有樞·序》云：“刺晉昭公也。政荒民散，將以危亡。”朱子曰：“此詩蓋亦答前篇之意而解其憂。”

按，昭公元年，封弟成師于曲沃。沃盛晋衰，已有將亡之勢，詩人蓋逆料之矣，故曰“他人是保”“他人入室”，蓋謂謀取其國家而不知也。《集傳》以前篇“蟋蟀在堂爲唐民歲晚務間，乃敢相與燕飲爲樂，此爲答前篇之意而解其憂”，恐未必然。蓋有車馬、有鐘鼓，必非民間終身勞苦者所能有也。①

37.《綢繆·序》云：“刺晋亂也。國亂則昏姻不得其時。”朱子曰：“詩人叙其婦語夫、夫語婦之辭。”

按，《集傳》之可疑者有四。“三星在天”，毛傳曰：“三星，參也。在天，謂始見東方也。”② 王肅曰：“謂十月也。”“三星在户”，毛傳曰：“參星正月中直户也。”婦語夫之今夕在十月，夫語婦之今夕在正月，其疑一也；當昏之夕，無方束薪於原野及夜而歸之理，其疑二也；語夫而自稱子兮，語婦亦自稱子兮，相語又共稱子兮，其疑三也；先述其語夫，次述其語婦足矣，中又謂述其夫婦相語而後語婦，其疑四也。詩蓋以賢者在野束薪，及夕而歸，見三星在天，嘆昏姻不得其時，若於今夕而夫婦相見，喜如何哉！“子兮子兮”，自他人口中而指男女，義更明矣。

38.《無衣·序》云：“美晋武公也。武公始并晋國，其大夫爲之請命乎天子之使，而作是詩。”朱子曰：“此序顛倒順逆，亂倫悖理。當是時若非晋侯自作，則是詩人著其事而陰刺之。乃以爲美之，失其旨矣。”

按，《竹書》：“釐王三年，曲沃武公滅晋侯緡，以寶獻王。王命武公以一軍爲晋侯。”時武公之三十七年也。《序》明言武公大夫爲之請

① “身”，中華書局本作“歲”。

② “謂”，原脱，今據《毛詩注疏》補。

命，則所謂美者，亦自其大夫美之，非武公有可美也。主臣協謀，弑君簒國，向使其臣猶刺之，豈肯助之？《序》以爲美者是也。

39.《采苓·序》云："刺晋獻公也。獻公好聽讒焉。"

按，《史記·世家》晋獻公："爲太子，城曲沃，士蔿曰：'太子不得立矣。不如逃之，無使罪至。爲吴太伯，不亦可乎？猶有令名。太子不從。"詩人之意以爲獻公信驪姬之讒，舍申生而立奚齊。向使申生潛逃，如伯夷之去，采苓於首陽之巔，未爲不可。乃士蔿爲之言而不信。"舍旃舍旃"，則亦如或人所言可舍之而奔他國，而亦無然者，何也？申生惟知順父之爲孝，人之言又胡得而入焉？《蜀書·劉封傳》先主以未有繼嗣，養封爲子，孟達與封書曰："自立阿斗爲太子已來，有識之人相爲寒心。如使申生從子輿之言，必爲太伯。"讀《詩》者可以觀矣。

卷七

翰林院檢討徐文靖　撰

詩二

1.《車鄰·序》云："美秦仲也。秦仲始大，有車馬禮樂侍御之好焉。"《集傳》曰："君子，指秦君。寺人，内小臣也。"

按，安城劉氏曰："秦仲但爲宣王大夫，未必得備寺人之官。"蓋以朱子謂君子爲秦君，不言仲，疑此詩爲作於襄公之後也。據《鄭語》："桓公問於史伯曰：'姜、嬴其孰興？'對曰：'國大而有德者近興。'秦仲、齊侯，姜、嬴之儁也，且大，其將興乎？"詩《序》秦仲始大之説，蓋與此同也。《竹書》："宣王三年，王命大夫仲伐西戎。"仲既爲大夫，則受地視伯，得備寺人之官也，宜矣。何必疑此爲作於襄公之後？

2.《蒹葭·序》云："刺襄公不能用周禮也。"《集傳》曰："不知其何所指。"

按，僖二十五年《傳》："晋侯次于陽樊。"《晋語》："倉葛曰：陽人有樊仲之官守。"夫周以陽樊賜晋而人不服，則以郊周賜秦，而人豈能遽服乎？時襄公新得周地，周禮具在，而襄不能用。周之遺士素秉周禮者，褰裳去之，托居水涯。西周之民不復見周官威儀，於是有伊人宛在之思。正與“山有榛，隰有苓，云誰之思？西方美人。彼美人兮，西方之人兮”同一感嘆耳。觀陽人不忍去周，則郯人不忍忘周可知。

3.《晨風·序》云：“刺康公忘穆公之業，始棄其賢臣。”《集傳》曰：“婦人以夫不在而言，與《扊扅》之歌同意。”

按，《韓詩外傳》：“魏文侯封太子擊於中山，三年使不往來。擊乃遣倉唐緤北犬，奉晨鳧，獻於文侯。文侯曰：‘子之君何業？’對曰：‘業《詩》。’文侯曰：‘於《詩》何好？’曰：‘好《晨風》。’文侯自讀《晨風》，曰：‘鴥彼晨風，鬱彼北林，未見君子，憂心欽欽。如何如何，忘我實多！’文侯曰：‘子之君以我忘之乎？’倉唐曰：‘不敢，時思耳。’乃封中山，而復太子擊。”觀此，則《晨風》蓋父子之詩，而非夫婦之吟也。安必以忘我二字與《扊扅》之歌同意，遂改爲婦人以夫不在而言？

4.《無衣·序》云：“刺用兵也。”箋云：“此責康公之言也。”朱子言：“《序》意與詩情不協。”

按，秦康公之元年，《春秋》魯文公之七年也。文七年，晋敗秦師于令狐，至于刳首。八年，秦人伐晋，取武城。十年，秦伐晋，取北徵。十二年，晋人、秦人戰于河曲。十六年，楚人、秦人滅庸。此《無衣》所以刺用兵也。“王于興師”者，王肅曰“疾其好攻戰，不由王命，故思王興師”，是也。安在與詩意不協？

5.《宛丘·序》云：“刺幽公也。”《集傳》曰：“國人見此人常游於宛丘之上，故叙其事以刺之。”

按，詩“子之湯兮”，毛傳曰：“子，大夫也。”鄭箋曰：“子者，斥幽公也。”二説不同。故朱子《集傳》但云“此人之游蕩”，不言所指。

然既曰“坎其擊鼓”，又曰“値其鷺羽”，恐非君未有是樂。故《小序》以爲刺幽。《陳世家》幽公十二年，厲王奔彘。凡在位二十三年，公卒。據《竹書紀年》幽公二十二年卒,① 是《史》誤也。

6.《衡門·序》云：“誘僖公也。”《集傳》曰：“此隱居自樂而無求者之辭。”

按,《序》以爲誘僖公，朱子謂其因謚而配以此詩。據《陳世家》“僖公六年,② 周宣王即位”，是周室中興之日，正僖公奮發有爲之時，而乃愿而無立志，故作詩者誘進之。見衡泌可安，比國小可以有爲。後云齊姜、宋子者，見人當自強，豈必有大國之援，總以誘掖其君耳。若謂因謚法小心畏忌曰僖,《序》者因配以此詩，未必然也。

7.《東門之池·序》云：“疾其君之昏淫,③ 而思賢女以配君子也。”《集傳》曰：“此亦男女會遇之辭。”

按,《集傳》以東門爲會遇之地，漚麻爲所見之物，詩何以又言“彼美淑姬”? 言彼美，則非所會遇者可知，豈非所見者在此，所思者又在彼耶?《水經注》陳國東門内有池，池水東西七十步，南北八十許步。水至清潔，不耗竭，可以漚麻、漚菅者，喻賢女能柔順君子成其德教耳。

8.《墓門·序》云：“刺陳佗。陳佗無良師傅,④ 以至於不義。”《集傳》曰：“所謂不良之人，亦不知其何所指也。”

按,《左傳·桓公五年》:“正月甲戌，己丑，陳侯鮑卒，再赴也。於是陳亂，文公子佗殺太子免而代之。”杜注：“免，桓公太子。”詩蓋

① 《竹書紀年》作“二十二年,大旱,陳幽公薨”。

② “僖公”,《史記·陳杞世家》作“釐公”。

③ “昏淫”,《毛詩注疏》作“淫昏”。

④ “陳佗”,原脱,今據《毛詩注疏》補。

以桓公卒而亂作，故因以墓門起興。“夫也不良”，刺陳佗。“無良師傅”，《序傳》必有所授，豈真以佗爲亂賊被殺，遂以無良之詩與之哉？

9.《防有鵲巢·序》云：“宣公多信讒，君子憂懼焉。”《集傳》曰：“此男女之私，而憂或間之之辭。”

按，《陳世家》：“宣公後有嬖姬生子款，欲立之，乃殺其太子禦寇。禦寇素愛厲公子完，完懼禍及己，乃奔齊。”此詩當作於是時，而言誰侜張太子爲予所美之人乎？使我心忉忉然也。箋以所美謂宣公，非是。朱子謂男女有私，憂或間之，何《國風》之多淫耶？

10.《蜉蝣·序》云：“刺奢也。昭公國小而迫，好奢而任小人。”《集傳》曰：“此蓋以時人有玩細娱而忘遠慮者，故以蜉蝣爲比而刺之。”

按，《鄭譜》云：“當周惠王時，昭公好奢而任小人，曹之變風始作。”《蜉蝣》，蓋昭公詩也。其君臣徒整飾其衣裳，不知國之將迫脅，君臣死亡無日，如蜉蝣朝生夕死，猶有羽翼以自修飾也。“蜉蝣掘閲，麻衣如雪”，毛傳曰：“掘閲，容閲也。如雪，言鮮絜。”鄭箋曰：“掘地解閲，謂其始生也。麻衣，深衣，諸侯之朝，夕則深衣也。”顧麟士曰：“按古人所用帛以絲，布以麻以葛。木棉自後代始入中國，故經傳中凡言布者，皆麻，非如今喪服始用麻也。”觀《玉藻》注皮弁服、朝衣、玄端服皆麻衣。十五升布，《論語》麻冕三十升布，可見。故釋如雪以爲鮮絜，云麻衣猶布衣之謂。《序》以爲刺其君者，是也。

11.《鳲鳩·序》云：“刺不壹也。在位無君子，用心之不壹也。”朱子曰：“此美詩，非刺詩。”

按，前《候人·序》“刺共公好近小人”，後《下泉·序》“疾共公侵刻下民”，《鳲鳩》在其間，亦共公詩也。曹昭公以魯僖七年卒，共公即位。“其儀不忒，正是四國”，曹之君果足當斯美乎？《序》以爲刺不壹者，是也。集傳曰：“鳲鳩，秸鞠也，亦名戴勝，今之布穀也。”據《月令》：“季春之月，鳲鳩拂其羽，戴勝降于桑。”既言鳲鳩，又言戴勝，舊説以爲一物者，非也。

12.《魯詩世學》云：“《豳風》八章，章十一句，周公作。此詩本名《豳風》，蓋欲成王知豳國之風俗，故以名篇，而未有《七月》之目也。毛氏謬以此篇及《鴟鴞》《東山》《狼跋》《九罭》《破斧》改爲《豳風》，始摘此篇章首二字改名《七月》。然詩實小正之體，與《國風》不同。子貢之《傳》，申公之編，鴻都之刻，是也。”

按，《周禮·春官·籥章》“歈籥以歌《豳詩》”，則周制之前已繫《豳》矣。其周公自名《豳風》，理或然也。又《襄二十九年傳》：“吴季札請觀周樂，爲之歌《豳》，曰：美哉蕩乎！樂而不淫，其周公之東乎！”杜預曰：“周公遭管蔡之變，東征三年，爲成王陳后稷先公，不敢荒淫以成王業，故言周公之東乎。”則是《東山》諸詩本繫之《豳風》明矣。《世學》之説，未足據也。

13.《七月詩》：“女心傷悲，殆及公子同歸。”毛傳曰：“豳公子躬率其民同時出，① 同時歸也。”《集傳》曰：“是時公子猶娶於國中，而貴家大族連姻公室者，亦無不力於蠶桑之務，故其許嫁之女，預以將及公子同歸而遠其父母爲悲也。”

按，求桑采蘩，女子事也。豳乃使公子親率之乎？朱子謂是時公子猶娶於國中，而許嫁之女預以遠父母爲悲，然則此治蠶之女，果即豳公之婦乎？且“采蘩祁祁”，既曰“衆多”，而女心傷悲，止“同歸”之一

① “躬”，原作“親”，今據《毛詩注疏》改。

人乎?《春秋·莊元年》“秋，築王姬之館于外”，《公羊傳》曰:“於路寢則不可，小寢則嫌，群公子之舍，則以卑矣。其道必爲之改築者也。”何休注曰:“謂女公子也。”諸侯之女稱公子，豳公之女得稱公子也。當日豳公之化，婚姻得時，故公子至貴，于歸不愆，而國中婚嫁各及其時，雖貧賤之女，采蘩衆多，猶得及與公子之貴同歸耳，故曰《豳風》。

14.《鴟鴞·序》云:“周公救亂也。”“鬻子之閔斯”，毛傳曰:“鬻，稚。稚子，指成王也。”《集傳》曰:“周公東征二年，乃得管叔、武庚而誅之，而成王猶未知周公之意也。公乃作此詩以貽王。”

按,《東山》詩云:“自我不見，于今三年。”是出師已三年也。今云“東征二年，乃得管叔、武庚而誅之”，豈既誅之後，而又閒坐一年乎?《竹書》:“成王元年秋，武庚以殷叛。周文公出居于東。二年秋，大雷電以風，王逆周文公于郊，遂伐殷。三年，王師滅殷，殺武庚、禄父。”是居東，乃避居於東都，而非謂東征也。且既云“得管叔、武庚而誅之”，下又云“以比武庚既敗，管、蔡不可更毁我王室”，豈管、蔡既誅而尚存乎?且以“無毁我室”指管、蔡，則以鬻子指成王，“既取我子”，所取者又何指乎?惟廬陵劉氏謂“鴟鴞以比武庚，子以比群叔，室以比王室”，是也。詩意言武庚誘致群叔共相背叛，罪不容誅。則亦既取我子而殘賊之矣，其得毋又毁我王室乎?夫抑思恩愛勤篤，先王之鬻養斯子，誠可憐憫者乎?安城劉氏謂此詩歸罪武庚，而於三叔則有閔惜之意。公以此貽王，其欲動成王以親親之誼者至矣。

15.《詩序》云:“政有小大，故有《小雅》焉，有《大雅》焉。”莆田鄭氏曰:“如此不知《常武》之征伐，何以大於《六月》?《卷阿》之求賢，何以大於《鹿鳴》乎?蓋《小雅》《大雅》者隨其音而寫之律耳。律有小吕、大吕，則歌

《小雅》《大雅》，宜其有别也。”

按，《樂記》云：“師乙曰：廣大而静，疏達而信者，宜歌《大雅》。恭儉而好禮者，宜歌《小雅》。”則是人之歌雅，大小必問所宜也。《上林賦》“掩群雅”，張揖注曰：“《詩·小雅》之材七十四人，《大雅》之材三十一人。”則是《雅》必分以小大者，材亦各有所分也。《鄭譜》云：“其用於樂，國君以《小雅》，天子以《大雅》，然而饗賓或上取，燕或下就。”孔氏曰：“《魯語》金奏《肆夏》《繁》《遏渠》，天子所以饗元侯也。工歌《文王》《大明》《緜》，則兩君相見之樂也。天子以《大雅》，而饗元侯歌《肆夏》。國君以《小雅》，於鄰國歌《文王》，是饗賓或上取也。天子諸侯燕群臣及聘問之賓，皆歌《鹿鳴》合鄉樂，是皆爲下就也。”若然，則用樂以尊卑爲差等，而《小雅》《大雅》亦自有差等之不同也。其别之爲大小者，或亦如詩之長歌短歌，詞之中調長調，後世失其傳而不知耳。明鄭世子朱載堉《律吕精義》曰：“《詩》三百篇，皆周樂所奏。其《國風》凡一百六十篇，皆角調。《小雅》凡七十四篇，皆徵調。《大雅》凡三十一篇，皆宫調。《周頌》凡三十一篇及《魯頌》四篇，皆羽調。《商頌》五篇，純用商調。”《風》《雅》《頌》爲調不同，粲然而迥殊，有條而不紊。使鼓鐘于宫，聲聞于外，不辨其文辭字義，亦知所奏者爲《風》爲《雅》爲《頌》。苟無一定之調，其音無所分别，則又何以謂之《風》《雅》《頌》乎？合數説觀之，古樂器有雅琴、雅瑟、頌琴、頌瑟者，正謂此耳。豈漫然别爲《小雅》《大雅》也哉？

16.《出車》云：“自天子所，謂我來矣。”《集傳》曰：“天子，周王也。”

按，《詩》“王命南仲，往城于方”，毛傳曰：“王，殷王也。南仲，文王之屬。”據《竹書紀年》殷文丁十二年，周文王元年；又四年，爲殷帝乙三年，“王命南仲，西拒昆夷”，① 是時文王爲西伯，則詩曰王、

① “拒”，原作“拘”，今據《竹書紀年》改。

曰天子，皆殷王也。《尚書傳》曰："文王四年伐犬夷。"注云："犬夷，昆夷也。"《出車》之詩蓋作於是時，不得以"王命南仲"爲周王也。

17.《南陔》《白華》《華黍》《由庚》《崇丘》《由儀》《序》云："有其義而亡其辭。"《集傳》曰："此笙詩也，有聲無辭。"

按，《儀禮·燕禮》《鄉飲酒禮》具有是詩之名。所謂升歌三終者，工歌《鹿鳴》《四牡》《皇皇者華》也。笙入三終者，笙奏《南陔》《白華》《華黍》也。間歌三終者，歌《魚麗》則笙吹《由庚》間之；歌《南有嘉魚》，則笙吹《崇丘》間之；歌《南山有臺》，則笙吹《由儀》間之也。合樂三終者，歌《關雎》則笙吹《鵲巢》合之；歌《葛覃》則笙吹《采蘩》合之；歌《卷耳》則笙吹《采蘋》合之也。如以爲笙吹《由庚》《由儀》有聲無辭，則笙吹《鵲巢》《采蘋》亦可謂無辭乎？如以爲笙奏《南陔》《華黍》有聲無辭，《左傳》穆叔如晋，晋侯享之，金奏《肆夏》之三，不拜。《周禮·鐘師》注："吕叔玉曰：'《肆夏》，《時邁》也。'"金奏與笙奏，同一奏也，豈金奏有辭而笙奏獨無辭乎？且《南陔》一詩在《鹿鳴》之什，而《蓼蕭》《湛露》諸詩又在《白華》之什。設使有聲無辭，尚可並謂之什乎？《禮記·仲尼燕居》①"下而管象，示事也"，孔氏疏曰："案《周頌·維清》，奏《象武》也。注云：武王制焉。"則《象武》用管，有詩明矣。鄭夾漈曰："若笙詩有聲無辭，宜曰笙調，不曰笙詩。《燕禮》升歌《鹿鳴》，下管《新宫》，笙入三成。《左傳·昭二十五年》宋元公享叔孫昭子，賦《新宫》。"則管詩有辭矣。管詩與笙詩無異，豈笙詩獨無辭乎？是則笙詩之亡也，亦猶管詩之亡耳。世以《斯干》爲《新宫》，未必然也。即以《斯干》爲《新宫》，可見其有辭矣。故舊説謂亡其辭，亦如《商頌》十二篇而卒亡其七也。

18.《蓼蕭·序》云："澤及四海也。"朱子曰："《序》不

---

① "仲尼燕居"，原作"經解"，今據《禮記》改。

知此爲燕諸侯之詩，但見零露之云，即以爲澤及四海。”

按，鄭箋云：“九夷、八狄、七戎、六蠻，謂之四海。”孔氏曰：“經所陳是四海君蒙其澤，① 而《序》漫言四海者，作者以四海諸侯朝王而得燕慶，② 故本其在國蒙澤，説其朝見光寵也。”豈但見零露之云，以爲澤及四海哉？

19.《菁菁者莪·序》云：“樂育材也。”朱子曰：“此《序》全失詩意。”

按，《集傳》曰：“此亦燕賓客之詩。”及自作《白鹿洞賦》，又曰：“樂《菁莪》之長育。”則仍依《序》説矣。

20.《吉日·序》云：“美宣王田也。能慎微接下，下無不自盡以奉其上焉。”朱子曰：“《序》慎微以下，非詩本意。”

按，詩“既伯既禱”，毛傳曰：“伯，馬祖也。重物慎微，必先爲之禱其祖。”據《周禮·夏官·校人》“春祭馬祖”，注云：“馬祖，天駟。”春祭其常也。宣王以田而禱之，是謹其細微也。詩曰“以御賓客，且以酌醴”，非接下而何？曰“悉率左右，以燕天子”，曰“漆沮之從，天子之所”，非自盡以奉上而何？

21.《庭燎·序》云：“美宣王也。”朱子曰：“自《鴻鴈》以下，時世多不可考。”

按，劉向《列女傳》云：“姜后脱簪珥，待罪永巷。宣王感悟，勤於政事，早朝晏退。”是可證爲宣王時詩也。又《祈父》，“刺宣王也”。朱子《集傳》曰：“今考之詩文，未有以見其必爲宣王。”《白駒》，“大

---

① “君”,原作“均”,今據《毛詩注疏》改。

② “作者”,原脱,今據《毛詩注疏》補。

夫刺宣王也"。朱子曰:"爲此詩者,以賢者之去而不可留。"亦不以爲宣王詩。乃他日又曰:"宣王晚年怠心一生,虢文公之徒諫既不行,小人乘間用事。觀《祈父》之詩則司馬非其人。《白駒》之詩,賢者去而不肯留。"則均爲宣王詩矣。烏在《鴻鴈》以下時世多不可考哉?

22.《斯干·序》云:"宣王考室也。"《集傳》曰:"舊説厲王流彘,宫室圮壞。宣王即位,更作宫室,既成而落之。今亦未有以見其必爲是時之詩也。"

按,《竹書紀年》:"宣王八年,初考室。"晉荀勗曰:"案所得《紀年》蓋魏惠成王子令王之冢也,於《世本》蓋襄王也。"案《史記·六國年表》自令王二十一年至秦始皇三十四年燔書之歲,八十六年。及至太康二年初得此書,凡五百七十九年。當毛公之時,《竹書》未出,而宣王考室,詩《序》暗與之合,其必非無本明矣。朱子生數千年後,乃欲憑空而廢之,何也?

23.《無羊·序》云:"宣王考牧也。"《集傳》曰:"此詩言牧事有成而牛羊衆多也。"

按,鄭箋曰:"宣王復古之牧法,汲汲於其數,故歌此詩以解之也。"孔氏曰:"王者牛羊之數,經典無文,亦應有其大數。今言考牧,故知復之也。"徐與喬曰:"宣王之牧正梁鴦能馴鳥獸,王使毛丘園傳其術。鴦曰:夫血氣之性,順則喜,逆則怒,吾豈逆之使怒哉?亦不順之使喜。① 鳥獸之視吾,猶其儕也。雌雄在前,孳尾成群。"是可以爲是詩之證也。

24.《節南山·序》云:"家父刺幽王也。"《集傳》曰:

① "不",原作"第",今據《列子·黄帝》改。

“《春秋》桓十五年有家父來求車，上距幽王之終已七十五年，不知其人之同異。大抵《序》之時世，皆不足信。姑闕焉可也。”①

按，《竹書紀年》：“幽王元年，王錫太師尹氏皇父命。五年，皇父作都于向。”《詩》所謂“尹氏太師”，即是人也。孔氏曰：“古人以父爲字，或累世同之。宋大夫有孔父者，其父正考父，其子木金父。此家氏或父子同字父，未必是一人也。”又《十月之交》有“家伯冢宰”，則家氏在仕籍者多矣。

25.《正月》云：②“正月繁霜。”毛傳曰：“正月，夏之四月。”《集傳》曰：“此詩亦大夫所作，言霜降失節，不以其時。”

按，《昭十七年傳》：③“夏六月甲戌朔，日有食之。祝史請所用幣。平子禦之曰：惟正月朔，慝未作，日有食之，伐鼓用牲。④其餘則否。⑤太史曰：在此月也。”杜預注曰：“於周爲六月，於夏爲四月。”《竹書紀年》：“幽王二年，岐山崩。三年，王嬖褒姒。四年夏六月，隕霜。”《詩》所云“正月繁霜”，夏之四月，周之六月也。非汎言霜降失節之謂。

26.《十月之交·序》云：“大夫刺幽王也。”鄭箋曰：“當爲刺厲王。幽時司徒乃鄭桓公友，非此篇所云番也。”

按，《竹書紀年》：“幽王六年十月辛卯朔，日有食之。八年，王錫

① “姑”上,《詩集傳》有“今”字。
② “《正月》云”,原脱,今據全書文例補。
③ “傳”上,原衍“經”字,今據《左傳·昭公十七年》删。
④ “伐鼓用牲”,《左傳》作“於是乎伐鼓用幣”。
⑤ “其”,原脱,今據《左傳》補。

司徒鄭伯多父命。”則是幽六年日食之時，猶是番爲司徒也。《序》以爲刺幽，是也。

27.《雨無正·序》云：“大夫刺幽王也。雨自上下者也，衆多如雨，而非所以爲政也。”鄭曰：“當爲刺厲王。”

按，孔氏曰：“經無此雨無正之字，作者爲之立名。”元城劉氏曰：“《韓詩》有《雨無極》篇，《序》云：《雨無極》，正大夫刺幽王也。篇首多‘雨無其極，傷我稼穡’八字。”按《洪範》庶徵，一極備凶，一極無凶。孔傳曰：“極備過甚則凶。極無不至亦凶。”孔疏曰：“雨多則澇，雨少則旱，是極備亦凶，極無亦凶。”詩以“雨無極”立名，而不用詩中字者，蓋用《洪範》語也。《竹書》：“厲王十二年，王亡奔彘。十三年，王在彘，共伯和攝行天子事。二十二年大旱，二十四年大旱，二十五年大旱，二十六年大旱。王陟于彘。周定公、召穆公立太子靖爲王。共伯和歸其國。遂大雨。”則是汾王未陟時，五年之中，大旱不雨，是雨無也，是《洪範》所謂極無凶也。“降喪饑饉，旻天疾威”，謂此也。正大夫刺王，即詩“正大夫離居”之同官也。既同官爲正大夫，則當共任其勞勩。何今者王流于彘，悉皆散處，竟無復知我之勞勩者。於是作詩以刺王，而兼以責之也。《汲冢書》謂汾王時，“大旱既久，廬舍俱焚”，其以“雨無”名篇者，正非無據，然則詩《序》“雨無”句，“正大夫刺幽王”句，“正”字屬下則得矣。朱子謂此詩爲正大夫離居之後，暬御之臣所作。以詩有“曾我暬御”乃作詩者自我耳。然此所謂我，亦如前所謂我不敢傚我友之類，豈我友亦即我哉？

28.《小旻·序》云：“大夫刺幽王也。”鄭箋曰：“亦當爲刺厲王。”

按，前篇《雨無正》曰“旻天疾威”，此又曰“旻天疾威”，故以爲《小旻》也。《爾雅》：“秋爲旻天。”《左傳》：“旻天不弔。”旻天豈有小義哉？鄭以爲刺厲王者，《竹書》“厲王八年，初監謗”。《周本紀》厲王告召公曰："吾能弭謗矣。乃不敢言。"詩曰"匪先民是程，匪大猶是經，維邇言是聽，維邇言是爭"，蓋謂此也。

29.《小宛·序》云："大夫刺宣王也。"《集傳》曰："此大夫遭時之亂，兄弟相戒以免禍之詩。"

按，是詩蓋刺宣王不能善其子也。言鳴鳩雖小，飛可戾天。太子雖小，便當以遠大期之。念昔先人之奔軼，當有懷二人以思幹蠱，庶幾乎有子考无咎也。則太子雖小，宜蚤諭教選左右。彼乃童昏無知，壹醉日富，天命所去，能再來乎？夫中原有菽，采則得之。豈無善人之可采？小蟲而蜾蠃負之，不似者可教而似。教誨爾子，用善而似之可也。日邁月征，當令其無忝所生。顧乃好人之所惡，惡人之所好，桑扈而啄粟，填寡而岸獄，有非所宜而宜者，即握粟而預卜其他日，又何能以自善哉？蓋爲太子者，温恭小心，惟恐隕墜可耳。作詩者於宣王之時，已知西周之必亡於幽，故以爲刺宣也。

30.《大東》曰："東有啓明，西有長庚。"毛傳曰："日旦出，謂明星爲啓明。日既入，謂明星爲長庚。庚，續也。"鄭夾漈曰："啓明，金星。長庚，水星。金在日西，故日將出則東見。水在日東，故日將没則西見。實二星也。毛傳云一星，非也。"

按，《韓詩》"晨出東方曰啓明，昏見西方曰長庚"，前漢鄒陽《上梁孝王書》曰："衛先生爲秦畫長平之策，太白食昴。"張衡《週天大象賦》："衛生設策，長庚入昴。"《魏都賦》："彼桑榆之末光，爲長庚之初輝。"馬融《廣成頌》"曳長庚之飛髾"，太子賢注："長庚即太白。"朱子曰："啓明、長庚，皆金星也。金、水二星常附日而行，或先或後，但金大水小，故獨以金星爲言。"歷考諸説，則以爲二星非矣。

31.《無將大車·序》云:“大夫悔將小人也。”《集傳》曰:“此行役勞苦而思憂者之作。”

按,《易·大有》九二曰“大車以載”,王弼注曰:“任重而不危。”詩人之意,以大車喻在位者,始以爲可任重扶進之。孰知其既進也,則蔽傷己之功德,使不得出於光明,如塵飛冥冥之污人哉。孔氏曰:“此以興後之君子無得扶進小人也。”朱子乃謂其不識興體,而誤以爲比,何哉?

32.《鼓鐘·序》云:“刺幽王也。”朱子曰:“《序》不敢質其事,但隨例爲刺幽耳。”

按,歐陽《傳》云:“《詩》《書》《史記》皆無幽王東巡之事。又自成王時,淮夷不爲周臣。宣王時遣將征之,亦不自往。幽王何得作樂於淮上?”據如歐説,成康以來皆不得東至淮上,則詩所云“鼓鐘淮上”者,果屬何代之王也?《竹書》:“宣王六年,王帥師伐徐戎,皇伯、① 休父從王伐徐戎,至于淮。”② 則宣王至于淮可知矣。歐謂宣王不自往,未嘗至淮,非也。意宣王至淮,作樂淮上,以雅,以南,以籥,皆和而不僭。而幽王舉烽以會諸侯,復取是樂而奏之,故詩人爲之刺。不然,幽之時,禮崩樂壞,安能以雅以南以籥不僭哉?淑人君子,懷允不忘,念前王,正以見今王之荒亂也。蘇氏以爲幽王之不德,樂則是而人則非,是也。

33.《楚茨·序》云:“刺幽王政煩賦重,田萊多荒。故君子思古焉。”《集傳》曰:“此詩述公卿有田禄者力於農事,③ 以奉其宗廟之祭。”

---

① “皇伯”,《竹書紀年》作“皇父”。

② “至”,《竹書紀年》作“次”。

③ “詩”,原脱,今據《詩集傳》補。

按，是時茨棘不除，田萊多荒，故詩人之意以爲伐除茨棘，自古之人何乃勤苦爲此事乎？我將得藝黍稷爾。此所以爲刺也。又“濟濟蹌蹌，絜爾牛羊”，孔疏曰：“《周禮》祭祀之聯事，司徒奉牛，司馬奉羊，六牲各有司也。”彼公卿有田禄者，祭祀得備牛羊乎？“鼓鐘送尸”，《集傳》曰：“鼓鐘者，尸出入奏《肆夏》也。”據《周禮·大司樂》曰：“尸出入奏《肆夏》。”《鍾師》注曰：“先擊鍾，次擊鼓，以奏《時邁》也。”《左傳》：“穆叔如晋，金奏《肆夏》之三，而不拜，曰：《三夏》，天子所以享元侯也。”彼公卿有田禄者果得用天子之禮，尸出入奏《肆夏》乎？又“諸宰君婦，廢徹不遲”，《集傳》曰：“諸宰，家宰非一人之稱也。”據孔氏疏曰：“《周禮·宰夫》無徹饌之文。《膳夫》云：凡王祭祀賓客，則徹王之胙俎。言諸宰者，以膳夫是宰之屬官，故繫之宰。言諸者，《序官》膳夫上士二人，中士四人，下士八人。故言諸也。”彼公卿有田禄者，果得備諸宰乎？其妻得稱君婦乎？如此類者，皆可疑也。

34.《信南山》詩云：“南東其畝。”《集傳》曰：“畝，壟也。”劉氏曰：“其遂東入于溝，則其畝南矣。其遂南入于溝，則其畝東矣。”

按，《考工記》“匠人爲溝洫，一耦之伐，深尺廣尺謂之甽”，鄭氏注云：“其壟中曰甽，甽上曰伐。甽，畎也。”疏云：“兩人耕爲耦，共一尺。一尺深者謂之畎。畎上高土謂之伐。伐，發也，以發土於上，故名伐也。”又《周官·遂人》注云：“以南畝圖之，遂從溝横，洫從澮横，九澮而川周其外。”疏云：“案《詩》有‘今適南畝’，又‘南東其畝’，故以南畝圖之。其田南北細分者，是一行隔爲一夫，十夫則於首爲横溝。十溝即百夫，於東畔爲南北之洫。十洫則於南畔爲横澮。九澮則於四畔爲大川。”以此推之，朱子“畝，壟也”，“畝”當是“畎”之訛耳。

35.《甫田·序》云：“刺幽王也。”鄭箋曰：“刺其倉廪空虛，政煩賦重。”《集傳》曰：“此詩述公卿有田禄者力於農事，以奉方社田祖之祭。”

按，詩“倬彼甫田”，毛傳曰：“倬，明貌。甫田，謂天下田也。”《集傳》曰：“甫，大也，言於此大田歲取萬畝之田以爲禄食。”如此則甫田與大田何異也？陸氏《釋文》曰：“倬，《韓詩》作箌，音同，云：箌，卓也。”又按，《爾雅》曰：“箌，大也。”“甫，我也。”下云“我田既臧”，則甫田猶我田也。言以明大之我田，於一成之地，爲田九萬畝，歲取十千而已。《竹書》：“宣王元年，復田賦，作戎車。幽王二年，初增賦。”此作詩君子所以傷今而思古也。《春官·籥章》：“凡國祈年于田祖，吹《豳雅》，擊土鼓，以樂田畯。”其曰凡國，恐亦非公卿有田禄之家之禮也。

36.《瞻彼洛矣·序》云：“刺幽王也。”《集傳》曰：“此天子會諸侯於東都，以講武事，而諸侯美天子之詩。”

按，詩“韎韐有奭，以作六師”，《集傳》曰：“韎韐，合韋爲之。《周官》所謂韋弁，兵事之服也。”鄭箋曰：“此諸侯世子也。除三年之喪，服士服而來，未遇爵命之時。時有征伐之事，天子使代卿士將六軍而出。”據《竹書》：“宣王二十二年，王錫王子多父命居洛。幽王二年，晋文侯同王子多父伐鄫，克之。”則是當元二之際，君父之喪初除，韋弁韎韐，自洛而來，適有伐鄫之命，以作六師。詩曰：“瞻彼洛矣，維水泱泱。”又曰：“韎韐有奭，以作六師。”詩當作於是時也。若宣王九年，王會諸侯於東都，遂狩于甫，不聞其有征伐之事也。

37.《賓之初筵·序》云：“衛武公刺時也。幽王荒廢，君臣上下沉湎淫液，武公既入，而作是詩也。”《集傳》曰：“衛武公飲酒悔過，而作是詩。”

按，《國風》《二雅》，衛武公之詩有三。《淇澳》，美武公之德，故列之於《風》。《賓之初筵》，武公以刺時，言君臣上下沉湎淫液之事，故列之於《小雅》。《抑》，武公刺厲王，言天子之事，故列之於《大雅》。若如《集傳》之説，以《賓筵》爲衛武公飲酒悔過而作，則仍爲一人之事，何不並列之《風》乎？

38.《魚藻·序》云："刺幽王也。王居鎬京，將不能以自樂，故君子思武王焉。"《集傳》曰："此天子燕諸侯，而諸侯美天子之詩也。"

按，《竹書》"殷帝辛三十六年，西伯使世子發營鎬。懿王十五年，王自宗周，遷于槐里"，而鎬京宫室廢圮。至宣王八年，復於鎬京，營建宫室，此《斯干》所由作也。幽嗣位居鎬，將不能以自樂，故君子以武王始營鎬而思之焉。隋煬帝時，薛道衡上《高祖頌》。帝曰"此《魚藻》之義也"，遂殺之，是也。朱子以爲諸侯美天子之詩，豈樂飲酒遂足美哉？

39.《采菽·序》云："刺幽王侮慢諸侯，數徵會之，而無信義，君子見微而思古焉。"《集傳》曰："此天子所以答《魚藻》也。"

按，《左傳·襄十一年》晋侯以樂賜魏絳，絳辭曰："抑臣願君安其樂而思其終也。"引是詩"樂只君子，殿天子之邦"，又引《書》"居安思危，敢以此規"，則是詩非純美可知也。若以爲天子之答《魚藻》，詩有曰"天子所予""天子命之""殿天子之邦""天子葵之"，又不免有翹然自多之意。《竹書》"幽王十年春，王及諸侯盟于太室"，是亦諸侯朝於方岳之事也。故《序》謂刺其諸侯來朝，不能錫命以禮而思古。

40.《白華·序》云："周人刺幽后也。幽王得褒姒而黜申后，周人爲作是詩。"《集傳》曰："申后作。"

按，詩句有四“之子”，朱子曰：“之子，斥幽王也。”又有兩“碩人”，朱子曰：“碩人，尊大之稱，亦謂幽王也。”既斥之而忽尊之，何稱謂之不倫也？鄭箋曰：“碩，大也。妖大之人，謂褒姒也。”其於詩義，愈失之遠矣。惟王肅云：“碩人，謂申后也。”孫毓云：“申后廢黜失所，故嘯歌傷懷，念之而勞心。”《序》以爲周人刺幽后褒姒者，是也。《集傳》謂申后自作，故於碩人之解，不無委曲也。

41.《漸漸之石·序》云：“下國刺幽王也。戎狄叛之，荆舒不至，乃命將率東征，役久病在外，故作是詩。”

按，詩《序》云：“命將率東征。”以詩有“武人東征”句也。西戎、北狄，荆舒、南蠻，而乃命將帥東征，何也？《竹書》：“幽王六年，王命伯士帥師伐六濟之戎，王師敗逋。”《水經注》曰：“濟瀆自濟陽縣故城南，東逕戎城北。”《春秋·隱公二年》“公會戎于潜”，杜預曰：“陳留濟陽縣東南有戎城。”幽王命將帥東征，蓋謂此耳。是時王師敗逋，故詩曰：“武人東征，不皇朝矣。”不然，戎狄叛而荆舒不至，胡用東征爲役久病在外哉？

卷八

翰林院檢討徐文靖　撰

詩三

1.《文王·序》云："文王受命作周也。"鄭箋曰："受命者，受天命而王天下。"《集傳》曰："明周家所以受命而代商者，皆由於此。"

按，《史公·周本紀》曰："詩人道西伯蓋受命之年稱王，而斷虞、芮之訟。後十年而崩。"《帝王世紀》曰："文王即位四十二年，歲在鶉火，文王於是更爲受命之元年，始稱王矣。"凡此皆諸儒之妄説也。《尚書·武成》曰："我文考文王，克成厥勳，誕膺天命，惟九年，大統未集。"孔安國注云："言諸侯歸之，九年而卒，故大業未就。"《無逸》曰："文王受命惟中身，厥享國五十年。"注云："中身，即位時年四十七。"鄭康成云："受命，受殷王嗣位之命。"《竹書》注殷文丁十一年，王執季歷于塞庫，季歷困而死。明年，爲文王元年。又十年，帝辛立，立"二十三年，囚西伯于羑里。二十九年，釋西伯。三十三年，王錫命西伯得專征伐"。沈約曰："按文王受命九年，大統未集，蓋得專征伐受命自此年始。""帝辛三十四年，周師取耆及邗，遂伐崇。三十六年春正月，諸侯朝于周，遂伐昆夷。四十一年春三月，西伯昌薨。"計受命得專征伐之年至此凡九年也。"帝辛四十二年，西伯發元年。四十四年，西伯發伐黎”，是武王於是時尚襲稱西伯，未嘗稱王也。况文王乎？即以受命爲誕受天命，亦自後人而言之，又安得有受命改元之事哉？

2.《綿·序》云：“文王之興，由太王也。”《集傳》曰：“追述太王始遷岐周，以開王業。而文王因之以受天命也。”

按，古公亶父，毛傳曰：“古公，豳公也。古言久也。亶父，字。或殷以名言，質也。”鄭箋曰：“古公，據文王本其祖也。諸侯之臣稱君曰公。”《集傳》曰：“古公，號也。亶父，名也。或曰字。”按《竹書》：“武乙元年，邠遷于岐周。三年，命周公亶父，賜以岐邑。二十一年，周公亶父薨。”則是公，爵也；亶父，名也。古公，猶言先公。《詩》所謂“率西水滸，至于岐下”，蓋此時也。《帝王世紀》：“文王受命四年，正月丙子，混夷伐周，一日三至周之東門。文王閉門修德，而不與戰。”《竹書》：“殷帝辛三十四年冬十二月，[①] 昆夷侵周。三十六年春正月，諸侯朝于周，遂伐昆夷。”《詩》所謂“混夷駾矣，維其喙矣”，蓋此事也。《棫樸》之所謂“周王于邁，六師及之”，諸侯朝于周，遂伐昆夷之事也。

3.《皇矣》云：“因心則友。”又云：“受禄無喪，奄有四方。”《集傳》曰：“因心，非勉強也。善兄弟曰友。其德如是，故能受天禄而不失，至於文武而奄有四方。”

按，因心則友，當言因太王之心而致其孝，是以能悌而致其友。友於泰伯也。受禄無喪，即所謂受禄不誣，非謂受天禄也。《竹書》“武乙二十一年，周公亶父薨”。則明年爲王季嗣位之元年。“二十四年，周師伐程，戰于畢，克之。三十年，周師伐義渠，乃獲其君以歸。三十四年，周公季歷來朝，王賜地三十里。三十五年，周公季歷伐西落鬼戎。文丁四年，周公季歷伐余無之戎，克之。七年，周公季歷伐始呼之戎，克之。

① “三十四”,原作“三十二”,今據《竹書紀年》改。

十一年，周公季歷伐翳徒之戎，獲其三大夫，來獻捷。王嘉季歷之功，錫之圭瓚秬鬯，九命爲伯。”所謂“受禄無喪，奄有四方”者，此也。毛傳曰：“奄，大也。”《爾雅》曰：“荒，奄也。”孫炎曰：“荒大之奄。”則是奄有四方者，乃荒大其四境，指王季言，非謂至於文武遂有四方也。

4.《靈臺·序》云：“民始附也。文王受命，而民樂其有靈德以及鳥獸昆蟲焉。”朱子曰：“其曰有靈德者，亦非命名之本意。”

按，《詩含神霧》云：“文王作邑于豐，起靈臺。”《易乾鑿度》云：“伐崇，作靈臺。”《竹書》：“殷帝辛三十五年，西伯自程遷于豐。三十七年，周作辟雍。四十年，周作靈臺。”則《靈臺》之詩，蓋作于文王受命之八年也。《三輔故事》云：“靈臺在豐水北，經臺西，文王又引水爲辟廱。”今《靈臺》之詩“於論鼓鐘，於樂辟廱”，是辟廱、靈臺爲最近也。《莊子》：“黄帝有《咸池》，堯有《大章》，禹有《大夏》，湯有《大濩》，文王有《辟廱》。”申培《詩説》：“文王遷都于豐，作靈臺，以齊七政。奏《辟雍》。”據詩以虡業、賁鏞、鼓鐘、辟雍並言，則《莊子》、申公之説，或非無據。要亦作樂於是地，故亦以是而名其樂也。至武，周既有天下，明堂、大學皆遵其式。《韓詩》“辟廱爲天子之學”，《大戴禮》“明堂外水曰辟廱”，朱子曰：“辟廱，天子之學，大射行禮之處也。”皆據後事而釋之。其實《詩》之靈臺，非天子之臺。《詩》之辟廱，亦非天子之學也。若《文王有聲》“鎬京辟廱”，乃可以爲天子之學耳。“考卜維王，宅是鎬京。”《竹書》“殷帝辛三十六年，西伯使世子發營鎬”。《逸周書》“文王在鎬，召世子發，作《文傳》”。則此云“考卜維王”，固文王也。至下云“武王成之”，乃所謂武王之都鎬耳。

5.《下武·序》云：“繼文也。武王復受天命，能昭先人之功焉。”《集傳》曰：“下，義未詳。或曰：字當作文，言文王、武王實造周也。”

按，“下武維周”，毛傳曰：“武，繼也。”鄭箋曰：“下猶後也。”朱子不依舊説，而以“下武”之“武”爲武王。“繩其祖武”，毛傳曰：“武，迹也。”朱子曰：“武，迹也。來世能繼其迹。”又何不以“繩武”之“武”爲武王？夫“武，繼”本之《釋詁》，“武，迹”本之《釋訓》，皆《爾雅》文也。一從一不從，何也？據此詩一云“成王之孚”，再云“成王之孚”，當是美成王而作。或疑其爲康王以後之詩也。《竹書》“成王二十五年，大會諸侯于東都，四夷來賓”。所謂“四方來賀”者，此也。《書·洛誥》成王告周公曰：“公其以予萬億年。”所謂“於斯萬年”者，此也。《文王》，《集傳》辨《鄭譜》有云“正雅，皆成王周公以後之詩”，此又何獨不然也？

6.《生民》詩：“履帝武敏。”毛傳曰：“帝，高辛氏之帝也。武，迹。敏，疾也。從于帝而見于天，將事敏疾也。”①《集傳》曰：“帝，上帝也。敏，拇也。”

按，鄭箋曰：“帝，上帝也。敏，拇也。時則有大神之迹，姜嫄履其拇指之處，歆歆然如有人道感己也。”朱子《集傳》蓋本于此。其以帝爲上帝者，以《閟宫》“赫赫姜嫄，其德不回，上帝是依，是生后稷”故也。然郊禖之時，即有巨人之迹，安知其爲上帝之迹也？據《大戴禮·帝系篇》：“帝嚳上妃有邰氏之女曰姜嫄，而生后稷。”《集傳》以爲高辛氏之世妃者，非也。其初禋祀上帝於郊禖，祓除無子之疾。高辛氏帝率與俱行，姜嫄隨帝之後，踐履帝迹，歆歆然如有人道感己，遂震有娠，以生后稷。姜嫄以爲不祥而棄之。《天問》：“稷維元子，帝何竺之？投之於冰上，鳥何燠之？”《生民》之靈異，古亦有疑之者乎？而究之無可疑也。《帝王世紀》“伏犧母曰華胥，有巨人迹出於雷澤。華胥以足履之，有娠，生伏犧於成紀”，《左傳》“宋芮司徒生女子赤而毛，棄諸堤

① “敏疾”，《毛詩注疏》作“齊敏”。

下，共姬之妾取以入，名之曰棄”，《博物志》“徐君宮人娠而生卵，以爲不祥，棄於水濱”，亦是類也。“牛羊腓字之”云者，如邳夫人之女生子文，棄諸夢中，虎乳之，見於《左傳》。昆莫生棄於野，鳥嗛肉蜚其上，狼往乳之，見於《大宛列傳》。槖離國王有侍女見有大氣如鷄子，從天而下，故有娠，産子東明。置之豬圈，豬噓之。置之馬蘭，馬噓之。見於王充《論衡》。英傑之生，與衆不同，類如此耳。況聖人而子孫世有天下者乎？

7. 以歸肇祀。毛傳曰：“肇，始也。始歸郊祀也。”《集傳》曰：“稷始受國爲祭主，故曰肇祀。”

按，後云“上帝居歆”，郊天之祭也。稷始受國，不應郊天。假令以高辛之後承用郊禮，又不應言肇祀也。蓋此是武周既有天下，始祭后稷以配天也。《竹書》：“殷帝辛五十二年冬十有二月，周師有事于上帝。”是周人始祀于上帝也。始祀于上帝而配以稷，所謂“后稷肇祀”者，是也。《月令》“孟春之月，乃擇元日祈穀于上帝”，《左傳》“郊祀后稷，以祈農事”，所謂“以興嗣歲，上帝居歆”者，是也。詩蓋以后稷配天，因述后稷之農事，本於天之所生，以粒我蒸民云爾。豈后稷始受國爲祭主，故曰肇祀也哉？

8.《假樂·序》云：“嘉成王也。”朱子曰：“假本嘉字，然非嘉成王也。”

按，《詩》“干禄百福”，毛傳曰：“干，求也。求禄得百福。”《旱麓》詩《序》云：“周之先祖，世修后稷、公劉之業。太王、王季申以百福干禄焉。”百福干禄，蓋取《假樂》之句而倒用之也。朱子謂“《序》説大誤。其曰‘百福干禄’，尤不成文理”，過矣。至此篇之《序》所謂“嘉成王”者，“顯顯令德，宜民宜人”，舍成王何以當此？《序》説正未可盡非。

9.《公劉·序》云："召康公戒成王也。"《集傳》曰："公劉，后稷之曾孫也。事見《豳風》。"

按，《豳風譜》云："公劉以夏后太康時失其官守，竄於此地。"韋昭注《國語》以不窋當太康之時。不窋乃公劉之祖，不應共當一世。據《竹書紀年》"夏帝少康三年，復田稷"。沈約曰："后稷之後不窋失官，至是而復。"是公劉於少康之時，復嗣后稷之官而居豳。《括地志》云："豳州三水縣西十里有豳原，周先公劉所都之地也。豳城在此原上，因公以名。"鄭箋以"公劉，夏之始衰，見迫逐而遷於豳"，非也。

10. 其軍三單。毛傳曰："三單，相襲也。"《集傳》曰："三單，未詳。"

按，孔疏曰："重衣謂之襲。三單相襲者，謂發部在道，三重爲軍備禦之也。"觀"弓矢斯張，干戈戚揚，爰方啓行"，則是整治兵器，方開道路以去之豳，故以三單相襲防鈔掠也。鄭氏謂"大國三軍，以其餘卒爲羨。今公劉遷豳，丁夫適滿三軍之數。單者，無羨卒也"。夫周自不窋失官，竄居戎翟之間，其孫公劉始復田稷，安得遽有三軍適滿其數，而以無羨卒副丁，因名爲三單耶?①

11.《卷阿·序》云："召康公戒成王也。言求賢用吉士也。"《集傳》曰："疑公從成王游歌於卷阿之上，因王之歌而作此以爲戒。"

按，《竹書》："成王二十三年，② 王游於卷阿，召康公從。"是《卷阿》之詩蓋作于是時也。"豈弟君子""維君子使"，舊云樂易之君子在上位者。朱子辨之曰："《泂酌》之豈弟君子，方爲成王，而此詩遽爲所

---

① "單"，中華書局本作"軍"。

② "二十三年"，《竹書紀年》作"三十三年"。

求之賢人，何哉?”然《泂酌》傳注皆以“豈弟君子”爲設祭有道德者，惟自作《集傳》以爲指王,① 安可執此以議《小序》哉?且以君子指成王，則通篇皆頌聖之語，而又以爲召康公戒成王者，何哉?“爾游爾休”,《集傳》以爾君子，皆指王，是將解之曰豈弟之王，俾王彌王之性乎?“王多吉士”，維王使媚于王乎?若謂既曰君子，又曰天子，猶曰王于出征，以佐天子云爾。彼《小雅·六月》傳曰:“王命於此，而出征，欲其有以敵王所愾，而佐天子耳。”豈謂王自征以佐天子哉?

12.《民勞·序》云:“召穆公刺厲王也。”《集傳》曰:“以今考之，乃同列相戒之辭耳。未必專爲刺王而發。”

按,《本紀》:“厲王以榮夷公爲卿士，用事。王行暴虐侈傲，國人謗王。”則是夷公者，詭隨者也。王昵而縱之，以致民謗之惛怓。故曰“無縱詭隨以謹惛怓”也。《竹書》:“厲王三年，淮夷侵洛。十一年，西戎入于犬丘。”故曰“式遏寇虐，無俾民憂”也。“厲王十二年，奔彘。”“太子静匿召公家，國人圍之。召公曰:昔吾驟諫王，王不從，以及此難也。”言太子雖是少年小子，而所爲實廣大，王雖在彘，實欲玉女于成也。故曰“戎雖小子，而式弘大。王欲玉女，是用大諫”也。《禮》天子未除喪，稱小子，若厲王即位十有二年，流于彘，不應尚稱小子。故知召公此詩刺厲王，兼以戒宣王也。

13.《板·序》云:“凡伯刺厲王也。”《蕩·序》云:“召穆公傷周室大壞也。”

按,《板》《蕩》皆稱上帝。毛傳曰:“上帝以稱王者也。”《序》言“厲王無道，天下蕩蕩無綱紀”，是也。張耒《明道雜志》曰:“今人作文稱亂世曰板蕩，此二詩篇名也。《板》爲不治則可,《蕩》則詩云‘蕩

① “王”,原作“玉”,今據中華書局本改。

蕩上帝，下民之辟’，《蕩》豈亂意乎？太師舉篇首一字名篇耳。《小序》言蕩蕩無綱紀文章，非其本意。”然《小序》言蕩蕩無綱紀，乃謂厲王無道，非謂上帝也。又《後漢·楊賜傳》曰：“不念板蕩之作，虺蜴之誡，殆哉之危，莫過於是。”唐太宗《賜蕭瑀詩》“疾風知勁草，板蕩識忠臣”，謂蕩無亂意可乎？

14.《抑·序》云：“衛武公刺厲王，亦以自警也。”《集傳》曰：“衛武公作此詩，使人日誦於其側，以自警。”

按，《楚語》：“衛武公年九十五，作《懿》以自儆。”侯包曰：“衛武公刺王室，亦以自戒。行年九十有五，猶使臣日誦是詩，而不離於其側。”則一本之於《國語》而以爲刺王也。王朝有《雅》，列國有《風》，惟刺王所以列之於《雅》，若僅爲武公自作，列之《小雅》且不可，况《大雅》哉？朱子以《序》説爲刺厲王者誤。“女雖湛樂從”，則曰女，武公使人誦詩而命已之辭也。後凡言女、言爾、言小子者，放此。據鄭箋以女爲女君臣，雖好樂耆酒相從，不念繼女之後人將效女乎？此釋“女”字爲較明。豈有使近臣誦詩而命之呼已爲女、爲爾、爲小子者乎？即命呼己爲女、爲爾、爲小子。“修爾車馬，用遏蠻方”，《周禮》九服，其第六服者，《職方氏》謂之蠻服，《大司馬》謂之蠻畿。武公，諸侯耳，而使人命之遏蠻方乎？《竹書》：“厲王三年，淮夷侵洛。王命虢公長父伐之，不克。十四年，召穆公帥師追荆蠻，至于洛。”所謂“修爾車馬，用遏蠻方”者，此耳。豈武公自有遏蠻方之責乎？《周本紀》芮良夫諫厲王曰：“榮公若用，周必敗也。”厲王不聽，卒以榮公爲卿士用事。所謂“彼童而角，實虹小子”者，此也。夫小子幼少無知，或爲所潰亂耳。今乃亦“聿既耄矣，亦既抱子”矣，而猶然爲無知之小子，則亦竟謂之小子可乎？考《年表》，武公以宣王三十六年即位，其齒當四十餘，厲王無道，已熟悉之。又歷五十餘年，則幽王時也。武公有感於時事，不敢顯言王失，追刺厲王以寓其意。“其在于今，興迷亂于政，顛覆厥德，荒湛于酒”，非必睿聖武公，身有是事，當時必有所指可知。“天方艱難，曰喪厥國。取譬不遠，昊天不忒”，豈非以厲王流彘而喪厥國，欲使後王之鑒之，猶所謂“殷鑒不遠”者哉？故曰“聽用我謀，庶無大悔”。

15.《雲漢·序》云：“仍叔美宣王也。”《集傳》曰：“舊説以宣王遇烖而懼，側身修行，故仍叔作此詩以美之。”

按，《竹書》：“宣王二十五年，大旱。王禱于郊廟，遂雨。”詩曰：“旱既大甚，蘊隆蟲蟲。不殄禋祀，自郊徂宫。”仍叔之詩，正賦其事也。《孟子》引是詩“周餘黎民，靡有孑遺”，趙岐注曰：“志在憂旱災，民無孑然遺脱不遭旱災者，非無民也。”孫奭疏曰：“孑，單也。”朱子曰：“孑，無右臂貌。言民無復半身之遺者。”據《爾雅》“蜎蠉”注云：“井中小蛣蟩，赤蟲。一名孑孓。”《廣雅》：“孑孓，蜎。”孑音結，孓音厥。孑無右臂，孓無左臂。若謂“靡有孑遺”，靡有右臂半身之遺者，恐仍叔之意，未必然也。

16.《崧高·序》云：“尹吉甫美宣王也。”朱子曰：“此爲吉甫送申伯之詩，非專爲美宣王而作。”

按，《竹書》“宣王七年，王錫申伯命”，即是事也。詩云：“王命申伯，式是南邦。王命召伯，徹申伯土田。”非王之美而何？

17.《烝民·序》云：“尹吉甫美宣王也。”《集傳》曰：“王命仲山甫築城于齊，而吉甫作詩送之。”

按，《竹書》“宣王七年，王命樊侯仲山甫城齊”，即是事也。《括地志》：“漢樊縣城在兖州瑕丘縣西南三十五里，古樊國，仲山甫所封也。”王以其近齊，故命之城齊。詩云：“肅肅王命，仲山甫將之。王命仲山甫，城彼東方。”則所以美王者可知矣。“城彼東方”，毛傳以爲“去薄姑而遷臨淄”，非也。《史記·齊世家》胡公徙都薄姑，當周夷王時。獻公率營丘人攻殺之。元年，徙薄姑都，治臨淄，九年卒。蓋厲王之三年也。其子武公之九年，厲王奔彘。二十四年爲宣王元年，又二年而武公卒，子厲公立。故胡公之子入齊，攻殺厲公，國人乃立其子赤，是爲文公。齊城郭不完，數遭攻殺，王命仲山甫城之，蓋在齊文公時也。朱子疑徙於夷王之時，至是而始備城郭之守，是也。

18.《韓奕·序》云："尹吉甫美宣王能錫命諸侯。"朱子曰："《序》説淺陋無理。既爲天子，錫命諸侯乃其常事。春秋戰國之時猶有能行之者，何足爲美？"

按，《竹書》："宣王四年，王命蹶父如韓，韓侯來朝。"詩云"韓侯入覲，以其介圭"，謂此也。觀《菀柳》篇《集傳》曰："王者暴虐，諸侯不朝，而作此詩。"則宣王之能錫命諸侯，諸侯來朝，爲作《韓奕》以美之，不亦宜乎？《竹書》"成王十二年，王師、燕師城韓，王錫韓侯命"，詩云"溥彼韓城，燕師所完"，謂此也。至宣王之時，"王錫韓侯，其追其貊，奄受北國，因以其伯"，則又别爲北方之韓也。王肅曰："涿郡方城縣有韓侯城。"《日下舊聞》曰："今順天府固安縣有方城村，即方城縣也。"《金史·志》曰："薊州玉田縣有韓城鎮。"《北遊紀》曰："房山縣有韓姞砦。"《國門近游録》曰："由韓姞砦而西，從小徑入孤山口普濟寺。《詩》云'爲韓姞相攸，莫如韓樂'，此其遺址也。"韓城之韓，乃先祖受命之地，故吉甫作詩首叙梁山韓望焉。《竹書》"平王十四年，晋人滅韓"，即此。而北方之韓，不知爲誰滅也。

19.《江漢·序》云："尹吉甫美宣王也。"《集傳》曰："宣王命召穆公平淮南之夷，詩人美之。"

按，《竹書》"宣王六年，召穆公帥師伐淮夷"，即是事也。《竹書》"宣王元年，作戎車"。"既出我車"，鄭箋曰"車，戎車"，是也。

20.《常武》詩："南仲太祖，太師皇父。"毛傳曰："王命南仲於太祖皇父爲太師。"《集傳》曰："宣王自將以伐淮北之夷，而命卿士之謂南仲爲太祖兼太師而字皇父者，整治其從行之六軍。必言南仲太祖者，稱其世功以美大之。"

按，《竹書》："宣王二年，錫太師皇父、程伯休父命。① 六年，王帥師伐徐戎，皇父、休父從王伐徐戎，次于淮。王歸自伐徐，錫召穆公命。"蓋此事也。孔疏曰："言王命南仲于太祖者，謂於太祖之廟命南仲也。南仲爲卿士，未知於六官何卿也？皇父新爲太師，未知於舊何官也？太師，三公之官，則尊於卿士。先言王命南仲者，以南仲爲上將，皇父爲監，不親兵，故特言命南仲。王肅云：皇父以三公而撫軍也。殊南仲于王命親兵也。"據《竹書》皇父爲太師，在伐徐四年之前，疏云"新爲太師"者，非也。《集傳》云"卿士即皇父之官，太師，皇父之兼官"，非也。至"謂南仲爲太祖兼太師字皇父"者，豈皇父即南仲之後耶？其説蓋本于鄭箋，而亦非也。《竹書》"武王十二年夏四月，饗于太廟，命監殷"，則命監軍於太祖之廟，固其宜也。

21. 王謂尹氏，命程伯休父。《集傳》曰："程伯休父，周大夫。"

按，孔疏曰："《楚語》云：'重黎氏世叙天地，其在周，程伯休父其後也。當宣王失其官守，而爲司馬氏。'韋昭曰：'程，國。伯，爵。休父，名也。'"據《竹書》："殷武乙二十四年，周師伐程，戰于畢，克之。殷文丁五年，周作程邑。殷帝辛二十三年，囚西伯于羑里。二十九年，釋西伯，諸侯逆西伯，歸于程。三十二年，西伯帥師伐密。三十三年，密人降于周師，遂遷于程。三十五年，周大饑，西伯自程遷于豐。"宣王時以休父爲司馬，食采于程。如《春秋》毛伯、單伯之類。韋氏乃以爲"程，國。伯，爵"者，以程爲畿内之國也。

---

① "程伯休父"，《竹書紀年》作"司馬休父"。

22.《清廟·序》云："周公既成洛邑，朝諸侯，率以祀文王焉。"鄭箋曰："成洛邑，居攝五年時。"《集傳》曰："實攝政之七年，而此其升歌之辭也。"

按，《竹書》："成王五年夏五月，王至自奄，遷殷民于洛邑，遂營成周。"無朝諸侯事，鄭説誤也。《竹書》："成王七年，周公復政于王。三月，召康公如洛，度邑。甲子，周文公誥多士于成周，遂城東都。王如東都，諸侯來朝。"則率之以祀文王，升歌《清廟》，當在此時。然此時公已致政于王，無復居攝之事矣。《集傳》以爲居攝之七年，非也。《禮·明堂位》曰："周公踐天子之位，以治天下。六年，朝諸侯於明堂。"是時《竹書》未出，故所言皆不得其實也。

23.《維清·序》云："奏《象舞》也。"鄭箋曰："《象舞》，象用兵時刺伐之舞，武王制焉。"

按，《竹書》："成王八年，作《象舞》。"鄭以爲武王制焉，非也。《禮·文王世子》"登歌《清廟》，下管《象》，舞《大武》"。《象》與《清廟》對，則《象》爲詩篇可知。據《序》説《維清》即《象》，《文王世子》注以《象》爲武王伐紂之樂。《記》文又何以别云舞《大武》哉？至"肇禋迄用有成"，據《周禮》"以禋祀祀昊天上帝"，《孝經》宗祀文王於明堂，以配上帝。此始以文王配帝，故曰肇禋。鄭箋謂文王受命始祭天而枝伐，非。

24.《昊天有成命·序》云："郊祀天地也。"朱子曰："天地合祀，乃瀆亂不經之禮，《序》説爲不通。"

按，《尚書》"舜類上帝，禋六宗，望山川，徧群神"，靡不舉而無地祇之文。武王克商，庚戌，柴望，亦不言地。郊祭天，社祭地，《中庸》"郊社之禮，所以事上帝"，不言事天地。地統乎天，猶之母統乎父也。其主分者，蓋以冬日至於南郊，祀天；夏日至於北郊，祀地。《宗伯》六器，以蒼璧禮天，黄琮禮地。《典瑞》以四圭祀天，兩圭祀地。各有依據。然先王郊祀天地，一歲之中，自有分合，不得泥於一説也。《周禮》王祀天，歲九舉而郊爲尊。二至日之郊，蓋分祀也。其餘如正月郊而祈穀，仲夏日大雩而祈雨，季秋日大饗於明堂，而配以禰，四至日郊而迎氣，則合祀焉。地從天饗，不别祀也。所以有分有合者，不合不親，不分不尊。分合天地之大義，王者父天母地之道也。

25.《時邁·序》云："巡狩祭告柴望也。"《集傳》曰："此詩乃武王之世，周公所作也。"

按，《竹書》："武王十五年,① 初狩方岳，誥于沬邑。"詩"懷柔百神，及河喬嶽"，蓋謂此也。孔疏曰："《國語》稱周文公之頌曰'載戢干戈'，明此詩周公作也。"

26.《執競·序》云："祀武王也。"《集傳》曰："此祭武王、成王、康王之詩。"又曰："此昭王以後之詩。《國語》説，見前篇。"

按，前篇《時邁傳》後引《國語》曰："金奏《肆夏》《樊遏》《渠》，天子以饗元侯也。""吕叔玉云：《肆夏》，《時邁》也。《樊遏》，《執競》也。《渠》，《思文》也。"是《執競》爲《周禮》九夏之一也。夫《周禮》作於周公，不應昭王以後之詩預列於九夏，故毛傳以"不顯成康"爲成大功而安之，鄭箋以"成康"爲成安祖考之道。不然，豈不知周有成康二王，而故爲迂且曲乎？歐陽永叔曰："所謂成康者，成王、康王也，猶文王、武王謂之文武云耳。"朱子信之，以此爲祭武王、成王、康王之詩。然則《靡詩》云"文武維后"，《集傳》又何以不云文武二王？蘇氏亦不信歐陽之説，謂"自彼成康，奄有四方"，周之奄有四

① "五",原作"二",今據《竹書紀年》改。

方者，非自成康始也。《序》《傳》何可廢也？

27.《思文·序》云："后稷配天也。"《集傳》曰："言后稷之德，真可配天。"

按，《詩》："貽我來牟，帝命率育。"《竹書》："成王四年春正月，初朝于廟。夏四月，初嘗麥。"則詩當作于是時。鄭箋引《書説》云："武王渡孟津後五日，火流爲烏；五至，以穀俱來。此謂遺我來牟。天命以是循存后稷養天下之功。"夫穀也而謂之牟麥，可乎哉？

28.《臣工·序》云："諸侯助祭遣於廟也。"朱子曰："此戒農官之詩，《序》説誤。"

按，《竹書》："康王三年，定樂歌，吉禘于先王，申戒農官，告于廟。"《臣工》之詩當作于是時。《詩》云："於皇來牟，將受厥明。明昭上帝，迄用康年。"《序》所云遣於廟者，此也。《易》所云"先王以享于帝立廟"者，此也。

29.《有瞽·序》云："始作樂而合乎太祖也。"孔疏曰：①"周公攝政六年，制禮作樂，合諸樂器於太祖之廟奏之，詩人述其事而歌焉。"

按，《竹書》："武王十二年夏四月，王歸于豐，饗於太廟，作《大武樂》。十三年，② 薦殷于太廟，③ 遂大封諸侯。"《序》云"始作樂而合乎太祖"者，當在是時。周自武王有天下，至成王六年而始合樂於太祖之廟，無是理矣。

---

① "孔疏"，原作"鄭箋"，今據《毛詩注疏》改。
② "三"，原作"四"，今據《竹書紀年》改。
③ "薦殷"，原作"殷薦"，今據《竹書紀年》改。

30.《雝·序》云："禘，太祖也。"鄭箋曰："禘，大祭也。大於四時而小於祫。太祖謂文王。"朱子曰："《序》云禘太祖，則宜爲禘嚳於后稷之廟矣。而詩辭無及於嚳稷者。若以爲吉禘於文王，則與《序》已不協，而詩文亦無此意。恐《序》誤也。"

按，孔氏疏曰："知禘小於祫者，《春秋·文二年》：'大事於太廟。'《公羊傳》曰：'大事者何？祫也。毀廟之主，陳於太祖，未毀廟之主皆升，合食於太祖。'是合祭群廟之主謂之大事。《昭十五年》：'有事于武宫。'《左傳》曰：'禘於武公。'是禘祭一廟謂之有事也。"據《竹書》："成王九年春正月，有事于太廟。二十五年冬十月，歸自東都，有事于太廟。"① 則是大事者，祫也；有事者，禘也。《雝》禘太祖者，謂成王以文王爲祖也。詩云"假哉皇考"，又云"文武維后"。《祭法》祖父曰王考，曾祖曰皇祖。則太祖、皇考得通稱矣。故馬融曰："諸言祖，遠言始祖，近言太祖也。"朱子《集傳》既以皇考爲文王，復以"宣哲文武"爲美文王之德，又以吉禘於文王與《序》不協，何也？意以綏予孝子爲武王，則文王不得爲太祖矣，因以既右烈考猶皇考，不以烈考爲武王。《書·君陳》曰："武王烈。"又《洛誥》曰："烈考武王弘朕恭。"此何得獨以烈考爲文王耶？至以《雝》詩爲徹祭所歌，亦名爲徹，不過因《論語》記三家以《雍》徹，② 而遂謂此詩亦名爲徹，可乎？

31.《載見·序》云："諸侯始見乎武王廟也。"朱子曰："《序》以載訓始，故云始見。恐未必然也。"

按，《竹書》："成王四年春正月，初朝于廟。"《序》説謂"諸侯始見乎武王廟"，當即此也。"曰求厥章"，《集傳》以爲"先言其來朝禀受法度"，非諸侯始見之時，何以云此？

---

① "有"，原作"大"，今據《竹書紀年》改。

② "記"，原脱，今據中華書局本補。

32.《武·序》云:“奏《大武》也。”《集傳》曰:“周公象武王之功,爲《大武》之樂,歌此詩以奏之。然傳以此詩爲武王所作,則篇内已有武王之謚,而其説誤矣。”

按,《竹書》:“武王十二年,① 作《大武樂》。”此詩爲奏《大武》之樂歌,則作於武王時矣。其稱“武王”者,以其爲有武功之王也。如《商頌》“武王靡不勝”“武王載旆”,不必以武爲謚也。。

33.《閔予小子·序》云:“嗣王朝於廟也。”《集傳》曰:“成王免喪,始朝於先王之廟,而作此詩。”

按,《竹書》:“成王四年春正月,初朝于廟。”此詩當作於是時。據《靡》詩孔氏疏曰:“武王以周十二月崩。其明年,周公攝政,稱元年,十二月小祥。二年十二月大祥。三年二月禫,四年春禘。”《序》所謂“嗣王朝於廟也”,朱子《小序辨》謂《序》説不能究其本末,何也?

34.《訪落·序》云:“嗣王謀於廟也。”朱子曰:“《序》説亦不能究其本末。”

按,《竹書》:“成王七年,周公復政于王。八年春正月,王始莅阼親政。”② 鄭箋曰:“成王始即政,故於廟中與群臣謀我始即政之事。”詩“訪予落止”,毛傳曰:“訪,謀也。”《集傳》曰:“成王既朝于廟,因作此詩,以道延訪群臣之意。言我將謀之於始。”則仍用《序》説也。

35.《小毖·序》云:“嗣王求助也。”《集傳》曰:“此亦《訪落》之意。”

按,《逸周書》曰:“成王即政,因嘗麥而語群臣求助,作《嘗麥

① “二”,原作“四”,今據《竹書紀年》改。
② “始”,《竹書紀年》作“初”。

解》。"《序》云"求助"，蓋有所本也。

36.《載芟·序》云："春藉田而祈社稷也。"《良耜·序》云："秋報社稷也。"朱子曰："兩篇未見其有祈報之異。"

按，詩"有實其積，萬億及秭"，非有以祈之，可乎？"百室盈止，婦子寧止"，不有以報之，可乎？此祈報所以異也。朱子謂《載芟》未詳所用，何也？又《月令》"孟春，天子躬耕帝藉""仲春元日，命民社"。社與藉異月，而詩《序》連及之者，事皆在春也。王爲群姓立社曰泰社，王自立社曰王社。王社在藉田中，故《載芟》爲春藉田而祈社稷。"殺時犉牡，續古之人"，謂續先祖奉祭祀。此謂報賽之樂歌，故《良耜》爲秋報社稷也。

37.《絲衣·序》云："繹賓尸也。高子曰：'靈星之尸也。'"朱子曰："《序》誤。此亦祭而飲酒之詩。"郝氏曰："此祈蠶之尸，靈星，龍星，東方蒼龍之宿。蠶爲龍精，尸以象之。蠶爲絲，故衣絲。"

按，《通典》："漢興八年，高帝命郡國縣邑立靈星祠。時或言周興而邑立后稷之祀，至今血祀，以其有播種之功也。於是高帝命立靈星祠。"《三輔故事》："長安城東十里有靈星祠，一云靈星龍，左角爲天田，主穀，龍祥晨見而祭之。言后稷而謂之靈星者，以后稷又配食星也。"據此，則靈星之尸，蓋言祭靈星時而爲后稷之尸耳。《五經通義》曰："絲衣其紑，① 傳言王者祭靈星，公尸所服之衣也。"又曰："據傳天子諸侯祭社稷尸也。今祀靈星言公尸，未詳所出。"然按《淮南子·主術訓》曰："君人之道，其猶靈星之尸也，儼然玄默而吉祥受福。"靈星之有尸久矣。郝氏以此爲祈蠶之詩，蠶爲絲，故衣絲。《檀弓》"爵弁絰

① "紑"，《毛詩注疏》作"紑"。

衣”，孔疏:① “紂衣，絲衣也。”賈公彦曰：“紂、緇，皆染色，在布爲緇，在帛爲紂。”而乃謂“蠶爲絲，故衣絲”，非也。

38.《酌·序》云：“告成《大武》也。”《集傳》曰：“酌，即勺也。《内則》十三舞《勺》，即以此詩爲節而舞也。”

按，孔氏疏曰：“言告成《大武》，不言所告之廟。《有瞽》始作樂而合乎太祖，此亦當告太祖也。《大司樂》舞《大武》以享先祖。然則諸廟之中，皆用此樂，或亦遍告群廟也。”據《竹書》“成王九年，有事于太廟，初用《勺》”。則此詩爲告成于太祖之廟，有明徵也。又按申培《詩説》曰：“《勺》亦頌武王之詩，爲《大武》之五成。”

39.《賚·序》云：“大封于廟也。”《集傳》曰：“《春秋傳》以此爲《大武》之三章，而《序》以爲大封于廟也。”

按，孔氏疏曰：“皇甫謐云：武王伐紂之年，夏四月乙卯，祀于周廟，將帥之士皆封。② 如謐所言，③ 此大封是伐紂之年事也。”據《竹書》：“武王十二年辛卯，率西夷諸侯伐殷。夏四月，王歸于豐，饗于太廟，命監殷，遂狩于管，作《大武樂》。十三年薦殷于太廟，④ 遂大封諸侯。”是大封乃伐紂之次年事也。

40.《般·序》云：“巡守而祀四嶽河海也。”鄭箋云：“般，樂也。”《集傳》云：“般義未詳。”

按，《竹書》：“武王十五年，⑤ 初狩方岳。”此詩蓋述其事也。許氏

---

① “孔疏”，原作“鄭注”，今據《禮記注疏》改。

② “帥”，《毛詩注疏》作“率”。

③ “所”，《毛詩注疏》作“之”。

④ “薦殷”，原作“殷薦”，今據《竹書紀年》改。

⑤ “王”，原作“玉”，今據《竹書紀年》改。

《説文》云："般，旋也。"眉山蘇氏云："般，游也。"般旋、般游，正是狩于方嶽遍于河海之義。申培《詩説》曰："此述巡守之詩，爲《大武》之四成。"

41．魯何以有頌。嚴氏曰："《魯頌》，《頌》之變也。"孔氏曰："雖名爲《頌》，而體實《國風》，非告神之歌。"朱子曰："著之於篇，所以見其僭也。《春秋》書郊禘，大雩，雉門，兩觀，猶是意也。"

按，《鄭譜》及孔疏"魯僖公以惠王十九年即位，襄王二十二年薨。至文公之時，季孫行父請命於周而作其頌"。夫頌以形容功德而主告神明者也。國人美僖公之功於既薨之後，作《頌》以告於其神。孔氏謂雖名爲《頌》而體實《國風》，非告神之歌，非也。蓋魯之所以有《頌》而無《風》者，爲内諱也。彼《南山》《敝笱》《載驅》《猗嗟》諸詩皆刺魯桓公、文姜及莊公也，乃不係之魯，而係之齊，豈非以淫亂無恥之行，當爲内諱，而姑托之於《齊風》以見志與？或謂時王褒周公之後比於先代，故巡守不陳其詩，是以魯、宋獨無《風》有《頌》。然則有《頌》者，即不得有《風》矣，何以有《周頌》而又有《王風》，有《豳風》而又有《豳頌》乎？要之，《魯頌》，頌禱之辭也，蓋頌體也。頌體則頌之，非云僭也。《公羊傳》曰："什一而税，頌聲作。"《史記》："微子過殷墟而作雅聲。"是則雅頌之聲，各自爲别乎？即《魯頌·駉》篇《序》曰："史克作是頌。"明作者本意，自定爲頌體，豈云著之於篇以示僭，故不列之《風》而列之於《頌》乎？舒瑗曰："魯不合作《頌》，故每篇言頌，以名生於不足故也。"此則於《周頌》稍有微别者乎？

42．《有駜·序》云："頌僖公君臣之有道也。"朱子曰："此但燕飲之詩，未見君臣有道之意。"

按，詩"夙夜在公，在公明明"，箋曰："言時臣憂念君事，早起夜痳，在于公所，明義明德也。”“自今以始歲其有，君子有穀詒孫子”，箋曰：“君臣安樂，則陰陽和而有豐年，其善道則可以遺子孫。”非君臣有道而何？

43.《泮水·序》云：“頌僖公能修泮宮也。”陸氏《釋文》曰：“泮，半也。半有水，半無水也。”《集傳》曰：“其東西南方有水形如半璧。”

按，《通典》曰：“魯國泗水縣泮水出焉。”泮，魯之水名，魯侯建宮於其上，因水以名宮。僖公蓋從而修之。蘇氏曰：“僖公因舊而修之，是以不見於《春秋》。”《左傳》“晋侯濟自泮”，泮蓋爲水名可知。鄭箋謂“泮之言半”，陸氏謂“半有水半無水”，未必然也。據《明堂位》“頖宮，周學也”，鄭注：“頖，班也，[①] 所以班政教。”[②]《禮器》：“魯人將有事于上帝，必先有事於頖宮。”則魯於泮水立學以班政教，故謂之頖。周人尊魯，因以泮宮爲諸侯之學。泮與頖，音同故也。觀《振鷺》“于彼西雝”，孔氏曰：“澤名爲雝，在西有此澤。”朱氏曰：“辟雝在西郊，故曰西雝。”知辟雝以水得名，則泮水之爲水名，又何疑乎？

44.《閟宮》云：“實維太王，居岐之陽，實始翦商。”毛傳曰：“翦，齊也。”鄭箋曰：“翦，斷也。”《集傳》曰：“翦，斷也。太王王迹始著，蓋有翦商之漸矣。”

按，太王居邠，狄人侵之，事之以皮幣、犬馬、珠玉而皆不免。一旦流離播遷，徙居岐陽。《竹書》：“武乙元年，邠遷于岐邑。[③] 三年，命周公亶父，賜以岐邑。”當是時始免播遷，適當新造，遽欲斷商，可乎？楊用修以《説文》引《詩》作“戩商”，戩，福也，謂太王始受福于商

---

① “頖，班也”，《禮記注疏》作“頖之言班也”。

② “所以”，《禮記注疏》作“於以”。

③ “岐邑”，《竹書紀年》作“岐周”。

而大其國也。於是以《詩》之翦字爲誤，其實非也。《爾雅·釋詁》曰："勞、來、強、事、謂、翦、篲，勤也。"太王實始翦商，蓋謂實始勤商耳。與《周書》太王其勤王家之意正自相合，何當以翦斷訓也？

45.《玄鳥·序》云："祀高宗也。"①《集傳》曰："玄鳥，鳦也。高辛氏之妃簡狄祈於郊禖，② 鳦遺卵。簡狄吞之而生契。事見《史記》。"

按，毛傳曰："春分玄鳥降，有娀氏女簡狄配高辛氏帝，帝率與祈于郊禖，生契。故本其爲天所命以玄鳥至而生焉。"初未嘗有吞卵之説也。惟《史記》及鄭箋謂鳦鳥翔水遺卵，簡狄吞之。歐陽修以爲怪誕，蘇洵以爲簡狄其喪心，其實非也。蓋古無食卵之事，簡狄以高禖見鳦遺卵，取而吞之，及生契，遂謂天所命而降之以祥，非謂無人道而生契也。《秦本紀》曰："女修織，玄鳥隕卵，女修吞之，生子大業。"則吞卵者不獨簡狄矣。《抱朴子》曰："夏后時始食卵。"簡狄之時無食卵之事，故因以吞卵爲異而記之耳。

46.《殷武》云："奮伐荆楚。"孔疏曰："周有天下，始封熊繹爲楚子。於武丁之世，不知楚君何人也？"

按，方城范氏所藏《曾侯鐘銘》曰："惟王五十有六祀，徙自西陽楚王韵章。"商曰祀，周曰年，銘稱祀者，蓋商之楚也。《竹書》："殷武丁三十二年，伐鬼方，次于荆。三十四年，王師克鬼方，氐、羌來賓。"《尚書·無逸》："高宗享國五十有九年。"則此銘言五十六祀者，正高宗時楚君也。

---

① "宗"，原作"禖"，今據《毛詩注疏》改。
② "郊"，原作"高"，今據《詩集傳》改。

卷九

翰林院檢討徐文靖　撰

春秋一

1. 春王正月。胡《傳》曰："按《左氏》曰：王周正月。周人以建子爲歲首，則冬十有一月也。建子，非春亦明矣。乃以夏時冠周月，何哉？以夏時冠月，垂法後世。以周正紀事，示無其位不敢自專也。"

按，《春秋》，夫子尊王之書。王正月者，明其爲周王之正月也。冠春於王，示王者之法天也。冠王於正月，示天下以遵王之時也。胡《傳》謂以夏時冠周月，蓋夏以寅月爲春。夫子於冬子月上加一"春"字，春正月以下，仍記周子月事也。殊不知周以建子爲正，即以建子爲春也。桓公八年"春正月己卯，烝"，《爾雅·釋天》："冬祭曰烝。"若周改月不改時，烝安得於春正月乎？僖公五年"春正月辛亥，日南至"。周以建子爲春爲正月，故冬至在是月。《汲冢書·周月解》曰："維一月既南至，昏昴畢見，日短極。是月斗柄建子，日月俱起於牽牛之初，右回而行。"其以一月爲正月，即以一月爲春矣。昭公二十年"二月己丑朔，日南至"。《唐書·天文志》曰："魯史失閏，至不在正。"蓋是歲朔旦冬至，時史失閏，不在建子之月而在建丑之月也。若仍用夏正，豈可謂冬至在仲春二月乎？《前漢志》曰"《春秋》殷曆皆以殷"，"煬公二十四年正月丙申朔旦冬至，殷曆以爲丁酉”，“懿公九年正月癸巳朔旦冬至，殷曆以爲甲午”。魯冬至在周正月，《春秋》以前皆然。《春秋》謂之南至者，時以十一月爲春，則不可以爲冬至，直謂之南至耳。《書·泰誓》：“惟十有三年春，大會于孟津。”“惟戊午，王次于河朔。”《序》曰：“一月戊午，師渡孟津。”孔氏曰：“此一月是十三年正月。”則《序》之以正月爲一月，非即經所謂春乎？僖公八年秋七月，禘于太廟。《穀梁》疏曰：“周之七月，夏之五月。”《禮·雜記》“孟獻子曰：正月日至，可以有事於上帝。七月日至，可以有事於祖。”魯之夏至在秋七月，則魯之冬至不在春正月乎？《春秋後傳》曰：“惟王者改元，諸侯改元，自汾王以前未有也。”《竹書》紀晋國起自殤叔，次文侯、昭侯。以至曲沃莊伯，皆用夏正建寅之月爲歲首。若謂周正不改時，曲沃因之，烏在其爲改元乎？《左傳》梓慎曰：“火出，於夏爲三月，於周爲五月。”若以夏時冠周月，可謂春五月乎？昭公四年七月，① 日食於豕韋之末，降婁之初。以算法推之，日躔右轉，夏正四月日食，當在於實沈。何由於降婁乎？三十一年十有二月辛亥朔，日食在辰尾，於夏正則十有二月，在玄枵，② 烏得在辰尾乎？莊公七年“夏四月，星隕如雨”。《公羊傳》注曰：“周之四月，夏之二月也。昏參伐狼注之星當見。”③《月令》“仲春之月，昏弧中”，則是狼注之星當見也。若以夏時冠周月，何不云春四月乎？桓公十四年“春正月無冰”，惟子月無冰故異，若夏正寅月，不爲異矣。成公元年“二月無冰”，惟丑月無冰故異，若夏正二月，不爲異矣。使謂春正月以夏時冠周月，襄公二十八年“春無冰”，此不言正月矣，可謂夏時之春無冰乎？桓公八年“冬十月雨雪”，於夏爲八月，故雨雪非其時。定公元年“冬十月隕霜殺菽”，《穀梁傳》注曰：“建酉之月，隕霜殺菽，非常之災。”隱公九年“三月癸酉，大雨震雷”，於夏爲正月，故非其時。若夏之辰月，震雷又何説乎？莊公七年“秋大水，

① “四年七月”，據《左傳》當爲“七年四月”。

② “玄”，因避諱原作“元”，今徑改。後不再出校記。

③ “星”，《春秋公羊傳注疏》作“宿”。

無麥苗”，自以五月爲秋，若夏之七月，安得有麥禾，亦安得爲苗乎？桓公五年“秋大雩”，傳曰：“書不時也。”《唐書·曆志》：① “《日度議》曰：龍見而雩。② 周曆，立夏在觜觿二度。于晷漏昏角一度中，蒼龍畢見。雩當在建巳之初，③ 周禮也。”④ 建巳爲周之季夏，今乃在秋，故曰不時。《國語》“辰在斗柄”，注謂戊午後三日，得周正月辛卯朔，於夏爲十一月，殷爲十二月。是月合辰斗前一度。若夏正之春正月，辰又何由而合乎？《禮·明堂位》曰：“魯君，孟春祀帝於郊，配以后稷。季夏六月以禘禮祀於太廟。”鄭氏以孟春爲建子之月，季夏爲建巳之月，則是春正月爲周正之春矣。《後漢書》陳寵奏曰：“冬至陽氣始萌，天以爲正，周以爲春。”則是十一月得言春矣。《魏書》高堂隆曰：“自古帝王所以神明其政，變民耳目，故三春稱王，明三統也。”建子、建丑皆可言春矣。又《唐志·歲星差合術》曰：“昭公八年十一月楚滅陳，史趙曰：歲在析木之津。十年春進及婺女，初在玄枵之維首。《傳》曰‘正月有星出於婺女’。”則是以十一月爲正月，即以正月爲春矣。王伯厚曰：“《春秋》以周正紀事，《左傳》記祭足取麥，穀、鄧來朝三事有例差兩月者，是經用周正，《傳》取國史。有自用夏正者，失於更改也。”安可執經疑《傳》，據《傳》疑經也？安可謂建子不得言春，而以春正月爲夏時冠周月也？《春秋》二百四十有二年，其書春王正月者九十有三，明其爲周王之正月也。是時三正迭建，故特書王正月以別之。而文中子作《元經》，亦曰“帝正月”，吾不知其奚取已？

2.《公羊傳》曰：“春王正月，王者孰謂？謂文王也。曷謂先言王而後言正月？王正月也。何言乎王正月？大一統也。”

---

① “曆”，原作“天文”，今據《新唐書》改。

② “龍”上，原衍“周禮”二字，今據《新唐書》删。

③ “雩”，《新唐書》作“然則”。

④ “周”，原脱，今據《新唐書》補。

按，文王，固“天王”之訛也。《傳》曰“曷爲先言王而後言正月？王正月也”，何休注曰：“據下秋七月天王先言月，而後言王，知王者受命所制月也。王者受命，必改正朔，明受之於天。”傳又曰“何言乎王正月？大一統也”，注曰：“統者，始也。總繫之辭。天王者，始受命改制，布政教於天下，莫不一一繫於正月。故曰政教之始。”據此，則上文“謂文王也”注曰：①“文王，周始受命之王，天之所命，故上繫天。”明是天王，天之所命也。天、文字近而訛。而疏承訛而解曰：“文王者，周之始受命制法之王，理宜相繫，故見其繫春，知是文王，② 非周之餘王也。”據是年“秋七月，天王使宰咺來歸賵”，豈有七月爲天王之秋，而正月爲文王之春乎？注言“始受命改制，布政教於天下”，自公侯至於庶人總繫一統，其不爲文王可知。是“文王”疑爲“天王”之訛。然隱七年“滕侯卒”，注以爲《春秋》王魯，托隐公以爲始受命王。滕子先朝隐公，《春秋》褒之，故稱侯，則又承文王之訛而愈悖矣。

3. 毛西河論春王正月曰：“惟帝嚳與周皆以木王，則皆以春王。夏、殷之春不得稱王，以夏殷非木德也。”

按，薛尚功《彝器款式》所載《商鍾銘》有三，其一其二曰：“惟正月王春吉日丁亥既望。”其三曰：“惟王夾鍾春吉月。”是殷之春稱王矣。夏建寅，盛德在木。又安見夏之春不得稱王乎？

4.《春秋·序》。孔氏疏曰：“按經《傳》書日者，凡六百八十一事，自文公以上書日者，二百四十九。宣公以下亦俱六公書日者，四百三十二，計年數略同而日數向倍。此則久遠遺落，不與近同。且他國之告，有詳有略，若告不以日，魯史

---

① “謂文王也”，原作“春王正月”，今據《春秋公羊傳注疏》改。

② “知”，原作“如”，今據《春秋公羊傳注疏》改。

無由得其日而書之，如是則當時之史亦不能使日月皆具。仲尼從後修之，安能盡得知其日月？自然須舊有日者因而詳之，舊無日者因而略之。”

按，《春秋》以事繫日，以日繫月，以月繫時，以時繫年，後世作史者，編年之體以是爲祖。然考之杜氏《長曆》，而《春秋》以書日月殊有不合。如以春言之，桓公十有七年春丙午，三月四日也，經書二月。成公四年春壬申，二月二十八日也，經書三月。襄公四年春三月無己酉，經書三月。定公四年春王二月癸巳，亦當爲正月七日。以夏言之，桓二年夏戊申，五月十日也，經書四月。莊二十五年六月辛未，七月朔日也，經書六月。文十四年夏乙亥，四月二十九日也，經書五月。成二年夏丙戌，五月一日也，經書四月。襄二年夏六月庚辰，七月九日也，三年夏六月戊寅，七月十三日也，經皆書六月。以秋言之，隱二年秋庚辰，七月九日也，經書八月。僖十八年八月，不應有丁亥。二十有七年八月，不應有乙巳。經皆書八月。襄十五年秋八月日有食之，則實爲七月一日。以冬言之，僖公三十三年冬乙巳，十一月二十也，經書十有二月。宣十二年冬戊寅，十一月九日也，經書十有二月。成十七年十一月，不應有壬申，經書十有一月。襄九年冬十二月無己亥，經書十有二月。二十七年十有二月乙亥朔，又當爲十一月朔。昭元年十一月己酉，實則十二月六日。二十二年十有二月癸酉朔，實則癸卯朔。或以爲經誤，非也。《春秋》爲孔子刑書，一字之褒，榮於華衮。一字之貶，嚴於斧鉞。而至於繫月繫日，多所訛舛，其可信乎？如謂《春秋》凡有赴則書，以告之遲速者而誤之。而夫子所書日月，豈盡關於從赴乎？如謂仍魯史之舊，自幽王既喪，天子不能頒朔，而魯史失閏，無所考證。董仲舒謂《春秋》分十二世爲三等，有見，有聞，有傳聞，所見六十一年，所聞八十五年，所傳聞九十六年。若襄、昭、定、哀之時，夫子所親見，豈猶待於推測乎？秦火以後，口説僅存，《春秋》古經雖載於《漢志》，不盡皆仲尼之手録也。至所書日月，或因魯史之舊，或從赴告之期，或訛以傳訛，轉相授受。夫子之因之，正所以闕疑也。或明知爲官失之，而有所不敢改也。或經未嘗誤，而杜氏考之而不詳也。不然，經訛矣。而《左傳》所紀日月仍多所訛，何也？隱公三年冬十二月無庚戌，《傳》曰："庚戌，鄭伯之車僨于濟。"七年秋七月庚午，九月辛卯，八月不得有丙戌，《傳》曰："八月丙戌，鄭伯以齊人朝王。"十年六月無戊申，①《傳》曰："六月戊申，公會鄭伯于老桃。"莊八年冬十一月癸未，是月六日也，《傳》曰："冬十二月齊侯游于姑棼，遂田于貝丘。"僖二十八年經書癸丑，《傳》曰："癸亥，王子虎盟諸侯于王庭。"文六年十一月無丙寅，《傳》曰："十一月丙寅，晋殺續簡伯。"十四年七月無乙卯，《傳》曰："七月乙卯夜，齊商人弑舍而讓元。"襄元年正月不得有己亥，《傳》曰："春己亥，圍宋彭城。"二十二年十二月不應有丁巳，《傳》曰："丁巳，其夫攻子明殺之。"二十八年十二月朔戊戌也，《傳》曰："十二月乙亥朔，齊人遷莊公殯于大寢。"昭元年十二月朔甲辰也，晋之烝當在趙孟之前，《傳》曰："晋既烝，趙孟適南陽，將會孟子餘。甲辰朔，烝于温。"是不謂十二月晋既烝也。若是者何也？余嘗聞之荀悦曰："仲尼作經，本一而已，古今文不同，而皆自謂真本經。"或學者先意有所借定，後進相放，彌以滋蔓，故一源十流，天水違行，而訟者紛如也。即如隱公元年王正月，杜氏正月辛巳朔，《大衍》正月辛亥朔。庚申冬至，程氏公説曰："以《傳》五月辛丑、十月庚申考之，則正月朔非辛亥。故杜預遷就以辛巳爲朔。若從辛巳，則冬至不在正月。意者差閏只在今年，而杜氏考之不詳爾。"

5. 唐孔氏曰："春秋之世，置閏錯失，或先或後，不與常同。杜唯勘經《傳》上下日月以爲《長曆》，若日月同者，則數年不置閏。若日月不同須置閏乃同者，則未滿三十二月頻置閏。所以有異於常。"

按，杜氏所推隱二年閏十二月，至十一年凡四閏。桓元年閏十二月，

① "十年",原作"十六年",今據《春秋左傳注疏》改。

至十八年凡四閏。莊元年閏十月，至三十二年凡十一閏。而二十八、二十九、三十年頻閏。閔二年閏五月。僖元年閏十一月，至三十三年凡九閏。而閔二、僖元及僖二十四、二十五年頻閏。文元年閏三月，至十八年凡七閏，而元、二頻閏。宣二年閏五月，至十八年凡五閏。成元年閏三月，至十八年凡六閏。襄二年閏四月，至三十一年凡十一閏。昭元年閏十二月，至三十二年凡十一閏。定元年閏五月，至十五年凡五閏。哀二年閏十一月，至十四年凡五閏。趙氏汸曰："《長曆》視《大衍曆》少六閏，自隐二年至宣十年，三失閏。自成末年至《春秋》之終，復三失閏。"果若是，四時寒暑皆當反易，不但以申爲戌而已。恐周曆雖差，未必如是之謬。案經《傳》有曠數年不書日者，前後屢見之。《長曆》於此既無所據，豈能無失？至言頓置兩閏，以應天正，則臆决尤甚，故説者疑焉。

6. 沈存中曰："《春秋》日食三十六，後世術家推驗，精者不過二十六。本朝衛朴得三十五，獨莊十八年三月，古今筭不入食法。"

按，程敬叔《春秋或問》曰："《春秋》日食三十六，杜預以《長曆》推之，遇甲子有所不合，妄曰經誤。今術家推驗，精者不過二十六。然以周曆考之，朔日失二十五。以魯曆考之，又失十三。唐一行得二十七，而朔差者半。唯宋衛朴謂得三十五，獨莊十八年三月不入食法。衛朴之言有不可信者，蓋以曆法一百七十三日有餘一交會，自隱元年至哀二十七年，凡三千一百五十四月，唯三十六食，而襄二十一年九月、十月，二十四年七月、八月，頻交頻食。是有雖交而不食，有不當交而食者矣。又豈可以常法推而謂之入食限乎？"

7. 《春秋》："日食不書朔者八。"《左氏傳》曰："不言朔，官失之也。"《公羊傳》曰："不言朔者，二日也。"《穀梁傳》曰："不言朔者，食晦也。"

按，《元史》："《春秋》日食三十七，隱公三年辛酉歲，春王二月己巳，日有食之。姜岌云：是歲二月己亥朔，無己巳。三月己巳朔，去交分入食限。桓公三年壬申歲，七月壬辰朔，日有食之。姜岌云：是歲七月癸亥朔，無壬辰，亦失閏。其八月壬辰朔，去交分入食限。十七年丙戌歲，冬十月朔，日有食之。《左氏》云：① 不書日，史官失之。《大衍》推得在十一月交分入食限，失閏也。莊公十八年乙巳歲，春王三月，日有食之。《穀梁》云：不言日，不言朔，夜食也。《大衍》推是歲五月朔，入食限，三月不應食。今推五月朔加時在晝，入食限。蓋五誤爲三。② 二十五年壬子歲，六月辛未朔，日有食之。《大衍》推之，七月辛未朔，交分入食限，失閏也。二十六年癸丑歲，冬十有二月癸亥朔，日有食之。今推是月癸亥朔入食限。三十年丁巳歲，九月庚午朔，日有食之。今推是十月庚午朔入食限，失閏也。僖公十二年癸酉歲，春王三月庚午朔，日有食之。姜岌云：三月朔交不應食，在誤條。其五月庚午朔入食限。蓋五誤爲三。十五年丙子歲，夏五月，日有食之。《左氏》云：不書朔與日，史官失之也。《大衍》推四月癸丑朔，去交分入食限，差一閏。文公元年乙未歲，二月癸亥朔，日有食之。姜岌云：二月甲午朔，無癸亥，三月癸亥朔入食限。今推之，失閏也。十五年己酉歲，六月辛丑朔，日有食之。今推是月辛丑朔入食限。宣公八年庚申歲，秋七月甲子，日有食之。杜預以七月甲子晦食。姜岌云：十月甲子朔，食。蓋十誤爲七。十年壬戌歲，夏四月丙辰，日有食之。今推是月丙辰朔入食限。十七年己巳歲，六月癸卯，日有食之。③ 姜氏云：六月甲辰朔不應食。今推之，是歲五月乙亥朔入食限。成公十六年丙戌歲，④ 六月丙寅朔，

---

① "左氏"上，原衍"穀梁云不言朔不言日夜食也"十二字，今據《元史·曆志》刪。

② "五誤"，《元史·曆志》作"誤五"。

③ "日"，原作"月"，今據《元史·曆志》改。

④ "戌"，原作"辰"，今據《元史·曆志》改。

日有食之。今推是月丙寅朔入食限。十七年丁亥歲，十有二月丁巳朔，日有食之。姜氏云：十二月戊子朔無丁巳。《大衍》十一月丁巳朔入食限。襄公十四年壬寅歲二月乙未朔，日有食之。今推是月乙未朔入食限。十五年癸卯歲，秋八月丁巳朔，日有食之。姜氏云：七月丁巳朔食，失閏也。《大衍》同。二十年戊申歲冬十月丙辰朔，日有食之。今推是月丙辰朔入食限。二十一年己酉歲，秋七月庚戌朔，日有食之。今推是月庚戌朔入食限。冬十月庚辰朔，日有食之。姜氏云：比月而食宜在誤條。二十三年辛亥歲，春王二月癸酉朔，日有食之。今推之，是月癸酉朔入食限。二十四年壬子歲，秋七月甲子朔，日有食之。今推是月甲子朔，日食九分六秒。八月癸巳朔，日有食之。《漢志》董仲舒以爲比食又既。《大衍》云：不應頻食，在誤條。二十七年乙卯歲，冬十有二月乙亥朔，日有食之。姜氏云：十一月乙亥朔，交分入限應食。《大衍》同。昭公七年丙寅歲，夏四月甲辰朔，日有食之。今推是月甲辰朔，交分入食限。十五年甲戌歲，六月丁巳朔，日有食之。《大衍》推五月丁巳朔食，失一閏。十七年丙子歲夏六月甲戌朔，日有食之。姜氏云：六月乙巳朔，交分不叶，不應食，當誤。《大衍》云：當在九月朔。今推九月甲戌朔入食限。二十一年庚辰歲七月壬午朔，日有食之。今推是月壬午朔入食限。二十二年辛巳歲，冬十有二月癸酉朔，日有食之。今推是月癸酉朔入食限。杜預以《長曆》推之，當爲癸卯，非是。二十四年癸未歲，夏五月乙未朔，日有食之。今推是月乙未朔入食限。三十一年庚寅歲，十有二月辛亥朔，日有食之。今推是月辛亥朔入食限。定公五年丙申歲，春三月辛亥朔，日有食之。今推三月辛卯朔入食限。① 十二年癸卯歲，十一月丙寅朔，日有食之。今推是歲十月丙寅朔，交分入食限。蓋失一閏。十五年丙午歲八月庚辰朔，日有食之。今推是月庚辰朔入食限。哀公十四年庚申歲，夏五月庚申朔，日有食之。今推是月庚申朔入食限。二百

---

① “三”，原作“是”；“卯”，原作“亥”，今據《元史·曆志》改。

四十二年間,[①] 日食三十七,[②] 以《授時》推之,[③] 惟襄公二十一年十月庚辰朔及二十四年八月癸巳朔不入食限。蓋自有曆以來，無比月而食之理。其三十五食，食皆在朔，經或不書日，不書朔。《左氏》以爲史官失之者，得之。其間或差一日二日者，蓋由古曆疎濶，置閏失當之弊。孔子作書，但因時曆以書，非大義所關，故不必致詳也。

8. 襄十年，公及晋侯會吴於柤，遂滅偪陽。《傳》曰："春三月癸丑，齊高厚相太子光，以先會諸侯于鍾離，不敬。晋士莊子曰：棄社稷也。[④] 夏四月戊午，會於柤。五月庚寅卒攻偪陽，甲午滅之。"

按，杜注"柤，楚地"，今彭城偪陽縣也。五月甲午，月八日，據唐一行以《大衍》推之，是年閏四月丁亥小，甲午在閏月。杜氏以《長曆》推之，是年閏十一月，蓋非也。

又按，《水經注》京相璠曰："柤，宋地，今偪陽縣西北有柤水溝，流逕偪陽縣故城東北。"《地理志》云："故偪陽國也。"《前志》偪陽屬楚國，杜注因以爲楚地。今沂州嶧縣西南五十里有偪陽城，當宋地也。

9. 僖公九年秋九月戊辰，諸侯盟于葵丘。甲子，晋侯佹諸卒。杜氏曰："甲子，九月十一日。戊辰，十五日也。書在盟後，從赴。"

按，甲子，《公羊傳》作甲戌，《左氏》及《穀梁》皆作甲子。不應甲子在戊辰之後，似當從《公羊》作甲戌。

---

① "二百"上,《元史・曆志》有"春秋"二字。

② 此句《元史・曆志》作"凡三十有七事"。

③ "時"下,《元史・曆志》有"曆"字。

④ "棄"上,原衍"是",今據《左傳》删。

10．桓三年秋七月壬辰朔，日有食之，既。杜氏曰："既，盡也。食有上下者，[①] 行有高下。日光輪存而中食者相奄密，故日光溢出。皆既者，正相當而相奄間疏也。

按，後漢尚書令黄香曰："日蝕皆從西，月蝕皆從東，無上下中央者。《春秋》魯桓三年日蝕貫中下上竟黑，疑者以爲日月正等，月何得小而見日中?"鄭康成曰："月正掩日，日光從四邊出，故言從中起也。"舊説日有五蝕，謂起上下左右中央者，非也。

11．閔公二年夏五月乙酉，吉禘於莊公。胡《傳》引程氏曰："天子禘，諸侯祫，大夫享，庶人薦，上下之殺也。魯諸侯爾，何以有禘？成王追念周公有大勳勞於天下，賜魯公以天子禮樂使用諸太廟，以上祀周公，魯於是乎有禘祭。《春秋》之中所以言禘，不言祫也。"

按，《竹書》："商武乙元年，邠遷於岐周。三年，命周公亶父，賜以岐邑。文丁四年，周公季歷伐余無之戎，克之，命爲牧師。周成王十三年夏六月，魯大禘於周公廟。二十一年，周文公薨於豐。"是時周公尚在，魯大禘於周公廟，則所謂周公者，蓋即周公亶父、周公季歷也。四時之祭有禘之名，嫌其爲時祭，故稱大禘以别之。其實禮亞於天子之禘，所用者六代之樂，非天子之禮樂也。觀孔子譏三家以《雍》徹，則魯之廟祭，亦不以《雍》徹可知。又禘以六月，亦不敢與天子同時也。但比之杞、宋二王之後得用郊禘，與他國有不同爾。孔子曰："魯之郊禘，非禮也。周公其衰矣。"此所謂非禮，如既灌而往，吾不欲觀之類。言周公制禮之意於是而寖衰，[②] 非以周公之後至是衰微也。先儒皆以爲魯之郊禘，惠公請之，蓋東周之僭禮也。不知周公之未薨，魯久已行禘矣。《春

① "食",原作"日",今據《春秋左傳注疏》改。

② "寖",原作"寢",今據中華書局本改。

秋》吉禘于莊公，不曰禘，而曰吉禘。漢鄭氏《禘祫志》曰：“魯莊公以其三十二年秋八月薨，閔二年五月而吉禘。此時慶父使賊殺子般之後。閔公心懼於難，務自專成以厭其禍，至二年春，其間有閏，二十一月禫，除喪。夏四月則祫，又即以五月禘。閔公之服於禮少四月，又不禫無恩，是以譏之。非譏其禘也。”

12. 文公二年八月丁卯，大事于太廟躋僖公。胡《傳》曰：“大事，祫也。升僖於閔之上也。閔、僖二公，親則兄弟，分則君臣。兄弟之不先君臣，禮也。故《左氏》則曰：‘祀，國之大事而逆之，可乎？子雖齊聖，不先父食久矣。’《公羊》則曰：‘其逆祀先禰而後祖也。’《穀梁》則曰：‘逆祀，則是無昭穆也。’無昭穆，則是無祖也。閔、僖非祖禰而謂之祖禰者，臣子一例也。

按，杜注：“僖是閔兄，不得爲父子，嘗爲臣，位應在下。令居閔上，故曰逆祀。”此説爲最明也。《公羊》謂先禰後祖。以世數論之，閔在僖前，是世數同乎祖矣。今乃以禰而居前，是後祖也。《穀梁》以爲無祖者。升僖於閔，則文公似以閔爲禰，而以禰爲祖，是無祖也。胡氏以爲“閔、僖非祖禰而謂之祖禰者，臣子一例也”，其解誤矣。

13. 宣公八年夏六月辛巳，有事于太廟。仲遂卒于垂。鄭氏曰：“説者以有事謂禘，爲仲遂卒張本，故略之，言有事耳。魯禮二年之喪畢，則祫於太祖。明年春禘於群廟，僖也，宣也。八年皆有禘祫祭，則《公羊傳》所謂五年而再殷祭，祫在六年明矣。《明堂位》曰：魯王禮也，以相準況可知也。”

按，《唐書·韋縚傳》：“高宗上元三年將祫享。議者以《禮緯》三年祫，五年禘。《公羊》家五年再殷祭。二家舛互，諸儒莫能決。太學博士史玄璨曰：‘《春秋》僖公三十三年十二月薨。文公之二年八月丁卯大享。《公羊》曰：祫也。則三年喪畢，新君之二年當祫。明年當禘群廟。又宣公八年，禘僖公。① 宣公八年皆有禘，② 則後禘距前禘五年。此則新君之二年祫，三年禘。爾後五年再殷祭，則六年當祫，八年禘。昭公十年齊歸薨。十三年喪畢，當祫，爲平丘之會。冬，公如晋，至十四年祫，十五年禘。《傳》曰有事於武宫，是也。至十八年祫，二十年禘，二十三年祫，二十五年禘。昭公二十五年有事于襄宫，是也。則禘後三年而祫，又二年而禘，合於禮，議遂定。'" 此皆用《鄭志》語也。

又按，貴與馬氏曰："禘有二名，有大禘之禘，《大傳》所謂禮不王不禘。王者禘其祖之所自出，而以祖配之。《禮運》所謂魯之郊禘非禮也，是也。有時禘之禘，《祭義》所謂春禘秋嘗。《王制》所謂天子祫禘，諸侯禘，一犆一祫，是也。趙伯循必以禘爲非時祭之名，因不信鄭氏，而并詆《禮記》《左傳》，其意蓋謂禘只是大禘，無所謂時禘。然禘之名義他不經見，惟《禮記》詳言之耳。趙氏所言亦是因不王不禘之説，魯郊禘非禮之説，見得禘爲天子之大祀，故不可以名時祭。然《大傳》《禮運》《禮記》也，《王制》《祭義》，亦《禮記》也。今所本者《大傳》《禮運》，所詆者《王制》《祭義》，是據《禮記》以攻《禮記》也。至於烝嘗禘於廟一語，雖《左氏》所言，然其所載昭公十五年禘於武公，③ 二十五年禘於襄公，定公八年禘於僖公，襄公十六年晋人曰：寡君之未禘祀，則皆當時之事。今趙氏皆以爲《左氏》見經中有禘於莊公一事，故於當時魯國及它國之祭祀，皆妄以爲禘。則其説尤不通矣。安有魯國元無此祭，晋人元無此言，而鑿空妄説乎？蓋魯伯禽嘗受郊禘之賜，則魯國後來所行之禘，其或爲大禘，或爲時禘，亦未可知也。至於《左氏》所謂烝嘗禘於廟，晋人所謂寡君未禘祀，則時祭之通行於天子諸侯者，非止魯國行之而已。恐難儕之郊望，而例以僭目之也。"

---

① "公"，原作"也"，今據《新唐書》改。
② "公"，原作"也"，今據《新唐書》改。
③ 下"公"字，原作"宫"，今據《左傳·昭公十五年》改。

14. 僖公三十有一年夏四月，四卜郊，不從。乃免牲，猶三望。胡《傳》曰："卜而不從，則不郊矣，故免牲。今魯不郊而望，故特書曰猶。猶者，可以已之詞。"

按，桓五年《傳》"凡祀，啓蟄而郊，過則書"，杜注曰："啓蟄，夏正建寅之月，祀天南郊。卜日有吉否。過次節則書。"夫建寅之月，周之三月也，今於夏四月卜郊，於次節爲過矣。夫諸侯不得郊天，魯以周公故得用天子禮樂，郊蓋魯之常祀也。常祀有定期，何假卜爲？傳曰："禮不卜常祀，而卜其牲日。"蓋言卜牲與日，以知吉凶也。《周禮》："太宰祀五帝，前期十日，帥執事而卜日。"是則十日之前將祭而豫卜之者，禮也。經言"四卜郊不從"，周正夏四月，夏正春二月也。卜三辛不吉，更卜次月上辛，延而間一月習卜不吉，非禮孰甚焉！《公羊傳》曰："求吉之道不過三。三卜，禮也；四卜，非禮也。"《穀梁傳》曰："夏四月，不時也。四卜，非禮也。"定十五年"鼷鼠食郊牛，牛死，改卜牛。夏五月辛亥郊"，注曰："書過。"與夏四月四卜郊皆過節次者也。皆書之，以譏慢也。

又按，成七年"乃免牛"，注曰："稱牛未卜日，免牛可也。不郊，非禮也。"今曰乃免牲，則是已得吉日矣。牲既成矣，牲成而卜郊，慢孰甚焉？其非禮，又孰甚焉！胡《傳》以爲卜而不從，則不郊矣，故免牲。猶未審於免牛、免牲之别也。

15. 桓十四年秋八月壬申，御廩災。乙亥，嘗。胡《傳》曰："嘗祭時事之常，則何以書？志不時與不敬也。《春秋》紀事用周月，而以八月嘗，則不時也。御廩災於壬申，而嘗以乙亥，是不改卜而供未易災之餘，是不敬也。"

按，《前漢·五行志》曰："春秋桓公十四年八月壬申，御廩災。劉向以爲御廩，夫人八妾所舂米之臧，以奉宗廟者也。時夫人有淫行，挾逆心，天戒若曰，夫人不可以奉宗廟。桓不寤，與夫人俱會齊。夫人譖桓公於齊侯。齊侯殺桓公。”此其應也。《春秋》書壬申災，乙亥嘗，先後相距惟四日，用焚餘以祭宗廟，其褻甚矣。《公羊傳》曰：“御廩災，不如勿嘗。”《穀梁傳》曰：“未易災之餘，志不敬也。”胡《傳》以八月嘗爲不時，失其旨矣。前八年春正月己卯烝，《穀梁》曰：“烝，冬事也。春興之，志不時也。”胡《傳》以爲非，而此又以爲不時，何也？

16.《唐書·啖助傳》曰：“助愛《公》《穀》二家，以《左氏》解義多謬，其書乃出於孔氏門人。且《論語》孔子所引，率前世人老彭、伯夷等，類非同時。而言左丘明耻之，丘明蓋如史佚遲任者。”

按，陸淳《春秋辨疑》以《論語》左丘明前孔子，而傳《春秋》之左丘氏，則孔子弟子之門人也，後孔子。《左傳》記韓、魏、智伯事，舉趙襄子謚，則《左傳》作於襄子卒後。自獲麟至襄子卒，已八十年，使左丘與孔子同時，不應孔子没七十有八年，猶有著書也。① 又陳氏《讀書考》曰：“《春秋左氏傳》自昔相傳以爲左丘明撰，其好惡與聖人同者也。而其末記晋智伯反喪於韓、魏，在獲麟二十八年，去孔子没亦二十六年，不應年少後亡如此。又其書稱虞不臘矣，見於嘗酎及秦庶長，皆戰國後制，故或疑非孔子所稱左丘明，别自是一人爲史官者。”而朱子《論語集注》引程子曰：②“左丘明，古之聞人也。”大抵皆主於啖氏之説。而《啖傳》，史臣斷曰：“啖助在唐，名治《春秋》，摭詘三家，③不本所承，自用名學，憑私臆决，徒令後生穿鑿詭辨，訢前人，捨成説，而自爲紛紛，④ 助所階已。”至宋王安石，疑左氏六國時人，凡十一事。其説蓋本於此。以愚考之，《家語》及《史記》皆云：“孔子不得用於

---

① “有”，中華書局本作“能”。
② “集注”，原作“集傳”，今據《論語集注》改。
③ “詘”，原作“訕”，今據《新唐書·啖助傳》改。
④ “爲”，原作“謂”，今據《新唐書·啖助傳》改。

衞，将西見趙簡子，至於河，臨河而嘆。”《趙世家》注正義曰：“《左傳》哀公二十年簡子死，襄子嗣立，以越圍吴故，降其父之祭饌，而使楚隆慰問吴王，爲哀公十三年。簡子在黄池之役與吴王質言曰好惡同之，故減祭饌及問吴王也。”孔子與簡子同時，孔子之徒獨宜先簡子之子死乎？《魏世家》魏桓子與韓康子、趙襄子共伐滅智伯。史遷謂“左丘失明，厥有《國語》”，而《國語》於智襄子、韓康子亦皆舉謚。則《左傳》舉趙襄子謚，何疑也？皇甫謐《帝王世紀》元王十一年癸未，三晋滅智伯，距敬王三十九年獲麟十七年爾，烏在如陳氏之説有二十八年乎？又以秦孝公時立賞級之爵，乃有不更、庶長之號，《左傳》謂秦師敗績，獲不更女父。又云秦庶長鮑、庶長武帥師及晋師戰于櫟。春秋時不應有是。據《商君列傳》：“孝公以衛鞅爲左庶長，卒定變法之令。令有軍功者，各以率受上爵。”① 是衛鞅至秦之始，而秦已有是號矣。所謂卒定變法之令者，亦止如《商子書》中《更法》《墾令》《農戰》《去強》諸項，非謂其自立官爵，而後以此官之可知也。《漢書》稱商君爲法於秦，戰斬一首，賜爵一級。其爵：一公士，二上造，三簪褭，四不更，五大夫。使如啖、陸諸説，公士、大夫，亦至鞅而始有乎？况周有常伯、準人，晋有輿尉，鄭有褚師，此類皆《周官》所無，亦可謂後人所羼入乎？又秦惠三十二年初臘，吕氏《月令》臘先祖。今《左氏》云“虞不臘矣”，是在其後也。然應劭《風俗通》曰：“《禮傳》曰：夏曰嘉平，殷曰清祀，周曰臘。”證知周原稱臘，故茅濛《太原謡》曰：“繼世而往在我盈，帝若學之臘嘉平。”始皇聞之，改臘曰嘉平。秦前蚤已有臘、有嘉平之名，可謂秦始稱臘，乃改臘爲嘉平乎？又以韓、趙、魏分晋之後，堪輿十二次始有趙分曰大梁之語。今《左氏》言分星皆主堪輿，疑在分晋之後。然左氏稱昭元年歲在大梁，到十三年歲復在大梁，未嘗言趙分也。又《爾雅》：“大梁，昴也。”可謂分晋之後始有《爾雅》乎？至以齊威王時騶衍推五德終始之運，其語不經，今《左氏》引之，則應爲六

① “率”，原作“卒”，今據《史記·商君列傳》改。

國時人。然《家語》以伏羲配木，神農配火，黄帝配土，少昊配金，顓頊配水，數聖人革命改號，取法五行，豈必謂帝王子孫皆師承主運之迂怪乎？又以惟蘇秦合從，始有車千乘騎萬匹之語，今《左傳》不應言“左師展将以公乘馬而歸”，此蓋以《曲禮》“前有車騎”疏曰“古人不騎馬，經典無言騎者。今言騎，是周末時禮”故也。然《左傳》所謂乘馬，如《詩·陳風》曰“駕我乘馬”，與《周禮·校人職》曰“凡頒良馬而養乘之。乘馬一師四圉”，又《齊右職》曰“王乘則持馬，行則倍乘”，乘馬，四馬也。《左氏》“将以公乘馬而歸”，言将以輕車而歸，豈曰以公騎馬乎？又以序吕相絶秦、聲子説齊，雄辨狙詐，直游説捭闔之辭。然仲尼弟子如子貢説田常，又説吴救魯伐齊，豈獨非春秋時乎？故前漢劉子駿曰：“丘明好惡與聖人同，親見夫子，而公穀在七十子後，傳聞之與親見，其詳略不同也。”《後漢·班彪傳》曰：“定哀之間，魯君子左丘明論集其文，作《左氏傳》三十篇。又撰異同，① 號曰《國語》二十一篇。”② 沈約《宋書·禮志》曰：“孔子作《春秋》，諸侯諱妒，懼犯時禁，是以微辭妙旨，義不顯明。時左丘明、子夏造膝親受，無不精究。孔子既没，微言将絶，於是丘明退，撰所聞而爲之《傳》。”又漢宣帝時嚴彭祖善《春秋》，其《觀周篇》曰：“孔子将修《春秋》，與左丘明乘如周，觀書於周史，歸而修《春秋》之經。丘明爲《傳》。”劉向《别録》曰：“左丘明授曾申，申授吴起，起授其子期，期授楚人鐸椒。椒作《抄撮》八卷，授虞卿。卿作《抄撮》九卷，授荀卿，荀授張蒼。”《漢書·儒林傳》張蒼、賈誼、張敞、劉公子皆修《左氏春秋》，其源流遠有端緒，無可疑也。又丘明，魯人，《北魏·地形志》東平富城縣有左丘明冢。丘明自孔子弟子，安在别是一人哉？

① “同”，原作“聞”，今據《後漢書·班彪傳》改。

② “一”，原脱，今據《後漢書·班彪傳》補。

卷十

翰林院檢討徐文靖　撰

春秋二

1. 隱元年《傳》："莊公寤生，驚姜氏。"杜注："寤寐而莊公已生，故驚而惡之。"

按，《十六國春秋》曰："西燕慕容皝其妻方娠，夢日入臍，喜而不敢言。一日，晝寢而生子，左右以告，方寤而起。其夫曰：此兒易生，似鄭莊公，長必有大德。遂以德名。"此則以寤寐而生爲寤生也。若然，則姜氏何由惡之？《魏書·高句驪傳》曰："莫來裔孫宫，生而開目能視，國人惡之。及長凶虐，國以殘破。曾孫位宫，亦生而視人，以其似曾祖宫，故名爲位宫。魏正始中，入寇遼西安平，① 爲幽州刺史毌丘儉所破。"世以生而開目能視爲寤生，故武姜惡之。

2. 昭公二十六年《傳》："幽王用愆厥位，携王奸命，諸侯替之，而建王嗣。"杜注："携王，幽王少子伯服也。王嗣，

① "西"，原作"東"，今據《魏書·高句麗傳》改。

宜臼也。”

按，《竹書紀年》：“幽王十一年，申人、鄫人及犬戎入宗周，弑王。犬戎殺王子伯服，執褒姒以歸。申侯、魯侯、許男、鄭子立宜臼于申，虢公翰立王子余臣于携。”是伯服久已見殺，而携王乃余臣也。杜注以携王爲伯服，非。

3. 僖二十五年《傳》：①“晋侯圍原，遷原伯貫于冀。”杜注：“伯貫，周守原大夫。”

按，昭十二年，周原伯絞，十八年，周原伯魯，皆稱“原伯”，原伯貫蓋原伯名貫也，不得以“伯貫”爲二名。

又按，《周本紀》叔帶殺譚伯唐固，據《左傳》讀譚爲原，則亦稱原伯也。

4. 莊二十八年《傳》：“小戎子生夷吾。”杜注：“小戎，允姓之戎。子，女也。”

襄十九年《傳》：“齊諸子，仲子、戎子。”杜注：“諸子，諸妾姓子者。二子皆宋女。”

按，昭九年《傳》王使詹桓伯辭於晋曰：“允姓之奸居於瓜州，伯父惠公歸自秦而誘以來。”晋惠公夷吾之立在魯僖十年，距莊公二十八年之後十有六年，安得先爲允姓之女所生乎？且二戎子也，一以爲子姓，一以爲子女，何所據乎？

又按，《管子》曰：“桓公外舍而不鼎饋，中婦諸子謂宫人，君將有行。公怒，召中婦諸子。”房玄齡注曰：“中婦諸子，内臣之號。”蓋當時仲子、戎子同官諸子之職，故繫之以其職耳。杜以爲諸妾姓子，非矣。哀五年《傳》：“諸子鬻姒之子荼，嬖。”杜又以諸子爲庶公

① “傳”，原脱，今據文例及《左傳》補。

子，非矣。觀《周禮·夏官》之屬，諸子掌國子之倅，則亦以諸子名官，是也。

5. 宣八年《傳》:① “楚爲衆舒叛故，伐舒蓼。”杜注：“舒、蓼，二國名。”

按，《漢·五行志》:“宣八年七月甲子，日有食之。董仲舒、劉向以爲楚乘弱横行，六侵伐而一滅國。”② 師古曰：“一滅國者，謂八年滅舒蓼也。”則舒蓼不爲二國，明矣。僖三年，齊人取舒，至是五十六年。文五年，楚公子燮滅蓼，至是二十有一年。此舒蓼蓋群舒之一耳。《世本》“偃姓有舒庸、舒鳩、舒蓼”，是也。舒庸見成十七年，舒鳩見襄二十四年。

6. 文元年：“天王使毛伯來錫公命。”杜注：“毛國，伯爵，諸侯入爲卿士者。”《路史·國名記》曰：“河南籍水旁有毛泉，近上邽。”

按，《漢志》上邽縣屬隴西郡。應劭曰：“《史記》故邽，戎邑也。”其地爲今鞏昌府秦州清水縣也。河南安得近之？嘗見宋本《水經注》於“穀水”注中“藥草翳蔽”下，錯以“渭水”注中“渭水又東得歷泉”至“即洋水也”三百二十有二字，列於其下，内有云“藉水又東合毛泉谷水，又東逕上邽城南”，《路史》不審其誤，遂謂河南毛泉近上邽，謬矣。

7.《路史》:“麇，嬴姓子。桓王三年，楚子再敗麇師于房渚，今之房陵，荆州。《釋例》云在當陽，非。當陽乃麋。

---

① “傳”，原脱，今據文例及《左傳》補。

② “伐”，原作“弱”，今據《漢書·五行志》改。

見文十一年及定五年，芊姓子。舊云郥鄉，非也。”

按，桓王三年，即魯隱六年，無楚伐麇事，惟頃王三年，成大心敗麇師于房渚。又文十一年，楚子伐麇。字皆作麇。麇，九倫反，從鹿從禾，非麋也。再敗麇師者潘崇，非楚子。在錫穴，非房渚。定五年，吴師居麇，蓋麇所遷之處也。是時子期焚麇，吴師大敗，乃歸，王使由於城麇。杜預曰“於麇築城”，是也。麇、麋字近而訛。穎容《春秋釋例》曰：“麇，當陽也。”《郡國志》漢中錫縣，劉昭注引“楚子伐麇”，二書“麇”，並作“麋”，當是傳寫者誤耳。或謂當陽有麋城，三國時麋芳所築。然則春秋時安有麋也？又錫穴，漢爲錫縣。沈約《宋書》曰：“漢錫縣，晋太康五年改曰郥鄉。又改漢長利縣曰錫縣。”據此，則《春秋》錫穴於晋時在郥鄉也。羅氏初未嘗深考，而轉以舊注爲非，何也？

8.《路史》：“宗即賨國，芊姓子。頃王四年拘執宗子圍巢者。”

按，文十二年《傳》：“楚子孔執舒子及宗子，遂圍巢。”杜注：“宗、巢，二國，群舒之屬。”地在舒城巢縣之間。《路史》謂頃王四年，即文公十二年也。拘執宗子，即子孔執舒子及宗子者也。《潛夫論》“宗子，嬀姓”，非芊姓也。《水經注》曰：“宕渠，古賨國。”《寰宇記》曰：“故賨國在江流縣東北八十四里。”安得謂即舒城巢縣之宗乎？

9.《唐書·宰相世系表》：“平王奪虢叔之地予鄭武公。楚莊王起陸渾之師伐周，責王滅虢。於是乎王求虢叔裔孫序封於陽曲，號曰郭公。”

按，《竹書》晋文侯十四年，“鄭人滅虢”。其事當平王四年。《左傳》：“宣公三年，楚子伐陸渾之戎，遂至於雒，觀兵於周疆。定王使王孫滿勞楚子。”事在楚莊王八年，周定王元年，去平王東遷一百六十餘年，中間尚隔桓、莊、僖、惠、襄、頃、匡七王，何從責平王封虢裔孫？

《漢志》弘農陝縣，故虢國。北虢在太陽，東虢在滎陽，西虢在雍州。鄭所滅者，東虢也。虢亦稱郭，而爲晋所滅者，北虢也。安得混之？

10.《唐書·世系表》："平輿之沈出郴叔季載成八年爲晋所滅。① 沈子生逞，奔楚爲沈氏，其孫尹戌生諸梁，食采于葉。"

按，成八年"晋侵沈，獲沈子揖"，是晋雖獲其君，而沈未滅也。襄二十八年，沈子朝於晋。昭十三年，楚靈王遷沈于荆。平王即位而復之。則沈之未滅可知。昭二十三年"吴敗頓、胡、蔡、沈、許之師于鷄父，沈子逞滅"，杜注："國存君死曰滅。"時沈猶未滅也。定四年，"蔡公孫姓帥師滅沈，以沈子嘉歸"。蓋平輿之沈至是始滅。《後漢書》："沈，姬姓也。"《通考》以爲姒姓，非。又昭元年《傳》："金天氏裔孫曰臺駘，封諸汾川。沈、姒、蓐、黄實守其祀。"此蓋與平輿之沈兩不相涉。《宋書》沈休文《自序》以汾川之沈爲即平輿之沈，非。《路史》又以爲沈在汾川，成八年爲晋所滅，沈子逞奔楚。曾孫諸梁采于葉。不知成八年晋所獲者，沈子名揖，昭二十三年吴所獲者，沈子名逞，安得一之？又況逞既滅，則逞死矣，又安得有奔楚之事乎？《左傳》非僻書，而諸家謬誤至此，殊不解也。至若昭二十三年上距成八年，凡五十年，《系表》謂成八年晋滅沈，沈子生逞，奔楚，爲沈氏。當時史館皆博雅之士，而獨於《左傳》多所錯迕，何也？

11. 桓十三年《傳》：②"楚屈瑕伐羅。楚子使賴人追之，不及。"杜注："賴國在義陽隨縣。"

按，杜以賴國在隨縣者，誤也。賴，《公》《穀》作厲，厲讀曰賴。僖公十五年"齊師、曹師伐厲"，杜注："義陽隨縣北有厲鄉。"是杜以

① "叔"，原脱，今據《新唐書·宰相世系表》補。

② "傳"，原脱，今據文例及《左傳》補。

賴、厲二國皆在隨縣，蓋以厲讀爲賴而誤耳。據司馬彪《郡國志》："汝南褒信縣有賴亭，故賴國。"《史記正義》曰："褒信，故漢鄎縣之地。"今賴亭在光州商城縣。《隋志》"殷城縣有賴亭"，即今商城也。何由在隨縣，以厲、賴爲一處乎？

12. 定六年："鄭游速帥師滅許，以許男斯歸。"《春秋地名考略》曰："哀元年許男復從楚圍蔡，似未嘗滅。"

按，鄭滅許，以許男斯歸，是時許更立君，是爲元公成。《春秋》哀十三年書許男成卒，則許之未滅可知，何云似未滅？是年秋葬許元公，明年《春秋》獲麟，係元公成子結之元年，成卒已逾年矣。《文獻通考》云"元公成二年獲麟"，亦誤。

13. 隱十年，[①] 宋人、蔡人、衛人伐戴。鄭伯伐取之。[②] 杜注："今陳留外黄縣東南有戴城。"顔師古注《漢書》曰："鄭滅戴，讀者多誤爲載，故隋室置載州焉。"

按，《公羊》《穀梁》二傳戴皆作載。《説文》云："𢦔，故國，在陳留。"《字林》云："載，故國，在陳留。"𢦔與載，古今字也。《史記·功臣侯表》有"戴國"，索隱曰："戴音載。"不得以載爲誤。

14. 哀三年《傳》："萇弘事劉文公，趙鞅以爲討。六月癸卯，周人殺萇弘。"杜注："終違天之禍。"

按，《漢書·郊祀志》曰："昔周史萇弘欲以鬼神之術，輔尊靈王，會朝諸侯，而周室愈微，諸侯愈叛。"《韓非子》曰："叔向之讒萇弘也，

① "十"下，原衍"一"字，今據《春秋·隱公十年》删。

② "伯"，原作"人"，今據《春秋·隱公十年》改。

爲書曰：‘子爲謂晋君，何不急以兵來?’① 因佯遺其書周君之庭而急去,② 周以弘爲賣周也,③ 乃殺之。”據此，則萇子見殺，當別有説。《春秋》昭三十二年，諸侯城成周，晋女叔以萇弘主城周之議爲違天。杜注以見殺爲“終違天之禍”。子貢《詩傳》曰：“萇弘忠於王，晋趙鞅殺之，周人傷之，賦《有兔》。”傳注皆以城周爲違天，不亦謬乎?

15. 隱公三年：“夏四月辛卯，尹氏卒。”胡《傳》曰：“尹氏，天子大夫，世執朝權。”

按，《春秋》三傳，《公》《穀》皆曰“尹氏卒”，《左傳》曰：“君氏卒，不稱夫人，故不言葬。不書姓，爲公故，曰君氏。”杜注：“不書姓，辟正夫人也。隱見爲君，故特書於經，稱曰君氏，以别凡妾媵。”馬端臨曰：“三《傳》經文多有異同。君氏卒，則以爲聲子，魯之夫人也。尹氏卒，則以爲師尹，周之卿士也。”然則夫子所書隱三年夏四月辛卯卒者，竟爲何人乎？《日知録》曰：“君氏卒，或疑君氏之名别無所見。《左傳・襄公二十六年》左師見夫人之步馬者問之，對曰：‘君夫人氏也。’蓋當時有此稱，然則去其夫人，即爲君氏矣。僖公元年，夫人氏之喪至自齊，亦是義也。”據《左氏》曰“君氏卒，不稱夫人，故不言葬”，是則君夫人，氏也。以不稱夫人故曰君氏。義自了然，無可疑也。胡《傳》不審其義，依《公》《穀》作尹氏，非。

16. 徐嘉炎《日知録》曰：“讀《春秋》之文，必證諸左氏之《傳》。舍左氏，則《春秋》無從考矣。”

按，《春秋》之作，旨遠義微，有謂其爲尊諱者，爲親諱者；有謂其危行言孫以辟當時之害，故微其文，隱其義者；有謂其據事直書，褒貶自

---

① “急”,《韓非子・内儲説下六微》作“亟”。

② “去”下,《韓非子・内儲説下六微》有“行”字。

③ “弘”上,《韓非子・内儲説下六微》有“萇”字。

見者。其實不盡然也。《春秋》之作，不有《左傳》以明之，聖人之意或幾乎晦矣。余嘗見郝楚望之論《春秋》矣。魯隱公之死，仲翬弑之也，而書“公薨”。桓公死于齊，彭生殺之也，書“薨于齊”。昭公出奔，季孫意如逐之也，書“孫于齊”。文姜、敬嬴、穆姜之淫惡，亦書夫人，書小君，死亦書薨。季友酖殺其兄叔牙，書“公子牙卒”。慶父殺子般，書“子般卒”。齊桓公殺哀姜，以屍歸魯，書“夫人薨，喪至自齊”。襄仲弑嗣君，書“子卒”。逐君母，書“夫人姜氏歸于齊”。季武子弑嗣君，書“子野卒”。此皆魯事之惡，曲爲之諱者。如郝之所云不有《左傳》以明之，亦烏知隱、桓之薨，由于弑之、殺之也。又如周惠王之見逐於五大夫也，鄭莊公之射王中肩也。王子帶召戎伐王，火其東門也，周大夫王叔、伯輿爭政而晋士匄聽訟也，周殺大夫萇弘以謝晋趙鞅也，晋重耳召襄王，于踐土不書，再召至溫書狩。此皆天王之醜，曲爲之諱者。如郝之所云不有《左傳》以志之，亦烏知聖人不書之意、書狩之意也。又如莒僕弑父，不書僕而書莒；晋欒書、中行偃弑君，不書偃而書晋；鄭子駟弑君髡頑，書卒于鄵；莒展輿弑父密州，不書展輿而書莒人；楚子圍弑其君麇，齊人弑其君陽生，而皆書卒；鄭祭仲、衛黔牟、孫林父、甯殖、北燕大夫逐君，皆書君出奔。此皆外事之疑而從輕者，如郝之所云不有《左傳》以著之，亦烏知莒晋之弑父、弑君者實何人也。又如《春秋》僭國三，魯僭禮，楚僭號，晋僭權。魯用八佾，郊禘，大雩，大蒐，兩觀，世室，皆微舉其事而不直書。楚武王始稱王。晋襄公徵諸侯入朝，晋悼公命諸侯朝貢之數，齊頃公欲王晋、魯、鄭之君入晋稽首，皆不書。至于伯、子、男稱公侯，一切因之而不改。不有《左傳》以發之，又烏知其不直書，與不書、不改者，爲何事也？他如晋趙盾、鄭歸生、許世子未操刃而書弑君，晋申生、宋痤自縊死而書殺子，不有《左傳》以證之，亦烏知書弑者未操刃、書殺者實自經也。讀《春秋》之文，必證諸左氏之《傳》，舍《左氏》，則《春秋》無從考。此蓋不易之論也。

17. 金華王柏曰：“王者之迹熄而《詩》亡。《詩》亡，然後《春秋》作。解者謂夫子止因《雅》亡而作《春秋》。則《雅》者自爲朝會之樂，《春秋》自爲魯國之史。事情濶遠，而脈絡不貫，且言《詩》，《風》《雅》皆在其中，非獨以爲《雅》也。《王制》天子五年一巡狩，太師陳詩，以觀民風。自巡狩絶迹，諸侯豈復有陳詩之事？民風之善惡既不得知。夫子因魯史以備載諸國之行事，不待褒貶而善惡自明。故《詩》與《春秋》體異而用則同。

按，朱子《集傳》曰："《詩》亡，謂《黍離》降爲《國風》而《雅》亡也。"夫所謂《雅》亡是也，乃以《黍離》降爲《國風》，因謂之《雅》亡，則亦未然。《詩·小雅·六月序》曰："《鹿鳴》廢則和樂缺矣，《四牡》廢則君臣缺矣，《皇皇者華》廢則忠信缺矣，《常棣》廢則兄弟缺矣，《伐木》廢則朋友缺矣，《魚麗》廢則法度缺矣，《南陔》廢則孝友缺矣，《白華》廢則廉恥缺矣，《小雅》盡廢則四夷交侵，中國微矣。"此《雅》亡所以爲《詩》亡也。《詩》與《春秋》相表裏，故《公羊疏》曰："《春秋説》云：《春秋》書有七缺八缺之義。七缺者，惠公妃匹不正，隱、桓之禍生，是爲夫之道缺也；文姜淫而害夫，爲婦之道缺也；夫人無罪而致戮，爲君之道缺也；臣而害上，爲臣之道缺也。僖五年晋侯殺其世子申生，襄二十六年宋公殺其世子痤，殘虐枉殺其子，是爲父之道缺也。襄三十年，蔡世子般弑其君固，是爲子之道缺也。桓八年正月己卯烝，桓十四年八月乙亥嘗，僖三十一年夏四月四卜郊不從，乃免牲，猶三望，郊祀不修，周公之禮缺。是爲七缺也矣。"此《春秋》繼《詩》亡而作也。《詩》與《春秋》相表裏，豈但以《黍離》降爲《國風》，然後《春秋》乃作哉？

18. 襄二十六年《傳》："晋叔向曰：'鄭七穆，罕氏其後亡者也。'"杜注："鄭穆公十一子，子然二、子孔三族已亡。子羽不爲卿，故唯言七穆。"

按，襄十九年《傳》："鄭子孔之爲政也專，子展、子西殺子孔而分其室。子然、子孔，宋子之子也。鄭僖之四年，子然卒。士子孔，圭嬀之子也。鄭簡之元年，士子孔卒。"故云子然二、子孔三族已亡。成十三年《傳》"鄭公子班殺子印、子羽"，而《春秋》不書，故知不爲卿也。《唐書·武平一傳》："初，崔日用自言明《左氏春秋》諸侯官族。它日，學士大集，日用折平一曰：'君文章固耐久，若言經，則敗績矣。'時崔湜、張説素知平一該習，勸令酧詰。① 平一乃請所疑。日用曰：'魯三桓、鄭七穆，奈何？'答曰：'慶父、叔牙、季友，桓三子也。孟孫至彘凡九世，叔孫舒、季孫肥凡八世。鄭穆公十一子，子然及士子、② 子孔三族亡，子羽不爲卿，故稱七穆。子罕、③ 子駟、子良、子國、子游、子印、子豐也。'一坐驚服。"

19. 成公元年冬十月。《穀梁傳》曰："季孫行父禿，晋郤克眇，衛孫良夫跛，曹公子手僂，同時而聘於齊。"

按，《左氏》經文冬十月下並無其事與《傳》。惟《公羊》二年《傳》曰："前此者，郤克與臧孫許同時而聘于齊。齊使跛者迓跛者，眇者迓眇者。"又《穀梁傳》於成元年冬十月下有是文。范甯曰："穀梁子作傳皆釋經以言義，未有無其文而横發傳者。甯疑冬十月下云：季孫行父如齊。脱此六字。"又如桓公四年七年闕秋冬二時，定公十四年闕冬一時，昭公十年十二月無冬，僖公二十八年冬無月而有壬申、丁丑，桓公十四年有夏五，而無月，桓公十七年冬十月有朔而無甲子，桓公五年春正月甲戌有日而無事。《公羊傳》成公十年闕冬十月。《日知録》謂"《春秋》之闕文，皆後人之脱漏"，亦是類也。

---

① "酧",《新唐書·武平一傳》作"酬"。

② "士子",原作"二",今據《新唐書·武平一傳》改。

③ "子罕",原脱,今據《新唐書·武平一傳》補。

20. 范介儒曰："紀子帛、郭公、夏五，傳經者之脱文耳。謂爲夫子之闕疑，吾不信已。"

按，趙氏《汸春秋屬辭》曰："隱二年冬，紀子帛、莒子盟于密。程子曰：闕文也。《春秋》未有外大夫在諸侯上者，當曰紀侯某伯、莒子盟于密。"陳氏曰："子帛，裂繻字，蓋杜氏意之，學者遂以駁《左氏》，誤矣。"

又按，子帛，二傳作"子伯"，《公羊傳》曰："紀子伯者何？無聞焉爾。"然則公羊時已無聞矣，後人烏從而知之？

21. 文十一年《傳》："冬敗狄于鹹，獲長狄僑如。初，宋武公之世，敗狄于長丘，獲長狄緣斯。晉之滅潞也，獲僑如之弟焚如。齊襄公之二年，獲其弟榮如。衛人獲其弟簡如。鄋瞞由是遂亡。"注曰："長狄之種絶。"

按，宋武公之世，在春秋之前，《史記·宋世家》"宋昭公四年，敗翟緣斯於長丘"，則是當魯文公十一年也。何謂在春秋前？《魯世家》云"宋武公之世"，則庶與《左傳》合矣。《傳》稱晉滅潞，焚如之獲在魯宣之十五年，榮如之獲在齊襄二年，當魯桓之十六年。杜注云："榮如，焚如之弟。榮如以魯桓十六年死，至宣十五年一百三歲，其兄猶在。《傳》言既長且壽，有異於人。"陸氏粲曰："《史記·魯世家》引此傳作齊惠公二年。又《齊世家》曰：'惠公二年，長翟來，王子城父攻殺之。'《十二諸侯年表》齊惠公二年，王子城父敗長翟。三《傳》皆同。蓋齊惠二年即魯宣二年，在晉滅潞之前十三年。《傳》云齊襄公二年，傳寫之誤也。"唐孔氏曰："長狄種類相生，當有支胤。惟獲數人，其種遂絶，深可疑之。且方以類聚，不應獨立三丈之君，① 使牧八尺之民。"按，長狄既爲君長，賜以漆姓，自是一國，但或於所最長者，奉爲國主，

① "丈"，原作"尺"，今據《春秋左傳注疏》補。

不必支屬臣庶盡長三丈也。《一統志》："秦始皇時，阮翁仲爲臨洮守，身長二丈。"崔鴻《前燕録》苻堅以乞活夏默爲左鎮郎，長一丈八尺。蕭方等《三十國春秋》申香爲拂蓋郎，長一丈九尺。大抵亦間氣所生，其支屬不盡然也。

22. 襄七年："鄭伯卒于鄵。"杜注："鄵，鄭地。"《路史》曰："《盟會圖疏》云：'鄵，侯國，在慈州。'"

按，《世本》唐叔虞居鄂。宋衷曰："鄂地，今在大夏。"《括地志》："故鄂城在慈州昌寧縣東二里。"隱六年《傳》"逆晋侯於隨，納諸鄂，是爲鄂侯"，是也。鄵、鄂字近而訛。《路史》妄引之。今《春秋地名考略》亦引《盟會圖疏》曰："鄵侯國，在慈州。"其失考甚矣。

23. 定四年《傳》："武王之母弟八人，五叔無官。"杜注："五叔，管叔鮮、蔡叔度、成叔武、霍叔處、毛叔聃也。"

按，《國語》冉季鄭姬。賈逵曰："文王子聃季之國，聃與冉同，即冉季載也。"

又按，《周書·克殷解》"毛叔鄭奉明水"，是毛爲叔鄭封國，非叔聃也。杜云"毛叔聃"，誤矣。《史·管蔡世家》："五叔皆就國，無爲天子吏者。"索隱曰："五叔：管叔、蔡叔、成叔、曹叔、霍叔。"其不數毛叔，是也。其數成叔與杜同，非也。夫既云五叔無官，則無有官於王朝爲天子吏者，而文元年有毛伯，昭十八年有毛伯過，成十三年有成肅公、成子，文十四年有聃啓，杜注"聃啓，周大夫"，蓋皆聃叔、成叔、毛叔之後爲天子吏者，則當日不爲無官可知。唐孔氏曰："杜云毛叔聃，或别有所見。"不以《管蔡世家》爲説，則亦以此爲疑也。

24. 定二年："夏五月壬辰，雉門及兩觀災。"孔氏疏曰："《公羊》稱子家駒云：設兩觀，諸侯僭天子，其意以其奢僭，故天災之,《左氏》無此意。”

按,《周禮·太宰》:“正月之吉,縣治象之法于象魏,使萬民觀治象。”此觀之所由名也。以在雉門之兩旁,故謂之兩觀也。《竹書》:“成王二十一年,除治象。昭王元年春正月,復設象魏。”象魏即兩觀,天子制也。《禮器》“天子外闕兩觀,諸侯内闕一觀”,則魯之有兩觀也,其僭明矣。劉向曰“雉門,天子之門”,而今過魯制,故致天災也。《公羊》所引子家駒之説,正可以補《左氏》之闕云。

25. 哀十四年《傳》:①“成子兄弟,四乘如公。”杜注:“成子之兄弟,昭子莊、簡子齒、宣子夷、穆子安、廩丘子意兹、芒子盈、惠子得,凡八人。二人共一乘,成子兄弟四乘如公。”

按,《齊太公世家》注:服虔曰:“成子兄弟八人,二人共一乘,故曰四乘。”索隱曰:“《系本》陳僖子乞産成子常、② 簡子齒、宣子其夷、穆子安、廩丘子尚毉兹、芒子盈、③ 惠子得,凡七人。杜預又取昭子莊,以充八人之數。按《系本》,昭子是桓子之子,④ 成子之叔父,又不名莊,強相證會,言四乘有八人耳。今按,《田完系家》云:⑤ 田常兄弟四人如公宫,⑥ 與此事同。知四乘謂兄弟四人乘車而入,非二人共乘也。然其昆弟三人不見者,蓋時或不在,不同入公宫,不可強以四乘爲八人,添叔父爲兄弟之數。”

26. 哀二十四年《傳》:“公如越,將妻公,而多與之地。

---

① “傳”,原脱,今據文例及《左傳》補。
② “成”,原作“陳”,今據《史記·齊太公世家》改。
③ “芒子”,原誤倒,今據《史記·齊太公世家》乙正。
④ “桓子”,原作“桓公”,今據《史記·齊太公世家》改。
⑤ “完”,原作“敬仲”,今據《史記·齊太公世家》改。
⑥ “如”上,原衍“乘”字,今據《史記·齊太公世家》删。

季孫懼，使因太宰嚭而納賂焉。乃止。”

按，《吴越春秋》：“越王謂太宰嚭曰：‘子爲臣不忠無信，亡國滅君。’乃誅嚭。”《越絶書》：“擒夫差，殺太宰嚭。”《史記世家》並同。據《左氏》則滅吴後，嚭固無恙也。

27. 莊四年：“夏，紀侯大去其國。”杜注曰：“大去者，不反之辭。”

按，《穀梁傳》曰：“大去者，不遺一人之辭也。言民之從者，四年而後畢也。”蓋自元年遷紀，不取其民。故民之從紀者至是畢去也。《城冢記》云：“鄒縣東南二十五里有紀城，相傳爲紀侯去國居此。”不然，大去不反矣，瞻烏爰止，于誰之屋乎？

28. 昭九年《傳》：①“晋梁丙、張趯率陰戎伐潁。”杜注：“陰戎，陸渾之戎。潁，周邑。”

按，《地理風俗記》曰：“河南平陰縣，故晋陰地，陰戎之所居。”宣二年“趙盾自陰地及諸侯之師侵鄭”，② 即平陰也。杜注：“陰地，晋河南山北自上雒以至陸渾。”則陰地固無所專指矣。據哀四年“蠻子赤奔晋陰地，楚使謂陰地之命大夫士蔑”，則陰地不得統言河南山北，而無所專指矣。

29. 桓四年：“夏，天王使宰渠伯糾來聘。”杜注：“渠，氏；伯糾，名。”

按，昭二十六年《傳》“劉子以王出次于渠”，杜注：“渠，周地。”《水經注》“洛水又東，合渠谷水。水出宜陽縣南女几山”，是渠伯食采

① “傳”，原脱，今據文例及《左傳》補。

② “及”，原作“率”，今據《春秋左傳注疏》改。“侵”上，原衍“以”字，今據《春秋左傳注疏》删。

于渠，非渠氏也。

30. 昭十三年《傳》:[①]“楚常壽過圍固城，克息舟，城而居之。”杜注：“息舟，楚邑，城之堅固者。”

按，《水經注》：“沔南有固城，城側沔川，即新野山都縣治也。”[②]魏收《地形志》：“汝南臨汝縣有固城。”是固城當爲城名，非堅固之謂。

31. 隱七年：“戎伐凡伯于楚丘，以歸。”杜注：“楚丘，衛地，在濟陰成武縣西南。”

按，子貢《詩傳》“僖公城楚丘，以備戎。史克頌之，賦《楚宫》”。《春秋》“襄三十一年夏六月辛巳，公薨于楚宫”，杜注曰：“公不居先君之路寢而安所樂。”則即楚丘之楚宫明矣。是時天王使凡伯來聘，入曹、魯之界而戎伐之楚丘，蓋魯地也。觀僖二年城楚丘，與書城中丘、城郎城、小穀之類同，蓋楚丘魯地，魯自城之以備戎，諸侯無與也。《竹書》“晋幽公二年，魯季孫會幽公于楚丘”，是即魯楚丘也。故程時叔《春秋或問》曰:[③]“戎伐凡伯于楚丘，《正義》何以無責衛之詞？張氏以爲非衛之楚丘，不得而責衛也。”衛楚丘在隋衛南縣，屬滑州，故杜佑《通典》曰：“衛南，衛國楚丘也。”傳曰“諸侯城楚丘而封衛焉”，與經所書城楚丘同時，故説者均疑爲衛地也。杜注誤以成武之楚丘爲衛地，由此也。

32.《禮記·經解》云：“子曰：温柔敦厚，《詩》教也；絜净精微,[④]《易》教也；比事屬辭,[⑤]《春秋》教也；疏通知

---

① “傳”,原脱,今據文例及《左傳》補。
② “縣”,原作“舊”,今據《水經注》改。
③ “時”,原作“敬”,今據《元史·程端學傳》改。
④ “淨”,《禮記·經解》作“靜”。
⑤ “比事屬辭”,《禮記·經解》作“屬辭比事”。

遠，《書》教也。”①

按，《春秋》作於孔子，世儒以《經解》爲疑，謂孔子不應自稱爲經。殊不知《孝經》作於孔子，亦嘗自稱曰：“志在《春秋》，行在《孝經》。”經曰孝者，天之經其取名應始是矣。《周禮·太卜》“掌三易之法，其經卦皆八”，賈公彦曰：“云經卦皆八者，謂以卦爲經，即《周易》上經、下經是也。”《周禮》小宗伯之職“掌建國之神位”，故書位作立，鄭司農曰：“立讀爲位。”《古文春秋經》“公即位”爲“公即立”。《漢書·藝文志》“《春秋古經十二卷》”。隱七年《左傳》“凡諸侯同盟薨，則赴以名，謂之《禮經》”，預注：“此言凡例，乃周公所制《禮經》也。”《易》《詩》《禮》《春秋》，周時已稱經矣。古人經止訓常，未始如後世之尊。蓋後世以經爲聖人之書，故尊之而不敢並。《博物志》曰：“太古書今見存，有《神農經》《山海經》。”又如巫咸《星經》、甘石《星經》、師曠《禽經》，商周時已有。漢武置《五經》博士，必是先有《五經》之名矣。

33. 馬端臨曰：“先公曰：‘論《春秋》者，言夫子感麟而作，作起獲麟，而文止於所起。’”

按，《公羊疏》曰：“閔因叙云：昔孔子受端門之命，制《春秋》之義，使子夏等十四人，求周史記，得百二十國寶書。九月經立，感精符。《考異郵》《説題辭》具有其文。”則是孔子修《春秋》在未獲麟以前，故曰志在《春秋》也。修之九月而《春秋》垂成，適遇獲麟而絶筆。蓋平日傷鳳鳥之不至，而嘆吾道之不行，今麟出既非其時，用世之心於焉銷歇，絶筆於獲麟，蓋傷之也。以爲感麟而作者，非也。

34. 《春秋公羊疏》三十卷，《崇文總目》不著撰人名氏。

① “疏通”句，《禮記·經解》在“絜净”句前。

按，陳氏《讀書考》曰："廣川《藏書志》云：世傳徐彦撰，不知何代，意其在貞元、長慶後也。"又按莊三年"紀季以酅入于齊"，①《公羊傳》曰："何賢乎紀季？服罪也。其服罪奈何？魯子曰：請後五廟以存姑姊妹。"何休曰："傳所以記魯子者，② 欲言孔氏之門徒受《春秋》，非唯子夏，故有他師矣。其隱十一年《傳》記子沈子者，欲明子夏所傳，非獨公羊氏矣。"魯、沈二子受學於聖人之徒，而失其名字，殊可惜也。今徐彦有其名姓，而刻《公羊》者不録，吾恐愈久而愈沿矣。

35.《春秋穀梁傳序》曰："《左氏》艷而富，其失也巫。《穀梁》清而婉，其失也短。《公羊》辯而裁，其失也俗。"

按，唐楊士勛疏曰："艷者，文辭可美之稱也。其失也巫者，謂多叙鬼神之事，預言禍福之期。申生之托狐突，荀偃死不受含，伯有之厲，彭生之妖，是也。清而婉者，辭義清通，若論隱公之小惠，虞公之中智，是也。其失也短者，謂元年大義而無《傳》，益師不日之惡略而不言，是也。辯而裁者，辯謂説事分明，裁謂善能裁斷，若斷元年五始，益師三辭，美惡不嫌同辭，貴賤不嫌同號，是也。"今文人引用，巫誤作誣。劉呆《齋策略》曰："《三傳》之説互有得失，語其得，則《左氏》善於理，《公羊》善於讖，《穀梁》善於經。語其失，則《左氏》失之誣，《穀梁》失之短，《公羊》失之俗。"袁坤《儀備考》曰："《左氏》艷而富，其失也誣。張蒼、賈誼皆治之。"後進勦襲，訛舛相承，幾不知"巫"字爲何義矣。

36.《漢志》曰："《春秋》五《傳》，《鄒氏》無師，《夾氏》未有書。"

按，《王吉傳》："吉通《五經》，能爲《鄒氏春秋》。"《孝經序》

① "三"，原作"五"，今據《春秋公羊傳注疏》改。
② "記"，原作"言"，今據《春秋公羊傳注疏》改。

“學開五《傳》”，注曰：“《鄒氏傳》十二卷,①《夾氏傳》十一卷。”而《史記正義》乃謂“建武中《鄒》《夾氏》皆絶”，不知此傳是誰作也。

37.《左傳》：“哀十六年四月己丑，孔子卒。”②《公羊傳》：“孔子襄二十一年十一月庚子生。”③

按，《史記·孔子世家》生卒年月日與二《傳》同。彭雲舉曰：“余昔游金陵，邂逅孔子六十代孫承先者，持所誌孔子像授余，稱至聖先師生於魯襄二十二年庚戌之歲十月庚子，即今之八月二十七日也。卒於哀十六年四月乙丑，即今之二月十八日也。”據《授時》所推日食，襄二十年戊申、二十二年庚戌，則《公羊》二十一年，一當爲二。十一月，一又當衍。《左傳》己丑卒，己當爲乙。

又按，《南齊書·臧榮緒傳》：“榮緒惇愛《五經》，乃著《拜五經序論》。嘗以宣尼生庚子日，④陳《五經》拜之。”余竊謂當拜於八月二十七。榮緒乃拘於庚子，則所拜之日，先後無定在矣。

---

① “十二”，《孝經注疏》作“十一”。

② “孔子”，《春秋左傳注疏》作“孔丘”。

③ 此句《春秋公羊傳注疏》作“襄二十一年十一月庚子，孔子生”。

④ “嘗”，《南齊書·臧榮緒傳》作“常”。

卷十一

翰林院檢討徐文靖　撰

春秋三

1．隱元年《傳》："鄭公孫滑出奔衛，衛人爲之伐鄭，取廩延。"

按，胡三省注《通鑑》曰："滑臺城在白馬縣西，春秋鄭廩延邑也。城下有延津。"以下凡杜氏所不注及有注而可疑者，補之。

2．九年："春，天王使南季來聘。"杜注："南，氏；季，字也。"

按，南季蓋食采於南，後因以爲氏。《水經注》："陸渾縣東南有南水，水出西山七谷。"

3．桓二年《傳》："會齊侯、陳侯、[1] 鄭伯于稷。"杜注："稷，宋地。"

按，《水經注》："陳留外黄縣南有稷里。"

① "陳",原作"鄧",今據《春秋左傳注疏》改。

4. 二年《傳》:“哀侯侵陘庭之田。”杜注:“陘庭,翼南鄙邑。”

按,《史·范雎傳》:“秦攻韓汾陘,拔之。”正義曰:“陘庭,故城在絳州曲沃縣西北二十五里。”

5. 十年《傳》:“虞公出奔共池。”杜注:“共池,地名,闕。”

按,《詩》“侵阮徂共”,張氏曰:“共、阮之地名,在涇州。今有共池。”

6. 十一年:“柔會宋公、陳侯、蔡侯,盟于折。”杜注:“折,地闕。”

按,《地理志》:“瑯邪折泉縣,有折泉水。”《水經注》:“折泉水出縣北松山,東南入濰。”

7. 十三年《傳》:“莫敖縊于荒谷,群帥囚于冶父。”杜注:“荒谷、冶父,皆楚地。”

按,《荆州記》:“南郡江陵縣東三里餘有三湖,湖東有水名荒谷。西北有小城,名曰冶父。”

8. 十四年《傳》:“宋伐鄭,取牛首。”杜注:“牛首,鄭邑。”

按,《地理通釋》:“牛首故城在汴州陳留縣東南四十一里。”

9. 十七年:“夏,及齊師戰于奚。”杜注:“奚,魯地。”

按,鄭樵《通志》:“徐州滕縣東南六十里有奚公山。”

10. 莊八年《傳》:"齊使連稱、管至父戍葵丘。"杜注:"臨淄縣西有地名葵丘。"

按,京相璠《春秋地名》云:"齊西五十里有葵丘地。"若是,無戍之。又《春秋古地名》云:"葵丘,地名,今鄴西臺是也,在魏郡。"《水經注》云:"鄴本齊桓公所置,故《管子》曰:'築五鹿、中牟、鄴以衛諸夏也。'"葵丘之戍,宜即此矣。

11. 十年夏:"公敗宋師于乘丘。"杜注:"乘丘,魯地。"

按,《括地志》云:"乘丘故城在兗州瑕丘縣北三十五里。"

12. 十二年《傳》:"宋萬弒閔公于蒙澤。"杜注:"梁國有蒙縣。"

按,《括地志》:"蒙澤城在曹州濟陰縣南五十六里。"

13. 十四年《傳》:"鄭厲公自櫟侵鄭,及大陵。"杜注:"大陵,鄭地。"

按,京相璠曰:"潁川臨潁縣東北二十五里有古巨陵亭,古大陵也。"

14. 二十五年《傳》:"晉侯圍聚。"杜注:"聚,晉邑。"

按,《晉世家》:"城聚,都之,命曰絳。"賈逵曰"聚,晉邑",是也。

15. 二十八年《傳》:"蒲與二屈。"杜注:"二屈,今平陽北屈縣。或云:二當爲北。"

按,《地理志》"河東北屈縣",應劭曰:"有南故稱北。"臣瓚曰:"《汲郡古文》翟章救鄭,次于南屈。"則是有二屈也。

16. 晋獻公娶于賈。杜注："賈，姬姓國也。"

按，《博物記》："河東臨汾有賈鄉。"

17. 三十一年："築臺于郎。"

按，《括地志》："郎亭在滕縣西五十二里。"

18. 三十二年："春，城小穀。"杜注："濟北穀城中有管仲井。"

按，《日知録》曰："據經文小穀不係于齊，疑《左氏》之誤。范甯解《穀梁傳》曰：'小穀，魯邑。'《春秋發微》曰：'曲阜西北有故小號城。'《史記》漢高帝以魯公禮葬項王穀城。當即此也。"

19. 閔二年《傳》："莒人歸共仲，及密。"杜注："密，魯地。瑯邪費縣北有密如亭。"

按，《水經注》："沂水南逕東安縣故城東而南合時密水。水出時密山，莒地。莒人歸共仲于魯，及密而死，是也。"

20. 晋申生伐東山皋落氏。杜注："赤翟别種也。[①] 皋落，其氏族。"

按，《上黨記》："東山在壺關縣城東南，今名無皋。"

21. 僖元年："春，齊師、宋師、曹伯次于聶北，救邢。"杜注："聶北，邢地。"

按，《寰宇記》："聶城在博平縣西南二十五里。"

---

① "翟"，《春秋左傳注疏》作"狄"。

22．二年《傳》："伐鄍三門。"杜注："鄍，虞邑。"

按，《括地志》："故鄍城在陝州河北縣東十里。"

23．四年《傳》："南至于穆陵。"杜注："穆陵，齊竟。"

按，《史記索隐》曰："淮南有故穆陵門，是楚之境。"① 南至于穆陵，蓋言其征伐所至之域。

24．十五年："春三月，公會齊、宋、陳、衛、曹、鄭，② 盟于牡丘，遂次于匡。"杜注："牡丘，地名，闕。匡，衛地。"

按，《國語》："桓公築五鹿、中牟、蓋與牡丘，以衛諸夏之地。"《史記·六國表》："秦孝公十九年，城武成從東方牡丘來歸。"《春秋地名考略》曰："牡丘在東昌府城西北七十里。"

25．《傳》：③"晋侯使郤乞告瑕吕飴甥。"杜注："瑕吕飴甥，即吕甥也。蓋姓瑕吕，名飴甥，字子金。"

按，《竹書》："晋獻公十有九年，虢公醜奔衛，獻公命瑕父、吕甥邑于虢都。"蓋飴甥先食采于瑕，故曰瑕父。晋詹嘉處瑕，亦曰瑕嘉，是也。其後食采于陰，又曰陰飴甥。僖十五年冬十月，"陰飴甥會秦伯于王城"，是也。《博物記》曰："河東永安縣有吕鄉，吕甥邑。"不得以瑕吕爲姓，明矣。

26．十六年《傳》："狄侵晋，及昆都。"杜注："晋邑。"

---

① "境"，原作"竟"，今據《史記索隱》改。

② 此句《春秋左傳注疏》作"公會齊侯、宋公、陳侯、衛侯、鄭伯、許男、曹伯"。

③ "傳"，原脱，今據文例及《春秋左傳注疏》補。

按，《地名考略》曰："今平陽府南有昆都聚。"

27. 十八年《傳》："衛師于訾婁。"杜注："訾婁，衛邑。"

按，《陳留風俗傳》曰："長垣西北有訾婁亭。"

28. 二十一年："春，宋人、齊人、楚人盟于鹿上。"杜注："鹿上，宋地，汝陰有原鹿縣。"

按，《史記索隐》曰："汝陰原鹿，其地在楚，襄公求諸侯于楚，楚纔許之，未合至汝陰鹿上。"《郡國志》"濟陰乘氏縣有鹿城鄉"，蓋此地也。

29. 二十二年："宋公及楚人戰于泓。"杜注："泓，水名。"

按，《金史・地理志》曰："睢州柘城縣有泓水。"

30. 二十四年《傳》："晋師軍于廬柳。"

按，《地名考略》曰："今猗氏縣西北有廬柳城。"

31. 二十五年《傳》："晋侯使卜偃卜之，遇黄帝戰于阪泉之兆。"杜注："戰于阪泉之野。"

按，《魏土地記》："涿鹿城東一里有阪泉。"

32. 二十八年《傳》："晋侯、齊侯盟于斂盂。"杜注："斂盂，衛地。"

按，《地名考略》："今開州東南有斂盂聚。"

33. 文二年《傳》:[①]“晋伐秦，取汪及彭衙而還。”

按，羅泌《路史》:“同州白水有汪城，在臨晋東。”

34. 三年《傳》:“秦伯伐晋，取王官及郊。”杜注:“王官、郊，晋地。”

按,《括地志》:“王官故城在同州澄城縣西北九十里。南郊故城在縣北十七里。又有北郊故城。”

35. 四年《傳》:“晋侯伐秦，圍邧、新城。”杜注:“邧、新城，秦邑也。”

按,《史記正義》曰:“邧城在澄城縣界。”

36. 六年《傳》:“賈季亦使召公子樂于陳,[②] 趙孟使殺諸郫。”杜注云:“郫，晋地。”

按,《博物記》:“河東垣縣有郫邵之厄。”

37. 七年《傳》:“晋敗秦師于令狐，至于刳首。”杜注:“令狐在河東，當與刳首相接。”

按，後漢《衛敬侯碑陰文》曰:“城惟解梁，地即郀首，山對靈足，谷當猗口。”刳字作郀，秦地也。闞駰《十三州志》曰:“令狐即猗氏也。郀首在河西三十里。”

38. 九年《傳》:“楚侵陳，克壺丘。”杜注:“壺丘，陳邑。”

---

① “傳”,原脱,今據文例及《春秋左傳注疏》補。

② “亦使召”,原作“迎”,今據《春秋左傳注疏》改。

按，《水經注》："澺水逕新蔡縣故城東而東南流，注于汝水。汝水又東南逕壺丘城北，故陳也。"

39. 十年《傳》："王在渚宫。"杜注："小洲曰渚。"

按，《水經注》："江水逕江陵縣故城南，今城楚船官地也。《春秋》之渚宫矣。"

40. 十一年："叔孫得臣敗狄于鹹。"杜注："鹹，魯地。"

按，俞皋《春秋集傳釋義》曰："今案開州濮陽縣之鹹城，乃衛地也。近于赤狄，而魯無鹹城。"①

41.《傳》："敗狄于長丘。"杜注："長丘，宋地。"

按，《博物記》："陳留封丘縣有狄溝，即敗狄于長丘是也。"

42. 十二年《傳》：②"秦伯伐晋取羈馬。"杜注："羈馬，晋邑。"

按，杜氏《通典》："郘陽有羈馬城。"又《春秋地名考略》："今蒲州南三十六里有羈馬城。"

43. 十三年："公還自晋，鄭伯會公于棐。"杜注："棐，鄭地。"

按，《水經注》："華泉東逕棐城北，即北林亭也。今是亭南去新鄭四十許里。"

① 此條原在下條之後，但因此條爲文公十一年經文，故前移爲四十條，《傳》文後移作四十一條。

② "十二年傳"諸字，原脱，今據文例及《春秋左傳注疏》補。

44.《傳》:[①]“晋侯使詹嘉處瑕。”杜注:“賜其瑕邑。”

按,《西征記》:“陝州太原倉北臨大河,周迴六里,即晋詹嘉所處之瑕也。”

45. 十六年:“秋,毁泉臺。”杜注:“泉臺,臺名。”

按,《公羊傳》:“泉臺者何?郎臺也。郎臺則曷爲謂之泉臺?未成爲郎臺,既成爲泉臺。”莊三十一年,築臺于郎,即此也。

46.《傳》:[②]“楚大饑,戎伐其西南,至于阜山,師于大林。又伐其東南,至于陽丘,以侵訾枝。”杜注:“大林、陽丘、訾枝,皆楚邑。”

按,《一統志》:“阜山在鄖陽府房縣南。”《江陵記》:“城西北六十里有林城,《春秋》戎伐楚師于大林,即此城也。”《漢志》:“南郡臨沮縣荆山,漳水所出,東至江陵,入陽水。”陽丘蓋陽水旁之丘也。又應劭以泚水出泚陽縣東北大胡山,東入蔡。枝水出蔡陽縣東南大洪山,而東流注于溳。泚、枝即訾、枝也。昭二十五年楚遷訾人,蓋因水以名邑也。

47. 子越自石溪,子貝自仞,以伐庸。杜注:“石溪、仞,入庸道。”

按,《水經注》:“石水出蔡陽縣大洪山,東北流注于溳,謂之小溳水。”

48. 宣四年《傳》:“楚子與若敖氏戰于皋滸。”杜注:“皋滸,楚地。”

---

① “傳”,原脱,今據文例及《春秋左傳注疏》補。

② “傳”,原脱,今據文例及《春秋左傳注疏》補。

按，《水經注》："灃水出南陽雉山，又東南與皋水合。水出皋山。"是皋滸爲皋水之滸也。

49. 十二年《傳》："荀林父及楚子戰于邲。"杜注："邲，鄭地。"

按，京相璠曰："邲在敖北。"杜佑《通典》曰："管城縣有故邲城在南。"

50. 十五年："秋，仲孫蔑會齊高固于無婁。"杜注："無婁，杞邑。"

按，《公羊傳》作"牟婁"，《郡國志》北海平昌縣有婁鄉。

51. 秦桓公伐晉，次于輔氏。杜注："晉地。"

按，《地名考略》："朝邑縣西北十三里有輔氏城。"

52. 晉侯賞士伯以瓜衍之縣。

按，吴氏曰："汾州孝義縣北十里有瓜城。"

53. 十六年："晉滅赤狄甲氏及留吁。"杜注："甲氏、留吁，赤狄别種。"

按，《水經注》："侯甲水發源胡甲山。"侯甲，邑名，在祁縣。《金史·地理志》："沁州武鄉縣有胡甲山。"《括地志》："屯留故城城在潞州長子縣南三十里，故留吁國。"

54. 成元年《傳》："劉康公遂伐茅戎，敗績于徐吾氏。"杜注："徐吾氏，茅戎之别也。"

按，《水經注》："瀆谷水逕陜城西，西北入于河。河北對茅城，故茅亭，茅戎邑也。"《上黨記》："屯留縣有余吾城，在縣西北三十里，即徐吾也。"

55. 二年："六月，季孫行父、臧孫許、叔孫僑如及齊侯戰于鞌。七月，盟于袁婁。"杜注引《穀梁》曰："鞌去齊五百里，袁婁去齊五十里。"①

按，《括地志》："故鞌城在濟州平陰縣西十里。"《博物記》："臨淄縣西有袁婁。"

56.《傳》："師至于靡笄之下。"杜注："靡笄，山名。"②

按，《史·齊太公世家》"欒書將下軍，伐齊。與齊侯兵會靡笄下"，索隐曰："靡笄，山名，在濟南。"《金史·地理志》"濟南長清縣有劘笄山"，即靡笄也。"

57. 齊師次于鞫居。杜注："鞫居，衛地。"

按，《陳留志》："封丘有鞫亭，古鞫居也。"

58. 逢丑父與公易位，將及華泉。

按，《後魏書·地形志》："歷城有華泉。"《水經》："濟水又東，逕華不注山。山下有華泉。"

59. 晋師從齊師入自丘輿，擊馬陘。杜注："丘輿、馬陘，皆齊邑。"

按，《史·齊太公世家》："晋軍追齊至馬陵。"徐廣曰："一作陘。"

---

① "十"，原作"百"，今據《春秋左傳注疏》改。

② 此條原在上條之前，因上條爲經文，此條爲《傳》文，故將兩條次序乙正。

虞喜《志林》濮州鄄城縣有馬陵澗。

60. 公會晋師于上鄍。杜注:“上鄍,地闕。”

按,《郡國志》“沛國酇縣有鄍聚”,劉昭注引《博物記》曰:“諸侯會于鄍亭。”

61. 楚侵及陽橋。杜注:“陽橋,魯地。”①

按,陸澄曰:“博縣有陽橋。”蓋地名,無橋也。

62. 三年:②“晋郤克、衛孫良夫伐廧咎如。”杜注:“赤狄別種。”

按,僖二十三年狄伐廧咎如,杜注“隗姓”國。宋白曰:“慈州,《春秋》廧咎如之國,隋爲汾州。貞觀元年改慈州。”

63.《傳》:③“春,諸侯伐鄭。鄭使東鄙覆諸鄤,敗諸丘輿。”杜注:“鄤、丘輿,皆鄭地。”

按,《水經注》:“鄤水西出婁山,東北流逕田鄤谷,謂之田鄤溪水,東流注于汜。汜水又北逕虎牢城東。”

64. 六年《傳》:“晋欒書救鄭,與楚師遇于繞角。”杜注:“繞角,鄭地。”

按,杜氏《通典》:“古繞角城在今汝州魯山縣東南。”

---

① 此條原在下條之後,但此條屬《左傳·成公二年》,故移至此。

② “三年”,原脱,今據文例及《春秋左傳注疏》補。

③ “傳”,原作“三年”,今據《春秋左傳注疏》改。

65. 八年《傳》:“渠丘公立于池上。”杜注:“渠丘,邑名,莒縣有蘧里。”

按,《郡國志》:“北海安丘縣有渠丘亭。”劉昭曰:“有渠丘城。”楚伐莒,渠丘城惡,衆潰奔莒。是渠丘不在莒縣,故衆潰從渠丘奔莒也。又昭十一年“齊渠丘”,[①] 杜注:“今齊國西安縣也,齊大夫雍廩邑。”《郡國志》:“齊國西安縣有蘧丘里,古渠丘。”則齊之渠丘,世謂之爲蘧丘里,而非莒渠丘也。杜云“莒縣有蘧里”,混矣。

66. 十二年:“公會晋侯、衛侯于瑣澤。”杜注:“瑣澤,地闕。”

按,《郡國志》“魏郡元城縣”,劉昭注引《地道記》:“縣南有瑣陽城。”

67. 十三年《傳》:[②]“晋師及秦師戰于麻隧,師遂濟,及侯麗而還.”杜注:”麻隧、侯麗,皆秦地。”

按,劉伯莊曰:“侯麗在涇陽縣境。”

68. 十五年:“冬,會吴于鍾離。”杜注:“鍾離,楚邑,淮南縣。”

按,羅泌《路史》:“沂之承縣有古鍾離城。”羅苹注曰:“預云淮南,今屬濠州。然時方謀伐楚,豈得會其地?預之誤也。”

69. 十六年《傳》:[③]“鄭子罕伐宋。宋敗諸汋陂,退舍于

---

① “十一”,原作“二十一”,今據《春秋左傳注疏》改。

② “傳”,原脱,今據文例及《春秋左傳注疏》補。

③ “傳”,原脱,今據文例及《春秋左傳注疏》補。

夫渠。鄭人覆之，敗諸汋陵。”杜注：“汋陂、夫渠、汋陵，皆宋地。”

按，劉澄之《豫州記》：“陳縣北有汋陂湖。”《路史》：“汋陵城在寧陵縣東南二十五里。”

70. 楚師還及瑕。杜注：“瑕，楚地。”

按，《水經注》：“山桑縣南，北肥水又東，積而爲陂，謂之瑕陂。陂水又東南逕瑕城南，楚師還及瑕，即此城也。”

71. 十八年：“同盟于虚朾。”杜注：“虚朾，地闕。”

按，僖元年，會于檉。檉，《公羊》作朾，范甯以朾爲宋地。疑此亦宋地，蓋同盟有宋公也。

72. 《傳》:① “鄭伯會楚子伐宋，取朝郟。”杜注：“朝郟，宋邑。”

按，《水經注》：“睢水東與滭湖水合。水上承甾丘縣之滭陂，東至朝解。”朝解即朝郟，蓋音近也。

73. 晉侯師于台谷以救宋。杜注：“台谷，地闕。”

按，今蕭縣北有三台山，山在古蕭城東南十里。襄十年楚鄭圍蕭，杜注：“蕭，宋邑。”則師于台谷，蓋宋地也。

74. 襄二年《傳》：“晏弱城東陽以偪萊。”杜注：“東陽，齊竟上邑。”

按，《郡國志》：“泰山南城縣有東陽城。”

① “傳”,原脱,今據文例及《春秋左傳注疏》補。

75. 三年《傳》："盟于郱外。"杜注："郱，水名。"

按，《水經注》："時水出齊城西，南北二十五里，平地出泉，即郱水也。"《金史·地理志》："益都博興縣有時水。"

76. 五年："夏，會吳于善道。"杜注："善道，地闕。"

按，阮勝之《南徐記》："今盱眙縣，春秋時善道地。"《公羊》《穀梁》作"善稻"。

77. 七年："公會諸侯于鄬。"杜注："鄬，鄭地。"

按，鄭處誨曰："鄬，魯山地名，屬汝州。"《穀梁》作隔。

78. 九年《傳》："晉侵鄭，濟于陰坂，次于陰口。"杜注："陰口，鄭地。"

按，《水經注》："洧水逕鄶城南，東逕陰坂北。水有梁焉，俗謂是濟，爲參辰口，晉伐鄭次于陰口，是也。"

79. 十年《傳》："宋公享晉侯于楚丘，請以桑林。"

按，《竹書紀年》晉幽公二年，"魯季孫會幽公于楚丘"。《括地志》："成武縣有楚丘亭。"成武，後漢屬濟陰，此蓋爲宋之楚丘與魯地相接。魯僖二年城楚丘，亦在其地。故魯、宋各有楚丘，與衛楚丘爲三也。

80. 納諸霍人。杜注："霍，晉邑。"

按，閔元年，晉獻公滅霍，以其地賜大夫先且居。今平陽府霍州西十六里故霍城，是也。霍人之霍，音瓁，不得單名爲霍也。《史記·樊噲傳》"霍人"注作"葰人"。《漢·地理志》太原葰人縣，如淳音瓁。晉使周内史選偪陽之族嗣，納諸霍人，蓋葰人也。

81. 諸侯伐鄭，師于牛首。杜注："鄭地。"

按，諸侯師于牛首，在十年九月。至明年四月己亥，齊太子光、宋向戌先至于鄭，門于東門。則十年師于牛首，猶未至鄭，不得爲鄭地，明矣。又桓十四年，宋伐鄭，取牛首。時牛首先已屬宋，不得仍屬鄭，明矣。《郡國志》魯國有牛首亭，當即是伐鄭所師處也。

82. 晋師城梧及制。杜注："梧、制皆鄭舊地。"

按，《郡國志》彭城有梧縣，蓋宋地也。襄元年彭城降晋，遷五大夫于瓠丘。故于此因鄭叛城梧及制，時梧、制皆屬晋，故不别言宋、鄭耳。杜以梧亦鄭舊地，非也。

83. 十四年《傳》："鄭子蟜帥師至于棫林。"杜注："棫林，秦地。"

按，《世本》："鄭桓公居棫林，徙拾。"宋衷云："皆舊地名。"是棫林在華州鄭縣矣。

84. 十七年《傳》："飲馬于重丘。"杜注："重丘，曹邑。"

按，《樂毅列傳》"齊敗楚相唐眛于重丘"，正義曰："重丘在曹州成武縣界。"《寰宇記》："乘氏縣東北三十七里，古重丘城是。"

85. 十八年《傳》："晋伐齊，齊侯禦諸平陰，塹防門，而守之廣里。"杜注："平陰城在濟北盧縣東北。其城南有防，防有門，於城外作塹横行，廣一里。"

按，《水經注》："預云平陰在盧縣東北，非也。京相璠曰：平陰在濟北盧縣西南十里。平陰城南有長城，東至海，西至濟河，道所由名，防門去平陰三里。齊侯塹防門，即此也。今防門北有光里，齊人言廣，音與光同。”《郡國志》“盧縣有光里”，是也。

86. 楚師伐鄭，次于魚陵。杜注：“魚陵，魚齒山也，在南陽犨縣北，鄭地。”

按，范守己曰：“上言子庚治兵于汾，注云：‘襄城東北有汾丘城。’兹乃謂魚陵爲魚齒山，在南陽，豈子庚治兵于襄城，及欲伐鄭，乃南還走南陽耶？然則魚陵之不爲魚齒山明甚。况下又言魚齒，何於此言魚陵耶？至梅山若在密縣東北，則是新鄭西北矣。”《左氏》何云右迴梅山，侵鄭東北也？據《郡國志》“襄城縣有魚齒山”，則魚齒蓋不在南陽矣。

87. 十九年《傳》：“齊崔杼殺高厚于灑藍。”杜注：“灑藍，齊地。”

按，《郡國志》“東海昌慮縣有藍鄉”，今滕縣東南有昌慮故城。

88. 齊及晋平，盟于大隧。杜注：“大隧，地闕。”

按，徐齊民《北征記》：“河南菀陵縣東有大隧澗。”

89. 二十一年：“春，邾庶其以漆、閭丘來奔。”杜注：“二邑在高平南。平陽縣東北有漆鄉，西北有顯閭亭。”

按，《水經注》：“泗水又南逕平陽縣故城西，① 世謂之漆鄉。預曰東北，今見有故城，西南方二里，所未詳也。”又《十三州記》：“山陽南平陽縣又有閭丘鄉，見在漆鄉東北十里。”杜謂顯閭，非也。

90. 二十三年：“叔孫豹帥師救晋，次于雍榆。”杜注：“雍榆，晋地。汲郡朝歌縣東有雍城。”

① “又南逕”，原作“逕南”，今據《水經注》卷二十五改。

按，《水經注》："淇水右合宿胥故瀆。瀆受河于頓丘縣遮害亭東，黎山西北。淇水又東北流，逕雍榆城南，叔孫豹次于雍榆者也。"

91. 二十四年《傳》："楚子伐鄭以救齊，次于棘澤。"

按，《水經注》："龍淵水出長社縣，又東南逕棘城北。"即《傳》之棘澤也。

92. 二十五年："諸侯同盟于重丘。"杜注："重丘，齊地。"

按，應劭曰："平原安德縣北五十里有重丘鄉。"

93.《傳》:[1]"晋侯濟自泮，會于夷儀，伐齊以報朝歌之役。"

按，《郡國志》："東郡聊城縣有夷儀聚。"

94. 二十六年《傳》："雍子奔晋。晋人與之鄐。"杜注："鄐，晋邑。"

按，昭十四年《傳》"邢侯、雍子爭鄐田"，即此鄐也。《路史》曲沃南二里，有故鄐城。

95. 賁皇奔晋，晋人與之苗。杜注："苗，晋邑。"

按，《水經注》："溴水逕溴闕南，歷軹闕南逕苗亭西。亭故晋之苗邑也。"

96. 楚子伐鄭，涉于樂氏。杜注："樂氏，津名。"

---

① "傳",原脱,今據文例及《春秋左傳注疏》補。

按，《水經注》："汳水逕雍丘縣故城北，逕陽樂城南。《西征記》曰：'城在汳北一里。'"涉于樂氏，涉汳水也。

97. 二十七年《傳》："衛子鮮奔晋，托於木門。"杜注："晋邑。"

按，《路史》："滄之清池西北四十里有木門故城，衛鱄所托。"今滄州有木門城，一名參户城。

98. 三十年《傳》："伯有死，葬諸斗城。"杜注："斗城，鄭地。"

按，《水經注》"沙水至陽夏縣故城西，又東南逕斗城西"，是也。

99. 昭四年《傳》："夏桀爲仍之會，有緡叛之。商紂爲黎之蒐，東夷叛之。周幽爲太室之盟，戎狄叛之。"

按，《竹書紀年》"夏帝癸十一年，會諸侯于仍，有緡氏逃歸。遂滅有緡。商帝辛四年，大蒐于黎。周幽王十年春，王及諸侯盟于太室"，即是事也。

100. 夏啓有鈞臺之享，商湯有景亳之命，周武有孟津之誓，成有岐陽之蒐，康有酆宫之朝，穆有塗山之會。

按，《竹書紀年》"夏帝啓元年，大饗諸侯于鈞臺。帝癸二十八年，商會諸侯于景亳。商帝辛五十一年冬十一月戊子，周師渡盟津而還。周成王六年，大蒐于岐陽。康王元年，諸侯朝于豐宫。穆王三十九年，王會諸侯于塗山"，即是事也。

101. 穆子去叔孫氏，及庚宗。杜注："庚宗，魯地。"

按，《地名考略》："今泗水縣東有庚宗亭。"

102. 吴伐楚，入棘、櫟、麻。杜注：“酇縣東北有棘亭。新蔡縣東北有櫟亭。”

按：《史記索隐》：“解者以麻即襄城縣故麻城，是也。”

103. 五年《傳》：“鄭伯勞屈生于菟氏。”杜注：“菟氏，鄭地。”

按，《水經注》：“開封城南得野菟水口，水上承西南菟氏亭，北野菟陂鄭地也。”

104. 韓起反，鄭伯勞諸圉。杜注：“圉，鄭地名。”

按，《括地志》：“故圉城有南北二城，在汴州雍丘縣界。”《路史》：“雍丘縣南五十里有圉城。”

105. 楚伐吴，吴敗之于鵲岸。杜注：“廬江舒縣有鵲尾渚。”

按，《地名考略》云：“今舒城縣治西北有鵲亭，即預所云也。然薳射自夏汭出，薳啓疆别從江道，不應在内地。”杜佑曰：“南陵大江中有鵲尾洲，即古鵲岸也。又池州銅陵縣北十里有鵲頭山，高聳臨江。據《太平御覽》鵲頭與鵲尾相去八十里，蓋言敗之于此岸也。”

106. 楚子以馹至于羅汭。杜注：“羅，水名。”

按，《水經注》：“汨水西逕羅縣北，又西逕汨羅戍南，北流注于湘。①《春秋》之羅汭矣。”

107. 沈尹赤會楚子，次于萊山。

---

① “北”,《水經注》作“西”。

按，《水經注》武昌城南有來山。

108．楚師從之，及汝清。杜注："汝清，楚地。"

按，《水經注》"汝水逕壺丘城北，又東與清陂水合。清陂水上承慎水"，即汝清也。

109．楚子遂觀兵于坻箕之山。杜注："觀，示也。"

按，《輿地記》："巢縣南三十里有踟蹰山，即坻箕之山。"

110．七年《傳》："楚子爲章華之宫，納亡人以實之。芋尹無宇執人于王宫。"杜注："章華，南郡華容縣。"

按，十三年《傳》："公子棄疾先除王宫，使觀從從師于乾谿。"王宫，即章華宫也。《郡國志》"汝南城父縣，春秋時曰夷，有章華臺"，劉昭曰："有乾谿，在縣南。"《家語》注："靈王起章華之臺于乾谿，國人潰畔，遂死焉。"魏收《地形志》："汝南汝陽縣有章華臺。"則此章華之宫、章華之臺皆在城父也。

111．辭以無山，與之萊、柞。杜注："萊、柞，二山。"

按，《十三州記》"泰山萊蕪縣，魯之萊、柞邑"。是魯與謝息以萊柞二邑，非山也。

112．八年："秋，蒐于紅。"杜注："紅，魯地。沛國蕭縣西有紅亭。"①

按，《郡國志》："泰山奉高縣。"劉昭注曰："昭八年大蒐于紅。紅亭在縣西北。"

---

① "亭"下，《春秋左傳注疏》及中華書局本有"遠疑"二字。

113.《傳》:①“自根牟至于商衛。”杜注:“商,宋地,魯西竟接宋、衛也。”

按,魏收《地形志》:“濟北東阿縣有衛亭。”衛亦地名,非國也。

114. 十年《傳》:“戰于稷,欒高敗。又敗諸莊,國人追之。又敗諸鹿門。”杜注:“稷,祀后稷之處。”

按,劉向《别録》:“稷,齊城門名也。”昭二十二年“莒子如齊,盟于稷門之外”,是也。又按《括地志》“齊城章華之東有鹿門”,即所謂敗諸鹿門者也。

115. 秋七月,平子伐莒,取郠。杜注:“郠,莒邑。”

按,《路史》:“敬王三十年,魯伐莒,取郠,在瑯邪。”今按,魯昭十年,爲周景王十三年,又十二年崩,敬王始立。《路史》誤。

116. 十一年《傳》:“楚子滅蔡,用隐太子于岡山。”

按,《輿地記》荆州松滋縣有九岡山,郢都之望也。

117. 十二年《傳》:“王是以獲没于祗宫。”

按,《竹書》:“穆王元年冬十月,築祗宫于南鄭。十八年春正月,王居祗宫,諸侯來朝。五十五年,王陟于祗宫。”

118. 十七年《傳》:“晋荀吴帥師涉自棘津。”杜注:“河津名。”

按,《水經注》:“河水逕東燕縣故城北,② 則有濟水自北來注之。”

---

① “傳”,原脱,今據文例及《春秋左傳注疏》補。

② “水”下,《水經注》有“又”字。

注："河水於是有棘津之名，亦謂之石濟津。"

119. 陸渾子奔楚，其衆奔甘鹿。杜注："甘鹿，周地。"

按，《水經注》："甘水出宜陽縣鹿蹄山。"《寰宇記》："山在縣西三十里。"

120. 二十年："夏，曹公孫會自鄸出奔宋。"杜注："鄸，曹邑。"

按，《寰宇記》："濟陰乘氏縣西北有大饗城，故老言古曹之鄸邑。"

121.《傳》:① "取人于萑苻之澤。" 杜注："萑苻，澤名。"

按，《水經注》："役水出菀陵縣西，東北逕中牟澤，即鄭太叔攻萑苻之盜于是澤也。"

122. 二十一年《傳》："戰于赭丘。"杜注："赭丘，宋地。"

按，《郡國志》："陳國長平縣有赭丘城。"

123. 二十二年《傳》:② "負甲以息于昔陽之門外。" 杜注："昔陽，故肥子所都。"

按，《漢·地理志》"鉅鹿，下曲陽"，應劭曰："晋荀吴滅鼓，今鼓聚昔陽亭是。"③ 杜以爲肥子所都，誤也。

---

① "傳",原脱,今據文例及《春秋左傳注疏》補。

② "傳",原脱,今據文例及《春秋左傳注疏》補。

③ "是"下,《漢書·地理志》有"也"字。

124. 前城人敗陸渾于社。杜注："社，周地。"

按，《水經注》鞏縣北有五社渡，爲五社津。

125. 二十三年《傳》："單子取訾。"杜注："訾在河南鞏縣西南。"

按，《路史》云："訾有二，西訾在洛，東訾在鞏。單子所取，蓋西訾也。"二十四年："陰不佞拘得玉者，取其玉。王定而獻之,① 與之東訾。"杜注誤以二訾爲一，故兩注無異辭也。今按，《水經注》："洛水東逕訾城北，又東,② 羅水注之。"此蓋訾之在洛者。《後漢志》"鞏有東訾聚"，此蓋訾之在鞏者。

126. 劉子從尹道伐尹。

按，《水經注》："宜陽縣有共谷，共水出焉。南流得尹谿口，水出西北尹谷。"劉子伐尹，當即此地也。《地名考略》以爲汾州古尹城，誤矣。

127. 尹辛敗劉師于唐。杜注："唐，周地。"

按，《郡國志》洛陽有唐聚。

128. 二十六年《傳》："遂軍圉澤，次于隄上。"杜注："圉澤、隄上，皆周地。"

按，《地記》洛陽東有中隄山。

---

① "王",原作"玉",今據《春秋左傳注疏》改。

② "又"上,原衍"潯水"二字,今據《水經注》删。

129. 二十七年《傳》:[①]“楚左司馬沈尹戌與吴師遇于窮。令尹子常以舟師及沙汭而還。”杜注:“沙，水名。”

按，京相璠曰:“今安豐有窮水，北入淮。”《水經注》曰:“義成縣故屬沛，沙水東流，注于淮，謂之沙汭。”

130. 定元年《傳》:“執宋仲幾歸諸京師。”

按，程時叔《春秋或問》曰:[②]“京師無定所，王之所都即爲京師。河南郟鄏，前日之京師。叔孫得臣如京師，晋人執曹伯歸之于京師，是也。成周洛陽，今日之京師。晋人執宋仲幾于京師，是也。”

131. 四年:[③]“蔡侯以吴子及楚人戰于柏舉。”杜注:“柏舉，楚地。”

按，《水經注》:“舉水逕齊安郡西，又東南歷赤亭下，分爲二水，南流注于江，謂之舉洲。”蓋楚人遷柏于此，而因謂之柏舉也。

132. 《傳》:[④]“封畛土略，自武父以南。”杜注:“武父，衛北界。”

按，俞皐《釋義》曰:“今濟南路濟陽縣東北有武父城。”

133. 吴從楚師及清發。杜注:“清發，水名。”

按，《水經注》:“清水在江夏安陸縣西南，即《春秋傳》‘及于清發’者也。”

---

① “二十七年《傳》”,原脱,今據文例及《春秋左傳注疏》補。

② “時”,原作“敬”,今據《元史·程端學傳》改。

③ “年”下,原衍“傳”,今據文例及《春秋左傳注疏》删。

④ “傳”,原脱,今據文例及《春秋左傳注疏》補。

134. 敗諸雍澨，五戰及郢。

按，《水經注》："沙陽縣本江夏之沙羨，江之右岸有雍口。"

135. 五年《傳》："敗吴師于軍祥。"杜注："楚地。"

按，《水經注》："楊水東北與祥谿水合，水出江陵縣北。"

136. 六年《傳》："鄭於是乎伐馮、滑、胥靡、負黍、狐人、闕外。"杜注："陽城西南有負黍亭。"

按，《水經注》："潩水南逕胡城東，故潁陰縣之狐人亭也。"

137. 九年《傳》："晋車千乘在中牟。"① 杜注："今滎陽有中牟縣，迴遠，疑非也。"

按，《趙世家》："獻侯少即位，② 治中牟。"索隱曰："趙中牟，在河北，非鄭之中牟。"正義曰："相州蕩陰縣西五十八里有中牟山，③ 蓋中牟邑在此山側也。"

138. 十五年《傳》："鄭罕達敗宋師于老丘。"杜注："老丘，宋地。"

按，《陳留風俗傳》："陳留縣北有老丘城。"

139. 哀元年《傳》："伐晋，取棘蒲。"

按，《地理志》"常山平棘縣"，應劭曰："伐晋取棘蒲也。"《考略》

① "車"，原作"軍"，今據《春秋左傳注疏》改。

② "獻侯少"，原作"少侯"，今據《史記・趙世家》改。

③ "西"下，原衍"北"字，今據《史記・趙世家》删。"八"，原脱，今據《史記・趙世家》補。

曰："今趙州城中有棘蒲社。"

140. 四年《傳》："趙稷奔臨。"杜注："臨，晋邑。"

按，《九域志》："趙州臨城縣，州西南一百三里有古臨城，在縣東。"

141. 六年《傳》："使胡姬以安孺子如賴。"杜注："賴，齊邑。"

按，《郡國志》："濟南菅縣有賴亭。"十年,① 趙鞅伐齊侵及賴而還。

142. 八年《傳》："吴師克東陽而進。"杜注："魯地。"

按，《郡國志》："泰山南城縣有東陽城。"

143. 十一年《傳》："城鉏人攻太叔疾。衛莊公復之，使處巢，死焉。"杜注："巢，衛地。"

按，《寰宇記》："巢亭在襄邑南二十里。"

144. 十六年《傳》："白公以王如高府。"杜注："高府，楚别府。"

按，《淮南子》曰："闔閭伐楚，五戰入郢，燒高府之粟，破九龍之鐘。"是高府爲楚藏粟府也。

145. 使處吴竟，爲白公。杜注："白，楚邑也。汝南褒信縣西南有白亭。"

按，《水經注》："白亭東北有吴城。《史記》楚惠王二年，子西召太

① "十"下,原衍"一"字,今據《春秋左傳注疏》删。

子建之子勝于吴。勝入居之，故曰吴城。”《楚世家》考烈王以左徒爲令尹，封以吴，是也。

146. 十七年《傳》：“越伐吴，吴子禦之笠澤，夾水而陳。”

按，《國語》“越敗吴于囿”，注曰：“囿，笠澤也。”《揚州記》：“太湖一名笠澤。”然太湖周五百里，吴亦豈能夾水而陳乎？《水經注》云：“上承太湖，東逕笠澤，在吴南松江左右。”《吴地記》云：“笠澤，松江之别名。”此吴所以夾江而陳也。

147. 二十六年《傳》：①“宋景公游于空澤。”杜注：“空澤，宋邑。”

按，《水經注》：“獲水東南逕空桐澤北。澤在虞城東南。”疑空澤蓋地名，非邑也。

① “十”上，原脱“二”字，今據《春秋左傳注疏》補。

卷十二

翰林院檢討徐文靖　撰

禮一

1. 陳氏《讀書考》曰："按《藝文志》'《周官經》六篇'，顏師古曰：'即今之《周禮》也。'① 先儒固有疑於是書者，若林孝存以爲武帝知《周官》爲瀆亂不經之書，作十論七難以排棄之。何休亦以爲六國陰謀之書。惟鄭康成博覽，以爲周公致太平之迹。愚按：此書多古文奇字，名物度數，可考不誣。其爲先秦古書，似無可疑。愚所疑者邦土邦事，灼然不同。其他煩碎駁雜，與夫劉歆、王安石一再用之而亂天下，猶未論也。"

按，北平黄老師崑圃《周禮節訓序》曰："聞之三代而下，禮爲治天下之一端。三代而上，禮爲治天下之統會。韓宣子見《易象》與《魯春秋》而曰：周禮盡在魯。是《易》《春秋》，亦禮也。設官分職以爲民極，而統名爲周禮。殷因於夏禮，周因於殷禮。禮之外更無他事矣。《周禮》其大綱，《儀禮》其節目，《禮記》爲義疏。義疏設科，而大綱與節目不與，聖經之興廢，其亦有時乎？竊惟前人於《周禮》之書，良多異論。朱

① "禮"上,《漢書》顔師古注有"官"字。

子則以爲周家法度，廣大精密。又云：周公從廣大心中流出。是《周禮》固無可議也。《尚書》中《立政》《周官》二篇，與《周禮》蓋相爲表裏。以愚度之，《立政》篇恐是周公未定《周禮》時作，故常伯、常任、準人等名，與《周禮》多參差不合。《周官》篇是已定《周禮》時作，故六卿率屬，一一相符。《周禮》序官立政，直揭命官之精意，而曰籲俊尊上帝，曰克知宅心、灼見俊心，曰罔攸兼于庶獄庶慎；又曰罔敢知于兹。此《周禮》未言之旨，而讀者宜於言外得之者也。《周禮》分職，《周官》兼明盡職之要，而曰學古入官、議事以制，曰功崇惟志、業廣惟勤，曰居寵思危，曰推賢讓能。此亦《周禮》未言之旨，讀者當於言外得之者也。《周禮》如方罫，《立政》《周官》如弈者之舉棋。① 方罫三百六十，常定者也。舉棋有巧拙得失，無定者也。是故官雖當，必得其人以居之。職雖備，必得其人以理之。新莽、荆舒非不藉口《周禮》，而反誤天下，此猶弈者舉棋不善，而可以咎方罫乎？”

2.《朱子語録》曰：“《周禮制度菁華》云：主客行人之官，合屬春官宗伯，而乃掌於司寇。宗伯典禮，司寇典刑。土地疆域之事，合掌於司空，乃掌於司馬。蓋周家設六官互相檢制之意。此大不然。何聖人不以君子長者之道待其臣，既任之而復疑之耶？或問：如何？先生曰：賓客屬秋官者，蓋諸侯朝覲會同之禮既畢，則降而肉袒請刑，司寇主刑，所以屬之。有威懷諸侯之意。夏官掌諸侯土地封疆，如職方氏皆屬夏官。蓋諸侯有變，則六師移之，所以屬司馬也。又問：冬官司空掌何事？曰：次第是管土田之事。蓋司馬職方氏存其疆域之定制，至於申畫井田，創置纖悉，必屬於司空，而今亡矣。”

按，袁儼注《備考》曰：“朝宗覲遇乃諸侯四時之禮，而皆屬之春

① “弈”,原作“奕”,今據文意及中華書局本改。下“弈”字同。

官者，以宗伯爲禮官也。蒐苗獮狩乃天子四時之田，而皆屬之夏官者，以大司馬爲兵官也。司寇掌邦刑，而復掌賓客者，蓋諸侯朝覲會同之禮既畢，則降而肉袒請刑，司寇掌之，所以威懷諸侯也。冬官掌邦土，而土訓乃屬之司徒，土方又屬之司馬者，蓋土訓掌地圖，王巡狩則夾王車以詔地事；土方致日景，王巡狩則辨土宜以樹王舍，各司其事也。世婦在天官者二十七，在春官者八十四，其數不同，其爵亦不能以不異也。環人之在夏官者掌致師，在秋官者掌守衛賓客，其職不同，其名亦不嫌其同也。保章氏掌天星，察五物以詔救政，乃事天之禮，故不屬天官而屬禮官也。職方氏之掌地圖，因巡狩以巡戒令，乃清道之職，故不屬地官而屬司馬也。司儀、司刑所以同爲司寇之屬者，蓋明刑固所以弼教，而折民亦係于降典，職不同而事有相因者焉。舞師、樂師之不得爲一官者，蓋一以爲民禱祀，一以掌教國子，事不同而用亦有不同者焉。五官分其目，以贊冢宰。冢宰總其事，以贊于王則。體統正而政繇於一矣。大事必詔于王，小事自裁以行，則上下安而信任亦專矣。官雖多而事必攝，豈得爲冗員乎？稅闕民以警其惰，豈得爲苛政乎？膳夫不敢會王后世子之膳，外府不敢會王之服，所以然者，蓋有司不敢計王后之用度，而至尊不可受有司之約束。矧太宰以九式内節財用，固有不會之會矣。歲終則考百官，三歲則計群吏。所以然者，蓋官府之事約，故歲終必致其事；群吏之日煩，故三歲乃致其治。矧小宰而下有日成、月要、歲會之典，固已考而不必考矣。遂人、匠人不同於溝洫者，一以長言之，一以方言之。因地以順其勢，故其縱横有不同，均之以便民爾。賈田所以屬於載師者，田爲縣官所鬻，而非商賈所受，四民不相易業。若以爲商賈之田，則工亦當有田矣。"

3.《隋·經籍志》曰："漢時有李氏得《周官》，上於河間獻王，獨闕《冬官》一篇，遂取《考工記》以補其處，合成六篇奏之。王莽時，劉歆始置博士，以行於世。杜子春受業於歆，因以教授。"

按,《周官》及《考工記》今本所定者,大抵皆杜子春及鄭司農所讀也。而李氏所上者,漢時皆謂之故書。其故書與今本不同者,見於鄭注,凡數百焉。如《太宰》之職“以九貢致邦國之用”,二曰“嬪貢”,故書嬪作賓。《小宰》之職“七事者”,故書七爲小。《内宰》“度量淳制”,淳爲敦。《縫人》“衣翣柳之材”,翣柳作接檟。《大司徒》之職“以儀辨等”,故書儀或爲義。《小司徒》“治其徒役與其輂輦”,故書輦作連。《牧人》“毁事用尨”,毁爲甈。《草人》“墳壤用麋”,墳作盆。《大宗伯》之職“以疈辜祭四方”,故書疈爲罷。《小宗伯》“及其祈珥”,故書祈爲幾。《小史》“奠世繫”,奠爲帝。《大司樂》“播之以八音”,播爲藩。《巾車》“歲時更續共其弊車”,更續爲受讀。《大司馬》“之屬司爟”,故書爟爲燋。《弁師》“會五采玉璂”,故書會作膾。《司弓矢》“甲革椹質”,椹作鞎。《職方氏》“金錫竹箭”,箭爲晋。《大司寇》之職“以邦成弊之”,故書弊爲憋。《朝士》“慮刑貶”,故書貶爲憲。《薙氏》“始生而萌之”,萌作甍。《赤犮氏》“以蜃灰攻之”,蜃爲晨。《考工記》“作舟以行水”,故書舟作周。《輈人》“必緧其牛後”,故書緧作鰌。《㮚氏》“兩欒”,欒作樂。《鮑人》“脂之則需”,需作割之類,是也。故書之字義,有《爾雅》所不及載,《説文》所不及詳者,其爲秦前之古書無疑。而或者疑於是書,謂劉歆所附益以佐新莽者,謬矣。

4. 或問:“《周禮》祀天神地示人鬼之樂,何以無商音?”朱子曰:“五音無一則不成樂,非是無商音,只是無商調。先儒謂商調是殺聲,鬼神畏商調,故不用,而只用四聲迭相爲宫。未審其五聲不備,又何以爲樂?”

按,《鄉射禮》:“獲者坐而獲,舉旌以宫,偃旌以商。”是周時私樂不廢商也。《周禮·太師》“執同律以聽軍聲”,① 注謂:“商則戰勝,軍士

① “軍”,原作“八”,今據《周禮注疏》改。

强，角則軍擾多變，宫則軍和，徵則將急，羽則兵弱。”《太公六韜》曰：“角管聲應，當以白虎；徵管聲應，當以玄武；商管聲應，當以勾陳。五管盡不應，無有商聲，當以青龍。”是商聲乃行軍之所尚，周未嘗廢商而不用也。《周七律記》曰：“揆厥琴制，舊惟五絃，少宫少商，加二爲七，琴書所載，起於文、武，實自周始。”是周時不獨正聲用商，而子聲有少商也。《唐書・楊收傳》:① “上古祭天地宗廟,② 皆不用商。周人祭天地訖，不用商及二少。蓋商聲高而二少聲下，所以取其正、裁其繁也。漢祭天地則用商，而宗廟不用，謂鬼神畏商之剛。”③ 朱子之説，蓋原於此。明鄭世子載堉《律吕精義外篇》曰：“《周禮・大司樂》言祭天地宗廟之樂，某律爲宫，某律爲角，某律爲徵，某律爲羽，獨不言商。《荀子》曰太師‘審詩商’，謂審察詩中若有商音，則避之。先儒以爲祭尚柔，鬼神畏商之剛，故不用。然則君子佩玉，右徵角，左宫羽，亦忌商而不忌徵羽，何也？或謂周人以木德王，商金克木，故不用。然則太師掌六律六同，而文之以五聲宫商角徵羽，是又何也？”夫商金克木之説，其義淺陋，恐非聖人制作之旨。惟劉績《六樂圖説》以爲周不用商起調者，避殷所尚也，猶亡國之社屋之之義。竊謂宫商之商與夫殷商之商同名，或是商人制作之時，愛其名與已同，凡郊廟朝廷之樂獨用商調耳。周人反之者，亦猶改統易朔，文質相反之意。是故太師審而避之。然亦有不當避者，若《豳詩》之屬，是也。《七月》《楚茨》諸篇，言辭純正而爲變風變雅，以其有商音，是以爲變耳。至於封微子於宋，修商之禮樂，以祀其先王，則又全與周制異矣。故師乙對子貢曰：“商者，五帝之遺聲也，商人識之，故謂之商。”此曰商人，謂宋人也。觀師乙所敢傳，子貢所敢受，則是周人未嘗避商音。其當避者，惟朝廷官樂耳，民間私樂則不必避。故宋玉曰：“客有歌於郢中者，爲《陽春白雪》，引商刻羽，雜以流徵。”《莊子》曰：曾子曳屣而歌《商頌》，“聲滿天地，若出金石”，是也。

---

① “收”,原作“休”,今據《新唐書・楊收傳》改。

② “祭”,《新唐書・楊收傳》作“祀”。

③ “剛”下,原衍“也”字,今據《新唐書・楊收傳》删。

5.《保章氏》："以星土辨九州之地。"賈氏疏引《春秋文耀鉤》曰："布度定記，分州繫象，華、岐以西，龍門，積石至三危之野，雍州屬魁星。太行以東至碣石、王屋、砥柱、冀州屬樞星。三河、雷澤，東至海岱以北，兖青之州，屬機星。蒙山以東至南江、會稽、震澤、① 徐揚之州，屬權星。大別以東，至雷澤、九江，荆州屬衡星。外方、熊耳以至泗水、陪尾，豫州屬杓摇。"②

按，瞿曇悉達《開元占經》亦引《春秋文耀鉤》"布度定記"作"定紀"，"至三危之野"作"西至"，③"樞星"作"璇星"，"青兖之州"作"兖州"，"青州機星"作"璣星"，"蒙山以東至南江"作"蒙山以東至羽山，南至江"，"大別以東至雷澤"作"雲澤"，"九江荆州"作"九江衡山荆州"，"外方熊耳以至泗水陪尾"作"外方熊耳以東"，"杓搖"作"杓星"。今《圖書編》及《繹史》並於賈疏中抄出，尚仍其誤，宜依《占經》訂正之。

6.《州長》："正月之吉，各屬其州之民而讀法。正歲則教民讀法如初。"④ 柯氏、葉氏曰："正月乃夏之正月，正歲指周建子之月也。"

按，《天官冢宰》掌邦治，"正月之吉，始和，布治於邦國都鄙"。所謂正月者，周正建子之月也。《地官》鄉師之職"正歲稽其鄉器"，⑤ 所謂正歲者，夏正建寅之月也。《凌人》："掌冰，正歲十有二月，令斬

① "震"，原作"雷"，今據《周禮注疏》改。

② "杓摇"，《周禮注疏》作"摇星"。

③ "野"，原作"山"，今據《周禮注疏》改。

④ "教民讀"，《周禮注疏》作"讀教"。

⑤ "地"，原作"春"，今據《周禮注疏》改。"歲"下，原衍"則"字，今據《周禮注疏》删。

冰，三其凌。春始治鑑。”所謂十二月者，夏之季冬，故先言十二月而後言春也。《州長》“正月之吉”，正月者，建子之月。“正歲則教民讀法如初”，正歲者，建寅之月。如初者，子月之讀法在前，寅月如之，故先言正月而後言正歲也。蓋周人稱夏正爲歲，① 則稱周正爲月，而稱夏時爲月，則稱周時爲日。如《豳風》“七月流火，九月授衣”，於夏時言月。“一之日觱發，二之日栗烈”，則以一之日代十一月，二之日代十二月，於周月言日也。《汲冢周書》曰：“周以建子之月爲正。”至於敬授民時，猶用夏焉。《北史》李業興對梁武曰：“《周禮》仲春二月，會男女之無夫家者。雖自周書，月亦夏時。”是《周禮》以夏正周正錯舉也。正月者，周正；正歲者，夏正。而柯氏、葉氏乃以正月爲夏正，正歲爲周正，誤矣。

7.《龜人》：“祭祀先卜。”鄭注：“《世本》曰：巫咸作筮。卜未聞其人也。”賈疏曰：“《世本》不言其人，故云未聞其人也。”

按，《竹書》：“黄帝五十年秋七月庚申，鳳凰至。帝祭于洛水，大霧三日三夜。晝昏，召史卜之，龜燋。史曰：‘臣不能占也，其問之聖人。’帝曰：‘已問天老、力牧、容成矣。’”是卜蓋始於黄帝也。

8.《庶氏》：“掌除毒蠱，以攻兑禬之，以嘉草攻之。”鄭注：“嘉草，藥物，其狀未聞。”

按，干寶《搜神記》曰：②“蔣士先中蠱，其家密以蘘荷置席下。忽大笑曰：蠱我者某也。自此解蠱藥多用之。”宗懔曰：“《周禮·庶氏》以嘉草除蠱毒，即蘘荷是也。”蘘荷似芭蕉，白色，即今所謂甘露者。又《南方草木狀》曰：“吉利草，形如金釵股，根類芍藥。交廣人多蓄蠱，

① “夏”，原作“是”，今據中華書局本改。
② “干”，原作“于”，今改。

惟此草解之。”《庶氏》嘉草，亦此類也。

9.《大司樂》：“凡樂，圜鍾爲宫，黄鍾爲角，太蔟爲徵，姑洗爲羽。冬日至，於地上圜丘奏之。函鍾爲宫，太蔟爲角，姑洗爲徵，南吕爲羽。夏日至，於澤中方丘奏之。黄鍾爲宫，大吕爲角，太蔟爲徵，應鍾爲羽。於宗廟之中奏之。”鄭注曰：“此三者皆禘，大祭也。先奏是樂以致其神，禮之以玉而祼焉。《大傳》曰：‘王者必禘其祖之所自出。’《祭法》曰：‘周人禘嚳而郊稷，謂此祭天圜丘，以嚳配之。’”

按，王平仲《周禮注疏删翼》引楊氏曰：①“愚按：《大司樂》冬至圜丘一章，與禘祭絶不相關，而注妄稱圜丘爲禘。《祭法》禘祖宗三條，分明説宗廟之祭，惟郊一條謂郊祀以祖配天爾。而注皆指爲祀天。《大傳》禮不王不禘一章，言王者禘其祖之所自出，諸侯只及其太祖。大夫惟有功始祫其高祖。所論宗廟之祭降殺遠近爾，於祀天乎何與？而注妄指爲祀感生帝。竊嘗疑康成博洽大儒，解釋他經最爲有功，及注此三章則同歸於誤，其病果安在乎？蓋讀《祭法》不熟而失之也。夫《祭法》歷叙四代禘郊祖宗之禮，禘文皆在郊上，蓋謂郊止於稷，而禘上及乎嚳。禘之所及者最遠，故先言之耳。鄭氏不察，謂禘又郊之大者，於是以《祭法》之禘爲祀天圜丘，以嚳配之。以《大傳》之禘爲正月祀感生帝於南郊，以稷配之。且《祭法》之禘與《大傳》之禘，其義則一，皆禘其祖之所自出也。鄭氏强析之而爲祀天兩義，遂分圜丘與郊爲兩處，昊天上帝與感生帝爲兩祀，嚳配天與稷配天爲兩事，隨意穿鑿，展轉支蔓，何其謬耶？又以祀五帝五神於明堂，而以文王、武王配之，謂之祖宗。夫《孝經》所云，宗祀文王於明堂以配上帝，此嚴父之義也。抗五神於五帝之列，而以文王竝配，於理自不通矣。况祖宗乃二廟不毁之名，於

① “删翼”，原作“翼删”，今據王平仲《周禮注疏删翼》乙正。

配食明堂何關焉？夫因讀《祭法》一章之誤，而三章皆誤。不惟三章之誤而已，又推此説以釋他經者不一而止。疏家從而和之，凡燔柴、升禋、樂舞、酒齊之類，皆分昊天與感生帝爲兩等。馴至隋、唐之際，昊天上帝與感生帝二祀，常竝行而不廢。唐世大儒杜佑作《通典》，惑於鄭注《大傳》之説，亦以感生帝與昊天上帝竝列而爲二，是又讀《大傳》本文不熟而失之也。明堂襲鄭氏祖宗之義，而以二帝配侑，或三帝並配者，蓋有之矣。幸而王肅諸儒力爭之於前，趙伯循與近世大儒辨正之於後，大義明白，炳如日星，而周公制作精微之義，可以復見。不然，則終於晦蝕而不明矣。可勝嘆哉！"

10.《大行人》："掌大賓之禮及大客之儀，以親諸侯。春朝、秋覲、夏宗、冬遇、時會、殷同。"鄭氏曰："六服以其朝歲，四時分來更迭，如此而遍。時會即時見也，無常期。殷同即殷見也，王十二歲一巡狩，若不巡狩，則殷同四方。四時分來，歲終則遍矣。"

按，毛西河曰："前儒誤解《秋官·大行人》職以侯服歲一見爲每歲一朝，甸服二歲一見爲每二歲一朝，男服三歲一見爲每三歲一朝，則六年之間，侯服六朝，甸服三朝，男服亦兩朝，非五服一朝矣。不知侯服歲一見，此歲字即六年之第一年。其二歲三歲，即六年之第二年第三年也。故一年侯朝，二年甸朝，三年男朝，四年采朝，五年衛朝，此之謂五服一朝。五服止五年，而此曰六年者，以五服之外又有要、荒、鎮、蕃四服，在朝數之外。荒、鎮無定期，惟蕃國諸侯有一世一朝之文。而要服則第六年一朝，接衛服之後，但不必果至。且終以夷服之略，不列數内。其實稱六年者，所以定其時。而虚稱五服者，又所以殺其等也。且歲朝有時，而每歲來朝則又分每歲之四時。如一年侯朝，而此一年中其侯服之在東方者，則以春來朝，謂之朝。鄭注《明堂位》云：魯在東方，朝必以春，是也。在南方者則以夏來朝，謂之宗。《禹貢》江漢南楚之水謂之宗于海，是也。在西方者以秋來朝，謂之覲。韓在周西，《詩》

稱韓侯入覲，是也。在北方者以冬來朝，謂之遇。莊三年公及齊侯遇于魯濟，以濟在魯城北，是也。又有不期而會，如王國有大事，諸侯齊至，爲壇于國外而朝之，謂之時見。王如十二年不巡狩，則六服並朝京師，曰殷同。此又在常時之外者。於是兩共五朝，合十二年。至十三年而時巡方岳，諸侯又各以其地之近者朝方岳之下。則歲是第一年，三歲、五歲是第三年、第五年。並非每歲、每三歲、五歲也。”

11.《春官序》:①“世婦每宫卿二人，下大夫四人，中士八人。”賈氏疏云：“以奄人爲之。”

按，周公制禮，以奄人名爲世婦，則是男也而女之。以世婦之職而命爲卿、大夫、士，則是女也而男之，名實舛矣。蓋周時卿、大夫、士，大都以宗室爲之。如宰周公、王子虎、王叔陳生、毛伯、召伯、榮叔、蔡叔、成子詹父之類皆是。又如《司士》云“王族故士”，以王之族故士也。當時世婦之職，有卿、有大夫、有士，當是卿之妻二人，大夫之妻四人，士之妻八人，皆同姓伯叔兄弟之妻，入爲世婦。而又爲開置官府，有女府胥，有女奚，雖名爲宫官，而實别居一府，蓋所以别嫌而明微也。其與内宗、外宗並列者，王同姓女爲内宗。嫁於卿、大夫、士者則從夫爵。王諸姑姊妹之女爲外宗，其從夫爵也亦然。《曲禮》曰：“國君不名卿老世婦。”夫世婦冠以卿老，則世婦之曰卿曰大夫，亦以夫爵命之可知矣。但此皆以佐王后祭祀之禮，故屬之《春官》，有事則效其職，不常在宫中也。不常在宫中，又兼以宗室，所以無宣淫之患。制禮之意微矣哉。

12.《載師》:“凡宅不毛者有里布，凡田不耕者出屋粟，凡民無職事者，出夫家之征。”鄭氏曰：“宅不種桑麻者，罰之使出一里二十五家之布。民無常業者，罰之使出一夫百畝之

① “序”,原脱,今據《周禮注疏》補。

稅，一家力役之征也。”

按，《載師》任地，有公邑之田，則六遂之餘地也。有家邑之田，即大夫之采地也。有小都之田，則卿之采地也。有大都之田，則三公之采地與王子弟所食之邑也。其第宅之廣，不止五畝之宅而已。故其宅有不種桑麻者，則罰之使出一里二十五家之布。非謂五畝之宅其有不毛者爲是罰也。觀《閭師》，凡庶民不樹者無椁而已，不蠶者不帛而已，未聞有里布也。田有不耕者，罰之使出三夫之屋粟。田即所謂近郊之宅田，士田、賈田、遠郊之官田、牛田、賞田、牧田。其有不耕者，乃爲是罰，非謂受田百畝而有不耕者爲是罰也。蓋民之受田，仰事俯畜，胥在於是，惰或有之，斷未有有田而不耕者。既不耕矣，而又使出三夫之屋粟，則將何所出乎？觀《閭師》凡庶民不耕者，祭無盛而已。此非受田之庶民，故但曰民不耕者，以别於田有不耕者也。然則田不耕者出屋粟，非農夫百畝之田。民無職業者，出夫家之征，非受田不耕之庶民也。《朱子語類》曰：“凡民無職事者，此是大夫家所養浮汎之人也。《閭師》凡民無職出夫布，方是待庶民。”

13.《秋官·司寇序》：①“條狼氏。”杜子春讀條爲滌。鄭注：“滌，除也。”

按，狼性貪暴，狼顧道上，刼奪道上之行人，是法所當滌除者，因屬之於條狼氏。故其職曰：“誓僕右曰殺；誓馭曰車轘；誓大夫曰敢不關，鞭五百。”賈氏疏曰不蠲之物狼藉道上者，何乃以不急之務而設此厲禁以懲之，失其旨矣。

14.《媒氏職》云：“仲春之月，會男女之無夫家者。”鄭注：“仲春陰陽交以成昏，順天時也。”

---

① “秋官司寇序”，原作“司寇”，今據文例及《周禮注疏》改。

按，周之仲春，即今十二月。《詩》“東門之楊，其葉牂牂”，毛傳曰：“男女失時，不逮秋冬也。”《聖證論》曰“嫁娶，古人皆以秋冬”，是也。《北史》李業興對梁武以《周禮》仲春會男女爲夏時，謬。

15.《大司樂》：“掌成均之法。”鄭司農云：“均，調也。樂師主調其音，大司樂主受此成事已調之樂。”

按，《國語》曰：“律所以立均出度也。”注曰：“均者，均鐘木長七尺，有弦。繫之以均鐘者，度鐘大小清濁也。”

又按，《樂叶圖徵》曰：“聖人承天以立均。”宋均注：“均長八尺，施絃，以調五聲六律。”則所以調樂者，必於均是賴。成均之均，蓋因此以立名也。《朱子語録》曰：“京房始有律准，《國語》謂之均，梁武謂之通。”據《後魏書·樂志》云：“陳仲儒以調和樂器，文飾五聲，非准不妙，但聲音精微，史傳簡略，舊志唯云准形如瑟十三絃，隱間九尺，以應黄鐘九寸，調中一絃，令與黄鐘相得。其准面平直，須如停水。其中絃一柱，高下須與二頭臨岳一等。中絃須施軫如琴，以軫調聲，① 令與黄鐘一管相合。中絃下依數盡出六十律清濁之節。其餘十二絃，須施柱如箏。又凡絃皆須豫張，使臨時不動，即於中絃案盡一周之聲，度著十二絃上。然後依相生之法，以次運行。”此調准之方，略見於《魏志》也。又《隋書·音樂志》云：“梁武帝既素善鐘律，詳悉舊事，遂自制定禮樂。又立四器，名之爲通。通受聲廣九寸，宣聲長九尺，臨岳高一寸二分。每通皆施三絃，一曰玄英通，二曰青陽通，三曰朱明通，四曰白藏通。因以通聲，轉推月氣，悉無差違，而還相得中。”此立通之法略見於《隋志》也。大抵皆依放樂均之遺制也。

16.《大宗伯》：② “以槱燎祀司中、司命。”鄭司農云：

---

① “軫”，原作“准”，今據《魏書·樂志》改。

② “大宗伯”，原作“大司徒”，今據《周禮注疏》改。

“司中，三能三階也。”康成謂：“司中、司命，文昌第五、第四星。”① 王明齋曰：“虚宿下有司命星，主人壽夭，名義甚正。司中無考。豈天樞北極主天之中氣，故祀之與?”

按，《黄帝占》曰：“三台近文昌宫者曰太尉司命，爲孟。次星曰司徒司中，爲仲。次星曰司空司禄，爲季。”《春秋元命包》曰：“魁下六星，兩兩而比，曰三能，主開德宣符也。西近文昌二星，曰上台，爲司命，主壽。次二星曰中台，爲司中，主宗室。東二星曰下台，爲司禄，主兵。”鄭司農以司中爲三能是也。康成乃以司中、司命爲文昌第五、第四星者，陳卓曰：“文昌一星曰上將，大將軍也。二曰次將，尚書也。三曰貴相，太常也。四曰司中，司隸也。五曰司命，太史也。非無考也。”

17.《職方氏》：“辨九州之國。荆州，其浸潁湛。”鄭注曰：“潁出陽城，宜屬豫州，在此非也。湛未聞。”“豫州，其浸波溠。”鄭注曰：“波讀爲播。《禹貢》曰：‘滎波既豬。’《春秋傳》曰：‘楚子除道梁溠，營軍臨隨。’則溠宜屬荆州，在此非也。”“兖州，其浸盧維。”鄭注曰：“‘盧維’當爲‘雷雍’，字之誤也。”“冀州，其澤藪曰楊紆。”鄭注曰：“楊紆，所在未聞。”

按，《左傳·昭十二年》“楚子狩于州來，次于潁尾”，杜注：“潁水之尾，在下蔡西。”此潁之屬荆者也。襄十六年“楚公子格帥師及晋師戰于湛阪”，杜注：“昆陽縣北有湛水，東入汝。”此湛之屬荆者也。注云“潁宜屬豫”，又云“湛未聞”，何也?《水經·滍水》注云：“波水出霍陽西川大嶺東谷，俗謂之歇馬嶺，川曰廣陽川，非也。即應劭所謂孤山波水所出也。馬融《廣成頌》曰：‘浸以波溠。’其水又南逕鑾城下，

① “第”,原作“星”,今據《周禮注疏》改。

蓋蠻别邑也。波水又南，分三川於白亭東而俱南入湆水。湆水自下兼波水之通稱也。”又《水經·溳水》注云：“溠水出隋縣西北黄山，南逕㵐西縣西，又東南，㵐水入焉。溠水又東南逕隋縣故城西，《春秋》魯莊公四年，楚武王伐隨，令尹鬥祁、莫敖屈重除道梁溠，軍臨於隨，謂此水也。”即《職方》“豫州其浸波溠”者也。《左傳》“漢東之國，隨爲大”，是隋縣在漢水之東矣。《爾雅》“河南曰豫州”，郭注：“自南河至漢。”《吕氏春秋》曰：“河漢之間曰豫州。”是溠水在漢之東北，爲豫之南界，故波溠並爲豫州之浸。注云“宜屬荆州，① 在此非”，何也？“兖浸盧維”，鄭注云：“當作雷雍。”杜佑《通典》曰：“盧水在濟陽郡盧縣。濰水在高密郡莒縣。”據隱三年《傳》“齊、鄭盟于石門，尋盧之盟也”，杜注：“盧，濟北盧縣故城。”今盧城在長清縣西南二十五里。地有大清河，自平陰縣流入境，蓋濟水也。水北曰陽，故杜氏謂濟陽盧水也。襄十八年《傳》：“冬十月，會于魯濟，同伐齊。十一月丁卯朔，入平陰，遂從齊師。乙酉，趙武、韓起以上軍圍盧，弗克。十二月甲辰，東侵及濰。”是《職方》“兖浸盧維”，謂此水也。注云“盧維，字之誤”，何也？《爾雅·十藪》“秦有楊陓”，郭注：“今在扶風汧縣西。”邢昺疏：“《周禮》冀州，其澤藪曰楊陓。”是陓與紆爲一矣。《穆天子傳》曰：“天子西征，鶩行，至于陽紆之山，河伯無夷之所都居。”又曰“自宗周瀍水以西至于陽紆之山，三千有四百里”，即此楊紆矣。

18.《瞽矇》：② “掌世奠繫。”鄭注云：“奠，或爲帝。世奠繫，謂帝繫，諸侯卿大夫《世本》之屬。”

按，《唐史·柳沖傳》，柳芳曰“昔周小史定繫世，辨昭穆。古有《世本》，録黄帝以來至春秋時諸侯卿大夫名號繼統”，是也。《楚語》“莊王使士亹傅太子葴，申叔時曰：教之世，而爲之昭明德，而廢幽昏

---

① “屬”,原作“在”,今據《周禮注疏》改。

② “瞽矇”,原作“矇瞍”,今據《周禮注疏》改。

焉"，注曰："先王之繫《世本》，使知有德者長，無德者短。"賈公彦曰："王謂之《帝繫》，諸侯卿大夫謂之《世本》。"漢太史公司馬遷父子約《世本》，修《史記》，因《周譜》，明《世家》。洪容齋謂"《史記》世次之説，皆本於《世本》，故荒唐特甚"，非知《世本》者也。

19. 程氏迥曰："《考工記》須是齊人爲之。又詳於車制而不及舟，其爲西北人之書，無疑也。築氏爲削。削，書刀也。不記紙而記削，其非晚周書可知。"

按，《記》："夏后氏上匠，殷上梓，周人上輿。"又曰："夏后氏世室，殷人重屋，周人明堂。"則稱周人者，必非周公時所記書也。又非子牧馬汧渭，孝王邑之於秦，始有秦。宣王封其弟於咸林，始有鄭。《記》曰"秦無廬"，又曰"鄭之刀"，自非周初時書矣。《南史·王僧虔傳》："文惠太子鎮雍州，有盜發古冢者，相傳云是楚王冢，[①]大獲寶物，玉屨、玉屏風、竹簡書、青絲綸。簡廣數分，長二尺，皮節如新。有得十餘簡以示僧虔，云是科斗書《考工記》，《周官》所闕文也。"其謂《周官》所闕者，指所闕《冬官》一篇，非謂《考工記》也。葉氏《過庭録》以爲"世既無此書，僧虔何從證之乎？此亦好奇以欺衆爾"。是又不達其旨矣。據韋續《字源》"高陽氏製科斗書。周宣王時史籀始改科斗爲大篆"。此猶是科斗，則當是史籀以前書矣。韓昌黎《科斗書後記》曰："李陽冰之子服之授予，以其家科斗書《孝經》。"僧虔所見之書，或不全，而韓公於科斗書不能廣之以傳於世，可惜也。

20.《考工記》："夏后氏世室，殷人重屋，周人明堂。"鄭氏曰："此三者或舉宗廟，或舉王寢，或舉明堂，互言之，以明其同制。"

---

① "云是"，原作"爲"，今據《南史·王僧虔傳》改。

按，《隋書·牛弘傳》："弘請依古制修立明堂。上議曰：竊謂明堂者，所以通神靈，感天地，出教化，崇有德。《孝經》曰：'宗祀文王於明堂，以配上帝。'《祭義》云：'祀于明堂，教諸侯孝也。'《考工記》曰：'夏后氏世室，堂修二七，廣四修一。'鄭注云：'脩十四步，其廣益以四分修之一，則堂廣十七步半也。''殷人重屋，堂修七尋，四阿重屋。'鄭云：'其修七尋，廣九尋也。'周人明堂，度九尺之筵，南北七筵，'五室，凡室二筵'，鄭云：'此三者互言之，明其同制也。'漢司徒馬宫議云：'夏后氏世室，室顯於堂，故命以室。殷人重屋，屋顯於堂，故命以屋。周人明堂，堂大於夏室，故命以堂。夏后氏益其堂之廣百四十四尺。周人明堂，以爲兩序間大夏后氏七十二尺。'若據鄭氏之説，①則夏室大於周堂。如依馬宫之言，則周堂大於夏室。後王轉文，周大爲是。但宫之所言，未詳其義。此皆去聖久遠，禮文殘缺，先儒解説，家異人殊。鄭注《玉藻》亦云：'宗廟路寢，與明堂同制。'《王制》曰：'寢不逾廟。'明大小是同。今依鄭注，每室及堂，止有一丈八尺，四壁之外，四尺有餘。若以宗廟論之，祫享之時，周人旅酬六尸，并后稷爲七，先公昭穆二尸，先王昭穆二尸，合十一尸，三十六王。及君北面行事於二丈之堂，愚不及此。若以正寢論之，便須朝宴。據《燕禮》：'諸侯宴，則賓及卿大夫脱屨升坐。'是知天子宴，則三公九卿並須升堂。《燕義》又云：'席，小卿次上卿。'言皆侍席。止於二筵之間，豈得行禮？若以明堂論之，總享之時，五帝各於其室。設青帝之位，須於太室之内少北西面。太昊從食，坐於其西，近南北面。祖宗配享者，又於青帝之南，稍退西面。丈八之室，神位有三，加以簠簋籩豆、牛羊之俎，四海九州美物咸設，復須席工升歌，出罇反坫，揖讓升降，亦以隘矣。據兹而説，近是不然。案劉向《别録》及馬宫、蔡邕等所見，當時有《古文明堂禮》《王居明堂禮》《明堂圖》《明堂大圖》《明堂陰陽》《太山通義》《魏文侯孝經傳》等，並説古明堂之事。其書皆亡，莫得而正。

① "氏",《隋書·牛弘傳》作"玄"。

今《明堂月令》，蔡邕具爲章句，又論之曰：‘明堂者，所以宗祀其祖以配上帝也。夏后氏曰世室，殷人曰重屋，周人曰明堂。東曰青陽，南曰明堂，西曰總章，北曰玄堂，内曰太室。聖人南面而聽，向明而治，人君之位莫不正焉。故雖有五名，而主以明堂也。制度之數，各有所依。堂方一百四十四尺，坤之策也。屋圓楣徑二百一十六尺，乾之策也。太廟明堂方六丈，通天屋徑九丈,① 陰陽九六之變，且圓蓋方覆，九六之道也。② 八闥以象卦，九室以象州，十二宫以應日辰。三十六户，七十二牖,③ 以四户八牖乘九宫之數也。④ 户皆外設而不閉,⑤ 示天下以不藏也。通天屋高八十一尺，黄鍾九九之實也。二十八柱布四方，四方七宿之象也。堂高三尺，以應三統。四向五色，各象其行。⑥ 水潤二十四丈，象二十四氣，於外，以象四海。王者之大禮也。觀其模範天地，則象陰陽,⑦ 必據古文，義不虚出。今若直取《考工》,⑧ 不參《月令》，青陽總章之號不得而稱，九月享帝之禮不得而用。夫帝王作事，必師古昔，今造明堂，須以禮經爲本。形制依於周法，度數取於《月令》，遺闕之處，參以餘書，庶使該詳沿革之理。上以時事草創，未遑制作，竟寢不行。”

21.《酒正》：“辨四飲之物，曰清，曰醫，曰漿，曰酏。”鄭氏注云：“醫之字從殹，從酉省也。臆后致飲于賓客之醴。醫與臆亦相似，文字不同，記之者各異耳。”

---

① “九丈”,原作“牖以”,今據《隋書·牛弘傳》改。
② “六”,原作“寸”,今據《隋書·牛弘傳》改。
③ “牖”下,原衍“牖”字,今據《隋書·牛弘傳》删。
④ “户”,原作“尺”,今據《隋書·牛弘傳》改。
⑤ “設”,原作“室”,今據《隋書·牛弘傳》改。
⑥ “行”,原作“形”,今據《隋書·牛弘傳》改。
⑦ “象”,原作“行”,今據《隋書·牛弘傳》改。
⑧ “直”,原作“紀”,今據《隋書·牛弘傳》改。

按，《膳夫》“凡王之饋，飲用六清”，鄭注曰：“六清，水、漿、醴、䣼、醫、酏。”陸德明曰：“醫，於美反。徐於計反。”賈公彦曰：“六清，水、漿、醴、䣼、醫、酏，《漿人》文也。”據此《周禮》之故書醫本作醫，故康成謂醫之字從殹，從酉省也。蓋謂省殹爲医，而仍從酉耳。若醫字上殹下酉，又何省乎？賈氏疏謂从酉省者，去水。然醴、䣼、酏皆從酉，又何不言省乎？《内則》記諸飲，有醴、酏、漿、水、醷、濫。注曰：“醷，梅漿。”以《周禮》六飲校之，則濫，凉也。竊意臆同醷，凉同䣼，濫亦同醫。《膳夫》六清之醫，即醫，醫與濫相似，字書醓音濫，即醫可知。而許氏《説文》引入醫，注曰：“醫，治病工也。殹，惡姿也。醫之性然，得酒而使。从酉。”不知醫蓋爲醫之訛也。今字書并不知有醫字，何也？

22.《考工記》：“築氏爲削。”鄭注曰：“今之書刀。”賈氏曰：“漢時蔡倫造紙，蒙恬造筆。古者未有紙筆，則以削刻字。”

按，崔豹《古今注》云：“牛亨問曰：古有書契，便應有筆。世稱蒙恬造筆，何也？答曰：自蒙恬始作秦筆耳。以柘木爲管，羊毛爲被。非謂古無筆也。”《前漢書·外戚傳》云：“趙婕妤詔封小緑篋，① 中有藥二枚，赫蹏書曰：‘告偉能：② 努力飲藥。’”應劭曰：“赫蹏，薄小紙也。”蔡倫，後漢和帝中常侍，是倫前已有紙也。賈氏之説，殊失考矣。《爾雅》“不律謂之筆”，《曲禮》“史載筆”，《尚書中候》曰：“玄龜負圖出，周公援筆以時文寫之。”《孝經援神契》曰：“孔子簪縹筆。”《韓詩外傳》：“周舍對趙簡子曰：墨筆執牘，從君之後。”杜預《春秋序》曰“絶筆於獲麟”之一句。是皆爲古有筆之證也。《毛詩》“貽我彤

① “小緑篋”，原作“緑小匣”，今據《漢書·外戚傳》改。
② “偉”，原作“傅”，今據《漢書·外戚傳》改。

管",① 鄭箋曰:"彤管,赤筆管也。"《禮·内則》"右佩玦捍管遰",鄭注:"管,筆彄也。"應璩新詩"彤管珥納言",杜甫《送王信州崟北歸詩》"塵生彤管筆",皆用《詩》彤管筆也。歐陽公《詩傳》曰:"古者鍼筆皆有管,樂器亦有管。不知此管是何物?"朱子《集傳》曰:"彤管,未詳何物?"是又吾所不解也。

① "貽",原作"詒",今據《毛詩注疏》改。

卷十三

翰林院檢討徐文靖　撰

禮二

1. 賈公彦序《儀禮》曰:“《周禮》《儀禮》發源是一,理有終始,分爲二部,並是周公攝政致大平之書。《周禮》爲末,《儀禮》爲本。本則難明,末便易曉。是以《周禮》注者,則有多門;《儀禮》所注,後鄭而已。”

按,《儀禮》疏曰:《周禮》言周不言儀者,《周禮》是周公攝政六年所制,① 取别夏殷,故言周。《儀禮》言儀不言周者,欲見兼有異代之法。《士喪禮》有商祝、② 夏祝,鄭氏注曰:“商祝,祝習商禮者。夏祝,祝習夏禮者。”是禮兼夏、商,故不言周。其觧説鄭注而爲之疏者,齊有黄慶,隋有李孟悊。慶則舉大略小,悊則舉小略大,不無互有修短。若乃擇善而從,兼增已意,其賈氏乎?鄭漁仲曰:“《周禮》《儀禮》乃周人之禮。所謂《禮記》者,特二禮之傳注耳。夫《禮記》本以傳二禮,而反爲正經。《周禮》《儀禮》獨不置博士,豈非漢儒欲伸已説之過與?

---

① 此兩句《儀禮注疏》原作“《周禮》言周不言儀,《儀禮》言儀不言周,既同是周公攝政六年所制”。

② “喪”,原脱,今據《儀禮注疏》補。“有”,《儀禮注疏》作“云”。

2.《隋·經籍志》曰："漢初，有高堂生傳十七篇。又有古經出於淹中，而河間獻王好古愛學，得而獻之，合五十六篇。並無敢傳之者。唯古經十七篇，與高堂生所傳不殊，而字多異。"

按，鄭氏注《士冠禮》"布席于門中，闑西閾外"："古文闑爲槷，閾爲蹙。""側尊一甒，醴在服北"："古文甒作廡。""爵弁、皮弁、緇布冠各一匴"："古文匴爲篹。""兄弟畢袗玄"："古文袗爲均。""将冠者采衣紒"："古文紒爲結。""贊者盥于洗西"："古文盥作浣。""奠纚笄櫛"："古文櫛爲節。""覆之面葉"："古文葉爲擖。""筵末坐啐醴"："古文啐爲呼。""束帛儷皮"："古文儷爲離。""設扃鼏"："今文扃作鉉,①古文鼏爲密。"②"某有子某"："古文某爲謀。"《士昏禮》"主人拂几授校"："古文校爲枝。""腊一肫髀不升"："古文肫爲鈞。""啓會卻于敦南"："古文卻爲綌。""贊見婦于舅姑"："古文舅作咎。""與始飯之錯"："古文始作姑。"《士相見禮》"妥而後傳言"："古文妥爲綏。""問夜膳葷"："古文葷作薰。""舉前曳踵"："古文曳作枻。""艸茅之臣"："古文茅作苗。"《鄉飲酒禮》"主人釋服"："古文釋作舍。""賓介不與"："古文與爲預。"《鄉射禮》"捝手執爵"："古文捝作說。""兼挾乘矢"："古文挾作接。""膱長尺二寸"："古文膱爲胾。"《燕禮》"奠觚與篚"："古文觚爲觶。""更爵"："古文更爲受。"《大射儀》"頌磬東面"："古文頌爲庸。""又諾以商至乏聲止"：③"古文聲爲磬。""順羽且左還"："古文且爲阻。""公親揉之"："古文揉爲紐。"《聘禮》"管人布幕"："古文管作官。""加其奉于左皮上"："古文奉爲卷。""使者載旜"："古文旜爲膳。""裼降立"："古文裼作賜。""差俶獻"："古文俶

① "今",原作"古",今據《儀禮注疏》改。

② "古文",原脱,今據《儀禮注疏》補。

③ "乏",原作"之",今據《儀禮注疏》改。

作淑。”“俟于郊爲肆”：“古文肆爲肄。”“賄在聘于賄”：①“古文賄作悔。”“十筥曰稷”：“古文稷作緵。”《公食大夫禮》“左人待載”：“古文待爲持。”“膷以東”：“古文膷作香。”“魚腊不與”：“古文與作豫。”《覲禮》“太史是右”：“古文是爲氏。”“四傳擯”：“古文傳作傅。”“祭地瘞”：“古文瘞作殪。”《士喪禮》“陳襲事于房中，西領南上不綪”：“古文綪爲精。”“布巾環幅”：“古文環作還。”“挋用巾”：“古文挋作振。”“設決麗于掔”：“古文麗爲連，掔作捥。”“幂奠用功布”：“古文奠爲尊。”“主人髻髮”：“古文髻作括。”“乃杝載載”：“古文杝爲匕。”“襚者以褶”：“古文褶爲襲。”“兩籩無縢”：“古文縢爲甸。”“左首進鬐”：“古文鬐爲耆。”《既夕》“特鮮獸”：“古文特爲俎。”“請讀賵執筭”：“古文筭爲筴。”“設牀笫”：“古文笫爲茨。”《士虞禮》“藉用葦席”：②“古文藉爲席。”“播餘于篚”：“古文播爲半。”“鉶芼用苦若薇”：“古文苦爲枯。”“未徹乃餞”：“古文餞爲踐。”“取諸脰膉”：“古文脰膉爲頭嗌。”《特牲饋食禮》“主婦視饎爨食”：“古文饎作糦。”“拜尸備答拜”：“古文備爲復。”《少牢饋食禮》“廩人摡甑甗”：“古文甑爲烝。”“上佐食舉尸牢幹”：“古文幹爲肝。”《有司徹》“乃爇尸俎”：“古文爇作尋。”“司士設俎于豆北，羊骼一”：“古文骼爲胳。”“乃養如儐”：③“古文養作餕。”④“又几厞用席”：“古文右作侑，厞作茀。”古文、今文其字多異者，皆此類也。

3.《覲禮》云：“諸侯覲于天子，爲宫方三百步，四門，壇十有二尋，深四尺，加方明于其上。”鄭氏曰：“方明者，上下四方神明之象也。”

---

① “于”，原作“爲”，今據《儀禮注疏》改。
② “葦”，原作“韋”，今據《儀禮注疏》改。
③ “如”，原作“加”，今據《儀禮注疏》改。
④ “餕”，原作“酸”，今據《儀禮注疏》改。

按，《竹書》："殷太甲十年，初祀方明。"則是祀方明者，殷禮也。周制，天子乘龍載大旆，出拜日于東門之外，反祀方明，其因於殷禮者乎？方明木方四尺，設六色，上玄下黄，四方各如其方色。其即上下四方之明神，取象於此，故因謂之方明乎？

4.《大射儀》曰："獲者左執爵，右祭薦俎，二手祭酒。"鄭注曰："二手祭酒者，獲者南面，於俎北當爲侯，祭於豆間，爵反注，爲一手不能正也。天子祝侯曰：惟若寧侯，無或若女不寧侯，不屬於王所，故抗而射女，彊飲彊食，貽女曾孫，諸侯百福。諸侯以下，祝辭未聞。"

按，《大射》之禮："樂正命太師曰：奏《貍首》間若一。大師不興，許諾，反位，奏《貍首》以射。"彼注曰："《貍首》，逸詩，《曾孫》也，貍之言不來也。其詩有射諸侯首不朝者之言，因以名篇。後世失之，謂之《曾孫》。《曾孫》者，其章頭也。《射義》所載，詩曰'曾孫侯氏'，是也。"蓋天子與諸侯射謂之大射，《周禮·樂師》曰："凡射，王以《騶虞》爲節，諸侯以《貍首》爲節。"此大射所以歌《貍首》也。《大戴記》載其全曰："今日大射，四正具舉。大夫君子，凡以庶士，小大莫處，御于君所。以燕以射，則燕則譽。質參既設，① 執旌既載，干侯既抗，② 中獲既置。弓既平張，四侯且良，③ 決拾有常，既順乃讓。乃躋其堂，乃節其行。既志乃張，射夫命射。射者之聲，御車之旌，既獲卒莫。嗟爾不寧侯，④ 爲爾不朝于王所，故抗而射汝，強食食爾，曾孫侯氏。"據此，則"大射"爲章頭，"曾孫"爲尾句，鄭以曾孫爲章頭，非也。"無或若女不寧侯，不屬于王所，故抗而射女"，數句皆《貍

① "既設"，原作"所説"，今據《大戴禮記·投壺》改。
② "干"，原作"于"，今據《大戴禮記·投壺》改。
③ "且"，原作"既"，今據《大戴禮記·投壺》改。
④ "嗟爾不"，原作"若獲"，今據《大戴禮記·投壺》改。

首》詩辭，鄭以爲天子祝侯之辭，非也。又《大戴》所引，以《考工·梓人》證之，“曾孫侯氏”之上當補“貽爾曾孫”句，下亦當補“侯氏百福”句，庶爲全也。唐孔氏曰：“曾孫侯氏者，若《左傳》云曾孫蒯聵之類是也。”賈氏曰：“曾孫諸侯，謂女後世爲諸侯者。”二義皆可通也。至鄭注以貍之言不來，徐廣《史記音義》曰：“貍，一名不來。”則當日之取象於貍者，因以警諸侯之不來也。

5.《燕禮》：“升歌鹿鳴，下管新宫。”鄭氏曰：“《新宫》，《小雅》逸篇也。”

按，昭二十五年《傳》：“宋公享昭子，賦《新宫》，昭子賦《車轄》。”則是當春秋之世，《新宫》猶未亡也。

6. 陳氏曰：“《古禮辨誤》三卷，永嘉張淳所校，首有目録載大小戴、劉向，篇第異同，以古監本、巾箱本、杭細本、嚴本校定，識其誤而爲之序。謂高堂生所傳《士禮》爾。今此書兼有天子、諸侯、卿、大夫禮，决非高堂所傳。其篇數偶同。”

按，朱子曰：“張淳云：如劉歆所言，則高堂生所得，獨爲士禮，而今《儀禮》乃有天子、諸侯、大夫之禮，居其大半。疑今《儀禮》非高堂生之書，但篇數偶同耳。此則不深考於劉説所訂之誤，又不察其所謂士禮者，特略舉首篇以名之。其曰推而致於天子者，蓋專指冠、昏、喪、祭而言。若燕、射、朝聘，則士豈有是禮而可推耶?”

7. 仲長統曰：“《禮記》作於漢儒，雖名爲經，其實傳也。”陸德明曰：“記二《禮》之遺缺，故曰《禮記》。劉向校定二百五十篇，戴德删爲八十五篇，謂之《大戴記》，戴聖删爲四十六篇，謂之《小戴記》。馬融益《小戴記·明堂位》

《月令》《樂記》三篇，爲四十九篇，行于世。”

按，《戴記通解》曰：“凡禮不可常行者，非禮之經，用于古不宜于今，而猶著之于篇，非聖人立經之意。即四十九篇中所載，如俎豆席地、袒衣行禮、書名用方策、人死三日斂之類，古人用之，今未宜。父在爲母期，出母無服，師喪無服，此等雖古近薄。父母爲子斬衰，妻與母同服，此等失倫。官士不得廟事祖，支子不祭，此等非人情。杖不杖視尊卑貴賤，哭死爲位于外，熬穀與魚腊置柩旁，此等近迂闊。國君饗賓，夫人出交爵，命婦入公宫養子，國君夫人入臣子家弔喪，此等犯嫌疑。祭祀用子孫爲尸，使父兄羅拜，若祫祭，則諸孫濟濟一堂爲鬼，此等近戲謔。人死含珠玉以誨盜，壙中藏甕甒筲衡等器，歲久腐敗，陷爲坑谷，此等無益有害。古人每事不忘本，酒尚玄，冠服用皮，食則祭，至于宗族姓氏則隨便改易，如司徒、司空、朝氏、趙氏，唯官唯地，數世之後，迷其祖姓，又何其無本之思也。廟制，天子至士庶有定數，皆有堂有寢有室有門。大邑巨家，父子世官，兄弟同朝，將廟不多於民居乎？如云皆設于宗子家，則宗子家無地可容。如父爲大夫，子爲士庶，則廟又當改毁。倏興倏廢，祖考席不暇煖。適子繼體，分固當尊。至於抑庶之法，亦似太偏。喪服有等，不得不殺。至於三殤之辨，亦覺太瑣。衰麻有數，不得不異。至於麻葛之易，亦覺太煩。天子選士觀德用射，射中得爲諸侯，不中不得爲諸侯。如此之類，雖古禮乎，烏可用也？故凡禮非一世一端可盡。帝王不相沿襲。聖人言禮，不及器數，惟曰義以爲質，有以也。此四十九篇大都先賢傳聞，後儒補緝，非盡先聖之舊，而鄭康成信以爲仲尼手澤。遇文義難通，則稱竹簡爛脱，顛倒其序。根據無實，則推夏殷異世，逃遁其説。蓋鄭以《記》爲經，不敢矯《記》之非。世儒又以鄭爲知禮，不敢議鄭之失，千餘年所以卒貿貿耳。”

8．程子曰：“《大學》，孔氏之遺書。”朱子曰：“右經，蓋孔子之言而曾子述之。其傳，則曾子之意而門人記之也。”

按，後漢賈逵曰：“孔伋窮居於宋，懼先聖之學不明而帝王之道墜，故作《大學》以經之，《中庸》以緯之。”則是《大學》《中庸》皆子思作也。《宋中興藝文志》曰：“《中庸》《大學》實孔氏遺書。”程子以《大學》爲孔氏之遺書，不云曾子，是也。若以爲曾子之意而門人記之，不應於傳中止一引曾子矣。且《大學》之引曾子，不猶《中庸》之引仲尼乎？可謂非子思書乎？新安胡氏曰：“仁宗時，王堯臣及第，賜《中庸篇》。吕臻及第，賜《大學篇》。於《戴記》中表章此二篇，以風厲儒臣。是以開《四書》之端。”然《南史・梁本紀》曰：“武帝撰《周易講疏》《毛詩》《春秋答問》①《尚書大義》《中庸講疏》。”則是於《戴記》中表章《中庸》者，不始宋仁宗也。

9.《隋・經籍志》云：“《小戴記》四十六篇，漢末，馬融遂傳小戴之學。② 融又足《月令》一篇、③ 《明堂》一篇、《樂記》一篇，合四十九篇。而鄭玄受業于融，又爲之注。”

按，《牛弘傳》曰：“今《明堂月令》者，鄭玄云是吕不韋著，《春秋》十二紀之首章，禮家鈔合爲記。蔡邕、王肅云‘周公所作’，《周書》内有《月令》第五十三，即此也。各有證明，文多不載。束皙以爲夏時之書，劉瓛云：‘不韋鳩集儒者，尋于聖王《月令》之事而記之。不韋安能獨爲此記？’今案不得全稱《周書》，亦未可即爲秦典，其内雜有虞、夏、殷、周之法，皆聖王仁恕之政也。”又《唐・曆志・日度議》④ 曰：“梁《大同曆》夏后氏之初，冬至日在牽牛初，以爲《明堂月令》乃夏時之記。據中氣推之不合，更以中節之間爲正，乃稍相符。不知進在節初，自然契合。”故袁準《正論》曰：“古有王居明堂之禮，《月令》則其事也。”魏徵《諫録》曰：“《月令》起於上古，《書》云敬

---

① “答問”，原作“問答”，今據《南史・梁本紀》改。
② “遂”，原脱，今據《隋書・經籍志》補。
③ “足”，原作“作”，今據《隋書・經籍志》改。
④ “曆志”，原作“天文”，今據《新唐書・曆志》改。

授人時。吕不韋只是修古《月令》，未必起秦代也。”

10. 唐孔氏《月令疏》曰：“蔡邕、王肅言周公所作，其中官名時事，多不合周法。案吕不韋集諸儒所著爲十二月紀，合十餘萬言，名爲《吕氏春秋》。篇首皆有《月令》，與此文同，是一證也。又周無太尉，唯秦官有太尉，而此《月令》云‘乃命太尉’，此是官名不合周法，二證也。又秦以十月建亥爲歲，而《月令》云‘爲來歲受朔日’，則是九月爲歲終，十月爲受朔。此是時不合周法，三證也。又周有六冕，郊天迎氣則用大裘，乘玉輅，建太常日月之章，而《月令》服飾車旗，並依時色。此是事不合周法，四證也。故鄭云其中官名時事多不合周法。”

按，《月令》非吕不韋所作，其説已見於前矣。其云太尉爲秦官，則亦非也。鄭氏疑三王之官有司馬，無太尉，秦官則有太尉。俗人皆云周公作《月令》，未通於古。據魚豢《典略》曰：“古者兵獄官皆以尉爲名。”《國語》晋悼公使祁奚爲元尉，鐸遏寇爲輿尉，奚午爲軍尉。《管子》管藏于里尉。又《襄二十一年左氏傳》“欒盈曰：將歸死于尉氏”，杜預曰：“尉氏，討奸之官。”正義曰：“《周禮》司寇之屬，無尉氏之官。”又《石氏星經》“紫微垣右樞第二星曰少尉”。尉既有少，則應有太矣。故《中候握河紀》云：“舜爲太尉。”《河圖録運法》云：“堯坐舟中與太尉舜觀鳳凰。”如《尚書·立政》常伯、常任、準人、牧夫，皆《周禮》所無，安見無太尉官耶？應劭以太尉爲周官者，是也。季秋合諸侯，制百縣爲來歲受朔日，此因大饗帝告廟而受朔也。若謂秦以十月建亥爲歲首，而季秋爲來歲，受朔日，即是九月爲歲終，十月爲受朔，此時與周法不合。試問秦以十月爲來歲，即以十月爲來年，而孟冬祈來年於天宗，又以何者爲來年乎？季冬與大夫共飭國典，論時令以待來歲之宜。若謂秦以十月爲來歲，即以季秋爲歲終，而季冬何以待來歲乎？

《史記》始皇十二年，文信侯不韋死。二十六年，秦初併天下，改年，始朝賀，皆用十月朔。則秦以十月爲歲首者，不韋死十四年矣。安得《吕覽》中預知十月爲歲首乎？至謂周郊天服大裘，乘玉輅，而《月令》車旗服飾，並依時色，與周不合，亦非也。《周禮》玉輅以祀天，而《郊特牲》云："戴冕璪十二旒，乘素車。"《周禮》蒼璧禮天，牲從玉色。而《祭法》云："燔柴於泰壇，用騂犢。"又《明堂位》云："周人黄馬蕃鬣。"則素車、蒼牲、黄馬、騂犢之殊，安必不因時色乎？況乎方郡縣而云諸侯，方刑酷而云施惠，方坑儒而云選士，方焚書而云入學，吾知其有不然矣。

11. 唐孔氏《檀弓疏》曰："案子游譏司寇惠子廢嫡立庶，又檀弓亦譏仲子舍嫡孫而立庶子，其事同。子游是孔門習禮之人，未足可嘉。檀弓非是門徒，而能達禮，故善之以爲篇目。"

按，宋華父魏氏曰："《檀弓》不知何人所作，而一篇之書，獨於子游極其稱譽。雖於孔門諸子，率多譏評。又以言、曾並列，其是言而非曾者非一，幾若偏於抑揚。然即其書以考之，大抵當典禮訛闕，無所考證之時，人之有疑弗决者，以質諸子游。故前後典禮所闕者十有四，皆以言、游一言爲可否，亦足以見時人之耳目。雖汰哉叔氏之語，若譏之，而實尊之。然則游以習禮列於文學，兹其爲文爲學，蓋三代典章之遺賴游以有存者。然則以檀弓名篇而不以子游，何也？檀弓爲六國時人，生子游之後，故得載子游之語。若竟以子游名篇，檀弓之語烏從而載之？孔氏以檀弓非門徒而達禮，故善之以名篇者，非也。

12. 《緇衣》。劉獻云："公孫尼子之所作也。"孔氏疏云："按鄭《目録》曰：名曰《緇衣》，善其好賢者厚也。"

按，《緇衣》所引《詩》《書》，字多與今異。如《詩》云"有梏德行”，鄭注“梏，大也”，今《詩》作覺。《詩》云“昔吾有先正，其言明且清，國家以寧，都邑以成，庶民以生。誰能秉國成，不自爲正，卒勞百姓”。陸氏《釋文》曰：“‘昔吾有先正’，从此至‘庶民以生’，今本皆無此語。① 餘在《小雅·節南山》篇。或皆逸詩也。”《容齋三筆》云：“予按《文選·張華〈答何邵詩〉》曰：周任有遺規，其言明且清。然則周任所作也。而李善注云：‘《子思子》：《詩》曰：昔吾有先正，其言明且清。世之所存《子思子》，亦無之。不知善何據？意當時或有此書，善必不妄也。特不及周任遺規之意，又不可曉。’”引《書·尹吉》曰：“惟尹躬及湯，咸有一德。”《尹吉》曰：“惟尹躬先見于西邑夏。”鄭注：“吉當爲告。告，古文誥，字之誤也。”《兑命》曰：“惟口起羞。”《兑命》曰：“爵無及惡德。”鄭注：“兑當爲説，謂殷高宗之臣傅説也。”《君雅》曰：“夏日暑雨，小民惟曰怨資。”鄭注：“雅，《書序》作牙，假借字也。”陸氏曰：“《尚書》無日字，資作咨。”《君奭》曰：“在昔上帝，周田觀文王之德。”鄭注：“古文‘周田觀文王之德’，② 爲‘割申勸寧王之德’，今博士讀爲‘厥亂勸寧王之德’，三者皆異，古文似近之。”石林葉氏曰：“余讀《春秋傳》《禮記》《孟子》《荀子》，間與今文異同。《孟子》載《湯誥》造攻自牧宫，不言鳴條。《春秋傳》述《五子之歌》衍‘率彼天常’一句，證《康誥》父子兄弟罪不相及。今文乃無有。若荀卿引《仲虺》曰：諸侯能自得師者王，得友者霸。引《康誥》惟文王敬忌，一人以懌。其謬妄有如此者。《禮記》以申勸寧王之德爲田觀寧王，以庶言同則無繹字，其乖牾有如此者。微孔氏，則何所取正？”蓋當時公孫尼子所見之《詩》《書》，猶或是古文也。而古文簡篇脱爛，不無訛舛，是以多異同也。

13.《王制》：“二百一十國以爲州，州有伯。”鄭注：“殷

---

① “本”，陸德明《經典釋文》作“詩”。“今”上有“總五句”三字。
② “文王”，原作“寧王”，今據《禮記注疏》改。

之州長曰伯，虞、夏及周皆曰牧。”

按，《孔叢子》：“子思曰：‘吾聞諸子夏曰：殷王帝乙之時，王季以九命作伯于西。’”《大雅·旱麓》云“瑟彼玉瓚”，鄭箋云：“殷王帝乙之時，王季爲西伯，以功德受此賜。”是殷之州長稱伯也。孔疏引《舜典》云“覲四岳群牧”，又云“咨十有二牧”，是虞稱牧也。《左傳》宣三年云“夏之方有德也，貢金九牧”，是夏稱牧也。《周禮·宗伯》云“八命作牧”，又《太宰》云“建其牧”，是周稱牧也。然案《竹書紀年》云：“文丁四年，周公季歷伐余無之戎，克之，命爲牧師。”《天問》云：“伯昌號衰，秉鞭作牧。”是殷亦稱牧也。

14.《曲禮》：“國君不名卿老。”鄭注：“卿老，上卿也。”

按，《公羊傳》曰：“君於臣而不名者有五：諸父兄不名，經曰王札子是也，《詩》曰王曰叔父是也；上大夫不名，祭伯是也；盛德之士不名，叔肸是也；老臣不名，宰渠、伯糾是也；國君不名卿老，禮也。”是亦《春秋》之義也。

15.《郊特牲》：[①]“冠義：始冠之，緇布之冠也，適子冠於阼，以著代也。三加彌尊，喻其志也。無大夫冠禮，而有其昏禮。古者五十而后爵，何大夫冠禮之有？諸侯之有冠禮，夏之末造也。”

按，古者二十而冠，五十乃爵爲大夫，則是未爵爲大夫之時，猶以士禮冠之。無五十爵命而始冠者，故無大夫冠禮也。夏初以上，諸侯雖有幼而即位者，亦以士禮冠之。但大夫及士緇布之冠無緌。《雜記》曰“大帛緇布之冠，不緌”，謂此也。諸侯位尊則有緌，《玉藻》曰“緇布冠繢緌”，謂諸侯也。諸侯冠禮與士異，故《大戴記》有《公冠篇》，加

① “郊特牲”,原脱,今據文例補。

玄冕爲四加也。天子之元子，士也，冠禮與士同。但四加與公冠同。若天子則與士異，故《玉藻》曰："玄冠朱組纓，天子之冠也。"鄭氏注曰："始冠之冠也。"《大戴記》曰："成王冠，周公爲祝詞，使王近於人，遠於年，嗇於時，惠於財。"是天子舊有冠禮，其後乃亡之耳。天子與諸侯十二而冠，士則二十而冠耳。漢河間獻王得古禮於古淹中，其中却有天子諸侯禮，所以班固言愈於推士禮而致於天子、諸侯之禮。是固時其書尚在，而今亡矣。

16.《祭法》："冥勤其官而水死。"注曰："冥，契六世之孫也。其官玄冥，水官也。"

按，《漢書・禮樂志》曰"卨、稷始生，玄王、公劉"，師古曰："卨，殷之始祖。玄王亦殷之先祖，承黑帝之後，故曰玄王。毛、鄭説《詩》，以玄王即契也。此志既言卨，① 又有玄王，則玄王非卨一人矣。"據此，則玄王爲契六世之孫，而非契也。《竹書》："夏帝杼十三年，商侯冥死于河。"蓋殷追王之爲玄王也。《國語》："玄王勤商，十有四世。帝甲亂之，七世而隕。"以世數計之，知玄王非契也。

17.《祭統》："舞莫重於《武宿夜》。"陳氏曰："《武宿夜》，武舞之曲名也。其義未聞。"

按，孔氏正義："《武宿夜》是武曲之名。皇氏云：師説《書傳》云：武王伐紂，至於商郊，停止宿夜，士卒皆歡樂歌舞以待旦，因以名焉。《武宿夜》其樂亡也。"今按，《書・牧誓》曰"時甲子昧爽，王朝至于商郊牧野，乃誓"，孔安國傳曰："紂近郊三十里地名牧。癸亥夜陳，甲子朝誓。"則《大武》之曲以《宿夜》命名，義蓋有取乎此也。

---

① "言卨",原作"有契",今據《漢書・禮樂志》顔師古注改。

18.《樂記》:“治亂以相,訊疾以雅。”陳氏曰:“相即拊也,所以輔相於樂。訊亦治也,雅亦樂器也。”

按,上文“會守拊鼓”,故鄭注:“相即拊也。”亦以節樂承上而言也。鄭讀相爲平,云:“拊者,以韋爲表,装之以糠,糠一名相,① 因以名焉。”徐邈“思章反”,是也。王肅讀相爲去,云:“相,輔相也,息亮反。”是也。其實以器言之,當讀爲平聲,相雖有輔相之義,豈可云治亂以輔相乎?《周禮·太師職》云:“大祭祀,師瞽登歌,合奏擊拊。”孔氏《書傳》曰:“以韋爲鼓謂之搏拊。拊一名相,故曰治亂以相也。”雅亦樂器者,正義引《周禮笙師職》云:“舂牘應雅。”鄭司農云:“雅狀如漆筩而弇,口大二圍,長五尺六寸,以羊皮鞔之。有兩組疏畫。”此蓋以舞者迅疾,則擊此訊之。《爾雅·釋詁》曰:“訊,告也。”《詩》云“歌以訊之”,亦是義也。故曰“訊疾以雅”也。陳氏云“訊亦治也”,失其旨矣。

19.《王制》:“夫圭田無征。”鄭注曰:“夫猶治也。征,税也。治圭田者不税,所以厚賢也。”

按,《孟子》云:“卿以下必有圭田。圭田五十畝,餘夫二十五畝。”集注謂“有圭田,所以厚君子。又有餘夫之田,所以厚野人”。據《周禮·小司徒職》“凡國之大事,致民,大故致餘子”,鄭氏曰:“餘子,卿大夫之子,當守王宫者也。”其餘卿大夫之子未命爲卿大夫者,則謂之餘餘夫。圭田半於五十畝,餘餘子夫治也,謂餘子所治之圭田也。圭田不税者,殷禮。周時貢、助兼行,故亦有圭田,即《載師》之士田也。鄭氏曰:“士田,自卿以下圭田也。”但周之士田,以任近郊之地,税什一,與殷異。

① “一”,原作“亦”,今據《禮記注疏》改。

卷十四

翰林院檢討徐文靖　撰

楚辭集注一

1.《離騷》曰："字余曰靈均。"朱子《集注》曰："靈，神也。均，調也。"

按，《尚書·盤庚》曰："弔由靈。"孔安國傳曰："弔，至；靈，善也。"孔穎達疏曰："弔，至；靈，善：皆《釋詁》文。"伯庸字其子靈，當訓善，不當以神靈稱之。

2. 扈江離與辟芷。《集注》曰："扈，被也。離，香草，生於江中，故曰江離。《説文》曰：'蘼蕪也。'郭璞曰：'似水薺。'辟，幽也。芷亦香草，生於幽辟之處。"

按，《史記》相如《遊獵賦》曰："江離麋蕪。"索隐曰："《吴録》曰：'臨海縣海中生江離，正青似亂髮，即《離騷》所云者是也。'《廣志》云'赤葉紅花'，則與張勃所説又别。案，今芎藭苗曰江離，緑葉白華。又不同。"據《山海經》曰："洞庭之山，其草多蘼蕪芎藭。"《淮南·泛論》曰："夫亂人者，若芎藭之與藁本，蛇床之與麋蕪。"《上林賦》："被以江離，糅以蘪蕪。"① 以數説證之，則江離與蘪蕪似非一物也。《本草》李時珍曰："大葉似芹者爲江離，細葉似蛇床者爲蘪蕪，總爲芎藭苗也。"斯言得之矣。辟芷，辟即薜。《爾雅》："薜，山蘄。"《説文》："蘄，草也。"生山中者，一名薜。辟芷，猶言蘄茝也。《爾雅》："蘄茝，蘪蕪。"《説文》："晋謂之虈，齊謂之茝，楚謂之蘺，又謂之葯。"《廣雅》"白芷葉謂之葯"，是也。揚雄《反騷》"卷薜芷與若惠兮"，即辟芷也。非以芷生於幽僻爲辟芷也。

3. 朝搴阰之木蘭兮。《集注》曰："木蘭，木名。"《本草》云："皮似桂而香，狀如楠樹，高數仞，去皮不死。"

按，《神農本草》："立春之日，木蘭先生。"《别録》曰："杜蘭。"《本經》曰："林蘭。"《綱目》曰："木蓮，曰黄心。"《白樂天集》："木蓮生巴峽山谷間，民呼爲黄心樹，身如青楊，有白紋。葉如桂，而厚大無脊，花如蓮花，四月初始開，二十日即謝，不結實。"《廣雅》："木蘭似桂，皮辛可食。葉冬夏常似，其實如小甘酸美。"② 則木蓮、木蘭不得爲一種，明矣。

4. 夕攬洲之宿莽。《集注》曰："草冬生不死者，楚人名曰宿莽。"

按，《方言》曰："蘇草，莽草也。江淮南楚之間曰蘇，自關而西曰草，或曰莽，南楚江湘之間謂之莽。"是楚人凡草皆謂之莽，草未有冬生而不死者。《爾雅》"卷旆草拔心不死"，③ 郭注："宿莽也。"則宿莽蓋專指卷旆而言耳。卷旆或亦爲卷施，《南越志》："卷施，江淮間謂之宿莽。晋庾闡《賦》：'草則藆露菤葹。'梁王僧儒《贈顧倉曹詩》：'譬如

① "糅",原作"揉",今據《史記·司馬相如列傳》改。

② 今本《廣雅》無此句。《廣雅·釋木》:"木欄,桂欄也。"

③ "旆",《爾雅注疏》作"施"。

蕃施草，心謝葉空存。’是也。”木蘭去皮不死，宿莽拔心不死，故原並取之。李安溪曰：“木蘭去皮不死，則德行之彌貞。宿莽經冬不枯，則才能之彌茂。”

5. 雜申椒與菌桂。《集注》曰：“菌，渠隕反，或从竹。椒，木實之香者。申，或地名，或其美名耳。桂，木名。《本草》云：‘花白葉黄，正圓如竹。’”

按，嵇含《草木状》曰：“桂出合浦，冬夏常青。交阯置園，有三種：葉如柏皮，赤者爲丹桂，似柿葉者爲菌桂，葉似枇杷者爲牡桂。”則菌桂乃桂之一種耳。張氏《文選纂注》曰“菌，薰也，即零陵香也”，謬甚。

6. 荃不揆余之中情兮。《集注》曰：“荃與蓀同。隐居云：‘冬間溪側有名溪蓀者，極似石上菖蒲，而葉無脊。’”

按，《漢·江都王建傳》：“繇王閩侯遺建荃、葛、珠璣。”服虔曰：“荃音蓀。”謂荃與蓀同，則非。《説文》：“荃，芥脃。”“蓀，香草。”是荃與蓀别也。

7. 薋菉葹以盈室兮。《集注》曰：“薋，蒺藜也。菉，王芻也。葹，枲耳也。三物皆惡草，以比讒佞。”

按，《爾雅》“茨，蒺藜”，郭注：“布地蔓生，子有三角，刺人。”茨即薋，蓋惡草也。《爾雅》“箓，王芻”，注曰：“菉，蓐也。”《小雅》“終朝采緑”，注曰：“緑，王芻也。”《序》以爲婦人思其君子，豈得以惡草加之？《爾雅》又有“竹萹蓄”，注曰：“似小藜，好生道傍。”孫炎及某氏以此爲菉竹。《思美人篇》曰：“解萹薄與雜菜。”注亦曰：“萹蓄雜菜，皆非芳草。”此與薋相似，同爲惡草者也。至若“葹，枲耳”，葹當是葹之訛。許氏《説文》：“葹，卷耳也。”《後漢書·劉聖公傳》：“遣李松會朱鮪，與赤眉戰於務鄉。”《字林》曰：“務，毒草。”因以爲名。《郡國志》弘農有務鄉，蓋即此也。王逸本誤務爲葹，而因以葹爲惡草，謬矣。葹即宿莽也。《思美人篇》曰：“嘉長州之宿莽，吾誰與玩此芳草。”又《山海經圖贊》曰：“卷葹之草，拔心不死。屈平嘉之，諷詠以比。”其不爲惡草，明矣。

8. 五子用失乎家衖。《集注》曰：“五子，太康兄弟五人也。太康盤游無度，五子用此亦失其家衖。事見《大禹謨》。”

按，《周書·嘗麥解》曰：“其在啓之五子，忘伯禹之命，假國無正，用胥興作亂，遂亡厥國。”《竹書》：“夏啓十一年，放王季子武觀于西河。十五年，武觀以西河叛。”注曰：“武觀即五觀。”蓋此五子者，謂啓第五子也，非謂《書·五子之歌》能述大禹之戒者。

9. 攬茹蕙以掩涕兮，霑余襟之浪浪。《集注》曰：“茹，柔耎也。言心悲泣下，而猶引取柔耎香草以自掩飾，不以悲故，失仁義之則也。”

按，《易·泰》初云“拔茅連茹”，王弼曰：“茹，相牽引貌。”程傳曰：“茹，根之相連者。”茹蕙，謂以連根之蕙而拭涕。連根則蕙多，乃以之拭涕，而涕尤多，故復霑衣襟而浪浪也。《山海經》：“（浮山）有草焉，① 名曰薰草。② 麻葉而方莖，赤華而黑實，氣如蘼蕪。”③ 張揖《廣雅》曰：“鹵薰也。其葉謂之蕙。”陳藏器曰：“薰草即是零陵香。薰乃蕙草根也。”然則蕙之有根者，即所謂茹蕙也。《詩·大雅》“柔則茹之”，陸氏《釋文》曰：“茹，音汝。《爾雅》：‘聂茹也。’”茹無柔耎之訓。

---

① “焉”，原脱，今據《山海經·西山經》補。

② “名曰薰草”，原在“蘼蕪”之後，今據《山海經·西山經》乙正。

③ “氣”，《山海經·西山經》作“臭”。

10．飲余馬於咸池兮，總余轡乎扶桑。《集注》曰："咸池，日浴處也。總，結也。扶桑，木名，日出其下也。"

按，《石氏星經》曰："咸池三星在天潢西北。"《天官書》曰："西宫咸池曰天五潢。"《淮南子》曰："咸池者，水魚之囿也。"郗萌曰："咸池者，天子名池也。飲馬咸池者，謂此。以咸池爲日浴處，《淮南》之妄也。"《山海經》曰："暘谷有扶桑，十日所浴。"蓋以日所行東出暘谷，西經咸池，有似於浴耳，以爲日所浴處，則妄矣。又"扶桑，木名，日出其下"，《周髀經》曰："日徑一千二百里。"石氏曰："日暉徑千里，周三千里。"日如此之大，豈有出於一木之下者？《南史·扶桑國傳》曰："齊永元元年，其國有沙門慧深來至荆州，説云：扶桑在大漢國東二萬餘里。土多扶桑木，故以爲名。扶桑葉似桐，初生如筍，國人食之。實如梨而赤，績其皮爲布，亦以爲錦。有文字，以扶桑皮爲紙。其國人名國王爲乙祁。"① 據此則扶桑自是一國，日出扶桑不得專指一木也。戴埴《鼠璞》曰："或謂日出扶桑，以日自東方出耳。猶倭自謂日出處天子是也。"《大荒東經》曰："東海之外，大荒之中，有山名曰大言，日月所出。有山名曰合虚，日月所出。有山名曰明星，日月所出。有山名曰鞠陵于天，東極離瞀，日月所出。"蓋日月之徑千里，冬南夏北，不常厥處，故所出之處不得以一地名之，而况於扶桑之一木乎？

11．哀高丘之無女。《集注》曰："女，神女。蓋以比賢君也。於此又無所遇，故下章欲游春宫，② 求虙妃，見佚女，留二姚，皆求賢君之意也。"

按，"哀高丘之無女"，哀所遭之寡偶也。即《孟子》"願爲有室，願爲有家"之意。求虙妃，則"令蹇修以爲理，紛緫緫其離合"也。見有娀，則"吾令鴆以爲媒，鴆告余以不好"也。留二姚，則"理弱而媒

① "其國人"，《南史》卷七十九無此三字。

② "章"，原脱，今據《楚辭集注》補。

拙，恐導言之不固”也。苟既無媒妁之言，是以所如不合也。不得已而命靈氛爲余占之，言雖兩美其必合，孰信修而慕之也。若以求虙妃、佚女、二姚，皆求賢君之意，夫不求宓犧而求其女，不求高辛而求其妃，不求少康而求其二姚，可謂求賢君乎哉？

12. 吾令豐隆乘雲兮。《集注》曰：“豐隆，雷師。”

按，《穆天子傳》：“天子升于昆侖之丘，以觀黄帝之宫，而會豐隆之葬。”郭璞曰：“豐隆筮御雲，得《大壯》，遂爲雷師。”然則世所稱豐隆爲雷師者，亦猶《莊子》所云傅説乘東維，騎箕尾，而比于列星者乎？

13. 夕歸次於窮石兮，朝濯髮乎洧盤。《集注》曰：“窮石，山名，在張掖，即后羿之國也。洧盤，水名。”

按，《淮南子》曰：“弱水源出窮石山。”《括地志》曰：“蘭門山，一名合黎山，一名窮石山。”《史記正義》曰：“合黎山在張掖縣西北二百里。”未有以是爲有窮國者。據《竹書》：“太康元年癸未，帝即位，居斟鄩，畋于洛表。羿入居斟鄩。”京相璠曰：“今鞏洛渡北有尋谷水，東入洛。”則羿之所居在河南而近洛也。襄四年《左傳》：“后羿自鉏遷于窮石，家衆殺而烹之，以食其子。其子不忍食，死于窮門。”是羿雖據有夏都，而始終未嘗離窮國也。又哀二十六年《傳》：“衛出公自城鉏使以弓問子贛。”《括地志》：“故鉏城在滑州衛城縣東十里。”羿自鉏遷窮，地應相近，何由遠引張掖之窮石以爲即羿國乎？《水經注》：“窮水出六安國安豐縣窮谷。《春秋》：吴救灊，沈尹成與吴師遇于窮，是也。”① 吴氏以爲即有窮國也。

又按，定七年《左傳》“敗尹氏于窮谷”。《晉地道記》曰：“河南有窮谷，蓋本有窮氏所遷也。”或此爲得其實矣。又“洧盤，水

---

① “《春秋》……是也”，《水經注》原文作“《春秋左傳》：楚救灊，司馬沈尹戌與吴師遇於窮者也”，與此文略有出入。

名”，《山海經》“崦嵫之山，苕水出焉”，郭注曰：“《禹大傳》曰：洧盤之水出崦嵫山。”《十道志》：“昧谷在秦州西南，亦謂之兑山，亦曰崦嵫。”

14. 見有娀之佚女。《集注》曰：“有娀，國名。佚，美也。謂帝嚳之妃，契母簡狄也。事見《商頌》。”

按，《楚辭辯證》曰：“舊説有娀國在不周之北，恐其不應絶遠如此。”今案《殷本紀》曰：“桀敗于有娀之虚。桀奔于鳴條，夏師敗績。”《括地志》曰：“高涯原在蒲州安邑縣北三十里南坂口，即古鳴條陌也。”正義曰“有娀當在蒲州”，謂此也。《張掖記》曰“黑水出縣界雞山，有娀氏女簡狄浴于玄丘之水，即黑水也”，亦非。

15. 巫咸將夕降兮，懷椒糈而要之。《集注》曰：“巫咸，古神巫，當殷中宗之世。”

按，《世本》“巫咸作筮”，《歸藏》曰：“昔黄帝將戰，筮于巫咸。”《周禮·簭人》“一巫更，二巫咸”，① 注曰：“巫當讀爲筮者也。”②《南華》逸篇曰：“黄帝立巫咸以通九竅。”郭氏《巫咸山賦序》“巫咸以鴻術爲帝堯醫師”。此巫咸主醫者也。《山海經》：“大荒之中有靈山，巫咸、巫即、巫肦十巫從此升降。”此則古所謂神巫者也。《史記·封禪書》曰：“太戊有桑穀生于廷，一暮大拱，懼。伊陟贊巫咸，巫咸之興自此始。”索隐曰：“《尚書孔傳》云：巫咸，臣名。今云‘巫咸之興自此始’，③ 則以巫咸爲巫覡。然《楚詞》亦以巫咸主神，蓋史遷以巫咸是殷臣，以巫接神事，太戊使禳桑穀之災，故云。”又《竹書紀年》：“太戊十一年，命巫咸禱于山川。”鄭康成亦曰：“巫咸謂之巫官。”以此證之，

---

① 此句《周禮·簭人》作“一曰巫更，二曰巫咸”。

② 此句《周禮》注作“此九巫讀皆當爲筮字之誤也”。

③ “興”，原作“同”，今據《史記索隱》改。

《集注》以巫咸爲古神巫，當殷中宗之世，蓋有所本也。

16. 曰勉升降以上下。《集注》曰：①“曰，記巫咸語也。”恐鵜鴂之先鳴，百草爲之不芳。《集注》曰：“巫咸之言止此。”

按，其上曰“欲從靈氛之吉占”，又曰“告余以吉故”，又曰“靈氛既告余以吉占兮，歷吉日乎吾將行”，則是“曰勉升降以上下”，蓋靈氛語也。升降，即《山海經》十巫從此升降也。洪慶善《補注》以爲原語，朱子《辯證》斷以爲巫咸語。夫既爲殷之巫咸，豈應稱引吕望之鼓刀，甯戚之飯牛？②

17. 椒專佞以謾慆兮，樧又欲充夫佩幃。《集注》曰：“樧，茱萸也。幃，盛香之囊也。椒，芳烈之物，而今亦變爲邪佞。茱萸固爲臭物，而今又欲滿於香囊。”

按，《爾雅》曰：“椴，大椒。”李巡注曰：“椴，茱萸也。”《爾雅》又曰：“椒，樧醜。”郭璞曰：“樧似茱萸而小，赤色。”《禮記·内則》曰：“三牲用藙。”鄭康成曰：“藙，煎茱萸也。《漢律》會稽獻焉，《爾雅》謂之樧。”范至能《成都古今記》曰：“艾子，茱萸類也，實正緑，味辛。蜀人每進酒，以一粒投之，少頃香滿盂盞。”艾即藙。藙，樧，今川椒；椴，今秦椒也。三牲所用，《漢律》所獻，以樧爲香物故也。《集注》乃以爲臭物。晉孫楚賦“有茱萸之嘉木”，茱萸豈臭物乎？椒既謾慆樧欲充幃，總以況群小競進之意，非在香臭之分也。

18. 覽椒蘭其若兹兮，又況揭車與江離。《集注》曰：

---

① “曰”，原脱，今據文例補。

② “飯牛”，《離騷》作“謳歌”。

“揭車、江離，雖亦香草，然不若椒蘭之盛。今椒蘭既如此，則二者從可知矣。”

按，《楚辭辯證》云：“屈子於蘭芷不芳之後，更嘆其化爲惡物。而揭車、江離亦以次而書罪焉。蓋其所感益以深矣，初非以爲實有是人，而以椒蘭爲名字者也。而史遷作《屈原傳》，乃有令尹子蘭之説，班氏《古今人表》又有令尹子椒之名，使此文首尾横斷，意思不活。王逸因之又訛以爲司馬子蘭、大夫子椒，而不復記其香草臭物之論。流誤千載，遂無一人覺其非者，甚可嘆也！”據此，則史公之《屈原傳》“懷王稚子子蘭勸王行”，未必實有其事，① 而鄭袖、靳尚、上官大夫皆可疑矣。又班氏《古今人表》屈原上中，陳軫、占尹中上，令尹子椒子蘭中下，懷王、靳尚下上。雖取舍無可取正，而要其人則實也。乃謂非實有是人，而以椒蘭爲名字，過矣。後漢孔融曰“屈平悼楚，受譖於椒蘭”，豈亦妄爲是言哉？雖《離騷》以香草喻君子，雜卉喻小人，非必定爲椒蘭而發。而《騷》之言蘭者十，言椒者六，如所云幽蘭不可佩，謂申椒其不芳，余以蘭爲可恃，羌無實而容長；椒專佞以謾慆，榝又欲充夫佩幃。而欲使言者無罪，聞者足戒，不綦難哉！此令尹子蘭聞之大怒，卒使上官大夫短屈原於頃襄王，頃襄王怒而遷之者也。揭車凡兩見，前言“畦留夷與揭車”者是也。《爾雅》“藒車，芞輿”，② 注云：“藒車，香草，見《離騷》。”據《本草拾遺》有揭車香，陳藏器曰：“藒車香生徐州，高數尺，黄葉白花。”《齊民要術》曰：“凡諸樹蟲蠹者，煎此香令淋之，即辟也。”

19. 邅吾道夫昆侖兮，路脩遠以周流。《集注》曰：“邅，轉也。《後漢書》注云：‘昆侖在肅州酒泉縣西南，地之中也。’”

---

① “其”，中华书局本作“是”。

② “芞”，原作“芞”，今據《尔雅·释草》改。

按,《易·屯》二曰:“屯如邅如。”王弼曰:“正道未行,困於侵害,故屯邅也。”此所云邅吾道者,蓋亦屯邅之意也。《水經》曰:“昆侖墟在西北,去嵩高五萬里,地之中也。河水出其東北陬。”酈道元注曰:“《禹本紀》與此同。按《穆天子傳》天子自昆侖山入于宗周,乃里西土之數,自宗周瀍水以西北至于河宗之邦,陽紆之山,三千有四百里。自陽紆西至河首四千里。合七千四百里。則云五萬里者,蓋妄也。”但此河水所出之昆侖,世以爲地之中,非肅州之昆侖也。《禹貢》“昆侖、析支、渠、搜”,《前漢·地理志》“金城臨羌縣有昆侖山祠”,“燉煌廣至縣,治昆侖障”。《後漢書》“竇固出燉煌,擊昆侖塞”,注曰:“昆侖,山名,因以爲塞,在今肅州酒泉縣西南。”蓋河源昆侖,爲大昆侖,是爲地中。此爲小昆侖,不得爲地中也。《十六國春秋》:“後魏昭成帝建國十年,凉張駿、酒泉太守馬岌上言:酒泉、南山,即昆侖之體,周穆王見西王母,樂而忘歸,即謂此山。”

20.《九歌·東皇太一》。《集注》曰:“太一,神名。天之尊神,祠在楚東以配東帝,故曰東皇。”

按,《春秋元命包》曰:“中宫天極星。星下一明者,太一常居。”《文耀鉤》曰:“中宫大帝,其北極星下一明者,爲太一之光,含元氣以斗布,當是天皇大帝之號也。”是時楚僭稱王,因僭祀昊天上帝,故有皇太一之祠。祠在楚東,故於“皇太一”之上加一“東”字,非以配東帝爲東皇也。《漢·郊祀志》曰:“天神貴者太一,太一佐曰五帝。”徐堅曰:“昊天上帝,一曰天皇大帝,一曰太一。其佐曰五帝。”則東皇乃太一之佐耳,豈太一反配之乎?其辭曰“穆将愉兮上皇”,上皇即太一,是也。朱子謂:“楚俗信鬼而好祀,必使巫覡作樂,歌舞以娱神。原既放逐,故頗爲更定其詞。”據甄烈《湘州記》曰:①“屈潭之左玉笥山,屈平之放,棲于此山,而作《九歌》焉。”《隋·地理志》曰:“大抵荆州

① “州”,原作“中”,今據劉宋甄烈《湘州記》改。

率敬鬼，尤重祠祀。昔屈原爲制《九歌》，蓋由此也。”則《九歌》乃原所自作也。《集注》謂“因彼事神之心，以寄忠君愛國眷戀不忘之意”，則得之矣。

21.《雲中君》。《集注》曰：“謂雲神也。亦見《漢書·郊祀志》。”

按，《左傳·定四年》“楚子涉雎濟江，入于雲中”，杜注：“入雲夢澤中。”是雲中，一楚之巨藪也。雲中君猶湘君耳。《尚書》“雲土夢作乂”，《爾雅》“楚有雲夢”，相如《子虛賦》“雲夢者，方九百里”。湘君有祠，巨藪如雲中，可無祠乎？“靈皇皇兮既降，猋遠舉兮雲中”，亦猶《湘君》云“横大江兮揚靈”耳，豈必謂雲際乎？《封禪書》“晋巫祠東君雲中”，索隱曰：“王逸注《楚辭》雲中君，雲也。”則以雲中爲雲神，自逸始矣。

22.《湘君》《湘夫人》：“君不行兮夷猶，帝子降兮北渚。”《集注》曰：“君謂湘君，堯之長女娥皇，爲舜正妃者也。帝子謂湘夫人，堯之次女女英，舜次妃也。”

按，《禮·檀弓》曰：“舜葬於蒼梧之野，蓋三妃未之從也。”鄭康成曰：“三夫人，《離騷》所歌湘夫人舜妃也。”韓昌黎《黄陵廟碑》曰：“《離騷》《九歌》既有《湘君》，又有《湘夫人》。王逸注以湘君爲正妃之稱，則次妃自宜降曰夫人也。故《九歌》謂娥皇爲君，女英爲帝子。”朱子《集注》本此。然案《山海經》“洞庭之山，帝之二女居之”，郭璞曰：“天帝之二女而處江爲神，即《列仙傳》江妃，《離騷》《九歌》所謂湘夫人稱帝子者是也。《九歌》之有湘君、湘夫人，是二神。江、湘之有夫人，猶河、洛之有虙妃也。① 此之爲靈，② 與天地並矣，安得謂之

① “之”字上，原衍“間”字，今據《山海經》郭注删。

② “靈”，原作“神”，今據《山海經》郭注改。

堯女?《禮記》曰:‘舜葬蒼梧,二妃不從。’明二妃生不從征,死不從葬,義可知矣。即令從之,二女靈達,① 豈當不能自免於風波,而有雙淪之患?假復如此,禮,五嶽比三公,② 四瀆比諸侯。今湘川不及四瀆,無秩於命祀,而二女帝者之后,配靈神祈,無緣當復下降小水而爲夫人也?"③《帝王世紀》曰"女英墓在商州",蓋舜崩之後,女英隨子均徙于封所,故卒葬在焉。《竹書紀年》曰:"帝舜三十年,葬后育于渭。"沈約注曰:"后育,娥皇也。"帝舜五十年,陟方乃死。后已死二十年矣。何從與女英溺于湘江而改稱爲湘君耶?逸注以娥皇、女英墮湘水溺焉,妄矣。

23.《大司命》《少司命》。《集注》曰:"《周禮·大宗伯》以槱燎祀司中、司命,疏引《星傳》云:‘三台,上台曰司命。’又文昌宫第四亦曰司命,故有兩司命也。"

按,《祭法》:"王爲群姓立七祀,曰司命、中霤、國門、國行、泰厲、户、竈。王自爲立七祀,諸侯爲國立五祀。"五祀無司命、泰厲,則是天子之泰厲稱泰,其司命亦應稱泰。諸侯五祀有公厲,不得稱泰,則司命亦不得稱泰。可知矣。《元命包》曰:"三能西近文昌二星曰上台,司命主壽。次二星曰中台,司中主宗室。東二星曰下台,司禄主兵。"又《論語讖》曰:"上台上星,主兖、豫,下星主荆、揚。中台上星主梁、雍,下星主冀州。下台上星主青州,下星主徐州。"又《祭法》鄭氏注曰:"司命主督察三命。"故《九歌·太司命》曰:"紛總總兮九州,何壽夭兮在予!"謂此也。此惟天子得祀之,楚祀大司命,僭也。少司命者,《甘氏》曰:"司命二星在虚北。"又曰:"司命繼嗣移正朔。"故

---

① "女",原作"妃",今據《山海經》郭注改。

② "五",原脱,今據《山海經》郭注補,下"四"字同。"比",原作"視",今據《山海經》郭注改,下"比"字同。

③ "爲",原作"稱",今據《山海經》郭注改。

《九歌·少司命》曰："夫人自有兮美子。"又曰："竦長劍兮擁幼艾。"①謂此也。此則楚所舊祀者，先代之制，不得而棄之。故雖僭祀太司命，又兼祀少司命也。《周禮·肆師》曰："立大祀，用玉帛牲牷。立小祀，用牲。"鄭司農曰："小祀，司命以下則從司命。以上者得用玉帛牲牷。"其爲大祀稱太可知矣。若文昌四星亦爲司命，《黄帝占》曰："主賞功進賢。"則此乃主司王命，非主壽命者也。

24.《東君》。《集注》曰："此日神也。《禮》曰：'天子朝日於東門之外。'又曰：'王宫祭日也。'《漢志》亦有東君。"

按，《覲禮》曰："天子乘龍載大旂，拜日於東門之外，反祀方明。"鄭注引《朝事儀》曰："天子冕而執鎮圭，帥諸侯而朝日于東郊，所以教尊尊也。"《漢·郊祀志》曰："天子始郊，拜泰一。朝朝日，夕夕月，則揖而見泰一。"楚既祠皇泰一，而又祠東君，是皆僭禮之大者。原因其祠而作歌，蓋承習相沿而不覺耳。

25. 舉長矢兮射天狼，操余弧兮反淪降。《集注》曰："《晋志》云：狼一星在東井南，爲野將，主侵掠。弧九星，在狼東南，天弓也，主備盜賊。"

按，《前漢·天文志》曰："秦之彊，候太白，占狼弧。"②張衡《大象賦》"弧屬矢而承天"，韓公賓注曰："弧矢九星，常屬矢而向狼。"原蓋以天狼喻秦，己欲操弧以射之，而孰意其矢反激而淪降也。《史記》曰："時秦昭王與楚婚，欲與懷王會，懷王欲行。屈平曰：秦，虎狼之國，不可信，不如無行。"則此以東君喻君，以天狼喻秦，從可知矣。

---

① "竦"，原作"聳"，今據《楚辭·少司命》改。
② "弧"，原作"星"，今據《漢書·天文志》改。

26.《河伯》。《集注》曰:“舊説以爲馮夷,其言荒誕不可稽考,今闕之。大率謂黄河之神耳。”

按,胡應麟《筆叢》曰:“《竹書紀年》:帝芬十六年,洛伯用與河伯馮夷鬭。洛伯、河伯,皆國名也。用與馮夷,諸侯名也。”世率以馮夷爲水神,賴此折之。

27. 登昆侖兮四望,心飛揚兮浩蕩。《集注》曰:“昆侖,山名。河出昆侖虚,色白,所渠并千七百一川。色黄,百里一小曲,千里一曲一直。”

按,《河圖》曰:“風后對黄帝曰:河凡有五,皆始開於昆侖之墟。”《爾雅》曰:“河出昆侖虚,色白。”《山海經》曰:“河出昆侖西北隅。”《史記·大宛列傳》曰:“天子案古圖書,名河所出曰昆侖云。”《唐書·吐谷渾傳》曰:“積石道總管侯君集、任城王道宗追吐谷渾王伏允,登漢哭山,戰烏海,行空荒二千里。閲月,次星宿川上,望積石河源。”又《吐蕃傳》曰:“會盟使劉元鼎逾湟水,至龍泉谷西北。湟水出蒙谷,抵龍泉與河合。河之上流。由洪濟梁西南行二千里,水益狹,春可涉,秋夏乃勝舟。其南三百里三山,中高而四下,曰紫山,直大羊同國,古所謂昆侖者也。虜曰悶摩黎山。”①《括地志》曰:“阿耨達山亦曰建末達山,亦名昆侖山。水出,一名拔扈利水,一名恒伽河,即經稱河者也。”《明一統志》曰:“昆侖山在西蕃朵甘衛西北,番名一耳麻不莫刺山。極高峻,雪至夏不消,綿亘五百餘里。黄河源在衛西鄙,直馬湖蠻部正西三千餘里,去雲南麗江府西北一千五百里。水從地湧出百餘泓,方七八十里。履高瞰之,燦若星列。番名火敦腦兒。東北流百餘里,滙爲大澤。又東流,爲赤賓河。又合忽蘭等河,始名黄河。又東北至陝西蘭縣,始入中國。又東北經沙漠地,折而南流,入山西境,凡九千餘里。”此黄河

① “山”,原脱,今據《新唐書·吐蕃傳》補。

九曲，千里一曲一直之大較也。至黄河隨地異名，《後魏書·龜兹國傳》:“龜兹東有輪臺，其南三百里有大河東流，號計式水，即黄河也。”又《于闐國傳》:“城東二十里有大水北流，號樹枝水，即黄河也。”宋《契丹志》:“其地有裊羅箇没卑水，源出饒州西南平地松林，直東流，華言黄河也。”《元史·地理志》:①“騰乞里塔即昆侖也。昆侖以東，有水西南來，名納隣哈剌，譯言細黄河也。”其他蓋不勝記云。

① “地理志”,原作“河源志”,《元史》無《河源志》,今據《元史·地理志》改。

卷十五

翰林院檢討徐文靖　撰

楚辭集注二

1.《天問》曰："陰陽三合，何本何化?"《集注》曰："《穀梁子》曰：獨陰不生，獨陽不生，三合然後生。"

按，"三合然後生"者，莊公三年《穀梁傳》文也。注引徐邈曰："獨天不生，必三合而形神生理具矣。"①

2. 圜則九重，孰營度之?《集注》曰："圜，謂天形之圓也。② 則，法也。九，陽數之極，所謂九天也。"

按，《説卦傳》"乾爲天爲圜"，圜與圓同，故圜爲天也。九重，九層也。《淮南》曰："天有九重，人亦有九竅。"近西儒所測，第一重最下曰月輪天，第二重曰水星天，第三重曰金星天，第四重曰日輪天，第五重曰火星天，第六重曰木星天，第七重曰土星天，第八重曰恒星天，第九重最上曰宗動天。《曆學疑問》曰："以視差言之，與人目遠者視差微，近則視差大。故恒星之視差最微，以次漸增，至月而差極大也。以

① "矣"，原作"是也"，今據《春秋穀梁傳注疏》改。

② "形之圓"，原作"之形"，今據《楚辭集注》改。

行度言之，近天圜者爲動天所掣，故左旋速而右移之度遲。漸近地心，則與動天漸遠而左旋漸遲，即右移之度反速。故左旋之勢，恒星最速，以次漸遲，至月而爲最遲也。右移之度，恒星最遲，以次漸速，至月而反最速也。是二者宛轉相求，其數巧合。高下之理，可無復疑。"以此推之，天實有九重，非以九爲陽數之極而云九重也。

3．天何所沓，十二焉分？《集注》曰："沓，合也。問天地相接之處何所沓也。答之曰：天周地外，[①] 非沓乎地之上者也。十二云者，《左傳》曰：'日月所會是謂辰。'注云：'一歲日月十二會，所會爲辰。'十一月辰在星紀，[②] 十二月辰在玄枵之類是也。"[③]

按，《周禮·大司徒》[④]"以土宜之法，辨十有二土之名物"，注曰："十有二土，分野十有二邦也。上繫十二次，各有所宜也。"賈公彦曰："十二次之分：星紀，吴越也；玄枵，齊也；娵訾，衛也；降婁，魯也；大梁，趙也；實沈，晋也；鶉首，秦也；鶉火，周也；鶉尾，楚也；壽星，鄭也；大火，宋也；析木，燕也。天有十二次，日月之所躔。地有十二土，王公之所國。又《周語》伶州鳩曰：昔武王伐商，歲在鶉火。又云：歲之所在，則我之分野。故知分野十二邦，上繫十二次，各有所宜也。"此問天地相接之際何所沓合，而十二分野又焉所分，自當以分者答之，不當以交會者言之也。若以日月所交會爲十二分，而斗柄所指，亦有十二，又何必不爲十二分乎？

---

① "周"，原作"包"，今據《楚辭集注》改。

② "十一"，原作"十二"，今據《楚辭集注》改。

③ "十二"，原作"十一"，今據《楚辭集注》改。

④ "大司徒"，原作"大宗伯"，今據《周禮注疏》改。

4. 出自湯谷,[1] 次于蒙汜，自明及晦，所行幾里？《集注》曰：“曆家以爲周天赤道一百七萬四千里，日一晝夜而一周，春秋二分，晝夜各行其半，而夏長冬短，一進一退，又各以其什之一焉。”

按，王蕃依劉洪乾象之法，而論渾天曰：赤道帶天之紘,去兩極各九十一度少強。黄道日所行也，半在赤道外，半在赤道内，與赤道東交于角五弱，西交于奎十四少強。其出赤道外極遠者，出赤道二十四度、斗二十一度是也。其入赤道内極遠者，入赤道二十四度、井二十三度是也。日南至斗二十一度，去極百一十五度少強。是日最南，去極最遠，故景最長。黄道斗二十一度，出辰入申，故日出辰入申，晝行地上百四十六度強，故日短。夜行地下二百一十九度少弱，故夜長。自南至之後，日去極稍近，故景稍短。日晝行地上度稍多，故日稍長。夜行地下度稍少，故夜稍短。日行度稍北，故日出入稍北。以至于夏至，日在井二十五度，去極六十七度少強，是日最近北，去極最近，故景最短。黄道井二十五度，出寅入戌，晝行地上二百一十九度少弱，故日長。夜行地下百四十六度強，故夜短。自夏至之後，日去極稍遠，故景稍長。日晝行地上度稍少，故日稍短。夜行地下度稍多，故夜稍長。日所在度稍南，故日出稍南，以至于南至而復初焉。春分日在奎十四少強，秋分日在角五弱，此黄赤二道之中交也。去極俱九十一度少強。南北處斗二十一、井二十五之中，故景居二至長短之中，奎十四角五，出卯入酉，日晝行地上，夜行地下，俱百八十二度半強。故日見之漏五十刻，不見之漏五十刻，謂之晝夜同。夫天之晝夜，以日出入爲分。人之晝夜，以昏明爲限。日未出二刻半而明。日入後二刻半而昏，故損夜五刻以增晝刻。是以春秋分之漏，晝五十五刻，至于周天里數無聞焉。而《洛書甄曜度》《春秋考異郵》皆云：“周天一百七萬一千里。”

又按，《帝王世紀》曰：“周天三百六十五度四分度之一，一度二千

---

① “湯”,原作“暘”,今據《楚辭·天問》改。

九百三十二里，分爲十二次。一次三十度三十二分度之十四，各以附其七宿間距，周天積百七萬九百一十三里，徑三十五萬六千九百七十一里。”《集注》“一百七萬四千里”，“四”字誤，當作“一”也。

5. 夜光何德？死則又育。《集注》曰：“舊説月朔則去日漸遠，故魄死而明生，既望，則去日漸近，故魄生而明死。此説誤矣。果如此，未望之前，西近東遠，既望之後，東近西遠，安得未望載魄於西，既望終魄於東乎？近世沈括之説，乃爲得之。其言曰：[①] 月本無光，猶一銀丸，日耀之乃光耳。光之初生，日在其旁，故光側而所見纔如鈎。日漸遠，則斜照而光稍滿。大抵如一彈丸，以粉塗其半，側視之，則粉處如鈎；對視之，則正圓也。以此觀之，非既死而復生也。”

按，《書·武成》曰：“惟一月壬辰旁死魄。厥四月哉生明。”孔安國《傳》曰：“旁，近也。月二日近死魄。哉，始也。始生明，月三日。”又《顧命》曰“惟四月哉生魄”，傳曰：“始生魄，月十六日也。”《周書·世俘解》曰：“惟一月丙辰旁生魄。”又曰：“二月既死魄。”《小開武》曰：“惟王二祀一月既生魄。”《公緘鼎銘》曰：“唯十有四月既死魄。”蓋月光自爲生死。望後明死，朔後明生，不全借光於日也。“死則又育”之説，與《書傳》並同，烏得云誤？京房曰：“月與星辰，陰者也，有形無光，日照之乃有光。先師以爲日似彈丸，月似鏡體。或以爲月亦似彈丸，日照處則明，不照處則闇。”括説本此，非創論也。宋祖冲之曰：“星體自有光曜，非由禀日始明。”今星宿有時食月在魄中，分明質見。又梁武帝嘗儀曰：“月體不全光，星亦自有光，非受明於日。若是日曜月所以成光，去日遠則光全，去日近則光缺。五星行度，亦去日遠近，五星安得不盈缺？當知不然。太陰之精，自有光景。但異於太陽，

① “其”，《楚辭集注》作“括”。

不得煇赫。星月及日，體質皆圓，非如圓鏡，當如丸矣。"以數説證之，月自有光曜。生魄死魄，乃月自爲生死耳。《大戴記》曰："朱草生，日生一葉，至十五日止，日落一葉。"《白虎通》曰："蓂莢，樹名也，月一日生一莢，十五日畢。至十六日，去一莢。"皇甫謐曰："若月小餘一莢。"《抱朴子》曰："堯觀蓂莢以知月。"由此觀之，草木以朔望自爲榮落，月光不能自爲生死乎？

6．女歧無合，① 夫焉取九子。《集注》曰："女歧，神女，無夫而生九子。女歧之事無所經見。釋氏書有九子母之説，疑即謂此。然益荒無所考矣。"

按，《海外西經》："女子國在巫咸北。兩女子居，水周之。"郭璞《圖贊》曰："簡狄有吞，姜嫄有履。女子之國，浴于黄水。乃娠乃字，生男則死。"又《大荒東經》："有司幽之國，思士不妻，思女不夫。"郭注曰："言其人直思感而氣通，無配合而生子。"皆此類也。

7．伯強何處？惠氣安在？《集注》曰："伯強，大癘疫鬼也。以其強暴傷人，故爲之名字以著其惡耳。初非實有是人也。"

按，《山海經》曰："東海渚中有神人曰禺虢，禺虢生禺京，禺京處北海。"郭璞曰："禺京即禺強也。"禺強字玄冥，水神也。莊周曰："禺強立于北極。"《龍魚河圖》曰："北海神名禺強。"非謂癘鬼以強暴傷人，故爲之名字，如《郊特牲》"鄉人裼"，庾氏注曰："裼是強鬼之名也。"

8．何闔而晦？何開而明？② 角宿未旦，曜靈安臧？《集

① "歧"，原作"岐"，今據《楚辭集注》改。下"歧"字同。

② "開"，原作"闢"，今據《楚辭集注》改。

注》曰："宿，音秀。臧，與藏同。角宿固爲東方之宿，然隨天運轉，[1] 不常在東。古經之言多假借也。日之所出，乃地之東方，未旦則固已行於地中，特未出地面之上耳。"

按，《春秋緯》曰："角二星，天關也。左角爲天田，南三尺曰太陽道，右角爲天門，北三尺曰天陰道。"《黄帝占》曰："日月五星出中道，天下太平。"曜靈者，日之光曜，非即謂日也。旦則日行於角宿之中，暉光所燭，萬里同晷。未旦，則日之光曜將安藏乎？《詩·庭燎》云"夜未央"，毛傳："央，旦也。"王肅曰："央，旦未旦，夜半是也。"若乃初登于天，後入于地，無待于問矣。何闔何開？亦以角爲天關而云然，非假借也。又《説苑·辨物篇》曰："二十八星所謂宿者，日月五星之所宿也。"劉熙《釋名》曰："宿，宿也，言星各止住其所也。"宿，讀如"再宿一宿"之"宿"，不必改音秀也。

9. 鴟龜曳銜，鯀何聽焉？順欲成功，帝何刑焉？《集注》曰："舊説謂鯀死爲鴟龜所食。鯀何以聽而不争乎？特以意言之耳。詳其文勢，與下文應龍相類，似謂鯀聽鴟龜曳銜之計而敗其事。然若且順彼之欲，未必不能成功，舜何以遽刑之乎？

按，《唐會要》曰："漢柏梁殿災，越巫言海中有魚，虬尾似鴟，激浪則降雨。遂作其像于屋，以厭火災。"王子年《拾遺記》曰："鯀治水無功，自沉羽淵，化爲玄魚。人于羽山下修玄魚祠，四時致祭。嘗見瀺灂出水，長百丈，噴水激浪，必雨降。"《漢書》越巫請以鴟尾魚厭火祥，今鴟尾即此魚尾也。又案《爾雅》曰："鼈三足能，龜三足賁。"《史記正義》曰："鯀之羽山，化爲黄熊，入于羽淵。熊音乃來反，下三點爲三足也。"據此，鴟龜皆水族，鯀化爲黄能，入于羽淵，任鴟龜或曳或銜。何遂聽之？非鴟鳶之鴟。謂鯀死爲鴟龜所食也。順欲成功，帝何

[1] "運轉"，原作"轉運"，今據《楚辭集注》乙正。

刑焉？言鯀所以致此者，負命毁族耳。若能順帝之欲而成功，帝又何刑之乎？至舊説謂鯀死爲鴟龜所食，鯀何以聽而不爭？此大悖也。夫既云鯀死，而又誰與之爭乎？

10. 永遏在羽山，夫何三年不施？《集注》曰："施，謂刑殺之也。《左傳》曰：'乃施邢侯。'此問鯀功不成，何但囚之羽山而不施以刑乎？"

按，《辯證》曰："《補注》引《山海經》言：鯀竊帝之息壤，以堙洪水，帝令祝融殛之羽郊。詳其文意，所謂帝者，似指上帝。蓋上帝欲息此壤，不欲使人干之，故鯀竊之而帝怒也。又祝融，顓帝之後，死而爲神，蓋言上帝使其神誅鯀也。若堯舜時，則無此人久矣。"然經所謂祝融者，乃炎帝裔孫，爲黄帝司徒，降處江水生共工，共工生術器。器一作囂。《路史》術囂生條及句龍。羅苹注言共工垂爲句龍子。《舜典》"咨垂，汝共工"，馬融注曰："爲司空，共理百官之事。"則是共工爲祝融之後，故亦謂之爲祝融，而帝舜命之共理百官，因以殛鯀于羽郊。如《吕刑》之稱重黎，《胤征》之稱羲和，皆以其後世子孫稱之，不必即是人也。且又一祝融，非顓頊之後爲高辛火正者。施與弛通，舍也。此言永遏在羽山，夫何三年不舍？非謂三年不殺也。《爾雅》"殛，誅也"，邢昺曰："誅，責。"《竹書》"帝堯六十九年，黜崇伯鯀"，《洪範》"鯀則殛死"，孔傳曰："放鯀至死不赦。"所謂不施者，是也。《孟子》以殛鯀爲舜，則是遏之羽山者，自是帝舜，而竊帝之息壤者，乃竊帝堯之息壤，非上帝也。《禹貢》"冀州，厥土惟白壤"，孔傳曰："無塊曰壤。"正義曰："《九章筭術》穿地四爲壤五。壤爲息土。"《家語》"息土之民美"，即息壤也。《史記》"秦武王迎甘茂於息壤"，注曰："秦邑。"不聞其爲長息無限也。郭云"息壤，言土自長息無限，故可以塞洪水也"，謬矣。若以爲上帝欲息此壤，帝未有明命，鯀烏知帝所欲息在於何壤？即用之，而不得謂之爲竊矣。

11．地方九則，何以墳之？《集注》曰：“九則謂九州之界，如上所謂圜則也。墳，土之高者也。”

按，《禹貢》“咸則三壤，成賦中邦”。孔傳曰：“皆法壤田上中下，大較三品。”《周書·作雒解》：“受則土于周室。”《爾雅》：“則，常也。”注謂“常，法也”。此言九則者，即《禹貢》之冀賦上上錯，兖賦貞，青賦中上，徐賦中中，揚賦下上上錯，荆賦上下，豫賦錯上中，梁賦下中三錯，雍賦中下，凡九也。觀《周官》“冢宰以八則治都鄙”，則此言九則，不得爲九州之界，明矣。又《九經釋文》：“墳，起也。馬云：有膏肥也。”言九土貢賦皆有法則，何以墳起而肥之也？

12．應龍何畫？《集注》曰：“《山海經》曰：禹治水，有應龍以尾畫地，即水泉流通。禹因而治之也。”

按，《嶽瀆經》曰：“堯九年，巫支祈爲孽，應龍驅之淮陽龜山足下。其後水平，禹乃放應龍於東海之區。”至應龍以尾畫地，《集注》所引《山海經》，今經無是文。據《漢周憬碑》“應龍之畫”，柳州《天對》“畚鍤究勤，而欺畫厥尾”，則古本自應有是文也。

13．九州安錯？川谷何洿？東流不溢，孰知其故？《集注》曰：“九州所錯，天地之中也。川谷之洿，衆流之會也。不溢之故，則《列子》曰：渤海之東，不知幾億萬里，有大壑焉，實惟無底之谷，名曰歸墟。八紘九野之水，天漢之流，莫不注之，而無增無減焉。”

按，《禹貢疏》曰：“九州之次，以治爲先後，皆準地之形勢，從下向上，從東向西。青、徐、揚三州並爲東偏，雍高於豫，豫高於青、徐。雍、豫之水從青、徐而入海也。梁高於荆，荆高於揚，梁、荆之水從揚而入海也。兖在冀東南，冀、兖之水各自東北入海也。”鄒子曰：“儒者所謂中國者，於天下乃八十一分居其一分耳。中國名曰赤縣神州，内自有九州，禹之序九州是也。不得爲州數。中國外，如赤縣神州者九，有裨海環之。如此者九，乃有大瀛海環其外。”此蓋問禹别九州，何所經營布置？非謂九州之大，安所錯置也。蓋九州之水皆入於海，復有大瀛海環之，此所以東流而不溢也。夫亦孰知其故哉？

14. 東西南北，其修孰多？南北順墮，其衍幾何？《集注》曰：“地之形量，固當有窮。但既非人力所能遍歷，算術所能推知，① 而書傳臆説又不足信，② 惟《靈憲》所言八極之廣，原於歷算若有依據。③ 然非專言地之廣狹也。”

按，《太乙金鏡經》曰：“昔燧人氏仰觀斗極，而定方名，東西南北是也。”《河圖括地象》曰：“地廣東西八萬八千里，南北二萬六千里，有君長之。八極之廣，東西二億三萬三千里，南北二億三萬一千五百里。”《詩含神霧》曰：“天地東西二億三萬三千里，南北二億三萬一千五百里。天地相去一億五萬里。”張衡《靈憲》曰：“八極之維，徑二億三萬二千三百里，南北則短千里，東西則廣增千里。自地至天，半於八極，則地之深亦如之。”其言蓋有所本。

15. 焉有石林。《集注》曰：“未詳。”

按，《莊子》曰：“老子見孔子，從弟子五人，嘆曰：吾聞南方有鳥，其名爲鳳，所居積石千里，天爲生食。其樹名瓊枝，高百仞，以璆琳琅玕爲實。”當即爲石林也。杜子美《鳳凰臺詩》：“西伯今寂寞，鳳聲亦悠悠。山峻路絶蹤，石林氣高浮。”亦即以此爲石林矣。

16. 何獸能言？《集注》曰：“《禮》曰‘猩猩能言，不離

① “知”，原作“之”，今據《楚辭集注》改。
② “信”，原作“知”，今據《楚辭集注》改。
③ “原”，原作“厚”，今據《楚辭集注》改。

禽獸’，今南方山中有之。”

按，《孫氏瑞應圖》曰：“黄帝巡于東海，白澤出，能言，達知萬物之情，以戒於民，爲除災害。”又曰：“駃騠，后土之獸也，自能言語。禹治水有功而來。”又曰：“角端日行萬八千里，能言，曉四夷之語。聖主在位，達方外幽隐之事。則角端奉書而來。”《抱朴子》曰：“黄帝窮神知奸者，於白澤之辭也。”

17. 焉有龍虯，負熊以游？《集注》曰：“虯，見上。餘未詳。”

按，《五帝本紀》曰：“黄帝者，少典之子。”徐廣曰：“黄帝號有熊。”索隐曰：“黄帝號有熊，以其本是有熊國君之子也。”《帝王世紀》曰：“黄帝受國於有熊，居軒轅之丘。”《封禪書》曰：“黄帝鑄鼎於荆山，鼎既成，有龍垂胡髯下迎黄帝。黄帝上騎，群臣後宫從上者七十餘人。龍乃上去。”故問“焉有龍虯，負熊以游”也？周拱辰注曰：“虯龍與熊，絶不相類，而相負以游，蓋神熊也。《山海經》‘熊穴恒出神人’，即此也。”其説非是。

18. 黑水玄趾，三危安在？《集注》曰：“黑水、三危，皆見《禹貢》。玄趾，未詳。”

按，《山海經》：“玄股之國，其爲人食鷗。勞民國，其爲人手足盡黑。”郭璞《圖贊》曰：“玄人食鷗，勞民黑趾。”即玄趾也。《禹貢》：“導黑水至于三危。”《水經注》：“黑水出張掖雞山，南至燉煌，過三危山南，流入于南海。”《括地志》曰：“三危山在沙州燉煌縣東南四十里。”此《禹貢》黑水之三危也。鄭康成曰：“三危山在鳥鼠西南，與汶山相接。”《水經注》：“渭水東歷大利，又東南流，苗谷水注之。《地道記》曰：有三危、三苗所處，故有苗谷。”此則放三苗之三危也。而近世儒者混而一之。或三苗始遷苗谷，後又徙於沙州耳。

19．羿焉彈日，烏焉解羽？《集注》曰："彈，射也。《淮南》言：'堯時十日並出，草木焦枯。堯命羿仰射十日，中其九日。日中九烏皆死，墮其羽翼。故留其一日。'尤怪妄，[1]不足辨。"

按，魏隸《高士傳》曰："許由字武仲，堯、舜皆師之，與齧缺論堯而去，隐乎沛澤之中。堯舜乃致天下而讓焉，曰：十日並出而爝火不息其光也，不亦難乎？"世謂堯時有十日，其說蓋出於此。夫堯時而果有十日哉？據《尹子盤古篇》曰："女媧補天，射十日。"假令天果有十日，媧皇既射之矣，堯時又安得有十日乎？即或有，而羿彈之。《竹書紀年》："夏帝廑八年，天有妖孽，十日並出。"又"帝癸二十九年三日並出"。所謂彈日者，又安在乎？劉向《説苑》曰："吾嘗見四月十日並出。"《漢・五行志》曰："周靈王時，有黑如日者五。"晋愍帝建興五年，三日並照。《唐書・突厥傳》："突厥盛夏而霜，五日並出，三月連明。"非真天有十日、五日也。王充《論衡》曰："所謂十日者，殆更自有他物光質如日之狀。"此最爲確論也。《淮南》曰："若木在建木西，末有十日，其華照下地。"高誘注曰："若木端有十日，狀如連珠，花光照其下地。"則亦非真日可知。若果爲真日，揚子曰："日月之徑千里，不千里不足以照六合。以十日計之，當有萬里，豈有棲於一木者？"《山海經》曰："帝俊之妻生十日。"又曰："女丑之尸生而十日炙殺之。"是蓋以十日命名者耳。羿所射十日，何必不然？至以湯谷爲十日所浴，亦以日入於濛汜，出于湯谷，有似於浴。唐吕温作《狄梁公頌》曰："取日虞淵，洗光咸池。潛授五龍，夾之以飛。"豈真洗日哉？《周禮庭氏》"救日之弓矢"，鄭氏注曰："救日以枉矢，救月以恒矢。"聖王之世，妖不勝德，十日妖而羿射之，是其職也。况《天問》"羿焉彈日"，亦未審其爲堯時否也。堯時安有十日哉？

又按，張衡《靈憲》曰："日者陽精之宗，積而成烏象，烏而有三

---

① "尤",原作"其説",今據《楚辭集注》改。

趾。”蓋在天成象者耳，烏在其有羽毛可落哉！

20. 閔妃匹合，厥身是繼。胡爲嗜不同味，而快一鼂飽？《集注》曰：“閔，憂也。言禹所以憂無妃匹者，欲爲身立繼嗣也。下二句未詳。”

按，趙氏《吴越春秋》曰：“禹三十未娶，行塗山，恐時暮失嗣，曰：吾娶必有應。”所謂“閔妃匹合，厥身是繼”也。鄭康成曰：“禹登用之年，始娶于塗山氏，三宿而爲帝所命治水。”孔氏《書傳》曰：“辛日娶妻，至于甲日，復往治水。”此蓋問禹重繼嗣而娶，何嗜欲不同味，而徒快一二鼂之飽乎？

21. 皆歸䠶𥷃而無害厥躬。何后益作革，而禹播降？《集注》曰：“䠶，一作射。𥷃，一作鞠。此篇之義未詳。”

按，《詩》“陳師鞠旅”，𥷃即鞠。承上文言啓所以思，惟所憂而能拘執有扈，俾王道四達而不悖者，以其陳師鞠旅，統歸於射𥷃，無敢或害於厥躬故也。何禹既薦益於天，而天下臣民頓革從前之舜之禹之故迹，而獨思禹之播降，以爲吾君之子乎？據《竹書》“帝啓二年，費侯伯益出就國，王師伐有扈”。皆一年事也。故原連及之。洪氏《補注》引《汲冢書》“益爲啓所殺”，《竹書》“帝啓六年，伯益薨，祠之”，無啓殺益事。《漢·律曆志》曰“壽王言化，益爲天子，代禹”，皆不合經術，亦此類也。

卷十六

翰林院檢討徐文靖　撰

楚辭集注三

1. 啓棘賓商，《九辯》《九歌》。《集注》曰："棘賓商，未詳。竊疑棘當作夢，商當作天，以篆文相似而誤也。蓋其意本謂啓夢上賓于天，而得帝樂以歸，如《列子》《史記》所言周穆王、秦穆公、趙簡子夢之帝所，而聞鈞天廣樂、九奏萬舞之類耳。"

按，《竹書紀年》："帝舜二十九年，帝命子義鈞封于商。"又："夏后帝啓十年，帝巡狩，舞《九韶》于大穆之野。"蓋是時商爲虞賓，而夏啓棘于賓，商因得舜《九辯》《九歌》，是爲《九韶》。辯音遍，變也。《周禮》曰："《九德》之歌，《九磬》之舞，於宗廟奏之。若樂九變，則人鬼可得而禮。"古辨與變通。《坤·文言》"由辯之不早辯也"，《五經音義》曰"辯或作變"，是也。《山海經》："夏后開上三嬪于天，得《九辯》《九歌》以下。"郭注"皆天帝樂名"，謬矣。經言啓上三嬪于天者，啓以黄帝、堯、舜之後爲三賓，上告于天而饗之。其所奏《九辯》《九歌》則於虞賓商鈞而得之。如《周禮》"嬪貢"，故書作賓是也。又《歸藏鄭母經》曰："夏后啓筮御飛龍登于天。"非啓真上于天也。以啓上于天得《九辯》《九歌》，謬矣。《集注》因《漢·郊祀志》秦穆公夢見上帝，而後世皆曰上天。《史記·趙世家》："趙簡子夢之帝所，聞鈞天廣樂，九奏萬舞。”遂斷以棘爲夢、商爲天，因篆文相似而誤。今以理度之，賓爲虞賓，商爲商鈞，正有無煩改字者。《竹書》“少康元年，帝即位，諸侯來朝，賓虞公”，則啓之賓商棘可知矣。棘訓急，音義同也。洪慶善《補注》以商爲契商，則自於理碍矣。

2. 胡射夫河伯，而妻彼雒嬪。《集注》曰：“《傳》云：河伯化爲白龍，[①] 游於水旁，羿見射之，眇其左目。羿又夢與洛水神宓妃交。亦妄言也。”

按，《竹書》：“夏帝泄十六年，殷侯微以河伯之師伐有易。”《歸藏》：“河伯筮與洛戰而枚卜，昆吾占之曰：不吉。”河伯雒伯皆夏時諸侯。《書》稱太康畋于洛表，后羿因民弗忍，距于河。所謂射河伯而妻雒嬪，當在是時。至河伯化爲白龍，而羿射之，羿又夢與洛神交，皆謬説也。

3. 阻窮西征，巖何越焉？《集注》曰：“此章似又言鯀事。[②] 然羽山東裔，而此云西征，已不可曉。或謂越巖墮死，亦無明文。”

按，《帝王世紀》曰：“帝羿有窮氏自鉏遷于窮石，寒浞殺羿于桃梧，遂代夏立爲帝。寒浞襲有窮之號，因羿之室，生奡及豷。”此言“阻窮”者，猶言阻險，謂寒浞殺羿而阻有窮之國也。《晋書・地理志》曰：“濟南平壽，古寒國。寒浞封此。”《一統志》“萊州府濰縣東北有寒亭”，是浞自濰縣東北遷於河南之窮石，爲阻窮而西征也。巖谷之險，何所逾越而不憚煩也？《集注》謂似言鯀事，以下文有化爲黄熊耳。據上文“浞娶純狐，何羿之射革”，則“阻窮西征”自應屬上文矣。

---

① “龍”，原作“魚”，今據《楚辭集注》改。下“龍”字同。

② “章”，原作“節”，今據《楚辭集注》改。

4. 咸播秬黍，莆雚是營。何由并投，而鯀疾修盈？《集注》曰："莆，疑即蒲字。蒲，水草，可以作席。雚，萑也，與萑同。《左氏傳》'萑苻之澤'，是也。餘未詳。"

按，《國語》曰："子産曰：昔者鯀違帝命，殛之于羽山，化爲黄能，以入于羽淵。"韋昭曰："能似熊。"上言化爲黄熊者，此也。"咸播秬黍，莆雚是營"，言是時稷方播種，咸藝秬黍。秬，黑黍，蓋陸地之所種者。而鯀既謫于羽淵，居東海之濵，則惟莆雚是營耳。《禮緯》曰："鯀妻修已吞薏苡而生禹，因姓姒氏。"《帝王世紀》曰："鯀妻修已見流星貫昴，① 夢接意感，胸拆而生禹。"或當日鯀投羽山，修已從之。何由並投于此，鯀乃疾病，修獨充盈乎？莆即蒲。《左傳》"澤之雚蒲，舟鮫守之"。

5. 撰體脅鹿，何以膺之？《集注》曰："舊説，言天撰十二神鹿，一身八足兩頭，獨何膺受此形體乎？此大抵荒誕無據，今亦不論。"

按，《周書·王會解》曰："區陽以鼈，封若彘，前後有首。"《山海經》曰："鏖鏖鉅山有獸，左右有首，名曰屏逢。"經又曰："赤水之西，流沙之東有獸，左右有首，名曰趹踢。"郭注曰："出狹名國。"又《春秋運斗樞》曰："象八足，陰敖翔。"注曰："象太陰之物，八足，是欲行八方之事。"干寶《搜神記》曰：②"晋大興元年，武陵太守王諒，牛生子，一頭八足兩尾，而共一腹。"則獸之兩首八足，間亦有之。盛弘之《荆州記》曰："武陵郡西有獸如鹿，前後有頭，常以一頭食，一頭行。"《後漢書》曰："雲陽郡有神鹿，兩頭，能食毒草。"《華陽國志》曰："兩頭鹿出雲陽郡南熊舍山。"《博物志》曰："雲南郡出荼首机，音蔡茂

---

① "鯀妻"，《帝王世紀》作"禹母"。

② "干"，原作"于"，今據中華書局本改。

机，是兩頭鹿名，永昌亦有之。"① 據此，則鹿之兩首八足，亦有不盡荒誕者。

6. 鼇戴山抃，何以安之？釋舟陵行，何以遷之？《集注》曰："舊注引《列仙傳》曰：有巨靈之龜，② 背負蓬萊之山而抃舞。事亦見《列子》。下二句未詳。"

按，"釋舟陵行"，王逸注曰："龜所以能負山若舟船者，以其在水中也。使龜釋水而陵行，則何以能遷徙山乎？"此説大謬，故《集注》以爲未詳。《論語》"奡盪舟"，魏何晏解云："孔曰：羿有窮之國，篡夏后相之位，其臣寒浞殺之。因其室而生奡，奡多力，能陸地行舟。"古陵、陸通用，此問奡釋舟陸行，何遂能遷移他處。奡，《左傳》作澆，與下文"惟澆在户，何求于嫂"，皆澆事也。逸注以上文"鼇戴山抃"解作一事，宜其悖矣。

7. 覆舟斟尋，何道取之？《集注》曰："覆舟，言夏后相已傾覆於斟尋之國，今少康以何道而能復取澆乎？"

按，《竹書紀年》："夏帝相二十六年，③ 寒浞使其子澆帥師滅斟灌。二十七年，澆伐斟尋，大戰于濰，覆其舟，取之。"所謂"覆舟斟尋"者，即是事也。王逸注："少康滅斟尋氏，奄若覆舟。"夫滅斟尋者，澆也，而以爲少康，謬矣。

8. 桀伐蒙山，何所得焉？妺嬉何肆？湯何殛焉？《集注》曰："桀伐蒙山之國，而得妺嬉，因此肆其情意，故爲湯所殛。"

---

① 今本《博物志》無此條。楊慎《升庵集》引《博物記》云："雲南郡出茶首，其音爲蔡茂，是兩頭鹿名也，永昌有之。"與此文略有不同。

② "龜"，《楚辭補注》《山堂肆考》卷二百二十五引《列仙傳》俱作"鼇"。

③ "帝"，原作"后"，今據《竹書紀年》改。

按，《汲冢書》“帝癸十四年，扁帥師伐岷山”，注曰：“岷山女于桀二人，曰琬曰琰。后愛二人，女無子焉，斲其名于苕華之玉，而棄其元妃于洛，曰妹喜。”《國語》：“史蘇曰：昔夏桀伐有施，有施人以妹喜女焉。”是桀初得妹喜而嬖之，以爲元妃。後又伐岷山得琬、琰，而棄有施氏之女于洛。岷山即蒙山，其音同也。此問桀伐蒙山，何遂得二女？而妹喜被棄，何又肆其情欲爲湯所殛乎？舊注以妹喜爲蒙山之女，非。

9．登立爲帝，孰道尚之？女媧有體，孰制匠之？《集注》曰：“舊説伏羲始畫八卦，修行道德，萬民登以爲帝，誰開導而尊尚之乎？傳言：[①] 女媧人頭蛇身，其體如此，誰所制匠而圖之乎？上句無伏羲字，不可知。下句則怪甚，而不足論矣。”

按，《三皇本紀》曰：“炎帝神農氏，姜姓，母曰女登，有媧氏之女，爲少典妃，感神龍而生炎帝。”此蓋問女登生子，立以爲帝，誰開道之？登係有媧氏女，世稱女媧氏人首蛇身，一日而七十化，誰爲制匠而圖其體乎？四句蓋一時事也。

又按，《玄中記》：“伏羲龍身，女媧蛇身。”亦如世所謂文王虎肩，仲尼龜背，班超燕頷之類耳。以此求之，無足怪也。

10．吴獲迄古，南嶽是止，孰期去斯，得兩男子。《集注》曰：“此章未詳。[②] 舊注以兩男子爲泰伯、虞仲，未知是否。”

按，《韓詩外傳》曰：“太伯知太王賢昌而欲季爲後也，去之吴。孔子曰：伯見父志，季知父心。”此云“吴獲迄古”者，古即《詩》所謂古公亶父，言伯、仲二人之吴迄獲古公之心也。“南嶽是止”者，《括地志》：“會稽山一名衡山。”《吴都賦》：“指衡岳以鎮野。”周時爲揚州鎮，

---

① “言”，原作“曰”，今據《楚辭集注》改。

② “章”，原作“節”，今據《楚辭集注》改。

故亦稱南嶽也。“得兩男子”者，《吴太伯世家》：“武王克殷，求太伯、仲雍之後，得周章，時已君吴，乃封其弟仲於故夏墟，是爲虞仲。”所謂得兩男子者，言武王求其後，得此兩人也。若以爲泰伯、仲雍，此兩人逃之荆蠻，而又誰得之乎？

11. 緣鵠飾玉，后帝是饗。《集注》曰：“后帝，謂殷湯也。言伊尹始仕，因緣烹鵠之羹，[①] 修玉鼎以事湯。湯賢之，遂以爲相。[②] 此即《孟子》所辨割烹要湯之説。”

按，《竹書》曰：“桀作傾宫，飾瑶臺。”[③]《大紀》曰：“桀爲瓊室、象廊、瑶臺、玉牀。”《爾雅》曰：“象謂之鵠，玉謂之雕。”緣鵠飾玉，桀器以象爲緣，玉爲飾，非謂尹因緣烹鵠也。彼擁嬖后，履帝位，宴饗如是，何遂有謀者起而滅之？蓋由伊摯躬耕於莘野，而湯往聘之，立以爲相。乃伐桀於鳴條，而放之。《汲冢瑣語》曰：“湯乃東至于洛，觀帝堯之臺。”下所云“帝乃降觀，下逢伊摯”，是也。若伊尹先緣鵠飾玉以干湯，湯賢而相之，則尹日在湯左右，又何湯乃降觀，始下逢尹乎？世稱負鼎俎干湯，猶《史記》稱“吕尚以釣魚奸西伯”云爾。豈真緣鵠飾鼎以干湯乎？紂作象箸而箕子嘆，豫知必爲玉杯。尹處士耕於莘野，何從而有玉鼎乎？若謂必實有鼎鵠之烹，始謂之干。《易》曰“鼎折足，覆公餗”，亦將果有折足之事乎？觀《荀九家易》“《震》爲玉，爲鵠”，爲玉者，主鬯之象；爲鵠者，象謂之鵠以象齒。雷則文生故也。亦可以玉鵠爲烹鵠飾玉乎？

12. 該秉季德，厥父是臧。胡終弊于有扈，牧夫牛羊？

---

① “羹”，原作“美”，今據《楚辭集注》改。

② “遂”，原作“因”，今據《楚辭集注》改。

③ “瑶臺”，原作“瑺臺”，今據《竹書紀年》改。

《集注》曰："此章未詳，[1] 諸説亦異。《補》曰：言啓兼秉禹之末德，而禹善之，授以天下。有扈以堯舜與賢，禹獨與子，故伐啓。啓伐滅之，有扈遂爲牧豎也。詳此'該'字，恐是'啓'字，字形相似也。但牧夫牛羊未有據，而其文勢似啓反爲扈所弊，不可考也。"

按，《漢書·古今人表》"帝嚳妃簡逷生卨"，卨五世孫冥，冥子垓。師古曰："垓音該。"是即該也。《竹書》："帝杼十三年，商侯冥死于河。"《禮》曰"冥勤其官而水死"，是也。此承上"簡逷在臺，玄鳥致貽，至于該而能秉卨，商之季德，以承父冥之臧善"。所謂"厥父是臧"也。與啓何與？洪注以該爲啓之訛，非。"胡終弊于有扈"，弊，奸欺也，又與敝同。蓋與下"有扈牧豎"爲一事也。

13. 有扈牧豎，云何而逢？擊牀先出，其命何從？《集注》曰："豎，童僕之未冠者。舊説有扈氏本牧豎之人耳，因何逢遇而得爲諸侯乎？啓攻有扈時，親於其牀上擊而殺之，其命從何而出乎？此亦無所據，而牧豎之説又與上章相表裏，[2] 未詳其説。"

按，《韓非子》曰："有扈氏有失度，讙兜氏有孤男，三苗有成駒，桀有侯侈，紂有崇侯虎，晋有優施。此六人者，亡國之臣也。"上言使有扈之終敝者，乃牧夫牛羊之人，如所謂失度者耳。下言有扈牧豎者，乃童僕未冠之稱，亦如楚所謂龍陽君耳。中言干協時舞，則其弄兵可知也。平脅曼膚，則其色美可知也。彼不過牧豎之人，云何而遭逢至此？意其時方溺愛於衽席，故啓伐有扈而擊牀先出耳。又按太史公曰："禹爲姒姓，其後分封，用國爲姓。有夏后氏、有扈氏、有男氏、斟尋氏。"則有

① "章"，原作"節"，今據《楚辭集注》改。

② "上章"，原作"其前"，今據《楚辭集注》改。

扈之封，自以同姓爲諸侯。逸注云：“有扈本牧豎之人耳，因何逢遇而得爲諸侯?”此大謬矣。

14. 恒秉季德，焉得夫樸牛？何往營班禄，不但還來？《集注》曰：“舊説：樸，大也。言湯常持契之末德，出獵而得大牛之瑞。其往獵，不但驅馳往來而已，還輒以所獲得禽獸遍禄惠於百姓也。蓋本文已不可考，而説者又妄解也。”

按，《山海經》曰：“有困民國，有人曰王亥，托于有易，河伯僕牛。有易殺王亥，取僕牛。河伯念有易，有易潛出爲國，① 名曰摇民。”又按《竹書紀年》曰：“夏帝泄十二年，殷侯子亥賓于有易，有易殺而放之。十六年，殷侯微以河伯之師伐有易，殺其君緜臣。”即是事也。據此，《天問》“樸牛”即僕牛也，音同字異耳。《山海經》郭注：“河伯、僕牛，皆人姓名。微，殷之賢王，假師伐罪。河伯不得不助，既而哀念有易，使得潛化而出，爲摇民國。”此承前“該秉季德”，言殷侯子亥若能恒秉季德，賓於有易而不淫，有易又焉得殺之，而取僕牛？上甲微假師河伯，以滅有易，河伯哀念有易，潛出之，國於摇民，遂往營班禄，食租衣税，不但使之生還也。逸注以契爲湯父，謂“湯能秉持契之末德”，其陋甚矣。又“微在夏爲殷侯”，郭注“殷之賢王”，誤。“有易取僕牛”，僕牛，地名。如文八年“取武城”，昭十年“取郠”之例。郭注“人名”，誤。

15. 昏微遵迹，有狄不寧。何繁鳥萃棘，負子肆情？《集注》曰：“舊説：人循闇微之道，爲戎狄之行者，不可以安其身。謂晋大夫解居父聘吴，過陳之墓門，見婦人負其子，欲與之淫佚。婦人引《詩》刺之曰：‘墓門有棘，有鴞萃止。’今

① “出”上，原有“化”字，今據《山海經·大荒東經》删。

詳其説，上句迂曲難解，下事亦無所據。《補》引《列女傳》陳辨女事，又無負子肆情之意。”

按，《列女傳》曰：“陳辨女者，陳國采桑之女也。晋大夫解居甫使于宋，道遇采桑女而戲之。女乃歌‘墓門有棘，有鴞萃止’，大夫乃服而釋之。”是時居甫使宋，逸注以爲吴，誤也。又按“昏微遵迹”者，昏指昏姻。微，無也。言昏姻不遵古禮，乃淫佚爲夷狄行，不可以寧其身矣。陳女歌“墓門有棘，有鴞萃止”，再四以拒之。此貞女也，何孤負女子之貞，妄肆其情欲乎？古女子多稱子。桓二十八年《左傳》“小戎子生夷吾”，杜預曰：“子，女也。”《詩》“之子于歸”，《論語》“以其子妻之”，是也。逸不解“負子”之義，遂改墓門之女爲婦人，負子爲負其子，可笑也。

16. 湯出重泉，夫何辠尤？不勝心伐帝，誰使挑之？《集注》曰：“重泉，地名，在馮翊郡，《史記》所謂夏臺也。言桀既拘湯而復出。[①] 遂不勝衆人之心，[②] 而以伐桀。是誰使桀先拘湯以挑之乎？”[③]

按，《史記·夏本紀》曰：“桀乃召湯而囚之夏臺”，索隱曰：“獄名。夏曰鈞臺。皇甫謐曰地在陽翟，是也。”《太公金匱》曰：“桀怒湯，以諛臣趙梁計，召而囚之均臺，置之重泉。”據此，則重泉即在夏臺，於《漢志》爲潁川陽翟縣，今開封府禹州也。若左馮翊重泉縣，在今西安府華州蒲城縣東南四十五里。《秦本紀》“秦簡公六年，塹洛城重泉”者也。安得一之？“不勝心伐帝”，言湯原未嘗有勝夏之心而伐帝，是誰使桀囚湯而挑之？觀《竹書》：“帝癸十七年，商使伊尹來朝。二十二年，商侯履來朝，命囚履于夏臺。”是湯原未嘗有勝夏之心也。

---

① 此句《楚辭集注》作“言桀拘湯於此而復出之”。

② “遂”上，《楚辭集注》有“湯既得出”四字。

③ “先”，原作“見”，今據《楚辭集注》改。

17. 列擊紂躬，叔旦不嘉。何親揆發，定周之命以咨嗟？《集注》曰："《史記》言武王至紂死所，射之三發，以黄鉞斬其頭，懸之太白之旗。此所謂列擊紂躬也。然未見周公不喜，與其咨嗟以揆武王，使定周命之事。蓋當時猶有其傳，而今失之也。"

按，《魯周公世家》曰："周公佐武王，作《牧誓》。破殷，入商宫。已殺紂。周公把大鉞，召公把小鉞，以夾武王。"所謂"列擊紂躬"也。《書·金縢》："武王既喪，管叔及其群弟乃流言于國曰：公将不利于孺子。"則是以叔旦爲不嘉也。定四年《左傳》所謂"管蔡啓商，惎間王室"也。何二叔親自揆發定周之命，而又啓武庚與淮夷徐奄之屬以咨嗟而叛周也？非叔旦不喜伐商與爲咨嗟之謂。蓋上言"會鼂爭盟"，此言管蔡流言之事也。至直呼文王爲昌、武王爲發，則楚之無王久矣。

18. 授殷天下，其位安施？反成乃亡，其罪伊何？《集注》曰："此四句不可曉。似謂天既授殷以天下，而今亡之，使其位何所施耶？蓋惟反其所以成者，是以至于滅亡，而其爲罪，果何事耶？"

按，《竹書》："武王十二年，王帥西夷諸侯伐殷，敗之于坶野。王親禽受于南單之臺，遂分天之明，立受子禄父，是爲武庚。夏四月，王歸于豐，饗于太廟，命監殷，遂狩于管。"《管蔡世家》曰："二人相紂子武庚，治殷遺民。"則是監殷者，饗于太廟而命之，以殷天下之遺民授之，而居是位者将安所設施以報效耶？反啓武庚以作亂，叛于成王，其罪伊于何底耶？

19. 昭后成游，南土爰底。厥利維何？逢彼白雉。《集注》曰："昭王南游至楚，楚人鑿其船而沉之，遂不還也。白雉事，無所見。舊注謂周公時，越裳氏嘗獻之。昭王德不能致，而欲親往逢迎之。亦恐未必然也。”

按,《竹書》:“周昭王十九年,祭公、辛伯從王伐楚,天大曀,雉兔皆震,喪六師于漢。王陟。”據此,當是“厥利維何,逢彼兔雉”也。《汲冢》未出,世不知有兔雉事,遂訛爲白雉耳。

20. 稷維元子,帝何竺之?投之于冰上,鳥何燠之?《集注》曰:“稷,帝嚳之子棄也。帝,即嚳也。竺,義未詳。或曰厚也,或曰篤也,皆未安。言既是元子,則帝當愛之矣,何爲而竺之耶?以此言之,則竺字當爲天祝予之祝,或爲天夭是椓之椓,以聲近而訛耳。”

按,《爾雅》:“竺,厚也。”邢昺疏曰:“竺與篤同。”此言帝何竺之者,蓋天帝也。是時棄之于冰上,宜其斃矣。天何獨厚之,致有鳥以覆翼之?若以爲帝嚳,既已棄之,豈能使鳥翼之耶?哀十四年《公羊傳》“子曰:天祝予”,注云:“祝,斷也。”《小雅》“天夭是椓”,注云:“椓,害。”椓喪,與此並無與也。

21. 何馮弓挾矢,殊能將之。既驚帝切激,何逢長之?《集注》曰:“馮,引弓持滿也。其他文多不可曉。《注》以爲后稷,《補》以爲武王,未知孰是。今姑闕之。”

按,《本紀》:“崇侯虎譖西伯于殷曰:‘西伯積善累德,諸侯皆歸之,将不利于帝。’帝紂乃囚西伯于羑里。閎夭之徒求有莘美女,獻之。紂乃釋西伯,賜之弓矢斧鉞,使得征伐。”此言秉弓挾矢有殊能而将之者,蓋西伯也。其始也,譖者切激言之而驚帝,崇侯所云不利于帝也。何閎夭之徒卒能逢帝之意,而以西長命之乎?《爾雅》曰:“伯,長也。”皇甫謐曰:“王季於帝乙殷王之時,錫九命爲西長。文亦爲西伯,故稱曰長。”據《竹書》王季之卒,距帝乙元年,已四年矣。是時《汲冢》未出,故士安亦誤也。

22. 伯昌號衰，秉鞭作牧。何令徹彼岐社，命有殷國？《集注》曰："伯昌，謂文王爲西伯，名昌也。號衰，號令於殷世衰微之際也。秉鞭策，牧者之事也，言服事殷而爲之執鞭以作六州之牧也。徹，通也。武王既有殷國，① 遂通岐周之社於天下，以爲大社也。"

按，《竹書》："文丁四年，周公季歷伐余無之戎，克之。命爲牧師。"既執諸塞庫，而季歷以鬱戹死。周勢衰微，文王號令於衰微之際，卒能嗣父爲西長，秉政而作牧師焉。鄭康成注《王制》曰："殷之州長曰伯，虞、夏及周皆曰牧。"以《天問》及《汲冢書》證之，是殷亦稱牧也。"何令徹彼岐社，命有殷國"者，《墨子》曰："赤烏銜珪，降周之岐社曰：命周文王代殷有國。"《天問》所云即指是事，尚未及武王也。

23. 伯林雉經，維其何故？何感天抑墜，② 夫誰畏懼？《集注》曰："舊注以此爲晋太子申生之事，未知是否？"

按，宣元年《左傳》曰："諸侯伐鄭，楚蔿賈救之，遇于北林。"《水經注》曰："《春秋》遇于伯林。"京相璠曰："今滎陽菀陵縣有故林鄉，在鄭北。"是伯林，地名，即北林也。古伯與北通。《史記·相如傳》"厮征北僑"，索隐曰："《漢·郊祀志》作伯僑。"孔明《後出師表》"幾敗伯山"，注曰："他本作北山。"是也。《周書·作雒解》"降辟三叔。管叔經而卒。"《前漢志》"中牟縣有管城，管叔邑。"《後漢志》"中牟縣有林鄉"。是叔之雉經，在管城之伯林矣。阮籍《莊論》曰："竊其雉經者，亡家之子也。"此正用管叔雉經之事，而注者反以此句爲誤。蓋人但知有申生雉經，而管叔雉經，罕有知者。王逸注曰："伯，長也。林，君也。謂晋太子申生雉經而自殺。"此大謬也。感天抑墜，夫誰畏懼者，《金縢》曰"天大雷電以風，禾盡偃，大木斯拔，邦人大恐"，

① "殷國"，原作"天下"，今據《楚辭集注》改。

② "何"，原脱，今據《楚辭·天問》補。

是也。若此者，誰實使然？蓋天之動威，以表周公之德耳。

24. 初湯臣摯，後茲承輔。① 何卒官湯，尊食宗緒？《集注》曰："官，如官卿之適之官，言終使湯爲天子，尊其先祖以王者禮樂祭祀，② 緒業流於子孫也。"

按，《竹書》曰："沃丁八年，祠保衡。"《帝王世紀》曰："伊尹名摯，爲湯相，號阿衡。年百歲卒，天霧三日，沃丁以天子禮葬之。"此蓋問尹官於湯爲丞輔矣，何其卒也，一如官湯之時，而又尊以天子之禮樂，使食報于宗緒也？若以使湯爲天子尊其先人，不待問矣。

25. 彭鏗斟雉帝何饗？受壽永多夫何長？《集注》曰："彭鏗，彭祖也。舊説鏗好和滋味，進雉羹於堯，堯饗之。賜以壽考，至八百歲。但此本謂上帝，已爲妄説，而舊注以爲堯，又妄之尤也。"

按，《五帝本紀》："（彭祖）自堯時舉用，未有分職。"《楚世家》："陸終生子六人，三曰彭祖。"索隐曰："《系本》云：三曰籛鏗，是爲彭祖。"據此，則鏗於堯時未有分職，不得爲彭國也。其封彭當在虞夏之間，《古今人表》老彭在仲虺之後。《竹書紀年》："夏啓十五年，彭伯壽帥師征西河。"是夏初已有彭國，而彭伯名壽，不聞爲鏗，何也？又《竹書》："武丁四十三年，王師滅大彭。"《鄭語》曰："彭姓，彭祖豕韋，則商滅之矣。"似大彭即是彭祖之國，至商已滅。而《神仙傳》曰："彭祖諱鏗，帝顓頊玄孫，至殷末年，已七百六十七歲，而不衰老。"豈彭鏗以國予壽，而自爲導引之術以全生耶？斟雉之説，雖無所考證，逸注以帝爲帝堯，則亦非無所本矣。

① "承"，原作"丞"，今據《楚辭·天問》改。

② "先祖"，原作"先人"，今據《楚辭集注》改。

26. 中央共牧后何怒?[①] 蜂蟻微命力何固?《集注》曰:“此章之義未詳,[②] 當闕。”

按,《天官書》曰:“北斗七星是謂帝車,運于中央。”則中央謂九州之中也。天生蒸民,使司牧之,以九州之中而共一牧,何至有大小強弱怒而相攻者哉?無謂大者強者爲可慮,而弱者小者爲可忽也。《左傳》臧文仲曰:“君無謂邾小,蜂蠆有毒,而況國乎?”《韓子》曰:“千丈之堤,以蟻穴而壞。”蜂蟻微命,力亦何嘗不固哉?《抱朴子》曰:“蟻有兼弱之智,蜂有攻寡之計。”人相御役,亦由是耳。

27. 薄暮雷電歸何憂?厥嚴不奉帝何求?《集注》曰:“此下皆不可曉,今闕其義。”

按,《竹書》:“成王元年,周公出居于東。二年秋,大雷電以風,[③] 王迎周公于郊。”蓋是時周公東征已三年矣。其歸也,雖屬遲暮,而天乃以雷電表其誠。歸何憂哉?顧後世人臣被讒居外,天即動之以威嚴,而視天懵懵者,多忽而不奉,則上帝又復何所求也?今我未得歸,而伏處於巖穴,固何足云!乃懷王十七年秦破楚師于丹淅,斬首八萬,虜楚將屈匄。二十八年,秦、齊、韓、魏共攻楚,殺楚將唐昧。二十九年,秦復破楚,楚軍死者二萬,殺將軍景缺。三十年,秦復伐楚,取八城。襄王元年,秦發兵攻楚,斬首五萬,取析十五城而去。荆楚之有勳舊者類皆以身徇師矣,所餘者特持禄養交之臣耳,楚地日削,勢日微,其又何以久長乎?故其下曰:“伏匿穴處爰何云,[④] 荆勳徇師夫何長?”徇師者,《國殤》所謂“帶長劍兮挾秦弓,首雖離兮心不懲”者也。林希仲本以“徇師”爲“作師”,誤。

---

① “后”,原作“爰”,今據《楚辭·天問》改。
② “章”,原作“節”,今據《楚辭集注》改。
③ “大”上,原衍“天”字,今據《竹書紀年》删。
④ “穴處”,原作“巖穴”,今據《楚辭·天問》改。

28．悟過更改，我又何言？吴光爭國，久余是勝。《集注》：曰“吴光即闔閭也。”

按，《史記·伍子胥傳》：“吴公子光令專諸刺殺吴王僚而自立，是爲吴王闔閭。闔閭立三年，伐楚拔舒。四年，伐楚取六與灊，六年，大破楚軍，取居巢。九年，與唐、蔡伐楚。吴王之弟夫槩擊楚將子常。吴乘勝而前，五戰至郢。”所謂吴光爭國，久余是勝也。此承上“荆勳徇師，① 焉能久長”，若悔悟自新，更置賢臣良將，以庶幾君之一悟，俗之一改，則我亦可以無言。不然，吴光入郢久有勝余之事矣。不可以鑑前車之覆乎？

29．何環閭穿社以及丘陵？是淫是蕩，爰出子文。《集注》曰：“《左傳》曰：‘若敖娶於䢵，生鬥伯比。若敖卒，從其母畜於䢵，淫於䢵子之女，生穀於菟，實爲令尹子文。’夫子稱其忠事，見《論語》。他則不可曉矣。”

按，此承上文吴光勝楚而言。定四年《左傳》“吴入郢，以班處宫”，預注曰：“以尊卑班次處王宫室。”《史記·伍胥傳》：“吴入郢，昭王走鄖。伍子胥求王不得，乃掘楚平王墓，出其尸，鞭之三百。”所謂“環閭穿社，以及丘陵”者，此也。鄖即䢵。伯比淫䢵子之女，生令尹子文處也。子文爲令尹，自毁其家以紓國難，見莊公三十年《傳》。帥師伐隨，取成而還，見僖公二十年《傳》。今令尹則子蘭耳，懷王死于秦，長子頃襄王立，以弟子蘭爲令尹。楚人咎子蘭勸懷王入秦，不返，以視子文之爲令尹何如哉？今舉國無可與言，庶幾負石自沉，與未成君而死者如堵敖之流，而告之以不長也。何敢有議上自許，而欲使忠名之彌顯哉！

---

① “荆”，原作“楚”，今據《楚辭·天問》改。

卷十七

翰林院檢討徐文靖　撰

楚辭集注四

1.《涉江》曰："接輿髡首兮，桑扈臝行。"《集注》曰："接輿，楚狂也。被髪佯狂，後乃自髡。桑扈，即《莊子》所謂子桑户。"

按，《論語》"楚狂接輿歌而過孔子"，言楚狂接孔子之輿而歌耳。故下直曰"孔子下"，不曰"下輿"，以前有"輿"字故也。後因號爲狂接輿。接輿猶荷蕢，非楚狂字也。蓋是時楚狂趨避，烏知其字哉？《莊子》曰"肩吾見狂接輿"，《尸子》曰"楚狂接輿耕方城"，《楚辭》曰"接輿髡首"，蓋皆以是爲號耳。《列仙傳》曰："接輿名陸通，楚人。"嵇康書曰："子房之佐漢，接輿之行歌。"杜甫詩"接輿還入楚，王粲不登樓"，直以接輿爲字矣。又《論語》子桑伯子，王肅曰："伯子，書傳無見焉。"邢昺曰："鄭以《左傳》秦有公孫枝，字子桑。恐非。"《集注》以《楚辭》"桑扈臝行"即此伯子也。《家語》"伯子不衣冠而處"，即此臝行之證也。良是。

2. 露申辛夷死林薄兮。《集注》曰："露申，未詳。"

按，《爾雅》"木自弊神"，邢昺曰："自弊踣者名神。"申疑即神。

露申，謂露處而自神之辛夷死于林薄者也。

3.《哀郢》曰：“發郢都而去閭兮，怊荒忽其焉極？”《集注》曰：“郢都在漢南郡江陵縣。”

按，《春秋》桓二年“蔡侯、鄭伯會于鄧”，傳曰：“始懼楚也。”杜注：“楚國，今南郡江陵縣北紀南城也。”《楚世家》：“文王熊貲始都郢。”《水經注》曰：“江陵西北有紀南城，楚文王自丹陽徙此。楚人謂之郢都。”《地理志》：“江陵，故楚郢都。”孔仲達曰：“世謂之南郢也，亦曰紀郢。楚雖都郢，未有城郭。”文公十四年，楚莊王立，鬥克、公子燮因城郢爲亂，事未得訖。襄公十四年“楚子囊還自伐吴，將死，遺言謂子庚必城郢”。昭公二十三年“楚囊瓦城郢”，事在楚平王十一年也。定四年，吴人入郢，昭王奔隨。明年，吴師歸，楚復入郢。又明年，吴復伐楚，取番。楚恐，去郢，北徙都鄀。《左傳》“令尹子西遷郢于鄀”，林氏曰：“改鄀爲郢，故曰遷郢于鄀，世謂之北郢，亦曰若郢。”子惠王徙鄢，命曰鄢郢。《水經注》：“滄浪之水纏絡鄢郢，地連紀郢，咸楚都矣。”《哀郢》之所謂郢都，不知其何所指？《楚記》曰：“楚郢都南面舊有二門，一曰修門，一曰龍門。東面亦有二門。”其下曰“顧龍門而不見”“孰兩東門之可蕪”“哀故都之日遠”，此《集注》據以爲紀郢也。

4．凌陽侯之氾濫兮。《集注》曰：“陽侯，陽國之侯，①溺死於水，其神能爲大波。”

按，陶潛《群輔録》曰：“伏羲六佐陽侯爲江海。”宋均曰：“主江海事。”陽侯主水，故後世謂陽侯爲水神。至溺死能爲大波之説，雖見《淮南子·覽冥訓》注，未足據也。

① “侯”下，原衍“也”字，今據《楚辭集注》删。

5. 當陵陽之焉至兮，淼南渡之焉如。[①]《集注》曰："陵陽，未詳。"

按，《相如大人賦》曰："使五帝先導兮，反太一而從陵陽。"《漢書音義》曰："仙人陵陽子明也。"《列仙傳》曰："子明於沛銍縣旋溪釣得白龍，放之。後白龍來迎子明去，止陵陽山上，百餘年，遂得仙也。"此言已南渡大江無白龍之迎，則陵陽其焉至？《涉江》曰"迷不知其所如"，此云"焉如"，意同也。

6. 曾不知夏之爲丘兮，孰兩東門之可蕪？《集注》曰："夏，大屋也。兩東門，郢都東關有二門也。言懷王曾不知都邑宫殿，夏屋當爲丘墟，又不知兩東門，亦先王所設以守國者，豈可使之至于蕪廢耶？懷王二十一年，[②] 秦遂拔郢，而楚徙陳，不知在此後幾年也。"

按，《屈原傳》曰："王怒而疏屈平。"又曰："屈平既疏，不復在位。其後秦昭王欲與王會，屈平曰：'秦虎狼之國，不可信。不如無行。'懷王卒行，入武關。秦因留懷王。"徐廣曰："三十年入秦。"是原當懷王之時，不過見疏而已，未嘗遷于江南也。既令尹子蘭使上官大夫短屈原於頃襄王。王怒而遷之。《離騷序》曰"遷於江南"，《哀郢》曰"淼南渡之焉如"，[③] 亂曰"非吾罪而棄逐兮"，則此蓋作於襄王之時。《集注》以爲言懷王，疑時事有未合也。

7. 憎愠惀之修美兮。《集注》曰："愠，心所緼積也。思求曉知謂之惀。"

按，戴侗《六書故》曰："惀，忠悃之意。"又《唐書·徐有功傳》：

---

① "淼"，原作"森"，今據《楚辭·哀郢》改。

② "懷王"，原作"襄王"，今據《楚辭集注》改。

③ "淼"，原作"森"，今據《楚辭·哀郢》改。

“開元初，竇希瑊等請以已官讓有功子惀，以報舊德。”推當日以惀命名之意，自以忠悃爲是。

8.《抽思》曰：“軫石崴嵬，蹇吾願兮。超回志度，行隱進兮。”《集注》曰：“軫石，未詳。超回、隱進，亦不可曉。”

按，《二十八宿山經》曰：“翼山、軫山相連，在楚荆門山中央。齊伯曰：軫者，生於蒙山，長爲楚國。”《一統志》：“蒙山在荆門州西。又州南五里有荆門山。”是星家以蒙山爲軫山。“軫石崴嵬”，蓋言世路之崎嶇，於所願爲蹇難也。“超回”“隱進”，或超而前，或回而返，皆先以志揆度之，有所行，則隱占其吉凶而後進也。《爾雅·釋言》曰：“隱，占也。”郭注曰：“隱，度。”疏曰：“占者視兆以知吉凶，必先隱度，故曰‘隱，占也’。”

9.《懷沙》曰：“易初本迪兮，君子所鄙。”《集注》曰：“迪，《史》作由。易初，謂變易初心也。本迪，未詳。”

按，《方言》曰：“由迪，正也。東齊、青、徐之間相正謂之由迪。”① 本迪，本正也。《史》作本由，義同也。此言其初志本正，後乃變易其初志。是乃君子所鄙也。

10.《思美人》曰：“遷逡次而勿驅兮，聊假日以須時。”《集注》曰：“遷，猶進也。逡次，猶逡巡也。”

按，《後漢志》曰：“攝提遷次，青龍移辰，謂之歲。”孔氏《詩疏》曰：“在天爲次，在地爲辰。”賈公彦《周禮疏》曰：“次，十二次也。”《左傳》：“鄭裨竈曰：歲不及此次也已。”皆是類也。此承上“造父操駕”，遷移逡次而勿驅，蓋假日以須時，非止逡巡之謂也。

---

① “之間”,“之”字原脱。今據《方言》卷六補。

11.《惜往日》曰："君含怒以待臣兮，不清澂其然否。"《集注》曰："澂音澄，清澂，猶審察也。"

按，《易·損象》曰："君子以懲忿窒欲。"懲，古文作徵。鄭玄、劉瓛云："懲，清也。"是清澂當讀爲清懲也。與《沔水》"民之訛言，寧莫之懲"，同一意也。

12.《悲回風》曰："借光景以往來兮，施黄棘之枉策。"《集注》曰："黄棘，棘刺也。枉，曲也。以棘爲策，既有芒刺，而又不直，則馬傷深而行速。舊注以爲願借神光電景飛注往來，施黄棘之刺以爲策，以求子推、伯夷之故迹，是也。"

按，《山海經》曰："苦山有木曰黄棘，黄花而員葉，① 其實如蘭，服之不字。"是亦木之貞潔者，言施此木以爲策，迂枉於道路，求介子、伯夷之故迹也。

13. 望大河之州渚兮，悲申徒之抗迹。《集注》曰："《莊子》曰：'申徒狄諫紂，不聽，負石自沉於河。'"

按，《韓詩外傳》曰："申徒狄非其世，將自投於河。崔嘉聞而止之曰：'聖仁之人，民之父母也。今爲濡足，不救溺人，可乎？'② 申徒曰：'昔桀殺龍逢，紂殺比干，而亡天下。吴殺子胥，陳殺泄冶，而滅其國。非無聖智，不用故也。'遂負石而沉於河。"③ 韋昭曰："六國時人。"由此觀之，莊周之言，未得其實也。

14.《遠遊》曰："聞赤松之清塵兮，願承風乎遺則。"

---

① "員葉"，原作"葉員"，今據《山海經·中山經》乙正。

② 此句《韓詩外傳》作"吾聞聖人仁士之於天地之間也，民之父母也，今爲儒雅之故，不救溺人，可乎"。

③ "負"，《韓詩外傳》作"抱"。

《集注》曰："《列仙傳》曰：赤松子，神農時爲雨師，服冰玉，[1]教神農，能入火自燒。至崑山上，常止西王母石室。張良欲從赤松子游，即此也。"

按，劉向《列仙傳》曰："赤松子輿者，黄帝時人，不食五穀，啖百草花。至堯時爲木工，能隨風雨上下。"《史記·留侯世家》："留侯曰：願弃人間事，欲從赤松子游耳。乃學辟穀，道引輕身。"蓋良所學者辟穀，以赤松子輿不食五穀，故願與之從游耳。古有兩赤松，世多以良所願者爲能入火自燒之赤松，失其旨矣。

15. 載營魄而登霞兮，掩浮雲而上征。《集注》曰："載，猶加也。營，猶熒熒也。蓋修鍊之士，必使魂常附魄，如日光之載月質。魄常檢魂，如月質之受日光，則神不馳而魄不死，遂能登仙，遠去而上征也。"

按，魏伯陽《參同契》曰："陽神日魂，陰神月魄。"《朱子語録》曰："日爲魂，月爲魄。"其説蓋本於此。又曰："《老子》所謂載營魄，如車載人之載。""月載日光，魂加於魄，魄載魂也"，皆見於《語録》者也。今《楚辭集注》"載猶加也"，則又與車載之義似相矛盾。又按，《老子》曰"載營魄抱一，能無離乎"，吕吉甫注曰："載者，終而復始之謂；營者，環而無隙之謂。"揚子《法言》曰："月未望則載魄于西，既望則終魄于東。"載對終言，則亦終而復始之意也。《楚辭》"載營魄"，營者，陽氣之迴旋；魄者，陰氣之迫著。人之初生，即具有陰陽之氣，初非有待於加也。《左傳》"樂祁曰：心之精爽，是謂魂魄"，是也。若謂載營魄，"載猶加也，如日光之加月質"，《山海經》"漆吴之山處于東海，其光載出載入"，亦可以爲加出加入乎？

---

① "冰"，原作"水"，今據《楚辭集注》改。

16. 召豐隆使先導兮，問太微之所居。集重陽入帝宫兮，造旬始而觀清都。《集注》曰："太微，宫垣十星，在翼、軫北。重陽者，積陽爲天，天有九重，故曰重陽。旬始，星名。清都，《列子》以爲帝之所居也。"

按，《石氏星經》曰："太微十星在翼、軫北。"瞿曇悉達曰："司馬遷《天官書》、班固《天文志》並匡衛十二星，驗圖簿及所見星位，止十星。未詳其旨。"據《漢書》曰"南執法四星"，是多二星。又《春秋合誠圖》曰"太微主法式陳星十二，以備武患"，則亦十二星也。今西儒星圖，太微垣西蕃第三一星，爲西次，將外增一星。東蕃第三一星爲東次，將外增二星。則又十三星矣。重陽者，以《乾卦》六畫皆陽，故謂之重陽也。《唐·天文志》曰："升陽進逾天闕，得純《乾》之位，故鶉尾直建巳之月内，列太微爲天廷。"孔穎達《左傳疏》曰"四月建巳，六陰盡消，六陽並盛，是爲純《乾》之卦"，是也。非泛指天有九重爲重陽也。"召豐隆使先導"者，《淮南子》曰："季春三月，豐隆乃出。"則是建辰之月也。太微位於巳，故召使先導之也。帝宫即太微之宫。郗萌曰："太微之宫，太一之廷，上帝之治，五帝之座也。"旬始，星名。《河圖》曰："鎮星之精，散爲旬始。"《黄帝占》曰："旬始出見北斗，天子壽，王者有福。"所謂"造旬始而觀清都"，蓋太清之所都也。

17. 張《咸池》奏《承雲》兮。《集注》曰："《咸池》，堯樂。《承雲》，黄帝樂也。又曰顓頊樂，又曰有虞氏之樂。無所稽考，未詳孰是。"

按，《竹書紀年》："帝顓頊高陽氏二十一年，作《承雲》之樂。"《吕覽》："帝顓頊令飛龍作效八風之音，① 命曰《承雲》。"

① "帝顓"，原脱，今據《吕氏春秋·古樂》補。

18. 二女御《九韶》歌。《集注》曰："二女，娥皇、女英也。御，侍也。《九韶》，已見《騷經》。"

按，宋沈括曰："舜陟方時，二妃皆百餘歲，豈得俱存，猶稱二女?"則以二女爲娥皇、女英，非也。《山海經》曰："舜妻登比氏，生宵明、燭光，處河大澤。二女之靈能照此所方百里，一曰癸比氏。"《姓纂》曰："癸比，舜之第三妃也。"郭璞曰："宵明、燭光，二女字也，以能光照，因名云。"則此所云二女者，舜第三妃之二女。江淹《遂古篇》："帝之二女游沅、湘兮，宵明燭光何焜煌兮。"二女御而《九韶》歌，宜即此也。

19. 舒并節以馳騖兮，逴絶垠乎寒門。《集注》曰："絶垠，天之邊際也。寒門，北極之門也。"

按，《漢·郊祀志》："黄帝接萬靈明庭。明庭者，甘泉也。所謂寒門者，谷口也。"服虔曰："黄帝升仙之處也。"師古曰："谷口，仲山之谷口也。以仲山之北寒凉，故謂此谷爲寒門也。"

20. 《九辯》曰："願寄言夫流星兮，[①] 羌儵忽而難當。"《集注》曰："寄言，欲附此言以諫誨其君也。流星既不可值，則卒爲廱蔽而不可解矣。"

按，《爾雅》曰"奔星爲彴約"，邢昺曰："即流星也。"《荆州占》曰："流星大如桃者，爲使事也。"司馬彪《天文志》曰："流星者，貴使也。星大者使大，星小者使小。"此言欲寄言於使臣以諫君，無奈倏忽而不可值也。

21. 《招魂》曰："帝告巫陽曰：有人在下，[②] 我欲輔之。

---

① "夫",原作"於",今據《楚辭·九辯》改。

② "有",原作"端",今據《楚辭·招魂》改。

魂魄離散，汝筮予之。”《集注》曰：“帝，天帝也。女曰巫；陽，其字也。人謂屈原也。① 魂魄離散，身將顛沛，故使巫陽筮問所在，求而與之，使反其身也。”

按，《海内西經》曰：“開明東有巫彭、巫抵、巫陽、巫履、巫凡、巫相，夾窫窳之尸，皆操不死之藥以距之。”郭璞曰：“爲距却死氣，求更生。”《周禮·簭人》：“掌九簭之名，五曰巫易。”易即陽，古今字也。蓋巫陽乃主筮之一官，代守其職，非女巫字陽者也。

22. 巫陽對曰：“掌寢，上帝其命難從。若必筮予之，恐後之謝，不能復用巫陽焉。”《集注》曰：“此一節巫陽對語，不可曉。恐有脱誤。然其大意以謂帝命有不可從者，如必筮其所在，而後招以與之，則恐其離散之遠，而或後之以至徂謝，且將不得復用巫陽之技矣。”

按，寢，當作寱，《説文》：“楚人謂寐曰寱。”讀衣倨切，於去聲。巫陽之意，以人之死猶寱也。其修短之數，有掌之者，雖上帝有筮予之命，難從矣。若必然欲筮予之，則不宜後。恐後之而神氣凋謝，不能復。《禮雜記》曰：“諸侯行，死於館，則復如於其國。”注曰：“復，招魂復魄也。”《檀弓疏》曰：“招魂者，是六國以來之言，故《楚辭》有《招魂》之篇。”此蓋言魂魄離散，久則徂落衰謝，不能如始死之時，以衣招魂而復之。至是始用巫陽焉，則無及矣。意或然也。

23. 雕題黑齒，得人肉以祀。《集注》曰：“題，額也。雕刻其肌，以丹青涅之也。南方人常食蠃蜯，得人肉則用以祭。”

按，《唐書·驃國傳》曰：“群蠻種類，多不可記。有黑齒、金齒、

① “人”上，原有“端”字，今據《楚辭集注》删。

銀齒三種，見人以漆及鏤金銀飾齒。寢食則去之。"《隋書·真臘國傳》曰："城東有神名婆多利，祭用人肉。其王年别殺人，以夜禱祀。"① 又《女國傳》曰："俗事阿修羅神，又有樹神，歲初以人祭。"皆可見玉之言信而有徵云。

24. 五穀不生，藂菅是食些。《集注》曰："菅，茅屬。言其地不生五穀，其人但食此菅草也。"

按，《魏書·吐谷渾傳》："北有乙佛勿敵國，不識五穀，唯食魚及蘇子。蘇子狀若中國枸杞子。"《唐書·拂菻傳》："自拂菻西南度磧二千里，② 有國曰磨隣，曰老勃薩。無草木五穀，飼馬以槁魚。人食鶻莽。鶻莽，波斯棗也。"《南史·扶桑國傳》："扶桑東千里有女國，食鹹草。鹹草葉似邪蒿，而氣香味鹹。"《一統志》："瀚海在火州柳陳城東，地皆沙磧。"《宋史》云："沙深三尺，不育五穀。沙中生草，名登，相收之以食。"皆此類也。

25. 層冰峨峨，③ 飛雪千里些。《集注》曰："言北方常寒，其冰重累，峨峨如山。涼風急疾時，④ 雪隨之飛行千里，乃至地也。"

按，《坤輿圖説》："北海半年無日，氣候極寒而冰，故曰冰海。舶爲冰海所阻，直守至冰解，方得去。又苦海中冰塊爲風擊，堆疊成山。舶觸之，定爲虀粉。"此所謂"層冰峨峨"者也。《唐書·康國傳》："有碎葉者，西南直葱嶺，贏二千里。北三日行，度雪海，春夏常雨雪。"此所謂"飛雪千里"者也。

---

① "禱祀"，《隋書·真臘國傳》作"祀禱"。

② "度磧"，原作"行"，今據《新唐書·拂菻傳》改。

③ "層"，《楚辭·招魂》作"增"。

④ "急疾時"，《楚辭集注》作"急時疾"。

26. 九侯淑女，多迅衆些。《集注》曰："商九侯之女八之紂而不憙淫者也。迅衆，未詳。"

按，《爾雅》曰："振，迅也。"郭璞曰："振者奮迅。"言雖九侯之好女，亦多奮迅於衆人之中，以自修飾也。《殷本紀》曰："九侯女不憙淫。"徐廣曰："一云無不憙淫。"今案玉所稱"九侯淑女"，則是廣注誤也。

27. 稻粢穱麥，挐黄粱些。《集注》曰：[①]"穱，擇也。穱麥，稻處種麥，擇取其先熟者也。"

按，張衡《南都賦》曰："冬稌夏穱，隨時代熟。"則是稌，稻也，而熟於冬；穱，麥也，而熟於夏。不當訓穱爲擇。

28. 大苦鹹酸，[②] 辛甘行些。[③]《集注》曰："大苦，豉也。鹹，鹽也。酸，酢也。辛，謂椒薑也。甘，謂飴蜜也。"

按，《月令》："春，其味酸；夏，其味苦；季夏中央，其味甘；秋，其味辛；冬，其味鹹。"《内則》："凡和，春多酸，夏多苦，秋多辛，冬多鹹。調以滑甘。"注曰："多其時味以養氣。"此所云苦甘鹹辛酸者，概舉五味之和而言，不必專指一物也。

又按，《釋名》曰："豉，嗜也，調五味可甘嗜也。"不得以大苦名之。

29. 吴歈蔡謳，奏大吕些。《集注》曰："大吕，律名。"

按，《史記·平原君傳》："毛先生一至楚，使趙重於九鼎大吕。"正義曰："大吕，周廟大鐘。"《樂毅傳》："大吕陳於元英。"索隱曰："大

---

① "注",原作"傳",今據文例及《楚辭集注》改。

② "酸",原作"甘",今據《楚辭·招魂》改。

③ "甘",原作"酸",今據《楚辭·招魂》改。

吕，齊鐘名。”以兩説證之，此所云大吕者，蓋所鑄之鐘，聲應大吕之律，因以爲名。襄十九年《傳》“季武子以所得於齊之兵作林鍾”，昭二十一年“天王將鑄無射”，皆鐘名也。又《周禮·大司樂》曰：“奏黄鐘，歌《大吕》。”若“大吕，律名”，不得以爲奏矣。况律有十二，何當獨奏大吕耶？

30. 路貫廬江兮，[1] 左長薄。《集注》曰：“貫，穿過也。廬江、長薄，皆地名。左者，行出其右也。”

按，《水經》“匯水出桂陽縣盧聚”，酈注曰：“水出桂陽縣西北上驛山盧溪，爲盧溪水。東南流，逕桂陽縣故城，謂之匯水。”又“深水”注曰：“許慎云：深水出桂陽南平縣也。縣有盧溪。盧聚山，在南平縣之南，九疑山東也。”

又按，《隋書·地理志》“桂陽縣有廬水”，即《楚辭》所謂廬江者也。《一統志》：“盧溪在辰州府盧溪縣西二百五十里。《唐志》謂武德四年割沅陵，置盧溪縣。”則又與桂陽盧溪相去絶遠，讀者不可不知也。又長薄，乃江邊長岸，草木交錯處，非地名也。陸機詩“按轡遵長薄”，王維詩“清川帶長薄”，則長薄不得專以一地名之。

31. 還與王趨夢兮課後先，君王親發兮憚青兕。《集注》曰：“夢，澤名。楚有雲夢澤，跨江兩岸。雲在江北，夢在江南。憚，懼也。兕，似牛，一角，青色，重千斤。言王親發矢以射青兕，中之而懼走也。”

按，《埤雅》曰：“犀，形似水牛，黑色，三角，一在頂，一在額，一在鼻上。鼻上者，即食角也。亦有一角者。”《交州記》曰：“犀有二角，鼻上角長，額上角短。或曰：三角者，水犀也。二角者，山犀也。”

---

① “廬”，原作“盧”，今據《楚辭·招魂》改。下“廬”字同。

則兕不盡一角也。《吕氏春秋》曰："楚莊王獵于雲夢，射隨兕而獲之。"劉向《新序》曰："楚王載繁弱之弓，忘歸之矢，以射隨兕于夢也。"玉所言蓋指此也。

32.《大招》曰："北有寒山，逴龍赩只。"《集注》曰："逴龍，山名。赩，赤色，無草木貌。"

按，《大荒北經》："西北海之外，有神，人面蛇身而赤。其瞑乃晦，其視乃明，是謂燭龍。"吴志伊《山海經廣注》曰："燭或作逴。《楚辭·大招》曰：北有寒山，逴龍赩只。"陸時雍注云："逴龍當是燭龍。"

又按，此言"赩只"者，以燭龍身赤故也。非赤色無草木之謂。

33. 醢豚苦狗，膾苴蓴只。《集注》曰："苦，以膽和醬也。世所謂膽和者也。苴蓴，一名蘘荷。"

按，《特牲饋食禮》"鉶芼用苦"，鄭注曰："苦，苦荼。"《内則》"濡豚包苦"，孔疏曰："包裹豚肉，以苦菜殺其惡氣。"《公食大夫禮》"三牲皆有芼"，注曰："牛藿羊苦豕薇也。"是苦狗，乃包苦用苦之類，非謂以膽和醬也。

又逸注曰："苴蓴，蘘荷也。"蓴音博。《史記》相如《遊獵賦》"諸蔗猼且"，裴駰曰：①"猼且，蘘荷。"與逸注同。猼且，《漢書》作巴且。文穎曰："巴蕉。"芭、蓴音近，則以爲巴蕉，是也。陸佃《埤雅》曰："蕉不落葉，一葉舒則一葉焦，故謂之蕉。"崔豹《古今注》曰："蘘荷似巴蕉而白色，其子花生根中，花未敗時可食。"此苴蓴與蘘荷别者也。又按相如賦既有"諸蔗猼且"，又有"茈薑蘘荷"，若使猼且即蘘荷，當時作此賦上獻天子，豈應兩用之乎？

---

① "裴",原作"闞",今據《史記集解》改。

34. 吴酸蒿蔞，不沾薄只。《集注》曰："酸蒿蔞，一作酥醬醢。① 醬，音模。醢，音途。"

按，《白虎通》："榆莢醬曰醱。"醱音末，蓋即酥也。《説文》"醬醢榆醬也"。醬音茂，醢音豆。崔實《四民月令》音牟偷。《釋名》"醢，投也，味相投也。"據此，醢音途，疑有訛也。

35. 炙鴰烝鳧，煔鶉陳只。《集注》曰："煔，爚也。鶉，鴽也。"

按，《内則》曰"鶉羹雞羹鴽釀之蓼"，孔氏疏曰："謂用鶉用雞爲羹。鴽者，唯蒸煮之而已，不以爲羹。"《爾雅》曰："鴽鴾母。"又曰："鷯鶉，其雄鶛，牝痺。"邢昺疏曰："鴽，田鼠所化者。鶉，蝦蟇所化者也。"《淮南萬畢術》曰："蝦蟇得瓜化爲鶉。"鶉、鴽非一種也。

36. 煎鰿臛雀，遽爽存只。《集注》曰："鰿，小魚也。遽爽存，未詳。"

按，《易井》"谷射鮒"，《廣雅》曰："鮒，一名鰿，今之鯽也。"遽，疑即豦。《山海經》"苦山有獸焉，名曰山膏，其狀如逐"，郭注曰："即豚字。"是遽即豦，與腒通。《周禮·庖人》注"腒，乾雉也"。《左傳》五鳩有"爽鳩"，則遽爽，蓋爽鳩之乾者。煎鯽臛雀而遽爽不敗，并有可存，義或然也。

37. 伏羲《駕辯》，楚《勞商》只。《集注》曰："伏羲之《駕辯》，楚之《勞商》，疑皆古曲名，而未有考。"

按，王逸注："伏羲作瑟，造《駕辯》之曲。"《吴都賦》"或超《延露》而《駕辯》"，宜即此也。《纂注》曰"駕辯，凌出其上而辯

---

① "酥"，《楚辭集注》作"酢"。

也”，失其旨矣。又《招魂》“宫庭震驚，發《激楚》些。”《後漢·邊讓傳》“揚《激楚》之清宫”，注：“《激楚》，曲名。”“楚勞商”，謂《激楚》之含商者。勞謂屬和而助之也，與《大雅》“神所勞矣”，義同。

38. 鴻鵠代游，曼鷫鷞只。《集注》曰：“曼，曼衍也。①鷫鷞，長頸緑身，似鴈。”

按，《淮南子》曰：“馳騁夷道，釣射鷫鸘之謂樂乎?”《歸藏》曰：“有鳧鴛鴦，有鴈鷫鸘。”馬融曰：“其羽如紈，高首而修頸。”洪興祖《楚辭補注》曰：“長頸緑身，其形似鴈。”是也。又“一曰鳳凰别名”，非也。《唐書·拂林國傳》曰：“王坐金藹榻，側有鳥如鵝，緑毛，上食有毒輒鳴。”其殆鷫鷞乎？世以鷫鷞爲西方神鳥，蓋有由矣。

39. 直贏在位，近禹麾只。《集注》曰：“直贏，謂理直而才有餘者。禹麾，未詳。”

按，《國語》曰：“嬴，伯翳之後也。”《秦本紀》曰：“大費與禹平水土，帝錫玄圭。禹受曰：‘非予能成，亦大費爲輔。’帝曰：‘咨爾費，贊禹功，其賜爾皂游。’是爲柏翳，舜賜姓嬴氏。”索隱：“游音旒。謂皂色旌旆之旒。”又《禮·大傳》“殊徽號”，注曰：“徽號，旌旗之名也。”疏曰：“殊，别也。周大赤，殷大白，夏大麾，各有别也。”是禹之旌旗名麾，色尚黑也。贏與嬴同，直贏謂臯陶、伯益。劉向《列女傳》“臯子五歲而贊禹”，注曰：“臯陶之子伯益也。”此言直贏在位而贊禹，舜賜以皂游黑色，與禹麾，爲近也。

40. 昭質既設，大侯張只。《集注》曰：“昭質，謂射侯

---

① “曼”，原脱，今據《楚辭集注》補。

所畫之地，如言白質、赤質之類也。"

按，《儀禮·郊社禮》曰："凡侯，天子熊侯，白質；諸侯麋侯，赤質；大夫布侯，畫以虎豹；士布侯，畫以鹿豕。凡畫者丹質。"又《小雅·賓之初筵》"發彼有的"，毛傳曰："的，質也。"正義曰："《周禮》鄭衆、馬融注皆云：十尺曰侯，四尺曰鵠，二尺曰正，四寸曰質。"是質在正之中也。

41.《惜誓》曰："飛朱鳥使先驅兮，駕太一之象輿。"《集注》曰："《淮南》云：'前朱雀，後玄武。'注云：'張爲朱雀。'沈存中云：'朱雀不知何物，但謂鳥而朱者，羽族赤而翔，止必附木，① 此火之象也。'或云鳥即鳳也。然天文家朱鳥，乃取象於鶉。南方七宿，曰鶉首、鶉火、鶉尾，是也。鶉無尾，故以翼爲尾云。"

按，師曠《禽經》曰："赤鳳謂之鶉。"《鶡冠子》曰："鳳，鶉火之禽，陽之精也。"安成王教曰："鶉火之禽，不匿景於丹山。"崔豹《古今注》曰："《禮記》行前朱鳥，鸞也。"《山海經》曰："帝臺之碁，五色而文，狀如鶉卵。"又曰："昆侖之丘，有鳥曰鶉鳥，是司帝之百服。"《黄帝占》曰："張，天府也，朱鳥嗉也，主天王宫内衣服。"《玄覽》曰："鳳赤曰鶉。"《三輔黄圖》曰："蒼龍、白虎、朱雀、玄武，天之四靈，以正四方。"《漢書》："莽使曉知地理圖籍者，共校治於壽成朱鳥堂。"《唐書·渤海傳》："渤海言義立，改年朱雀。"魏伯陽《參同契》曰："朱雀翺翔，戲兮飛揚。"色五彩，其必非鶉鷂明矣。《集注》"鶉無尾，以翼爲尾"，《哀時命篇》"爲鳳凰作鶉籠兮"，《集注》又以鶉爲"鳥之小而無尾者"，直以爲鶉鷂矣。夫鶉鷂而爲朱鳥，豈可以爲四靈之一乎？

---

① "止"，《楚辭集注》作"集"。

42.《哀時命》曰："務光自投於深淵兮，不獲世之塵垢。"《集注》曰："務光，古清白之士也。言不見從，自投深淵而死，不爲讒佞所塵污也。"

按，《莊子·讓王篇》曰：堯讓天下於許由，由遂逃箕山，洗耳於潁水。卞隨自投於椆水，① 務光負石自沉於廬水。《史記·伯夷列傳》"説者曰：堯讓天下於許由，許由不受。及夏之時，有卞隨、務光"，索隱曰："夏時有卞隨、務光，殷湯讓之天下，竝不受而逃。"蓋光之自沉，以讓天下爲污己，非爲言不見從，自投深淵，不爲讒佞所塵污也。

① "椆"，原作"桐"，今據《莊子·讓王》改。

卷十八

翰林院檢討徐文靖　撰

史類一

1.《史·高祖功臣侯表》："甘泉侯劉賈曾孫侯嫖。"索隱曰："嫖，匹妙反。①《漢表》作嬹，② 音火孕反。③《説文》：'嬹，悦也。'"

按，嫖字，古文作嫖，標亦作樏。嬹蓋爲嫖之訛耳，當從《史記》爲是。索隱注引《漢表》作嬹，音火孕反，非。又嫖當音匹遥反，作去聲，非。

2.《建元已來王子侯表》："朐侯賈以城陽王子，元狩元年四月戊寅侯。"索隱曰："《表》作祤，音俱，在東海。《漢志》作栒，音荀，在扶風。與祤别。"

按，今本《表》皆作"栒，音荀"，無有作"祤，音俱"者，祤在東海，祤即朐，蓋東海朐縣也。今字書"祤"無平音，非也。

① "匹"上,《史記索隱》有"音"字。

② "漢表",《史記索隱》作"漢書"。

③ "火",《史記索隱》作"許"。

3.《高祖功臣侯表》:“蒯成侯國。”《三蒼》云:“蒯鄉在城父。”梅誕生云:“蒯俗作國名,讀烹上聲。國名宜从邑,从刀誤。”

按,《穆傳》有鄘伯絮。《説文》扶風有鄘鄉。此國名鄘,字从邑者也。《史表》蒯成侯,索隱:“蒯,苦壞反。一音裴。”此國名蒯字从刀者也。據《漢表》蒯成制侯周緤,即《史記》蒯成侯也。師古音培,又普肯反。《集韻》鄘作蒯,是鄘、蒯本一字也。

4.《史記》曰:“子貢一出,存魯,亂齊,破吴,彊晋而霸越。子貢一使,使勢相破,十年之中,五國各有變。”索隱曰:“按《左傳》爲魯、[1] 齊、晋、吴、越也。”

按,蘇氏《古史考》曰:“太史公稱子貢一出,存魯、亂齊、破吴、彊晋、伯越。予觀《春秋左氏傳》,齊之伐魯,本於悼公之怒季姬,而非陳恒。吴之伐齊,本怒悼公之反覆,而非子貢。吴、齊之戰,陳乞猶在,而恒未在事。凡太史公所記皆非也。蓋戰國説客設爲子貢之辭,自托於孔氏,而太史公信之耳。”

5.《史記》曰:“宰我爲臨淄大夫,與田常作亂,以夷其族,孔子恥之。”索隱曰:“《左傳》無宰我與田常作亂之文。然有闞止字子我,田闞爭寵,[2] 子我爲陳恒所殺。恐字與宰我相涉,故云然。”

按,史公《齊世家》云“子我夕”,賈逵云:“即監止也。”及按《田完世家》云:“子我者,監止之宗人也。常與田氏有郤。”又云:“子我率其徒攻田氏,不勝,出亡。田氏之徒追殺子我及監止。”夫監止子我本一

---

① “爲”,《史記索隱》作“謂”。

② “田闞”,《史記索隱》作“而因”。

人也，而誤爲兩人。則子我之誤爲宰我者，當必以宰予、闞止並字子我，乃致斯誤。楊用修按《李斯傳》："言趙高之短於二世曰：田常爲齊簡公臣，下得百姓，上得群臣，陰取齊國，殺宰予於庭，遂弑簡公。"斯去宰予未遠，所言當得其實。如斯所言，則宰我之死，仇牧之類也。司馬遷遂誣以作亂。作亂本無明文，而與難獨有此證。不然，幾厚誣賢者。

6.《前漢書·五行志》："劉向治《穀梁春秋》，數其旤福，傳以《洪範》，爰作《洪範五行傳》。"蘇氏洵曰："歆、向之惑，始於福極分應五事，遂強爲之説。"

按，《前漢書·儒林傳》："夏侯勝從始昌受《尚書》及《洪範五行傳》。當時五行休咎之説，學者靡然宗之矣。"據《公孫弘傳贊》曰："孝宣承統，招選茂異，而蕭望之、梁丘賀、夏侯勝、韋玄成、嚴彭祖、尹更始以儒術進。劉向、王褒以文章顯。"向至成帝初河平三年，見王氏權位太盛，始作《洪範五行傳》，因事納忠，譏切時政。而夏侯於宣帝時已從始昌受《尚書》及《洪範五行傳》，是《洪範五行》之説前此已有，而以福極分配者，乃始於劉向耳。瓊山丘氏曰："後世推五行休咎之説，其端始於董仲舒，而盛著於劉向此書。"《研北雜録》曰："劉向《洪範五行傳》之作，借經文以規切時事，其不能一一與聖經比附，無怪其然。"

7.《史記·平津侯主父列傳》後引太皇太后詔大司徒、大司空。徐廣曰："此是平帝元始中王元后詔，後人寫此。"索隱曰："按廣所云，則又非褚先生所録也。"

按，《史·儒林傳》後云："董仲舒子及孫，皆以學至大官。"又《賈誼傳》云："孫賈嘉好學。"此皆非太史公之本文，乃褚少孫所補也。班固《目録》曰："馮商，長安人，成帝時待詔金馬門，受詔續太史公書十餘篇。"《後漢·楊終傳》："肅宗時，受詔删太史公書爲十餘萬言。"

無怪乎《史記》所録，往往有少孫已後事也。

8.《史記·李斯傳》："處卑賤之位，而計不爲者，此禽鹿視肉，人面而能彊行者耳。"① 索隱曰："禽鹿，猶禽獸也。言禽獸但知視肉而食之。"

按，《山海經》有"視肉虖交"，郭璞《圖贊》曰："視肉有眼而無腸胃。"《莊子》曰："人而不學，謂之視肉。學而不行，謂之撮囊。"則視肉自是一物。此言貧賤而不爲計者，如就禽之鹿視肉之類，雖人面而能強行，烏能免於貧賤哉？非禽獸但知視肉而食之謂。

9.《後漢·劉茂傳》："賊執劉戎，② 以矛刺之。時小吏所輔前叩頭求哀。"③ 注曰："漢有所忠，爲諫議大夫。輔，所忠之子。"

按，《史記·封禪書》"公孫卿因所忠言寶鼎"，《平準書》"所忠言：世家子弟富人，或鬥雞走狗馬，弋獵博戲"，《司馬相如傳》"帝欲悉取其書，使所忠往"，《石慶傳》"欲請治近臣所忠"，《風俗通》云"漢有諫議大夫所忠氏"。是所忠乃西漢武帝時人也，與後漢所輔相去絶遠，何得以輔爲忠子？"子"字誤，當是所忠之後。《唐書·高麗傳》"大酋所夫孫拒戰"，則亦有所姓也。《春秋·隱九年》"俠卒"，《穀梁傳》曰"所俠也"，注云："俠，名也。所，其氏。"是所得姓之由也。姚察不知，乃以"所忠"爲"所患"，謬矣。

10.《漢昌邑王傳》："取卒迾宫，清中備盗賊。"李奇曰："迾，遮也。"

---

① "耳"，原作"也"，今據《史記·李斯列傳》改。
② "賊執劉戎"，《後漢書·劉茂傳》作"雄敗，執雄"。
③ "前"，原脱，今據《後漢書·劉茂傳》補。

按，馬融《圍棊賦》“緣邊遮迾”，顔延之《赭白馬賦》“進迫遮迾”，《鮑宣傳》“男女遮迣”，晋灼曰“迣，古列字”，迣與迾，皆即列也。遮乃訓攔。《漢高紀》“董公遮説”，是也。南齊王融詩“霜琯迾遥洲”,① 梁元帝《牛渚磯碑》“丹鳳爲群，紫柱成迾”，皆即列也。豈可以迾爲遮乎？《南齊書·佞幸傳》後史臣云：“遮迾清道。”遮、迾字本可通用，非専指車駕清道言也。《古今通韻》曰：“迾，遮也。一曰車駕清道。”是又以李奇注而誤矣。

11.《魏堯暄傳》：“暄字辟邪，本名鍾葵。”胡元瑞曰：“辟邪於葵，義了不相涉，鮮不以終馗之訛。”

按，杜佑《通典》“虢州歲貢終葵石硯二十枚”，蘇易簡《文房四譜》“虢州歲貢鍾馗硯二十枚”；《史記》“吴拔楚鍾離”，《世本》作“終犁”。古鍾終、馗葵通用，終葵即鍾馗也。又後漢有李鍾馗，《北史·宦者傳》有宫鍾馗，字皆作馗。《魏書》于勁字鍾葵，太尉拔之子。又魏中山公李先，先子冏，冏子鍾葵，襲爵，降爲子。《北史》“張白澤本名鍾葵，獻文賜名白澤”，《隋書·李景傳》“漢王諒、嵐州刺史喬鍾葵攻景”，字皆作“葵”。

12.《通鑑》有星孛於北斗。史炤《釋文》：“彗星謂之孛。”胡身之曰：“彗自是彗，孛自是孛。孛之災甚於彗。”

按，《爾雅》：“彗星爲欃搶。”注曰：“彗亦謂之孛，言其星孛孛如埽彗。”《左傳》：“有星孛於大辰，西及漢。申繻曰：彗所以除舊布新也。”《楚辭·遠遊》云“掔彗星以爲旍”，王逸注：“引援孛光以翳身也。”《漢·五行志》：“有星孛入於北斗。《星傳》：彗星入北斗。成帝建始元年，有星孛入於營室。劉向、谷永以爲彗星加之。”董仲舒《王道

---

① “南”,原作“漢”,今據《南齊書》改。

篇》有“彗星見於東方，孛於大辰”。彗星謂之孛，炤説正未爲非。

13.《説苑》曰：“公子光使專諸刺王僚，以位讓季子。季子曰：爾殺吾君，吾受爾國，則吾與爾爲同篡也。爾殺吾兄，吾又殺爾，則是昆弟父子相殺無已時也。卒去之延陵，終身不入吴。君子以其不殺爲仁，不取國爲義。”

按，《唐文粹》獨孤論札曰：“季子三以吴國讓，《春秋》褒之。愚竊謂其廢先君之命，非孝；附子臧之義，非公；執禮全節，使國篡君弑，非仁。”

14.《蜀書·彭羕傳》：“羕在獄與諸葛亮書曰：僕得遭風雲，從布衣之中擢爲國士。分子之厚，誰復過此？”裴松之注云：“分子之厚者，羕言劉主分兒子厚惠施之於己。”

按，《穀梁傳》曰：“召伯，周之分子也。”范甯曰：“周之分子，謂周之别子孫也。”羕蓋言劉主蓄己之厚，不啻如支庶子孫，亦如文王於召伯，恩同分子。故其書後語曰“西伯九十，寧有衰志。負我慈父，罪有百死”也。“分子”二字本此。

15. 後漢初平十七年，董昭勸曹操加九錫，荀彧仰藥而卒。蘇東坡曰：“荀文若其才似子房，其清似伯夷。”

按，東坡《寓惠集》曰：“曹操既得志，士人靡然歸之，荀文若盛名，猶爲之經營謀慮。一旦小異，便爲謀殺。程昱、郭嘉之流，不足數也。”蓋亦悔其前説之過矣。朱子曰：“荀彧之死，胡文定引宋景文説，以爲劉穆之、宋齊丘之比，最得情狀之實。無復改評矣。”

16. 曹操征冒頓，經白狼山，逢獅子，忽一物如狸，跳上獅子頭，獅子伏不敢起，遂殺之。

按，《逸周書》："渠搜獻鼩犬。鼩犬，露犬也，能飛，食虎豹。"《王氏彙苑》："獸有草上飛，番名昔雅鍋失。有大犬之形，渾身似玳瑁斑貓，兩耳尖，黑純不惡。若獅豹猛獸見他，即伏於地，乃獸之王也。"魏武白狼山所見，宜即此也。當時欲神其事，故不致詳耳。

17.《魏志注》曰："漢世西域舊獻火浣布，中間久絶。至魏初時，人疑其無有。文帝以爲火性酷烈，無含生之氣，著之《典論》，明其不然。及明帝立，詔以先帝《典論》刊石於廟門之外。至景初三年，西域獻火浣布，於是刊滅此論，而天下笑之。"

按，《逸周書》曰："火浣布必投諸火，出火振之，皜然疑乎雪焉。"《神異經》曰："南方有火山焉，火中有鼠，色白。取其毛績以爲布，謂之火浣布。"《金樓子》曰："舜時羽民獻火浣之布。"《孔叢子》："子順對魏王曰：周穆王大征西戎，西戎獻火浣之布。"《傅子》曰："長老説漢桓帝時，梁冀作火浣布單衣，會賓客。行酒，佯爭酒失杯而污之。冀僞怒，解衣燒之，粲然潔白。"《後漢書・西南夷傳》："賨幏火毳軨積於内府。"此皆在魏文前者，乃著之《典論》以明爲不然之事，抑何輕於立論也？

又按，《晉書・張駿傳》："西域諸國獻汗血馬、火浣布。"《苻堅傳》："天竺獻火浣布。"束晳《發蒙記》："西域有火鼠之布，東海有不灰之木。"殷臣《奇布賦》："牙蒙炭中，① 穎發爐隅。葉因熖潔，翹與炎敷。焱榮華實，焚灼萼珠。"庾闡《揚都賦》："火布濯穢於炎焱。"梁劉孝威啓："火布焚而無污。"王褒詩："單衣火浣布。"蕭子顯《日出東南隅行》："單衣鼠毛織，寶劍羊頭銷。"王貞白《寄鄭谷詩》："火鼠重燒布，冰蠶獨繭絲。"此又因史傳所載而用其事，不必盡有所見也。

① "蒙",《藝文類聚》卷八十五及《古儷府》卷十二皆作"萌"。

18. 沈約《宋書》云:“篪,暴新所作,不知何代人。”

按,《毛詩序》:“《何人斯》,蘇公刺暴公也。”“仲氏吹篪”,鄭氏謂“相應和如壎篪,以言宜相親愛”也,世遂以爲作,誤矣。《世本》“暴辛公作塤,蘇成公作篪”,宋衷注云:“平王時諸侯。”沈以篪爲暴公作,尤誤。又按,《毛詩序》:“《板》,① 凡伯刺厲王也。”《詩》已有“天之牖民,如壎如篪”之句,厲王在平王之前,尚隔宣、幽二王,安得謂平時諸侯方作壎篪?此又宋衷之謬矣。據《周禮》:“笙師,教龡竽、笙、塤、籥、簫、篪、篴、管。”《通歷》云:“帝嚳造塤。”王嘉云:“庖犧灼土爲壎。”則不始二公明矣。

19.《南齊書·倖臣傳》:“紀僧真遭母喪,開冢,得五色兩頭蛇。”

按,《白澤圖》曰:“故澤之精名冕,狀如蛇,一身兩頭,五采,以其名呼之,可使取金銀。”僧真母冢中五色兩頭蛇,疑即此也。

20.《後魏書·馮熙傳》:“洛陽雖經破亂,而舊《三字石經》宛然猶在,至熙與常伯夫相繼爲州,廢毀分用,大致頹落。”

按,《後漢書·靈帝紀》:“熹平四年春三月,詔諸儒正《五經》文字,刻石立於太學門外。”程大昌《演繁露》曰:②“刻於石碑,爲古文、篆、隸三體書法,以相參檢。”蓋以字凡三體,故謂之《三字石經》。越二年改元光和,始置鴻都門學。舊有云石經在鴻都門學者,妄也。又衛恒撰《四體書勢》,其叙古文曰:“魏初傳古文,出邯鄲淳。至正始中,立《三字石經》,轉失淳法。”其序篆書曰:“漢末,蔡邕采李斯、曹喜之法,爲古今雜形,然精密簡理不如淳也。”《魏略》曰:“淳

① “板”,原作“上帝板板”,今據《毛詩正義》改。

② “程”,原作“陳”,今據《宋史·程大昌傳》改。

一名竺，字子叔，博學有才章，又善蒼隸、蟲篆、許氏字指”，是也。《晉記》載石季龍雖昏虐無道，而頗慕經學，遣國子博士詣洛陽寫石經。《北齊書·文宣帝紀》：“詔曰：往者文襄皇帝所建蔡邕石經五十二枚，①即宜移置學舘，依次修立。”《後魏書·明元帝紀》：“泰常八年夏四月，幸成皋城，觀虎牢，遂至洛陽，觀石經。”楊龍驤《洛陽記》曰：“朱超石與兄書：石經文都相似，碑高一丈許，廣四尺，騎羅相接。”此皆爲漢之石經。據謝承《後漢書》曰“碑立太學門外，置屋覆之，四面欄障，開門於南。河南郡設吏卒視之”，故得以久存而不敝也。至魏馮熙、常伯夫相繼廢毀，不深可惜哉！元《吴萊集》有《答陳彦理以漢石經見遺詩》“横山先生多古玩，太學石經分我半”，又有《觀秦丞相斯鄒嶧山刻石木》本詩“陽冰石經欲鷇乳，楚金蝌匾猶踡蹜”。蓋唐李陽冰願刻石書《六經》，雖未見施行，而石經字法間行於世，故萊詩云爾。

又按，《南齊書·魏虜傳》曰：“城西三里，刻石寫《五經》及其國記，於鄴取石虎文石屋基六十枚，皆長丈餘，以充用。”《水經注》曰：“樹之於堂西，石長八尺，廣四尺，列石於其下。碑石四十八枚，廣三十丈。”此魏石經也。

21．隋仁壽三年，龍門王通詣闕獻《太平十二策》，上不能用，罷歸。《綱目》書獻策不報。《史斷》曰：“使通教授河汾，著書講道，以没其身，何不可？而必欲鼓瑟齊門，自取絀辱。直書獻策不報，蓋亦可愧之甚矣。”

按，通教授河汾，累徵不起。楊素甚重之，勸之仕。通曰：“通讀書談道，足以自樂。願明公正身以治天下，使時和年豐，通受賜多矣。不願仕也。”然則獻策者，用世之志。素勸之仕不仕者，樂行憂違，確乎其不可拔也。程子明道曰：“文中子本是一隱君子，世人往往得其議論，附會成書，如世所稱《禮論》《樂論》《續詩》《續書》《元經》《贊易》未

① “石經”，原脱，今據《北齊書·文宣帝紀》補。

及行者，皆附會成書者也。”明道又曰：“其中極有格言，荀、揚道不到處。”如《通鑑》所載：“賈瓊問息謗，仲淹曰：‘無辯。’問止怨，仲淹曰：‘不爭。’仲淹嘗稱無赦之國，其刑必平。重斂之國，其財必貧。又曰：聞謗而怒者，讒之囮也。見譽而喜者，佞之媒也。絶囮去媒，讒佞遠矣。”當干戈雲擾之際，身隱河汾，致足樂也。乃自擬爲孔子，後人亦遂奉之爲大儒，侑食廟庭，非質也。又阮逸《中説序》曰：“《中説》者，子之門人對問之書也。薛收、姚義集而名之，太宗貞觀二年，①御史大夫杜淹始序《中説》及《文中子世家》，未及進用，爲長孫無忌所抑。故王氏經書散在諸孤之家，代莫得聞焉。”

22.《唐書·竇參傳》：“帝欲殺參，陸贄雖怨參，然亦以殺之太重，乃貶驩州司馬。後竟賜死於邕州。”人皆謂陸贄譖之，② 温公《通鑑》謂贄無報參之心。

按，李肇《國史補》曰：“德宗覽李令收城露布，至臣已肅清宫禁，祇謁寢園，鐘簴不移，廟貌如故。感涕失聲。左右六軍皆嗚咽。露布，于公異之詞也。公異後爲陸贄所忌，誣以家行不至，賜《孝經》一卷。坎壈而終。朝野惜之。”

又按，《吴通玄傳》曰：“贄自恃勁正，屢短通玄於帝前，欲斥遠之。”則當日報參之心，或亦有不免乎？

23.《石林燕語》曰：“唐王起對武宗曰：‘起所不識者，惟𠫤㕬二字。”

按，《穆天子傳》“造父爲御，㕬𠫤爲右。”《列子》“造父爲御，𠫤㕬爲右。”則王起所不識者，蓋指《列子》而言也。然此字訛舛相仍，從

① “貞”，原作“正”，今據《新唐書·太宗本紀》改。

② “譖”，原作“讚”，今據文義改。

來不一。范攄《雲溪友議》作“齊冏”,①《王元美集》作“齊冎”王應麟作“啇冏”，音泰丙，亦因《淮南子》“鉗且、泰丙之御”而意釋之。屠緯真《序文》“唐辨冏齊，止存王起”，則又本《友議》而倒用之，皆未能有書一者。據《唐書》本傳：“起嗜學，非寢食不輟廢。天下之書無不讀，一經目弗忘也。帝嘗以疑事令使者口質，起具牓子附使者上，凡成十篇，號曰《寫宣》。”今所言不識离冏。二字不見於本傳，當是《寫宣》中語也。

24.《唐藝文志》：“姖威注《渾輿經》一卷。”

按，《魏志》“下邳桓威出自孤微，年十八而著《渾輿經》，依道以見意”，姖威所注宜即此也。姖威，當是人姓名。《山海經》“黄姖之尸”，“吴姖天門日月所入”，“姖”字屢見，而今字書無“姖”字，何耶？

25.《藝文志》：“李氏《三傳同異例》十三卷，開元中左威衛録事參軍，失名。”

按，《唐宰相世系表》惟李充爲“左威衛録事參軍”，則此當是充作也。

26. 吴曾《漫録》曰：“今人斥受雇者爲客作，已見於南北朝。觀袁翻謂人曰：邢家小兒爲人客作牋表。此語自古而然。”

按，《西京雜記》：“匡衡勤學，邑有大姓，家富多書，乃與客作，不求其價。主人怪而問之，曰：‘願得主人書編遍讀之。’”則客作名起於漢，不始南北朝也。

---

① “溪”,原作“淡”,據《新唐書・藝文志》,范攄著有《雲溪友議》,據改。

27.《韻府群玉》："歷代琴制云：唐太宗增九絃。"

按，《宋史》："祥符五年，龍圖學士陳彭年奉詔編録《太宗御集》四十卷，《九絃琴譜》二十卷，請付中書門下詳校，從之。六年，詔太宗聖製曲名，並《九絃琴譜》字變絃法，付經史舘及太樂局。"則增琴九絃者，乃宋太宗也。沈括《筆談》曰："太宗令待詔宋裔增琴爲九絃，待詔朱文濟不可。上怒斥之，遂增琴絃曰遶梁。"是也。

又按，《琴書》曰："琴本七絃，後漢蔡邕又加二絃，以象九星，在人法九竅。"則九絃不始宋太宗矣。

28. 唐天佑二年，朱全忠表請遷都。帝發長安，道中顧謂侍臣曰："鄙語云：紇干山頭凍死雀，何不飛去生處樂？"注："紇干山，即紇真山也，在大同府城東北。"

按，西秦乞伏國仁，其先南出大陰山，遇一巨蟲於路，狀若神龜，大如陵阜。殺馬祭之，俄不見，一小兒在焉。部有老父請養爲子，自以有所憑依，字之曰紇干。紇干者，華言有所依倚也。此蓋言依倚山頭凍死雀，何不飛去以求生？非專指紇真山也。《後魏官氏志》有紇干氏，其不爲紇真明矣。

29. 義山《爲河南盧尹請上尊號表》："永終無極之年，長奉上清之號。"注引《汲冢周書》曰："道天莫如無極。"

按，《舊唐書・武宗紀》："會昌四年三月，以道士趙歸真爲左右街道教授先生。時帝志學神仙，師歸真。"蓋道書有云"上清，玉晨道君居之"，所謂上清之號者，指此。《關令内傳》云："周無極元年，老子度關。"所謂無極之年者，指此。王應麟《玉海》曰："道家有延康、赤明、龍漢、開皇之紀，上皇、無極、永壽之號。"事不經見云。

30.《山海經》："軒丘鳳卵，民食之。"郭璞注曰："言滋味無所不有。"

按,《夏小正》"納卵蒜",卵蒜也者,本如卵者也。《山海經》曰:"鼓鐙之山有草焉,名曰榮草,其本如雞卵,食之已風。"又曰:"軒丘鳳卵,民食之。"此蓋紀當時食卵之事,非謂滋味無所不有也。《括地圖》曰:"孟虧,人首鳥身,其先爲虞氏馴百禽。夏后之末,民始食卵,孟虧去之,鳳凰隨焉,止於丹山。"《抱朴子》曰:"夏后時始食卵。"謂此也。

31.《漢書·東方朔傳》後臣泌曰:"《傳》云'一日卒有不勝洒掃之職'。"師古注:"洒音信,又音山豉反。"今校定此注合云:洒,先禮反。古文爲灑掃字。① 灑,汎也,所蟹反。蓋傳寫脱誤,多"又音山豉反"五字。

按,《郊祀歌》"騰雨師,洒路陂",師古曰:"洒,灑也。洒音灑,又音山豉反。"以兩處証之,則"山豉反"非誤也。又《史·周本紀》引穆王《臩命》"其罰倍灑",索隱曰:"灑音戾。"白居易《半開花詩》"西日凴輕照,東風莫殺吹",自注:"殺,去聲。"陸氏粲曰:"殺當讀如灑。"今字書皆無此音。

32.程子曰:"武帝問賢良,禹湯水旱,厥咎何由?"公孫弘曰:"堯遭洪水,不聞禹世之有洪水也。而不對所由,奸人也。"

按,弘《策》曰:"臣聞堯遭洪水,使禹治之,未聞禹之有水也。若湯之旱,則桀之餘烈也。桀、紂行惡,受天之罰。禹、湯積德,以王天下。由此觀之,天德無私親,順之和起,逆之害生,此天文地理人事之紀。"則又何嘗不對所由也?

---

① "文",原作"又",今據《漢書·東方朔傳》改。

又按，《儒林傳》："武帝初即位，復以賢良徵轅固，諸儒多嫉毀曰：'固老。'時固已九十餘矣。公孫弘亦徵，仄目而事固。固曰：'公孫子，務正學以言，無曲學以阿世！'"師古曰："仄目而事，言深憚之。"此弘初徵時，固見其謹慎事己，因以勉之，非有所指而云也。世遂以弘爲曲學阿世，謬矣。《史記·平津傳》："是時通西南夷，東置蒼海，北築朔方。弘數諫，以爲疲敝中國，以奉無用之地。"《游俠傳》：軹有儒生非郭解，解客殺之。弘謂解雖不知，此罪甚於解殺之。遂族解。安城劉氏謂其得大臣之體。《西京雜記》："平津侯自以布衣爲宰相，乃開東閣，營客館，以招天下之士。所得俸禄，以待奉之。"則又爲相者所罕有矣。《卜式傳》："式上書願輸家財半助邊。弘曰：此非人情。不軌之臣不可以爲化而亂法，願陛下勿許。上不報。"其後以坐酎金失侯者，百有六人。是皆式爲厲階也。向使弘所言得行，寧有是乎？時汲黯以弘位在三公，奉禄甚多，然爲布被，此詐也。《史記》謂"黯褊心，不能無少望"，理或然也。其後元始中，修功臣後，詔曰："弘位在宰相封侯，而爲布被脱粟之飯，奉禄以給故人賓客，無有所餘，可謂減於制度而率下篤俗者也，① 與内富厚而外爲詭服以釣虚譽者殊科。"是真平情之論也。乃世多以誅主父偃爲弘罪。夫偃至齊，刦齊王，殺之。至燕，陷燕王，殺之。其誅之宜矣，豈爲過哉？桓寬曰："當公孫弘之時，其欲據仁義以道事君者寡，偷合取容者衆，獨以一公孫弘如之何？"宋儒以奸人目之，黄東發以公孫之布被，比之王莽之謙恭，豈篤論乎？

33. 尹遂昌曰："司馬懿用兵如神，算無遺策。然每與丞相亮交鋒，動輒敗北。是以其徒有畏蜀如虎之譏。陳壽乃以將略非亮所長貶之，則其妄肆譏評，不攻自破矣。"

按，《後魏書·李苗傳》："苗每讀《蜀書》，見魏延請出長安，諸葛不許，常嘆息，謂亮無奇計！"又《毛脩之傳》："（崔浩）與共論説。言

① "率下篤俗"，原作"篤下率俗"，今據《漢書·公孫弘傳》乙正。

次，遂及陳壽《三國志》有古良史之風。脩之曰：‘昔在蜀中聞長老言，壽曾爲亮門下書佐，被撻百下。故其論武侯云：應變將略，非其所長。’浩乃與論曰：承祚之評亮，乃爲過美之譽，① 非挾恨之矣。夫亮之相備，② 當九州鼎沸之會，英雄奮發之時，君臣相得，魚水爲喻。而不能與曹氏爭天下，委棄荆州，退入巴蜀，誘奪劉璋，僞連孫氏，守窮踦嶇之地，僭號邊夷之間。此策之下者。可與趙佗爲偶，③ 而以爲管蕭之亞匹，不亦過乎？謂壽貶亮，非爲失實。且亮既據蜀，欲以邊夷之衆抗衡上國。出兵隴右，再攻祁山，一攻陳倉，踈遲失會，摧衄而反。後入秦川，不復攻城，更求野戰。魏人知其意，閉壘堅守，以不戰屈之。智窮勢盡，憤結攻中，發病而死。由是言之，豈古之善將見可而進，知難而退者乎？”

34. 胡致堂曰：“司馬氏以昭烈於中山靖王族屬疏遠，不能紀其世數，名位是非難辨。自司馬氏至三國七百餘年，固不能詳先主之世數，而諸葛公去中山靖王纔三百餘年，草廬傾蓋之時，即稱玄德爲帝室之胄，豈憑虛無據而云爾哉？若秦始皇明爲吕不韋之子，瑯邪王睿顯著小吏牛金所生，司馬氏尚系諸秦、晋，不革而正之，乃抑退漢之昭烈，亦獨何哉？”

按，《始皇本紀》：“秦始皇帝者，秦莊襄王子也。莊襄王爲秦質子於趙，見吕不韋姬，悦而取之，生始皇。”又《吕不韋傳》：“不韋取邯鄲姬絶好善舞者，與居，知有身。子楚從不韋飲，見而説之，因起爲壽，請之。姬自匿有身，至大期時，生子政。”徐廣曰：“期，十二月也。”夫知其有身，則已非一月矣，而又十二月而生，安見其必爲吕氏子耶？太史公《本紀》直書爲“莊襄王子”，司馬氏仍系諸秦正，非爲無見也。

---

① “爲”,《魏書・毛脩之傳》作“有故義”。
② “備”上,《魏書・毛脩之傳》有“劉”字。
③ “佗”,《魏書・毛脩之傳》作“他”。

35.《後魏書》:“僭晋司馬叡，晋將牛金子也。初，晋宣帝生瑯邪武王伷，伷生恭王覲。覲妃譙國夏侯氏字銅環，與金奸通，遂生叡，因冒姓司馬，仍爲覲子。”

按，《晋書·元帝紀》云:“初，《玄石圖》有牛繼馬後，宣帝深忌牛氏，遂爲二榼，共一口，以貯酒焉。帝先飲佳者，而以毒酒酖其將牛金。而恭王妃夏侯氏竟通小吏牛氏而生元帝。”據此，則又非牛金也。又《唐書·元澹傳》云:“初，魏明帝時，河西柳谷出石，有牛繼馬後之象。魏收以晋元帝乃牛氏子冒司馬姓，以著石符。澹謂昭成皇帝名犍，繼晋受命，獨此可以當之。”又按，晋孝武帝太元十一年丙戌，犍孫珪，大會牛川，即代王位，改稱魏王。安帝隆安二年戊戌，即皇帝位，徙都平城。則是珪會牛川，踐帝位，牛繼馬後之象謂此耳。魏孝文帝太和十六年，定行次爲水德。李元等以神元與晋武往來通好，至於和穆，志輔晋室。是則司馬祚終，而拓跋受命。議者以晋承魏爲金。於是乃詔爲水德，祖申臘辰。歷考諸説，則當以元魏繼晋爲牛繼馬。《文中子》作《元經》，以魏爲正統是也。又《晋元夏侯太妃傳》:“初有讖云:銅馬入海建鄴期。太妃小字銅鐶，而元帝中興於江左焉。”《石圖》可信而讖獨不可信耶？晋將牛金之説，穢史之誣妄，無足據也。

36. 潘陽節曰:“帝在房州，萬古開群蒙也。”注曰:“朱子作《綱目》，不書中宗爲王，每年之首書帝在房州。人皆不識，故云萬古開群蒙也。”

按，《唐書·沈既濟傳》:“初，吴兢撰國史，爲《則天本紀》，次高宗下。既濟奏議，中宗以始年即位，季年復祚，雖尊名中奪，而天命未改，足以首事表年，何所拘閡而列爲二紀？魯昭公之出，《春秋》歲書其居曰:公在乾侯。君在，雖失位，不敢廢也。請省《天后紀》，合《中宗紀》，每歲首，必書孝和在所以統之，曰:皇帝在房陵，太后行某事，改某制。紀稱中宗而事述太后，名不失正，禮不違常矣。”朱子書法，蓋本於此。

37. 倪文正公題《元祐黨人碑》云：“諸賢自涑水、眉山數十公外，凡二百餘人，史無傳者。不賴此碑，何由知其姓名哉？”

按，《宋史》：是時吕公著獨當國，諸賢以類相從，遂有洛黨、蜀黨、朔黨之分。洛黨以程頤爲首，蜀黨以蘇軾爲首，朔黨以劉摯、梁燾爲首。荆溪吴氏曰：“黄山谷稱濂溪胸次，如光風霽月。”又云：“西風壯士淚，多爲程灝滴。”東坡爲《濂溪詩》云：“夫子豈我輩，造物乃其徒。”蓋蘇氏師友，未嘗不起敬於周、程。如此，惜乎後因嘻笑而成仇敵也。又陳叔峰見《倪公題碑》曰：“先生不更加詳審，槩以爲黨人也而賢之。嘗考黨人之内，如吕公著、韓維，初爲安石延譽者也。曾布、章惇、阿權膴仕。李清臣首倡紹述之説，以開國釁。黄履訐垂簾之事，擊吕大防、劉摯而去之。安燾依違蔡確、章惇，無所匡正，葉祖洽《對策》言祖宗多因循苟且之政，陛下革而新之，遂擢第一。若此皆得與乎黨人之數，果賢耶？否耶？”

38. 潘陽節曰：“揚雄爲莽大夫，心勞而日拙。”注曰：“雄自漢成帝之世，以奏賦爲郎，給事黄門，歷成、哀、平三世不遷官。王莽簒位，轉爲大夫，稱莽功德比伊、周，作劇秦美新之文。”

按，《班固》謂：“莽簒位，談説之士用符命稱功德獲封爵者甚衆。雄復不侯，以耆老久次，轉爲大夫。”則知轉爲大夫者，以久次得，非以劇秦美新而得也。王荆公曰：“子雲之劇秦美新，蓋後人誣筆。”洪容齋曰：“雄親蹈王莽之變，退托其身於列大夫中，不與高位者同其死。世儒或以劇秦美新貶之，是不然。此雄不得已而作也。夫述誦新莽之德，止能善於暴秦，其深意固可知矣。”又按，《後漢書·桓譚傳》曰：“譚憙非毁俗儒，由是多見排抵。當莽居攝篡弒之際，天下之士莫不競褒稱德美，作符命以求容媚。譚獨自守，默然無言。”又譚於世祖時上疏曰：“今諸巧慧小才伎數之人，增益圖書，矯稱讖記，以欺惑貪邪，詿誤人主。”章懷注：“圖書，即讖緯符命之類。”又雄本傳曰：劉歆子棻，嘗從雄作奇字。棻復獻符命，莽投之四裔。“雄恐不能自免，迺從閣上自投下。莽聞之曰：雄素不與事，何故在此？”假令雄劇秦美新，則譚亦必非毁之，而乃見其《太玄》曰：“是書也可與《大易》準。”假令雄僞作符命，則莽亦必并投之，而乃曰“雄素不與事”，則夫僞作符命，劇秦美新者，豈非皆後人之誣筆哉？

39．班固《揚雄傳贊》曰：“以爲經莫大於《易》，故作《太玄》；傳莫大於《論語》，作《法言》。”

按，雄本傳曰：“觀《易》者，見其卦而名之；觀《玄》者，數其畫而定之。《玄》首四重者，非卦也，數也。”則《太玄》非擬《易》，可知也。孫明復曰：“揚子雲《太玄》，非準《易》，乃明天人始終之理，君臣上下之分，蓋疾莽而作也。”此言得之矣。又雄本傳曰：“雄見諸子各以其知舛馳，大抵詆訾聖人。及太史公記六國，歷楚漢，記麟止，①不與聖人同，是非頗謬於經。故人時有問雄者，常用法應之，譔以爲十三卷，象《論語》，號曰《法言》。”此蓋因《論語》“法語之言，能無從乎”？因想象《論語》之訓，而取其“法言”二字以名其所譔之書。何晏《集解》曰“孔曰：人有過，以正道告之”，是也。豈自以《法言》比《論語》哉？後世以揚雄擬經求合，罪其僭越，實由於班固之誤說也。

40．《漢志》：“日南郡有比景縣。”師古曰：“言其在日之南，所謂開北户以向日者。”

---

① “止”，原作“土”，今據《漢書·揚雄傳》改。

按,《爾雅》:“觚竹、北户、西王母、日下謂之四荒。”《淮南·時則訓》“自北户孫之外,貫顓頊之國”,高誘曰:“北户孫,國名。日在其北,故曰北户。”張衡《應間》曰:“日南則景北。”《南越志》曰:“日南,五月立表望之,日在表北,景居南。”則《漢志》“比景”,疑是“北景”之訛。

又按,《南史·林邑傳》:“林邑本漢日南郡象林縣,古越裳界也。其國俗居處爲閣,名曰干闌,門户皆北向。”《水經注》曰:“區粟建八尺表,日影度南八寸,自此影以南,在日之南,望北辰星落在天際,日在北。故開北户以向日。”《梁書·林邑傳》曰:“區粟者,林邑北界城名也。”杜佑《通典》曰:“赤土國,隋時通焉。冬至之日,影直在下。夏至日,影在南,户皆北向。”《唐書·南蠻傳》:“訶陵國山上有郎卑野州,王常登以望海。夏至立八尺表,景在表南二尺四寸。”“室利佛逝國,① 夏至立八尺表,景在表南二尺五寸。”則“比景”疑當爲“北景”矣。而闞駰讀比爲庇,以爲景在已下,爲身所比也。據《通典》所謂“冬至之日,景直在下”,北景、比景,皆可通也。又《林邑記》曰“度庇景至朱吾”,比亦作庇,是其證也。

---

① “逝”,原作“誓”,今據《新唐書·南蠻傳下》改。

卷十九

翰林院檢討徐文靖　撰

史類二

1. 史稱漢高祖豁達大度，規模宏遠，然不尚《詩》《書》。禮文制度，大抵襲秦。所以漢治不能復古。

按，高帝勅太子云："吾遭亂世，當秦禁學，自喜謂讀書無益。洎踐祚以來，時方省書，乃使人知作者之意。追思昔所行，多不是。"焦竑《養正圖解》云："史稱漢高帝不事《詩》《書》，不喜儒生，因其初未見書册與真儒故耳。及稍稍讀書，即能知作者之意，又能因書之言，省己之失。是古今善讀書者，莫如高帝也。惜子嬰降漢，蕭何乃入丞相府收秦圖籍，而挾書之令至惠乃除。遂使《六經》無完文，而帝王治天下之大法，其載之於書册者，高帝亦無由見。良以商用處士之伊尹，周用多才之姬旦，而漢所用者刀筆之吏，所收者秦之圖籍已耳。治何由以復古哉？"

2.《雲煙過眼録》曰："骨咄犀，乃蛇角也，其性至毒，而能解毒，故曰蠱毒犀。然《唐書》有骨都國，必其地所産，今人訛爲骨咄耳。"

按，《唐書・列傳・西域》："骨咄國，或曰珂咄羅。開元十七年，王俟斤遣子骨都施來朝。”骨咄正西域國名，或以其産骨咄而名之，無所爲骨都國也。又《回紇列傳》：“戛黠斯國，其獸有野馬、骨咄、黄羊。”《通典》：“俞衸國少牛馬，多貂鼠、骨拙。”拙即咄也。《山海經廣注》：“古都之蛇角，號曰碧犀。”骨都、古都，是皆“骨咄”之訛耳。

3. 李義山《爲懷州李中丞謝上表》曰：“蘇公舊田，懷侯故邑。”注云：“懷侯，未詳。《韓詩外傳》：‘武王更邢丘曰懷。’《括地志》：‘懷在武陟。’歷考傳記，未有以此爲懷國之邑者。”

按，《寰宇記》“管叔廢絀，封康叔爲懷侯”，《路史·國名記》有懷國，即此也。其後康叔封衛，懷遂爲南宫氏國。周《南宫中鼎銘》曰：“王命太史括懷土曰：中，兹懷人内史錫于珡王作臣，今括里汝懷土。”括即适，中即仲。表所云“懷侯故邑”，蓋以此也。

4.《通鑑綱目·隋文帝紀》：“史萬歲討南寧羌，入自蜻蛉川質實。”注云：“蜻蛉川，未詳處所。”

按，《隋書·史萬歲傳》：“入自蜻蛉川，經弄凍，次小勃弄、大勃弄，至于南中。”《漢志》“越巂郡有青蛉縣”，① 應劭曰：“青蛉水出西，東入江。”《水經注》：“若水逕雲南郡遂久縣，蜻蛉水入焉。水出蜻蛉縣西，東逕其縣下，縣以氏焉。”今姚安府蜻蛉河至大姚縣東南，入金沙江也。

5.《輿地志》曰：“巢縣卧牛山後有桀王城。”《晋·地理志》注云：“桀死於是，未詳。”

按，《竹書紀年》“夏帝癸三十一年，商師征三朡，戰于郕，獲桀于焦門，放之于南巢。殷成湯二十年，夏桀卒于亭山，禁弦歌舞”，即是山也。

---

① “青”，原作“蜻”，今據《漢書·地理志》改。下“青”字同。

6.《通鑑》太平興國七年，帝召趙普，諭以昭憲太后之遺旨。普對曰："太祖已誤，陛下豈容再誤？"廷美遂得罪，旋貶西京留守。趙普又以廷美居西京，非便，諷知開封府李符上言廷美怨望。詔貶房州，憂悸成疾，卒。

按，宋袁褧《楓窗小牘》曰："趙韓王疾，夜夢甚惡。使道流上章禳謝，道流請章旨。趙難言之，從枕躍起，索筆自草曰：情鬩母子，弟及自出於人謀；計協臣民，子賢難違乎天意。乃憑幽祟，逞此強陽，瞰臣血氣之衰，肆彼魘呵之厲。倘合帝心，誅既不誣管、蔡；幸原臣死，事堪永謝朱、均云云。密封令勿發，向空焚之。火正爇，函爲大風所掣，吹墮朱雀門，爲人所得，傳誦於時。竟不起。"按《南史·沈約傳》曰："約病，夢和帝劍斷其舌，召巫視之，巫言如夢。乃呼道士奏赤章於天，① 稱禪代之事不由己出。"今太宗於太祖子德昭，使之驚懼自殺，普已窺見其心矣。於其弟廷美，使之憂悸成疾。則普之奸佞，有以致之。其被冥誅也，不亦宜哉！

7. 五代唐同光三年九月，議伐蜀，以魏王繼岌充西川四面行營都統。戊申，大軍西行，入散關，倍道而進，遂逼成都。蜀王輿櫬出降。

按，荆溪吴氏《林下偶談》曰："蜀王衍荒淫，惑於宦人王承休，遂決秦州之幸。詔下，中外切諫，母后泣而止之，以至絶食。皆不從。前秦州節度判官蒲禹卿叩馬泣血，上表累千五百餘言，且曰：'望陛下以名教而自節，以禮樂而自防，循道德之規，受師傅之訓，知社稷之不易，想稼穡之最難，惜高祖之基扃，似太宗之臨御，賢賢易色，孜孜爲心。無稽之言勿聽，弗詢之謀勿庸，聽五音而受諫，以三鏡而照懷，少止息於諸處林亭，多省覽於前王書史。别修上德，用卜遠圖，莫遣色荒，勿

① "章",原作"表",今據《南史·沈約傳》改。

令酒惑，常親政事，勿恣閒游。’又曰：‘陛下與唐主方申懽好，信幣交馳。但慮聞道聖駕親行，别懷疑忌，其或專差使命，請陛下境上會盟，未審聖躬去與不去？’又曰：‘陛下纂承以來，率意頻離宫闕，勞心費力，有何所爲？此際依然整蹕，又擬遠别宸宫。昔秦王之鑾駕不回，煬帝之龍舟不返。’又曰：‘忍教置却宗祧，言將道斷，使蒸民以何托？令慈母以何辜？若不慮於危亡，但恐乖於仁孝。’又曰：‘劉禪俄降於鄧艾，李勢遽歸於桓温，皆爲不取直言，不恤政事，不信王道，不念生靈，以至國人之心，無一可保；山河之險，無一可憑。’衍竟不從。行至緜谷，唐師已入其境，狼狽而歸，遂降魏王繼岌。當五代時，忠義之士落落如晨星，歐公作史，嘗有五代無全人之嘆。幸而有焉，則又爲之咨嗟嘆息，反覆不置。如蒲禹卿之忠諫，非特蜀之所少，亦天下所希有也。然史中曾不少槩見，但云衍幸秦州，群臣切諫而已。豈歐公偶失此耶？予於《太平廣記》得此事，故表而出之。”又陳履常《後山談叢》曰：①“《五代史家人傳》：柴后，邢州龍岡人。《世宗紀》爲堯山人。拓跋思恭、思敬，兄弟也，而誤爲一人。”此亦讀史者所不可不知也。

8. 王陽明《紀夢詩序》曰：“正德庚辰八月廿八夕，卧小閣，忽夢晉忠臣郭景純氏，以詩示予，且極言王導之奸，謂世之人徒知王敦之逆，而不知王導實陰主之。其言甚長，不能盡録。覺而書其所示詩於壁。其詩曰：我昔明《易》道，故知未來事。時人不我識，遂傳耽一技。一思王導徒，神器良久覬。諸謝豈不力，伯仁見其底。所以敦者仇，罔顧天經與地義。不然百口未負托，何忍置之於死地？我於斯時知有分，日中斬柴市。我死何足悲，我生良有以。九天一人拊膺悲，晉室諸公亦可耻。舉目山河徒嘆非，携手登亭空洒淚。王導真奸

① “談叢”,原作“叢談”,今據陳師道《後山談叢》乙正。

雄，千載人未議。偶感君子談中及，重與寫真記。固知倉卒不成，文自今當與頻謔戲。倘其爲我一表揚，萬世萬世萬萬世。”

按，朱氏黼曰：“王敦之反，王導不能無罪也。晋靈公欲殺趙盾，盾出奔，其弟趙穿遂弑靈公於桃園。《春秋》書曰：‘趙盾弑其君夷皋。’客有毁郭解者，解之客殺之，公孫弘曰：‘解雖不知其罪，甚於解殺之。’遂族解。二事雖不同，原心定罪，推其所自來，盾、解固有難辭其責者。導既當國，敦其從父兄也，以王氏失職，致興兵犯順。導不能防之於始，又不能止之於今，雖欲辭其責，可乎？賊既東下，始闔門待罪。至石頭失守，位爵如昨。至行胸臆報恩怨，不免假手於賊。自‘我不殺伯仁，伯仁由我而死’一語推之，導雖有格天之烈，蓋世之功，欲免趙盾、郭解之誅，終不能也。”又黄東發曰：“王導在江左，爲一時偷安之謀，無十年生聚之計。陳頵勸抑浮競，不能從也。王敦殺周、戴，不肯救也。卞敦不赴國難，不能戮也。郭默害劉胤，不能問也。庾亮召蘇峻，不能止也。石勒寇襄陽，大疫死大半，病不能乘也。天降淫雨，三月不止，困不能乘也。晋帝拜其妻曹氏，不能辭也。又陰拱中立，以觀王敦之成敗。而胸懷異謀，觀敦與導書：平京師日，當親割温嶠之舌。非素有謀約者，敢爲此言？敦已伏誅，當加戮尸污宫之罪，又請以大將軍禮葬之。敦死後，導與人言，恒稱大將軍昔日爲桓文之舉。此爲漏網逆臣無疑，徒以子孫貴盛，史家掩惡，以欺萬世，謂之江左夷吾。管氏輿臺亦羞之矣！”夫陽明罪導，托之於夢，不知其誠然否也。若朱氏、黄氏之説，導之罪真有難逭者矣。

9. 五代唐主餌方士靈丹，疽發背。召齊王璟入侍疾，謂璟曰：“吾餌金石，始欲益壽，乃更傷生。汝宜戒之！”

按，《唐總章》元年十月，東天竺烏徒國長年婆羅門盧加逸多受詔合丹，上將餌之。郝處俊諫曰：“昔貞觀末，先帝令婆羅門僧那羅爾婆婆寐依其本國仙方，合長年神藥，徵求靈草秘石，歷年而成。先帝服之，竟無異效。大漸之日，名醫莫知所爲，欲歸罪於胡人，將伸大戮，又恐取笑夷狄，遂止。龜鑑若是，惟陛下深察。”又按：“貞觀二十二年，王玄策奉使天竺。① 會天竺王尸羅逸多死，其國大亂。”假令果有長年仙方，其本國之王久應服之，乃亦既死矣。而太宗猶垂涎於彼國仙方，何其迷而不悟耶？如南唐烈祖之輩，無足論已。《文選》詩曰：“服食求神仙，多爲藥所誤。”殊令人發深省也。

10. 唐子西《辨陳壽蜀不置史官論》曰：“觀後主景曜元年，史官奏景星見，於是大赦，改元。而曰蜀不置史官，妄矣。”

按，常璩《劉先主志》：“建安二十四年，先主定漢中時，州後部司馬張裕亦知占術，坐漏言，言先主得蜀，寅卯之間當失。先主惡之，不立史館。”陳壽所志，非妄也。

11. 唐張説《上大衍歷序》云：“謹以開元十六年八月端午赤光照室之夜，獻之。端午，八月五日也。”

按，《明皇雜録》：“玄宗八月五日誕降，宴宰相於花萼樓。”《唐類表》有宋璟《請以八月五日爲千秋節表》：“月惟仲秋，日在端午。”則是凡月五日，可稱端午也。唐文宗開成元年，歸融爲京兆尹，時兩公主出降，府司供帳事繁，又俯近上巳，曲江賜宴，奏請改日。上曰：“去年重陽，取九月十九日，未失重陽之意。今改取十三日可也。”則是上巳不必初三，重陽不必初九也。劉楨《魯都賦》：“素秋二七，天漢指隅，人胥祓禳，國子水嬉。”則以七月十四日爲脩禊也。東坡在海南，藾菊九畹，以十一月望，與客泛菊作重九。又以仲冬十五日爲重陽也。

12.《華陽國志》：“公孫述廢銅錢，置鐵錢，百姓貨賣

① “策”,原作“册”,今據《新唐書·天竺傳》改。

不行。”

按，《通典》：“梁普通中，乃議盡罷銅錢，更鑄鐵錢。人以鐵錢易得，盡皆私鑄。及大同以後，所在鐵錢，遂如丘山，物價騰貴。”任昉《贈到溉詩》云：“鐵錢兩當一，百易代名實。”蓋謂此也。陳鐵錢不行。南唐李氏又鑄鐵錢。宋太祖令收民間鐵錢，鑄農器，給江北流民復業者。黄山谷詩：“紫蔆可劚宜充貢，青鐵無多莫鑄錢。”蓋謂此也。

13. 陳善《捫蝨新話》曰：“《蘭亭序》豈非佳作，然天朗氣清，不合時景。絲竹管絃，語又重複，故不得入選。”

按，晋李顒《悲春日》曰：“舒朗景之淑，鮮湛方生。”①《懷春賦》曰：“何陽節之清淑。”陸機詩曰：“節運同可悲，莫若春氣甚。和風未及燠，遺凉清且凛。”天朗氣清，何嘗不合時景乎？又《石氏星簿讚》曰：“器府掌固，絲竹管絃。”《漢·張禹傳》曰：“後堂理絲竹管絃。”四字皆有所本，語又何嘗重複乎？

14. 《荆楚歲時記》曰：“七月七日爲牽牛、織女聚會之夜。”《春秋運斗樞》云：“牽牛，神名略。”《佐助期》云：“織女，神名收陰。”

按，《開元占經》引《佐助期》曰：“牽牛主關梁，神名略緒熾。”今本《歲時記》略下缺“緒熾”二字。知故書之磨滅者多矣。陶弘景《刀劍録》曰：“宋順帝以昇明元年掘得一刀，光照一室。帝奇之。二年七月，帝使楊玉候織女，玉候女不得，懼死。遂用以弑帝。”而《北史》作千牛備身刀，非也。

又按，《大戴禮》是月織女東向。蓋星象爾也。豈其如人間夫婦之會聚哉？

---

① “鮮湛方生”，《藝文類聚》卷三引作“鮮雲興兹”。

15. 王褒《講德論》:“宣王得白狼而夷狄賓。”《纂注》曰:“《史記》穆王征犬戎,得四白狼以歸。今云宣王,未詳。”

按,《瑞應圖》曰:“王者仁德,則白狼見。周宣王時白狼見,西國滅。”《後魏書·靈徵志》曰:“太安三年三月,有白狼一,見於太平郡。議者曰:先帝本封之國而白狼見焉,無窮之徵也。周宣王得之而犬戎服。”

16.《事物紺珠》曰:“鵸鵌如烏,九首六尾,善笑,自爲雌雄。”

按,《山海經》鵸鵌有二,出帶山者如烏而五采,赤文,自爲牝牡。出翼望山者如烏,三首六尾,善笑。以其名同而一之,非是。

17. 劉劭《人物志》:“簡暢而明砭,火之德也。”文寬夫曰:“明砭,無意義。自東晋諸公草書啓字爲然,疑謂‘簡暢而明啓’。”

按,《人物志體别篇》“砭清激濁”,《利害篇》“其道廉而且砭”,《接識篇》“故能識訶砭之明”,是豈盡爲“啓”字之訛乎?延明注“明而不砭則翳”,又“砭去纖芥”,則砭爲借用之事無疑。

18.《韻府》冬韻五松。注:“始皇逢疾風暴雨,避五松下,因封爲大夫。”

按,《始皇本紀》:“二十八年,乃遂上泰山,立石,封,祠祀。下,風雨暴至,休於樹下,因封其樹爲五大夫。”五大夫,蓋一官之名耳。《本紀》有丞相隗林、丞相王綰、卿李斯、卿王戊、五大夫趙嬰、五大夫楊樛。又《漢·食貨志》:“文帝用晁錯言,① 令人入粟邊,六百石封上

① “用”,《漢書·食貨志》作“從”。

造。稍增至四千石爲五大夫，萬二千石爲大庶長。”則五大夫爲一官可知，非封五松爲大夫也。

19.《史記·平準書》曰：“至孝文時，更鑄四銖錢，其文爲半兩。”《索隱》曰：“《錢譜》云：文爲漢興也。”

按，《漢書·食貨志》“周景王卒鑄大錢，文曰寶貨。秦銅質如周錢，文曰半兩，重如其文”，皆謂所鑄之錢文，未有以錢爲幾百、幾千文者。《後魏書·食貨志》云：“武定六年，齊文襄王以錢文五銖，名須稱實，宜稱錢一文重五銖者，聽入市用。”又《高道穆傳》:①“時用錢稍薄，道穆表曰：自頃以私鑄薄濫，官司糾繩，挂網非一。在市銅價，八十一文，得銅一斤。”又曰：“論今據古，宜改鑄大錢，文載年號，以記其始。則一斤所成，止七十六文。”又《吕隆傳》曰：“河西之民，不得農植。穀價湧貴，斗直錢五千文。”後世因之，以爲幾十文、百文。

20. 晋傅玄《彈棋賦序》：“漢成帝好蹴踘。劉向以爲勞人體，竭人力，非至尊所宜御。乃因其體作《彈棋》。”

按，《漢書·成帝紀贊》稱其“臨朝淵嘿，尊嚴若神”，而蹴踘之好，史皆不書，僅見於《彈棋傳序》。向既以蹴踘爲非，則宜諫止，而又爲之作《彈棋》，何也？五代周世宗曰：“擊毬蹋踘，乃下流小人輕薄之事，豈王者之所爲？”讀《唐紀》“穆宗即位，十二月壬午，擊踘於左神策軍。長慶元年辛卯，擊踘於麟德殿。二年十二月，因擊毬，暴得疾。四年正月，敬宗即位。二月丁未，擊踘於中和殿。戊申，擊踘於飛龍院。己酉，擊踘用樂。四月丙申，擊踘於清思殿。寶曆二年六月甲子，觀驢踘角觝於三殿”，父子相繼以擊踘爲事，至今讀之，使人慨然。

---

① “高”,原作“楊”,今據《魏書·高道穆傳》改。

21.《貨殖傳》:“范蠡乘扁舟，浮江湖，變名姓，適齊爲鴟夷子皮。”師古曰:“自號鴟夷者，言若盛酒之鴟夷，多所容受，而可卷懷，與時張弛也。鴟夷，皮之所爲，故曰子皮。”

按,《史記》列傳:“吴王賜子胥屬鏤之劍，子胥自剄死。吴王乃取子胥尸，盛以鴟夷革，浮之江中。”應劭曰:“取馬革爲鴟夷榼形。”蠡自號爲鴟夷子皮者，意以子胥不死，則吴不亡。胥死而吴亡越霸，功皆已出。鴟夷之盛，已實致之，猶以長狄名子之意耳。《韓子》曰:“田成子去齊，走而之燕,① 鴟夷子皮負傳而從。”夫田常非可從者，而蠡從之。其後居陶，致長男吝財殺弟，皆由蠡功利未忘，故致此耳。小顏以“多所容受、而可卷懷”予之，未必然也。

22.《漢·武五子傳》:“張富昌爲題侯。”孟康曰:“縣名。”晋灼曰:“《地理志》無。”

按,《漢·地理志》清河郡有𦬁題縣。顏注:“𦬁，古莎字。”孟氏謂縣名，即此。《帝京景物略》曰:“房山縣西南四十里，有山曰白帶山，生𦬁題草。”又曰:“𦬁題山，藏石經者千年矣。一曰石經山。姚廣孝詩:‘峩峩石經山，連峰吐金碧。秀氣鍾𦬁題，勝槩擬西域。’”

23. 杜牧《齊安晚秋詩》:“可憐赤壁爭雄渡。”郝注:“赤壁屬黄州。”

按，張耒《續明道雜志》曰:“周瑜破曹公於赤壁，云陳於江北。而黄州江東西流，無江北。至漢陽，江西北流，復有赤壁山，疑漢陽是瑜戰處。東坡賦以孟德之困於周郎爲在黄州，誤也。”又按《三國志》:“曹操與周瑜遇赤壁。初戰，操軍不利，引次江北。後有烏林之敗。”《元和志》:“赤壁山在鄂州蒲圻縣西一百二十里，北岸烏林與赤壁相對，

① “走而”,原作“亡”,今據《韓非子·説林上》改。

即周瑜焚曹操船處。”牧又有詩云“烏林芳草合，赤壁健帆開”，是也。郝注：“赤壁在黄州。”隋黄州本南齊齊安郡，而牧《齊安晚秋詩》有“赤壁爭雄渡”之句，誤始於牧。坡賦又以牧誤也。

24.《吴地記》：“嘉興縣南一百里有語兒亭。句踐令范蠡取西施以獻夫差，西施於路與蠡潛通。三年，始達於吴，遂生一子，至此亭。一歲能言，遂名語兒亭。”

按，《越絶書》曰：“越乃飾美女西施、鄭旦，使大夫種獻之於吴王。王大悦。”又曰：“女陽亭者，句踐入官於吴，① 夫人從，道産女此亭，養於李鄉。句踐勝吴，更名女陽，就李爲語兒鄉。”據此，則獻西施者非蠡。且越、吴最近，安得三年始達乎？記説殊謬。

25. 黄伯思《校定焦贛易林序》云：“若房封事所謂辛酉太陽精明，丙戌蒙氣復起之類，孟康注之甚詳。”

按，《京房傳》：“房上封事曰：‘辛酉以來，太陽精明，迺辛巳蒙氣復起。’至陝，復上封事曰：‘戊子到五十分，蒙氣復起。’”無丙戌蒙氣復起之説。

26. 伯思論《黄庭》云：“逸少以晋穆帝升平五年卒，後哀帝興寧二年始降《黄庭》於世，安得逸少預書之？《晋書》本傳山陰養鵝道士云：爲寫《道德經》，當舉群相贈。初未嘗言寫《黄庭》也。即《黄庭》非逸少書無疑。太白詩：‘山陰道士如相見，應寫《黄庭》換白鵝。’初未嘗考。退之詩第云數紙尚可博白鵝，而不言《黄庭》，爲覺其謬。”

按，太白《題右軍詩》：“掃素寫《道經》，筆精妙入神。書罷籠鵝

① “入”，原作“八”，今據《越絶書》卷八改。

去，何曾別主人。”亦未嘗言《黄庭》也。安得借韓以誚李？又陶隱居《與梁武帝啓》云：“逸少有名之蹟，不過數首，《黄庭》《勸進》《告誓》等，不審猶有存否？”徐季海《古蹟記》云：“玄宗時，大王正書三卷，以《黄庭》爲第一。”太白以《黄庭》遠勝《道德》，山陰道士如若識此，應要寫《黄庭》換鵝，而不要寫《道德》矣。豈未嘗考之謂。伯思以右軍卒後二年，《黄庭》始出，蓋緣《真誥》翼真之説，而未嘗考也。《後漢書》曰：“初，許劭與從兄靖俱有高名。”而《真誥》以靖爲許長史六世族祖，劭爲五世族祖。考據殊失。又安見《黄庭》降世之年，必無訛耶？

27. 唐武后光宅四年正月，毀乾元殿，作明堂。證聖元年火焚之。萬歲登封二年三月，復作明堂。

按，明堂作於武后，李白《明堂賦》一則曰：“天皇先天，中宗奉天，累聖纂就，鴻業克宣。”再則曰：“天后勤勞輔政兮，中宗以欽明克昌。”絶不以明堂作於武后，而獨以勤勞輔政歸之，隱然黜武氏之號，係嗣聖之年，爲天下扶三綱，立人極。“云何歐陽子，秉筆迷至公？唐經亂周紀，凡例孰比容？”宜乎其見嗤於紫陽也。

28. 鄭瑗《井觀瑣言》曰：“袁紹《檄豫州》，曹操《檄江東將校部曲》，皆云如律令。今道家符咒，類言急急如律令。《資暇録》謂令讀爲零，律令，雷邊疾鬼。其説怪誕，不足信。”

按，《史記·主父偃傳》：“上書闕下，召入見。所言九事，其八事爲律令。”又《三王世家》：“丞相下中二千石，二千石下郡太守、諸侯相，丞書從事下當用者，如律令。”《漢書》“宣帝詔令甲死者，不可生”，文穎曰：“蕭何承秦法所作爲律令、律經是也。天子詔所增損不在律上者爲令。”又《儒林傳叙》“請著功令，它如律令”，師古曰：“功令，篇名，若今選舉令。此外並如舊律令。”《唐書》“太宗謂侍臣曰：朕比來决事，或不能皆如律令。”蓋當時律例法令，皆有一定之規，依而行之，故曰如。

29. 吕本中曰：“宋仁宗好儒崇學，扶植斯道。王堯臣及第，賜《中庸篇》。吕臻及第，賜《大學篇》。是已開《四書》之端矣。”

按，神宗熙寧四年二月，更定科舉法，以經義取士。王安石請廢《春秋》《儀禮》。八月，帝命復以《春秋三傳》取士，而《儀禮》廢矣。八年六月，頒安石所修《詩》《書》《周禮新義》於學官，以取士。而先儒傳注廢矣。徽宗政和中，蔡京、趙挺當國，以《詩》爲元祐學術，諸士庶有傳習詩賦者，杖一百。而《風》《雅》之道廢矣。又禁士大夫不得讀史，《春秋三傳》俱束高閣。宣和間，王楚撰《博古圖》，中所引用，乃至以州吁爲衛大夫，高克爲衛文公。故洪氏以爲當時書局學士，亦不曾讀《毛詩》也。而《詩》學與《春秋》俱廢矣。寧宗慶元二年，劉德秀奏言：“僞學之魁，以匹夫竊人主之柄，鼓動天下，故文風未能丕變。乞將語録之煩，盡行除毁。”是科，葉翥、倪思知貢舉，士子文有稍涉義理者，悉見黜落。而《六經》《語》《孟》《中庸》《大學》之書悉爲世禁矣。夫經學至宋，發揮殆盡。亦至宋而屢遭廢毁。豈《六經》《四子》亦不能逃陽九百六之數耶？若仁宗以《中庸》《大學》賜新及第者，則實與漢帝表章《六經》有同功矣。

30. 徐陵《玉臺新詠序》：“絳鶴晨嚴，銅蠡晝静。”注引趙岐注《孟》云：“追蠡，欲絶之貌。”

按，《文子》曰：“聖人法蠡蚌而閉户。”《後漢·禮儀志》：“殷以水德王，故以螺著門户。”應劭《風俗通》“門户鋪首。謹按，《百家書》

公輸班之水,① 見蠡曰：見汝形。② 蠡適出頭，班以足畫圖之，蠡引閉其户，終不可得開，遂施之門户”云。蠡與螺同，謂以銅爲蠡形於鋪首，故曰銅蠡。陳檢討《林蕙堂集序》“銅蠡夜滴”，注引徐孝穆“銅蠡晝靜”，又引《後漢·張衡》“漏水制，以銅爲器”，皆誤解銅蠡也。

31.《漢書·律曆志》：“治曆者二十餘人，方士唐都、巴郡落下閎與焉。”師古曰：“姓唐名都。姓落下名閎。”

按，《史記·律書》注引《益部耆舊傳》曰：“閎字長公，明曉天文，隱於落下。”落下蓋巴郡之地名也。小顔以爲姓落下，非。《正字通》謂“姓落名下閎”，亦非。

32.《筆叢》曰：“《竹書》貞定王元年，于越徙都瑯邪。《吴越春秋》文頗與此合，然非齊之瑯邪，或吴越間地名，有偶同者。”

按，《山海經》“瑯邪臺在渤海間，瑯邪之東”，郭璞曰：“瑯邪者，越王句踐入霸中國之所都。”《越絶書》曰：“句踐徙瑯邪，起觀臺。臺周七里，以望東海。”何謂非齊之瑯邪？

33.《筆叢》引《真誥》曰：“洪崖先生今爲青城洞真仙。傳又曰洪崖山，在豫章之西山，何耶？蓋青城爲古洪崖所理，而豫章則唐張氳隱處也。”

按，宋謝莊有《游豫章西山觀洪崖井詩》，梁元帝《廬山碑序》“東瞻洪井”。若使豫章之洪崖因唐張氳而名，劉宋、蕭梁之人安得預知之？

---

① “班”,《風俗通義校注》佚文作“般”。下“班”字同。

② “見”上,《風俗通義校注》佚文有“開汝匣”三字。

34. 王弇州曰："《道藏》内《陰符經》，凡數十種，注釋亦如之。獨趙文敏書最爲定本。他本有自然之道六十八字，朱元晦謂其理獨妙，不過以其有陰陽八卦律曆諸語而深契之耳。不知有此，正所以非《陰符》也。"

按，唐李筌傳驪山老母曰："《陰符》三百餘言，百言演道，百言演法，百言演術。"則自"觀天之道，執天之行"至"自然之道静，故天地萬物生，浸故陰陽勝"，凡三百七十九字。陸龜蒙《讀陰符經詩》："清晨整冠坐，朗詠三百言。"皮日休《和讀陰符經》："三百八十言，出自伊耆氏。"二公所讀之本只三百八十餘字，去筌未遠，當必無差。下又有"陰陽相推而生變化"，凡六十四字，疑後人注釋之語而誤入也。但據《明堂位》"伊耆氏之樂"，伊耆，神農，非黄帝也。而《中興書目》以爲《陰符經》，黄帝之書，或云受之廣成子，或云與風后、玄女論陰陽六甲，退而自著其事。陰者，暗也。符者，合也。天機暗合於事機，故曰《陰符》。黄山谷謂："《陰符》出於筌。熟讀其文，知非黄帝書。"蔡西山曰："此書即筌所爲也。"

35. 陸天隨詩："持贈敢齊青玉案，醉吟偏稱紫荷筒。"郝天挺注："《南史》劉杳著《紫荷橐》，《前漢·張安世傳》持橐簪筆之意，而劉偉明乃以'荷'爲'芰荷'之'荷'。"

按，老杜《又示宗武詩》："試吟青玉案，莫羡紫羅囊。"陸詩祖之。但持橐簪筆，見《趙充國傳》，郝以《安世傳》，誤。又《杳傳》見《梁史》，而《南史》無也。方岳啓"儼入花磚之直，聿高荷橐之班"，真德秀啓"柏臺彈奏之公，若判白黑；荷橐論思之益，如炳丹青"，皆誤爲"芰荷"之"荷"，非只一偉明也。

36. 《大荒北經》曰："蚩尤作兵，伐黄帝。帝乃令應龍攻之。"郭璞曰："黄帝亦教虎豹熊羆以與炎帝戰於阪泉。見

《史記》。”

按，《漢書·王莽傳》曰：“黄帝之時，中黄直爲將，破殺蚩尤。”黄海曰：“黄帝工師名蒼龍，將名應龍。”《管子》曰：“黄帝得蒼龍辨乎東方，使爲工師。”蓋太昊以龍紀官，帝因之。應龍、蒼龍，皆官名也。郭氏以虎豹熊羆例之，其旨失矣。

37. 姚氏《殘語》曰：“温彦威使三京，得僞劉詞臣馬定國，云：石鼓非周宣王時事，乃後周文帝獵於岐陽所作也。史大統十一年獵於白水，遂狩岐陽。”

按，史梁武帝大同元年，即魏文帝寶炬大統元年也。大統十一年狩於岐陽。時宇文泰雖爲大丞相，安得以大統爲後周也？後周武帝宇文邕保定元年十一月，狩於岐陽，非文帝也。若以石鼓爲魏文帝造，《石鼓文》云“嗣王始古，我來大統”。十一年安得仍稱嗣王？且三代以下，無有天子稱王者。若以爲周保定造，狩以十一月，又與《石鼓文》所稱“霝雨淖淵，若華楊柳，帛魚鱳鱳”，景物殊違也。昭四年《左傳》“成有岐陽之蒐”，杜預曰：“成王歸自奄，大蒐於岐山之陽。”《爾雅》注：“春獵爲蒐。”《書·多方》：“維五月丁亥，王來自奄，至于宗周。”《石鼓文》曰“唯丙申”，周五月，夏三月也。丙申，丁亥之後十日也。於時爲季春，則又與《石鼓》所言景物侔也。董逌、程迥以爲周成王鼓者，是也。又馬定國字子卿，仕金爲翰林學士。姚氏云僞劉詞臣，亦非。

38. 程大昌《演繁露》曰：“古字不拘偏旁，多借同聲用之。《漢志》疇人，疑籌人也。從算曆言之，比疇列之疇，於義爲徑。”

按，《汲冢周書》：“文王將畋，史編卜之曰：將大獲，非熊非羆。天遣大師以佐昌。臣太祖史疇爲禹卜畋，得臯陶，其兆類此。”則是史疇之後世掌天官，故以精於算曆者爲疇人子弟也。程以籌、疇同聲借用之，非也。《漢書》如淳注“世世相承爲疇”，亦非。

39.《通鑑》：“魏王珪北巡，至濡源。”史炤《釋文》：“濡水出涿郡。”胡身之謂濡水有二。《水經》云：“濡水從塞外來，東南過遼西令支縣北，又東南過海陽縣。”① 此又一濡水也。魏王珪北巡濡源，正此地。

按，薛收《元經傳》曰：“猗盧者，匈奴種也。其先分國爲三部，一曰昭帝神元，統一部，居上谷之北濡源。二曰桓帝，居代北叄合陂。三曰穆帝猗盧，居定襄盛樂城。其後猗盧強盛，總攝三部。蓋後魏拓跋之先。”然則珪所巡正上谷涿郡濡源耳。身之以爲誤，非也。

40.《史記·魯世家》：“人或譖周公，周公奔楚。”邵寶曰：“周公避流言，嘗居東矣。魯，公封也。不之魯，而之楚乎？楚，夷狄之國，公且膺之，而忍一朝居耶？”

按，《國策》季歷葬於楚山之尾。周《季婦鼎銘》：“王在成周，王徙於楚麓。”《括地志》：“終南山，一名楚山，在雍州萬年縣南五十里。”周公奔楚，當即謂楚山之尾，而依於祖墓。况是時鬻熊以文王師而封楚，周公何遽膺之？且懲荆舒者，魯僖，豈周公耶？

41.《大荒東經》：“有神人面獸身，名奢比尸。惟帝俊下友。”郭曰：“未聞。”

按，《山海經》“帝俊生帝鴻”，注以帝俊爲黄帝。《冠編》黄帝友奢比，友地典，即經所謂帝俊下友也。至人面獸身，猶後世所謂李廣猿臂，專諸熊背之類，無足怪也。

① “南”，原脱，今據《水經注·濡水》補。

42. 字書："儜，音能，困弱也。"引韓昌黎詩："始知樂名教，何用苦拘儜。"

按，《宋書》王微報何偃書：①"吾本儜人，加疹意惛。"《北史·崔浩傳》："儜兒情見，正望固河自守，免死爲幸，無北渡意也。"《南史》宋明帝王后兄景文曰："后在家爲儜弱婦人，不知今段遂能剛正如此。"則"儜"字以儜弱爲正解，韓詩拘儜借用耳。

43. 陳白沙詩："秦傾武穆因張浚。"楊用修曰："張俊附秦檜而傾岳忠武者。張浚，廣漢人，嘗稱飛忠孝人也。浚爲都督，俊爲樞密。浚與俊豈可混爲一人？今士大夫例以傾岳爲浚之短，受誣千載。白沙自《語録》《擊壤集》外，胸中全無古今，無怪其然。"

按，《宋史》"建炎元年，張浚劾李綱，以私意殺侍從，不可居相位。且論其買馬招軍，擅易詔令十數事。黄潜善、汪伯彦等復力排綱。遂罷綱，提舉洞霄宫"。此廣漢之張浚也。三年，苗傅、劉正彦作亂，張浚、吕頤浩會師勤王，張俊亦引所部八千人至平江。浚諭俊以將起兵問罪。俊泣拜。夏四月，以張浚知樞密院事。紹興四年三月，罷張浚爲資政殿大學士。十一月，復以張浚知樞密院事，視師鎮江。此樞密即廣漢之張浚，非張俊也。五年春正月，張浚還自鎮江，以張俊爲江東宣撫使，帥師次於建康。二月，以趙鼎、張浚爲尚書左、右僕射，兼知樞密院事。此亦廣漢之張浚，非張俊也。三月，張浚視師於潭州，岳飛受命討楊么。席益疑飛玩寇，浚曰："岳飛，忠孝人也，兵有深機，胡可易言。"冬十月，浚還。六年二月，張浚會諸將於鎮江，命張俊進屯盱眙。六月，岳飛進屯襄陽，浚命飛以窺中原，且謂飛曰："此君素志也。"冬十月，劉麟、劉猊分道寇淮西，浚以書戒張俊、楊沂中曰："賊豫之兵，以逆犯

① "書",原作"史",今據《宋書·王微傳》改。

順，若不剿除，何以立國?”及猊敗，麟亦去。十二月，浚還。七年春正月，張浚改兼樞密使，以秦檜爲樞密使。二月，以岳飛爲湖北京西宣撫使，進拜太尉。飛少事浚，爲裨將，一旦拔起，爵位與齊。浚深忌之。夏四月，詔飛詣都督議事，浚謂飛曰:“王德，淮西軍所服，浚欲以爲都統，命吕祉以督府參謀領之，如何?”飛曰:“德與酈瓊素不相下，一旦握之在上，則必爭。吕尚書不習軍旅，恐不足服衆。”浚曰:“張俊、楊沂中何如?”飛曰:“張宣撫，飛之舊帥也，然其人暴而寡謀。沂中視德等耳，豈能御此軍哉?”浚怫然曰:“浚固知非太尉不可也。”飛自知忤浚，即日乞解兵柄，終母喪服，步歸廬山。浚怒，奏:“飛積慮在於併兵，奏牘求去，意在要君。”此以樞密兼都督亦廣漢之張浚，非張俊也。八月，浚罷都督府。十月，安置永州。十一年四月，以韓世忠、張俊爲樞密使。此樞密乃宣撫張俊也。俊與飛同如楚州，以韓世忠屢抗論和議，忤秦檜，欲與飛分背嵬軍，飛議不肯。會世忠軍吏景著言:①“二樞密若分世忠軍，恐致生事。”檜捕著下大理寺,② 將以扇摇誣世忠。飛馳書告以檜意，世忠見帝自明。俊於是大憾飛。十月，下飛於大理寺獄，俊親行鞫鍊。時歲已暮，而飛獄不成。一日，檜手書小紙付獄，即報飛死矣。浚與俊先後並樞密使，不得以浚爲都督，俊爲樞密，爲别白也。

又按，飛既死，獄卒隗順負其屍，逾城至北山以葬。後朝廷購求葬處，隗之子以告。及啓棺，如生，乃以禮服斂焉。隗順，史失載，見《陳眉公集》。丘瓊山曰:“案元揭奚斯曰:宋南渡不能復振者，本於張浚抑李綱，殺曲端，引秦檜，殺岳飛父子，而終於賈似道之專，劉整之叛。”白沙詩“秦傾武穆由張浚”,③ 未爲無所本也。

44. 范傳正《李翰林墓碑》云:“與賀監、汝陽王、崔宗

---

① “吏”,原作“史”,今據《宋史・岳飛傳》改。

② “寺”,原脱,今據《宋史・岳飛傳》補。

③ “由”,《陳白沙集》卷八作“憑”,《升菴集》卷五十作“因”。

之、裴周南等八人，爲酒中八仙。”

按，杜《飲中八仙歌》，無所謂裴周南者。惟《舊唐書·李白傳》：“少與魯中諸生孔巢父、韓準、張叔明、裴政、陶沔隱於徂徠山，號竹溪六逸。”裴周南，當即是裴政也。

45.《水經·漯水注》云：“役水又北，埿溝水出焉。”《字書》：“埿，音泥，通用泥。”

按，《北齊書·万俟洛傳》“靈州刺史曹埿”，《周書》作“曹泥”。是埿與泥一也。又《魏書》慕容寶，廣甯太守劉亢埿，吐谷渾吐延大將紇拔埿，字皆作埿。今人罕用之矣。

46.《雙溪雜記》曰：“正統己巳之變，于謙以社稷爲重，光輔中興，厥功非細。豈虞殺身之禍哉？程墩篁謂于公之受誣，爲主於柄臣之心，和於言官之口，成於法吏之手。斯固公論也夫。”

按，《明史》景泰八年，帝病亟，京師競傳王文、于謙遣人齎金牌勅符，取襄王世子，立爲東宫。上皇復位，逮謙等下詔獄。據《于肅愍行實》曰：“石亨輩嗾言官劾謙等下獄，所司勘得金牌符勅見存禁中，别無顯迹。石亨等揚言雖無顯迹，其意則有。法司承亨等風旨，乃以‘意欲’二字附會成獄。昔秦檜陷岳飛曰：飛子雲與張憲書雖不明，其事體莫須有。‘莫須有’三字，‘意欲’二字，奸險之害正，何千古如一轍也？然則京師之競傳取襄王世子者，安知非亨等陰有以教之耶？”

卷二十

翰林院檢討徐文靖　撰

史類三

1.《青箱雜記》曰:[①]“前代有翰林學士，本朝咸平中始置翰林侍讀學士，以楊徽之爲之。又置翰林侍講學士，以邢昺爲之。此讀講學士之始。”亦見《石林燕語》。

按，《唐・百官志》:“開元十三年，改麗正殿書院爲集賢殿書院，選耆儒日一人，以質史籍疑義。集賢院侍講學士、侍讀學士。”則是其名不始於宋矣。又張説有《恩勑賜食於麗正殿書院》詩:“東壁圖書府，西垣翰墨林。”今本作西園，注引魏文帝詩“逍遥步西園”，非也。時明皇於乾元殿寫書四部，置麗正殿書院於集仙殿，召張説等宴集仙殿，謂説曰:“今與卿等賢才同宴於此，宜改名集賢。”《唐六典》:“集賢殿在洛陽宫之右。”其爲西垣字，無疑。

2.《尚書大傳》:“别風淮雨。”鄭注闕。

按，《隋書・虞綽傳》:“大業八年，歲在壬申，夏四月丙子,[②] 綽受

① “箱”,原作“緗”,今據宋代吴處厚《青箱雜記》改。

② “丙”,原作“景”,今據《隋書・虞綽傳》改。

詔爲《大鳥銘》。其辭曰：‘聖德遐宣，息別風與淮雨；① 休符潛感，表重潤於夷波。’”“別風淮雨”，蓋即“烈風淫雨”之訛也。

3.《國策》：“我起乎少曲，一日而斷太行。”注曰：“少曲在太行西南。”

按，《山海經》：“王屋之山，又東北三百里曰教山。又南三百里曰景山，北望少澤。”襄公二十三年《左傳》“封少水”，杜不注。《水經注》曰：“沁水又逕沁縣故城北，春秋之少水也。京相璠曰：晉地少水，今沁水也。”是少曲在沁水之曲也。《史記·范雎傳》：“雎相秦二年，東伐韓少曲、高平，拔之。”正義曰：②“少曲當與高平相近。”與《國策注》殊爲蒙混，故詳之。

4. 董仲舒著《春秋繁露》。歐陽修曰：“本其書纔四十篇，又總名《春秋繁露》，失其真也。”晁公武曰：“通名《繁露》，皆未詳。”

按，《西京雜記》：“董仲舒夢蛟龍入懷，乃作《春秋繁露》詞。”是漢時已總名《繁露》矣。《周禮·大司樂疏》賈公彦曰：“前漢董仲舒作《春秋繁露》。繁多露潤，爲《春秋》作，義潤益處多。”③ 意或然也。晉孔晁注《周書·王會解》曰：“繁露，冕之所垂也。”古今注曰：“綴而下垂，如露之繁多，故曰繁露。”《中興書目》曰：“仲舒立名，或取諸此。”

5.《商甚父尊銘》：“甚戊，丙子甚作父戊寶冃子。”薛氏曰：“後一字似雨而非，未詳。”

---

① “息”,原作“悉”,今據《隋書·虞綽傳》改。
② “正義”,原作“索隱”,今據《史記正義》改。
③ “多”上,原衍“居”字,今據《周禮注疏》删。

按，前丙子作𠔀𠔀，後亦即𠔀𠔀也。《乙酉父丁彝》有兩“亖⊙”，即兩四日。則此爲兩丙子，無疑也。

6.《成公鼎銘》：“成曰：丕顯走皇祖穆公。”《宣和博古圖録》曰：“考秦世次，先武公，次成公，而穆公又其次。今銘復先穆公，[①] 次言成公，後言武公，質諸經傳，莫不有意義。《雝詩》曰：‘既右烈考，亦右文母。’蓋自烈考以上，逮於文母也。而此鼎之文，世次亦有所法。”

按，《史記·鄭世家》：武公克虢鄶之地，而居於鄭，數傳至穆公。其子靈公。靈卒，庶弟襄公立。襄卒，子悼公立。悼卒，弟成公立。是穆公爲成公之祖，故云皇祖穆公也。若以爲秦鼎，則成公在穆公之前。銘有云“成曰”，則是成公之言矣。豈得曰皇祖穆公乎哉？銘又云“政于郱邦”，《説文》“鄭地有郱邑”。銘又云“至于□京”，賈逵曰：“京，鄭都邑。”杜預曰：“滎陽京縣。”京、郱皆鄭地，不得爲秦鼎可知。其言武公者，蓋以其爲新鄭之所始，故特言之。

7. 劉原父得商洛鼎，銘曰：“惟十有亖月旁死魄。”曾南豊以爲複篆，此亖特二字耳。

按，《商父乙鼎銘》曰：“北田亖品，十二月作册友史。”有亖而又有二，則亖非二字可知，亖當是四字耳。《公緘鼎銘》曰“惟十有四月既死魄”，與此文義正同。亖即爲四字無疑。又按《乙酉父丁彝》有兩亖⊙，即四日也。又《乙酉戊命彝》曰：“十九月，惟王祀世昌。”《兄癸卣》曰：“十九月，惟王九祀，世昌。”《圓寶鼎》曰：“惟十有三月用吉金。”《南宫中鼎》曰：“惟十有三月庚寅。”如此例者甚多。董逌曰：“彼自其君即位後以月爲數。”此説是也。

---

① “今”，原作“之”，今據《重修宣和博古圖録》卷二改。

8.《通鑑》:“唐宣宗十二年，王式至交阯，樹芀木爲柵，可支數十年。”胡身之曰：“芀，葦花，其字从草，不可以爲柵。或因傳寫之誤，芀當作㔓。”

按,《竹譜》:“棘竹，一名芀竹，芒刺森然，大者圍二尺。可禦盗賊。”時式至交阯樹芀木爲柵，自是芀竹，故可以支數十年。芀从力。身之誤以爲从刀，謂芀爲傳寫之誤，非矣。《爾雅》“猋，藨，芀”，又“葦醜，芀”，邢昺曰：“皆萑茅之屬，華秀名也。”吴徐盛植木衣葦，設爲疑城。葦芀亦未始不可爲柵，但不能支數十年。故知爲芀竹也。

9.《通鑑》:“徐勉曰：王君名高望促，難可共褩衣裾。”史炤《釋文》曰：“褩，帛也。”胡身之曰：“余謂此以帛爲釋，其義殊爲不通。按字書‘弊’字，亦有從敝從衣者，以弊爲説，其義乃通。”

按,《史記·孟荀列傳》①“適趙，平原君側行襒席”，索隐曰：“按《字林》:‘襒，音疋結反。’韋昭音敷蔑反。《三蒼訓詁》云：‘襒，拂也，謂側行，而衣襒席爲敬。”此所云褩衣裾，即襒也。言王君名高望促，其所至之處，人皆致敬，設席，襒拂以衣裾，難可共致此禮耳。身之乃解作弊字，云“字書亦有從敝從衣”，殊屬杜撰。

10. 張鈍夫云：“舊留京國子監聖殿紅門，每扇最上雕空窗櫺九條，下匀列圓點三層，每層其數九。遠望若攢星。櫺星門，義或取此。”

按,《晋·天文志》:“東方角二星爲天闕，其外天門也，其内天庭也。”《後漢·祭祀志》:“高帝令天下立靈星祠，舊説星謂天田星也。一

① “荀”,原作“鄒”,今據《史記·孟子荀卿列傳》改。

曰龍星，左角爲天田。”是靈星乃天庭之門户。櫺與靈音同，因以名之。馬端臨《郊祀考》曰：“前祀一日，皇帝於太廟朝享畢。既還，大次禮部郎中奏解嚴。訖，請皇帝入齋宫。有司進輿於齋殿，乘黄令進玉輅於太廟櫺星門外。”蓋尊太廟如天庭，故名其門爲櫺星，而聖殿紅門亦名櫺星，所以尊聖也。義蓋如此。

11. 歐陽永叔啓：“陸機閲史，尚靡識於撑犁。”《緗素雜記》曰：“事竟不知在何書。”

按，玄晏《春秋》：“予讀《匈奴傳》，不識撑犁事。案旁有胡奴執燭，顧而問之。奴曰：撑犁，天子也。”《史記索隱》《藝文類聚》皆引之。據《前漢書·匈奴傳》：“單于姓攣鞮氏，其國稱之曰撑犁孤塗單于。匈奴謂天爲撑犁，謂子爲孤塗。”班史所言甚明。士安讀之，何爲不識？其言不識者，亦以見胡奴能解胡語云耳。向使陸士衡讀之，又豈至有不識者？袁坤儀《備考》：“撑犁孤塗，雖陸機猶未之知。”又承永叔之誤而不之考也。

12. 范石湖《與姑蘇同年會詩序》：“當此時通榜之士，意氣相與，否則有青雲紫陌之譏。”白眉注云：“青雲在天，紫陌在地，意氣不合，若天地之懸隔。”

按，《唐摭言》：“紫陌尋春，便隔同年之面；青雲得路，可知異日之心。”石湖《序》本用此，而注者強爲之説。

13. 《叢書序》曰：“古有王子喬，王子晋，王氏多仙。”

按，《列仙傳》：“王子喬，周靈王太子晋也。”《周書·太子晋解》：“師曠曰：‘吾聞王子之語。’王子應之曰：‘吾聞太師將來。’”以其爲太子，故又稱王子也。《楚辭》“見王子而宿之兮”，齊袁彖詩“王子洛浦來”，謝靈運《王子晋贊》“王子愛清净”，梁陸罩《咏笙詩》“所美周王子，弄羽一參差”，李長吉詩“王子吹笙鵝管長”，皆单稱王子也。晋何劭詩“羡昔王子喬”，魏阮籍詩“焉見王子喬，乘雲翔鄧林”，李白詩“我愛王子晋，得道伊洛濱”，又詩“幸遇王子晋，結交青雲端”。王子晋即王子喬，非兩人也，亦皆稱爲王子也。嵇康《笙賦》“子喬輕舉”，郭璞詩“今乃見子喬”，江淹贊“子喬輕舉”，庾信詩“浮丘迎子晋”，孔稚圭褚伯玉碑“子晋笙歌，王喬雲舉”，吴筠詩“復望子喬壇”，則已失稱王子之意矣。陸機《前緩聲歌》“王韓起太華”，注以爲王子晋及韓終，謬矣。《漢書·王莽傳》“予皇祖叔父子僑欲來迎我”，附會之詞耳。王子晋豈王姓哉？李白詩：“一隨王喬去，長年玉天賓。”又詩：“天落白玉棺，王喬隨葉縣。”此《後漢書·方術傳》王喬鳧舄，蓋王姓也。雖《楚辭》有云“從王喬而娱戲”，偶去一“子”字，此亦如揚子雲稱揚雲、谷子雲稱谷雲、田子方稱田方，不可即以王子喬爲王氏矣。

14.《後漢·列女傳》：“蔡邕女琰没胡中。曹操痛邕無嗣，乃遣使者以金璧贖之，重嫁董祀。”

按，《後漢書》邕本傳：“邕亡命江海，遠迹吴會，往來依泰山羊氏，積十二年。”《晋書·后妃傳》：“景獻羊皇后，泰山南城人。父衜，上黨太守。母陳留蔡氏，漢中郎將邕女也。”又《羊祜傳》：“祜，邕外孫，景獻皇后同産弟。祜討吴有功，将進爵，乞以賜舅子蔡襲。詔封襲關内侯。”是邕未嘗無嗣也。意邕被收，有匿其嗣者，當時不知，遂以爲無。又當有二女，一没胡中，一適羊氏。

15.《筆叢》曰：“漢三王褒：一字子淵，武帝時人，上《得賢臣頌》者；一字子澄，得道；《郊祀志》又有王褒姓名，非武、元二帝時以文學道術顯者。”

按，《前漢書・王褒傳》："褒字子淵，① 蜀人也。宣帝時益州刺史王襄奏褒有軼材，上廼徵褒。既至，詔褒爲《聖主得賢臣頌》。"元瑞以褒爲武帝時人，謬矣。《郊祀志》："或言益州有金馬碧雞之神，可醮祭而致。於是遣諫議大夫王褒，使持節而求之。"此即上《得賢臣頌》者。本傳亦載其事曰："宣帝使褒往祀焉。"乃謂非武、元二帝以文學道術顯者，皆謬。

又按，《元帝紀》"初元元年臨遣光禄大夫褒等十二人循行天下"，不著姓。洪容齋《四筆》云："元帝時有武昌太守朱買臣、尚書左僕射王褒。"蓋謂梁元帝也。《梁書・王規傳》："子褒字子漢，七歲能屬文，外祖司空袁昂愛之。大寶二年，世祖命徵褒赴江陵。元帝承聖二年，遷尚書右僕射。其年，遷左僕射。三年，江陵陷入于周。"《唐書・宰相世系表》："王褒字子淵，後周光禄大夫。後避唐諱，改子深。"據此則《規傳》云字子漢，當亦後人所改。而所謂元帝時有左僕射王褒者，是乃梁元，非漢元也。

16.《筆叢》曰："《鍾吕傳道記》，唐施肩吾撰。考肩吾晚唐詩人，素不聞其有道術。"

按，《唐藝文志》"施肩吾《辨疑論》一卷"，注云："睦州人，元和進士，隐洪州西山。"馬貴與《經籍考》："施肩吾有《西山集》五卷。"晁氏曰："施肩吾，吴興人，憲宗元和十五年進士。以豫章西山乃十二真仙羽化之所，心慕之，因卜隐焉。且以名其所著，自爲之序。"黄伯思《跋施真人集》云："肩吾隐豫章西山，莫知其終。江右人至今傳以爲仙。"乃謂素不聞其有道術，何耶？

17. 胡康侯嘗聞游酢論秦檜人材，可方荀文若。乃力言檜

① "子"，原作"于"，今據《漢書・王褒傳》改。

賢於張浚諸人。乃吕頤浩憾檜欲去之，問計於席益，益曰："今黨魁胡安國在瑣闥，宜先去之。"會頤浩薦朱勝非代己都督，安國言用人得失，繫國安危，深恐勝非上誤大計。

按，唐杜牧曰："荀彧勸操取兖州，則比之高、光。官渡不令還許，則比之楚、漢。曹氏之篡漢，荀豈能以無罪耶？"秦檜以和議禍宋，致二帝不能生還，普天同怨。胡氏以《春秋》進講，何不以尊周攘楚之義，不討賊則書弑之義，爲所薦者勸諭之？乃以檜比荀文若，力言其賢於張浚諸人。則奬成於和議者，安國亦不能辭其責矣。元世祖時，揚州路學正李淦上言："人知桑哥用群小之罪，而不知尚書右丞葉李妄舉桑哥之罪。"以此例之，則安國非妄舉而何也？

18．王弇州《題三茅真君傳後》云："定録仲君以元朔元年舉賢良，拜五官中郎正。"按，西漢官無所爲五官中郎。其以尚書拜郎中者，主父偃三人耳。不聞拜中郎也。

按，《前漢書·百官表》中郎有五官左右三将，秩皆比二千石。《公卿表》"建平二年，五官中郎将潁川公孫禄爲執金吾"，《外戚恩澤侯表》"寧鄉侯孔永以侍中五官中郎将與平晏同功，侯"，乃謂西漢無五官中郎，何也？《史記·李将軍傳》"孝文帝十四年，廣以良家子從軍，擊胡，爲漢中郎"，《建元以來侯年表》"治侯以故中郎將將兵捕得車師王功，侯"，《馮唐傳》"爲中郎署長"，《袁盎傳》"任盎爲中郎"，《酷吏傳》"拜義姁弟縱爲中郎"，《相如傳》"乃拜相如爲中郎将"，《汲黯傳》"臣願爲中郎，出入禁闥"，《東方朔傳》"朔爲中郎，賜帛百匹，拜給事中"，乃謂不聞拜中郎，何也？至道家悠謬之説，當存而不論，原不必與之較真僞耳。

19．弇州云："《真君傳》保命季君以宣帝地節元年自洛陽令轉西城校尉。然是時無西城校尉官也。"

按，《前漢書·百官表》"城門校尉掌京師城門"，《翟方進傳》有"城門校尉趙恢"，《王莽傳》"陳崇奏安漢公祠祖禰出城門，城門校尉宜将騎士從"，安在宣帝時無西城校尉官？又傳稱："保命季君游梁國，爲孝王賓。"按《梁孝王傳》"茅蘭説王使乘布車"，服虔曰："茅蘭，孝王大夫。"道家遂因此而附會之，谷永之所謂係風捕影者也。

20. 袁小修序《秦鎬頭責齋詩》云："今人字皆兩字，而京獨一字，東漢以下無之矣。"

按，《吴志》"孫休長子字莔，次子字羿，三子字昷，四子字㚇"，皆一字字。《南史》王修字叔，《北史》長孫紹達字師，顔之推字介，弟之儀字升，《後魏書》李延實字禧，《北齊書》田敬宣字鵬，《唐書》房玄齡字喬，顔師古字籒，崔倫字叙，崔衍字著，楊元琰字温，楊仲昌字蔓，亦一字字，皆見於正史。又有以三字字者，《北齊書》斛律金字阿六敦，《南齊書》魏什翼揵字鬱律旃，《隋書》宇文晶字婆羅門，《周書》孝閔帝字陀羅尼，武帝字禰羅突，賀拔岳字阿斗泥，王雄字胡布頭，叱伏列龜字摩頭陁，韓果字阿六拔，前燕慕容廆字奕洛瓌，《後魏書》乞伏慕末字安石跋，朱蒙子字始閭諧，石勒父周曷朱字乞翼加，是也。又有以名爲字者，《南史》劉孝綽字孝綽，《周書》王思政字思政，崔彦穆字彦穆，辛慶之字慶之，《唐書》郭子儀字子儀，郭曖字曖，張巡字巡，李嗣業字嗣業，魏少游字少游，張嘉貞字嘉貞，張忠孝字忠孝，戴休顔字休顔，是也。袁氏謂東漢以下無一字字，殊爲失考。因并及三字字、以名爲字者。

21.《容齋隨筆》曰："《新唐書·藝文志》：劉昭補注《後漢書》五十八卷。不知昭爲何代人。"

按，《梁書·劉昭傳》："昭字宣卿，平原高唐人。《集注後漢書》一百八十卷。"又《後漢書·郡國志》注曰："臣昭證發之。"《郡國志》乃司馬彪所撰，昭特補注之耳。《晋書》彪本傳"通綜上下，旁貫庶事，爲紀、志、傳,① 凡八十篇，號曰《續漢書》”，是也。《容齋》博矣，而云不知昭爲何代人，何也?

22.《漢書·高帝紀》:“祠黄帝，祭蚩尤於沛廷。”應劭曰:“蚩尤亦古天子，好五兵，故祠祭之。”

按,《管子·五行篇》:②“黄帝得六相而天地治，神明至。蚩尤明乎天道，故使之爲當時；太常察乎地利，故使之爲廩者。”其時“葛盧山發而出水,③ 金從之,④ 蚩尤受之以作劍戟。”⑤ 蚩尤蓋六相之一。《韓非子》引師曠曰:“昔黄帝合鬼神於泰山，畢方並轄，蚩尤居前。”張衡《西京賦》:“蚩尤秉鉞，奮鬛被般，禁禦不若，以知神奸。”皆即此蚩尤也，故漢高祠之。《公羊傳》所謂“祠兵”是也。應以爲亦古天子，不知其何出矣?《魚龍河圖》曰:“黄帝時，有蚩尤兄弟八十一人，並獸身人語，造立兵杖。”《五帝外紀》曰:“神農氏世衰，帝罔榆居於空桑，其臣蚩尤作亂。”《歸藏啓筮》曰:“蚩尤出自羊水，登九淖以伐空桑，黄帝殺之於青丘。”《史記》:“黄帝擒蚩尤於涿鹿之野。”《山海經》:“蚩尤作兵，伐黄帝。帝乃令應龍攻之冀州之野。”蓋蚩尤兄弟八十一人，故殺之非一處也。《三朝記》曰:“蚩尤庶人之強者。”此又一蚩尤也。

23. 劉呆齋《策略》云:“姚思廉之撰《梁》《陳》二書，顔相時之撰《漢書決疑》，虞世南之默寫《列女傳》，其才皆長於史。”

---

① “志、傳”,原作“傳、志”,今據《晋書·司馬彪傳》乙正。
② “五行”,原作“地員”,今據《管子·五行》改。
③ “葛”,原作“割”,今據《管子·地數》改。
④ “之”下,原衍“出”字,今據《管子·地數》删。
⑤ 此句《管子·地數》作“蚩尤受而制之以爲劍鎧矛戟”。

按，《唐書·顔師古傳》："師古弟相時，亦以學聞爲天策府參軍事。貞觀中累遷諫議大夫，① 有爭臣風。""師古叔游秦，武德初累遷廉州刺史，禮讓大行。高祖下璽書奨勞。終鄆州刺史。撰《漢書决疑》，師古多資取其義。"又《唐·藝文志》："顔游秦《漢書决疑》十二卷。"是撰《漢書决疑》者游秦，劉公誤以爲相時。

24.《路史·國名記》："夏后氏有姑於國，見《王會解》。在漢時，一云姑孰。於、孰音轉也。又有越國，一曰於越。"羅苹注曰："《王會解》有於越國。"

按，《王會解》有"姑於越納"之文，若以姑於爲一國，則於屬上。若以於越爲一國，則於屬下。羅氏兩引《王會解》，其旨失矣。《太平府志》云："王敦至姑孰，陷石頭。姑孰名始見此。"據《漢書·王子侯表》："姑孰頃侯胥行，江都易王子。"班固以爲在丹陽，則西漢時已名姑孰矣。

25.《本草》："李時珍曰：枸櫞産閩廣間，木似朱欒而葉尖長，枝間有刺，植之近水乃生。其實狀如人手有指，俗呼爲佛手柑。"

按，《嶺表録》："枸櫞形如瓜，皮似橙而金色。"《釋名》："枸櫞即香櫞。"陳藏器曰："枸櫞生嶺南，柑橘之屬也。俗謂之香圓，似橘而大，若柚而香。"與佛手柑全不類。晋劉滔母孫瓊《與定夫人書》："此中果有胡桃、飛穰。"《藝海洞酌》云："飛穰，一名佛手柑，形長而有指者，佛手也。形圓而如瓜者，香櫞也。"時珍乃混而一之，非是。又案定夫人，晋虞潭母孫氏也，拜武昌侯太夫人，卒謚定。

① "貞",原作"真",今據《新唐書·顔師古傳》改。

26. 吴淑《劍賦注》引《刀劍録》："夏禹字高密，以庚戌八年鑄一銅劍。"

按，《刀劍録》："夏禹子帝啓在位十年，以庚戌八年鑄一銅劍。"據《竹書紀年》"帝禹夏后氏元年壬子，八年己未"，庚戌乃元年之前二年，在攝位之十七年，非八年也。禹陟，三年喪畢，天下歸啓。帝啓元年癸亥，凡在位十六年，並無庚戌歲。是"子帝啓"即"字高密"之訛也。

27.《刀劍録》："前趙劉淵以元熙二年造一刀，長三尺九寸，文曰滅賊。"

按，晋懷帝永嘉二年十月，劉淵僭號曰大漢。傳和、聰、粲，皆仍漢號。後淵族子曜即位赤壁，改元光初，國號仍漢。至二年，其下奏言："淵始封盧奴伯，曜又中山王，請改國號爲趙。"曜從之。以淵爲前趙，非。

28.《刀劍録》："西涼李暠以永建元年造珠碧刀一口，銘曰百勝。"

按，李暠號建初，若永建，則李恂也，暠第六子。恂嗣兄立，在位一年。

29. 揚雄《解嘲》："范雎，魏之亡命也，翕肩蹈背，扶服入橐。"《纂注》："扶服，謂扶持而入於橐中也。"

按，漢張竦爲劉嘉奏曰："賴蒙陛下聖德，扶服振救。"又《論衡·刺孟篇》曰："井上有李，螬食實者過半，扶服往將食之。"是扶服入橐爲匍匐入橐也。

30.《筆叢》曰："《晋書》謝艾曰：六博得梟者勝。考六代諸人擲五木但呼盧，而梟之勝敵，獨見《艾傳》，未足徵也。”

按,《國策》曰:①“王獨不見夫博者之用梟乎?”又曰:“一梟之不勝,不如五散。”《楚辭》“成梟而牟”,王逸注:“倍勝爲牟。”《易林》:“三梟四散,主人勝客。”《前漢書》“北貉燕人來,致梟騎助漢”,張晏注:“梟,勇也。若六博之梟。”《考工記·輪人注》“博立梟棋”,賈公彦曰:“謂博戲時立一子於中央,謂之梟棋。”《後漢·張衡傳》“咸以得人爲梟”,注曰:“梟,勝也,猶六博得梟則勝。”此豈獨見《艾傳》耶?又《晉書·張重華傳》:“拜艾爲中堅將軍,擊趙麻秋。引兵出振武,②有二梟鳴於牙中。艾曰:六博得梟者勝。”此附見《重華傳》中,非《艾傳》也。

31.《顔氏家訓》:“柏人城北有山,俗呼宣務山,或呼虚無山,莫知所出。余嘗爲趙州佐,③讀柏人城西門内碑,銘云:上有巏務山,④王喬所仙。方知俗呼宣務,即巏務山也。”

按,《瑣言》:“唐韓定辭爲鎮州王鎔書記,聘燕帥劉仁恭,舍于賓館,命幕客馬彧延接。馬有詩贈韓云:邃林芳草緜緜思,盡日相携陟麗譙。别後巏嵍山上望,羡君時復見王喬。”《神仙傳》:“王喬爲柏人令,於東北巏嵍山得道。”彧詩所用正此也。巏嵍,“嵍”字作平聲。《玉篇》音藋旄,是也。《後漢書》務光,一作牟光,則務有牟音矣。

32.《顔氏家訓》曰:“若能偕化黔首,悉入道場,如妙樂之世,穰佉之國,則有自然稻米,無盡寶藏。安求田蠶之利乎?”

① “策”,原作“語”,今據《戰國策·魏策》改。
② “兵”,《晉書·張重華傳》作“師”。
③ “嘗”,原脱,今據《顔氏家訓·書證篇》補。
④ 此句《顔氏家訓》作“山有巏嵍”。

按，《南史·郭祖深傳》：梁武時，上封事曰："都下佛寺五百餘所，窮極宏麗。僧尼十餘萬，資産豐沃。所在郡縣，不可勝言。道人又有白徒，尼則皆畜養女，皆不貫人籍，天下户口幾亡其半。"向使偕化黔首，悉入道場，衣誰爲織？田誰爲耕？果有自然米稻，無盡寶藏乎？《山海經》曰："巫載民，朌姓，食穀。不績不經服也，不稼不穡食也。"郭璞曰："言自然有布帛也。五穀自生也。"不知其即爲極樂之世、穰佉之國否也？《玄中記》曰："大月氏及西胡有牛，名日及牛，以今日割取其肉三四斤，明日其肉已復，瘡已愈。"《唐書·中天竺傳》曰："其畜有稍割牛，黑色，角細，長四尺許。① 十日一割，不然困且死。人食其血，或曰壽五百歲。牛壽如之。土溽熱，稻歲四熟。禾之長者没橐駝。"此固其地氣使然，非謂自然米稻也。《抱朴子》曰："南海晋安有九熟之稻。"《唐書·南蠻傳》曰："墮婆登國種稻，月一熟。"此亦其地氣使然，豈果有自然米稻無盡寶藏者乎？釋氏《妙法蓮花經》開卷即説布施，如言或有行施金、銀、珊瑚、真珠、牟尼、琿璖、瑪瑙、金剛、奴婢、車乘、寶飾、輦輿，歡喜布施。又名衣上服價值千萬，或無價衣施佛及僧，千萬億種旃檀寶舍、衆妙卧具施佛及僧云云。如果有自然米稻無盡寶藏，又何切切於布施爲哉？

33.《困學紀聞》曰："策扶老以流憩。扶老，藤名，以爲杖也。見《蔡順傳注》。"《筆叢》曰："此可與迷陽作對。扶老尤僻，非伯厚不能知。"

按，《山海經》"龜山多扶竹"，郭璞曰："卭杖也，名扶老竹。"《詩》"其檉其椐"，毛傳曰："椐，樻。"陸璣《草木疏》曰"節中腫似扶老，即今靈壽是也。"《漢書·孔光傳》"賜太師靈壽杖"，孟康曰："扶老杖也。"《西京雜記》："上林苑扶老木十株。"《竹譜》："笻竹，剡溪俗謂之扶老竹。"《汝南先賢傳》："蔡順至孝，所居井桔槔，歲久欲易。

① "四",原脱,今據《新唐書·天竺傳》補。

一旦忽生扶老藤繞之。”竹、木、藤皆有扶老，淵明所策，安知其必爲藤耶？

34.《山海經》：“南望墠渚，禹父之所化，是多僕壘蒲盧。”郭璞注云：“《爾雅》蒲盧者，螟蛉也。”

按，《夏小正》曰：“玄雉入于淮爲蜃。蜃者，蒲盧也。”則是蜃一名蒲盧，鯀所化當即此也。僕壘，蝸牛也，與蜃爲水族，故化於墠渚之中。若螟蛉飛蟲，何由化於水中乎？

35. 黄山谷曰：“《詩》云‘景行行止’，景，明也。明行則行之。自晋魏間所謂景莊儉等者，從一人差誤，遂相承謬。東漢《劉愷傳》‘景仰前修’，注：‘景，慕也。’則知此謬其來尚矣。”

按，《韓詩外傳》：“南假子謂陳本曰：《詩》不云乎，高山仰止，景行行止。吾豈自比君子哉？志慕之而已矣。”《三王世家》：“武帝制曰：高山仰之，景行嚮之。朕心慕焉。”景訓慕爲是。山谷之説，未足據也。

36.《韻府群玉》云：“趙師雄醉寢古梅花樹下，上有翠羽啾嘈相須，月落參横。”

按，柳子厚《龍城録》本作啾嘈相須。諸字書皆曰：“嘈嘈，忍寒聲。”與前寒風相襲意始爲雅切。

37.《經籍考》：“葛仙翁《胞息術》一卷。”晁氏曰：“仙翁，葛洪也。”

按，《列仙傳》：“葛玄字孝先，吴人，從左慈學道。後得道，號葛仙翁。”以稚圭爲仙翁，誤。

38.《韓非子·外儲説》:“子羔爲獄吏,跀人足。”注:“跀與刖同。”

按,《考工記》“凡陶旊之事,髻墾薜暴不入市”,鄭康成謂“髻讀爲跀”。賈公彦疏曰:“跀謂器不正欹邪者也。”《韓子》言跀,蓋以足既刖,則所行欹邪不正,故謂之跀。非謂跀與刖同也。

39. 董逌跋《太公寶缶銘》曰:“《謚法》無太,自《周書》定法,昔齊有太公。則謂先君太公,望子久矣,故假以自見。”

按,《世本》“太公祖紺、諸盩”,① 皇甫謐曰:“公祖,一名祖紺,② 諸盩字叔類,號曰太公也。”太公之號始此。

40.《通鑑》:“梁元帝承聖元年,侯子鑒以鵃䑠千艘載戰士。”③ 胡身之引《類篇》曰:“鵃䑠,船長貌。”

按,《太平寰宇記》曰:“泉州有泉,即其居止,④ 常在船上。船頭尖尾高,衝波逆浪,都無畏懼,名曰了鳥船。”此蓋言其旋轉輕疾如鳥之飛耳。以鵃䑠爲長貌,何所取義乎?

① “祖”,《史記索隱》作“組”。

② “祖”,《史記索隱》作“組”。

③ “䑠”,原作“鳭”,今據《資治通鑒》改。下“䑠”字同。

④ “即”,原作“郎”,今據《太平寰宇記》改。

卷二十一

翰林院檢討徐文靖　撰

正字通一

1. 廖昆湖《正字通》凡例曰："慮四方沉湎《字彙》日久，故部畫次第如舊，闕者補之，[①] 誤者正之。"

按，舊本闕者，《正字通》仍闕不補；舊本誤者，《正字通》仍多所誤。今於經史中所習見習聞者，約略記之。

《易·坤卦》，《歸藏》作臾，無臾字。

"其牛掣"，[②]《子夏傳》作𢍰，無𢍰字。

"爲駮馬"，陸德明本作駹馬，無駹字。

"爲蠃"，姚信本作蚤。又"吹蠡擊鼓"，亦見《隋書·南蠻傳》。無蚤字。

《書·無逸》"乃逸乃諺"，《石經》作"乃劮乃憲"，無劮字。

《吕刑》"王享國百年耄荒"，陸氏曰："耄，今亦作薹。"無薹字。

《秦誓》"昧昧我思之"，《古文尚書》作"昒昒"，無昒字。

《毛詩序》"《鵲巢》《騶虞》之德"，陸氏曰："騶，本作䮧。"無䮧

① "補"，《正字通凡例》作"增"。

② "掣"，原作"𤘽"，今據《正字通》改。

字。“莫予荓蜂”，傳曰：“荓蜂，摩曳也。”無摩字。

“無我魗兮”，陸氏曰：“魗，亦作㪉。”無㪉字。

“鋪敦淮濆”，《韓詩》作敷，云“大也”，無敷字。

“捄之陾陾”，傳曰：“捄謂擂土也。”陸氏曰：“從手留聲。”無擂字。

《召旻》箋曰：“米之率，糲十、粺九、鑿八、侍御七。”陸氏曰：“率又作䊛，音類。”無䊛字。

“有俶其城”，“俶本作併”，無併字。

《周禮·鼈人》注，鄭司農云：“謂有甲蒲胡龜鼈之屬。”蒲，莫干反。① 無蒲字。

《儀禮·既夕禮》“兩敦兩杅”，鄭注：“今文杅爲桙。”無桙字。

“燕器杖笠”，鄭注：“笠，竹簩蓋也。”無簩字。

襄九年《左傳》“備水器”，注：“盆罋之屬。”罋，户暫反。疏曰：“《周禮·凌人》春始治罋。”今本作鑑，無罋字。

《爾雅》“欆棗含”，無欆字。

“輿鵛鶨”，無鵛字。

“栲山樗”，許慎“栲讀爲穋。”無穋字。

“餼餾稔也”，郭注：“今呼賫飯爲餼。”無賫字。

《魯論》“由也喭”，鄭玄注：“子路之行，失於吸喭。”《史記索隱》“吸音畔。”無吸字。

《周語》“盧由荆嬀”，② 韋昭曰：“荆嬀，盧女爲荆夫人。”無㔀字。

《楚策》“方将修其谿盧”，谿，元作筡。無筡字。

《齊策》“孟嘗君曰：文憒於憂而性懧愚”，無懧字。

《秦策》“秦且燒焫，獲君之國”，無焫字。

《魏策》“魏王所用者樓廪、翟強”，無廪字。此見於經傳者也。

---

① “干”,原作“于”,今據《周禮注疏》改。

② “荆”,原作“㔀”,今據《國語·周語》改。

《史記·曆書》"秭鴂先滜"，無滜字。

《天官》注"辰星一名爨星"，① 無爨字。

《淳于髡傳》"棬"，本作黍，無黍字。

《魯世家》"齣齣如畏"，一作蕿蕿。無蕿字。

《秦紀》注"《穆傳》八駿"，有"驊騮騟驈"。② 無騟字。

《龜策傳》"諸靈數筣"。無筣字。

《前漢書·古今人表》應䃫、厚𡥉、革子戚。無䃫字、𡥉字、戚字。

《游俠傳》"乘不過軥牛"，晋灼曰："軥牛，小牛也。"師古"工豆反"。無軥字。

《五行志》"蝝蝗，蠹之有翼者"。無蠹字。

《王子侯表》"松兹頃侯纏"，師古"干涉反"，③ 無纏字。

廣成侯逵，師古"竹二反"，無逵字。

《功臣侯表》"揟頃侯温疥"，揟音詢，又音旬。無揟字。

《禮樂志》"纖微𤸩瘁之音作"，無𤸩字。

《地理志》"五原郡莫䵎縣"，如淳音忉怛。無䵎字。

《申屠嘉傳》"齺齺廉謹"，師古曰："齺，初角切。"無齺字。

《王莽傳》"好以氅裝衣"，師古曰："氅或作毲，音義同。"無毲字。

《後漢書》"馬防、耿恭從五谿榼蘯谷山索西與羌戰"，無蘯字。

趙壹《窮鳥賦》"嫗嫣名執"，嫣，丘矩反。無嫣字。

《李膺傳》"綱紀穨弛"，無穨字。

《吴志》："孫休爲四男作名字：太子名𩅦，字莔；次子名𩃎，字㒯；次子名𩂮，字昷；次子名𠅋，字𠭥。"雖見名字注，而别無諸字。

《魏志·荀彧傳》"彧子惲，惲次子㜷"，無㜷字。

---

① "爨"，原作"爨"，今據《史記·天官書》正義改。下"爨"同。

② "騟驈"，原作"騸驗"，今據《史記·秦本紀集解》改。

③ 此句《漢書》未見。

《晋書·輿服志》："綮戟韜以黻繡，① 上爲弫字，② 繫大蛙蟆。"無弫字。

《孝武帝紀》："太元十二年，立梁王璲子龢爲梁王。"無璲字。

《宋書·符瑞志》："義陽獲銅鼎，剌史段仫榮獻。"無仫字。

《阮佃夫傳》"塘岸整衮"，無衮字。

《靈運山居賦》"兩智通沼"。無智字。"崫孟分隔"。無崫字。"魚則鰻鯉鮒鱮"，自注："鰻音憂。"無鰻字。"鰻沿瀨以出泉"，"魠音迅"。無魠字。"獵涉蘡薁"。無薁字。"犴獌猰猛"，自注："猛，狸之黄黑者，似狁。"無猛字、狁字。

《北魏書·地形志》"馮翊郡有郍縣"。無郍字。《元帝紀》③"太子右率周莚討沈充"。④ 無莚字。《胡叟傳》"爲高間，設濁酒蔬食"。無蔬字。《宕昌羌傳》"廗水以南，南北八百里，地多山阜"。無廗字。《釋老志》"僧朗與其徒隱於泰山之琨瑞谷"。無瑞字。

《南齊書·州郡志》"永昌郡有建瑍縣"，無瑍字。"汶山郡有漫官縣"，無漫字。"永平郡有嘅安縣"，無嘅字。《東昏侯本紀》"青莽金口帶，麝香塗壁"，無莽字。《文獻王嶷傳》"更定槝格"，無槝字。

張融《海賦》"瀅澤涾沧"，"瀅音蟄"，無瀅字。"往來相幸"，"幸，麄合切"，無幸字。"窣石成窟"，"窣，紆狀切。"無窣字。"湒洓碨磥"，無洓字。"碚硡硥□"，"碚，苦降反"，無碚字。"流柴斷岻"，"岻，五窟切"，無岻字。"汩湙澍洊"，"澍，於渤反"，無澍字。"濩濼潤渾"，無潤字。"汙澷濞況"，無濞字。

《北齊書·劉逖傳》："逖從子顗。顗父濟、濟弟琁，俱奔江南。武定中，顗从琁還北。琁賜爵臨潁子。"無琁字。

---

① "黻繡"，原作"繡黻"，今據《晋書·輿服志》乙正。

② "弫"，《晋書·輿服志》作"亞"。

③ "元帝紀"，原作"司馬叡傳"，今據《晋書·元帝紀》改。

④ "充"，原作"克"，今據《晋書·元帝紀》改。

《徐之才傳》："武成生齻牙。以示之才，① 拜賀曰：此是智牙。"無齻字。《南史》列傳："建平夷王向弘、向瓂等詣臺求拜除。"無瓂字。"永明元年，有司奏淑妃舊擬九䜌。"無䜌字。

《北史·裴矩傳》有帆延國。無帆字。《附庸傳》"乞伏慕末遣烏訥闐迎魏太武。"無闐字。

《隋書·禮儀志》："檳榆爲轜。"無檳字。"諸男夫人以翑雉爲領褾。"② 無翑字。"八品已上毦白筆，八品下及武官皆不毦。"無毦字。《天文志》"贖星墜而渤海決"，無贖字。《地理志》"義成郡有岐岼縣"。無岼字。《律曆志》③ "夾鍾一部二十七律"，十五曰"藆黨"，無藆字。《刑法志》"齊文宣帝時，有司酷法訊囚，則用車軸獨杖、夾指、壓踝"，無獨字。《王充傳》"充本西域人。祖支頹耨徙居新豐"，無耨字。

《周書·高昌傳》"國人乃推立麴嘉爲王"，無麴字。

《唐書·宗室世系表》"同昌郡王李踺"，無踺字。"岳州長史李禙"，無禙字。《宰相世系表》有李萺。無萺字。"兖州節度使鄭泐"，無泐字。《地理志》諸蠻州有巌州，隸黔州都督。無巌字。又戎州開邊縣，注："阿夔部百八十里至諭官川，又經薄哰川。"無哰字。《武則天傳》"后自作曌、㐇、埊、𠁈、𠀑、〇、𥃭、𢘑、𠡦、𡔈、𤯔、𥏢十有二文"，無㐇、𤯔等字。《柳宗元傳》"鬻炎以澘"，無鬻字。《索元禮傳》"作鐵籠罊囚首"，無罊字。《孫思邈傳》"救以鋔劑"，無鋔字。《史敬奉傳》"遳陋不勝衣"，無遳字。《孝友傳》"繁昌朱脩"，無脩字。《五行志》"景隆中，民謠曰：兩足踏地鞵𪋓斷"，無𪋓字。《西域傳》："東安國治喝汗城，亦曰䉛斤。顯慶時以䉛斤爲木鹿州。"無䉛字。《驃國傳》曲名有"《嚨聰網摩》，謂時康宴會嘉也"，無嚨字。樂工衣絳朝霞爲蔽膝，謂之"襬襔"，無襔字。《南蠻傳》"乾符四年，南詔遣陀西叚㻋寶詣邕州，請修好"，

① "以示"，《北齊書·徐之才傳》作"后以問"。

② "領褾"，原作"褾領"，今據《隋書·禮樂志》乙正。

③ "曆"，原作"書"，今據《隋書·律曆志》改。

無珗字。又南詔有遻睒詔，姚州都督有遻備州。無遻字。阿逼蠻十四部落，十一曰羅公，十二曰詵。無詵字。

《五代史》“回紇地宜白麥與青麰麥”，無麰字。

《宋史》宗室有趙不悥。無悥字。《夏國傳》“諒祚在位二十年，䙺都六年，拱化五年”，無䙺字。“熙寧五年閏七月，夏人瞎藥棄城夜遁”，無瞎字。“政和四年冬，環州定遠大首領夏人李訛哆以書遺其國統軍梁哆唛”，無哆字。《交阯傳》“咸平四年，以象猢二來貢”，無猢字。《三佛齊傳》“唐天祐二年，授其使蕃長蒲訶㗖寧遠将軍”，無㗖字。《注輦傳》“天禧四年，遣使琶欄得麻烈呧入貢”，無呧字。《于闐傳》“嘉祐八年，遣使羅撒温獻方物，以其國王爲特進歸忠保順砳鱗黑韓王。于闐謂金翅鳥爲砳鱗”，無砳字。《党項列傳》①“李繼遷寇洪德砦，酋長慶香與乢移慶族合勢擊之”，無乢字、移字。“銀州羌部招踧遇來，訴賦役苛虐”，無踧字。《趙思忠傳》“熙寧七年，封其子邦辟勿丁呃曰徒義，次蓋呃曰瑓義”，無呃字、瑓字。《南丹州傳》“開寶七年，酋帥莫洪曹遣使奉表内附”，無曹字。《西南夷傳》“咸平元年，其王龍漢璶遣使來貢”，無璶字。

《遼史·嘉儀志》“二月一日，國舅族蕭氏設晏延國族耶律氏。六月十八日，耶律延舅族蕭氏，歲以爲常，謂之扎拉巴蒙古語已請之謂。原作押里叵。叵讀若頗”，無叵字。《游幸表》“舔鹹鹿，灑鹹於地以誘鹿”，無舔字。

《金史》始祖下諸子晝本，名額哩呼。無晝字。熙宗下大臭，本名托卜嘉。無臭字。《宦者傳》梁琉。無琉字。《兵志》“蘇謨典乣、咩乣”。無乣字。又“俗謂妻爲薩薩”。《北魏書》有廣宗侯王薩。無薩字。

《元史》“太祖第四子圖類原作㤹雷”，無㤹字。《百官志》“班布爾實原作倴不思置副使一員”，無倴字。《食貨志》“太祖弟巴勒噶岱原作孛羅古鮮大王子”，無鮮字。《高麗傳》“憲宗末，其王㥚改名晧”，無晧字。

---

① “党項”,原作“日本大理”,今據《宋史·党項列傳》改。

《明史》“永樂四年，征安南，俘獲黎季犛父子”，無犛字。“嘉靖七年，破倭賊於陸涇垻”，無垻字。“萬曆十五年，秀水思賢鄉有異鳥，人頭鳥身，頳下有白鬚”，無頳字。又“朝鮮王李昖湎於酒”，無昖字。此見於正史者也。

《山海經》“虢山多汵石。端水出焉”，郭注：“汵或音金。”無汵字。“吴姖天門，日月所入。”又“金門之山，有人名曰黄姖之尸。”無姖字。“翼望之山，有獸焉，其名曰讙，其音如奪百木”，《御覽》作“泵百聲”，無奪字、泵字。

《穆天子傳》“舍于漆澤”，無澤字。“故天有峕”，無峕字。“北游于豨子之澤”，無豨字。“至于長淢，重䣙氏之西疆”，無淢字、䣙字。“琝瑶”，注曰：“玉名。”無琝字。“玲瓏”，注音鈐瓊，無瓏字。“䔡騮”，注：“疑驊騮字。”“赤蘢”，注：“古驥字。”“𤈧溲”，注“今西有渠搜國。𤈧疑渠字。”“祭公飲天子酒，歌《㓻天之詩》。天子命歌《南山有㠑》”，注曰：“《詩·頌》有《昊天有成命》，《小雅》有《南山有臺》。”雖古字難曉，皆無其字。

《竹書紀年》“襄王三十年洛絶于泂”，無泂字。

《齊侯鎛鐘銘》“其配蘷公之妀而鍼公之女”，無妀字、鍼字。

《王子吴鼎銘》“擇其吉金自作飼釿”，無釿字。

《管子》“桓公九合諸侯，南至吴、越、巴、牂牱、𢊁不庾”，無𢊁字。“韗韗乎莫得其門”，無韗字。“洊龍夏”，無洊字。“深𦣞之”，無𦣞字。“擅權渠緄緤”，無緄字。“必從是嚚亡乎”，房玄齡注：“嚚即臭。”無嚚字、臭字。

《荀子》“神禬其辭，禹行而舜趨”，注：“即沖澹。”無神字、禬字。“太古薄葬，故不掐”，無掐字。“造父爲御，禼咼爲右”，無禼字、咼字。

《韓非子》“魯穆公曰：吾龐𥻆氏之子不孝”，無𥻆字。

《鶡冠子·世兵篇》“細故袃蒯即甍葥”，無袃字。《天權篇》“駒蜚垂軾”，無駒字、軾字。

《楚辭·天問》：“昆侖縣圃，其凥安在？”凥與居同，無凥字。

《吕覽》“堯命質爲樂鼓棍，乃拌五之琴，爲十五絃之瑟”，無棍字。“以黄金玦者殆”，無玦字。孫愐引《吕覽》“轉轉啟啟”，無轉字、啟字。

秦惠王《詛楚文》“新郢及郲”，無郲字。“張矜丕怒”，丕音府，無丕字。

《尚書大傳》“讒然作大唐之歌”，無讒字。

《淮南子·修務訓》“嗺䐈哆噅”，高誘注：“嗺音權。”無嗺字。又“野彘有艽莦”，無莦字。《主術訓》“寸生於稞，稞生於日”，無稞字。又“趙武靈王革帶鵕鸏而朝”，① 注：“鵕鸏，讀爲私鈚。”無鸏字。《原道訓》“甚淖而滒”，注：“音歌。”無滒字。《俶真訓》“昧昧晽晽”，音林，無晽字。又“重九𤊾”，注：“音整，② 形也。”無𤊾字。《時則訓》“田鼠化駕”，注：“田鼠，鼢鼶鼠也。”無鼶字。《兵略訓》“深哉睸睸”，無睸字。《泰族訓》“湯之初作囿也，以奉宗廟鮮犞之具”，注：“乾肉爲犞。”無犞字。

《焦氏易林》“噬嗑嘘嚁，昧冥相搏”，無嚁字。“兩心相悦，共其茀蓟”，無蓟字。

《白虎通》“冠帣也，所以帣持髪也”，無帣字。

《春秋考異郵》“璹瑁吸褚”，褚，芥也。無褚字。

揚子《法言》“通諸人之嚍嚍者，莫如言”，注“嚍嚍，猶憤憤也”。無嚍字。

《方言》“㱦㑊，倦也”。無㑊字。“黸瞳之子曰矉”，注：“矉，邈也。”無矉字。“守宫，秦晋西夏或謂之蠦蝘”，無蝘字。“幧頭或謂之䰂帶”，䰂音菜。無䰂字。“䳃鴒，自關而西或謂之鶂鷗”，無鶂字。“牀，齊魯之間謂之笿”，無笿字。

王充《論衡》“鮭肝殺人，䱀鮂螫人”，無䱀字。

黄憲《外史》“向者豻豽之勞”，無豽字。“夫仙者潛于山澤之間，垢衣瘨形”，無瘨字。“尤射命湊，錫我以言”，無湊字。“徐偃王志遂蛈

① “革”，《淮南子·主術訓》作“貝”。

② “音整”，《淮南子·俶真訓》無此二字。

蝍成小兒”，無蛓字。

《説苑》“晋平公爲馳逐之車，田荖三過而不觀”，無荖字。

《拾遺記》“薵乘草可爲布爲席”，無薵字。

《水經》“溶溶夜繡”，無繡字。

酈道元《漾水注》①“虞栩至下辨，燒石檦木，開漕船道”，無檦字。《遼水注》“臨渝縣，渝水南流，東屈與一水會，世名之曰檻倫水”，無檻字。《沂水注》“桑泉水逕蒙陰縣故城北，又東南與叟崮水合”，無叟字。《湘水注》②“湘水又東，得汑口水，出永昌縣北羅山”，無汑字。《漸江注》“始寧縣西有小江，源出岇山，謂之岇浦”，無岇字。“浦陽江逕始寧縣嵊山之成工嶠。嶠北有嵊浦”，無嵊字。

《博物志》“鶴鮭頰骲耳”，無骲字。

周處《風土記》“鷺鮋以名自呼，大如雞，生卵於荷葉上”，無鮋字。

《博雅》“柊楑，椎也”，無柊字。“菽，冬爪也”，無菽字。“羊羊吰吰，螳蜋也”，無吰字。

《齊民要術》“自然穀，禹餘糧也”，無穀字。“糧秏胇漊”，無糧字、胇字。“榆十五年後，中爲車轂及葡萄瓨”，無瓨字。

《地軸占》“營室一名鰔鰞”，無鰞字。

伏羲《與阮籍書》“重牆難極管短幽密”，無牆字。

高文惠《與婦書》“今致金鑽一雙”，無鑽字。

嵇康《與山巨源絶交書》“足下舊知吾潦倒莽疏，不切事情”，湯垕曰：“叔夜書，唐世尚在，懷琳得以倣之。至于堯莽酒盟等古字，亦有所本。”無莽字、盟字。

晋庾翼《與燕慕容皝書》“今致朱漆鏰二十張”，無鏰字。

陸雲《答車茂安書》“悉石首臑鯊鰲”，無鯊字、鰲字。

王羲之帖“鸕鷀糞白，去鼾黯瘢黶，令人色態”，無黯字。

① “漾”,原作“洋”,今據《水經注疏・漾水》改。

② “湘”,原作“資”,今據《水經注疏・湘水》改。

宋吞道元箋“左崎右嵧，強弱相負”，無嵧字。

鮑照《謝賜藥啓》“猥委存邺，瘸同山岳”，無瘸字。

黄庭《内景經》“玉笓金籥長完堅”，無笓字。

《世説》“阮步兵登蘇門山，退還至半嶺，聞上哂然有聲，如數部鼓吹”，無哂字。

《世説新語》“林公道王中郎云：著膩顔帢綸布單衣”，無綸字。

梁僧慧皎《答王曼穎書》“來告吹嘘，更增怏慳”，無慳字。

劉孝儀《代謝賜鵝鴨啓》“口疑犀欆，脚似魚懸”，無欆字。

張衡《西京賦》“集重陽之清瀓”，無瀓字。

成公綏《嘯賦》“訇磕唧嘈”，無唧字。

梁元帝《采蓮賦》“水濺蘭橈，蘆侵羅襦”，無襦字。又《梁安寺刹下銘》“薩埵來游，屢徘徊於紺馬”，梵云薩埵，此云有情。無埵字。

潘岳《滄海賦》“鮥鯈鱺”，無鱺字。

李白《大獵賦》“别有大猬飛駮，窮奇貙貙”，無猬字。

樊宗師《絳守園池記》①“陴緬孤顛”，無緬字。

元結《庴亭銘》，無庴字。

《山堂肆考》“唐王釗守洛州，給王茡布一端”，茡音兹。無茡字。

《格物論》“六月生羊曰羍，七月生羊曰羍”，無羍字。

《説郛》“南方有人名曰颬，所之國大旱”，無颬字。

《本草圖經》“海纑筐，石决明之類也。其形圓如纑筐，故名”，無纑字。

《埤雅》“阜螽，一名蟦蠑”，蟦音勃。無蟦字。

《廣志》“稥麥似大麥，出凉州”，稥音宛。無稥字。

《文獻通考》“《麻衣道者正易心法》一卷。朱侍講云：南康戴主簿師禹撰。乃不唧嵧底禪、不唧嵧底修養法”，無嵧字。

《一統志》“唐阿疴馬，龍州人，撰《孌字題書》”，無疴字。“興化

① “池”,原脱,今據樊宗師《絳守園池記》補。

府鯑山在莆田大海中，與琉球國相望”，無鯑字。“孟艮府，蠻名孟掯”，無掯字。“雲南府交易用貝，俗呼貝作朳”，無朳字。“騰衝指揮使司東南五里有球琗山”，無琗字。

黄省曾《魚經》“綒户以稍長魚苗曰䕷鱅”，無綒字、䕷字。

王僧達《依古詩》“少年好馳俠，旅宦游關隙”，無隙字。

劉晝曰“牽石拕舟，必歌噓嗅”，《古詩紀》有《噓嗅歌》。無嗅字。

宋之問《游法華寺詩》“二鶪鶪古今”，無鶪字。

韓昌黎《答柳柳州食蝦蟆詩》“雖然兩股長，其如背脊䠷”，無䠷字。

皮日休《千言詩》“耀景或如薎”，無薎字。

李賀《開愁歌》“莫受俗物相嗔㺨”，無㺨字。

李商隐詩“欄藥日高紅髲髲”，無髲字。

宋謝希孟詞“雙槳浪花平，夾峏青山鎖”，無峏字。

元吴萊《觀秦鄒嶧山刻石木本碑詩》“楚金蝡匾猶蹯蹈”。董逌言程邈四簡篆書蝡扁應勢。《玉篇》蝸與蜾同字，亦作蠕。無蠕字。

又如秦《泰山碑》“親巡”作“窺𨋕”；漢《樊敏碑》“傾”作“頃”，“律”作“徫”；《衡方碑》“委迤”作“禕隋”；《楊厥碑》“啓”作“磬”，“繼”作“継”；《唐扶碑》“典墳”作“典賁”；《戚伯著碑》“筆”作“実”；“中”作“㐺”，“龜”作“龜”；《劉修碑》“基”作“垦”；《李翕碑》“屢”作“屨”；《袁逢碑》“昉”作“昘”；《祝睦碑》“祚”作“跸”，“典”作“篊”；《郭仲奇碑》“羸”作“羸”；《孟育碑》“度”作“渡”，“響”作“響”，“據”作“擐”；《孔耽碑》“宇”作“寽”，“禽”作“禽”；《扶風縣夫子廟碑》“子”作“㺭”。“唐”作“䟫”，“遊”作“逕”；《孔宙碑》“終”作“緵”；《北海相碑》“曹”作“䜌”；《淮廟碑》“齋”作“禣”；《唐公房碑》“鼠”作“冒”；《熊君碑》“爵”作“爵”；《費泛碑》“氏”作“㲿”；《度尚碑》“禄”作“禯”；《袁良碑》“楚”作“楙”；《靈臺碑》“恢”作“返”；《高彪碑》“道”作“道”；又《亢倉子》“終”作“㚏”，“悖”作“孛”，“害”作

“豖”，“萬”作“䆸”，“共”作“㒳”，“執”作“㪴”，“衡”作“㮕”，“爲”作“𢪔”。皆無其字。

如此類者，不可勝數，所謂“闕者補之”，安在哉？至其謬誤處頗多，列其尤者於後。閱者當分別參之，取證於經史，毋遂據爲確然也。

卷二十二

翰林院檢討徐文靖　撰

正字通二

1. 萛，注云："俗字。舊注音畏。[①] 汎云草名，泥。"

按，《易·泰》初曰："以其彙征，吉。"古文彙作萛。傅氏注曰："萛，古偉字，美也。"

2. 毴，注云："同毪，俗省。舊注音冗，與氄同。後毪注引《正譌》俗作氄，非。不知毴即毪之訛省，分爲二，非。"[②]

按，《周禮·司裘》"中秋獻良裘"，鄭注曰："中秋，鳥獸毴毨，因其良時而用之。"陸德明曰："毴音毛。"賈公彦曰："中秋鳥獸毴毨，此是《尚書·堯典》文。"據此，毴，蓋古毛字。若謂毴同氄，當是中冬，安得謂中秋即氄毨乎？新舊注皆謬。

3. 帣，注云："縈字之訛。"

按，《詩·樛木》云"葛藟縈之"，陸氏曰："縈，本又作帣，烏營

---

① "畏"，《正字通》作"煨"。

② "非"，《正字通》作"誤"。

反。”非訛字也。

4. 倃，注云：“俗字。舊注音薖，① 美也。誤。”

按，《詩》“碩人之薖”，毛傳曰：“薖，寬大貌。”陸氏曰：“薖，苦禾反。《韓詩》作倃。倃，美貌。”

5. 癟，注云：“俗疛字。舊注音宙，與疛同，非。又音倒，病也。音紬，心悸。並非。”

按，《詩》“我心憂傷，惄焉如擣”，毛傳曰：“擣，心疾也。”陸氏曰：“擣，丁老反。本或作癟。《韓詩》作疛，除又反。義同。”

6. 昴，注云：“音卯，西方宿。又尤韻，音侔。《詩·召南》‘維參與昴’，叶下裯、猶。舊注音留，因《毛詩》叶力求切而誤。”

按，《詩》“維參與昴”，毛傳曰：“參，伐也。昴，留也。”陸氏曰：“昴音卯。徐又音茅，一名留。留，如字。”《史記·律書》曰：“北至于留，言萬物之稽留也，故曰留。”舊注音留，本此。又《毛詩》並無力求切也。

7. 矜，注云：“音京，矛柄也。别作穜。”

按，《詩》“二矛重英”，陸氏曰：“矛，莫侯反。”《方言》“矛柄謂之矜”，郭璞注曰：“矜，音巨中反。”據此，則矜當讀爲銎，音京者，非也。《考工記》曰“秦無廬”，鄭注：“秦多細木，善作矜柲。”賈氏曰：“矜柲者，竹攢柲也。”攢謂柲之入銎處，柲即柄也。《方言》“矛骹謂之銎”，注曰：“即矛刃下口是也。”吴棫《韻補》曰：“矛，冒也。刃

① “薖”,《正字通》作“科”。

下矜也。”是矜當音鍪矣。《正字通》於“矛”字注乃云“吴氏説非”，不知其本於《方言》也。

8. 蚳，注云：“舊注音池，螘子。引《周禮》祭祀共蠯蠃蚳，《内則》蚳醢。今考《國語》：里革曰：‘魚禁鯤鮞，蟲舍蚳蝝。’由此推之，祭祀豆實，禮尚芳潔。蚳當是水中介蟲，[①] 如蛤蜊蟶�党之類，[②] 非蟻子，[③] 無疑。”

按，《詩》“成是貝錦”，《傳》曰：“貝錦，錦文也。”鄭箋曰：“云錦文者，文如餘泉、餘蚳之貝文。”陸氏曰：“蚳，直基反。貝黄白文曰餘蚳。”《禮·祭統》“陸産之醢”，鄭注曰：“陸産之醢，蚳蝝之屬。”《周禮》“醢人，饋食之豆蜃蚳”，蚳即餘蚳之類也。《藝文類聚》引《爾雅》“餘蚳”，音治。《相貝經》曰：“南海貝如珠礫，或白駮。其性寒，其味甘。”陸璣《詩疏》曰：“貝，水中介蟲也，龜鼈之屬。”張衡《西京賦》：“摎蓼淬浪，乾池滌藪。上無逸飛，下無遺走。擭胎拾卵，蚳蝝盡取。”庾闡《揚都賦》：“其中則有靈蛟白黿之族，種繁六眸，類豐三足。寄居負敖，鸚螺脱骨，餘泉如輪，文蚳如瑑。”則夫味甘性寒，堪充醢豆者，必是物也。

9. 髇，注云：“俗字。《韻會》：‘膘，或作髇。’舊注：胡了切，水臁也。又與髎同。並非。”

按，《詩》“徒御不驚，大庖不盈”，毛傳曰：“自左膘而射之，達于右腢，爲上殺。射左髀達于右髃，爲下殺。”陸氏曰：“膘或作髃，胡了反。一本作髎。吕忱于小反。”乃不考古注，並以爲非，何也？

---

① “是”，原脱，今據《正字通》補。

② “蟶”，原作“蚶”，今據《正字通》改。

③ “蟻”，原作“螘”，今據《正字通》改。

10. 銚，注云："音挑，農器。舊注泥，《正韻》音堯，非。"

按，《詩》"庤乃錢鎛"，毛傳曰："錢，銚也。"陸氏曰："銚，七遥反。何士堯反。沈音遙。"正義曰："《世本》垂作銚。宋仲子注云：刈也。"《正韻》音堯，不誤。

11. 光，注云："舊注同兕。按《集韻》收光，《孔宙》《楊統碑》或作光，皆訛文。闕可也。"

按，《詩》"稱彼兕觥"，陸氏曰："兕字又作光。"《爾雅》"兕，似牛"。兕同兕，非訛文也。酈元《肥水注》："倉光都水，是營是作。"朱謀㙔箋曰："《史記·齊世家》云：'蒼兕蒼兕，①總爾衆庶。'②王充《論衡》作倉光，云是水中獸也。"不審光乃兕字之訛耳。《説文》："兕如野牛，其皮堅厚，可制鎧。"蓋當時軍士以兕爲鎧，因呼曰"蒼兕蒼兕，總爾衆庶，與爾舟楫，後至者斬"爾，即謂蒼兕夫也。乃以爲水中之獸，善覆人船。大謬。

12. 犧，注云："音希。《通雅》：犧尊，音娑。③孫愐《五歌韻》收之。此緣鄭注《禮器》畫作鳳羽娑娑然，故音娑耳。《南史·劉杳傳》：'刻木爲獸形，鑿頂及背以出納酒。'阮諶《三禮圖》畫爲牛象。則犧當讀本音，④無娑音。"

按，《文廟禮樂志》曰："《詩》'犧尊將将'，毛傳曰：'犧尊，沙飾也。'⑤言沙牛飾尊。而先儒謂沙羽飾，畫爲鳳凰之形，誤矣。"蓋牛

① "蒼",原作"倉",今據《史記·齊世家》改。
② "衆庶",原作"舟楫",今據《史記·齊世家》改。
③ "音",原作"因",今據《正字通》改。
④ "當",《正字通》無此字。
⑤ "沙"上,《毛詩注疏》有"有"字。

有二種，一曰沈牛，牛之善水者也。一曰沙牛，俗亦謂之黄牛。且言有沙飾也，似不爲全牛，若今牛鼎有牛之飾而已。王肅云："太和中魯郡於地中得齊大夫子尾送女器，有犧尊。以犧牛爲尊。"則是製爲犧牛，於背納酒，於頂出之也。《莊子·外篇》曰："百年之木，破爲犧尊，青黄文之也。"是犧尊有青牛黄牛之飾矣。毛傳"沙飾"，蓋沙牛也。

13. 岦，注云："'岦'字之訛。岦音滔。"

按，《青衿詩》曰："佻兮達兮。"《説文》引《詩》曰："岦兮達兮。"岦即佻，古今字也。非"岦"字之訛。

14. 夎，注云："音剉。《曲禮》：'介曰不拜，[①] 爲其拜而夎拜。'"舊注訓詐，非。夎，俗訛作蓌。[②] 舊本《草部》"蓌"重出，宜删。

按，《曲禮》"爲其拜而蓌拜"，鄭注曰："蓌則失容節。蓌猶詐也。"陸氏曰："蓌，子卧反。又側稼反。"是讀蓌爲詐也。蓌本从草，非俗訛也。

15. 堥，注云："音謀，[③] 瓦器。舊注：堥，土釜，以木爲之，象土釜形。誤。"

按，《内則》"敦牟"，[④] 鄭注曰："牟讀曰堥。"陸氏曰："齊人呼土釜曰堥。"孔疏曰："《隱義》云：堥，土釜也。今以木爲器，象土釜之形。"舊注本此。

---

① "拜"，原作"拝"，今據《禮記·曲禮》改。下"拜"字同。

② "俗"下，《正字通》有"本《曲禮》"三字。

③ "謀"，原作"牟"，今據《正字通》改。

④ "内則"，原作"曲禮"，今據《禮記注疏》改。

16. 氉，注云："訛字。舊注：音獵，車翣以御風塵。誤。"

按，《周禮·巾車》"掌公車之政。輂車組輓有翣"，鄭氏曰："有翣，所以御風塵。故書翣爲毼。杜子春云：當爲翣，書亦或爲氉。"陸氏《釋文》："毼、氉並音獵。"舊注本此。

17. 膸，注云："俗字。舊注：音産，臉膸羹也。沿《集韻》《韻會》而誤。"

按，《内則》"雛燒"，孔疏曰："火中燒之，然後調和，若今之膸也。"

18. 莎，注云："音梭。《曲禮》'共飯不澤手'，鄭注：'澤，謂挼莎也。'一説挼莎當作挼抄，兩手相切摩也。舊注挼抄附莎注，① 誤。"

按，《郊特牲》曰："汁獻涚于醆酒。"鄭注："獻當讀爲莎，齊語，聲之誤也。秬鬯者，中有煮鬱和以盎齊，摩莎泲之，出其香汁，因謂之汁莎。"是挼莎猶摩莎，皆作莎。

19. 棜，注云："音飫，案屬。"陳澔《集説》："棜，一名斯禁，見《鄉飲酒禮》鄭康成曰：棜，斯禁也。大夫斯禁，士棜禁。鄭以《禮器》廢禁，爲廢去其禁。又分大夫用棜、士用禁，並誤。"

按，《禮器》"天子諸侯之尊廢禁，大夫士棜禁"，注曰："廢猶去也。棜，斯禁也。謂之棜者，無足有似於棜。大夫用斯禁，士用棜禁。"據此，則廢去其禁，專爲天子諸侯之尊而言。豈并士大夫亦廢之哉？何

① "舊注"，《正字通》作"舊本"。

云鄭誤？

20. 燋，注云："俗焦字。凡經傳作燋者，皆贅文。誤不自《説文》始。"

按，《周禮·春官·菙氏》①"掌燋契以待卜事"，注曰："《士喪禮》：楚焞置于燋，在龜東。"燋謂炬也。《大雅·緜》之詩"爰契我龜"，正義曰："卜用龜，以楚焞之木燒之於燋炬之火，既然，執之以灼龜。"又《燕禮》"宵則庶子執燭於阼階上"，注曰："燭，燋也。"賈氏曰："古者無麻燭，而用荆燋。"故《少儀》云："主人執燭抱燋。"鄭注："未爇曰燋。"燋與焦義各不同。燋字从火从焦，亦如木之有樵，水之有潐，土之有墧也。豈可盡爲贅乎？

21. 閭，注云："音廬。《爾雅》：'巷門謂之閭。'《讀書通》驢通作閭，非。"

按，《鄉射禮》："君國中射，則皮樹中。于郊則閭中。"陳祥道《禮書》："閭如驢一角。"《山海經》"縣雍之山，獸多閭麋"，郭注："閭即羭也，似驢而岐蹄，角如麢羊，一名山驢。"《周書》"北唐以閭"，《南史·滑國傳》"野驢有角"，皆即閭也。

22. 匴，注云："舊注：酸上聲，淥米箕。誤。《儀禮·士冠禮》：匴，莒類。蓋盛物之器，非籅箕也。"

按，《士冠禮》"爵弁、皮弁、緇衣冠各一匴"，鄭注："匴，竹器名，今之冠箱也。"古文匴爲篹，素管反。汎云筥類，非。

23. 甏，注云："同𦣸，音耎，柔皮革也。《正譌》治皮革

① "氏"，原作"人"，今據《周禮注疏》改。

者以瓦爲竈，反覆熏揉之，故从四瓦。舊本穴部，訛作甍；《正韻》收瓷，闕甍。竝非。

按，《考工記》“攻皮之工，函鮑韗韋裘”，鄭注曰：“鮑，書或爲鞄。《蒼頡篇》有鞄甍。”賈氏曰：“按《藝文志》‘《蒼頡》七篇，李斯作’，《鞄甍》是其一篇，内有治皮之事。”又按《吴録》曰：“皇象與人論草書曰：欲見草書，宜得精毫甍筆，委曲宛轉不判散者。”甍筆之甍，亦可从四从瓦乎？以甍爲甍之訛，非。

24. 蟄，注云：“同輊，本作輦。《毛詩》作輊，舊本訛作蟄，非。”

按，《既夕禮》“志矢一乘，軒輖中亦短衛”，鄭注曰：“輖，蟄也。”賈氏曰：“鄭讀輖從蟄，以其車旁周。非是軒輊之輊，故讀從埶下至。”埶，古勢字也。

25. 洗，注云：“音徙，承水器，其形若盤。古皆稱盤匜，[①] 不謂之洗。盤言其形，洗言其用也。”

按，《儀禮·士冠禮》曰：“夙興設洗，直于東榮。”鄭注：“洗，承盥洗棄水器也。士用鐵。”賈氏曰：“按漢禮器制度，洗之所用，士用鐵，大夫用銅，諸侯用白銀，天子用黄金也。”今云“古皆稱盤匜，不謂之洗”，則夙興設洗，此時尚未盥手，何遽先謂之洗乎？又按《少牢》云：“司宫設罍水於洗東，有枓。”若使洗言其用，又何以有洗東乎？《博古圖》及《彝器欵式》周有七星洗，漢有陽嘉洗、宜子孫洗，則皆謂之洗明矣。

26. 轑，注云：“俗字。舊注：音操，蒼色飾車；又音總，義同；又音早，車飾有華藻。竝非。”

---

① “盤匜”,《正字通》作“匜盤”。

按，《周禮·巾車》“藻車、藻蔽”，鄭氏曰：“故書藻作轃。杜子春轃讀爲華藻之藻。玄謂藻，水草，蒼色，以蒼土堊車，以蒼繪爲蔽也。”陸氏《釋文》：“轃音總。又音藻。”

27. 挂，注云：“俗字。”

按，《特牲饋食禮》“膚三離肺一”，鄭注曰：“離，猶挂也，小而長，午割之。”又《既夕禮》“陳鼎五於門外，其實羊左胖離肺”，注曰：“挂離。”挂，苦圭反，非俗也。

28. 獶，注云：“舊注：與猱同，引《樂記》獶雜子女。按，《樂記》獶本作獿。獶者，獿之訛。獿俗省作猱，謂獶同猱，非也。”

按，《樂記》“優雜子女”，鄭注曰：“優，當作獶，言舞者如獼猴戲也。”疏曰：“《漢書》檀長卿爲獼猴舞。是狀如獼猴也。”此鄭注及孔疏皆誤也。《樂記》“優雜子女”，據哀二十五年《傳》“公使優狡盟拳彌”，注曰：“優狡，俳優也。”襄六年《傳》“宋華弱與樂轡少相狎，長相優”，注曰：“優，調戲也。”正義曰：“二十八年《傳》稱慶氏之徒觀優至于魚里。是優爲戲名也。”優雜子女，言俳優調戲雜于子女，不必其爲獼猴也。鄭謂優當作獶，蓋據長卿之舞而言耳。古豈必有獼猴之舞哉？至以獶爲獿訛，俗省作猱。則《小雅》“教猱升木”，豈俗字哉？

29. 軥，注云：“‘軥’字之訛。舊注：音摘，柔革，與軥義近。改音祖，軥，勒也。誤。”

按，《曲禮》“君車已駕，僕展軨”，陸氏曰：“軨，歷丁反。盧云：車轄頭軥也。舊云車欄也。”又《淮南子·泛論訓》“軥蹻羸蓋，經營萬乘之主”，軥正非軥訛也。

30. 捂，注云："音悟，相抵觸也，逆忤也。"

按，《儀禮·既夕禮》曰"若無器，則捂受之"，陸氏曰："捂，吾故反。"賈氏曰："捂受之捂，即逆也。對面相逢受也。"捂又與俉同。《天官書》"其人逢俉化言"，注云："俉，迎也。"又與輅通，《史記·晋世家》"虢射爲右，輅秦穆公"，服虔曰："輅，迎也。"《索隱》"音五稼反"，讀爲訝。"鄒誕音或額反"，① 讀爲逆，皆訓爲迎。則迕受即逆受，義當如逆女、逆河之逆，乃以爲逆忤，謬矣。

31. 剏，注云："俗字。舊注：音柔，忍也。誤。"

按，《鄉射禮》"君國中射則皮樹中，以剏旌獲"，鄭注："皮樹，獸名。以剏旌獲，尚文德也。"又按，剏與翿同，見賈公彦疏。剏宜从刀，作从刃，非。

32. 翌，注云："音黄。《説文》：'樂舞，以羽翿自翳其首。'"

按，《周禮》"樂師，有皇舞"，注曰："故書皇作翌。"蓋即古凰字也。《隋·音樂志》："文舞六十四人，十六人執翌，十六人執帗，十六人執旄，十六人執羽。"若汎以羽翿釋之，執羽執翌，何所别乎？

33. 滫，注云："息有切。《内則》：'滫瀡以滑之。'又《史·倉公傳》：'流汗出滫。'《説文》：'滫，息流切。'《韻會》讀脩。又㴋注云：《倉公傳》'流汗出㴋'，㴋，須倫切。"

按，《内則》"滫瀡"，當息有切。《史記·三王世家》② 曰"蘭根與白芷，納之滫中"，③ 徐廣曰："滫，淅米汁也。音先糾反。"此當讀爲息

---

① "音"上，原衍"生"字，今據《史記索隱》删。
② "家"下，原衍"傳"字，今據《史記·三王世家》删。
③ "納"，《史記·三王世家》作"漸"。

流切。《倉公傳》“流汗出滫。滫者，去衣而汗晞也”，索隱曰：“滫，劉氏音巡。”當作須倫切。滫、澵兩注，並引《倉公傳》，非也。《史》本作滫。改滫爲澵，亦非也。

34. 餧，注云：“音威。鹿乾肉。一曰鹿之美者。”

按，《内則》“切葱若薤，實諸醯以柔之”，鄭注曰：“今益州有鹿矮者，近由此爲之矣。”陸氏曰：“矮，於僞反。益州人取鹿，殺而埋之地中，令臭，乃出食之，名鹿矮。”後人因制“餧”字，當讀爲威上聲。音威，非。

35. 辵，注云：“音綽。《説文》：乍行乍止也。讀若《公羊傳》‘辵階而走’。”

按，《儀禮·公食大夫禮》曰“賓栗階升，不拜”，鄭注：“栗，實栗也。不拾級而下曰辵。”賈氏曰：“君臣急諫諍，則越三等爲辵。”《説文》“乍行乍止”之訓，非。

36. 矲，注云：“音楷。矲矲，短也。”又“矲”，注云：“矲，俗字。”

按，《野客叢談》曰：“黄魯直詩：矲矮金壺肯持送，挼莎殘菊更傳杯。注詩者但知引《玉篇》注‘矲，短也’，‘矮，不長也’，不知此二字見《春官》附音注下，謂矲雉，上皮買反，下苦買反。《方言》桂林之間謂人短爲矲雉。雉正作矮字呼也。今按《典同》‘陂聲散’注，①現有矲矮二字，不煩呼雉爲矮。又《曲禮》‘共飯不澤手’，注：‘澤謂挼莎也。’黄魯直《謝楊景仁惠酒器詩》矲矮、挼莎並用《禮注》。”據此，矲當音矮，云音楷，非。

---

① “散”,原作“高”,今據《周禮注疏》改。

37. 鬾，注云："音闕。紙韻音鬼，卷幘也。《儀禮》緇布冠鬾。舊本'鬾'下贅項字，與本經牴牾。《韻會》：鬾通作頍。竝非。"

按，《儀禮·士冠禮》曰："緇布冠鬾項青組，纓屬于鬾。"鬾音頍，去蘂反。鄭氏曰："鬾讀如有頍者弁之頍。"又按《喪服傳》"苴絰"，注曰："首絰，象緇布冠之鬾項。""鬾"下有項字，蓋經文也。乃謂與本經牴牾，何大謬也？

38. 軡，注云："音琴。《説文》：'鞮也。'"

按，《士喪禮》"幕用疏布，繫用軡。幕用葦席，帶用軡"，鄭注："軡，竹簃也。"賈氏曰："按《顧命》敷重篾席，即此軡簃也。"注引《説文》之鞮履，非也。

39. 醋，注云："醯別名也。《説文》以醋爲醻醋字，酢爲酸漿。今不從，互見前酢注。"

按，《周禮·大行人》："上公之禮，廟中將幣三享。王禮，再祼而酢。侯伯之禮，一祼而酢。諸子諸男之禮，一祼不酢。"又《司尊彝》"皆有罍，諸臣之所酢也"。《詩·大雅》"或獻或酢"。《小雅》"萬壽攸酢"。《易繫》"可與酧酢"。《書·顧命》"秉璋以酢"，孔傳曰："報祭曰酢。"此以酢爲醻酢祼酢者。經傳皆同，而許氏《説文》："酢，醶也，倉故切。""醋，客酌主人也。在各切。"此當日字之偶誤，想是"醋，倉故切"，適誤寫酢耳。徐炫疑其説，爲之注曰："今人以酢爲酧酢字，反以醋爲酢，時俗相承之變也。"《正字通》不信經傳，但云"酢爲酸漿，今不從"，謬矣。《禮運》曰"以爲醴酪"，鄭注"酪酢截"，陸氏曰："酢，七故反。"是酢亦有醋音，非即爲醋矣。

40. 繂，注云："音律。以竹爲索，用維舟。舊注：音率，絩也，帛也，誤。”又䌖注云：“俗綷字。舊注引《爾雅》‘紼，䌖也’，誤。”

按，《玉藻》“士練帯率下辟”，鄭注：“率，綷也。士以下皆襌不合而綷積。”孔氏曰：①“率下辟者，士用孰帛練爲帯，其帯用襌帛，兩邊綷而已。綷謂緶緝也。”《漢律》曰：“綺絲數謂之絩。”又繒長者曰絩。舊注以綷用襌帛而有繒采，故云“絩也，帛也”，何云誤？又紼䌖也，《爾雅》文。何云俗？

41. 能，注云：“與耐通。《晁錯傳》：‘胡貉之人性能寒，揚越之人性能暑。’”

按，《樂記》：“人不耐無樂，樂不耐無形。形而不爲，道不耐無亂。”鄭注：“耐，古能字也。”後世變之，此猶存焉。

42. 涹，注云：“同渦。舊注：音阿，濁也。誤。”

按，《考工記·㡛氏》“湅絲以涚水，漚其絲”，鄭注：“漚，漸也。楚人曰漚，齊人曰涹。”賈疏：“齊人曰涹者，亦是漚義。”陸氏曰：“涹，烏何反。又於僞反。”乃以爲同渦，非矣。

43. 硍，注云：“懇去聲。《正韻》‘石有痕曰硍’。”

按，《周禮·典同》“凡聲高聲硍”，注：“故書硍作硍。杜子春讀硍爲鏗鎗之鏗。”陸氏《釋文》：“硍音艱，又苦耕反。《字林》音限。”無有作“懇去聲”者。

44. 揀，注云：“揀字之訛。舊注：音董，訓擊，非。《佩觿集》：揀，都公反，打也。不詳揀所自出，訓打亦非。”

---

① “孔”，原作“賈”，今據《禮記正義》改。

按，《周禮·太祝》“辨九𢷎，四振動”，鄭大夫曰：“動讀爲董，以兩手相擊也。”又郗萌《天文訓》曰：“河鼓一名提鼓，一名天董。”是董亦擊鼓之義。又郭璞注《爾雅》曰：“柷如漆桶，有椎柄，連底挏之，令左右擊。”挏，平聲，猶揀之都公切也。據此，則揀之訓打，良有自矣。

45. 鬯，注云：“鬯主秬言，則爲秬鬯。主鬱言，則爲鬱鬯。或據《禮記》鬱合鬯、蕭合黍稷之文，謂鬯亦香草。非也。”

按，唐孔氏曰：“鬯者，鄭氏之義，則爲秬黍之酒，其氣調鬯，故謂之鬯。《詩傳》則謂鬯是香草。《王度記》云：天子鬯，諸侯薰，大夫蘭。”以例言之，則鬯是草，明矣。又按，《禮緯》云：“鬯草生庭。”《孝經·援神契》云：“德及於地，嘉禾生，蓂莢起，秬鬯出。”鬯是草，故《周禮》有《鬱人》，又有《鬯人》也。

46. 紂，注云：“同緇。《檀弓》‘紂衣’，注：‘絲衣也。’”又“緇”注云：“别作紂。”

按，《士冠禮》“純衣緇帶”，賈疏“古緇、紂二字並色。若據布爲色者，則爲緇字。若據帛爲色者，則爲紂字”。

47. 鄡，注云：“舊注鄡鄉。[①] 又音皓，邑名。在南陽。按《漢志》南陽縣三十六，無鄡縣。舊注沿《篇海》，並非。”

按，僖十一年《左傳》“揚、拒、泉、皐、伊、雒之戎”，杜注：“揚、拒、泉、皐，皆戎邑。”則皐爲邑名也。《水經注》“澧水出南陽雉山，又東與皐水合。水出皐山”，則是皐鄉在南陽也。後人加邑作鄡，舊

① “鄡鄉”，《正字通》作“鄉名”。

注鄸鄉、鄸邑，初不云縣，何爲非？

48. 邧，注云："音原。《左傳》秦人伐晋，圍邧、新城。"

按，文四年《傳》"晋侯伐秦，圍邧新城"，杜注："秦邑。"《秦本紀》"與魏戰元里"，正義曰："邧城在同州澄城縣界。"① 邧，秦邑，而晋圍之。此云"秦伐晋圍邧"，誤。

49. 闅，注云："弘農湖縣有闅鄉。《漢書》訛作閺。舊注：《唐志》閺鄉縣屬陝州潼關。正作闅。後漢建安中改作閺。不詳考《唐志》，訛作閺。建安中改閺爲聞，非改闅爲閺。潼關在陝西，今陝西二十一州，無陝州名。"

按，《前漢·武五子傳》"以湖閺鄉邪里爲戾園"，孟康曰："閺，古闅字。從門中旻。建安中正作聞。"考諸書無作聞者，僅見此注，則聞乃閺之訛耳。《後漢·郡國志》弘農湖縣有閺鄉。《魏志》"衛覬字伯儒，明帝封閺鄉侯"，則建安來皆作閺，未嘗作聞，可知。《唐志》弘農閺鄉有潼關，亦未嘗訛作閺，可知。《明一統志》："閺鄉縣在陝州城西一百三十里，潼關在縣西六十里，與陝西華陰分界。"乃謂陝西無陝州，何勞多此考索耶？

50. 鄚，注云："地名。古今方域異名，今廣陵無鄚邑。舊注引《續漢書》，汎云鄚邑，亦非。"

按，襄十四年，"楚子囊師于棠，以伐吴"，《後漢志》廣陵堂邑，故屬臨淮，春秋時曰棠。蓋楚之棠邑。《寰宇記》："六合，古棠邑。"注不實指其地，但云今廣陵無鄚邑，混。

---

① "邧城"，《史記正義》作"祁城"。

51. 鸑，注云："鸑鳥，縣名。《後漢·段熲傳》'熲復追擊於鸑鳥'，注：'鸑音爵，[1] 縣屬武威，故城在今涼州昌松縣北。'"[2]

按，《熲傳》："永康元年當煎諸種復反，合四千餘人，欲攻武威。熲復追擊於鸑鳥，大破之。"太子賢注曰："鸑鳥，縣名，今涼州。"不云音爵。《桓帝紀》"當煎羌寇武威，段熲追擊於鸑鳥"，注云："鸑鳥縣，屬武威郡。鸑音藿。"鳥字不注。惟《西羌傳》"麻奴等脅先零沈氏諸種寇武威，馬賢追到鸑鳥招引之"，注云："鸑音爵。"鸑當是鳥之譌。蓋《桓紀》鸑字音藿，則鸑鳥當讀爲藿爵也。古音餘鳥載藥韻，音朔。漢縣名鸑鳥，《水經注》音朔。《魏紀功碑》"忝龍荒，游鸑朔"，朔與爵音近故也。

52. 郈，注云："魯叔孫氏邑，在今東平須昌縣。[3]《春秋》仲孫何忌帥師圍郈。《説文》不考經傳，訓東平無鹽鄉，非。"

按，定十年，"侯犯以郈叛，叔孫仲孫圍郈"，[4] 注不言所在。昭二十五年臧會奔郈，杜注："郈在東平無鹽縣東南。"《前漢志》"東平國無鹽縣有郈鄉"。《説文》本此。乃謂其不考經傳，何也？又《明一統志》洪武八年以須城縣省入東平州，今亦無須城縣也。

53. 郶，注云："譌字。舊注：郶，亭名。不詳所出。不實指其地，沿《篇海》誤。""郙"注云："音甫。《説文》'汝南上蔡亭'。"

---

① "鸑"，《後漢書·段熲傳》作"鳥"。

② "昌松"，原作"松昌"，今據《後漢書·段熲傳》乙正。

③ "昌"，《正字通》作"城"。

④ "叔孫仲孫"，《左傳·定公十年》作"武叔懿子"。

按，《禮·緇衣》云：“《甫刑》曰：苗民匪用命。”① 疏引孔注《尚書》云：“吕侯後爲甫侯。故穆王時謂之吕侯，宣王及平王時爲甫侯。《詩·崧高》云‘生甫及申’，謂宣王時也；《揚之水》‘不與我戍甫’，謂平王時也。”據《竹書紀年》“穆王五十一年，作《吕刑》，命甫侯于豐”，則穆王時已稱甫侯矣。《郡國志》汝南新蔡有大吕亭。《説文》“郙，汝南上蔡亭”，郙亭即郘亭也。

54. 鄽，注云：“《説文》‘南陽鄽縣’，《漢志》作穰，音義同。”

按，《漢志》“馮翊雲陽縣有越巫䢓鄽祠三所”，孟康曰：“䢓音辜，鄽音穰。”蓋别有鄽字也。

55. 鄫，注云：“音增，姒姓，禹後。襄元年‘伐鄭，次于鄫’，杜注：‘陳留襄邑東南有鄫城。’舊注音情，非。《韻會》引《穀梁傳》作繒，今沂州承縣東繒國，亦非。”

按，《漢志》“東海繒縣故國，② 禹後”。《後漢》縣屬瑯邪，晋因之。故僖十四年，“季姬及鄫子遇于防，使鄫子來朝”，杜注：“鄫國，今瑯邪繒縣。”在今嶧縣東者也。襄元年，“諸侯之師次于鄫”，杜注：“鄭地，襄邑東南。”有鄫城，在今睢州之東南者也。何乃以鄭之鄫爲鄫國，而又以承縣之繒國爲非耶？

56. 郕，注云：“《説文》‘魯孟氏之邑’。《左傳·隱五年》③‘衛師入郕’。”

按，隱五年“衛師入郕”，杜注：“郕，國也，東平剛父縣西南有郕

① “匪用”，原作“逆”，今據《禮記·緇衣》改。

② “縣”，《漢書·地理志》無此字。

③ “五”，原作“元”，今據《左傳·隱公五年》改。

鄉。”莊八年，“師及齊師圍郕。郕降于齊師”者也。此郕國也。桓六年，“公會紀侯于郕”，杜注：“郕，魯地，在泰山鉅平縣東南。”此魯之郕邑，後爲孟氏邑者也。何得混之？

57. 郯，注云：“國名。《説文》東海縣。《六書故》曰：少昊後，己姓國。今爲淮南下邳縣。”

按，《漢志》：“東海，郯，① 故國，少昊後。”《春秋》“襄十年，郯子來朝”是也。今爲沂州郯城縣。《漢志》“東海下邳縣”，應劭曰：“邳在薛。其後徙此。”② 昭元年《傳》“商有姺邳”，杜注：“二國，商諸侯。邳即今下邳縣。”是也。今爲淮安府邳州，安得一之？

58. 郔，注云：“舊注：音經，鄉名，在高密。《左傳》戰于升陘。又音形。按《傳》有井陘，無升郔，别見陘注。”

按，《禮·檀弓》曰：“邾婁復之以矢，蓋自戰于升陘始也。”《春秋》僖二十二年“秋八月丁未，及邾人戰于升陘”，“我師敗績，邾人獲公胄，懸諸魚門”，杜注：“升陘，魯地。陘音刑。”③ 何謂《左傳》無升陘也？又《史記·淮陰侯傳》“欲東下井陘，擊趙”，《漢書·地理志》“常山郡有井陘縣”，應劭曰：“井陘山在南，陘音刑。”《左傳》無也。

59. 鄝，注云：“音了，國名。《穀梁傳》楚滅舒鄝，《長箋》：隨、絞、州、鄝，四國名。鄝國在義陽，亦作蓼。今考南陽無義陽，《箋》誤。”

按，宣八年《傳》：“楚爲衆舒叛故，伐舒蓼。”此舒蓼，蓋群舒之屬也。桓十年“鄖人軍于蒲騷，將與隨、絞、州、蓼伐楚師”，杜注：

---

① “郯”下，原衍“縣”字，今據《漢書·地理志》删。

② “徙”，原作“徒”，今據《漢書·地理志》改。

③ “刑”，原作“形”，今據《春秋左傳正義》改。

“蓼國，今義陽縣東南湖陽城。”《漢志》“南陽湖陽縣，故蓼國”，師古曰“《左氏傳》作飂字”者也。《水經注》曰：“闞駰言晋太始中割南陽東鄙之安昌、平林、平氏、義陽四縣，置義陽郡。”乃謂南陽無義陽，非矣。

60. 茬，注云：“音生，魯地名。”

按，莊九年“殺子糾于生竇”，杜注：“生竇，魯地。”《史記·齊太公世家》“殺子糾於笙瀆”，賈逵曰：“魯地句瀆也。”宣十八年“子家還及笙”，杜不注，即笙瀆也。笙，《穀梁》作檉，無有从艸作茬者。注以茬爲魯地，誤。

61. 郚，注云：“舊注音牙，縣名。無據。”郚，音吾。故紀侯邑。①《地志》允吾音鉛牙。郚即郚吾二文之訛，宜删。②

按，《漢志》左馮翊有衙縣，衙音牙。師古曰：“即《春秋》所謂秦晋戰于彭衙。郚即衙也。以爲郚吾二文之訛，非。”

62. 鄭，注云：“音真，地名。”

按，《史記·景惠間侯表》③“南鄭侯國”，索隱曰：“韋昭音真，一音程。李彤云：河南有鄭亭，④ 音禎。”⑤

63. 鄔，注云：“烏古切。《左傳》‘王取鄔、劉、蔿、邘

---

① “故紀侯邑”四字，原在“郚”字上，今據《正字通》乙正。

② “《地志》……宜删”十七字，《正字通》無。

③ “景惠間侯表”，《史記》作“景惠間侯者年表”。

④ “南”，原作“内”，今據《史記·景惠間侯者年表》改。

⑤ “禎”，原作“穎”，今據《史記·景惠間侯者年表》改。

之田于鄭'，杜注：'緱氏縣西南有鄔聚。'① 又魏獻子分羊舌氏之田爲三縣，司馬彌牟爲鄔大夫。《説文》：'鄔，太原縣。'"

按，《左傳》"分祁氏之田以爲七縣"，注曰："七縣，鄔、祁、平陵、梗陽、塗水、馬首、盂也。""分羊舌氏之田以爲三縣"，注曰："銅鞮、平陽、楊氏也。"今云"分羊舌氏之田爲三縣，彌牟爲鄔大夫"，不審鄔非羊舌氏邑也。其誤甚矣！

又按，《九經釋文》曰："鄔，地名，在周者，烏户反；在晋者，於庶反。"字同而音異也。

64. 鄡，注云："音蹺。《説文》鉅鹿縣名。舊注：豫章有鄡陽縣，因《篇海》而誤。訂正《篇海》云縣在鄱陽。今鄱陽屬饒州，無鄡陽也。"

按，《漢志》鉅鹿有鄡縣，師古"苦么反"。豫章有鄡陽縣，師古"口堯反"，今云舊注誤分爲二，非。蓋《前志》鉅鹿之鄡，《後志》作鄡，非鄡即鄡也。至謂豫章無鄡陽，疏漏甚矣。

65. 郲，注云："音類。郲陽縣，今屬衡州府。省作耒。隸桂陽州者，嘉禾、臨武、藍山也。《説文》屬桂陽，誤。"

按，《漢志》桂陽郡統縣十一，耒陽縣第五。師古曰："在耒水之陽也。"梁始置衡州，明始以耒陽屬衡州府。《説文》安得豫知之而以爲誤？

66. 邢，注云："音形，國名，一作郉。《説文》：郉，周公子所封，近河内懷，幵聲。邢，鄭地，邢亭，井聲。分郉、邢

① "縣"，原脱，今據《左傳·隱公十一年》杜預注補。

爲二地，非。舊注从井與从幵别。郭忠恕分郱邢爲二，亦非。”

按，《穆天子傳》“天子北入于邴，與井公博，三日而決”，郭注曰：“邴，鄭邑也。”疑井公賢人而隱邴，故穆王與之游戲也。鄭地有郱亭，从井聲者是也。隱五年“曲沃莊伯以鄭人、邢人伐翼”，杜注：“邢國在廣平襄國縣。”今順德府邢臺縣。周公子所封，从幵聲者是也。乃謂郱與邢不當分而爲二者，謬矣。

又按，宣六年“赤狄伐晋，圍懷及邢丘”，杜注：“邢丘，今河内平臯縣。”此晋地也。《説文》以爲周公子所封，亦謬。

67. 汪，注云：“枉平聲。《左傳》尸諸周氏之汪，又音往。汪陶縣在鴈門。”

按，文二年《傳》“晋伐秦，取汪及彭衙而還”，汪，烏黄切。《史記·晋世家》“秦取晋汪以歸”，索隱曰：“汪，不知所在。”羅泌《路史》：“汪，秦邑。同州白水有汪城，在臨晋東。”又《國語》：“汾、河、涑、澮以爲淵，戎翟之民實環之。汪是土也。”注曰：“汪，大貌。”烏黄切，皆平聲也。《漢志》“鴈門涅陶縣”，孟康音汪。《後志》作“汪陶”，不當又音往也。

68. 萩，注云：“音秋。《爾雅》‘蕭萩’，郭注：‘即蒿。’《左傳》伐雍門之萩，今溷讀荻。荻與萩，非同類也。”

按，襄十八年《傳》“趙武及秦周伐雍門之萩”，注曰：“萩音秋。”《史記·貨殖傳》“山居千章之材”，索隐曰：①“材，《漢書》作萩。樂彦云：萩，梓木也。”《左傳》“雍門之萩”，當即是梓木。若《爾雅》蒿萩，何以稱伐？

① “索隱”，原作“徐廣”，今據《史記索隱》改。

69. 躗，注云：“音衛。《左傳》‘是躗言也’，注：‘謂言不足信也。’”

按，哀二十四年《傳》“是躗言也”，注：“户快反。”讀爲蹟，與蹶通。《爾雅》“蹶洩，苦棗”，吴淑《棗賦》“遵羊兮躗泄”，注引《爾雅》云：“躗泄，苦棗。”是躗與蹶通也。

70. 蓨，注云：“音惕。《爾雅》‘蕵蕪’，一名蓚。蓨即蓚字。舊注：苗蓨草，無據。”

按，《爾雅·釋草》有蓧蓨，又有苗蓨。蓨音惕，何云無據？又蕵蕪，一名須。改須爲蓨，亦非。

71. 豿，注云：“狗字之訛。舊注改音姤，熊虎之子，誤。”

按，《爾雅》“熊虎醜，其子狗”，郭注曰：“《律》曰捕虎一，購錢三千。其狗半。”邢昺曰：“此當時之律，引之以證虎子名狗之義也。”豿之爲狗，如貓之爲猫，豺之爲犲，乃以爲“狗”字之訛，謬矣。

72. 蒐，注云：“音蔬。莍蒐，椒子聚生成房貌。《集韻》藪作蒐，非。”

按，《爾雅》“椒、榝，醜莍”，郭注曰：“莍，萸子聚生成房貌。今江東亦呼莍榝，似茱萸而小，赤色。”今誤以萸爲蒐，而音蔬，謬矣。《春秋繁露》曰：“水有變，冬濕多霧，春夏雨雹。① 此法令緩，刑罰不行；捄之者，憂囹圄，按奸宄，誅有罪，蒐五日。”是蒐與蒐同也。蓋治兵曰蒐。《左傳》“大蒐于比蒲”，是也。

① “雨”，原作“冰”，今據《春秋繁露》改。

73. 魵，注云："焚上聲，鰕別名。《爾雅》：'魵，鰕。'《説文》：'魵，魚名。出薉邪頭國。'又'鰕，魵也'。按《説文》鰕用魵訓，魵汎云魚名。後先矛盾。况鰕，江海所在皆有之，非必出薉邪頭國。《説文》誤。《長箋》：'鰕前行，張二掌有分勢，故从分。'亦不辨《説文》魵別訓魚名之誤。舊注兩引《爾雅》《説文》，失考正。"

按，《爾雅·釋魚》鰕凡有三：一曰"鰝，大鰕"，郭注："鰕大者，出海中，長二三丈，鬚長數尺。今青州呼鰕魚爲鰝。"《廣州記》曰："盧循爲刺史，循鄉人至東海取鰕，鬚長四尺，送示循。"是也；一曰"鯢大者謂之鰕"，邢昺曰："鯢，雌鯨也。大者長八九尺，別名鰕。"是也；一曰"魵，鰕"，郭注："出薉邪頭國，見吕氏《字林》。"《漢志》樂浪郡有邪頭薉縣。薉即穢。邪頭國，蓋穢種也。漢以爲縣。魵魚一名鰕，即縣所出者，是也。《詩·魯頌》"有駰有騢"，陸氏按《説文》"騢，馬赤白雜色文似鰕魚"，① 則是魵鰕爲魚名，出薉國者，非謂所在皆有之鰕也。焦氏《易林》"鯉、鮒、鮪、鰕，積福多魚"，張融《海賦》"伏鱗漬綵，升魵洗文"，亦皆以魵鰕爲魚名也。《山海經》"龍魚陵居，狀如鯉，一曰鰕"，注曰："鰕音遐。"梁虞荔《鼎録》："宋文帝得鰕魚，遂作鼎曰：鰕魚四足。"鰕之名魚者正多，何乃以《説文》魵、鰕魚名爲誤。《長箋》解魵字，尤屬支離。

74. 韡，注云："舊注：音韋，臿也。宋魏謂臿曰韡。或曰：《説文》'鍦，臿也'，因聲近譌作韡。臿無韡名。"

按，《爾雅》"斛謂之疀"，邢昺疏曰："《方言》：'燕東北、朝鮮洌水之間謂之斛，宋魏之間謂之鏵，或謂之韡，江淮南楚之間謂之臿。'"韡音韋，何謂臿無韡名？

---

① "馬"，原脱，今據《説文·馬部》補。

75. 䖪，注云："音次，蛅蟖别名。《説文》'䖪，毛虫'，俗因加蟲作蚝，从䖪爲正。"

按，《爾雅》"蛅，毛蠹"，注曰："即䖪。"疏曰："《説文》䖪毛蟲，《楚辭》䖪緣兮我裳，是也。"又"螺，蛅蟖"，注曰："䖪屬也。"陶真白曰："蛅蟖，蚝蟲也。"則䖪乃蛅之别名，與蛅蟖同爲毛蟲之屬，而非蛅蟖别名也。又按：《晋書·苻堅傳》："益州刺史王廣，遣將軍王蚝率蜀漢之衆來赴難。"又"袁瑾在壽春爲桓温所圍，求救於堅。堅遣王鑒、張蚝率步騎二萬救之"。又《周書本紀》："太祖令夏州刺史拔也惡蚝鎮南秦州。"非必因許氏毛蟲之説而乃加蟲作蚝也。

76. 鵌，注云："舊注：音途，鶟鵌。又鵌鳩，按《爾雅》本作鷵鳩，無鵌名。"

按，《爾雅》有"輿鵛鵌"，"鵛音經，鵌音徒"。新舊注皆不引，何也？

77. 袩，注云："與襜通，衣動貌。"

按，《爾雅》"衣蔽前謂之襜"，① 郭注："今蔽膝也。"昌詹切。《國策》"蘇子曰：攻城之費，百姓理襜蔽"，注曰："襜，衣蔽前者也。"《漢書·恩澤侯表》"武安侯田恬，元朔三年，坐衣襜褕入宫，不敬，免"，師古曰："襜褕，直裾禪衣也。"《方言》"褸謂之袵，又謂之袩"，郭注："丁狹切，即衣衿也。"烏在袩與襜通而同爲衣動貌也？

78. 蕁，注云："蕣、藫同。"

按，《爾雅》："藫，莐藩。"注："一名提母，生山上。音潭。"又"藫，海藻"，注："一名海羅，生海中。"音蕁。又《本草圖經》："蕁麻

---

① "蔽前"，原作"前蔽"，今據《爾雅·釋器》乙正。

一名毛藙。"李時珍曰："蕁字本作藙。杜子美有《除藙草詩》。"《墨莊漫録》："川陝間惡草，土人呼藙麻。藙音燗，即蕁麻也。"《一統志》："蕁麻嶺在萬全都司懷安衛城北八十里。"楊士奇詩："平生不解談孫武，也到蕁麻嶺上來。"三字音義本不同，烏得一之？

79. 茶，注云："鋤麻切，茗也。宋魏了翁曰：茶之始，其字爲荼。如《春秋》書齊荼，《前漢志》長沙荼陵縣。顔、陸諸人雖已轉入茶音，未嘗輙改字文。徐鼎臣訓荼，猶曰即今之茶也。惟陸羽、盧仝則遂易荼爲茶。"

按，《爾雅》"檟苦荼"，郭注："樹小如梔子，早采者爲荼，晚取者爲茗，一名荈。蜀人名苦荼。"《本草》："蘇恭曰：《爾雅》'檟苦荼'，荼音遲遐切。"蓋茶即荼之省文，荼原有茶音也。《漢志》"荼陵"，顔注："荼音弋奢反，又丈加反。"《東方朔傳》"令壺齟老柏塗"，顔注："塗音丈加反。"是塗荼皆有茶音，如大家之家，乘車之車，仝在麻韻，不煩改字也。《周禮·荼人》"掌以時聚荼"，荼人即茶人耳。又古者已有茶字，不始於盧、陸諸人。據王褒《僮約》"烹茶盡其餔"，傅巽《七誨》"南中茶子"，左思《嬌女詩》"心爲茶荈劇"，《吴志·韋曜傳》"或賜茶荈以當酒"，又楊羲書"比更告茶一部"，劉琨《與兄子衍書》"吾體中潰悶，常仰真茶"，王羲之《蘄茶帖》"節日縈牽少睡，蘄茶微炙，善佳"，皆已作茶字矣。

80. 蚇，注云："俗字。蚇蠖本作尺，《六書故》① 别作蚇，非。"

按，《爾雅》"蠖，蚇蠖"，《方言》"蠀蝛謂之蚇蠖"，早已有蚇字。又《唐志》"寫鳳都督府，以蚇延國《羅爛城置》"，亦作蚇。

① "故"，原脱，今據《正字通》補。

81．䲃，注云："音耀，小於鷹。《爾雅》'䲃雉'，注：[①]'青質五采。'《莊子》'䲃爲鸇'，鸇爲布穀。[②] 久復爲䲃。舊注：又音姚，雉名。分《莊子》之䲃與《爾雅》之䲃爲二，非。"

按，《爾雅》"䲃雉"，注："音遙。"邢昺曰："䲃雉，王后之服以爲飾。《周禮》'揄狄'，鄭注：'揄狄畫摇者，是也。'摇與䲃音義同云。"《爾雅》"鷣，負雀"，[③] 注："鷣，䲃也。善捉雀。"䲃音耀。《列仙傳》"魏公子無忌縱鳩，令出䲃逐而殺之"者也。《爾雅》之䲃已分爲二，安在與《莊子》之䲃不當分爲二乎？

82．鮧，注云："鱀别名。又魚鰾曰鮧鮧。《南史》：宋明帝嗜蜜浸鮧鮧，一啖數升。《本草綱目》云：鮧鮧，魚鰾也，即魚白膠。此説是也。"

按，《爾雅》"鱀是鮧"，注："鱀，䱜屬也。[④] 體似鱏，尾似魶魚，大腹，少肉多膏。"又"鮎魚"，注："鮎别名鯷，江東通呼鮎爲鮧。"《爾雅翼》"鮧魚偃額，兩目上陳，身滑無鱗"。宋明帝所嗜逐夷，疑取此兩魚鰾白爲之。非魚腸通謂之逐夷也。

83．𥺁，注云："俗字。舊注：音乳，黏也。又音女，並非。"䵒，注云："䵑字之譌。舊注同䵑，非。《説文》䵑重文，贅作䵒，亦非。"

按，《爾雅》"䵒，膠也"，郭注："膠黏䵒。䵒，女乙切。"疏曰："《方言》：'齊、魯、青、徐、自關而東，或曰䵒，或曰𥺁。"今以爲非，

① "注"，原脱，今據《正字通》補。

② "鸇"，原脱，今據《正字通》補。

③ "負"，原作"貝"，今據《爾雅·釋鳥》改。

④ "屬"，原作"魚"，今據《爾雅注疏》改。

皆謬説也。

84. 蚥，注云："舊注：音府。蜛蚥，螳蜋别名。按，螳蜋名拒斧，蜛即拒之訛，蚥即斧之訛。《篇海》《類編》又作蚉，引《爾雅》'樌輿蚉守瓜'。不知《爾雅》本作父，改作蚉，非。"

按，《爾雅》："不周王蚥。"蚥字見此，非斧之訛也。又景差《小言賦》曰："戴氛埃兮垂漂塵。體輕蚊翼，形微蚉鱗，經由鍼孔，出入羅巾。"蚉字自古有之，非後人所改。

85. 牬，注云："音吼，牛鳴。"

按，《爾雅》牛屬，"其子犢"，郭注："今青州呼犢爲牬。"云牛鳴，非。

86. 蚐，注云："鼩字之訛。舊本鼠部鼩，音豹。今蚐訓鼠，改音的，非。"

按，《爾雅》"蜭，馬蝬"，注曰："馬蠲蚐，俗呼馬蜒。"疏曰："蜭蟲，一名馬蟲，一名馬蠲蚐。《方言》云：馬蚿，北燕謂之蛆蟝，其大者謂之馬蚰。"蜭音閑，蚰音逐，安得以蚐爲鼩之訛乎？

卷二十三

翰林院檢討徐文靖　撰

正字通三

1. 耳+巾，注云："舊注：音二，以牲告神，神欲聽之曰聏。按，《詩》神之聽之，與上帝鑒觀借義同，未聞以神聽別作聏者。此謬説也，宜删。"

按，《山海經》"自楸盍之山以至於竹山，其神祠毛用一犬，祈聏用魚"，郭注曰："以血塗祭爲聏也。《公羊傳》云：蓋扣其鼻以聏社。音釣餌之餌。"今按，《公羊傳》"蓋扣其鼻以血社"，不云聏也。唯《穀梁傳》云"叩其鼻以衈社也"，衈音二，則聏、衈，音義同也。

2. 麐，注云："麐字之譌。舊注：音諸，鹿類。誤。"

按，《山海經》："敖岸之山有獸焉，其狀如白鹿而四角，名曰夫諸。"《玄覽》作"夫麐"。

3. 櫭，注云："木名。《山海經》：'煮其汁，味甘可爲酒。'《六書故》棯亦作櫭。"

按，《天中記》云："櫭汁甘爲酒。"《齊民要術》《沈約集》《皮日休集》皆有樒酒。今《山海經》無是文，究未知樒爲何木。惟謝靈運《山居賦》“苦以木成，甘以樒熟”，自注云：“木酒味苦，樒酒味甘，並至美，兼以療病。樒治癰核，木治痰冷。”《六書故》亦作棯。《爾雅》：“還味棯棗。”是樒酒取棯汁爲酒也。

4. 踇，注云：“俗字。舊注：沿《篇海》誤。”

按，《山海經》：“踇隅之山，其上有草木，多金玉，多赭。”郭注：“踇音敏。”

5. 椆，注云：“音周，木名。”

按，《山海經》“虎首之山，多苴椆椐”，郭注：“椆音彫。”

6. 崓，注云：“同峮，音囷，山相連貌。《南都賦》：或峮嶙而纚縣。”

按，《山海經》“有人曰苗民，有青獸如兔，名曰菌狗”，注：“音如朝菌之菌。”《駢雅》：“菌狗，兔屬也。”自有菌字，非峮也。

7. 弞，注云：“與矤同。舊注分弞、矤爲二，非。”

按，《山海經》：“涿山西七十里曰丙山，其木多梓、檀，多弞杻。”弞與矤當不同也。

8. 棓，注云：“邦去聲。《説文》‘棁也’，棁即今木杖。《通雅》曰：‘楊升菴謂《文子》羿死桃部。古字部即棓，大杖也。’”

按，《淮南子·説山訓》“羿死桃部，不給射”，高誘注曰：“桃部，地名。羿爲逢蒙所殺，不及攝已而射。”又《帝王世紀》：“寒浞殺羿於桃棓而烹之，以食其子。”皆以桃部爲地名。謂部、棓爲古今字，而引之以證部爲大杖，謬矣。

9. 蛉，注云："蛉字之訛。舊注：音鈴，蟹距。又音琴，蟲名。並非。"

按，《淮南子·説林訓》"昌羊去蚤虱而來蛉窮"，誘注曰："昌羊、昌蒲、蛉窮、蝱蜓，入耳之蟲也。"

10. 烑，注云："俗字。舊注：音姚，光也。誤。"

按，《淮南子·要略》曰"挾日月而不烑，潤萬物而不耗"，誘注："挾，至也。烑音姚，光也。"

11. 蟌，注云："舊注：音聰，蜻蛉也。按，《淮南子》水蠆爲蟌莣，注：音矛務，蜻蛉也。《本草綱目》訛爲蟌。《六書故》水蠆爲蝈。並未詳《淮南》本作蟌莣，非獨舊注誤也。"

按，《淮南子·齊俗訓》"水蠆爲蟌莣"，注："音矛務。"又《説林訓》"水蠆爲蟌，孑孓爲蟁，兔齧爲蟹"，注云："蟌音聰，孓音廉，蟹音那。"爲蟌，爲蟌莣，皆見《淮南子》。

12. 菌，注云："音郡，朝菌，生糞土上，朝生暮死。又曰歘生芝。① 司馬彪注《莊子》曰：②"朝菌，大芝也，一名日及。不知槿名日及，朝菌非木槿，溷爲一物，誤。"

按，《淮南子·道應訓》"《莊子》曰'朝菌不知晦朔，蟪蛄不知春秋'"，誘注曰："朝菌，朝生暮死之蟲，生水上，狀似蠶蛾。一名孳母，

① "又曰"，《正字通》作"名"。

② "司馬彪注莊子"，《正字通》作"莊子注司馬彪"。

海南謂之蟲邪。”據此，則從來謂芝菌者，皆謬。蓋朝菌、蟪蛄皆小蟲也，而有知。若芝菌，又何知乎？又按，晋潘尼《朝菌賦序》：“朝菌者，蓋朝華而暮落，世謂之木槿，或謂之日及。詩人以爲舜華。尼以爲朝菌是木槿，謂之日及，又謂之朝菌，非生糞土者也。”又按，《玄中記》：“大月氏有牛名曰日及，割取肉一二斤，明日創愈。”豈必朝槿始名曰及哉？

13. 朗，注云：“同斵，郎果切，音蜾。《説文》‘柯擊也’。”

按，《淮南子·原道訓》“耳聽滔朗，奇麗《激》《抮》之音”，誘注：“朗音朗，《激揚》《抮轉》皆曲名。”又“新而不朗，久而不渝”，注曰：“朗，明也。”《魏都賦》“或黐朗而拓落”，潘岳《射雉賦》“畏映日之儻朗”，皆以明朗爲義。《後魏書·司馬叡傳》：“王敦使司馬楊朗等入於石頭。”《南齊書·蕭景先傳》：“義陽人謝天蓋與虜相搆扇。豫章王遣蕭惠朗二千人助景先討之。”朗與朗音義同也。注音蜾，謬。

14. 橉，注云：“鄰上聲。橉木堅實，一名橝。《廣雅》：‘橉，砌也。’舊注門限，並非。”

按，《淮南子·泛論訓》“枕户橉而卧者，鬼神蹠其首”，誘注：“橉音藺，又與轔同。”《説林訓》“雖欲謹亡馬不發户轔”，注曰：“轔，户限也。”

15. 瀿，注云：“俗字。舊注：音繁，汎云水名。又水暴溢。並非。”

按，《淮南子·俶真訓》“今夫樹木者，灌以瀿水，疇以肥壤”，誘注：“瀿音繁，波暴溢也。”又郭璞《江賦》“蹬之以瀿瀷”，注：“楚人謂水暴溢爲瀿。”

16. 垺，注云："舊注：音呼，引《玉篇》垺垺。按《玉篇》垺訓郭，此云垺垺，未詳。"

按，《淮南子·要略》曰："《俶真》者，窮極終始之化，① 嬴垺有無之精。"注曰："嬴，繞匝也。垺音呼，靡煩也。"垺垺，嬴垺，蓋即彌綸之義也。

17. 醠，注云："昂上聲。《説文》'濁酒也'。醶同醠，俗省。"

按，《淮南子·説林訓》"清醶之美，始於耒耜"，誘注："醶音瓮，清酒也。"引《説文》訓濁，誤。

18. 㾺，注云："俗字，杯或作桮、�、环。盃改从麻，非。"

按，《方言》："案，陳、楚、宋、魏謂之㯱。杯，秦晉曰盌，吴越間曰盪，齊若平原以東或謂之㾺、桮。"非盃字改从麻也。又孟光舉案齊眉，當即《方言》之所云"案曰㯱，杯曰盌"，是也。楊用修以爲几案，誤矣。

19. 鉈，注云："音蛇。《説文》'短矛'。舊本矛部䂶即鉈重文，復從《正譌》音施。分鍦、鉈爲二，誤。"

按，《方言》："矛，江、淮、南楚、五湖之間謂之鉈。"此則音蛇者也。《實録》："自古皆有革帶反插垂頭。唐高祖令向下插垂頭，取順下之義，名鉈瓦。"此乃音施者也。何謂無分？

20. 甃，注云："俗字。罌瓶不當别名甃。"瓬，注云：

① "極"，《淮南子·要略》作"逐"。

“舊注音膽，① 大罌。又音沈，罌之小者。一罌分二體，此不通物理，強生分別之誤也。甎爲俗字無疑。”

按，《方言》：“罌，靈桂之郊謂之瓶，其小者謂之甎，秦之舊都謂之甄，江湖之間謂之甇。”郭注：“甎，都感反。甇，仕江反。”

21．瓺，注云：“訛字。瓶不必別名瓺。”

按，《方言》：“罃，陳、魏、宋、楚之間曰甋，或曰瓶。燕之東北、朝鮮、洌水之間謂之瓺。”郭注：“瓺音暢。”

22．磪，注云：“俗訛字。”

按，《方言》“碓謂之磪”，郭注云：“且對反。”

23．頙，注云：“訛字。一曰頭，訛爲頙。舊注：音策，正也。又音嘖，義同。並非。”

按，《彝器款式》周有史頙父鼎，其銘曰：“史頙作朕皇考釐仲王母乳母尊鼎。頙其萬年多福無疆。”頙从正，當讀爲正。頭、頙皆頙之訛。

24．𡛜，注云：“嫋字之訛。嫋無出音。② 舊注同，③ 嫋誤。”

按，《齊侯鎛鐘銘》：“不顯穆公之孫，其配虁公之𡛜。”薛尚功曰：“𡛜，字書無。從出，恐是妰字。妰音乏，女好貌。”是𡛜非嫋訛也。

25．孫，注云：“舊注古文孫。崔伯渠曰：④ 二其子也，

① “膽”，原作“躭”，今據《正字通》改。

② “嫋無出音”，《正字通》作“從出，無嫋音”。

③ “同”，原作“音”，今據《正字通》改。

④ “伯”，《正字通》作“後”。

子之子也。按孫非止二其子也，改作孨，非。”

按，《周乙公鼎銘》曰：“乙公作尊鼎，子孫=永寶用。”《圓鼎銘》曰：“惟十有三月，用吉金自作寶鼎，其子孫=永用享。”《王子吴鼎銘》曰：“其眉壽無諆，子孫=永保用之。”子即兩子字，猶言子子孫孫也，崔以爲一字，誤矣。

26. 曩，注云：“音杞。《説文》‘長踞也’。舊注：又音起，與杞同，古國名。並非。”

按，《曩公匜銘》：“曩公作爲子叔姜盥匜。”薛尚功曰：“曩者，古國名。衛宏云：與杞同。”

27. 伿，注云：“音異。《説文》‘嬉也’。《長箋》：伿人，猶言具員是嬉也。”

按，《齊侯鐘銘》：“伿小臣唯輔，咸有九州，處禹之都。”伿小臣者，是亦具官之義也。

28. 蓌，注云：“音登。《篇海》金蓌草，又苦芋，《本草綱目》作苦蓌。”

按，《國語》：“蓌笠相望於艾陵。”唐固曰：“蓌，夫須也。”

29. 潡，注云：“同渴。舊注引《正譌》从潡，廢渴。泥。”

按，《國語》：“秦后子謂其徒曰：趙孟忨日而潡歲，偷怠甚矣。”韋昭曰：“忨，偷也。潡，遲也。”宋庠音口曷切。若以爲渴歲，則當與隱三年《公羊傳》“渴葬也”義同。何休曰：“渴喻急也。”又何以潡爲遲乎？

30. 跰，注云：“俗字。舊注：音祥，趨行也。按《曲禮》《少儀》皆借翔，俗作跭。今不從。”

按，《國策》“楚王游於雲夢，有狂兕跭車依輪而至”，鮑彪注曰：“《集韻》：‘跭，音詳，趨行也。’”跭與戕義同，非翔字俗作跭也。

31. 嚕，注云：“舊注音魯，引《玉篇》語也。釋梵呪多嚕字，《六書》不載。”

按，《焦氏易林》：“鳥嚕夜中，以戒災凶。”嚕亦古字，《六書》不載，遺之也。

32. 輷，注云：“輷字之訛。舊注訓同轟，非。”轠，注云：“俗字。舊音疊，車聲，誤。”①

按，《焦氏易林》：“輷輷轠轠，歲暮偏敝。寵名復棄，君衰於位。”二字非訛俗也。

33. 偆，注云：“同賰。《説文》作僖，富也。”

按，《春秋繁露》：“春之爲言猶偆偆也。秋之爲言猶湫湫也。”偆偆者，喜樂之貌也。湫湫者，憂悲之狀也。謂偆同賰，非也。

34. 擷，注云：“訛字。”胴，注云：“訛字。”

按，《尤射》曰：“擷悛民，于是誦，太史胴采作《尤射》。”二字亦非訛也。

35. 庲，注云：“音來，舍也。又地名，蜀地有庲降。”

按，《華陽國志》：“庲降賈子，左擔七里。”酈元《若水注》引之，朱謀㙔曰：“庲降，屯名也。”又《蜀志》先主命李恢爲庲降都督使。

---

① “誤”,《正字通》作“泥”。

36. 獽，注云："訛字。舊注獸名。獸屬無獽。"

按，常璩《巴志》涪陵諸縣北有獽蜑。《隋書·地理志》梁州："傍南山雜有獠户，又有獽、狿、蠻、賨。"非訛字也。

37. 榀，注云："輠本字。[1] 舊注引《正譌》不當别作�、[2] 輠，誤。"

按，《唐書》諸羌州百六十八，有榀眉州、榀林州。《説文》舊有榀字，非本爲輠也。

38. 鎊，注云："鲂字之訛。舊注同飾，《舉要》鎊同鲂，並非。"

按，《唐書·地理志》鎊州屬靜邊州都督府。鎊字从芳，非鲂之訛也。

39. 鰗，注云："訛字。舊注音懈，魚名。泥。"

按，《唐志》嶺南有鰗州，隸邕州都督府。

40. 㺔，注云："俗字，《説文》：'稠，多也。'舊注引《玉篇》'㺔，大也，多也'，與稠義相近。改音凋，非。"

按，《唐書·南蠻傳》卭黎二州之東有凌蠻，西有三王蠻，疊甓而居，號㺔舍。㺔音凋，非俗字也。

41. 囨，注云："舊注音迷，地名。按即䍘字，地名，本作蘼。"

---

① "輠本"，原作"本輠"，今據《正字通》乙正。

② "輠"，原脱，今據《正字通》補。

按，屈原《九歌》“𦈢芳椒兮成堂”，① 朱子注曰：“𦈢，古播字，本作𡆹，一作播。”新舊注皆謬。

42. 秺，注云：“同秅。《説文》：‘秅，直加反。’② 俗作秺、秺。舊注：秺，當故切，漢侯國名。秺，都故切，孝昭時所封國名。前後異同，蓋未詳秺本作秅。秺與秺皆秅字俗書之訛。”

按，《漢志》“濟陰秺縣”，孟康“音妬”，《史記·將相年表》：“孝武後元二年二月己巳，③ 都尉金日磾爲車騎將軍，秺侯。孝昭始元元年九月，日磾卒。”《前漢書·功臣侯表》：“秺敬侯金日磾，以發覺侍中莽何羅反侯。始元二年丙子封，一日薨。”據《孝昭本紀》“始元元年九月丙子，車騎將軍日磾薨”，與《史記》同。則是始元二年二字誤。又按《佞幸傳》“孝昭時駙馬都尉秺侯金賞嗣父爵爲侯”，師古曰：“秺音丁護反。”秺與秺本一字也。田藝蘅《同文舉要》曰“《孝經》宅作厇”，是也。《史》《漢》兩表及志傳皆作秺字，無有作秅者。《聘禮》：“十稯曰秅，四百秉爲一秅。”《周禮·掌客》“車禾三秅”，陸氏《釋文》：“秅，丁故反。或宅加反。”蓋秅有妬音，非謂秺即秅也。《漢·西域傳》曰“皮山國西南至烏秅國”，鄭氏“秅音拏”，師古“秅音直加反”，則讀秅爲妬，亦《釋文》之單説矣。何謂秺與秺皆秅字俗書之訛耶?

43. 涫，注云：“孤烘切，音宫。縣名，在酒泉。”

按，《前漢·地理志》《後漢·郡國志》酒泉郡有樂涫縣，無涫縣。涫注云：“音官。”已引《漢志》，是矣。此又云“涫縣音宫，在酒泉”，謬。

---

① “𦈢”，原作“𦈢”，今據《楚辭·九歌·湘夫人》改。下“𦈢”字同。

② “直加反”，《説文》作“宅加反”。

③ “二月”，原作“九月”，今據《史記·漢興以來功臣年表》改。

44. 惇，注云："俗字。"

按，《唐書·王難得傳》："從哥舒翰擊吐蕃，至積石，虜吐谷渾王子悉弄参及悉頰藏而還。復收五橋，拔樹惇城，進白水軍使。"何得以惇爲俗字？

45. 忋，注云："同忌。舊注：音改，又音海。訓恃也。兩誤。"

按，《唐書·地理志》党項州七十三，有忋州，自不當與忌同。

46. 坈，注云："坑字之譌。《韻補》引《水經注》漯水又東北爲馬常坈。按《水經注》本作坑，譌从冗，非。舊注改而勇切，汎云地名，尤非。"

按，《水經》"漯水逕千乘縣二城間，又東北爲馬常坈"，酈道元曰："坈東西八十里，南北三十里，亂河枝流而入於海。"朱謀瑋曰："《玉篇》有坈字，而勇切，云地名也。"是《水經》本作坈，亦非舊注改而勇切矣。又酈注曰："商河首受河，亦漯水及澤水所鍾也，世謂之清水。自此逕張公城西，又北重源潛發，世謂之落里坈。"《河水注》曰："七里澗在陝縣西七里，谷水自南山通河，亦謂之曹陽坈。"《浪水注》云："南海郡昔治在今州城中，入城東南偏有水坈陵。"是《水經》皆作坈，未嘗作坑也。《史記·貨殖傳》"猗頓用盬鹽起"，正義曰："河東鹽池中又鑿得鹽坈。"豈盡爲坑之譌乎？

47. 齣，注云："譌字。"

按，《前漢書·景十三王傳》："長沙定王發薨，子戴王庸嗣，二十七年薨。子頃王鮒齣嗣。"服虔曰："齣音拘。"師古曰："齣音朐。"①

① "朐"，《漢書》颜注作"劬"。

齣正非訛字。

48. 愺，注云：“舊注音受，漢武安侯愺。按，《史》田蚡子梧國除。外同姓、異姓王子侯、恩澤侯、功臣侯，皆無武安侯名愺者，舊注人名，無稽。”

按，《前漢書·王子侯表》：“武安侯愺，楚思王子，孝哀帝建平四年三月丁卯封。元壽二年，坐使奴殺人免。”師古曰：“愺音受。”又《恩澤侯表》：“田蚡子恬，元朔三年免。”云梧，亦非。

49. 路，注云：“舊注音格，人名。《前漢·功臣表》幾侯張路。按高祖功臣侯者一百四十三，《史記》表無路名。”

按，《前漢書·景武昭宣元成功臣表》：“幾侯張路，以朝鮮王子漢兵圍朝鮮降侯。”師古曰：“路音格，又音各。”乃謂無路名，何也？

50. 猸，注云：“俗歸字。”

按，《彝器欵式》周有叔猸敦，其銘曰：“叔猸生作尹姞尊敦。”薛氏曰：“叔猸生者，叔伯仲之序也。猸則其名耳。”豈爲俗字耶？

51. 翖，注云：“同翕。① 又人名，漢有侯翖。”

按，《漢·張騫傳》“傅父布就翖侯”，李奇曰：“布就，字也。翖侯，烏孫官名也。”《西域傳》：“冒頓單于攻破月氏，乃遠去，西擊大夏而臣之。其餘不能去者，保南山羌，號小月氏。共稟漢使者。有五翖侯：一曰休蜜，二曰雙靡，三曰貴霜，四曰肸頓，五曰高附。”師古曰：“翖即翕字。”《唐書·地理志》有五翖州，蓋取此爲名耳。舊注誤以侯翖爲人名，今獨因之而不改，何也？

---

① “同”，原脱，今據《正字通》補。

52. 鈃，注云："音堅。《莊子》：求鈃鍾也以束縛。鈃與銒別，《莊子》宋鈃，即《孟子》宋牼。郭象注讀鈃爲堅，而鈃鍾讀爲銒，誤。鈃無形音，舊注又音形，非。"

按，《穆天子傳》"至於鈃山之下"，郭璞注曰："鈃音邢。"何謂無形音也？《荀子》曰："其持之有故，言之成理，足以欺惑愚衆，是宋鈃也。"楊倞注曰："宋鈃，宋人，《孟子》作宋牼。牼與鈃同，口莖反。"又昭二十年《左傳》"華牼"，陸氏《釋文》曰："牼，苦耕反。"是鈃與牼皆有形音矣。

53. 蕑，注云："蕑，蘭草。又姓，《史·淮南厲王傳》中尉蕑忌。蕑姓之蕑，《姓譜》音簡。舊注音奸，非。"

按，《前漢書》："夏侯勝從始昌受《尚書》及《洪範五行傳》，後事蕑卿。"師古曰："蕑姓卿名，① 音奸。"

54. 㖃，注云："音耨，羌別種。《漢書》有速絫㖃種。舊注改音辱，非。"

按，《前書·馮奉世傳》："今發三輔、河東、弘農越騎、迹射、佽飛、彀者、羽林孤兒及呼速絫㖃種。"劉德曰："㖃音辱，羌別種也。"《匈奴傳》"前所得西㖃居左地者"，孟康曰："㖃音辱，匈奴種也。"小顔"音奴獨反"，是㖃皆音辱也。又"呼韓邪單于未至㖃姑地"，② 小顔注："㖃，乃彀反。"蓋㖃有去入兩音，音耨者乃地名也。《匈奴傳》"呼速絫溫敦"，注曰："呼速絫者，其官號也。"《宣帝紀》有呼速絫單于可證。今去一呼字，非。謂㖃不當改音辱，亦非。

---

① "蕑姓卿名",《漢書》顔注作"姓蕑名卿"。

② "邪",原脱,今據《漢書·匈奴傳》補。

55. 櫟，注云："俗桀字。《正韻》櫟注：唐有趙櫟。憲宗時爲振邺使。按，唐人以櫟命名，亦誤用俗字。非櫟爲桀之重文，[①] 删櫟可也。"

按，《唐書·薛從傳》：[②]"累遷汾州刺史，徙濮州，儲粟二萬斛以備凶災。於是山東大水，詔右司郎中趙櫟爲振邺使。櫟表其才，擢將作監。"乃謂其誤用俗字，真臆説也。

56. 蚘，注云："舊注蚩蚘，黄帝臣。又蚩蚘旗。按，《尚書注》《吕氏春秋》《天文志》未有作蚩蚘者。"

按，《周禮·肆師》注：鄭康成曰："貉，[③] 師祭也。祭造軍法者，其神蓋蚩蚘云。"又宋祁《景祐集韻》蚩尤作蚩蚘。此二處皆作蚘字。

57. 猭，注云："音訕。《説文》'惡健犬也'。"

按，《王莽傳》"故呼韓邪單于稽侯猭累世忠孝"，[④] 師古曰："猭音删，又音先安反。"今猭無平音，非也。

58. 瞀，注云："音茂，又音謀。舊注引王逸《九思》：'進慕兮九旬，復顧兮彭瞀。'瞀，今本作務。[⑤] 按，《九思·逢尤篇》注：彭咸、務光，古介士。務一作牟。古務雖與牟、瞀通，[⑥] 改爲瞀，非。"

按，《後漢書》張衡《應間》曰："於心有猜，則簋飧饌餔猶不屑

① "非"，原脱，今據《正字通》補。
② "薛"，原作"蘇子"，今據《新唐書·薛從傳》改。
③ "貉"，原作"禡"，今據《周禮·肆師》鄭玄注改。
④ "邪"，原脱，今據《漢書·王莽傳》補。
⑤ "本"，《正字通》作"文"。
⑥ "牟、瞀"，《正字通》作"瞀、牟"。

餐，旌晵以之。”太子賢注曰：“爰旌晵，[①] 餓人也。一作爰精目。《列子》：東方有人焉，曰爰精目，將有適也，而餓於道。狐丘父之盜下壺飧以餔之。[②] 爰精目三餔而後能視，曰：吾義不食子之食也。兩手據地而歐之，遂喀喀而死之也。”[③] 注者不知，改晵爲務，以敄與務相似而訛也。今反譏舊注改爲晵，則非矣。

59. 吞，注云：“舊注音桂。又《正韻》箋注：晋有吞道元。楊用脩作吞，讀天。按，《六書略》論創意曰炅、吞、炔，三字並音桂，[④] 乃秦博士桂真之後，避地各撰其姓之文。三字臆造，不足存。”

按，《後魏書·高吞傳》：“吞字明珍，有器尚。拜朝請散騎侍郎。”則吞字之義訓明，可知。又《前漢書·王子侯表》“徐鄉侯劉炔”，師古曰：“炔音桂。”《儒林傳》“許商號其門人齊炔、欽幼卿爲文學”，《師丹傳》“博士申咸、炔欽上書言丹經行無比”，蘇林曰：“炔音桂。”又按《孔子閒居》引《詩》云“先君之思，以勗寡人”，鄭氏曰：“此衛夫人定姜之詩也。”陸德明曰：“此是《魯詩》，《毛詩》爲莊姜。”疏曰：“與《詩注》不同者。按《鄭志》炅模云：注《記》時質就盧君，後得毛傳，乃改之。”據此，是有炅姓也。吞、炔、炅三姓，古昔應有是字，顧疑爲臆造，不足存耶？楊用脩讀吞爲天，蓋以諸書記有吞道元《與吞公箋》，又有劉穆之《與天公箋》，乃致斯疑。不知吞與天，皆爲吞之訛耳。

60. 𡨥，注云：“訛字。舊注音桓，引《玉篇》，汎云周地

---

① “旌”，原作“精”，今據《後漢書·張衡傳》李賢注改。

② “壺”，原作“盤”，今據《後漢書·張衡傳》李賢注改。

③ “之也”二字，《後漢書·張衡傳》李賢注無。

④ “並音桂”，原脱，今據《正字通》補。

名，誤。考《地理志》闕寘。”

按，《彝器欵式》周有師寘鼎，銘曰：“師寘父作季姞尊鼎。”又有師寘父簋，有姬寘豆，又有簠蓋銘曰：“姬寘毋。”據此，寘正非譌字。又按，寘即寞，古今字也。

61. 㠆，注云：“音意，正也。又古儀字，本作㠆。”

按，《唐書·公主列傳》：“憲宗第四女宣城公主，下嫁沈㠆。”“㠆”字僅見此。

62. 𠷎，注云：“𠷎之譌。辯，俗作𠷎。舊本改从功，非。”

按，《唐書·牛仙客傳》：“帝既用仙客，① 力士曰：‘仙客本胥吏，非宰相器。’帝忿然曰：‘朕且用康𠷎。’蓋恚言也。有爲𠷎言者，𠷎以爲實，喜甚。”𠷎从功，非𠷎譌也。《正字通》於𠷎字注，引史作“康𠷎”，誤。

63. 昚，注云：“舊注古慎字，引《史》趙割地和秦，虞卿曰：‘王昚勿予！’按，《説文》作眘，《正韻》古亦作脊，从目从肉，此皆義之可疑者。雖宋孝宗名昚，載在史籍，必以昚、脊爲古文慎，則固也。”

按，《表記》“君使其臣，得志則慎慮而從之”，陸氏《釋文》曰：“慎，本亦作古昚字。”《漢書》武帝詔“海外肅昚”，師古曰：“《周書序》云成王既伐東夷，肅昚來賀，即謂此。”《魏書·李彪傳》：“《唐典》篆欽明之册，《虞書》銘昚徽之篇。”徐陵文：“肅昚茫茫，風牛南偃。”梁元帝《謝賜縟啓》：“便覺肅昚非遥，挹婁無遠。”《隋書·何妥傳》：

① “既”，原作“欲”，今據《新唐書·牛仙客傳》改。

“時人爲之語曰：世有兩雋，白楊何妥，青楊蕭昚。”《唐書·宰相世系表》楊崇禮户部尚書，子昚餘、昚矜、昚名，本傳作慎。《表》又有趙郡李叔昚次子游道，相武后。《藝文志》有平貞昚撰《孝經義》。《北史》有夏侯道遷次子夏侯昚。唐詩人有劉昚虚，開元時爲爲夏縣令。昚，古慎字，無疑也。余長子昚樞，亦用古慎字也。

64. 猈，注云：“補買切，音擺。《説文》‘短脛狗’。”

按，昭十三年《左傳》“蔡公使須務牟、史猈先入”，杜注：“須務牟、史猈，楚大夫蔡公之黨也。”陸氏《釋文》：“猈音皮皆反。”今作上聲，無平聲，非也。

65. 嬙，① 注云：“音戕。嬪嬙，婦官。漢王昭君名嬙。《舉要同文鐸》檣同嬙，非。”又木部“檣”，注云：“檣，船帆也。舊注：元帝賜單于王檣爲閼氏，誤。”

按，《前漢書·元帝紀》：“竟寧元年春正月，匈奴呼韓邪單于來朝，② 詔賜單于待詔掖庭王檣爲閼氏。”《後漢書·南匈奴傳》：“昭君字嬙。”則是《前書》作檣，非誤也。

66. 祱，③ 注云：“音税，漢郇越死，莽太子祱以衣衾。”

按，《前書·鮑宣傳》：“郇越，郇相，同族昆弟也。並舉州郡孝廉茂才。越散其貲千餘萬，以分施九族州里，志節尤高。相，王莽徵爲太子四友，病死，莽太子祱以衣衾。”此郇相事也，云郇越，誤。

---

① “嬙”，原作“檣”，今據《正字通》改。
② “邪”，原脱，今據《漢書·元帝紀》補。
③ “祱”，原作“祝”，今據《正字通》及《漢書·鮑宣傳》改。下“祱”字同。

67. 犨，注云："同觸。《晋·載記·李特傳》:[1]'馳馬追擊，犨倚矛被傷。'注：'犨，古觸字。'"

按，《晋·載記·李流傳》："流率蕩、雄攻常深柵，尅之。追至成都，蕩馳馬追擊，犨倚矛被傷。"非《李特傳》也。又《淮南子·齊俗訓》"鳥窮則啄，獸窮則犨"，高誘注曰："犨音觸。"

68. 媣，注云："才何切。《説文》'訬疾也'，《長箋》女不雜坐，從女坐，[2] 寓戒也。舊注：安也，又少貌。誤。"

按，《穆天子傳》"天子乃殯盛姬於轂丘之廟，王女叔媣爲主"，注曰："叔媣，穆王之女也。音癱痤。"媣，訓安及少貌者是。

69. 伶，注云："舊注音黔。伶佯，古樂人。按古樂人伶倫、榮猨、大容見史傳，無稱伶佯者。伶佯，即伶倫之訛。《篇海》誤同。"

按，《後漢書》班固《東都賦》"伶侏兜離，罔不具集"，太子賢注曰："鄭氏注《周禮》云：四夷之樂，東方曰《韎》，南方曰《任》，西方曰《株離》，北方曰《禁》。禁，《字書》作伶，音渠禁反。侏音摩葛反。"伶佯，蓋伶侏之訛，非伶倫之訛也。

70. 爁，注云："音覽。《六書故》火餤所攬及也。舊注：汎云火爁，非。按，爁無義，今不從。"

按，《宋史》："天聖二年，命左正言直史館張觀等勘按《隋史》。觀尋爲度支判官，續命黄爁代之。"謂"爁無義，今不從"，則《宋史》黄爁可塗抹耶？

---

① "載記"，原作"記載"，今據《正字通》及《晋書·載記》乙正。

② "從女坐"，原作"依女"，今據《正字通》改。

71. 娡，注云："舊注音志，有莘氏女，鯀娶謂之女娡。本作志。"

按，《史記·外戚世家》"王太后，槐里人，母曰臧兒"，索隱曰："皇甫謐云后名娡。"① 此女旁娡也。《世本》"鯀娶有莘氏女，謂之女志"，非"娡"也。

72. 堇，注云："音謹。《説文》'黏土也'。又劉守光圍滄州城，城中食堇塊。"

按，《唐書·藩鎮盧龍劉仁恭傳》:②"光化初，使其子守文襲滄州，節度使盧彦威棄城走，遂有滄、景、德三州地。天祐三年，朱全忠自將攻滄州，壁長蘆。仁恭悉發男子十五以上，得衆二十萬，屯瓦橋。全忠環滄築而溝之，内外援絶，人相食。仁恭從克用乞師，以兵三萬合攻潞州，降全忠將丁會，滄州圍乃解。仁恭築館大安山，掠子女充之，以堇土爲錢。斂真錢，穴山藏之。殺匠滅口。子守光烝其嬖妾，事覺，仁恭謫之。李思安來攻，屯石子河。守光引兵出戰，思安回攻大安山，虜仁恭，囚别室。"據此則襲滄州者守文，既而圍滄州者朱全忠。況滄州乃劉守光自有之地，何從自圍滄州，皆大謬。

73. 諔，注云："舊注：音捉，姓也。晋有諔韓。考《姓譜》無諔姓。《篇海》人名晋韓諔，非姓也。以名爲姓，倒作諔韓，誤中又誤。《姓苑》隋有韓綽，無韓諔。《篇海》亦誤。"

按，《晋·載記》："慕容德鎮鄴，魏師次新城，慕容青等請擊之。别駕韓諔進曰：今魏不可擊者四，燕不宜動者三。"又："慕容超正旦朝

① "后"，《史記索隱》無此字。

② "仁"，原作"思"，今據《新唐書·劉仁恭傳》改。

群臣於東陽殿，遂議入寇。其領軍韓諱進曰：①‘今陛下嗣守成規，宜閉關養士，以待賊釁。不可結怨南鄰，廣樹仇隙。’”乃謂無韓諱，何也？

74. 㔨，注云：“音倍，人名。晋有㔨督。又《晋紀》石勒初名㔨。”

按，《晋·載記》：“時胡部大張㔨督、馮突莫等擁衆數千，壁於上黨，勒往從之。因説㔨督曰：‘劉單于舉兵誅晋，部大距而不從，豈能獨立乎？’”㔨督蓋張姓也。又按石勒初名㔨。石季龍，勒之從子，祖曰㔨邪，父曰寇覔。是當時以㔨名者有三。《後魏書》“石勒小字匐勒，石虎祖曰匐邪”。匐即㔨，音義同也。音倍者，非。

75. 讜，注云：“俗字。舊注：丁浪切，當去聲，言中理也。按，經史本借當，加言旁，非。”

按，《隋書·經籍志》注：梁有李讜之《本草》一卷，李讜之《藥録》六卷，不考證切實，而遽云俗字，非也。

76. 剢，注云：“俗字。舊注：同郄，又音癡，出《釋典》。並非。”

按，《漢書·古今人表》有曹剢時，師古曰：“即曹欣時也。剢音許其反。”方密之《通雅》曰：“各字書無剢，惟《龍龕》作剢，丑脂切。”是剢有癡音也。

77. 猲，注云：“舊注：音喝，恐逼也。《史記》恐猲諸侯。按，《史·蘇秦傳》恫疑虚喝，《漢·王莽傳》恐喝良民，與《史記》恐喝義同。俗本訛作猲。他如《漢書·王子侯表》

① “進”，《晋書·載記》作“諫”。

葛魁侯寛坐縛家吏恐猲受賕，平城侯禮坐恐猲取人鷄，皆訛喝爲猲。”

按，《史記》“務以秦權恐愒諸侯”，不言恐猲。《王莽傳》“恐猲良民”，師古曰：“猲以威力脅之也。音呼葛反。”不言恐喝。《王子侯表》：“葛魁節侯寛元朔二年五月封，八年薨。元狩四年侯戚嗣，元鼎三年坐縛家吏恐猲受賕，棄市。”據此，則是恐猲受賕者戚也，今以爲寛，蓋沿《通雅》之誤而不之考耳。

78. 畯，注云：“同渻。舊注音俊，訓視，非。”

按，《漢書·諸侯王表》“魯恭王劉餘四世孫畯，陽朔二年嗣”，晋灼曰：“畯音鐫。”師古：“音子緣反。”此云與渻同，非也。

79. 呡，注云：“同唇省，與吻同。舊注音訓同吻。分呡、唇爲二，非。”

按，《魏策》“韓呡、周最”，注曰：“呡，元從口。”《秦策》“韓春謂秦王曰：珉欲以齊秦而困薛公”，鮑彪曰：“珉，元作呡，字書無之。”吴師道曰：“呡、珉，《策》字通。”據此，則呡非同吻也。

80. 簅，注云：“倉多切，筥屬。《同文舉要》專訓炭籠，① 非。”

按，《唐書·郭釗傳》“貽書譙蠻簅巔”，則簅又蠻姓也。

81. 玝，注云：“音五，人名。後蜀有委玝。”

按，《晋·載記》“楊難敵之奔葭萌也，恃險不法。李雄遣中領軍琀及將軍樂次等攻下辯，征東李壽督琀弟玝攻陰平”。琀及玝皆李雄兄李蕩

① “訓”,《正字通》作“指”。

之子。《字彙》誤以爲委玶，今復因之而不考，何也？

82. 麐，注云："尼昆切，人名。姚秦太史郭麐。"

按，《晋書·吕光傳》："光散騎常侍、太常郭麐。"涼武昭王《李暠傳》："常與吕光太史令郭麐及其同母弟宋繇同宿，麐起謂繇曰：君當位極人臣。李君有國土之分。"温公《通鑑》："涼散騎常侍太常西平郭麐善天文數術。"麐蓋後涼太史也。云姚秦，誤。

83. 挵，注云："俗弄字。《説文》：'弄，玩也。'舊注引《説文》，誤。"

按，《隋書》列傳："權武字武挵，天水人也。以忠臣子起家，襲爵齊郡公。"挵，當以武技爲訓。

卷二十四

翰林院檢討徐文靖　撰

正字通四

1. 桴，注云："編竹木代舟，大曰筏，小曰桴。又天官有天桴四星，横渡河漢，與天津九星並象形。"

按，《巫咸星簿讚》曰："天桴應節，度漏省時。"注曰："天桴，鼓槌也。謂應刻漏時節也。"石氏曰："天桴星明軍鼓鳴。"何得以此爲"桴筏"之"桴"？

2. 躳，注云："音麴。《史記·魯世家》：'周公還政成王，北面退就臣位，① 躳躳如畏然。'又東韻，音躬。義同。"

按，《魯周公世家》"躳躳如畏然"，徐廣曰："躳躳，敬謹貌。② 見《三蒼》，音窮。一本作夔夔。"③ 今云音麴，又音躬，皆非。

3. 矆，注云："訛字。舊注烏郭切，引《漢紀》'矆哉是

① "退"，《史記·魯世家》無此字。

② "敬謹"，《史記·魯世家》注作"謹敬"

③ "夔夔"，原作"毒奞"，今據《史記·魯世家》注改。

翁’。按《馬援傳》本作矍。目部‘矍’注引矍鑠。今訛爲矆，自相矛盾。”

按，《晋·律曆志》“黄鐘爲變徵”,① 注曰：“下徵之調，林鐘爲宫，大吕當爲變徵。而黄鐘笛本無大吕之聲，故假用黄鐘以爲變徵也。假用之法，當爲變徵之聲，則俱發黄鐘及太簇、應鐘三孔。黄鐘應濁而太簇清，大吕律在二律之間，俱發三孔而微磑矆之,② 則得大吕變徵之聲矣。”矆字見此，非訛也。

4. 篷，注云：“篴字之訛。”

按，《隋·音樂志》“柱國沛公鄭譯云：考尋樂府鐘石律吕，皆有宫、商、角、徵、羽、變宫、變徵之名。七聲之内，三聲乖應，每恒求訪，終莫能通。先是周武帝時有龜兹人曰蘇祗婆，從突厥皇后入國，善胡琵琶。聽其所奏，一均之中間有七聲。因而問之，答云：父在西域，稱爲知音，代相調習，調有七種。以其七調,③ 勘校七聲，冥若合符。一曰娑陁力，華言平聲，即宫聲也。二曰鷄識，華言長聲，即南吕聲也。三曰沙識，華言質直聲，即角聲也。四曰沙侯加濫，華言應聲，即變徵聲也。五曰沙臘，華言應和聲，即徵聲也。六曰般贍，華言五聲，即羽聲也。七曰俟利篷，華言斛牛聲，即變宫聲也。譯因習而彈之，始得七聲之正。”據此，則篷非篴之訛也。

5. 箹，注云：“訛字。舊注：音角，竹榱。又音屋，竹名，非。”

按，《宋會要》曰：“白鷺車，隋所置也。柱杪刻木爲鷺啣鵝毛箹。”注：“音角。”

---

① “曆”,原作“書”,今據《晋書・律曆志》改。
② “微”,原作“徵”,今據《晋書・律曆志》改。
③ “調”,原作“種”,今據《隋書・音樂志》改。

6. 笶，注云："訛字。舊注：音替，車節。按孫愐引《説文》'笑，喜也，从竹从大'。由此推之，笶非車屬，甚明。舊注笶混軑，誤。"

按，孫愐《唐韻》："篒，車籃也。一名笶。"笶音替。又《宋史》："嘉祐六年，中丞韓絳請以閤門祇候内侍各二人挾駕頭左右次扇篒。"篒，曲柄繡蓋，即笶也。舊注車節，乃車篒之訛。笶非訛也。

7. 籑，注云："同饌。本作籑。"

按，《前漢書·司馬遷傳贊》："自古書契之作而有史官，其載籍博矣。至孔氏籑之。"師古曰："籑與撰同。"今云同饌，本作籑，誤也。

8. 苳，注云："同芝。《説文》芝重文，引杜林説从多。當从芝爲正。"①

按，《後漢·哀牢夷傳》"建武二十三年，其王賢栗遣兵乘箄船下江漢，擊附塞夷鹿苳"，注云："苳音多。"又借作芻，魏鍾繇《宣示帖》"苳蕘之言，可擇廊廟"，注云："苳、芻同。"今以爲同芝，非。

9. 苋，注云："同悅。愴悅，《集韻》作敞苋。"

按，《漢·外戚傳》武帝賦曰"寖淫敞苋，寂兮無音"，師古曰："苋，古恍字。"《集韻》本此。

10. 茦，注云："音爺，即今菖蒲。《長箋》以茦爲椰子樹。"

按，《隋書·林邑傳》："婦人椎髻施椰葉席。"又《國清百録》："僧智顗在靈曜寺，陳少主命主書羅闡宣口敕，施茦椰二千子節子一百枚，

① "當",《正字通》無此字。

茀席一領。”《長箋》以茀爲椰子，是也。

11. 𤬁，注云：“俗字。舊注：音駢，白𤬁，又黄𤬁，瓜名。並非。”

按，《後魏書·郭祚傳》：“祚曾從世宗幸東宫，肅宗幼弱，祚懷一黄𤬁，出奉肅宗。時應詔左右趙桃弓與御史中尉王顯迭相脣齒，① 深爲世宗所信。時人謗祚者號爲桃弓僕射、黄𤬁少師。”又陸機《瓜賦》：“其種族類數，則有括蔞、定桃、黄𤬁、白𤬁、金文、蜜筩、小青、大班。”何云並非？

12. 榪，注云：“譌字。音痕，平量斗斛。誤。”

按，《南齊書·文獻王嶷傳》：“嶷以定策功，封永安縣公，仍都督八州諸軍事，鎮西將軍、荆州刺史。嶷至鎮，以市税重濫，更定槝格，以税還民。”則槝格乃平量斗斛之格也。今字書乃有榪而無槝，諺云“字經三寫，烏焉成馬”，信夫！

13. 樤，注云：“槲字之譌。舊注音癬，汎云木名，非。”

按，《宋書》謝靈運《山居賦》“擿樤陰摽”，自注云：“樤音尠，采以爲飲。”② 則樤非槲之譌矣。

14. 棕，注云：“俗柰字。柰本從木旁，加木非。”

按，《史記》相如《遊獵賦》：“楟棕厚朴。”謝靈運《山居賦》“杏壇棕園”，自注云：“《維摩詰經》棕樹園。”又梁劉孝威《謝東宫賜淨饌啓》：“餅兼髓乳，漿包蔗棕。”《後魏》列傳：“室韋國有大水名棕水。”

① “尉”，原作“丞”，今據《魏書·郭祚傳》改。

② “飲”，原作“飯”，今據《宋書·謝靈運傳》改。

唐《開元占經》引《地鏡》曰："天雨棕，兵起西方。"南卓《羯鼓録》諸宫曲太簇商有《棕利梵曲》。棕皆从木。

15. 捺，注云："乃八切，手重按也。《字林》搦捎也。"

按，《後魏書·楊侃傳》："梁裴邃移曰：'魏始於馬頭置戍，如聞欲修白捺舊城。若爾，便相侵逼。'侃曰：'白捺小城，本非形勝。'因移曰：'彼之纂兵，想别有意，何爲妄搆白捺也？'"又《宋書》："范蔚宗《和香方》、安息鬱金、捺多和羅之屬，並被珍於外國，無取于中土。"又《通鑑》："長興三年，幽州奏契丹屯捺利泊。"又《佛報恩經》："波羅捺王名摩訶羅闍。"捺字注於手捺外，亦當頗有所引。

16. 頿，注云："俗字。《莊子》本作䫏。《説文》作頾。舊本訛作頿，附五畫，非。"

按，蔡邕《釋誨》："攝須理髯，餘官委貴。"蜀孔明《與雲長書》："未若髯之絶倫逸群也。"《南史》："鮑泉美鬚髯，善舉止。"《北齊書》："許惇美鬚髯，下垂至帶，省中號爲長鬣公。"《元史》："楚材身長八尺，美髯弘聲。帝偉之，處之左右，遂呼楚材曰吾圖撒合里，而不名。吾圖撒合里，國語長髯人也。"字皆作髯。據《史記·大宛列傳》："自大宛以西至安息國，其人皆深眼多鬚頿。"字正作頿，則頿爲古字，非舊本訛作頿也。

17. 絔，注云："訛字。舊注音陌，頭巾。當从帞。"

按，《晋書·五行志》："元康中以氈爲絔頭。"從絲作絔，非訛也。

18. 帣，注云："舊注與拳同。《篇海》《類編》作帣。按，帣、帣皆拳之訛。从巾、从帀，並非。"

按，《唐書·黄巢傳》："王處存遣鋭卒五千，① 以白帬自誌，夜入殺賊。"又"市少年亦冒作帬，肆爲剽"。蓋帬者，以巾束髪之名，非"羣"之訛也。

19. 嗢，注云："舊注：音屋，咽也。按，潘岳《笙賦》先嗢噦以理氣，注：嗢噦，吹氣吐翕起伏也。孫愐烏没切。舊改音屋，② 非。"

按，《笙賦》："援鳴笙而將吹，先嘒噦以理氣。"嘒，烏没切，非嗢也。馬融《長笛賦》："踊溢留連，嗢噱終日。"梁劉孝標《答劉遴之借彙苑書》："嗢飫膏液，咀嚼英華。"《後魏·官氏志》有嗢盆氏、嗢石蘭氏。《唐·地理志》有嗢鹿州。又東受降城，回鶻衙帳，南依嗢昆水。又吐蕃奴部渾末，亦曰嗢末。《回鶻傳》："嗢没斯率三部及鐵勒大酋詣振武降。"《遼史·志》有奚嗢部。内典有嗢逝尼國猛光王，又沙彌比丘六物，以上衣爲嗢唱囉僧伽。《本草綱目》以茅香爲嗢尸羅。《容齋四筆》以青蓮華爲嗢鉢摩花。如此類者，烏得以一音概之？

20. 崛，注云："舊注：音骨，憂貌。無義。《説文》詘重文，作誳。以此推之，崛即咄也。"

按，《括地志》："王舍國有靈鷲山，胡語耆闍崛山。山是青石頭似鷲鳥，名耆闍崛也。"崛，山石也。張籍詩："春江無雲水平滿，江心崛崛鳧鶵鳴。"言其水湧江心如山石之崛崛也。《穆天子傳》曰"飲於河水之阿"，郭注："阿，水峯也。"水崛猶水峯，崛即崛也。又《隋書·滕王綸傳》："沙門惠恩、崛多等頗解占候。"字皆作崛，非即爲咄矣。

① "遣"，《新唐書·黄巢傳》作"選"。
② "舊改"，《正字通》無此二字。

21. 頜，注云："音窟，秃也。舊注又頬旁骨。非。"

按，《考工記·梓人》"爲筍簴，作其鱗之而"，注曰："之而，頬頜也。"疏曰："謂動頬頜，可畏之貌。"頜，苦紇反，又音混。何謂非也？

22. 躎，注云："俗蹯字。"

按，《漢書·哀帝紀贊》"即位痿痺"，如淳曰："痿音躎蹊弩。病兩足不能相過曰痿。"顔師古曰："躎蹊者，弩名，事見《晋令》。躎音煩，蹊音犩。"

23. 跉，注云："俗字，舊注：音分，蹶也。誤。"

按，楚襄王大言曰："并吞四夷，飲枯河海，跂越九州，無所容止。身大四海，愁不可長。據地跉天，迫不得仰。"跉訓蹶，本此。

24. 鍮，注云："訛字。舊注：音育，鴮鍮，温器。非。"

按，《北魏書·蠕蠕傳》：肅宗詔賜阿那瓌："新乾飯一百石，麥麨八石，榛麨五石，銅烏鍮四枚，柔鐵烏鍮二枚，各受二斛。"鍮正非訛字也。又《穆天子傳》"天子觴重䍃之人鰥䲧，乃賜之黄金之罌二九，銀烏一隻"。疑即爲銀鴮也。後人加金作鴮耳。

25. 睪，注云："俗字。舊注：音亦，又音浩。並非。《六書》無睪，宜删。"

按，《晋·載記·李特傳》："昔武落鍾離山崩，有石穴二所，一赤一黑。有出於黑穴者凡四姓，曰睪氏、樊氏、柏氏、鄭氏。""睪"字何可删也？

26. 晨，注云："音神。舊注古字，上从臼。不知从臼者，从日之訛也。《正韻》八真注引《漢・律曆志》晨星始見,[1]亦訛。"

按,《漢志》"明日壬辰，晨星始見"，師古曰："晨，古晨字。其字从臼。臼音居玉反。"

27. 襤，注云："同褸，訛字。"

按,《唐・車服志》："殿庭文舞郎，黄紗袍，黑領襈，白練襤襠。"又《元史》："明玉珍攻雲南，總管段攻追敗之。梁王以女阿襤妻之。"自有襤字，非褸之訛也。

28. 祴，注云："俗字。"

按,《唐書》："骨利幹之東，室韋之西，有鞠部落，亦曰祴部落。"又《驃國傳》："樂工皆昆侖，衣絳朝霞爲蔽膝，謂之祴襔。"

29. 鉝，注云："舊注：音立，胡人食器。無確據，沿《篇海》誤。"

按,《南齊書・扶南傳》："永明二年，闍邪跋摩遣天竺道人釋那伽仙上表稱臣，并獻金鏤龍玉坐像一軀、白檀像一軀、牙搭二軀、古貝二雙、瑠璃蘇鉝二口、瑇瑁檳榔柈一枚。"何云無據?

30. 忡，注云："訛字。"

按,《遼史》："正月十六日，宴國舅族曰忡里副葉隆禮。"《遼志》："二月大族姓蕭者並請耶律姓於本家筵席，呼此節爲瞎里副，漢譯云瞎里是請副是時。"據此，忡當音瞎，義同也。

---

① "曆",原作"書",今據《漢書・律曆志》改。

31. 碉，注云："俗字，石室，不必作碉。音周，亦非。"

按，《隋書・崔仲方傳》："時諸羌猶未平,① 詔令仲方擊之，與賊三十餘戰，紫姐、四鄰、望方、涉題、千碉、小鐵圍山、白男王、弱水等諸部悉平。"《西域傳・附國》："東北緜亘千里，往往有羌：大、小左封、昔衛、葛延、渠步、桑悟、千碉,② 並在深山窮谷。"又《元史》："憲宗四年，滅吐蕃於四川徼外，置碉門、魚通、寧遠等處宣撫司。"碉蓋非俗字也。

又按，《一統志》："松潘風俗，日耕野壑，夜宿碉房。"《硯北雜録》曰："松潘建昌諸夷所宿碉房，十家五家壘石而上，不以左右爲隣，而以上下。牛馬登陟，兩無猜忌。亦呼碉樓，武侯征羌時遺制也。説見《九州記》。"《字彙》："碉音凋，石室也。又音周，義同。"未爲非也。

32. 巃，注云："俗字。"

按，梁元帝《梁安寺刹下銘》曰："阿閣巃巃，洞房窋㝗。"巃字僅見此。

33. 踮，注云："俗踢字。《篇海》作踮、蹢，非。"膪，注云："訛字。舊注：音債，腏肉也。又音摘，義同。並非。"

按，阮籍《莊論》："風摇波蕩，相視膪脈，亂次而退，踮跌失迹，隨而望之耳。"《吴都賦》："䨲褫氣慴而自踢跃者。"義正相似，非訛俗也。

34. 鵪，注云："鴟、鵪同。《博物志》鴟一名鵪鵂。舊注音迭，汎云鳥名。誤。"

① "平",《隋書・崔仲方傳》作"賓附"。

② "千",原作"於",今據《隋書・西域傳・附國》改。

按，《晋書》“李暠《述志賦》：穢鵶鳶之籠嚇”，《北史·崔光傳》“鵶鵲巢於廟殿”，《隋書·宇文愷明堂議》“自古未有鵶尾”，魏彦深《鷹賦》“或似鶉頭，或似鵶首”，鵶即鴟也。此當讀爲鴟。江總施僧智顗鵶衲袈裟一領，謂僧迦鵶之衲也。此當音迭，新舊注皆欠分曉。

35. 鴩，注云：“同雉。《廣雅》：‘野鷄，鴩也。’舊注古鶻字，誤。《正韻》鶻，亦作鴩，引《漢·五行志》隼即今之鴩。鴩音胡骨反，因師古注而訛。”

按，《隋·禮儀志》：“諸公夫人九服，其翟衣雉皆九等，俱以鵗雉爲領褾。①自鵗衣已下鷩衣、鳪衣、鵫衣、鴩衣，并朱衣、黄衣、素衣、玄衣而九。”鴩又作翐。“諸男夫人，自翐而下五，其翟衣雉皆五等，俱以翐雉爲領褾。”鴩與鵗、鵫、鷩、鳪皆雉名，非即雉也。鴩旁從失，即《爾雅》“秩秩海雉”，郭云：“如雉而黑，在海中山上。”是也。其鴩旁從矢者，古鶻字。蓋後人因隼集於陳庭，楛矢貫之，故於鳥旁加矢爲鴩字。《漢書·五行志》注，師古曰：“隼，鷙鳥，即今之鴩。鴩音胡骨反。”是也。不折衷經史而臆斷之，其誤宜矣。

36. 䂖，注云：“舊注音額。礋䂖，獸名。按，奇獸莫詳於《山海經》《本草綱目》，未見名礋䂖者。舊本犬豸魚鳥諸部，鈔襲《篇海》，不加考正，如此類者，皆竄語也。宜删。”

按，《神異經》曰：“西方有人，長短如人，羊頭猴尾，名礋䂖，健行。”又《駢雅》曰：“猾褢如人而彘鬣，礋䂖獸身而羊首。”

37. 賭，注云：“同肚，俗讀肚若睹，②故从者作賭。舊

① “領褾”，原作“褾領”，今據《隋書·禮儀志》乙正。下同。

② “睹”，原作“賭”，今據《正字通》改。

注同猪，誤。俗書宜删。”

按，《魏書》列傳：“高拔弟睹兒，膂力過人，尤善弓馬。累遷散騎常侍。”又“薛野睹，代人也。好學善射，進爵河東公”。又《邢巒傳》：“統軍韓多寶率衆擊破蕭衍平西將軍李天賜、前軍趙睹。”又“勿吉國，多睹無羊，婦人則布裙，男子睹犬皮裘”。《南史·卞彬傳》：“彬著《禽獸决録》曰：羊性淫而狠，睹性卑而率。”《晋·載記》：“馮睹率衆降於石勒。”字皆作睹。舊注以爲同猪者，是也。何以云誤？

38. 麡，注云：“舊注：音齊，麡狼，獸名，似鹿而角向前。按，獸無麡名，《篇海》麡分齊、䶒、豺三音，音豺者，誤以豺狼爲麡狼也。舊注沿《篇海》而訛。”

按，《後漢書·冉駹夷傳》：“麡、羊、牛、馬食之皆肥。”注曰：“麡即麡狼也。音子兮反。《異物志》：狀似鹿而角觸向前，入林樹挂角，故恒在平淺草中。肉肥脆香美，皮可作履襪。角正四踞，南人因以爲牀。”《吴都賦》：“其上則猨子長嘯，其下則梟羊麡狼。”皆謂此也。安在獸無麡名？

39. 朓，注云：“訛字。舊注：音叱，滑貌。非。”

按，《南史》：“王懋子瑩，遷義興太守，代謝超宗。去後交惡。懋往超宗處，設精白鯧、① 美鮓、麞朓。懋問那得佳味？詭言義興始見餉。懋大忿，言於朝廷，稱瑩供養不足，坐失郡。”“朓”正非訛字也。

40. 豩，注云：“音彬。《説文》‘二豕也’。又劉禹錫詩：‘杯前胆不豩。’自注：呼閑切，患平聲。”

按，王元之《江豘詞》：“江豘江豘爾何物？吐浪噴波身突兀。依憑

① “鯧”,《南史·王瑩傳》作“鮑”。

風水恣豩毫，呑啗魚鰕頗肥腯。”豩音呼關、火類二切，今注呼閑切，閑當是關之訛。

41. 魨，注云：“音豚。河豚狀如科斗，大者尺餘。風將南北，先涌不爽，故俗呼豚魚知風。”

按，《易·中孚卦》曰“豚魚吉”，鄭康成注曰：“三辰在亥，亥爲豕。爻失正，故變而從小名，言豚耳。”郭景純《江賦》“海狶江豚”，陳藏器曰：“鼻在腦上，作聲，噴水直上。數百爲群。江豚生江中，狀如海豚而小，出没水上，舟人候之占風。”《南方異物志》謂之“水猪”，俗云“豚魚知風”者此耳，豈河魨耶？

42. 騶，注云：“舊注：音虞，度也。又騶騶。按，經史騶虞不作騶。”

按，《隋書·王劭傳》：“其大玉有日月星辰，八卦五岳，及二龍雙鳳，① 青龍朱雀，騶騶玄武。”虞字作騶。

43. 馻，注云：“音乞，馬名。一説與‘既佶且閑’之佶同。”②

按，《北史·李景傳》：“帝令景營遼東戰具，賜御馬一匹，名獅子馻。”

44. 蠇，注云：“與蠆同。舊注：蠆，毒蟲；蠇，蚌屬。分爲二，非。”

按，《莊子》“蠆蠆之尾”，注云：“長尾曰蠆，短尾曰蠆。”蠆音賴，

① “龍”,《晋書·王劭傳》作“麟”。

② “既佶且閑”,原作“既閑且佶”,今據《詩經·六月》及《正字通》改。

此毒蟲也。《異物志》："古賁，牡蠣也，一名石雲慈，附石而生，曰蠣房。"此蚌屬也。今云蜃與蠣同，誤。又以牡蠣入蜃注，尤誤。

45. 颿，注云："俗字。蟲窟，不必別作颿。"

按，晋車永徐鄮令，與陸雲書"昨全伯始有一將來，具説此縣既有短狐之疾，又有沙颿害人"。據柳柳州云："射工沙虱，含怒竊發，中人形影，動成瘡痏。"則沙颿疑沙虱之訛也。

46. 鼶，注云："俗字。"鼱，注云："俗字。舊本汎云鼠名，無據。"

按，《尹文子》曰："鄭人謂玉未理者爲璞，周人謂鼠未腊者爲樸。"鼶即樸也。又《梁州記》曰："智水北智鄉山有仙人唐公房祠。山有易腸鼠，一月三吐易其腸，束廣微所謂唐鼠也。"鼱即唐也。

47. 蝤，注云："音囚。《爾雅》'蝤、蠐、蝎'，注云：在木中。又蝤、蝣音義各別。舊注蝤同蝣，非。"

按，《王褒傳》"蜉蝤出以陰"，孟康曰："蜉蝤，渠略也。"師古曰："蝤音由，字亦作蝣，其音同也。"舊注本此。

48. 妣，注云："音叱，女不謹也。"

按，梁劉孝威《謝賚林檎書》曰："勇聞齊國，止錫二桃。遠至仙方，纔蒙數棗。豈如恩豐漢篋，賜廣魏奩，妣女數而僅通，算郎計而方得。"注以妣爲不謹，非。

49. 嫥，注云："音專，又音團。《説文》壹也。嫥即專，加女，贅。"

按，《淮南子·俶真訓》"提挈陰陽，嫥捖剛柔"，誘注："嫥捖，音專桓，和調族類也。”豈得以專壹槩之？

50. 㕓，注云：“山旁穴。張衡《南都賦》：‘潛㕓洞出。’舊本訛作廬，列广部，誤。”

按，《唐書·回鶻傳》：“開成四年，國人立㕓馺特勒爲可汗。”㕓从厂。《本草綱目》：“廬藥，草名，生胡國。”王弇州《觀音大士六部經咒序》“觀世音一曰光世音，梵名廬樓亘。”廬从广，二字疑不同也。

51. 滎，注云：“胡猛切，泂滎，水回旋貌。舊注云與影同，非。”

按，《水經注》：“滎口水出豫章艾縣東，入蒲圻縣，至沙陽西北魚嶽山，入江。”滎，水名，注皆未審。

52. 澌，注云：“音師。《琅邪代醉編》：澌字古今不録，惟《申州雜記》：澌，川名。”

按，《水經》“淮水又東，得澌口水”，酈注：“源南出大潰山，東北流，翼帶三川，亂流北注澌水。又北逕賢首山西，又北出東南，屈逕仁順城南，故義陽郡治也。”謂“澌字古今不録”，何也？

53. 䝙，注云：“俗字。舊注：音鼈，大力貌。誤。”

按，《唐書·酷吏傳》：“敬羽，肅宗初以言利幸，任遇寖顯，凶態不能忍，乃作巨枷，號䝙尾榆，囚人多死。”是䝙爲大力貌也。

54. 㩗，注云：“尋、潯通。舊注：音尋，長也。改从支，非。《六書》無㩗。

按，《後漢書》馬融《廣成頌》：“陵喬松，履脩樠，踔㩗枝，杪標端。”注曰：“㩗音尋，謂長枝也。”

55. 杆，注云："音干，《漢・尹賞傳》被鎧杆，杆即干。俗加木，泥。"

按，《前漢書・功臣侯表》："瓡讘侯杆者，以小月支王將軍衆千騎降，侯。"《宋書・竟陵王誕傳》："有流星大如斗杆，尾長十餘丈。"又《通鑑陳紀》："初周人欲與突厥木杆可汗連兵伐齊。"胡三省注："杆，公旦反。"杆非即干。

56. 餳，注云："《説文》：'餳，和饊者也。'孫愐徐盈切。《六書故》曰：餳、餹同一字。昜與唐同一音。从昜，非徐盈之聲。舊注徐盈切，次徒郎切，分二音，非。"

按，《詩》"簫管備舉"，鄭箋曰："簫，編小竹管如今賣餳者所吹也。"陸氏曰："餳，夕清反，蜜也。又音唐。"夕清、徐盈二反，其音非一也。《方言》："餳謂之餹。"劉熙《逸雅》："糖之清者曰飴，稠者曰餳。"餳亦非與餹同一字也。沈佺期詩："馬上逢寒食，春來不見餳。洛中新甲子，何日是清明。"則正作徐盈切矣。劉禹錫《歷陽書事詩》"湖魚香勝肉，宮酒重于餳"，亦然。《正韻》及舊注皆分二音，是也。

57. 稖，注云："舊注：音欵，禾穲也，。一曰禾病。穲訓禾病，分爲二義，非。"

按，漢《張公廟碑》"國無災稖"，蓋謂民和年豐而無旱澇之災。禾稼之稖也。《通雅》謂災稖即災患，非也。

又按，"穲"注云："穲，穧也。一曰禾病。"亦二義也。

58. 謻，注云："同誃。凡門堂臺榭別出者曰謻，與仌部㴽別。《集韻》：謻，冰室門名。小補云：本作郼。並非。"

按，《水經注》："洛陽諸宮名曰南宮，有謻臺。"《東京賦》曰：其南則有“謻門曲榭，依阻城洫。”① 注云：“謻門，冰室門，即宣陽門也。門内有宣陽冰室，故得是名。”仌部作㴬，乃後人以冰室而臆造，非有二也。《集韻》安在爲非？

59. 鞘，注云：“音笑。《説文》：‘鞘，刀室也。’舊注泥。《廣韻》音梢，訓鞭鞘。誤。”

按，秦苻堅時《鞭鞘謡》曰：“長鞘馬鞭擊左股，太歲南行當復虜。”又《隋書·刑法志》曰：②“齊河清三年，尚書令、趙郡王叡，奏上《齊律》十二篇：鞭笞者，鞭其背。鞭鞘皆用熟皮，削去廉稜。”《通鑑》唐太宗真觀十九年，“上自繫薪於馬鞘以助役”，史炤《釋文》曰：“鞘，仙妙切。馬上刀劍室也。”胡身之曰：“余按，鞘音所交翻，鞭鞘也。”刀劍室安可以繫薪乎？

又按，《杜陽編》“代宗嘗幸興慶宫，於複壁間寶匣中得軟玉鞭，遂命碧金絲爲鞘”，《宋史·儀衛志》“鳴鞭，内侍二人執之，鞭鞘用紅絲而漬以蠟”，歐陽脩詩“留待鳴鞘出紫宸”，李太白《行行且游獵篇》“金鞭拂雪揮鳴鞘，半醉呼鷹出遠郊”，皆如此讀，安得以鞭鞘爲誤？

又按，《唐書·南詔傳》：“異牟尋遣清平官獻鐸鞘、浪劍。鐸鞘者，狀如殘刃，有孔旁達，出麗水，飾以金，所擊無不洞。”則鞘不止爲刀室，明矣。

60. 縌，注云：“音逆。《説文》‘綬維也’。《前漢·翟方進傳》‘赤韍縌’，師古曰：‘韍，所以繫印。縌，系也。’”

按，《後漢書·輿服志》：“縌者，古佩璲也。佩綬相迎受，故曰縌。紫綬以上，縌綬之間得施玉環鐍云。”前書注沿《説文》，但以縌爲維系，非。

① “依”,《文選·東京賦》作“邪”。

② “書”,原作“史”,今據《隋書》改。

61. 鬺，注云："同鬴，泭源作鬺。"

按，《南宫仲鼎銘》曰："中對王休命，作鬺父乙尊。"薛尚功曰："鬺者，大鼎也。"又《豐鼎銘》曰："豐用作玖鬺彝。"《微欒鼎銘》曰："欒作朕皇考鬺彝尊鼎。"是尊、彝、鼎皆有鬺名也。鬺蓋取將享之義。薛氏據《釋詁》文"將，大也"以鬺爲大鼎。則鬺尊彝者，亦爲大尊彝乎？注以爲同鬺，非矣。

62. 葪，注云："地名，本作薊。《路史》：'葪縣，今范陽治地，多葪。'《水經注》：'葪城西北隅葪丘爲名。'班志曰：'葪，故燕國。'非。"

按，《史》武王封堯後於薊，封召公奭於燕。其後燕強，遂滅薊，居之。秦薊縣，漢高帝爲燕國，昭帝改廣陽郡，治薊縣。故班志云"薊，故燕國，召公所封"，非誤也。《正字通》以葪丘爲范陽治地，非燕所都，不審羅泌《路史》以薊爲葪之訛，遂至自相矛盾也。賈誼《服賦》"細故慸葪兮"，索隱："葪，音介。"薊與葪音義殊也。

63. 硍，注云："懇去聲。《正韻》'石有痕曰硍'。"

按，《周禮·典同》"凡聲高聲碮"，鄭云："故書碮作硍。杜子春讀硍爲鏗鏘之鏗。"陸氏《釋文》："硍音艱，又苦耕反，《字林》音限。"無有作懇去聲者。

64. 燭，注云："《漢·天文志》：'燭星，狀如太白，其出也不行，見則滅，所燭，城邑亂。如星非星，如雲非雲，名曰歸邪。出必有歸國者。'"

按，石氏曰："燭星狀如太白，不行，見則不久而滅。"《荆州占》曰："燭星青，有憂事，赤有乖事。黄蓋白，有歡事。此所謂燭星也。"巫咸曰："如星非星，如雲非雲，名曰歸邪。"張淵《觀象賦》"歸邪繽紛”，注曰：“如星非星，如雲非雲，謂之歸邪，夾以微氣，故曰繽紛。”此所謂歸邪也。歸邪與燭星，了不相涉。太史《天官書》連而記之，而班志因之。孟康曰：“燭星上有三彗出。”李奇曰：“邪，音蛇。”①“有兩赤彗上向，有蓋狀如氣，下連星。”燭非即歸邪，明矣。燭星注并歸蛇連引之，殊謬。

65．晅，注云：“居鄧切，乾燥也。”

按，盧諶《朝華賦》曰：“當於重陰始祛，微雨新晴，抑以泥液，晅以陽精。”徐元固曰：“晅音火光反。”《玉篇》云：“日氣也。”《梁書·良吏傳》：②“伏晅字玄耀，曼容之子也。”觀其命名與字，自以日氣爲義，豈可以乾燥釋之？《資治通鑑》：“祖晅之爲魏所虜，安豐王延明聞其才，厚遇之。使晅之作《欹器刻漏銘》。”胡身之注：“晅，居鄧翻。”《字彙》《正字通》音同，皆曰乾燥也。失其旨矣。

66．跌，注云：“音頡，姓也。後唐有跌跌疏。”

按，《唐書·郭知運傳》：“突厥降户阿悉爛、跌跌思泰率衆叛，執單于都護張知運，詔以朔方兵追擊，至黑山呼延谷敗之，虜棄仗走。”是跌跌乃突厥之種類。後唐跌跌疏其支裔也。

67．墊，注云：“蔡松年補《南北史志》，吐谷渾阿豺登其國西疆山觀墊江源。此非忠州之墊江也。又墊江之源在吐谷渾西疆山，今其地不在中國，莫可考究。”

按，《禹貢》：“西傾因桓是來。”《括地志》：“西傾，今强臺山。”段國《沙州記》：“洮水與墊江水俱出强臺山。”以西傾一名强臺，故謂之西彊。沈約《宋書》“景平中，吐谷渾阿豺升西彊山觀墊江源。長史

① “音”，原作“因”，今據《漢書·天文志》注改。
② “書”，原作“史”，今據《梁書》改。

曾和曰：此水經仇池，過晋壽，出宕渠，至巴郡入江”。何謂非忠州之塾江也?《漢志》“西傾山在隴西臨洮縣南”，何謂不在中國也?直是誤彊爲疆，以爲在吐谷渾之西疆，故云不在中國耳。

68. 厶，注云：“舊注音思。自營爲厶，背厶爲公。又與某同。桓二年《穀梁傳》注：鄧，厶地。”

按，桓二年，蔡侯鄭伯會於鄧，《穀梁傳》注：“鄧，某地。”王符《潛夫論》“上蔡北有古鄧城”，此所會者蔡地也。范甯偶失於考證，不知其處，故云某地。陸游《老學菴筆記》：“某地作厶地，或謂厶與某同。”據《後漢書》“公孫述夢有人語之曰：八厶子系，十二爲期”，注云：“《説文》厶音私。”則是音某者，乃借用耳，非傳注本作厶也。

卷二十五

翰林院檢討徐文靖 撰

詩賦一

1. 杜子美《王兵馬使二角鷹詩》："將軍玉帳軒翠氣。"仇氏《詳注》云："軒然翠氣，鷹之毛色也。"

按，《揚雄傳》"曳紅采之流離兮，颺翠氣之宛延"，① 顏師古曰："言宫室廣大，自然有紅翠之氣。"此蓋以玉帳軒翥自有翠氣耳，豈謂鷹之毛色乎？

2. 駱賓王《帝京篇》："且論三萬六千是。"唐仲言引李集注云："三萬六千，百年光景也。"

按，《易緯河圖》："黄帝曰：凡人生一日，天帝賜算三萬六千。"詩之意亦且論一日之是，焉知四十九年之非。若以爲且論百年之是，詞義乖舛矣。王建《短歌行》"百年三萬六千朝，夜裹分將強半日"，乃謂百年光景耳。

---

① "宛"，《漢書·揚雄傳》作"冤"。

3．黄伯思曰："小宋《太一宫詩》：'仙圖幾弔開。'注云：'《真誥》謂一卷爲一弔。'殊不知《真誥》所謂弓即卷字。"

按，《隋·經籍志》《唐·藝文志》：《何遜集》八弓。《温岐卿詩》"内史書千弓，將軍畫一厨"，揚子《法言》"一卷之書"，弓、弓與卷，皆即卷也。陳景元以弓爲篇，方密之以弓爲函，楊升菴云弓音周，皆非。

4．庾信《宫調曲》："嗣德受堯琴。"倪魯玉注云："《世本》神農作琴。知《樂記》舜作五絃之琴以歌《南風》，乃是作《南風》之歌，非謂舜始造琴。故亦可言堯琴。"

按，《通禮纂義》曰："堯使無勾作琴，五絃。"又《傳疑録》曰："揚雄曰：舜彈五絃之琴而天下化，堯加二絃以合君臣之恩。"則稱"堯琴"者，以此。

5．温庭筠詩："畫圖驚畏獸。"注："魏道武造畏獸、辟邪諸戲。"

按，《山海經》"有神人操蛇銜蛇，名曰彊良"，郭璞注曰："在畏獸畫中。""中曲山有獸如馬，一角，名曰駁，食虎豹"，注曰："在畏獸畫中。"譙明山"有獸如貆赤豪，名曰孟槐"，注曰："亦在畏獸畫中。"《畫史》："隋畫官本有王廙《畏獸圖》。"

6．温庭筠詩："家乏兩千萬。"注云："未詳。"

按，《晋書·庾敳傳》："劉輿説東海王越令就换錢千萬，冀其有吝，因此可乘。越於衆坐中問敳，答曰：下官家有二千萬，隨公所取矣。"

7．老杜詩："五雲高太甲。"嚴滄浪云："太甲之義，殆不可曉。得非高太一耶？"

按，班固《武帝内傳》曰："伏見廣扶山青真小童授《六甲靈飛》

於太甲中元，凡十二事。”又《雲氣干犯占》曰:①“黄雲氣入六甲,②術士用。黄白氣入，太史受爵賜。蓋太甲者，主司六甲之神也。五色雲氣入，則有賢人利見之祥。”王勃《益州夫子廟碑》曰：“華蓋西臨，高五雲於太甲，帝車南指，遁七曜於中階。”杜句本此。

8. 老杜《放船詩》:“黄知橘柚來。”四明劉鑰曰:“嘗與蜀黄文叔食花棹，云：此物正出閬州，杜所云黄知橘柚來，誤。曾親到蒼溪，順流而下，兩岸黄色照耀，直似橘柚，其實乃棹。”

按,《蜀都賦》:“家有鹽泉之井，户有橘柚之園。”老杜詩或當用此，不得云誤。

9. 老杜《苦熱行》:“閉關人事休。”注引《易》“至日閉關”。

按,《文中子》曰:“《五柳先生傳》則幾於閉關矣。”又曰:“劉伶者，古之閉關人也。”注云:“閉關喻藏身也。”若至日閉關及藏身意，與苦熱殊舛。讀《後漢和帝紀》“六月己酉，初令伏閉盡日”。杜《苦熱》用閉關，謂此耳。

10. 杜咏《諸葛武侯詩》:“伯仲之間見伊吕，指揮若定失蕭曹。”

按，晋張輔《名士優劣論》:“余以爲睹孔明之忠，奸臣立節矣。殆將與伊吕爭衡，豈徒樂毅爲伍哉?”又《抱朴子·臣節篇》:“儀蕭曹之指揮，羨張陳之奇畫。”合二書觀之，足見使事之妙，無一字無來歷。

---

① “干”,原作“千”,今據《雲氣干犯占》改。

② “入”,原作“八”,今據《雲氣干犯占》改。

11. 老杜詩："惟待吹嘘送上天。"注引《鄭太傳》孔公緒嘘枯吹生，疑杜爲誤。

按，揚雄《方言》"吹、扇，助也"，郭璞曰："吹嘘扇拂相佐助也。"左思詩"吹嘘對鼎鑋"，虞世南詩"吹嘘偶縉紳"，周庾信賦"昔早濫於吹嘘，藉文言之慶餘"，隋王孝藉啓"咳吐足以活涸鱗，吹嘘可用蜚窮羽"，皆如此用。

12. 老杜《贈太白詩》："痛飲狂歌空度日，飛揚跋扈爲誰雄？"錢牧齋謂太白性倜儻，好縱横術，魏顥稱其眸子炯然，哆如餓虎。好任俠，手刃數人。故公以飛揚跋扈目之，猶云平生飛動意也。

按，《西京賦》"盱睢跋扈"，《梁冀傳》"此跋扈將軍"，《朱浮傳》"往者赤眉跋扈長安"，《周書・閻慶傳》"高歡跋扈，將有篡弑之謀"，《北史》"賀六渾論侯景專制河南十四年，有飛揚跋扈之意"，則飛揚跋扈豈贈人所得言者？蓋是時，林甫方説帝宜用番將禄山，侵奚契丹以祈寵。以史思明、安守忠、田承嗣爲爪牙，驕縱自恣，飛揚跋扈，雄視於河東、河北、平盧之際，以太白之才，沈淪不用，惟有痛飲狂歌空度日耳。主上好邊功，奸相棄文吏，飛揚跋扈遂至於此。其曰爲誰雄，意深哉！杜《遣興呈蘇涣詩》"胡狄跋扈徒逡巡"，亦如此説。《詳注》謂贈語含諷，朋友相規之意，非也。

13. 老杜詩："大家東征逐子回。"劉須溪云："'逐'字不佳。"陳澤州云："大家賦余隨子兮東征，直當作隨字。"

按，《神仙傳》："客逐左慈，叩頭謝。"《北史・李業興傳》："鮮于靈馥曰：李生久逐羌，博士何所得也？"《開元遺事》："帝與貴妃日逐宴於樹下。"費昶《巫山高辭》："願解千金佩，請逐大王歸。"王建："雉將雛逐母行旋。"母行逐子字不佳，逐王、逐母可乎？

14. 杜詩："奉使虚隨八月槎。"蔣一葵云："乘槎至天河，乃海上客也。杜誤爲漢之張騫。"

按，《風俗通》："周秦常以歲八月遣輶軒之使，采異代方言，還奏之。"故老杜用"八月槎"。《荆楚歲時記》："漢武帝令張騫使大夏，尋河源，乘槎經月而至一處。見城郭如州府，室内有一女織，又見一丈夫牽牛飲河。織女取搘機石與騫而還。"則以乘槎至天河爲張騫者，不自杜始。杜又有詩云："伏聞周柱史，因依漢使槎。"亦主騫説。元稹詩："迢遞河源遠，因依漢使槎。"則又祖老杜也。據庾肩吾《奉使江州詩》"漢使俱爲客，星槎共逐流"，庾信《枯樹賦》"建章三月火，黄河萬里槎"，沈君攸詩"仙槎逐源終未竭，漢帝遺迹尚難還"，皆在老杜之前。

15. 杜詩："軒墀曾寵鶴。"《邵氏聞見録》曰："鶴乘軒，指軒車言，非軒墀之軒。"朱鶴齡曰："《韻會》簷宇之末曰軒，取車象也。借用無疑。"

按，《左傳》"鶴有乘軒者"，孔德紹詩"華亭失侣鶴，乘軒寵遂終"，是也。簷宇之末曰軒。庾信《代人乞致仕表》"臣等經侍軒墀"，杜牧《華清宫詩》"軒墀接禹湯"，李義府《在嶲州遥叙封禪詩》"趍迹奉軒墀"，老杜《苦竹詩》"軒墀曾不重"，隋許善心《神雀頌》"載行載止，當扆宁而徐前；來集來儀，承軒墀而顧步"，皆是也。至老杜"軒墀曾寵鶴"句，蓋本陰鏗《咏鶴詩》："依池屢獨舞，對影或孤鳴，乍動軒墀步，時轉入琴聲。"豈鶴乘軒之謂哉?

16. 老杜《觀公孫大娘弟子舞劍器行自序》云："開元三載，余尚童穉，記於郾城觀公孫舞《劍器渾脱》，瀏灕頓挫，獨出冠時。"《硯北雜記》曰："今讀《序》者以'劍器'爲句，而以'渾脱瀏灕頓挫'六字爲句，以爲皆極贊嘆劍器之妙，訛謬沿襲。文字中往往以'渾脱瀏灕'四字連綴用之。

據陳暘《樂書》云：樂府諸曲自古不用犯聲，唐自則天末劍器入渾脱，爲犯聲之始。劍器宫調，渾脱商調，以臣犯君，故爲犯聲。又唐多解曲，如《柘枝》用渾脱解之類。則《劍器渾脱》自各爲舞曲之名。"

按，《唐書·郭山惲傳》:①"景龍中，帝昵宴近臣及修文學士，詔遍爲伎。工部尚書張錫爲《談容娘舞》，將作大匠宗晋卿爲《渾脱舞》。"又《吕元泰傳》:②"清源尉吕元泰，亦上書言政事曰：比見坊邑相率爲渾脱隊，渾脱爲號，非美名也。"則渾脱之爲舞名，豈可與瀏灕頓挫並言？又《唐·五行志》:"長孫無忌以烏羊毛爲渾脱氈帽，人多效之，謂趙公渾脱。"杜佑《通典》:"軍行渡水用浮囊，以渾脱羊皮吹氣令滿，係其孔，束於腋下浮渡。"渾脱之爲名，正不一也。

17. 杜詩："皇輿三極北。"注云："非《易》之三極。"

按，《周書·成開篇》曰："三極，一天有九列，二地有九州，三人有四佐。"又《小開篇》曰："動獲三極無疆。"又《月令章句》曰："冬至爲三極，晝漏極短，去極極遠，晷景極長。"若以此解杜句，並難通。據《爾雅》東至於泰遠，西至於邠國，南至於濮鉛，北至於祝栗，謂之四極。則皇輿在東西南三極之北，爲正解也。

18. 杜詩："王母晝下雲旗翻。"楊用脩云："齊郡函山有鳥名王母。"《詳注》云："王母晝下，有似旗翻尾動摇也。"

按，《列仙傳》:"穆王與王母會瑶池，雲旗霓裳擁簇，自天而下。"詩言晝下雲旗翻，正用此耳。豈可以鳥名王母解之？

① "郭",原脱,今據《新唐書·郭山惲傳》補。

② "吕元泰",原作"宋務光",今據《新唐書·吕元泰傳》改。

19. 杜詩："安得并州快剪刀。"

按，杜佑《通典》："新平郡貢剪刀十具，今邠州。"則杜詩并州之并，疑當是邠之訛也。

20. 庾子山詩："鳳翼纓篸管。"倪注云："篸疑作綮，綴衣也。以从竹，故曰管也。"

按，梁簡文帝詩"簪管白鵶纓"，與子山"鳳翼纓篸管"同，篸即簪。子山《鄭國夫人墓誌銘》"節行聲玉，副加珈篸"，姚翻詩"風摇翡翠篸"，吴筠詩"翹翻翠鳳篸"，白居易詩"銀篦穩篸烏羅帽"，皆簪字耳。子山《傷心賦》"犀角虚綮"，胡宿詩"雕盤分綮"，何由得从竹从糸？乃去聲綮耳。

21. 子山《入道士館詩》："山巾篸竹皮。"倪注云："篸疑作糝。鄭康成覆公餗注：糝謂之餗。震爲竹，竹萌曰筍。筍者，餗之爲菜也。"

按，王維詩"俱簪竹皮巾"，與此"山巾篸竹皮"義同。何用以糁釋之？

22. 太白《臨江王節士歌》："節士悲秋淚如雨。"注云："臨江節士，史失其名。"

按，《漢·藝文志》有《臨江王》及《愁思節士歌詩》四篇。《臨江王》者，一篇之名耳。時景帝廢太子爲臨江王，坐侵廟堧爲宫，徵入，自殺。時人悲之，故爲作歌。《愁思節士》皆篇名，非臨江王所作也。自南齊陸厥有《臨江王節士歌》，承襲誤用。庾子山《哀江南賦》"臨江王有《愁思》之歌"，杜子美《魏將軍歌》"臨江節士安足數"，皆沿陸誤。

23. 太白詩："風吹柳花野店香。"解者謂柳花亦可言香。

按，《唐書·南蠻傳》："訶陵國以柳花椰子爲酒，飲之輒醉。"太白"風吹柳花野店香"，亦以酒言。如《七命》"豫北竹葉"，竹葉亦酒名也。又《梁書》頓遜國"酒樹，似安石榴。取花汁貯杯中，① 數日成酒"，《宋史·外國傳》"闍婆國，其酒出於椰子、蝦蝚及丹樹"，《一統志》"浡泥國有加蒙樹，其樹心可爲酒。瓊州有嚴樹，搗皮葉浸水，和以釀，數日成酒"，皆此類也。

24. 陶淵明《還舊居詩》："疇昔家上京，六載去還歸。"韓子蒼以爲作於乙巳。趙泉山謂自乙未佐鎮軍幕，迄今六載。

按，先生有《庚子歲五月中從都還阻風於規林詩》："行行循歸路，計日望舊居。"則《還舊居詩》即作於庚子，趙説是也。

25. 薛逢詩："醉後獨知殷甲子。"郝注云："陶潛所著文字皆書年月，永初以後惟書古甲子。又紂以甲子日死。"

按，《韓非子》曰："紂爲長夜之飲，懼以失日，使人問箕子。箕子曰：舉國不知而予獨知之，予其危矣。因辭以醉而不知。"獨知殷甲子，當謂此耳。

26. 李冶《寄校書七兄詩》："因過大雷澤，莫忘幾行書。"仲言注："雷澤城在東昌府濮州東南一百里。"

按，《舊唐書·地理志》："湖州，武德四年置，領烏程一縣。"李冶詩起句"無事烏程縣，蹉跎歲月餘"，與濮州雷澤無涉。周處《風土記》："震澤有大雷山、小雷山，相傳爲舜漁澤之所。"《水經注》："湖中有大雷、小雷三山，亦謂之三山湖。"楊脩《五湖賦》："頭首無錫，足蹄松江。負烏程於背上，懷大吴以當胸。岩𡾋崔嵬，穹窿紆曲。大雷小

---

① 此句《梁書·扶南國傳》作"采其花汁停甕中"。

雷，湍波相逐。”是雷澤近烏程之南也。冶詩自當謂此。

27. 温庭筠《寒食日詩》：“窗中草色妬鷄卵。”注引《歲時記》云：“《玉燭寶典》謂此節，城市尤多鬥鷄卵之戲。其鬥卵則莫知所出。《管子》曰：‘雕卵然鬥之，所以發積藏散萬物也。’”

按，《管子書》周容子夏曰：“夫雕橑然後炊之，雕卵然後瀹之，所以發積藏散萬物也。”王廙《洛都賦》：“爛毛瀹卵。”此又瀹卵之證也。宗懍《記》於雕卵然下缺一字，《初學記》作“雕卵然鬥之”，亦無後字。鬥當是瀹之訛。《古樂府》煬帝令大樂令白明達造新聲，有《鬥鷄子》《鬥百草》《還舊宫樂》，則鬥鷄子之戲，城市多有之，可知。

28. 老杜詩：“北去紫臺連朔漠。”注云：“紫臺，猶紫宫。”

按，《括地志》：“北岳有五别名，一曰蘭臺府，二曰列女宫，三曰華陽臺，四曰紫臺，五曰太一宫。”江淹《别賦》“紫臺稍遠”，梁簡文帝詩“棲神紫臺上，縱意白雲邊”，乃謂此也。注者直以爲紫宫，而並疑連字爲誤，失之遠矣。

29. 吴融《金橋感事詩》。郝注云：“洛陽橋名。”

按，融詩首句“太行和雪疊晴空”，則金橋爲近太行可知。李義山《爲河南盧尹賀上尊號表》：“清明皇之舊宫，復金橋之故地。”《李衛公集序》：“天井雄關，金橋故地。”《漢志》：“上黨高都縣有天井關。”劉歆《遂初賦》：“馳太行之崖坂，入天井之喬關。”《玉海·地志》：“金橋在上黨南二里。”何得爲洛陽橋名？

30. 杜牧《洛陽詩》：“已見玄戈收相土。”郝注云：“憲宗元和七年田承嗣納土。"

按,《唐書》:高祖武德二年,置十二軍,取天星爲名。富平道爲玄戈軍。杜牧以太和二年登第,當文宗初立,裴度、韋處厚等奏用高瑀爲忠武軍節度使。詩蓋以玄戈諸軍收羅文征武戰之將相,如夏之收相土耳。王肅謂相土在夏爲司馬之職。相土之土,詎納土乎?又憲宗元和七年魏博兵馬使田興奉貢,詔以興爲節度使,賜名弘正。非承嗣也。

31. 王右丞《酧張諲詩》:"不逐城東游俠兒,隱囊紗帽坐彈碁。"楊用脩曰:"《顔氏家訓》梁朝全盛時,貴游子弟駕長簷車,坐棋子方褥,凴斑絲隱囊。王詩坐彈碁,即方褥也。或以爲坐與人奕棋,誤也。"

按,《南史·張永傳》:"朝廷所給賜脯饌,必棋坐齊割,手自頒賜。"棋坐,棋褥也。又按,《西京雜記》:"馬合作彈碁以獻成帝。帝大悦,賜青羔裘、紫絲履。"晋傅玄《彈棋賦序》:"漢成帝好蹴踘,劉向以爲勞人體,竭人力,非至尊所宜御。乃因其體作彈碁。"未知孰是。《世説》"彈碁始自魏宫内,用妝奩戲。文帝於此技特妙",殊失考也。後漢蔡邕已有《彈棋賦》。

32. 北齊文宣帝崩,文士各作挽歌。劉逖用二首,盧思道用八首,時稱八米盧郎。《困學紀聞》曰:"或謂米當爲采。"

按,八米,《續世説》作八采,蓋以其采用八首云爾。漢王符《潛夫論》曰:"尅削綺縠,寸竊八采。"沈約《内典序》曰:"龍章八采,瓊華九苞。"或當日稱爲八采,未可知也。然文人好奇,多用八米。張佑詩:"少見雙魚信,多聞八米詩。"黄山谷詩:"尊前八米句,窗下十年書。"徐師川詩:"字直千金師智永,句稱八米繼盧郎。"李義山《獻侍郎鉅鹿公啓》:"聞郢中之白雪,媿列千人;比齊日之黄門,慚非八米。"

33. 義山詩:“火棗承天姻。”注引《真誥》紫微王夫人謂許長史曰:“交梨火棗,騰飛之藥。”

按,《史記》李少君以却老方見上曰:“臣曾游海上,見安期生,食巨棗,棗大如瓜。”《洞冥記》:“北方有七尺之棗。赤松子曰:北方大棗味有殊,既可益氣又安軀。”火棗,疑即大棗之訛耳。

34. 薛逢詩:“雲外笙歌岐薛醉,月中臺榭后妃眠。”郝注云:“岐王隆範、薛王隆業。”

按,《唐書》:岐王隆範,開元十四年薨。薛王隆業,開元二十二年薨。二十八年十月甲子幸溫泉,以壽王妃楊氏爲道士,號太真。天寶四載,立太真爲貴妃。詩及注皆失考。義山詩:“半夜宴歸宮漏永,薛王沈醉壽王醒。”元稹《連昌宮詞》:“百官隊仗避岐薛。”蘇子瞻《題申王畫馬圖》:“天寶諸王愛名馬,千金爭致華軒下。兩坊岐薛寧與申,憑陵内廐多清新。”其誤相承不改。

35.《筆叢》云:“《穆天子傳》‘駕八駿之乘,馳驅千里’。義山詩:‘八駿日行三萬里。’信筆之語,無足證也。”

按,《穆天子傳》:“各行兼數,三萬有五千里。”《拾遺記》:“穆王馭八龍之駿,遞而駕焉。按轡徐行,以匝天地之域。”李詩所云日行者,非謂一日行三萬里也。

36. 陸放翁詩:“穿林雙不借,取水一軍持。”方子謙曰:“草鞋人人所有,可不借而得。”

按,《方言》:“扉屨,麄履也。絲作之者謂之履,麻作之者謂之不借。”《儀禮·喪服傳》:“繩屨履者,① 繩扉也。”鄭氏曰:“繩扉,今時

① “屨”,原作“履”,今據《儀禮·喪服傳》改。下同。

不借也。”賈公彦曰：“周時謂之屨。子夏時謂之扉，漢時謂之不借者。此凶荼屨，不得從人借，亦不得借人。”據此，不借正未可輕用，非直以爲人之所有也。

又按，釋家戒相儀，有五種水羅，一軍遲。以絹繫口，繩懸水中，待滿引出，即軍持也。

37. 方密之云：“希圓《禹廟詩》‘高閣無恢台’，恢台，火氣也。山谷《跋》引《爾雅》夏爲長嬴，即恢台也。殊謬。”

按，《楚辭》“收恢台之孟夏”，徐浩《寶林寺詩》“禪堂清溽暑，高閣無恢台”，謂高閣生涼無長夏耳。猶何晏《景福殿賦》所謂“夏無炎燀”也。希圓“高閣無恢台”，直用季海句也。又梁元帝《纂要》曰：“夏爲長嬴，即恢台也。”山谷之説蓋本於此。傅毅《舞賦》“舒恢台之廣度”，顔師古《聖德頌》“恢台學府”，則又以恢台爲恢宏矣。

38. 庾子山《和詠舞詩》：“低鬟逐《上聲》。”倪注云：“四聲中有上聲。”

按，《通典》：“《上聲歌》者，此因上聲促柱得名。或用一調，或用無名調，如古歌辭所謂哀思之音，不合中和也。”

39. 曹唐詩：“自添文武養丹砂。”郝注云：“文武，脩煉之火候也。”

按，魏伯陽《參同契》：“炎火張於上，晝夜聲正勤。始文使可脩，終竟武乃陳。”《古嵩子真訣》：“大丹第六轉，以文武火養一伏時。”司空圖《新歲對寫真詩》：“文武輕銷丹竈火。”楊萬里《十一月朔早起詩》：“文武自匀香底火，聖賢教帶老時愁。”

40. 曹唐《和周侍御買劍詩》："青天露拔雲霓泣，黑地潛擎鬼魅愁。"注引李賀《春坊正字歌》："嗷嗷鬼母秋郊哭。"

按，後漢士孫瑞《劍銘》："剖山竭川，虹霓消亡。"《拾遺記》："越王八劍，六曰滅魂，挾之夜行，不逢魑魅。"詩中用事悉有所本，故往往不嫌其俗。

41. 白樂天《上裴晋公詩》："爲穆先陳醴。"自注云："居易每十齋日在會，蒙以三勒湯代酒。"

按，《本草》："蘇恭曰：毗梨勒出嶺南交、愛等州，謂之三果樹。子形似胡桃，核似訶梨勒，而圓短無稜。番人以作漿，甚熱。李時珍曰：《古千金方》補腎鹿角丸，用三果漿吞之云。無則以酒代之。"意三勒以三果而得名。或曰合菴摩勒、訶梨勒爲之，故曰三勒。《南方草木狀》："訶梨勒樹似木梡，花白，子形如橄欖，六路皮肉相著，可作飲，變白髭鬚，令黑，出九真。"菴摩勒樹葉細如合昏，花黄，實似李青黄色，食之，先苦後甘。《本草》："餘甘子，梵書名菴摩勒。"黄山谷味《諫軒詩》："想共餘甘有瓜葛，苦中真味晚方回。"

42. 皮襲美《和讀陰符經詩》："玄機一以發，五賊紛然喜。"黄東發云："《陰符經》天有五賊，見之者昌。五行豈可言賊？賊豈所以爲昌？"

按，經所云五賊者，謂土作甘，金作辛，木作酸，水火作鹹、作苦之類。《集注》引太公曰："聖人謂之五賊，天下謂之五德。人食五味而生，食五味而死，無有怨而棄之者也。心之所味也亦然。"然則經所謂五賊，舉世皆見以爲德，無有見以爲賊者。果能見之，豈不昌乎？

43. 岑參《胡笳歌》："君不見胡笳聲最悲，紫髯緑眼胡人吹。"注云："《獻帝春秋》張遼問吴降人，向有紫髯將軍是誰？答曰：孫會稽也。”

按，《唐書·黠戛斯傳》：“人皆長大，赤髪晳面緑瞳，以黑髪爲不祥。”詩明言紫髯緑眼之胡人矣，豈可以孫會稽解之耶？

44. 黄山谷《戲題高節亭邊山礬花詩》云：“高節亭邊竹已空，山礬獨自倚春風。”《自序》云：“野人呼爲椗花。”

按，《本草》：“山礬、芸香、椗花、㮕花、瑒花，一物而數名。李時珍曰：按周必大云：㮕音陣，見《南史》。荆俗誤㮕爲鄭，呼爲鄭礬，而江南又誤鄭爲瑒也。”《梁書·劉杳傳》：①“杳在任昉坐，有人餉昉㮕酒，字作㮙②。昉問此字是不？杳對曰：葛洪《字苑》作木旁𡌥。”周益公謂“㮕音陣，見《南史》”，然《南史》無是文，而《梁史》有之，周誤記也。郭義恭《廣志》有芸香醪。《蒼頡解詁》：“芸香似邪蒿，可食。”晋成公綏《芸香賦》：“莖類秋竹，枝象青松”，當即是㮕花。以㮕花釀酒，故謂之㮕酒。字書皆曰“㮕，木名，汁可作酒”，非也。《格物總論》“山礬又號七里香”，沈括《筆談》云“芸香即今七里香”，是也。《唐書》扶南國以“㮕葉覆屋”，不知即此㮕否也？

45.《後漢·禰衡傳》：“衡方爲《漁陽》參撾，蹀躍而前。”注云：“參撾是擊鼓之法，而王僧孺詩：散度《廣陵》音，參寫《漁陽》曲。自音云：參，七紺反。據詩意，則參曲奏之名，撾字入下句，全不成文。下云：復參撾而去，知參撾二字相連而讀。參字音去聲，不知何所憑也？參，七甘反。”

按，《天中記》云：“徐鍇任江左秘書時，吴淑爲校理古樂府，有摻

① “書”，原作“史”，今據《梁書》改。

② “字作㮙”，《梁書》作“作㮙字”。

字，淑多改爲摻。鍇曰：非可一例。若《漁陽》摻者，七鑒反，三撾鼓也。古歌云：邊城晏開《漁陽》摻，黄塵蕭蕭白日暗。淑嘆服。”據此，僧孺詩“參寫《漁陽》曲”，參，七紺反，未爲非也。孟郊詩“笑伊《漁陽》摻，空恃文章多”，李商隱詩“欲問《漁陽》摻，時無禰正平”，皆如此讀。蓋撾者，擊鼓楇也。参與摻同。《詩·鄭風》云“摻執子之袪兮”，陸氏《釋文》：“摻，所覽反。徐邈所斬反。”皆讀爲去聲。参撾者，摻執鼓楇蹀躍而前，故下云復参撾而去也。《衡傳》當以“方爲《漁陽》”句，蓋方爲《漁陽》之曲，参撾而前。太子賢以参爲曲名，徐鍇以参爲三撾鼓，皆未審参與摻同，而以“《漁陽》参撾”爲句也。

46.《彙苑詳注》云：“《玉谿編事》：南詔命清平官賦詩：自我居震旦，翊衛賴稷契。彼國謂詞臣爲清平官，天子爲震旦。”

按，《山海經》“大荒之中日月所出，名曰折丹”，郭璞曰：“神人。”震旦與折丹音近，以中國爲震旦，神之也。《法苑珠林》：“梵稱此方爲脂那，或云真丹，或云震旦。唐玄奘見戒賢論師，曰：頃夢文殊大士謂吾曰：後三年，震旦有大沙門從汝授道。”《唐書·天竺傳》：“貞觀十五年，①帝命雲騎尉梁懷璥持節慰撫。尸羅逸多驚問國人：自古亦有摩訶震旦使者至吾國乎？皆曰：無有。戎言中國爲摩訶震旦。乃出迎膜拜。”《南詔傳》“王自稱曰元，猶朕也。謂其下曰昶，猶卿、爾也。官曰坦綽、曰布燮、曰久贊，謂之清平官，猶唐宰相也”。詩言居震旦，自以爲居中國耳。《徐陵傅大士碑》“用震旦之常儀，乖閻維之舊法”，王半山《和俞秀老禪思詞》“怎得離真丹”，皆謂此也。

47.《顏氏家訓》引梁簡文帝《鴈門太守行》：“大宛歸善

① “貞”,原作“真”,今據《新唐書·西域傳》改。

馬，小月送降書。”

按，簡文帝《燕歌行》：“先平小月陣，却滅大宛城。”褚翔詩：“大宛歸善馬，小月送降書。”顔誤記也。

48. 鄭谷《石城詩》：“石城昔爲莫愁鄉。”郝注：“即金陵石頭城。”

按，《通典》：“《石城樂》，宋臧質所作也。石城在竟陵，質嘗爲竟陵郡，見群少歌謡，因作此曲。《莫愁樂》者，出於石城女子名莫愁，善歌謡。”《郡縣志》郢州長壽縣本古之石城。故谷詩有“千古漢陽間夕陽”之句。注以爲金陵石頭城，非。

49. 老杜《荔枝詩》：“雲壑布衣駘背死，勞人害馬翠眉須。”彭雲舉云：“雲壑駘背，指唐羌也。”

按，《唐書》：“楊妃生於蜀，性好荔枝。南海荔枝勝於蜀者，故每歲飛馳以進。七日七夜至京，人馬多斃於路。”杜牧之《華清宫詩》“一騎紅塵妃子笑，無人知是荔枝來”，是也。又《續博物志》：“漢孝和時，南海獻龍眼荔枝，十里一置，五里一堠。”謝承《後漢書》：“唐羌字伯游，爲臨武長，上書曰：龍眼荔枝及生鮮獻之，晝夜傳送，至有死者。二物升殿，未必延年益壽。帝從之。”杜蓋以雲壑布衣如伯游者，既老且死，無有能諫之者，遂至勞人害馬，以供翠眉所須也。

50. 黄伯思《跋華山廟碑》曰：“歐陽《集古録》云：所謂集靈，他書皆不見，惟見此碑。”按，《漢·地理志》：“集靈宫，武帝起。”桓譚《仙賦》叙華山下有集靈宫。二書所載，其詳如是，文忠博古矣，猶時有舛漏。

按，《隋·經籍志》有《黄帝集靈》三卷。宫之取名者以此。後漢張昶《華岳碑叙》"世宗又營集靈之宫於其下"，《水經注》"敷水又北，逕集靈宫西"，謝莊《瑞雪》"咏晰景兮便娟，冠集靈兮藹望仙"，徐堅《初學記》"集靈宫、望仙門"，杜牧《漢宫詩》"君王長在集靈臺"，亦多用此。

51.《春秋佐助期》曰："武露布，文露沈。"楊用脩云："文露之説，他書所罕聞，文人亦罕引用。"

按，虞世南《奉和月夜觀星應令詩》："清風滌暑氣，文露淨囂塵。"李商隱《寓懷詩》："鬥龍風結陣，惱鶴露成文。"甘子布《光賦》："露沈文而委淨。"徐堅《初學記》："文露、光風。"惟"武露"則罕用之。楊用脩《關索廟詩》："月捷西來武露布。"蓋用此也。

52.《野客叢談》曰："《沈約碑》：痛棠陰之不留。"注云："落棠山，日入之地。今人類知棠陰爲甘棠之陰，而落棠罕有知者。"

按，《唐書·地理志》："自驩州西南三日行，度霧嶺，又二日行，至棠州日落縣，又有崦嵫州，以遏忽部落置，屬條支都督府。"《事物紺珠》曰："崦嵫，亦曰落棠山。"盧象詩："停杯歌《麥秀》，秉燭醉棠陰。"

53. 太白詩："昔作芙蓉花，今爲斷腸草。"《冷齋夜話》云："陶弘景《仙方注》：斷腸草不可食，其花名芙蓉花。乃知詩人無一字閒話。"

按，《述異記》："今秦趙間有相思草，狀如石竹而節節相續，一名斷腸草，又名愁婦草。"白所謂當即是耳。若只一物，豈可以今昔言之？

54. 黄伯思《跋右軍甘簾帖後》云："此帖云甘蔗十丈，

初不可曉。因思曹子建詩：'都蔗雖甘，杖之必折。'十丈云者，恐是竹竿萬箇之類。"

按，《南中八郡志》："交趾有甘蔗，圍數寸，長丈餘。晋太康六年，扶南國貢諸蔗，一丈三節。"梁吴筠《移文》："扶南甘蔗一丈三節，白日炙便銷，清風吹即折。"十丈云者，十挺也。一挺長一丈，則十挺爲十丈矣。《南史·張暢傳》："魏太武求甘蔗及酒，孝武遣人送酒二器，甘蔗百挺。"是也。劉向《杖銘》曰："都蔗雖甘，殆不可杖。佞人悦己，亦不可相。"子建詩蓋本此。

55. 梁武帝《游鍾山大愛敬寺詩》："正趣果上果，歸依天中天。"《釋氏要覽》云："釋迦佛小名天中天。"

按，《前漢書》：匈奴稱天曰祁連，亦曰撑犁。後漢《遠夷樂德詩》稱天曰冒。《王氏彙苑注》："韃靼國及兀良哈國稱天曰騰吉里，朝鮮國曰哈嫩二，日本曰唆噉，琉球曰甸尼，安南曰雷，占城曰剌儀，暹羅曰普剌，滿剌加曰安剌，西番曰難，女直曰阿瓜。"又按《菽園記》西域稱天曰提婆，元人稱天曰統格落，皆未有如中土呼天者。然則佛名天中天，亦翻譯者爲之也。梁武帝身爲佛奴，而作詩敢斥其小名者未必然也。佛屠以金人祭天，而其子初生，即尊之爲天中天，未必然也。《文中子》曰："齋戒修而梁國亡，非釋迦之罪也。"楊萬里詩曰："梵王豈是無甘露，不爲君王致蜜來。"是二者，誰爲向天中天而問之？

56. 阮籍詩："西游咸陽市，趙李相經過。"顔延年注："謂趙飛燕、李夫人。"

按，班固《叙傳》："成帝進侍者李平爲倢妤，而趙飛燕爲皇后，富平、定陵侯等入侍禁中。設宴飲之會，與趙、① 李諸侍中皆引滿舉白，談笑大噱。”阮詩所稱“趙李”者，指此。陳沈炯《魂歸賦》：“指咸陽而長望，何趙李之經過?”駱賓王《帝京篇》：“趙李經過密，蕭朱交結親。”皆用班氏《叙傳》之趙李。若趙飛燕、李夫人，一成帝，一武帝，相去遠矣，安得同時經過乎？梁簡文帝《櫂歌行》②“参同趙飛燕，借問李延年”，則顏注可用耳。又簡文有《西齊行馬篇》“不效孫吴術，寧須趙李過”，乃用《谷永傳》“主爲趙李報德復怨”，《何並傳》“趙李桀惡”，安得以詩中有“趙李”字而混注之?

---

① “與”,《漢書・續傳》作“及”。

② “櫂”,原作“擢”,今據《櫂歌行》改。

卷二十六

翰林院檢討徐文靖　撰

詩賦二

1. 歐陽永叔云："牡丹初不載文字，唐人如沈、宋、元、白之流皆善咏花，當時有一花之異者彼必形於篇什，而寂寞無傳焉。惟劉夢得有《咏魚朝恩宅牡丹詩》。"

按，《素問》："清明次五日，牡丹華。"唐王砯注引《吕氏月令》："田鼠化鴽，牡丹華。"段成式《酉陽雜俎》："《謝康樂集》中言永嘉竹間水際多牡丹。"北齊楊子華有畫牡丹，極佳。歐謂初不載文字，何也？唐玄宗内殿賞牡丹，問程修己曰："京師有傳唱《牡丹詩》者，誰稱首？"對曰："李正封詩云：國色朝酣酒，天香夜染衣。"則又在夢得前矣。白樂天《寄微之百韻詩》"唐昌玉蕊會，崇敬牡丹期"，《西明寺牡丹花時憶元九詩》"詎知紅芳側，春盡思悠哉"，元微之有《和白樂天題牡丹叢三韻》，乃謂其寂寞無傳，何也？

2. 張子韶《憶天竺月桂詩》："湖上北山天竺寺，滿山桂子月中秋。黄英六出非凡種，肯許天香過别州。”自注云：①“天竺桂花六出，他州無本。”

按，《唐書·五行志》：“垂拱四年三月，雨桂子於台州，旬餘乃止。”《咸淳臨安志》：“靈隱有月桂峯，相傳月中桂子嘗墜於此，生成大樹，其花白，其實丹。”駱賓王詩：“桂子月中落，天香雲外飄。”李白《送崔十二游天竺寺詩》：“每年海樹霜，桂子落秋月。”《冷齋夜話》云：“天竺桂花中秋特盛，非必種出月中，地氣使然也。”余於康熙丁酉歲買桂二株，種之庭前，花皆六出，因命兒胥樞賦其事云：“月中仙樹豈尋常，歲歲秋風壓衆芳。六出由來誇白雪，何如金粟擅天香?”頗能免俗，命存之。追雍正丙午大水，桂爲水浸者月餘，遂並枯萎。復買植之，無復六出矣。自是種奇，非地氣使然也。

3. 宋之問詩：“鎬飲周文樂，汾歌漢武才。”唐仲言云：“按鎬京，武王所作，此欲與漢武爲對耦，誤改用文耳。”

按，沈約《林光殿曲水宴詩》“宴鎬鎗玉鑾，游汾舉仙軷”，沈佺期詩“思逸横汾唱，歌流宴鎬杯”，皆以鎬、汾爲對。又《周書·文傳解》曰：“文王在鎬，召太子發曰：吾身老矣，吾語汝云云。”今本《周書》無“吾身老矣”句。歐陽詢《藝文類聚》有之。是在鎬本文王事，武王時乃稱京耳。王維詩“欲笑周文歌宴鎬，還輕漢武樂横汾”，亦以宴鎬爲文王。

4. 黄伯思《跋四皓碑後》云：“逸少有《尚想黄綺帖》，陶淵明詩亦云：黄綺之南山。畢文簡讀杜詩‘黄綺終辭漢’，乃疑四皓之目，宜曰綺里、季夏，曰黄公。”

按，稱黄綺者，魏繁欽《甪里先生訓》“黄綺削迹南山”，晉嵇茂齊

① “自”,原作“白”,今據中華本改。

《答趙景真書》“儔黄綺於商岳”，庾闡《閒居賦》“黄綺絜其雲棲”，戴逵《閒游贊》“降及黄綺，迄於臺尚”。《高士傳》“黄綺無閒山林”，是也。稱綺皓者，江淹詩“南山有綺皓”，李白《山人勸酒篇》“落落綺皓”，是也。稱園綺者，晋元帝《與賀循書》“園綺彈冠而臣漢”，阮籍詩“園綺遯南岳”，劉孝威詩“園綺隨金輅”，《陳書》“總有潘陸之華，而無園綺之實”，李白詩“園綺復安在”，杜甫詩“園綺未稱臣”，是也。稱綺季者，班固《終南山賦》“榮期、綺季，此焉恬心”，馮衍《顯志賦》“披綺季之麗服”，嵇康《琴賦》“榮期綺季之儔”，陳周弘讓《山蘭賦》“竊逄知於綺季”，隋李巨山詩“駕言追綺季”，李商隱詩“謀身綺季長”，是也。稱綺角者，淵明詩“多謝綺與角，精爽今何如”，是也。

5. 義山《孔雀詩》：“秦客被花迷。”朱注云：“未詳。”

按，《列仙傳》：“蕭史，秦穆公時善吹簫，能致白鵠孔雀於庭。”

6. 王半山《姑孰早梅詩》：“大梁春費寶刀催，不似湖陰有早梅。”

按，《晋・地理志》：“丹陽郡有于湖縣。”《明帝紀》：“太寧元年夏四月，王敦下屯于湖。二年六月，敦將舉兵内向，帝密知之。乘巴滇駿馬微行，至于湖，陰察敦營壘而出。”蓋言帝至于湖縣，陰察敦之營壘也。張耒《于湖曲》“武昌雲旗蔽天赤，夜築于湖洗鋒鏑”，是也。温庭筠誤逗晋史作《湖陰曲》，半山又以温誤。李綱亦有《湖陰曲》和温庭筠，皆誤。

7. 義山詩：“天泉水暖龍吟細。”朱注云：“《齊地記》齊有天齊泉。《漢書注》臨淄城南有天齊水，五泉並出。”

按，《宋書・符瑞志》：“文帝元嘉二十一年，① 天淵池池蓮同榦。”②

① “元嘉”，原作“永嘉”，今據《宋書・符瑞志》改。

② “淵”，原作“泉”，今據《宋書・符瑞志》改。

《南史·劉苞傳》："受詔咏天泉池荷，下筆即成。"柳子厚《爲王京兆賀嘉蓮表》："香激大王之風，影耀天泉之水。"① 義山"天泉"當謂此。

8. 楊炯《送劉校書從軍詩》："天將下三宫，星門列五戎。"唐仲言注云："星門無考。"

按，康成注《乾鑿度》："太一下行八卦之宫，每四乃還於中央，謂之九宫遁甲式。凡行軍皆按八門，合之中宫而爲九。八門九星，坎宫天蓬星，休門，貪狼，屬水，曰白，居一。坤宫天内星，死門，巨門，屬土，曰黑，居二。震宫天衝星，傷門，禄存，屬木，曰碧，居三。巽宫天輔星，杜門，文曲，屬木，曰緑，居四。中宫天禽星，大將居之，廉貞，屬土，曰黄，居五。乾宫天心星，開門，武曲，屬金，曰白，居六。兑宫天柱星，驚門，破軍，屬火，曰赤，居七。艮宫天任星，生門，左輔，屬土，曰白，居八。離宫天英星，景門，右弼，屬火，曰紫，居九。九宫八門，大將居中不動，其餘八星各隨六甲六乙符頭所指，與八門俱變易。八門有九星，故曰星門。易斗中占北斗第一星曰破軍，二曰武曲，三曰廉貞，四曰文曲，五曰禄存，六曰巨門，七曰貪狼。今遁甲及堪輿家故易其名以眩衆耳。八曰左輔，在斗第六星之左，七曰右弼，在斗第七星之右。所謂九宫九星者，即北斗之九星也。九宫凡七色，坎水白，坤土黑，震木碧，巽木緑，中土黄，乾金白，兑金赤，艮土白，離火紫。今《時憲書》每月列於下方，謂之飛九宫，以八卦方位合之中宫爲九。而九宫七色之中有三白者，蓋以是也。"又《後漢書·高彪傳》"天有太一，五將三門"，注曰："《太一式》：凡舉事皆欲發三門，順五將。三門者，開門、生門、休門。② 五將者，天目、文昌等。"是也。梁簡文帝《從軍行》："三門應遁甲，五壘學神兵。"唐樂府《祀九宫貴神歌》："樂變六宫，壇開八門。"

---

① "耀"，原作"濯"，今據《柳河東集》卷三十七改。

② "休門"，《後漢書·高彪傳》注在"生門"之前。

9.《山堂肆考》云："柳子厚《酬劉禹錫詩》云：柳家新様元和脚，且盡薑牙斂手徒。"① 柳家謂柳公權也。公權在元和中甚有書名。元和脚者，言公權字變新様而脚則元和也。

按，禹錫《寄子厚詩》："聞道近來諸子弟，臨池尋已厭家雞。"故子厚酬之如此。馮贄《雲仙雜記》云："《字錦》曰：柳公權以隔風紗作《龍城記》及《入朝名品》，號《錦様書》以進。"所謂新様者以此。又唐史憲宗十五年，穆宗即位，以公權爲右拾遺。明年改元長慶，則是此年爲元和脚也。東坡《因柳氏二外甥求筆迹詩》："君家自有元和脚，莫厭家雞更問人。"蓋合劉、柳兩詩而用之。《陳後山集蓬萊女官下西里王氏書效黄魯直因贈詩》云："肯學黄家元祐脚。"直誤解脚字矣。

10. 陸龜蒙《二遺詩》："閒追金帶徒勞恨。"郝注云："《異聞集》曰：吕公經邯鄲邸中，以枕授盧生曰：枕此，則榮遇如意。"

按，李善注《洛神賦》云："魏東阿王漢末,② 求甄逸女，不遂。黄初中入朝，文帝示植甄后玉鏤金帶枕。植見之，不覺泣下。帝意尋悟，以枕賚植。"東坡《琴枕詩》"金帶嘗苦窘"，亦用其事。安得以黄粱夢覺解之？

11. 蘇頲《咏巡省途次上黨舊宫詩》："約川星罕駐，扶道日旗舒。"《近光集》注云："《周禮》日月爲常。"

按，《荆州占》曰："紫微宫一名天營，一名長垣，又曰日旗。"非日月爲常之謂。

① "薑",原作"姜",今據《柳河東集》卷四十二改。

② "漢末",原作"初",今據《文選・洛神賦》李善注改。

12. 古詩："天上何所有？歷歷種白榆。"注："白榆，星名。"

按，《説文》曰："榆，白粉也。"《春秋元命包》曰："三月榆莢落。"榆先生葉，有莢皮色白，三月落英如錢。白居易詩："隔籬榆葉撒青錢。"白又有《荷珠賦》云："既羅列其青蓋，又昭彰於白榆。"亦以荷錢如榆錢爲譬。遍撿書傳，無有星名白榆者。古詩"歷歷種白榆"，白榆指天錢星耳。《星傳》"天錢十星，在虚梁西南，北落西北"，故詩以歷歷言之。杜詩"種杏仙家名白榆"，李義山《聖女祠詩》"行車蔭白榆"，文靖在都門曾作《喜雪詩》："白榆星隱天容淡，黄竹風高地籟寒。到處瓊田堆玉粒，同時銀海疊冰紈。"亦用此意。

13. 潘迪《石鼓音訓》云："《石鼓文》：'其魚維何？維鱮及鯉。何以橐之？維楊及柳。'橐从缶，包裹承藉之義，非謂貫之也。蘇氏詩作'何以貫之'，恐誤。"

按，子瞻詩"其魚維鱮貫之柳"，無"何以"字。梅堯臣詩："舫舟又漁縳鱮魴，何以貫之維柳楊。"潘誤記也。

14. 《遯齋閒覽》曰："莆陽通應子魚。其地有通應侯廟，廟前港中魚最美，今人必求其大可容印者謂之通印子魚。"

按，《述異記》："城陽縣城南有堯母慶都墓。魚頭閒有印文，謂之印頰魚。"《吴都賦》"鯽龜鱕鯌"，注云："鯽魚無鱗，身正方如印。"是皆爲印魚也。《明一統志》"通印子魚，漳浦縣出"，王半山詩"長魚俎上通三印"，郭祥正詩"仙魚通印勝鴞炙"，蘇子瞻詩"通印子魚長帶骨"，皆作"通印"。《遯齋》"大可容印"之説，非。

15. 庾子山《春賦》："艶錦安天鹿。"倪魯玉注云："天鹿，獸名。"

按，《十洲記》："聚窟洲在西海中，有辟支天鹿之獸。"《後漢書·西域傳》注："桃拔一名符拔，似鹿，長尾。一角者或爲天鹿，兩角者或爲辟邪。"黄庶《咏假山詩》"天鹿辟邪眠莓苔"，是也。

16. 揚雄《甘泉賦》："列辛雉於林薄。"服虔注云："即辛夷。"夷、雉聲相近也。

按，《本草别録》："辛雉木，味苦香，温可作浴藥。實如桃木。"自有辛雉，何用讀雉爲夷也？

17. 張衡《西京賦》："芝蓋九葩。"注："偃伏有如芝也。"

按，《通典》："漢制，耕根車如副車，有三蓋，亦曰芝蓋。"庾子山賦："落花與芝蓋齊飛。"倪注闕。

18. 潘岳《閒居賦》："梁侯烏椑之柹。"《纂注》："梁侯烏椑柹，未詳。"

按，《西京雜記》："上林苑椑三：青椑、赤色椑、烏椑。"《地理志》："梁侯園有烏椑八稜柹。"《廣志》："梁國侯家有椑，味甚美。"庾仲容《咏柹詩》："苑朱正蕊翠，梁烏未銷鑠。"潘岳《金谷集》作"前庭樹沙棠，後園植烏椑"。

19. 《魏都賦》："尋靡蓱於中逵。"① 王逸注曰："寧有蓱草蔓延九逵之道？"②《纂注》以緣木求魚辟之。

按，《山海經》"合水多鰧魚，狀如鱖，居逵"，郭璞注曰："逵，水

① "中"，原作"九"，今據《文選·魏都賦》改。

② 此句是李善注引王逸《楚辭注》。"延"，《文選》李善注作"衍"。

中之穴道交通者。”則九逵，亦水中之穴道也。《天問》“靡蓱九衢”，九衢猶九逵也。《山海經》：“宣山有桑，大五十尺，其枝四衢。”蓋凡花之枝出者爲衢，非衢路也。梁簡文帝《梅花賦》“吐衷四照之林，敷榮五衢之路”，則直以爲衢路矣。

20. 宋濂《蟠桃核賦》：“俯貼金盤巢蓮之器，仰承玉露常滿之杯。”《賦楷》注云：“金盤巢蓮之器，未詳。”

按，《春秋孔演圖》：“文命將興，龜穴蓮。”《十洲記》：“周穆王時，西域獻夜光常滿杯。”《古學備體》亦載此賦云：“俯貼金盤，巢蓮之龜藏穴；仰承玉露，常滿之杯弗傾。”義更豁然。

21. 枚乘《七發》：“蔓草芳苓。”王逸注云：“苓，古蓮字也。”

按，《爾雅》“菤耳，苓耳”，郭璞注曰：“《廣雅》云：枲耳也。或云苓耳，形似鼠耳。”陸璣曰：“白華細莖，可煮爲茹。”枚乘所謂芳苓者，蓋指此耳。張華《博物志》“龜三千歲，游於蓮葉卷耳之上”，《宋書·符瑞志》“龜三百歲游於蓮葉之上,① 三千歲游於卷耳之上”，曹植《七啓》“寒芳苓之巢龜”，丘遲《謝示青毛神龜啓》“翱翔卷耳之陰，浮游蓮葉之上”，苓非即蓮可知矣。注者但據《龜筴傳》“有神龜在嘉林中，嘗游於芳蓮之上”，曹植《神龜賦》“赴芳蓮以巢居”，遂謂芳苓即芳蓮，殊不思蔓草芳蓮，既殊水陸，而芳苓之巢龜，實爲苓耳也。今字書皆承襲誤用而不知，蓋千年矣。

22. 相如《大人賦》：“越五河。”晋灼曰：“五河，五湖，取河之聲合音耳。”師古曰：“五河，五色之河。《仙經》說有

① “蓮”,《宋書·符瑞志》作“蕖”。

紫、碧、絳、青、黄之河，非五河也。”

按，《河圖》：“風后對黄帝曰：河凡有五，皆始開於昆侖之墟。”則五河非五湖，亦非《仙經》之五色河也。

23．張衡賦：“左青琱以揵芝。”① 注曰：“揵，堅也，音巨偃反。”

按，《國語》“秦后子對韓宣子曰：夫絳之富商，韋藩木揵以過於朝。”相如賦“揵鬐擢尾”，正義：“揵音乾，舉也。”揵鬐，舉鬐也。木揵，以木擔於肩而舉物也。《思玄賦》所謂“揵芝”，以芝爲芝蓋，故須舉也。訓堅者非，堅當是豎之訛也。

24．東坡云：“子厚詩：桃笙葵扇安可常?”偶閲《方言》“簟謂之笙”，乃悟桃笙以桃竹爲簟也。

按，《方言》：“簟，宋魏之閒謂之笙。”左思《吴都賦》：“桃笙象簟，韜於筒中。”子厚用桃笙，直用《吴都賦》耳。

25．段成式云：“崔融《瓦松賦》不知爲木與草，梁簡文帝詩依簷映昔耶，蓋瓦松也。”

按，融賦：“謂之木也，訪山客而未詳。謂之草也，驗農皇而罕記。”若謂其“不知爲木與草”，江淹《并閭頌》“異木之生，疑竹疑草”，豈亦不識爲椶乎？又融賦“慚魏宫之烏韭”，《山海經》“小華之山，其草有萆荔，狀如烏韭”，郭注：“烏韭，在屋者曰昔耶，在牆者曰垣衣。”《本草》：“在石曰烏韭，在屋曰瓦松。”一物數名，其實一也。張華詩“昔耶生户牖”，王僧孺詩“朝光照昔耶”，簡文之昔耶，即融賦之烏韭耳。

---

① “以”，《文選》張衡《思玄賦》作“之”。

26. 楊泉《草書賦》："杜垂名於古昔，皇著法乎今斯。"

按，《三輔決録》"先時杜伯度、崔子玉以草書稱於前世"，梁周思纂《千字文》"杜藁鍾隸"，《説文注》"按《書傳》云張竝作，又云齊相杜操作"，而衛恒《四體書勢》謂漢興而有草書，不知作者姓名。意以杜特善之，非作耳。據《史記·三王世家》漢孝武六年四月乙巳，有《齊王策》《燕王策》《廣陵王策》。褚先生曰："謹論次其真草詔書，編於左方，令覽者自通其意而解説之。"則草書蓋起於武帝以前也。

27. 何子元曰："《吕氏春秋》楚莊王獵於雲夢，射隨兕而獲之。隨兕不見他書，今人亦無有識之者。"

按，韓子曰："孟孫獵得麑，使秦巴西持之，其母隨而啼。"① 則是隨兕者，謂子母相隨也。劉向《新序》曰："楚王載繁弱之弓，忘歸之矢，以射隨兕於夢也。"《吕覽注》曰："隨兕，小牛也。"又虞世南《獅子賦》："碎隨兕於斷齶，握巴蛇於指掌。"

28. 馬融《廣成頌》："隸首策亂，陳子籌昏。"注云："陳子，陳平，善於籌策也。"

按，《周髀算經》："榮方問於陳子曰：竊聞夫子之道，知日之高下，光之所照一日所行遠近之數，人所望見四極之窮、列星之宿、天地之廣袤，夫子之道皆能知之。信有之乎？陳子曰：然。此皆算術之所及，夏至南萬六千里，冬至南十三萬五千里，日中立竿測影，此一者天道之數。"馬季長所言陳子，宜謂此也。

29. 《演繁露》曰："《尚書大傳》散宜生輩之江淮之浦，取大貝如車渠。不知車渠又何物？"

---

① "啼"，原作"呼"，今據《韓非子·説林》改。

按，沈括《筆談》曰："車渠大者如箕，背有渠壟，如蚶殼，以作器，緻如白玉。"徐衷《南方記》曰："班貝羸，大者圍之得六寸。"《本草》："李時珍曰：《韻會》云：'車渠，海中大貝也。背上壟文如車輪之渠，故名。'"《通典》："大秦國出大貝車渠。"此又一車渠。張揖《廣雅》曰："車渠，石次玉也。"魏文帝《車渠椀賦》曰："車渠，玉屬也，多纖理縟文，生于西國，其俗寶之。"是也。

30.《後魏書》："張淵《觀象賦》：恒不見以周衰。"注云："昔魯莊公十年夏四月，① 恒星不見，自是以後，周室衰微。"

按，《竹書紀年》："殷帝癸十年，五星錯行，夜中星隕如雨。"又"周昭王十四年夏四月，恒星不見"。後五年，王喪六師于漢，遂南征不復。皆非常之變，故張淵《賦》云"恒不見以周衰，枉蛇行而秦滅"。而釋氏以恒星不見爲釋家降生之瑞，故《魏書·釋老志》曰："釋迦生當周莊王九年，《春秋》魯莊公七年夏四月，恒星不見，夜明，是也。"庾肩吾《詠同泰寺浮圖詩》曰："周星疑更落，漢夢似今通。"亦皆以是爲釋迦之瑞。又《傳燈録》曰："周昭王二十四年，釋迦佛生刹利王家，放大智光，明照十方世界。"《論衡》曰："周昭王二十四年甲寅歲四月八日，恒星不見，五光貫於太微。王問太史蘇繇，對曰：西方有聖人生，却後千年，其教法來此矣。"《佛運統紀》曰："周昭王二十四年甲寅四月八日，中天竺淨梵王妃摩耶夫人生太子悉達多。"蓋欲附會昭王時恒星不見之異，以爲佛生於是時。據《竹書紀年》"周昭王元年庚子"，則甲寅是十五年，烏在其爲二十四年也？"十四年癸丑夏四月，恒星不見。十九年伐楚，喪六師于漢，王陟。"明年己未爲穆王元年，烏在其有二十四年也？《春秋》莊公之七年，恒星不見，當周莊王之十年歲在甲午，故齊王巾《頭陀寺碑文》"周魯二莊，親昭夜景之鑒；漢晋兩明，並勒丹

① "十",原作"七",今據《魏書·張淵傳》注改。

青之飾”，謂此也。計莊王甲午上距昭王甲寅，凡三百四十一歲。其佛生之年，何至懸遠若此？且經書“四月辛卯，恒星不見”，杜預注：“辛卯，四月五日。”羅泌《路史》曰：“是歲四月丁亥朔，辛卯乃月之五日，非八日也。”《北齊書·樊遜傳》曰：“末葉已來，大存佛教，寫經西土，畫像南宫，昆池地黑，以爲燒刼之灰。①《春秋》夜明，謂是降神之日。法王自在，變化無窮，置世界於微塵，納須彌於黍米。理本虚無，示諸方便，而妖妄之輩，苟求出家。② 藥王焚軀，波斯灑血，假未能然，猶當克命。寧有改形易貌，有異生人；恣意放情，還同俗物。龍宫餘論，鹿野前言，此而得容，道風前墜。”蓋深有慨而言也。

31. 相如《大人賦》：“吾乃今日睹西王母，暠然白首戴勝而穴處兮，亦幸有三足烏爲之使。必長生若此而不死兮，雖濟萬世不足以喜。”師古曰：“昔之談者皆以西王母爲仙靈之最。”

按，《宋史·外國傳》曰：“元符八年，悉蘭池國遣使奉表曰：臣伏聞西王母塚距舟所將百里，又行二十晝夜，度羊山、九星山，至廣州之琵琶洲。”則王母之死而有塚，可知已。《穆天子傳》：“西王母爲天子謡曰：將子無死，尚能復來。”未聞予以不死之藥，信其必來也。《竹書》：“穆王十七年，西王母來朝，賓于昭宫。”則亦西裔諸侯之類也。《淮南子·覽冥訓》云：“羿請不死之藥於西王母。”蓋妄也。以不死之藥予人，乃自死而有塚哉？故《史記·趙世家》注謂穆王會王母于瑶池，譙周不信其事也。北齊樊遜曰：“天道性命，聖人所不言。蓋以理絶涉求，難爲稱謂。③ 伯陽《道德》之論，莊周《逍遥》之旨，遺言取意，④ 猶有可尋。至若玉簡金書，神經秘籙，三還九轉之奇，絳雪玄霜之異，淮南成

① “燒刼”，《北齊書·樊遜傳》作“刼燒”。

② “苟求”，原作“棄家”，今據《北齊書·樊遜傳》改。

③ “謂”，原作“詣”，今據《北齊書·樊遜傳》改。

④ “遺”，原作“遣”，今據《北齊書·樊遜傳》改。

道，犬吠雲中，子喬得仙，劍飛天上，皆是憑虛之説，海棗之談，求之如係風，學之如捕影。而燕君、齊后、秦皇、漢帝，信彼方士，冀遇其真。徐福去而不歸，欒大往而無獲。猶謂升遐倒影，抵掌可期；祭鬼求神，庶或不死。江璧既返，還入驪山之墓；龍媒已至，終下茂陵之墳。方知劉向之信鴻寶，没有餘責；王充之非黄帝，比爲不相。"① 以是知相如《大人》之賦，彼固有不屑爲也。

32. 梅誕生云："子瞻《颶風賦》：斷霓飲海而北指，赤雲夾日以南翔。此颶之漸也。"

按，《颶風賦》，蘇過所作也。過字叔黨，子瞻第三子也。宋祝堯曰："嶺南有颶風，每作時，雞犬爲之不寧。過隨父過嶺，故作此賦。"梅氏引以爲子瞻，誤矣。

33.《西京賦》："自我高祖之始入也，五緯相汁，以旅于東井。"《纂注》云："五緯，五星也。漢元年十月，五星聚于東井，以曆考之，從歲星也。此高祖受命之符。"

按，《前漢書·高帝紀》："元年冬十月，五星聚于東井。沛公至霸上，秦王子嬰降枳道旁。"《魏書·高允傳》："時崔浩集諸術士，考校漢元以來日月薄蝕、五星行度，并識前史之失，② 别爲《魏曆》，以示允。允曰：漢元年冬十月，五星聚于東井，今譏漢史而不覺此謬，恐後人譏今猶今之譏古。浩曰：所謬云何？允曰：案《星傳》，金水二星常附日而行。冬十月，日在尾箕，昏没於申南，而東井方出於寅北。二星何因背日而行？是史官欲神其事，不復推之於理。後歲餘，浩謂允曰：先所論者，本不注心，及更考究，果如君語。以前三月聚于東井，非十月也。③

① "相"，原作"根"，今據《北齊書·樊遜傳》改。

② "識"，原作"譏"，今據《魏書·高允傳》改。

③ "月"，原作"日"，今據《魏書·高允傳》改。

衆乃嘆服。"

34.《蜀都賦》:"百藥灌叢,寒卉冬馥。異類衆夥,於何不育?其中則有青珠、黄環、碧砮、芒消。"《纂注》曰:"青珠、黄環,皆寶也。"

按,《本草》:"狼跋子,出交廣,藤生,花紫色,子形扁扁耳。今京下呼黄環子。"陶弘景曰:"黄環子似防已,亦作車輻理解。《蜀都賦》所謂黄環,即此。"沈括《補筆談》曰:"黄環,即今之朱藤也。其花穗懸紫色,如葛花。實如皂筴。《蜀都賦》所謂黄環,即此藤之根也。"青珠無解者,按顧玠《海槎録》曰:"桄榔木身直如杉,又如棕櫚、椰子、檳榔、波斯棗、古度諸樹而少異。有節,似大竹。樹杪挺出數枝,開花成穗,緑色。結子如青珠,每條不下百夥,一樹近百餘條,團團懸掛若傘樹,可愛。"賦所謂青珠,宜即此也。《纂注》以青珠黄環爲寶,非矣。如以爲寶,則與百藥寒卉何與乎?

35. 左太冲《三都賦序》:"相如賦《上林》而引'盧橘夏孰',① 則生非其地。"②

按,《伊尹書》曰:"果之美者,箕山之東,青馬之所有,盧橘夏孰。"《相如賦》"盧橘夏孰"本此。裴淵《廣州記》:"羅浮山橘實大如李。"李尤《七嘆》:"梁土青麗,盧橘是生。白花緑葉,扶疎冬榮。"當相如時,武帝新開上林苑,群臣八方競獻名果珍樹,種之上林,安必所獻者無盧橘也?左太冲以生非其地而譏之,謬矣。唐許渾詩"盧橘花香拂釣磯",郝氏注云:"《上林賦》盧橘夏孰,即枇杷也。"唐庚《李氏山園記》:"盧橘、枇杷一也。"今案其賦云"盧橘夏孰",又云"黄甘橙榛,枇杷橪柹",有盧橘,又有枇杷,安得謂盧橘、枇杷一耶?常璩《蜀

---

① "孰",《文選·三都賦序》作"熟"。
② "地",《文選·三都賦序》作"壤"。

志》："江陽郡有荔枝、巴菽、蒟醬、給橙。"《史記·相如傳》注："郭璞曰：今蜀中有給客橙，似橘而非，若柚而香，冬夏花實相繼，或如彈丸，或如拳，通歲食之，即盧橘也。"是給橙、盧橘一也。以裴云"實大如李"、郭云"如彈丸"驗之，蓋即金橘耳。梅聖俞詩"越橘如金丸"，黄魯直詩"霜中摇落黄金彈"，皆謂此也。

36.《甘泉賦》："翠玉樹之青葱。"顏注曰："集衆寶爲之。而左思不曉其義，以爲非本土所出。"

按，《三輔黄圖》曰："甘泉宫北有槐樹，今謂玉樹。"楊震《關輔古語》云："耆老相傳，咸謂此樹即揚雄《甘泉賦》所稱玉樹青葱也。"又按《西京雜記》："初脩上苑，群臣遠方各獻名果異樹，亦有製爲美名以標奇異。白銀樹十株，黄銀樹十株，琉璃樹七株。"則槐樹之名玉樹，從可知矣。曹植詩"緑蘿緣玉樹"，江淹詩"玉樹信青葱"，魏元忠詩"寒風生玉樹"，當即謂槐樹也。王戎曰："如瑶林玉樹，自是風塵外物。"劉楨《清慮賦》"玉樹翠葉，上棲金烏"，梁何遜詩"金蠶不可織，玉樹何曾蕊"，直可云衆寶耳。

37. 何晏《景福殿賦》："周制白盛，今也維縹。"《纂注》云："言周家以白牆爲盛，今以淺碧爲華。"

按，《考工記》"夏后氏世室，五室九階，四旁夾兩窗，白盛"，注曰："白盛，蜃灰也。以蜃灰堊牆，所以飾成宫室。"

38. 王融《曲水詩序》："夏后兩龍，載驅璿臺之上。"《纂注》云："夏后，帝啓也。有馬號兩龍。"

按，江淹《赤虹賦》曰："乘傅説之一星，騎夏后之兩龍。"《括地圖》曰："禹誅防風夏德盛，二龍降之。禹使范氏御之以行。"《博物志》曰："夏德之盛，二龍降之，禹使范承光御之以行。"兩龍本夏禹所御，啓既嗣位，亦得乘之。《山海經》："大樂之野，夏后啓於此儛九代，乘兩龍。"九代，馬名，兩龍即此。注以有馬號兩龍，非也。

39.《吴都賦》："王鮪鯸鮐。"吴志伊曰："《山海經》：敦薨之水，其中多赤鮭。即鯸鮐也。日華子謂之鰗魚，今謂之河豚。《漢書·貨殖傳》鮐鮆千斤，桓寬《鹽鐵論》萊黄之鮐，皆此也。"

按，《貨殖傳》"鮐鮆千斤"，顔師古曰："鮐，海魚也。鮐音胎，又音落。而説者妄讀鮐爲夷，非惟失於訓物，亦不知音矣。"又張協《七命》"萊黄之鮐"，注曰："東萊有黄縣。鮐，海魚也。音台。"吴氏《山海經廣注》以爲即鯸鮐，音夷，能不爲小顔之所誚乎？

40.《吴都賦》："山雞歸飛而來棲。"纂注云："山雞如雞而黑色，樹棲晨鳴，非鵔鸃也。合浦有之。"

按，昭十七年《傳》：郯子曰"丹鳥氏，司閉者也"，注云："丹鳥，鷩雉也。"《爾雅》："翼鷩一謂之鵔鸃，又謂之鵕鸃。"《史記》："漢惠帝時，侍中皆冠鵕鸃。"《漢書音義》曰："鵕鸃鳥似鳳也。"司馬彪曰："鵕鸃，山雞也。"《博物志》："山鷄有美毛，自愛其毛，終日映水。"《南越志》"增城縣多鵕鸃，山雞也。毛色鮮明，五色眩耀，利嘴長距。世以家雞鬥之，則可擒也"。陸機《與弟書》："天淵池養山雞，甚可嬉。"温庭筠《咏山雞詩》："繡翎翻草去，紅嘴啄花歸。"李義山《咏鸞鳳詩》："錦段落山雞。"安得謂山雞黑色非鵔鸃也？蓋山雞即書所謂華蟲，故又以鷩雉爲鵔鸃耳。《金史·國語解》："山雞謂之阿蒲。"

41.《子虚賦》："秋田乎青丘。"注云："青丘國在海東三百里。"

按，《吕覽》："禹至鳥谷、青丘之鄉。"服虔曰："青丘國在海東三百里。”是也。《山海經》：“青丘之山，又東三百五十里曰箕尾之山。其尾踆于東海。”《一統志》：“青丘在青州府樂安縣境内。齊景公有馬千駟，畋於青丘。”即此。賦上言“觀乎成山，射乎之罘”，則所云“田乎青丘”，疑即此也。

42. 楊用修曰：“裛，書裛。班固《西都賦》‘裛以藻繡’。”

按，《説文》：“裛，纏也，書囊。”班賦“裛以藻繡”，乃言殿柱殿屋，皆以藻繡纏繞之。《説文》所謂“裛，纏也”，是矣。《前漢·孝成帝趙后傳》“中黄門田客持詔記，盛緑綈方底”，師古曰：“方底，盛書囊，形若今算幐。”《説文》所謂“裛，書囊”是矣。裛有二義而混之，非也。書裛，又謂之書榅。漢杜篤有《書榅賦》“惟書榅而麗容，象君子之淑德”。《東觀餘論》曰：“劉燾云：楊書《賽過珊瑚樹》一帖，乃在洛中一僧房，於書榅上寫之。”是矣。

43.《藝文類聚》引《山海經》曰：“廬山名有二：一曰天子都，二曰天子障。”

按，《輿地記》“休寧縣山曰率山”，《山海經》“浙江出三都山，在率東”，《地志》曰“浙江出新安黝縣”，則是三天子都在今休寧黝縣之間也。廬山於《山海經》爲柴桑之山，非天子都也。黄省曾《廬山吟》“少讀《神禹經》，昔爲天子都”，蓋又以歐陽率更誤也。

44. 柳子厚《東嶽張錬師詩》：“久事元君住紫微。”郝注云：“紫微一本作翠微。京兆南山中有九天太一元君之湫。”

按，《老子内傳》：“受《元君神圖寳章變化之方》。”又《南岳魏夫人傳》：“位爲紫虚元君。”《空洞靈章經》：“紫微焕七臺，騫樹秀玉霞。”柳詩“久事元君住紫微”，蓋謂此耳。若京兆南山元君之湫，與東嶽無涉。

45. 宋考功云："沈佺期《嶺表寒食詩》：馬上逢寒食，春來不見餳。嘗疑之。因讀《毛詩》簫管備舉，鄭箋曰：簫，編小竹管如今賣餳者所吹。《六經》惟此中有'餳'字。"

按，《荆楚歲時記》曰："去冬節一百五日，即有疾風甚雨，謂之寒食。禁火三日，造餳大麥粥。"《玉燭寶典》曰："今人悉爲大麥粥，研杏仁爲酪，引餳沃之。"沈《寒食詩》押"餳"字，正用此耳。豈必於《六經》求之？又《周禮·小師》"掌鼓簫管"，鄭注："簫如今賣飴餳所吹者。"陸氏《釋文》："餳，夕清反。① 又音唐。"②《内則》"棗栗飴蜜以甘之"，陸氏《釋文》："飴，羊之反，餳也。"《山海經》："峚山多丹木，黄華而赤實，其味如飴。"《六書故》曰："飴、餳同一字。"揚雄《方言》"餳謂之餹"。劉熙《逸雅》："糖之清者曰飴，稠者曰餳。"《説文》："飴，米煎也。"《國策》："方將調飴膠絲。"《楚辭》"粔籹蜜餌。有餦餭"，王逸注："餦餭，餳也。"《廣志》："干蔗，其餳爲石蜜。"《宋書》周朗《答羊希書》曰"饜粭而出，望旃而入"，餳即餳，粭即飴也。《後漢·顯宗紀》注以糖作狻猊，號爲猊糖。《江表傳》："孫亮使黄門以銀椀并蓋，就中藏吏取交州所獻甘蔗餳。""餳"字經史中所有甚多，無可疑也。

46. 班固《幽通賦》："栗取弔于逌吉兮，王膺慶于所舋。"注云："逌，古由字也。"

按，《史·趙世家》"烈侯逌然"，正義曰："逌音由，古字與攸同。"又按《靈憲經》："正儀立度，而皇極有逌建也，樞運有逌稽也。"逌，蓋古攸字耳。

① "夕清"，《經典釋文》作"辭盈"。

② "又"，《經典釋文》作"李"。

卷二十七

翰林院檢討徐文靖　撰

天文考異一

1. 鄭康成注《易乾鑿度》曰："太一者，北辰神名也。下行八卦之宫，每四乃還於中央。中央者，北辰之所居，故謂之九宫。太乙下行九宫，從坎宫起，自此而從於坤宫，而震宫，而巽宫，所行半矣。還息於中央之宫，既又自此而從於乾宫，而兑宫，而艮宫，而離宫，行則周矣。上游息於太一之宫，而反紫宫行起。"

按，《素問》曰："太乙日游，以冬至之日居叶蟄之宫，數所在日從一處至九日，復返於一。常如是無已，終而復始。"馬蒔注曰：太一者，歲神也，常以冬至之日居於坎方叶蟄之宫，計有四十六日。至次日，乃第四十七日也，則爲立春，而居於艮方之天留宫，亦計四十六日，連前九十二日。至次日，乃第九十三日也，則爲春分，而居於震方之倉門宫，亦計四十六日，連前共計一百三十八日。至次日，乃一百三十九日也，則爲立夏，而居於巽方之陰洛宫，亦計四十五日，連前共計一百八十三日。至次日，乃一百八十四日也，則爲夏至，而居於離方之上天宫，亦計四十六日，連前共計二百二十九日。至次日，乃二百三十日也，則爲立秋，而居於坤方之玄委宫，亦計四十六日，連前共計二百七十四日。

至次日，乃二百七十五日也。則爲秋分，而居於兑方之倉果宫，亦計四十六日，連前共計三百二十一日。至次日，乃三百二十二日也，則爲立冬，而居於乾方之新洛宫，亦計四十五日，連前共計三百六十五日。至次日，乃來歲之冬至，又居坎方之叶蟄宫矣。其太乙日游照圖數所在之日，從一處至九。冬至爲一，立秋爲二，春分爲三，立夏爲四，中央爲五，立冬爲六，秋分爲七，立春爲八，夏至爲九，復反於冬至之一。常如是輪之無已，終而復始。

2. 陶弘景《冥通記》曰：[①]"北斗有九星。今星七見，二隱不出。常以二十七日月生二日伺之，其形異餘者爾。"

按，徐整《長曆》曰："北斗九星相去九千里，其二陰星不見者，相去八千里。"劉向《九嘆》曰："訊九魁與六神。"王逸注曰："九魁，謂北斗九星也。"洪興祖曰："北斗第八星曰招摇，第九星曰玄戈。其實北斗九星，謂七星與輔弼二星耳。輔一星在北斗第六星左，去極三十度，入角宿三度，常見不隱。弼一星在北斗第七星右，常隱不見。弘景謂二隱不出，亦非。"

3.《漢書·翟方進傳》："輔湛没，火守舍，萬歲之期，近在朝暮。"張晏曰："輔沈没不見，[②]則天下之兵銷。"

按，《天官書》曰："輔星明近，則輔臣親強。"[③]正義曰："占欲其小而明，則臣不任職。[④]明大與斗合，國兵暴起。"晏注"輔沈没則天下之兵銷"，疑謂此也。及閲《春秋緯》曰："輔星没，天子佐消"，則晏

① "弘"，原避諱作"宏"，今改爲"弘"。下同。

② "沈"，原作"湛"，今據《漢書·翟方進傳》張晏注改。下同。

③ "則"，《史記·天官書》無。

④ "不"，原作"下"，今據《史記·天官書》正義改。此句正義原文爲"占欲其小而明；若大而明，則臣奪君政；小而不明，則臣不任職"。

注“兵銷”當是“佐銷”之訛。

4.《水經注》曰：“紫微有勾陳之宿，主鬥訟兵陣。故遁甲攻取之法，以所攻神與勾陳并氣，下制所臨之辰，則秩禽敵。”朱謀㙔箋曰：“‘秩’字疑誤。”

按，《爾雅》：“秩，常也。”《周禮·酒正》“凡有秩酒者”，鄭司農注曰：“秩，常也。”則是秩禽敵者，謂常禽敵，非誤也。

5.《甘氏星經》曰：“傳舍九星，賓客之館舍。”又《星簿讚》曰：“傳舍止客。”

按，傳舍九星，在紫微宫後，華蓋上。焦延壽曰：“傳舍星入紫微宫，胡兵大起。”是傳舍爲傳送文書者止宿之處，如今馹館，非賓館也。《周禮·太僕》“掌建鼓于大寢之門外，以待達窮者與遽”，鄭司農曰：“遽，傳也。若今時馹馬軍書當急聞者亦擊此鼓。”① 是傳舍有軍警亦得急聞於禁中，故傳舍入紫宫則兵起。甘氏以爲賓客之館舍，非矣。

6.《步天歌》曰：“後門東邊大贊府。”鄭樵注闕。

按，贊府一星，《史記》《漢書》《晋》《隋》《唐》諸史並闕不載。據《周禮》“御史掌贊書”，注曰：“王有命，當以書致之，則贊爲辭。”若今尚書作詔文，故亦得稱府也。

7.《唐會要》曰：“九宫，天蓬星太乙，天内星攝提，天衝星軒轅，天輔星招揺，天禽星天符，天心星青龍，天柱星咸池，天任星太陰，天英星天一。”

按，《素問刺法論》：“岐伯曰：木欲升而天柱室抑之，火欲升而天

① “馹”,《周禮注疏》作“驛”。

蓬室抑之，土欲升而天衝室抑之，金欲升而天英室抑之，水欲升而天内室抑之。”注曰：“天柱，金正之宫。天蓬，水正之宫。天衝，木正之宫。天英，火正之宫。天内，土神之應宫也。”則九星之名由來久已。

8.《淮南子》曰：“晏子曰：吾見勾星在房星之間，地其動乎？”高誘注曰：“勾星，客星也。”

按，《前漢志》曰：“辰星出於房星間，地動。”《天官書》曰：“免七命，曰小正、辰星、天欃、① 安周星、② 細爽、能星、鉤星。”郗萌曰：“辰星，一名鉤星。”誘注云“客星”，非也。

9. 唐王砯《素問注》曰：“遁甲六戊爲天門，六己爲地户。天門在戌亥之間，奎壁之分。地户在辰巳之間，角軫之分。”

按，《唐·天文志》曰：“雲漢自坤抵艮爲地紀，北斗自乾攜巽爲天綱。其在乾維内者，降婁也，爲少昊墟。乾維外者，娵訾也，爲顓頊墟。其在巽維内者，壽星也，爲太昊墟。巽維外者，鶉尾也，爲列山氏墟。蓋乾維内外當戌亥之間，奎壁之分，是爲天門。巽維内外當辰巳之間，角軫之分，是爲地户。軒轅居乾巽内外之中，爲有熊氏墟，戊己之分。”是《唐志》天綱、地紀之説，即遁甲之所謂天門地户也。

10.《周髀算經》曰：“冬至之後，日右行，夏至之後，日左行。左者往，右者來。”趙爽注曰：“冬至日出從辰來北，故曰右行。夏至日出從寅往南，故曰左行。”

按，劉誠意曰：“日之行也，冬行北陸斗牛等宿，出辰入申，是行地

---

① “欃”,原作“讒”,今據《史記·天官書》改。

② “周星”,原作“調”,今據《史記·天官書》改。

下深也。深則夜必長焉。夏行南陸井鬼等宿，出寅入戌，是行地下淺也。淺則晝必長焉。春行西陸奎婁等宿，秋行東陸角亢等宿，皆出卯入酉，是淺深之中也。中則晝夜適均焉。雖爲日之出入，而其朝東夕西，則皆隨天之行也。”趙振芳曰：“元郭守敬用表四丈，四方參驗，乃識天體。天體如圓瓜，分十二次，猶瓜有十二瓣。周天三百六十五度餘四之一，均十二分，一瓣爲三十度四十三分七十五秒。其度輻輳於二極，則度之形斂尖於瓜之兩端，開廣於瓜之腰圍。瓜腰名赤道，其度正得一度之廣。去赤道漸遠漸狹，每度約十之九，二分斜行赤道之交。赤道度廣，又斜行每度廣十有一。惟四立度，在酌中之處是也。”

11.《巫咸星經》曰：“凡五星入月中，星不見爲月食星，星見爲星食月。”

按，姜岌《渾天答難》：“難者云：日爲陽，故外照。月爲陰精，應内景，而復能外照，何也？對云：月光者，日曜之所生。是故外景如日照也。難云：日曜星月，明乃生焉。然則月望之日，夜半之時，日在地下，月在地上，其間隔地，日光何由得照？對云：日在下，礙地不得直照而散，故薄天而照則遠。在地上，散而直照則近。《星傳》曰日夜食則星亡，無月以照之也。難云：檢先望一日，日未入地而月已出。相去三十餘萬里，日在地上，散而直照，不應及月。而使月光明者，何也？”又云：“日夜食則衆星亡。撿月體不大於地，今日在地下，月在地上。地體大，尚不能掩日使不照月。月體小於地，安能掩日使不照星也？”所難最爲明快，而所對未免迂迴，故不具述。梁武帝曰：“月體不全光，星亦自有光，非受明於日。”此則不易之論也。蓋月光自爲生死，望後明死，朔後明生。《書》曰：“哉生明，旁死魄。”《天問》曰：“夜光何德，死則又育？”月之自爲生死可知矣。觀熠燿宵行，亦能自生光曜，豈有照之者乎？

12.《步天歌》：“文昌之下曰三師，更有三公相西邊。”

按，《晉志》：“杓南三星及斗魁第一星西，皆謂之三公。”蓋古無三師之名，故有兩三公也。《後魏·官氏志》曰“尊師、傅、保爲三師”，《五代史·百官志》曰“北齊因後魏，亦曰三師”，故《星傳》改斗魁西星爲三師，而在斗杓第二星下者仍爲三公。

13.《宋中興天文志》曰：“天市垣一星明大者，謂之帝座。帝座東北一星爲后，舊誤作候。西南三星爲妃，舊失其位。妃北一星爲帝右，后北一星爲帝左，是爲左右常侍。妃南四星爲宦寺，宦寺南一星爲閽人，閽人南四星爲内屏，此其别也。而舊乃以右常侍一星及妃三星爲宦者，又以宦寺閽人合五星爲斗，又以内屏四星爲斛，皆誤也。”

按，候一星在帝座東北。石氏曰：“候星以候陰陽，伺遠國。”《周禮·遺人職》云：“五十里有市，① 市有候館。”注曰：“候館樓可以觀望者也。”安得以帝座東北爲后，舊作候誤也。又宦者四星在帝座西南。石氏曰：“宦者四星常侍黄門左右，小臣侍從之官常侍市中帝座也。”安得謂以右常侍一星及妃三星爲宦者四星誤也？斛四星在斗南，斗五星在宦者西南。甘氏曰：“斗斛稱量，尺寸分銖。”郗萌曰：“斗星明則吉，不明凶。若其星仰則天下斗斛不平。”安在以宦寺四星及閽人一星爲斗，又以内屏四星爲斛，皆誤也？又《周禮·司市職》云：“夫人過市罰一幕，命婦過市罰一帷。”② 而《宋中興志》乃欲使后妃並居市肆，何也？

14.《晋志》曰：“太陽守西北四星曰勢。③ 勢，腐刑人也。”

按，《石氏星經》：“勢四星，助宣王命，内常侍官也。”《甘氏星簿

① “五”，原作“三”，今據《周禮注疏》改。

② “命”，原作“世”，今據《周禮注疏》改。

③ “北”，原脱，今據《晋書·天文志》補。

讚》："勢不專事，相命御之。"注曰："勢者，宦也，謂刑餘之人。"凡此諸説，皆誤也。《河圖》曰："河導昆侖，名地首上爲權埶星。"《周禮考工注》曰："埶音勢，古勢字。"勢星即權埶星也。勢四星在斗魁下。徐整《長曆》曰："北斗當昆侖上，氣運注天下，則其上爲權勢星。"即勢星也。權勢爲王者臨御之柄，勢四星象之，詎可以腐刑解乎？

15.《國語》："單子曰：辰角見而雨畢，天根見而水涸，本見而草木節解，駟見而隕霜，火見而清風戒寒。"韋昭注云："夏后氏之令，周人所因。"

按，《唐志》："《日度議》曰：推夏后之初，秋分後五日，日在氐十三度，龍角盡見，時雨可以畢矣。又先寒露三日，天根朝覿。《時訓》'爰始收潦'，而《月令》亦云'水涸'。後寒露十日，日在尾八度而本見，又五日而駟見。故隕霜則蟄蟲墐户。鄭康成據當時所見，謂天根朝見在季秋之末，以《月令》爲謬。韋昭以仲秋水始涸，天根見乃竭。皆非是。"

16. 宋祖沖之曰："《殷曆》日法九百四十，而《乾鑿度》云：《殷曆》以八十一爲日法。若《易緯》非差，《殷曆》必妄。"

按，漢章帝時，虞恭、宗訢等議曰："夫數出於秒忽，以成毫釐，積累以成分寸。兩儀既定，日月始離，初行主分。積分成度，日行一度，一歲而周，故爲術者各生度法。或以九百四十，或以八十一。法有細觕，其歸一也。"沖之所疑，正未嘗考恭訢之説耳。唐《大衍》以三千四十分爲日法，元《授時》以萬分爲日法，豈有異乎？

17.《天官書》："赤帝行德，天牢爲之開。"[①] 正義曰：

① "開"，《史記·天官書》作"空"。

“天牢六星在北斗魁下，主秉禁暴，亦貴人之牢也。”

按，《史記·平準書》曰：“募民自給費，因官器作煑鹽，官與牢盆。”如淳曰：“牢，廩食也。古者名廩爲牢也。”天牢乃天廩屯積之所，故天牢六星在北斗魁文昌間。文昌第一星曰上將，第二星曰次將。《春秋合誠圖》曰：“天牢主守將。”《荆州占》曰：“客星入天牢，其國得邑土。”則是天牢主守將所以環守其牢廩，同列於上將次將之間，故曰天牢。而《石氏星經》天牢六星貴人牢，與貫索同占，是以天牢爲狴牢之牢，而《史記正義》因之，斯其謬矣。

18.《晋志》曰：“北極五星，第二星主日，帝王也。”《宋兩朝志》曰：“北極第二星爲帝。而勾陳口中又爲天皇大帝。奈宫一而帝二也？”

按，北極五星，第二爲帝者，謂天下人君之象。而大帝爲昊天上帝，在勾陳口中，故以天皇别之。《周書》“則有若伊尹，格于皇天”，鄭注曰：“皇天，北極大帝。”《周禮·大宗伯》“以禋祀祀昊天上帝”，鄭注曰：“謂冬至于圜丘所祀天皇大帝星。”是也。非一宫有二帝之謂。

19.《天官書》曰：“斗魁中貴人之牢，曰天理。”

按，《春秋合誠圖》曰：“天理四星在斗中，司三公也。如人喉在咽，以理舌語。”宋均注曰：“斗爲天之喉舌，主出政教。”後漢李固曰：“陛下有尚書，猶天有北斗，爲天喉舌。”蓋謂此也。巫咸曰：“北斗天理主貴者水官也。”《孝經·援神契》曰：“天理勑修糺中情。”糺，察也。蓋言糺察萬物之情理，主三公貴者事也。甘氏曰：“天理執平，首鞫魁頭。”巫咸曰：“大理者平獄之官。”蓋天理、大理，字近而訛，當是大理司貴人之牢，遂誤以爲天理也。

20. 石氏曰：“女牀三星，后宫御也。衆妾所居宫也。”

按，《月令》“后妃齋戒躬桑，禁婦女毋觀，以勸蠶事”。注曰：“女，外内子女也。”《周禮》：“内女曰内宗，外女曰外宗。”女牀三星在紫微垣扶筐下，是内外宗織女之機牀，舊以爲衆妾所居宫，非。

21.《月令》：“仲春之月，[①] 旦建星中。”鄭注：“建星在斗上。”

按，《巫咸星經》：“斗建之間，三光道也。”賈逵曰：“古黄、夏、殷、周、魯冬至日在建星。”建星即今斗星也。《唐·天文志》曰：“古曆南斗至牽牛上星二十一度，入太初星距四度，上直西建之初。故六家或以南斗命度，或以建星命度。”《甄耀度》及《魯曆》，北方有建星無斗。

22.《天官書》：“陰德三星。”

按，《漢志》亦云“三星”，而《石氏星經》“陰德二星主天下紀綱。陰德遺周給惠賑財之事”，則少一星。《晋志》：“尚書西二星，曰陰德、陽德。”則又以二星分爲二座。

23.《唐·天文志》曰：“木、金得天地之微氣，其神治於季月。水、火得天地之章氣，其神治於孟月。”

按，《月令》“立春之日，盛德在木，其帝大皞”，則是以木德王而主東。東方七宿初交於角亢，其氣尚微，故壽星屬木而得天地之微氣。“立秋之日，盛德在金，其帝少昊”，則是以金德王而主西。西方七宿初交於奎婁，其氣尚微，故降婁屬金而得天地之微氣。“立冬之日，盛德在水，其帝顓頊”，則是以水德王而主北。北方七宿，首斗牛而尾室壁，其氣畢章，故娵觜屬水而得天地之章氣。“立夏之日，盛德在火，其帝炎帝”，則是以火德王而主南。南方七宿，首井鬼而尾翼軫，其氣畢張，故

---

① “春”，原作“冬”，今據《禮記·月令》改。

鶉尾屬火而得天地之章氣。《史記·律書》："明庶風居東方。南至於亢，南至於角，三月也。其於十二子爲辰。"是壽星之神治於季春。"閶闔風居西方。北至於婁，北至於奎，九月也。其於十二子爲戌。"是降婁之神治於季秋。"東壁居不周風東，至於營室，十月也。其於十二子爲亥。"是娵訾之神治於孟冬。"清明風居東南維，而西之軫，西至於翼，四月也。其於十二子爲巳。"是鶉尾之神治於孟夏。此從無解者，故備注於《山河兩戒》中，而又筆之於此。

24.《治平策略》曰："西人專精曆律，自前朝始來中土。其言天地也，謂天地皆圓，非猶中法所謂天圓而地方也。"

按，《周髀算經》曰："數之法出於圓方，圓屬天，方屬地，天圓地方。"趙爽注曰："天動爲圓，其數奇。地静爲方，其數偶。"此配陰陽之義，非實天地之體也。《大戴記》："單居離問於曾子曰：天圓而地方者，誠有之乎？曾子曰：如誠天圓而地方，則是四角之不相掩也。參嘗聞之矣，子曰：天道曰圓，地道曰方。"道曰方圓耳，非形也。此豈待西人而始知乎？

25.《天官書》："斗魁戴筐六星曰文昌宫。"

按，《大唐開元占經》："瞿曇悉達曰：《石氏星經》文昌六星，一本作七星。"陸績《渾天圖》曰："文昌中有一星在司禄内，名爲主禄。"是明有七星也。

26.《夏小正》曰："鞠則見。鞠者何也？星名也。"

按，《古樂府》"天上何所有？歷歷種白榆"，亦以白榆爲星名，皆未知何星也。

27.《天官書》："杓携龍角，衡殷南斗，魁枕參首。"注云："杓，北斗杓也。龍角，東方宿。携，連也。衡，斗衡也。殷，當也，直當南斗。魁，斗第一星也。枕於參星之首。"

按，石氏曰："北斗第六七指角，第三四五指南斗，第一二指觜。"章本清《圖書編》曰："杓爲斗端，以冬至日躔星紀。牛初加戌中，則斗綱之端連貫營室，織女之紀指牽牛之初。又自牛初連貫平星角前後各九十一度。此謂杓携龍角。玉衡中斗，南斗十二度，建星臨之。冬至，牛初加戌中，則玉衡當斗艮中，相距元辰，左右各九十一度。此之謂衡殷南斗。魁爲斗首，參星在中。冬至，牛初加戌中，則斗魁在未，天綱在坤，馮藉申中，參宿如首伏枕然，此之謂魁枕參首。其去元辰、杓魁，亦各九十一度。是則天綱、星紀交會之本始。"二説較《史記注》爲甚明。

28.《漢書·天文志》："用昏建者杓，夜半建者衡，平旦建者魁。"孟康曰："假令杓昏建寅，衡夜半亦建寅。"

按，《天元曆理》曰："斗魁在申，斗衡在午，斗杓在辰，天運左旋，晝夜循環，必自子而入丑，入寅，歷十二舍。杓昏建寅，衡在杓之左，夜半杓入卯辰，則衡退而入巳、入午矣。焉得復指寅乎？以是知天元甲子夜半，冬至日躔軫九之初，即太陽在子宫之中也。其上值斗之玉衡，故曰夜半建者衡。自此左旋右差，凡千八百八十七年而斗建退一宫。仲冬建子，而亥、而酉，則孟春建寅而丑、而子、而亥，凡七千五百四十九年而歷四建，則斗衡將入申矣。斗衡在申，則斗魁在酉，夜半斗魁在酉，則平旦斗魁又在子，故曰平旦建者魁。自此又七千五百四十九年而歷四建，則斗魁又入申矣。平旦斗魁入申，則黄昏斗杓又當入子，故曰用昏建者杓。"

29.《星傳》曰："天有三垣：紫微爲中垣，太微爲上垣，天市爲下垣。"

按，《月令》“昏中、旦中”，言恒星也。《天官書》“昏建、旦建”，言北斗也。而三垣昏旦罕有及者。今按，《清類分野》曰：“紫微垣共十五星，東垣八星，左區也。西垣七星，右區也。五月黄昏斗在南，則左區在東，右區在西。若冬至，斗在北極之下，則左區在西，右區在東，如兩弓相抱，環合爲垣，緊貼斗口之上，其中爲北極。”

又按，《天文集驗》曰：“太微以正月昏候於卯，二月昏在辰，三月在巳，四月在午，五月在未，六月在申，七月在酉。八月旦候於卯，九月旦在辰，十月在巳，十一月在午，十二月在未，正月在申，二月在酉。天市在房斗之間，尾箕之上，常以三月昏在卯，四月昏在辰，五月在巳，六月在午，七月在未，八月在申，九月在酉。十月旦在卯，十一月旦在辰，十二月在巳，正月旦在午，三月在申，四月在酉。”

30.《時憲書年神方位圖》云：“各神所臨之地，惟奏書博士宜向之，餘各有所忌。”

按，《天元曆理》曰：“亥子丑奏乾博巽，寅卯辰奏艮博坤，巳午未奏巽博乾，申酉戌奏坤博艮。”蓋寅卯辰與申酉戌相沖，艮坤相對也。亥子丑與巳午未相沖，乾巽相對也。

31. 泰西利氏曰：“地球周九萬里，厚二萬八千六百三十六里零三十六丈。日輪大於地球百六十五倍又八分之三，大於月輪六千五百三十八倍又五分之一。而地球大於月者三十八倍又三分之一。恒星分爲六等，其第一等大於地球一百零六倍又六分之一，次者漸減。”

按，張衡《靈憲經》曰：“懸象著明，莫大乎日月，其徑當天周七百三十六分之一，地廣二百四十三分之一。”祖暅曰：“其率傷於周多徑少，衡之疎也。”石氏曰：“日暉徑千里，周三千里。”今言日大於地百六十五倍，星大者大於地百零六倍，是天下之至小者莫如地也。《坤輿圖説》曰："至北海則半年無日，氣候極寒而冰，一曰冰海。"《圖説》亦西儒所撰。如果日大於地百六十五倍，何北海半年不見日耶？《易》曰"廣大配天地"，何以稱耶？

32.《淮南子》曰："東北爲報德之維，西南爲背陽之維，東南爲常羊之維，① 西北爲號通之維。"

按，司馬温公《潛虚圖》："報德居艮背，陽居坤。常陽居巽蹏，通居乾。"今本《淮南子》"號通之維"，號當是蹏之訛。

33. 王氏《彙苑》參旗。注："參，三也，旗上畫日月星也。"

按，《石氏星經》："参旗九星，在参西，一名天弓。"《禮含文嘉》曰："王者制度有科，物應以宜，則参旗弓行。"宋均注曰："弓行者，参旗星行列紆曲似弓也。"注者不知，強爲之説。

34. 朱子曰："向來人説北極便是北辰。本朝人方去推得北極只在北辰邊頭，而極星依舊動。"

按，《隋書·天文志》曰："張衡、蔡邕、王蕃、陸績皆以北極紐星爲樞，是不動處也。祖暅以儀準候不動處，在紐星之末猶一度有餘。"元郭守敬曰："祖沖之造《大明曆》，始悟太陽有歲差之數，極星去不動處一度餘。"是從前已有是説，要以極本非星，而云極星者，指其近極之星命之耳。經天該曰："近極小星，強名極。"是也。《夢溪筆談》謂"極星遠不動處三度有餘"。

35. 張衡《思玄賦》："觀壁壘於北落兮，伐河鼓之磅

① "羊",原作"陽",今據《淮南子·天文訓》改。

硠。"《文選注》："壁，營壁也。壘，中壘也。河鼓，星名也。李善曰：《漢書》羽林天軍西爲壘，旁一大星曰北落。"

按，石氏曰："壁壘陣十三星爲營壅。"巫咸曰："天壘主北夷、丁零、匈奴。"是壁壘亦星名也。

36.《爾雅》曰："星紀，斗牽牛也。又曰：河鼓謂之牽牛。"

按，河鼓一名牽牛，故有兩牽牛也。《星傳》曰："牽牛六星，在天河東。河鼓三星在牽牛西，本二星也。"魏伯陽《參同契》曰："河鼓臨星紀兮，人民皆驚駭。"此蓋以星紀爲斗牽牛，而河鼓臨之，非河鼓即牽牛也。而周處《風土記》曰："七夕洒埽於庭，施几筵，設酒果，祀河鼓、織女，言二星神會，乞富壽及子。"是誤以河鼓即牽牛矣。《古樂府》："東飛伯勞西飛燕，黄姑織女時相見。"《荆楚歲時記》曰："黄姑即河鼓。"或以河鼓音近而訛爲黄姑。《元象博議》曰："黄姑乃牛宿别名。"李太白詩："黄姑與織女，相去不盈尺。"皆誤以牽牛爲黄姑也。李後主詩"迢迢牽牛星，杳在河之陽。粲粲黄姑女，耿耿遥相望"，即以織女爲黄姑，庶幾近之。

37.《天官書》："柳、七星，張、三河。"《開元占經》曰："三河，河内、河東、河南是也。周之將亡，惟河南一郡，故以之爲分野。其河内、河東乃在魏次中，未詳周分野三河之謂矣。"

按，《詩譜》："東都王城方六百里之地，其封域在豫州太華外方之間。"《天官書》於周分野不言豫州，而言三河。依《禹貢》兖州濟河、豫州荆河、雍州西河，而冀州帝都，不説境界，但以三面距河而知。是東都王城所在，以河、洛、伊爲三河，故不得比於列國，止係之以一州也。考之《職方》豫州之滎洛、荆州之潁湛、兖州之河泲，襟帶左右，而三河居天下之最中，陰陽之所會，風雨之所和，誠有見於三河者，諸州之總會也。況僖公二十五年襄王始以河内賜晋文，河内本周地乎？

38. 劉誠意伯曰："星之所屬，有星在而國亦在者。譬如離南坎北，各有定位，躔次相配，上下同體者也，經也。又有星在此而國在彼者，譬如房日鬼也，而反見象於月。畢月烏也，而反見象於日。又有或方或隅，參差不等者。譬如書之生數居方，成數居隅，二與七相近，六與一爲隣者也。躔次相望，上下異位者也，緯也。經緯錯綜，天地之所以成造化也。"

按，《國語》："伶州鳩曰：'歲之所在，則我有周之分野。'"是分國有分星者，必因其所受封之歲而祀之。《淮南子》曰："太陰在四仲，則歲行三宿。在四鈎，則歲行二宿。"《春秋緯》曰："太陰在亥，歲星居角亢。太陰在子，歲星居氐房心。太陰在丑，歲星居尾箕。太陰在寅，歲星居斗牽牛。太陰在卯，歲星居須女虚危。太陰在辰，歲星居營室東壁。太陰在巳，歲星居奎婁。太陰在午，歲星居胃昴畢。太陰在未，歲星居觜參。太陰在申，歲星居東井輿鬼。太陰在酉，歲星居柳七星張。太陰在戌，歲星居翼軫。"是歲星行四面之中，皆三宿。故女虚危爲玄枵，胃昴畢爲大梁。行四隅則皆二宿，故斗牛爲星紀，室壁爲娵訾。當時受封之歲，或在四仲，則星多。或值四鈎，則星少。《國語》所謂"歲之所在，則我周之分野"者是也。受封之歲，即祀其歲星所行之宿以爲分野。僖三十一年《左傳》注：①"三望，分野之星、國中山川。"孔氏曰："魯祭分野之星，其祭奎婁之神也。"昭元年《左傳》"遷閼伯于商丘，主辰；遷實沈於大夏，主參"，杜預曰："商丘，宋地，主祀辰星。辰，大火也。大夏，今晋陽。"林堯叟曰："參，水星也。"主祀參星，則是分國之歲月各祀其歲星所行之宿以爲之主。魯居東而降婁在西，

① "一"，原脱，今據《春秋左傳正義》補。

齊居東而玄枵在北，吴越居東南而星紀在東北，燕在北而析木在東，蓋值其始封之歲，歲星或行於東南，或行於西北，則分野有遠近之不同，或星在而國不在，無可怪也。《周禮·保章氏》“以星土辨九州之地”，所封封域皆有分星，以觀妖祥。以十有二歲之相觀天下之妖祥。其占候亦以歲星爲主。歲星在木，則水爲之相；在土，則火爲之相。觀十有二歲，因以知十二國之妖祥，蓋皆從歲星也。若秦之鶉首，楚之鶉尾，趙之大梁，星在而國亦在。則又不在分星之類者，何以言之？當孝王邑非子於秦與周，初封熊繹於楚，彈丸之地，豈有分星？又況六卿分晋，方始有趙，何與分星之數？當是秦、楚、趙始微終大，自崇其分野所值之星，以爲祭主。故張衡《西京賦》曰：“昔者天帝悦秦穆公而覲之,① 饗以《鈞天》廣樂。帝有醉焉，乃爲金策，錫用此土，而翦諸鶉首。”庾信《哀江南賦》曰：“以鶉首而賜秦，天何爲而此醉。”其非分國時所分星可知矣。楚蠶食諸夏，環地六千里，僭祀東皇太一，祀東君，祀大司命，其以鶉尾爲所主土而祀之。何怪趙與韓、魏分晋，而趙地北逾衆山，盡代郡、鴈門、雲中，西抵塞垣，非晋之舊壤。故韓、魏無分，而大梁獨爲趙有。凡此星在國在者，各是其國自所崇奉，非關躔次相配，上下同體，而可據以爲經也。誠意伯錯綜經緯之説，然耶？否耶？

39. 賈公彦《周禮疏》曰：“二十八宿隨天左轉爲經，五星右行爲緯。”

按，《淮南子》曰：“歲星日行十二分度之一，歲行三十度十六分度之七，十二歲而周。”《星備》曰：“熒惑日行三十三分度之一，二歲而周天。太白日行八分度之一，八歲而周天。”《左傳》孔氏疏曰：“土三百七十七日行星十三度，二十八歲而周天。”《開元占經》曰：“辰星平行日一度，一歲而周天。”舊云辰星効四仲，謬矣。《通考》曰：“木、火、土三星行遲而經天，金、水二星行速而不經天，爲三天兩地之道。”

---

① “天”,《文選·西京賦》作“大”。

朱子《詩傳》曰："金水二星附日而行。"《三才考》曰："木星八十三年而與日合者七十六，火星七十九年而與日合者三十七，土星五十九年而與日合者五十七。金水雖隨日，然金八年而合於日者五，水四十六年而合於日者一百四十五。今西法審視太白有上下弦，凡三百六十五日二十三刻一周天，填星二十九年一百五十五日二十五刻一周天，辰星三百六十五日二十三刻一周天，熒惑一年三百二十一日九十三刻一周天，歲星十一年三百一十三日一周天。"又云"歲星旁有四小星"。按周天者，徧歷二十八宿之謂也。

40.《荆楚歲時記》："七月七日爲牽牛、織女聚會之夜。"《春秋運斗樞》云："牽牛神名略。《佐助期》云：織女神名收陰。"

按，《大唐占經》引《春秋佐助期》曰："須女神名色舒，虚神名開陽，危神名推長，營室神名元耀，登壁神名瞻工，奎神名列常，婁神名及方，胃神名稽覽，昴神名敖金，畢神名扶胥，參伐神名虚圖，南斗神名帙瞻，牽牛神名略緒熾。"餘缺。今本《歲時記》牽牛神名略，俱不知有緒熾二字矣。古今書傳之磨滅，大率類此。

41. 回回書，西域馬哈麻之所造也，其元起於隋開皇十九年己未歲。其法以三百五十五日爲一歲，歲有十二宫，第一曰白羊宫，二曰金牛宫，三曰陰陽，四曰巨蟹，五曰獅子，六曰雙女，七曰天秤，八曰天蝎，九曰人馬，十曰磨蝎，十一曰寶瓶，十二曰雙魚。

按，陸廣微《吴地記》："當磨蝎、斗牛之宫，列婺女星之分野。"蓋用回回曆也。今泰西測驗可見可狀之星，凡四十八像。其在黄道中者十二像，與回回書同，陰陽作雙兄，雙女作列女，星三百四十有六，其在黄道北者二十一像，曰小熊，曰大熊，曰龍，曰皇帝，曰守熊人，曰北冕旒，曰熊人，曰琵琶，曰鴈鵝，曰岳母，曰大將軍，曰御車，曰醫生，曰逐蛇，曰毒蛇，曰箭，曰日鳥，曰魚將軍，曰駒，曰飛馬，曰公主，曰三角形，星三百六十。其在黄道南者十五像，曰獸海，曰獵户，曰天河，曰天兔，曰天犬，曰小犬，曰船，曰水蛇，曰酒瓶，曰烏鴉，曰半人牛，星三百一十有六。

42.《開元占經》："天竺每月二博叉。"瞿曇悉達多譯曰："博叉，趐也。"

按，西域《九執書》云："天竺每月二博叉，月初至十五曰白博叉，十六至月盡曰黑博叉。風曰阿脩，日曰羅睺，辰次曰星施，度曰薄伽，分曰立多月明，量曰博夜加，時曰節。"

43.《菽園記》曰："元人謂天曰統格落。"

按，《元史》《續通鑑》元謂横天儀曰咱禿哈剌。言測驗周天星曜之氣曰咱禿朔八台。① 春秋分晷影堂曰魯哈麻亦渺凹只。冬夏至晷影堂曰魯哈麻亦木思塔。渾天圖曰苦來亦撒麻。地里志曰苦來亦阿兒子。晝夜時刻之器曰兀速都兒剌。不定其呼。天爲統格落，《元史》不載，僅見於此。

44. 沈括《筆談》曰："交道每月退一度餘，凡二百四十九交而一期。西天法交初謂之羅睺，交中謂之計都。"

按，《詩》"十月之交"，毛傳曰："交，日月之交會。"隋張胄元曰："日行黄道，月行月道。月道交結黄道外十三日有奇，而入經黄道，謂之交。朔望去交前後各十五度，以下即當食。若月行内道，在黄道之北，食多有驗。月行外道，在黄道之南，雖遇正交，無由掩映。"楊慎曰：

---

① "言"，原作"吉"，今據《元史·天文志》改。

“七政一曰七曜，今術家增入月孛、紫炁、羅睺、計都四餘，爲十一曜。蓋日月行道如兩環，兩環相交處，一曰天首，爲羅睺；一曰天尾，爲計都。月行遲速有常度，遲之處即孛，故曰月孛。炁生於閏，二十八年十閏，而炁行一周，故曰紫炁。炁孛皆有度數，無光象，故與羅、計同謂之四餘。”又《宣和畫譜》王齊翰有《羅睺圖》《計都圖》，武洞清亦有《羅睺計都圖》。

45. 蔡邕《天文志》曰：“言天體者有三家：一曰周髀，二曰宣夜，三曰渾天。宣夜之學絶無師法。周髀術數具存，考驗天狀，多所違失。惟渾天近得其情。”

按，賀道養《渾天記》曰：“宣夜，夏殷之法也。周髀，周人志周公所傳也。”楊泉《物理論》曰：“儒家立渾天以追天形從車輪焉。周髀立蓋天，言天氣循邊而行，從磨石焉。”桓譚《新論》曰：“北斗極天樞，猶蓋有保斗矣。蓋雖轉而保斗不移。”虞喜曰：“宣，明也。夜，幽也。幽明之數，其術兼之，故曰宣夜。”徐爰曰：“史臣案渾天廢絶，故有宣蓋之論，其術並疎，後世莫述。”《抱朴子》曰：“宣夜之書亡，而郗萌記先師相傳宣夜説云：天體無質，仰而瞻之，高遠無極。譬遠望黄山皆青，俯察千仞之谷而黝黑。夫青冥色黑，非體也。日月星辰浮生空中，行止皆積氣焉。故七曜或住或游，順逆伏見無常，由無所根繫故也。故辰極常居其所，北斗不與衆星西没焉。七曜皆東行，日行一度，月行十三度，遲疾任性。若附綴天體，不得爾也。”《春秋文耀鈎》曰：“唐堯即位，羲和立渾儀。”鄭注《尚書大傳》曰：“渾儀中筩爲旋璣，外規爲玉衡。”此所稱三家是也。

46. 《象緯訂》曰：“《宋中興天文志》曰：天有客星，曰老子，曰國皇，曰温星，錯乎五緯之間。此毋論古今史傳未嘗載三星之名，即其立言誕謬，姓名不詳，亦有大可笑者。”

按,《黄帝占》曰:“客星者,周伯、老子、王蓬絮、國皇、温星,凡五星,皆客星也。”又曰:“客星明,大白淳然,名曰老子。所出之國,爲饑爲凶。”又曰:“客星色白而大,狀如風動摇,名曰温星。常出四隅,出東南有兵,出東北曝三千里,出西北如之,出西南大水。”《河圖》曰:“歲星之精流爲國皇。”巫咸曰:“國皇之星大而赤,類南極老人星也。”《春秋合誠圖》曰:“國皇主内寇。”司馬彪《天文志》曰:“孝靈光和中,國皇星見東南角,去地一二丈,如炬火狀。”乃謂古今書傳未嘗載三星之名,何也?

47.《宋中興天文志》曰:“周伯、王蓬芮,皆上世不仕之人。王,其姓;蓬芮,其名;周伯,其姓字也。其精爲星,帝命之爲客星。”

按,《荆州占》曰:“周伯星煌煌,所至之國大昌。”又曰:“蓬星一名王星,狀如夜火之光,多即至四五,少即一二。”何法盛《晋中興書》曰:①“晋孝武太元二十年九月,有蓬星如粉絮,東南行,歷女虚、危。”《通考》曰:“宋真宗景德二年四月戊寅,周伯星出氐南騎官西,狀半月,有芒角。占曰:天下無兵,國大昌。”張衡曰:“老子四星及周伯、王蓬絮、芮各一,錯乎五緯之間。其見無期,其行無度。”蓋老子一,周伯一,王蓬絮一,芮一,凡四也。《宋中興志》“瑞星十二,四曰王蓬芮”,以王蓬芮爲一星,謬矣。又以其見無期行無度,故曰客星。賈公彦《周禮疏》曰:“言用客星者彗,非本位奔竄而入他辰者也。”今乃以帝命之爲客星,殊屬不根。

48. 張華《博物志》曰:“《神仙傳》云:説上據辰尾爲宿。歲星降爲東方朔。傳説死後有此宿,東方朔生無歲星。”

① “晋”,原脱,今據何法盛《晋中興書》補。

按，梁劉勰《新論》曰："微子感牽牛星，顔淵感中台星，張良感弧星，樊噲感狼星，老子感火星。"未聞諸賢既生天上，遂無此星也。雖《莊子》有"傳説乘東維，騎箕尾而比於列星"之語，當是星降爲説，而死後仍爲星耳，如王良、造父、軒轅並是星名，豈皆既生之後遂無此星乎？若謂朔生無歲星，太史公曰："歲陰左行在寅，歲星右轉居丑。歲陰在卯，星居子。① 歲陰在辰，星居亥。歲陰在巳，星居戌。歲陰在午，星居酉。歲陰在未，星居申。歲陰在申，星居未。歲陰在酉，星居午。歲陰在戌，星居巳。歲陰在亥，星居辰。歲陰在子，星居卯。歲陰在丑，星居寅。若朔生後無歲星，則司馬作《史》之時，正值朔生之候而所謂歲星居子，居亥，居戌，居酉，盡托之空言已乎？如荀陳相聚，太史奏五百里内有賢人星聚。晋史"苻堅密有迎羅什之意，會太史奏云：有星見外國分野，當有大智入中國。"如此類者，皆捕風逐影之談，豈足信乎？

---

① "星"上，原衍"歲"字，今據《史記·天官書》删。

卷二十八

翰林院檢討徐文靖　撰

楊升菴集

1. 楊氏曰："漢有《博物記》，非張華《博物志》也。周公謹云：不知誰著。考《後漢書》注，[①] 始知《博物記》爲唐蒙作。"

按，《後漢書·郡國志》"犍爲郡有魚涪津"，劉昭引《蜀都賦》注云："魚符津數百步，在縣北三十里。縣臨大江，岸便山嶺相連，經益州郡，有道廣四五尺，[②] 深或百丈，塹鑿之迹，今存。昔唐蒙所造。《博物記》：縣西百里有牙門山。《華陽國志》：縣西有熊耳峽，南有峨眉山。"此蓋言塹鑿之蹟，至今尚存，乃唐蒙所創造也。下引《博物記》《華陽國志》，以見其縣又有諸山耳，豈可以唐蒙造《博物記》爲一句乎？

又按，《隋·經籍志》曰："《博物志》十卷，張華撰。《張公雜記》一卷，張華撰。梁有五卷，與《博物志》相似。小小不同。"又《史記·龜策傳》云"桀爲瓦室"，注曰："《世本》昆吾作陶。張華《博物記》亦云：桀作瓦。"據此則《博物記》亦張華作也。《史記注》現有明

---

① "注"，原脱，今據《楊升庵全集》補。

② "尺"，原作"丈"，今據《後漢書·郡國志》注改。

徵，何乃云唐蒙所造乎？近《本草綱目》《山海經廣注》皆引唐蒙《博物記》，誤皆自升菴始也。

2. 楊氏曰："後世謂登仕路爲青雲，謬矣。自宋人用青雲於登科詩中，遂誤至今不改。"

按，《史記·范雎傳》"賈不意君能自致於青雲之上"，揚雄《解嘲》"當塗者升青雲"，《抱朴子》"有才有力者，躡青雲以官躋"，《北史·魏長賢傳》"皆奮於泥滓，自致青雲"，《隋書·李德林傳贊》"君臣體合，自致青雲"，唐張九齡詩"夙昔青雲志，蹉蛇白髮年"，孟浩然《送友之京詩》"子登青雲去，予望青山歸"，劉禹錫《送韋道沖赴制舉詩》"一鳴從此始，相望青雲端"，錢起詩"遥想青雲丞相府，何時開閣引書生"，《唐摭言》"青雲得路，可知異日之心"，何謂宋人爲誤？

3. 楊氏曰："東坡《嶺南詩》：'稻凉初吠蛤，柳老半書蟲。'注不知蛤爲何物。① 近覽《嶺表異聞録》'田中有蛤鳴'，注：嶺南呼蝦蟆爲蛤。"

按，《漢·五行志》："武帝元鼎五年，秋蛙與蝦蟆群鬥。"《東方朔傳》"水多䵷魚"，師古注："䵷即蛙字也。似蝦蟆而小，長脚。"陶弘景曰："蛙有一種黑色者，南人名蛤子，食之至美。"《周禮·蟈氏》注："鄭康成曰：蟈，今御所食蛙也。"寇宗奭曰："大聲蛙，小聲蛤。"蛙自名蛤，與蝦蟆不同。蝦蟆豈蛤乎？《隋書·卞彬傳》彬嘗作《蝦蟆賦》云"紆青拖紫，名爲蛤魚"，韓退之《食蝦蟇詩》"強號爲蛙蛤，於實無所較"，皆誤以蛤爲蝦蟆。裴迪詩："草堂荒産蛤，茶竈冷生魚。"元微之詩："鄉味尤珍蛤，家神悉祀烏。"蛙自名蛤，非蝦蟆也。李時珍曰："蛙，南人呼田雞。"此則是矣。

---

① "注"，原脱，今據《楊升庵全集》補。

4. 楊氏曰："李賀《塞上詩》'天遠席箕愁'，劉會孟曰：'席箕如箕踞。'秦韜玉《塞下曲》'席箕風緊馬萰豪'，此豈箕踞義乎？究未知席箕何物。"

按，《漢·五行志》"幽王時童謡：檿弧、箕服"，注曰："箕似荻而細。"任昉《述異記》："席箕草，一名塞蘆，生北方胡地。"古詩云"千里席箕愁"，又隋薛道衡詩"天靜見旄頭，沙遠席箕愁"，王建《席箕簾詩》"單于不敢南牧馬，席箕遍滿天山下"，皆即此也。萁、箕同。古《箕鼎銘》，維揚石刻作"萁"。

5. 楊氏曰："《通鑑》：'礪蕭斧而伐朝菌。'① 蕭斧，伐蕭之斧也。《詩》'取蕭祭脂'，又'彼采蕭兮'。"②

按，《説苑》:③"雍門子謂孟嘗君曰：夫以秦、楚之強而報讐於弱薛，譬之猶摩蕭斧而伐朝菌也。"④ 魏路思令疏"何異厲蕭斧而伐朝菌"，蓋本此也。蕭斧，削斧也。《莊子》"削然反琴而絃歌"，注："即蕭然。"《鶡冠子》"究賢能之變，極蕭楯之元"，注云："蕭，蕭斧也，蕭以戮人，楯以衛己。"《魏都賦》"蕭戢斧柯"，梁張纘《南征賦》"時有便乎建瓴，事無留於蕭斧"，皆以蕭斧爲削斧，豈可以爲取蕭之斧乎？

6. 楊氏曰："劉歆《答揚雄》'懸諸日月不刊之書'，言不可削除也。今俗誤作刻梓之用。唐肅亦國初文士，《送人從軍詩》碑因紀績刊，謬誤可笑。"

按，揚雄《方言》曰："雄以此篇目煩示其成者張伯松，伯松曰：是懸諸日月不刊之書也。"楊乃誤以爲劉歆。又班固《燕然山銘》"乃遂

---

① "礪"，原作"厲"，今據《楊升庵全集》改。
② "彼采"，原作"采取"，今據《詩經·采葛》改。
③ "説苑"，原作"國策"，今據劉向《説苑·善説篇》改。
④ "斧"，原作"楯"，今據《説苑·善説篇》改。

封山刊石”，《西京雜記》“樹下有石麒麟二枚，刊其脅爲文字”，蔡邕《陳太丘碑文》“刊石作銘”，《司空楊公碑》“相與刊石樹碑”，禰衡《顔子碑》“乃刊玄石而旌之”，《魏志》“明帝詔以先帝《典論》刊石於廟門之外”，《巴肅傳》“刺史賈琮刊石勒名以紀之”，《晋中興書》“必須綽銘而後刊石”，任彦昇《爲范始興求立太宰碑表》“君長一城，亦盡刊刻之美”，王巾《頭陀寺碑文》“貞石南刊”，《水經注》“幽州刺史《朱龜碑陰》‘刊故吏姓名’”，《隋書·徐則傳》“爲之刊山立頌”，陶弘景《茅山長沙館碑》“刊字不朽”，徐陵《歐陽頠碑》“式刊豐琰”，徐悱《擬白馬篇》“歸報明天子，燕然今復刊”，劉禹錫《哭吕衡州詩》“欲爲君刊第二碑”，刊豈止可作削除用乎？《字彙》依楊氏，殊謬。近《古今韻略》仍謂俗作刻梓用誤，余故辨之。

7.《山海經》：“集獲之水，其陰多銀、黄金。”楊氏曰：“銀黄即黄銀，漢代用以爲佩。”

按，《春秋運斗樞》曰：“人君秉金德而王，則黄銀見。”任昉《齊明帝謚議》：“黄銀紫玉之瑞。”庾信《羽調曲》：“地不愛於黄銀。”《北史·循吏傳》：“隋辛公義爲并州刺史，山出黄銀，獲之以獻。”《唐書》：“太宗賜魏徵黄銀帶。”此皆真黄銀也。《漢書·酷吏傳》“楊僕封將梁侯。懷銀黄，垂三組”，注曰：“銀，銀印。黄，金印。”梁元帝《長安有狹邪行》“大息騫金勒，小息綰銀黄”，劉孝標《廣絶交論》“近世有樂安任昉，早綰銀黄”，皆謂銀印金印耳，豈可謂漢代以黄銀爲佩乎？他如《西京雜記》“黄銀樹十株”，《古嵩子真訣》“將白銀化出砂，令伏火鼓之，乃成黄銀”，或製以美名，或成以藥力，皆非即黄銀也。《山海經》所云銀黄金者，當指銀與黄金耳。升菴據以爲銀黄，鑿矣。

8. 楊氏曰：“頃日與顧箬溪唱和雪詩，次東坡叉字。顧言叉字韻窄，古人和此詩極多，韻事押盡矣。余言佛經力叉，《北齊書》趙野叉，皆奇僻，未經人押。”

按，《儀禮·特牲饋食禮》“宗人執畢”，鄭注：“畢狀如叉，袝練祥執事用桑叉。自此純吉用棘心叉。”《晋書》：“吕光竊號河右，中書監張資病，光博營救療。有外國道人羅叉云：能差資病。”《後魏書》江陽王元繼長子元叉字伯儁，小字夜叉。又出帝初，元勤叉封陽平縣伯。《北史·齊諸宦者傳》有宦者盧勤叉。又《後魏書·劉聰傳》：“聰游獵無度，其弟叉及子粲輿櫬切諫。”《隋書·高祖紀》：“開皇二年，詔太府少卿高龍叉等創造新都。三年，以上柱國叱李長叉爲信州總管。”《煬帝紀》：“上臨戎於遼水橋，大軍爲賊所拒，不果濟。虎賁郎將錢士雄孟金叉死之。”《唐書·宗室志》世祖次子湛封蜀王，生子博叉，封隴西王。《唐占經》曰：“天竺前半月曰白博叉，後半月曰黑博叉。”杜佑《通典》：“流鬼國在北海北，北至夜叉國。”《元史·地理志》西北地有若叉。《書記洞詮》有健陀羅國藥叉與王舍城婆多藥叉。書又有長者瞿答摩持貨往得叉城興易。又《佛遺教經》：“當尊重珍敬波羅提木叉。”“叉”字頗亦不少。

9. 楊氏曰：“《吴越春秋》《後漢書》趙曄撰，①《晋書》楊方撰，今世所傳者，曄耶，方耶？”

按，《唐·藝文志》：趙曄《吴越春秋》十二卷，楊方《吴越春秋削煩》五卷，《吴越記》六卷。皇甫遵《吴越春秋傳》十卷。此數書自别，何得混之？

10. 楊氏曰：“《綱目》書徵處士盧鴻爲諫議大夫。《舊唐書》作盧鴻一，《新唐書》作盧鴻，温公《通鑑》據《新唐書》，《綱目》又據《通鑑》，誤減去‘一’字。”

按，《唐書》：“盧鴻字顥然。開元五年詔曰：鴻有泰一之道，中庸

① “曄”,原作“煜”,今據《後漢書·儒林傳》改。下同。

之德。鴻至東都謁見，拜諫議大夫。固辭，制許還山。”正太白同時人也。太白有《贈盧徵君昆弟》，又有《口號贈徵君鴻詩》。果以“鴻一”爲雙名，當日命題亦減去“一”字，何也？

11. 楊氏曰：“何承天《纂文》仲師長尺二寸，未知何據。”①

按，《梁書·劉杳傳》：“沈約問杳云：何承天《纂文》奇博，其書載張仲師及長頸王事，此何出？杳曰：仲師長尺二寸，出《論衡》。長頸是毗騫王，朱建安《扶南以南記》云：古來至今不死。”又徐堅《初學記》引《纂文》曰：“漢光武時，穎川張仲師長尺二寸。”《南史·扶南傳》曰：“頓遜國之外，大海洲中，又有毗騫國，去扶南八千里。傳其王身長丈二，頭長三尺，自古不死，莫知其年。南方號曰長頸王。”

12. 楊氏曰：“《古樂府》：‘井公能六博，玉女善投壺。’蓋因井星形如博局而附會之，亦詩人北斗挹酒漿之意也。”

按，《穆天子傳》曰：“天子北入于邴，與井公博，三日而決。”又曰：“西升于陽口，過于靈口，井公博。”郭璞注曰：“穆王往返，輒從井公博游，明其有道德人也。”梁蕭綺《拾遺録》曰：“觴瑶池而賦詩，期井伯而六博。”王褒詩“誰能攬六著，還須訪井公”，陳謝燮《方諸曲》“井公能六著，玉女善投壺”，並用《穆傳》耳。豈井星如博局之謂乎？

13. 楊氏曰：“《武陵記》：四角三角曰芰，兩角曰菱。按‘菱’乃今之菱角，‘芰’乃今之鷄頭。《楚辭》‘緝芰荷以爲衣’，若是菱葉，何可爲衣乎？”

按，《爾雅》“蔆，蕨攈”，郭注：“蔆，今水中芰。”《周禮》加籩

① “未知何據”,《楊升庵全集》作“近於誣矣”。

之實有蔆，鄭注："蔆，芰也。"賈疏曰："屈到嗜芰，即蔆角也。"又吕忱《字林》"楚人名蔆曰芰"，謂此也。許氏《説文》："蔆，芰也。①楚曰芰，秦曰薢茩。"《王氏彙苑》"後漢昆明池有菱名薢茩"，此蓋秦人之方言，呼菱爲薢茩者也。《爾雅》"薢茩，芵光"，郭注："英明也，葉黄鋭，赤花，實如山茱萸。"此英明之菜别名薢茩，非秦人所謂菱芰者也。楊氏以屈到嗜芰爲決明之菜，非水中之芰，蓋誤以《爾雅》薢茩即秦人呼芰之薢茩也。又江淹《蓮賦》"著縹芰兮出波，挐緗蓮兮映渚"，今江南呼荷葉之桀出者曰芰荷。芰荷之下，藕之所在，餘即否，此所以有縹芰之稱也。《楚辭》"製芰荷以爲衣"，《魏都賦》"緑芰泛濤而浸潭"，芰即荷葉之高者。王逸注《楚辭》曰："芰，蔆也，秦人作薢茩。"此蓋逸注之謬。楊氏疑菱葉不可爲衣，以爲即今之鷄頭，何所據也？

14. 楊氏曰："龍鍾，竹名。年老曰龍鍾，言如竹枝之摇曳不能自禁持也。"②

按，《琴操》："《卞和退怨之歌》曰：紫之亂朱粉墨同，空山歔欷涕龍鍾。"究未知龍鍾何義？據《星傳》"参三星，直者爲衡石，一曰龍鍾"。是龍鍾，大石之謂。郭憲《洞冥記》："大秦國貢花蹄牛，迹在石上，皆如花形。時得異石長十丈，高三丈，立於望仙宫，因名龍鍾石。"和蓋以良玉見棄，洒涕於龍鍾巨石爲可悲耳。老杜詩："何大龍鍾極，於今出處妨。"賈島詩："身事龍鍾應是分。"《劇談録》引裴度曰："見我龍鍾，故相戲耳。"此皆以遲重難行，一如龍鍾之巨石，有妨出處。蓋用《洞冥》之説也。王褒《與周弘讓書》"援筆攬紙，龍鍾横集"，岑参詩"雙袖龍鍾淚不乾"，則用《琴操》之説也。若謂如竹枝摇曳，韓昌黎詩"白首夸龍鍾"，"夸"字已費解矣。杜弢《爲侯景檄梁文》"龍鍾稚子"，東坡《贈段田詩》"龍鍾三十九"，亦可謂年老者不自禁持乎？《南

① "芰"，原作"菱"，今據《説文解字》改。

② "枝之"，《楊升庵全集》作"之枝"。

越志》："龍鍾大竹徑七八圍，節長一丈二尺。"庾子山《邛竹杖賦》"每與龍鍾之族，幽翳沉沉"，嵇含《筆銘》"采管龍鍾，拔毫秋兔"，蕭子顯詩"橫吹龍鍾管，奏鼓象牙笙"，皆引用之。若以爲竹枝摇曳曳，豈獨龍鍾爲然哉？

15. 楊氏曰："宋人《送使臣使契丹詩》以青瑣對紫濛，人多不知其出處。按《晋書》慕容氏自謂有熊氏裔，① 邑於紫濛之野。蓋以慕容比遼。方虛谷注云：紫濛，虜中館名。蓋隔壁妄猜之語。"②

按，《唐書・張守珪傳》："契丹别帥李過折以衆降。③ 守珪次紫蒙川，大閲軍實，賞將士。"又《唐・地理志》："平州北平郡有温溝、白望、西狹石、東狹石、緑疇、米磚、長楊、黄花、紫蒙、白狼、昌黎、遼東十二戍。"紫濛正契丹地名，送人使契丹用之，豈必定以慕容比之耶？

又按，宋使章頻使契丹，至紫濛館，卒。契丹遣内史就館奠祭。紫濛爲館名，非妄猜也。

16. 楊氏曰："按，王莽立西海郡於西寧之地。亦妄也。今滇西百夷之外有大海，在今阿瓦地。沐璘曾至其地，有詩云：篙師百櫓齊摇去，阿瓦城邊水似湯。即西海無疑矣。又按，王充《論衡》云：漢得西王母石室，因立西海郡。而《漢書》不載其事。"

按，《漢・地理志》"金城臨羌縣"，師古注曰："闞駰云：西有卑禾羌，即獻王莽地爲西海郡者也。"《王莽傳》"莽遣中郎將平憲等多持金

---

① "謂"，《楊升庵全集》作"云"。
② "語"，《楊升庵全集》作"言爾"。
③ "帥"，原作"部"，今據《新唐書・張守珪傳》改。

幣誘塞外羌，① 願内屬。憲言羌豪良願等願爲内臣，獻鮮水海、允谷鹽池。平地美草。莽奏請受良願等所獻地爲西海郡”。安得謂西海在滇西之阿瓦，而以西寧之西海郡爲妄耶？

又按，《隋書・地理志》：“西海郡置在古伏俟城，即吐谷渾國都。有西王母石窟、青海鹽池”，漢立西海郡，即此地也。所稱西王母石室與《論衡》正同，安得妄以阿瓦爲證耶？温庭筠《昆明水戰詞》注亦引《論衡》西海郡，云在阿瓦，皆謬。

17．楊氏曰：“向得《石鼓文》拓本於先師李文正公所，載有六百五十七字，② 完好無訛。”

按，《古文苑序》云：“《石鼓文》，孫洙得於佛書龕中，凡四百九十七言。”至明正德、嘉靖時，安得有六百五十七字？

18．楊氏曰：“《南史》稱張融《海賦》勝玄虚，惜今不傳。《北堂書鈔》載其略，如：湍轉則日月似驚，浪動則星辰如覆。信爲奇也。”

按，《南史・張融傳》：“融浮海至交州，於海中遇風，作《海賦》。後以示鎮軍將軍顧覬之，覬之曰：卿此賦實超玄虚，但恨不道鹽耳。融即求筆注曰：漉沙構白，熬波出素。積雪中春，飛霜暑路。此四句後所足也。”餘不載。而《南齊書》融本傳，《海賦》具有全文，凡一千五百九十六字，所缺者五字而已。乃謂惜今不傳，當時亦未見《南齊書》耶？又警句如：“回混浩潰，巔倒發濤。浮天振遠，灌日飛高。摐撞則八紘摧隤，鼓怒則九紐折裂。③ 揄長風以舉波，滀天地而爲勢。蕩洲礉岸，而千里若崩，衝崖沃島，其萬國如戰。振駿氣以擺雷，飛雄光以倒電。”

---

① “平”，原作“李”；“幣”，原作“帛”，今據《漢書・王莽傳》改。

② “有”，《楊升庵全集》無此字。

③ “折”，原作“拆”，今據《南齊書・張融傳》改。

詭激雄偉，殊當突過木華也。

19. 楊氏曰："《漢武内傳》：王母使侍女問云：① 上問起居遠隔絳河。道家有絳霄，② 絳河即絳霄也。"

按，王嘉《拾遺記》曰："絳河去日南十萬里，波如絳色，多赤龍，漁而肥美可食。上仙服得之，則後天而死。"遠隔絳河，蓋謂此也。庾信詩"絳河應遠别"，亦是遠隔之意。若杜審言《七夕詩》"青雲斷絳河"，杜甫詩"雲霄出絳河"，乃銀河耳。

20. 楊氏曰："漢靈帝修南宫，鑄天禄蝦蟆，轉水入宫。天禄即大蝦蟆，伯樂之子案圖索駿，以蝦蟆爲馬，即天禄也。"

按，《靈紀》"光和四年，復修玉堂殿，鑄天禄蝦蟆"，注云："天禄，獸也。"《漢宫殿疏》："天禄麒麟閣，蕭何造。"《水經注》："鄧州南陽縣北，宗資碑旁有兩石獸，鐫其髆，一曰天禄，一曰辟邪。"吴均《贈王治書僧孺詩》："故人揚子雲，校書麟閣下。"駱賓王《帝京篇》："挍文天禄閣，習戰昆明水。"宋張夢卿家有太康墓中所得紫金鈿銅天禄，高僅寸許，長可尺餘。天禄蓋獸名，一曰天鹿。《後漢書·西域傳》注："似鹿長尾一角者，爲天鹿。"古禄、鹿通用，即所謂天禄也。《史記·孝武帝本紀》"獲一角獸，若麃然"，索隱曰："麃音步交反。韋昭云：③ 體若麏而一角。又《周書·王會解》云：麃者若鹿。《爾雅》云：麃，大鹿也，牛尾一角。郭璞曰：漢武獲一角獸若麃，謂之麟，是也。"漢時以天禄爲麟，豈可謂蝦蟆即天禄乎？孫綽《漏刻銘》"陰蟲承瀉"，即蝦蟆矣。唐《開元占經》引皇甫謐曰："鶉首一名天禄。"則余蓋未之前聞。

---

① "侍女"，《楊升庵全集》作"女侍"。

② "家"，《楊升庵全集》作"書"。

③ "韋"上，原衍"按"字，今據《史記索隱》删。

21. 楊氏曰："馬總《意林》引《相貝經》不著作者，讀《初學記》，始知爲嚴助作。"

按，胡元瑞《續筆叢》云："《初學記》無，《藝文類聚》乃有之。用修蓋誤記也。"今按，《初學記》引嚴助《相貝經》曰："堯懸貝於搗宫。"元瑞遽以爲無，殊謬也。

又按，《藝文類聚》云："《相貝經》朱仲受之於琴高。嚴助爲會稽太守，仲遺助以徑寸之珠，并致此文於助。"則經非助作也。

22. 楊氏曰："《漢書注》：'齊服官有吹綸方空之目。'梁費昶詩：'金輝起步摇，紅彩發吹綸。'吹綸，不知何物。據詩意，想是婦人所執之物，如暖扇之類。"

按，《章帝紀》"詔齊相省冰紈、方空縠、吹綸絮"，注云："綸，似絮而細。吹，言吹嘘可成，亦紗也。"《紀》本言綸絮，注乃以爲紗，非。據《南越志》，威寧縣有穿州，其上多綸木，似穀，皮可以爲綿。吹綸，蓋絮之輕者，故以綸名。《後魏·食貨志》"天興中，詔采諸漏户令輸綸綿"，梁張瓚《謝太子賚果然褥啓》"嚴冰在節，朔飈結宇，吹綸媿暖，挾纊懷慚"，則吹綸爲絮之輕細者明矣。

23. 楊氏曰："閶闔一作閶盍，省門從户也。《儀禮》又作庈，從盍而去皿也。"

按，《纂文》曰："庈，古闔字。"《玉篇》羌據、公答二反。《禮·雜記》"不帷"，注："既出，則施其庈。"陸氏曰："庈，閉也，此當公答反。"《儀禮·士喪禮》"君使人弔，徹帷庈之。事畢則下之。"賈氏曰："庈是搴舉之名。事畢則施下之。"此乃羌據反，槩云同闔，非也。今字書止知有闔音矣。

24. 楊氏曰："《漢·藝文志》'《鬼谷區》三篇'，注：

‘即鬼庡區也。’《郊祀志》‘冕候問於鬼臾區’注：①‘即鬼容區。’今按，鬼谷即鬼容，以字相似而誤也。高似《孫子略》便謂《藝文志》無《鬼谷子》，何其輕於立論乎？”

按，《史·封禪書》：“黄帝得寶鼎宛朐，問於鬼臾區。”又曰：“鬼臾區號大鴻，死葬雍。”李奇注“區，黄帝時諸侯”。《蘇秦列傳》：“東師事於齊，習之於鬼谷先生。”又《張儀列傳》：“始嘗與蘇秦俱事鬼谷先生，學術。”徐廣曰：“潁川陽城有鬼谷，蓋是其人所居，因爲號。”《隋·經籍志》：“鬼谷子，周世隱於鬼谷。”馮衍《顯志賦》：“幽張儀於鬼谷。”章懷太子注：“鬼谷，谷名。今洛州。”《唐志》有樂臺注《鬼谷子》三卷。《史記注》作“樂壹”，疑誤也。楊云鬼谷子即鬼容區，而改《漢藝文》之“鬼容”爲“鬼谷”，謬誤何啻千里？

25. 楊氏曰：“《文賦》‘寤《防露》與《桑間》，又雖悲而不雅’。注引東方朔《七諫》楚客放而《防露》作。謬矣。《防露》與《桑間》爲對，則爲淫曲可知。謝莊《月賦》：‘徘徊《房露》，惆悵《陽阿》。’房與防古字通，以《房露》對《陽阿》，又可證其非雅曲也。《拾翠集》引王彪之《竹賦》：‘上承霄而防露，下漏月而來風；庇清彈於幕下，影孋歌於帷中。’蓋楚人男女相悅之曲，有《防露》，有《雞鳴》，如今之《竹枝》。”

按，《楚辭》：“上葳蕤而防露兮，下泠泠而來風。”戴凱之《竹譜》：“上密防露，下疎來風。”北齊蕭放《咏竹詩》：“懷風枝轉弱，防露影逾濃。”梁劉孝標詩：“竹萌始防露，桂挺已含芳。”周庾信詩：“含風摇古度，防露動林於。”虞世南詩：“波放含風影，流摇防露枝。”承霄、防露，猶言干霄蔽日也。豈可以《竹賦》防露，同爲男女相悅之曲乎？靈運《山

① “冕”，原作“冤”，今據《漢書·郊祀志》改。

居賦》"楚客放而防露作"，注曰："楚人放逐，東方朔感江潭而作《七諫》。"又《文賦》注曰"靈運以《七諫》有防露之言，遂以《七諫》爲防露"，則是"楚客放而《防露》作"，亦非朔《七諫》語也。

26. 楊氏曰："李淳風引《詩緯》十五國星野云：邶國當蜮蝓之宿。注：蜮蝓，蝸牛也。《玉篇》蟎與蜾同，而解爲蠮螉、細腰蜂。又不可曉。名物之難辨如此。

按，《爾雅》"蚹嬴，螔蝓"，螔音移。注云："即蝸牛也。"《開元占經》引《地軸占》曰："營室一名鮧鰰，或作蛦蝓，即螔蝓也。"營室、東壁爲娵訾，衛之分野，故邶國當螔蝓之宿也。《説文》引《詩》曰"蟎蠃負之"，①《玉篇》"蟎與蜾同"，《埤雅》曰："蜾蠃即今細腰蜂也。一名蒲盧，一名蠮螉。"《化書》曰："蜂毒在尾，垂穎如鋒，故謂之蜂。"今書家以書法匾者號藏鋒法，曰蟎匾。《書史》："唐徐季海、江南李楚金皆工小篆，號蟎匾法。"《湘山野録》："江南徐騎省鉉善小篆，嘗自謂晚年始得蟎匾法。"元吴觀穎詩"楚金蟎匾猶躊躇"，是也。《山堂肆考》《正字通》皆云"蟎與融同"，其訛舛甚矣。

27. 楊氏曰："《詩》注倉庚，商庚也，即黄鸝也。李邵曰：一名楚雀。《方言》曰：'齊人謂之摶黍，今布穀也。'此鳥當名博穀。"

按，《詩》"黄鳥于飛"，毛傳曰："黄鳥，摶黍也。"《爾雅》"皇，黄鳥"，郭注曰："俗呼黄離留，亦名摶黍。"②《説文》："黐，黐黄也。"黐即離，古字從黍，故或有摶黍之名。陸璣《詩疏》曰："幽州人謂之黄鶯，齊人謂之摶黍。"《九經釋文》"摶，徒端反"，非搏也。王伯厚謂《演繁露》摶黍爲鶯，不知何出，蓋未讀《葛覃》注也。唐孫處《咏黄

① "蠃"，原作"羸"，今據《説文解字》改。

② "摶"，《爾雅注疏》作"搏"。

鶯詩》“聲詩辨搏黍，比興思無窮”，王半山詩“翳木窺搏黍，藉草聽批頰”，又詩“視遇若搏黍，好音而睍睆”，皆用《葛覃》注耳。用修誤搏爲摶，解黍爲穀，云：“此鳥當名博穀，即布穀也。”按《廣雅》：“擊穀，布穀也。”以布種時鳴，豈搏黍耶？其謬誤往往如此。

28. 楊氏曰：“注疏中有蜀才姓名，宋儒謂蜀才即范長生。蓋別無所見也。《陳子昂集》：‘東海王霸，西山蜀才，皆避人養德，躬耕求志。’由此觀之，范長生與蜀才，自是二人。”

按，《後魏書》：昭帝十年，李雄僭稱成都王，年號建興。時涪陵人范長生，頗有術數，勸雄即真。十二年僭稱皇帝，拜長生爲天地太師，領丞相，西山王。《陳子昂集》所謂“西山蜀才”也。《唐·藝文志》有蜀才注《易》十卷。陸氏《釋文》所引《易》有蜀才本。王應麟《玉海》曰：“蜀才人多不識，顔之推曰范長生也。”以蜀才爲范長生，非宋儒之説，亦非二人。

29. 楊氏曰：“王建《宫詞》：‘四面勾欄在水中。’段國《沙州記》：吐谷渾於河上作橋，謂之河厲，勾欄甚嚴飾。勾欄之名始此。”

按，《古今注》：“漢成帝顧成廟玉鼎金鑪槐樹，悉爲扶老勾欄。”勾欄，自漢有之。

30. 楊氏曰：“王羲之蘭亭修禊事，春禊也。劉楨《魯都賦》：‘素秋二七，天漢指隅，人胥祓禳，國子水嬉。’此用七月十四日秋禊也。”①

按，唐明皇八月五日生，張説《上大衍曆序》“謹以開元十六年八

① “此用”，原脱，今據《楊升庵全集》補。

月端午，赤光照室之夜，獻之”。《唐類表》有宋璟《請以八月五日爲千秋節表》云：“月惟仲秋，日在端午。”則凡月五日皆可稱端午也。唐文宗開成元年，歸融爲京兆尹。時兩公主出降，府司供帳事繁，又俯近上巳，曲江賜宴，奏請改日。上曰：去年重陽取九月十九日，未失重陽之意。今改取十三日可也。則上巳不必初三，重陽不必初九也。東坡在海南，藝菊九畹，以十一月與客泛菊作重九。此又以仲冬之十五日爲重陽也。正與七月十四之修禊，同爲佳話。

31. 楊氏曰：“晋諺云：‘和嶠牛，傳咸鞦，王戎踢蹶不得休。’王半山詩：‘蹶汝以一句，西歸瘦如腊。又細浪蹶雪千娉婷。’”

按，晋史：潘岳爲河陽令，密作謡曰：“閣道東，有大牛。王濟鞅，裴楷鞦，和嶠刺促不得休。”①《世説》：“和嶠鞅，裴楷鞦，王濟剔蹶不得休。”今以“裴楷”爲“傳咸”，“王濟”爲“王戎”，皆誤。嵇康《與山巨源絶交書》：“足下若蹶之不置，不過欲爲官得人，以益時用耳。”《隋·經籍志》：“是諸邪道並來蹶惱。”梁吴孜《春閨怨》：“柳枝皆蹶燕，桑葉復催蠶。”諸用蹶字，並在半山之前。

32. 楊氏曰：“張伯英《與使君朱寬書》：上比崔杜不足，下方羅趙有餘。”

按，《三輔決録》：“趙襲，燉煌太守。先是杜伯度、崔子玉以工草書稱於前世。襲與羅輝亦以能草，頗自矜夸。故張伯英與襲同郡太僕朱賜書曰：上比崔杜不足，下方羅趙有餘。”《後漢書·趙岐傳》注亦引張伯英《與朱賜書》。楊以爲使君朱寬，非也。

---

① “嶠”，原脱，今據《晋書·潘岳傳》補。

33. 楊氏曰："潦水出塞外衛臯山，玄菟有大潦山、小潦山，所出大潦，即今潦水；小潦即今渾源河。潦音遼。"

按，《前漢·地理志》"玄菟，高句驪遼山，遼水所出，西南至遼隊，入大遼水"。《後漢·郡國志》注，劉昭引"《山海經》曰'遼水出白平東'，郭璞曰'出塞外御白平山'"。[①] 又桑欽《水經》亦言遼水出衛白平山，此蓋指大遼水也。遼山，小遼水所出，西南至遼隊，入大遼水。是二遼分出，合爲一水。安得以小遼水爲渾源河乎？至所言"衛臯"，"衛"當是"御"之訛，而臯乃合"白平"二字之訛也。改遼爲潦，亦誤。

34. 楊氏曰："宋文帝《受命頌》：南通舜梧，北平堯柳。其句極工且新。"

按，《晉·載記·苻健傳》："健遣其子萇率雄菁等衆五萬，距温於堯柳城愁思堆。温轉戰而前，次於灞上。"《頌》所謂"北平堯柳"，蓋此城也。

35. 楊氏曰："檮當音儔。檮杌之音濤，蓋因陸德明《九經釋音》而誤。"

按，《周禮·外史氏》注引"楚之檮杌"，陸氏《釋文》："音徒刀反。"《史記·衛霍列傳》"從至檮余山"，索隱曰："檮余音桃徒。"又郭璞《爾雅序》曰"璞不揣檮昧"，注曰："檮音桃。"《家語》"魚之大名曰鰆"，亦徒刀切。檮自有儔、濤兩音，安得一之？

36. 楊氏曰："勾陳，不知何物？宋仁宗祀六神，[②] 以麒

① "御"，《後漢書·郡國志》注作"銜"。
② "仁"，原作"神"，今據《楊升庵全集》改。

麟爲勾陳。[①] 又曰：勾陳，天馬也。”

按，《荆州占》曰：“勾陳，黄龍之位也。”若以爲麟，《鶡冠子》曰：“麟，玄枵之精也。”若以爲天馬，房爲天駟，安用復祀勾陳乎？

37. 楊氏曰：“太行，一名五行山。《列子》作太形，則行本音也。崔伯陽《感山賦》云：起爲名丘，妥爲平岡。巍乎甚尊，其名太行。蓋趂韻之誤。”

按，《淮南子》曰：“武王欲築宫於五行之山。周公曰：五行險固，德能覆也。”高誘注曰：“今太行山也。”《列子》曰：“太形、王屋二山，方七百里。”此用修之所據也。然按《詩》：“百爾君子，不知德行。不忮不求，何用不臧。”又晋成公綏《棄故筆賦》：“慕羲氏之畫卦，載萬物於五行。乃發慮於書契，采秋毫之穎芒。”德行、五行，皆有户郎反，不得以崔爲趂韻之誤。

① “以麒麟爲勾陳”，原作“以勾陳爲麒麟”，今據《楊升庵全集》乙正。

卷二十九

翰林院檢討徐文靖 撰

通 雅

1.《通雅》曰："按《原治編》曰：古器銘云十有三月、十有四月、十有九月，或云正月乙子，或云丁子。吕與叔《考古圖》謂嗣王逾年未改元，故以月數。乙子即甲子，丁子即丙子，古質民淳,[①] 取其同類。"

按，古《乙酉戊命彝銘》曰："十九月，唯王祀世昌。"《兄癸卣銘》曰："十九月，唯王九祀世昌。"《圓寶鼎銘》曰："唯十有三月用吉金。"《南宫中鼎銘》曰："唯十有三月庚寅。"《公緘鼎銘》曰："唯十有四月既死魄。"董逌曰："彼自其君即位後以月爲數。"理或然也。然國君逾年改元，不應十九月不改元矣。意以前王既没，作爲祭器，雖改元之後，猶以月數，不忘先人之孝也。至以乙子即甲子，丁子即丙子，其説尤屬支離。按《史記·律書》曰："危，十月也，律中應鐘。其於十二子爲亥。須女，十一月也，律中黄鐘。其於十二子爲子。明庶風居東方，二月也。其於十二子爲卯，其於十母爲甲乙。"是古者十干皆謂之母，十二支皆謂之子。《周戠敦文》曰"乙子"，即乙丑、乙卯之類。《兄癸彝文》

① 此句《通雅》作"世質人淳"。

曰“丁子”，即丁丑、丁卯之類。《伯碩父鼎》曰“己子”，即己丑、己卯之類。陳琳《檄吴將校部曲文》“年月日子”，蓋倣古律書意之遺，十二時皆可謂之子也。《考古圖》以爲世質民淳，取其同類，謬矣。

2.《通雅》曰：“沈佺期《夜泊越州詩》：‘颾颼縈海若，霹靂亘天吴。’颾颼音暗俞，蓋指颶風也。颶音具，在遇韻，言東南北之風皆具也。”

按，《南越志》曰：“颶風者，具四方之風也。”顧况詩：“颶風晴泊起，陰火冥潛燒。”韓愈詩：“颶風最可畏，訇哮簸陵丘。”皮日休詩：“颶母影邊持戒宿，波神宫裏受齋歸。”文天祥《五噫歌》：“颶風起兮海水飛，噫！櫂歌中流兮任所之，噫！”字皆从具。楊用修云“當从貝，佛經風虹如貝”，抑又好奇之過矣。

3.《通雅》曰：“《傳》曰：翼九宗五正，逆晋侯於隨，納諸鄂，晋人謂之鄂侯。杜曰：晋别邑。紂時鄂侯，或此地乎？《輿地記》曰：今鄂州武昌，楚之東鄂也。漢爲江夏鄂縣，孫權改武昌。”

按，《世本》“唐叔虞居鄂”，宋衷曰：“鄂地今在大夏。”《史記正義》曰：“鄂與絳州夏縣相近，故曰大夏。”《括地志》“故鄂城在慈州昌寧縣東二里”，即今平陽府吉州寧鄉縣也。隱六年《左傳》“逆晋侯于隨，納諸鄂”，蓋此鄂也。以爲鄂州武昌之東鄂，非矣。

4.《通雅》曰：“楚伐吴，克鳩兹，至于衡山；今之横山也。鳩兹在蕪湖，非衡山明矣。烏程縣山即楚克鳩兹之衡山也，今曰横山。”

按，襄三年《左傳注》“鳩兹，吴邑，在丹陽蕪湖縣東。衡山在吴興烏程縣南”，杜注誤也。山謙之《丹陽記》云：“丹陽縣東十八里有衡山，綿亘數十里。去鳩兹不遠，當是子重所至也。”丹陽舊縣，今爲鎮，在當塗東南六十里，距鳩兹百數十里，與烏程相去絶遠，自應非烏程之衡山也。衡即横，古今字也。《詩》“衡從”，《史記》“從衡”，皆即横也。

5.《通雅》曰：“《漢志》豫章彭蠡縣，注云：《禹貢》彭蠡澤在其西。餘則言水入湖漢者八，入大江者一。而湖漢一水則又自雩都東至彭澤入江。《山海經》言入江彭澤西者，本謂逕彭蠡縣西而入江耳。《漢志》不知湖漢之即爲彭蠡，又不知大江者亦瀦於彭蠡，① 又不知湖漢之爲湖，則皆承《禹貢》之衍疑而弗深考也。”

按，《太康地記》曰：“劉歆以爲湖漢九水入彭蠡。”則彭蠡之非即湖漢可知矣。《水經注》曰：“《山海經》：贛水出聶都山，東北流，注于江，入彭澤西。班固稱南野縣，彭水所發，東入湖漢水者也。《地志》：豫章水出贛縣西南，而北入江，蓋控引衆流，總成一川。故《後漢·郡國志》曰贛有豫章水，水導源東北流，逕南野縣北，又逕贛縣右，會湖漢水。水出雩都縣，導源西北流，逕金鷄石，又西北逕贛縣東，西入豫章水也。”據酈注，湖漢水出雩都縣，蓋湖漢一名章水。水出縣之聶都山，至贛而會於貢水，以章貢合流，故又爲贛水也。水出雩都，至彭澤入江，行千九百八十里，其行最遠。故湖漢所經之處，至南野，則彭水東入焉；至新淦，則南水東入、淦水西入焉；至南昌，則蜀水東入、盱水西北入焉；彭澤則修水東北入焉；鄡陽則餘水東北入焉；鄱陽則鄱水西入焉。入者凡八，然後總入於大江。《山海經》謂之贛水，《漢志》謂之湖漢水，入江彭澤西，即《禹貢》彭蠡澤也。若以《山海經》之入江彭澤西，爲彭澤縣，禹益時豈有縣乎？《山海經》又言廬江出三天子都，入江彭澤西。其不爲彭澤縣可知矣。安得謂湖漢即彭蠡湖，而《漢志》有不知也。

① “大”，原作“入”，今據《通雅》改。

6.《通雅》曰："鄆城今屬濟寧府，乃漢廩邱地。[①] 隋爲鄆城，唐爲鄆州。青州沂水縣乃春秋鄆邑，古今錯亂，大爲難記。"

按，闞駰《十三州志》曰："魯有東西二鄆。文十二年季孫行父帥師城諸及鄆，杜注：鄆，莒、魯所爭者。城陽姑幕縣南有員亭，員即鄆。此魯之東鄆也。成十二年，晋人執季孫行父于苕丘。公還待于鄆。杜注：魯西邑。東郡廩邱縣東有鄆城。此魯之西鄆也。"東鄆在沂水，西鄆在廩邱，二者皆春秋之鄆邑也。

7.《通雅》曰："《鴻桷集》曰：始皇鑄金人十二，金翟也。武帝承露盤，銅仙也。魏明帝列東都者，翁仲也。《漢晋春秋》誤以銅仙爲金翟，宋錢穎誤以翁仲爲銅仙，師古又誤以翁仲爲金翟。程大昌據華嶠《後漢書》復誤以徙銅人爲漢明帝。獨李賀詩《小序》得實，而又誤景初三年爲青龍九年，不知魏青龍止於五年也。石人稱翁仲，猶米顛之稱石丈，古人多以仲稱，从人中聲，亦兼會意。"

按，《秦始皇本紀》曰："收天下兵器聚之咸陽，鑄金人十二，置宫庭中。"《陳涉世家贊》引賈生曰："秦收天下之兵，聚之咸陽，銷鋒鏑，鑄以爲金人十二。"據《三輔黄圖》："始皇二十六年，大人來見臨洮。其大五丈，足迹六尺。"《關中記》："始皇二十六年，有長人十二見於臨洮，身長百尺，皆夷翟服。"此秦皇收兵鑄爲金人十二以像之，世所謂金翟也。

又按，《一統志》曰："秦始皇時，象郡阮翁仲身長二丈三尺，氣質端勇，異於常人。少爲縣吏，爲督郵所笞，嘆曰：人當如是耶！遂入學，究書史，始皇併天下，使翁仲將兵守臨洮，聲震匈奴。秦以爲瑞。翁仲死，遂鑄銅爲其像，置咸陽宫司馬門外。匈奴至，有見之者，猶以爲生。故謝承《後漢書》曰：銅人，翁仲其名也。"此又不在金人十二之數也。顔師

① "邱",《通雅》作"丘"。

古注《漢書》、《史記索隱》皆以金翟爲翁仲，是誤合二者而爲一也。至以翁仲之稱猶石丈，古人皆以仲稱，則《鴻桷》不根之談，爲可笑矣。

又按，《關中記》："董卓壞銅人十餘，餘徙清門裏。魏明帝欲將詣洛，載至霸城，重不可致。後石季龍徙之鄴，苻堅又徙入長安而銷之。"此則金人十二之本末悉可考見者也。華嶠《後漢書》以徙銅人爲漢明帝，漢當爲魏，字訛也。《漢武故事》曰："建章宫作承露盤，高二十丈，大七圍，以銅爲之。上有仙人，掌擎玉盤，以承雲表之露，世所謂銅仙也。"《魏明帝紀》曰："自吾已建承露盤，復降芳林園與仁壽殿。"任昉《述異記》曰："魏明帝詔宫官牽車西取漢武帝捧露盤仙人，欲置前殿。宫官既折盤，臨行淚下。"是魏明列東都者，即漢武之銅仙，烏在爲翁仲也？觀李賀有《金銅仙人辭漢歌》，良可證矣。隋盧思道在齊，爲百官《賀甘露表》，有曰："魏明仙掌，竟無靈液；漢武金盤，空望雲表。"又以知魏明所建即金仙也。《鴻桷》乃以爲翁仲，抑又誤矣。且魏明太和六年，青龍四年，景初三年，共年十三。青龍亦無五年也。

8.《通雅》曰："《邪婆色鷄》，鼓曲也。李琬聽樂工擊此，知之。出韓卓《羯鼓録》。棬用山桑，棬用銅鐵。"

按，《羯鼓録》唐婺州刺史南卓譔。《藝文志》云："南卓《羯鼓録》一卷。"此云韓卓，字訛也。志又有南卓《唐朝綱領圖》一卷。卓字昭嗣，大中黔南觀察使，是唐時有兩南卓也。

9.《通雅》曰："《記》曰：'夫人薦豆執挍，執醴授之，執鐙。'鄭注云：'鐙，豆下跗也。授醴之人，授夫人以豆，則執鐙。'按鄭注非，夫人薦豆，當措於筵前，執醴則當受尸。①故豆則執挍，醴則執鐙，酌醴用觶。鐙或爲觶之跗名乎？"

① "受"，原作"授"，今據《通雅》改。

按，《祭統》鄭注："校，豆中央直者也，[①] 授醴之人，授夫人以豆，則執鐙。鐙，豆下跗也。"陸氏《釋文》曰："校，柄也。"邢昺《爾雅疏》曰："豆以木爲之，高一尺，口足徑一尺。其足名鐙，中央直者名校。校徑二寸。"此蓋言執醴未授夫人時執校，授之之時則已執鐙，以便夫人執校也。豈一豆而執校復執鐙乎？

10.《通雅》曰："有納文者曰納布。按《王會圖》於越納，注：謂納貢也。諸國各書貢物，而於越總言納字，非也。必其時已有細納縐積之布矣。"

按，沈約《宋書》："高祖微時，有納布衫襖等，皆是敬皇后手自作。"齊王融有《謝竟陵王賜納裘啓》，陳江總有《山水納袍賦》。《後魏·李平傳》"賜平縑物百段，紫納金裝衫甲一領"。梁簡文帝有《謝賜欝泥納袈裟表》，劉孝綽有《謝越布啓》，曰："比納方綃，既輕且麗。"納布之名，蓋起於漢後，周初想未有也。據宋《本草圖經》有納龜，蘇頌曰："龜之無裙而頭足不縮者，名曰納。"字亦作魶。《漢書音義》曰："魶，鯷魚。"相如《子虛賦》"禺禺鱋魶"，是也。《周書》云："東越海蛤，甌人蟬蛇，姑於越納。"以類言之，納、龜、鱓、蛤，皆水族也。何得以納爲納布？

11.《通雅》曰："《史記集解》多引臣瓚，裴駰言臣瓚莫知姓氏。索隱以爲傅瓚，[②] 劉孝標以爲于瓚。《穆天子傳目録》云傅瓚爲校書郎，與荀勖同校定《穆天子傳》。《何法盛傳》于瓚不言有注《漢書》之事。[③] 按，[④] 則當是傅瓚。"

---

① "豆"，原脱，今據《禮記·祭統》鄭玄注補。

② 此句原在"漢書之事"後，今據《通雅》乙正。

③ 此句原在"穆天子傳目録"句前，今據《通雅》乙正。

④ "按"，原在"爲于瓚"後，今據《通雅》乙正。

按，酈道元注《水經·濰水》下引薛瓚《漢書集注》云："博昌有薄姑城。"《河水》下引薛瓚《漢書集注》云："《秦世家》以垣爲蒲反。"《巨洋水》下引薛瓚《漢書集注》云："按《汲郡古文》，相居斟灌，東郡灌是也。"《晋書·苻堅傳》："太原薛瓚、略陽權翼見而驚曰：非常人也。"則薛瓚，太原人也。温公《通鑑》苻堅以薛瓚與王猛同掌機密，晋穆帝永和八年太原薛瓚下，史炤釋曰："瓚，圭瓚也。"胡身之曰："薛瓚，人姓名。"則瓚，穆帝時人也。

12.《通雅》曰："《漢·郊祀志》：'天子獨與奉車子侯上泰山。'① 奉車者，官名也。子侯者，小侯也。霍去病之子，《仙傳》誤爲車子侯。"

按，《霍去病傳》："元狩六年，薨。子嬗嗣。嬗字子侯，上愛之，幸其壯而將之，爲奉車都尉，從封泰山而薨。"顧胤曰："案《武帝集》帝與子侯家語云：道士皆言子侯得仙不足悲。"則子侯乃霍嬗字，豈得以小侯解之？

13.《通雅》曰："熊耳界兩省，非有二也。"

按，邵堯夫詩："昔禹别九州，導洛自熊耳。熊耳自有兩，未審孰爲是。東者近成周，西者隔丹水。《書傳》稱上洛，斯言得之矣。"是熊耳有二也。

14.《通雅》曰："《李絳傳》：憲宗命絳與崔群等搜次君臣成敗五十種爲連屏，張便坐。連屏雖見於唐，然《南史》王遠如屏風，屈曲從俗。梁蕭子雲上飛白書屏風十二牒。則已非獨扇直體屏風。"

按，漢羊勝《屏風賦》："屏風鞈帀，蔽我君王。重葩累繡，沓璧連

---

① "天子獨"，《通雅》作"漢武帝"。

璋。"《晋東宫舊事》:①"皇太子納妃,梳頭屏風二,合四牒織成。地屏風十四,牒銅環鈕。"陸翽《鄴中記》:"石季龍作金鈿屈膝屏風,衣以白縑,畫義士、仙人、禽獸。"梁簡文帝詩:"織成屏風金屈膝,朱脣玉面燈前出。"即用晋東宫事也。連屏蓋自古有之。王遠如屏風屈曲從俗,見《南齊書·王秀之傳》,非《南史》。

15.《通雅》曰:"《封禪書》'神君先後宛若'。孟康曰:'猶云妯娌也。'"

按,《郊祀志》"見神於先後宛若",孟康曰:"兄弟妻相謂先後。"師古曰:"吴楚俗呼爲妯娌。"非《封禪書》,非孟説。

16.《通雅》曰:"琴城,冢也。《水經注》:楚人謂冢爲琴。六安縣都陂中有大冢,民傳曰公琴者,② 即皋陶冢也。鮦陽縣有葛陂城,③ 有楚武王冢,民謂之瑟城。朱謀㙔箋曰:瑟當作琴。"

按,《皇覽》曰:"鮦陽有葛陂鄉城,東北有楚武王冢,民謂之楚王岑。"《後漢·郡國志》"吴郡安縣",劉昭注引《越絶書》曰:"有西岑冢,越王孫開所立,以備春申君。使其子守之。子死,遂葬城中。"然則琴乃岑之訛,瑟又琴之訛也。近見《毛西河集》亦用"楚王琴",皆誤。

17.《通雅》曰:"怪鴟、鵂鶹、鵸,一物,《王元美集》有《鈙鵸行》。鵸在支韻,鴟也。鈙當即擒字。顔魯公書《顔君廟碑》禄山反捡其心手,而元美加支於右,一也。"

① "宫",原脱,今據《晋東宫舊事》補。

② 此句《通雅》作"民曰公琴"。

③ "陂",《通雅》作"陵"。

按，《山海經》曰：“鼓與欽䲹殺葆江于昆崙之陽，帝乃戮之鍾山之東，曰瑤崖。欽䲹化爲大鶚。”郭注曰：“葆或作祖。”《圖贊》曰：“欽䲹及鼓，是殺祖江。”張衡《思玄賦》“弔祖江之見劉”，陶淵明詩“巨猾肆威暴，欽䲹違帝旨。窫窳強能變，祖江遂獨死”。皆謂此也。據《山海經》欽䲹是人名，而乃不證之經文，誤欽爲鈘，謂即捦字也。王元美加支于右爲鈘。案元美《鈘䲹行》云：①“不知鳳凰是鈘䲹。”若解作擒字，可謂鳳凰是擒䲹乎？梅誕生云：“䲹，鶚也。因欽䲹化爲大鶚，故云䲹鶚。”《正字通》據《通雅》以舊注爲誤。初學承之，誤將胡底乎？

18.《通雅》曰：“漢呼兔爲決鼻。《乾鑿度注》：決鼻，兔也。郝氏曰：決鼻，決與闕通。豈以闕脣而遂曰闕鼻乎？”

按，《詩推度災》曰：“月三日成魄，八日成光，蟾蜍體就，穴鼻始明。”宋均注云：“穴，決也。決鼻，兔也。”又按《前漢書·天文志》曰：“暈適背穴。”孟康曰：“穴多作鐍。”王朔曰：“璚者，決也，形如背，狀微小而鈎。”石氏曰：“狀如帶鈎，名曰璚。月至八日形如決穴，其光始明。”決鼻者，揚子曰：“獸之初生謂之鼻。”穴鼻始明，言月中兔影至是始明。杜子美所云“搗藥兔長生”也。豈以闕脣遂曰闕鼻乎？

19.《通雅》曰：“方言以十二生肖配十二辰，爲人命所屬，莫知所起。周宇文護母留齊，貽書護曰：昔在汝川鎮生汝兄弟，大者屬鼠，次者屬兔，汝身屬蛇。當時已有此語。”

按，《晋書·謝安傳》：“安悵然謂所親曰：昔夢乘桓温輿，行十六里，見一白鷄而止。乘温輿者，代其位也。十六里止，今十六年矣。白雞主酉，今太歲在酉，吾病其不起乎？”又《南齊書·五行志》：“永元中，童謠曰：‘野猪雖嗃嗃，馬子空閭渠。不知龍與虎，飲食江南墟。七九六十

① “鈘”，原作“欽”，今據《通雅》及上文改。下同。

三，廣莫人俱無。’① 識者解云‘陳顯達屬猪，崔慧景屬馬’,② 非也。東昏侯屬猪，馬子未詳。梁王屬龍，蕭穎胄屬虎。崔慧景攻臺，頓廣莫門死,③ 時年六十三。”據此則馬子即指崔也。又《後漢·鄭康成傳》:“玄夢孔子告之曰：起起，今年歲在辰，來年歲在巳。既寤，以讖合之，知命當終。”北齊劉書《高才不遇傳》,④ 論鄭氏曰：“辰爲龍，巳爲蛇，歲在龍蛇賢人嗟。”玄以讖合之，蓋謂此也。據此，則始於後漢時也。

20.《通雅》曰：“《隋書》:‘婆登國有月熟之稻，一月一熟。’《一統志》雷陽界稻十一月下種，揚雪耕耘，四月熟。智笑此語。雷州安得有雪耶?”

按,《隋書》無婆登國之文，惟《唐書·南蠻傳》云：“墮婆登國，種稻月一熟。”又按《一統志》:“雷州土産有米豆，思靈島出界稻，十一月種，次年四月熟。”無“揚雪耕耘”之語。

21.《通雅》曰：“賓音貞，後周齊王子。”

按,《周書》齊王字文憲“六子，貴、質、賨、貢、乾熙、⑤ 乾洽”,無名賓者。又《北史·莒莊公洛生傳》:⑥“齊王憲子廣都郡公貢襲。貢字乾貞。”⑦ 無作賓者。賓當是賨之訛。

22.《通雅》曰：“秦始皇作浮橋，見《春秋後傳》。”

按，樂資《春秋後傳》:“赧王三十六年，秦始作浮橋於河。”《史

---

① “俱無”,《南齊書·五行志》作“無餘”。

② “慧景”,原作“景慧”,今據《南齊書·五行志》乙正。

③ “莫門”,原作“木莫”,今據《南齊書·五行志》改。

④ “晝”,原作“畫”,今據《北齊書·劉晝傳》改。

⑤ “熙”,《周書·齊煬王憲傳》作“禧”。

⑥ “生”下,原衍“字”,今據《北史·莒莊公洛生傳》删。

⑦ “字”,原作“宇”,今據《北史·莒莊公洛生傳》改。

記·秦本紀》："秦昭襄王五十年，初作河橋。"《周本紀》："赧王在位五十九年，卒。後七歲，秦莊襄王滅東西周。"赧王時安得有始皇作浮橋乎？蓋《後傳》言秦始作，謂初作耳，非始皇也。

23.《通雅》曰："禹時貢烏鰂之醬。"

按，《伊尹四方獻令》曰："請令以魚支之鞞，烏鰂之醬。"孔晁注曰："烏鰂，魚名。"《竹書紀年》："成湯二十五年，初巡狩，定《獻令》。"是此爲湯時事也。云禹時，誤。又烏鰂魚已見此，而《本草》云"烏鰂魚，秦始皇算袋所化"，謬矣。

24.《通雅》曰："葰人縣屬上黨郡。"

按，《漢志》葰人縣，屬太原郡。《史記·周勃傳》"降下霍人"，正義曰："霍音瑣，① 霍讀爲葰。② 顔師古音山寡反。霍人即葰人也。③《括地志》：葰人故城在代州繁畤縣界。"今云屬上黨，誤也。

25.《通雅》曰："段成式食品有籠上牢丸，湯中牢丸。元美曰：即子瞻誤以爲牢九者也。東坡《惠州詩》：'豈惟牢九薦，古味要使真。'然晋時已誤用。束晳賦：'終歲飽食，惟牢九乎？'注：牢九，饅頭類。"

按，束晳《餅賦》"饅頭薄持，起搜牢丸"，字仍作丸。而坡詩引用牢九，或偶見麻沙本耳。④《韻府群玉》陽九、用九、牢九屬有韻，亦引束晳賦"終歲飽施，惟牢九乎"？蓋又以坡詩誤也。盧諶《雜祭法》

---

① "瑣"，原作"璅"，今據《史記正義》改。

② "霍讀爲葰"，《史記正義》作"又音蘇寡反"。

③《史記正義》無此句。

④ "麻沙"，原作"沙麻"，今據文意乙正。

曰：①“春祠用饅頭、餳餅、髓餅、牢丸。夏秋冬亦如之。”《雜祭法》及《餅賦》皆有饅頭，又皆有牢丸，則牢丸非饅頭，可知矣。大抵籠上牢丸者，蒸米丸也。湯中牢丸者，煮米丸也。

又按，東坡詩：“豈惟牢九薦古味，要使真一流天漿。”今截下四字，而以“豈惟牢九薦”爲句，亦誤。

26.《通雅》曰：“義山《宫中曲》低扇遮黄子，即簧也。猶稱花子、朵子之類。此從無解者，姜如須以爲花的，而智以爲花子。”

按，《南都賦》“中黄瑴玉”，李善注引《博物志》曰：“石中黄子，黄石脂也。”又《抱朴子》曰：“石中黄子，所在有之，沁水山尤多。”《别録》曰：“石中黄子，乃殻中未成餘粮黄濁水也。”《酉陽雜俎》“近代妝尚靨如射月，曰黄星”，梁簡文帝詩“異作額間黄”，庾子山《樂府》“額角輕黄細安”，李賀詩“宫人正靨黄”，温庭筠詩“黄粉楚宫人”，王半山詩“漢宫嬌額半塗黄”，則塗黄當用黄子，非直簧也。《急就注》“簧即步摇”，豈黄子乎？

27.《通雅》曰：“僕黚，黚音黜。黜音丁葛反。《漢表》有易侯僕黚。”

按，《前漢書·功臣表》“翕侯僕黜，以匈奴王降，侯”，鄭氏云：“黜音怛。”又《漢·地理志》五原郡有莫黜縣，如淳音忉怛之怛，師古音丁葛反。並無“易侯僕黚”“黚字音黜”之文。又《史記·孝景侯表》② 有“易侯僕黥”，非“僕黚”也。

① “雜”，原脱，今據《雜祭法》補。下同。
② “景”，原作“文”，今據《史記·景惠間侯者年表》改。

28.《通雅》曰："五湖，太湖也。《國語》：'越伐吴，戰於五湖。范蠡返至五湖而辭越。'"

按，《吴越春秋》曰："范蠡既滅吴，乃乘扁舟，出三江，入五湖。"夫出三江而始入五湖，豈可以太湖爲五湖乎？應劭曰："范蠡乘扁舟於五湖，今廬州臨丹陽蕪湖縣是也。"此説爲得其實。郭景純《江賦》："注五湖以漫漭，灌三江而潮沛。"後人疑郭賦爲誤，不知此五湖蓋蕪湖也。《漢·地志》："丹陽蕪湖，中江出西南，東至陽羨入海。"蓋郭賦之所據也。若范蠡乘扁舟於太湖，尚可謂辭越乎？

29.《通雅》曰："崇寧之世，魏漢律乃以蜀一黔卒，造《大晟樂府》，遂頒其書。"

按，《魏漢律》，"律"誤，當作"津"，其命名以《爾雅》"箕斗之間漢津也"，[①] 漢津造樂，謂帝以身爲度，求徽宗中指寸爲律，徑圓爲容，命曰《大晟樂》。又崇寧三年，姚舜輔造《占天曆》。未幾，蔡京又令舜輔更造，用帝受命之年，即位之日，元起庚辰，日命己卯，上親製序，頒之天下，賜名《紀元》。夫樂以指節爲度，既受漢律之欺。曆以受命起年，復受舜輔之誑。大抵皆蔡京陰爲之主，曲求迎合。徽宗爲所愚弄而不知，良可嘆也！

30.《通雅》曰："旁不肯，即蟹也。《東坡志林》云：元祐八年，雍丘令米芾書，縣有蟲食麥葉，不食實。適會兵部郎中張元方見過，[②] 云：子方蟲爲害甚於蝗。有小甲蟲，見禾輒斷其腰而去，俗謂之旁不肯。前此吾未嘗聞也。智按，《爾雅》'食苗葉螟，食節賊'。東坡獨不看《爾雅》耶？又《齊民要術》：'穀蟲曰蚜蚄。'《唐書》《宋史》皆載蚜蚄害稼。或

① "津",原作"律",今據《爾雅·釋天》改。下同。

② "兵",《通雅》作"金"。

方語通稱耶？旁不肯之名果奇，然已見《説文》，訓黨字，‘蠰，不過也’。則漢時已有此等名矣。”

按，《詩·小雅·大田》曰“去其螟螣”，陸璣疏曰：“螟似子方，而頭不赤，即蚮蚄也。”《北魏·靈徵志》：“高祖太和六年七月，青、雍二州蚮蚄害稼。八年三月，冀、相等州蚮蚄害稼。”所謂三月害稼者，必是食麥者也。東坡及南宫不看《詩疏》、正史耶？

又按，《爾雅》曰：“不過，蟷蠰。”邢昺疏：“不過，一名蟷蠰。”何乃引《説文》而誤蟷爲黨，且又云“蠰，不過”耶？

31.《通雅》曰：“有無名字而後人考出者。許由，槐里人，見《莊子釋文》。何子元云字武仲。申公名培，見《史記注》。① 又陳心叔《名疑》曰：東方朔，本姓張氏。父名夷，字少平。一曰金氏。朔母田氏。”

按，《史記》及《漢書·儒林傳》言《詩》於魯則申培公。又《古今人表》申公申培，豈待《史記注》始考出耶？又魏隷《高士傳》曰：“許由字武仲，堯舜皆師之。與齧缺論堯而去，隱乎沛澤之中。堯舜乃致天下而讓焉。”又郭憲《洞冥記》曰：“東方朔，字曼倩。父張夷，字少平，妻田氏女夷。年二百歲，顔如童子。朔生三日而田氏死，時景帝三年也。”此亦非後人所考出者。

32.《通雅》曰：“元瑞言五王褒，而漢有三。智按，《郊祀志》之王褒，即《五行志》之天帝令我居此者。”②

按，《漢·郊祀志》“宣帝遣諫議大夫王褒”，此即上《得賢臣頌》者。本傳亦載其事。《五行志》：“鄭通里男子王褒上前殿，招署長業等

① “申公”句，原在“許由”句上，今據《通雅》乙正。

② “令”，《通雅》作“使”。

曰:① 天帝令我居此。”其事在成帝綏和二年，何得混而一之?

33.《通雅》曰:“《唐韻》有萸，古天字。洪武二年，禁革民間名字自先聖賢、大國君臣、並漢、晉、唐、宋等字。正統十年,《進士登科録》凡天字皆作萸，蓋亦避天字也。自宋宣和時禁君天等八字，非始洪武矣。”

按,《周書·宣帝本紀》:“每對臣下，自稱爲天。又不聽人有高大之稱，諸姓高者改爲姜，九族稱高祖者爲長祖，凡稱上及大者改爲長。有天者亦改之。”則非始自宋矣。

34.《通雅》曰:“篤稺，音禄。宣和異香有篤稺。亞悉，方勺《泊宅編》:市舶張苑進篤禄香，得學士，號篤禄學士。按是‘都盧’之轉。”

按,《隋書·王充傳》:“充本西域人,② 祖支頹稺徙居新豐。”稺字僅見此。至所謂篤稺香，當是篤耨之訛。《一統志》:“真臘國産篤稺香。樹如杉檜，香藏於皮，老而脂自流溢者，名白篤耨。冬月因其凝而取之者，名黑篤耨。宋政和中遣使來貢。”宣和初，封爲真臘國王。篤耨，當是其所獻。故宣和異香有篤耨也。耨讀爲禄，亦作稺，因訛爲篤禄也。

35.《通雅》曰:“《漢初功臣表》:耐跖爲門尉。”

按,《表》“芒侯耏跖，以門尉前元年初起碭”，師古曰:“耏音而。《左氏傳》曰宋耏班。”作耐跖，誤。他如欽鴀作鈙鴀，僕黜作僕黚，漢津作漢律，字迹之訛，涉筆之誤，類多有之，無足怪也。又如格蝦蛤，鋋猛獸,《上林賦》也，而誤爲《子虚》。鑱石橋引，案抏揲荒,《扁鵲傳》也，而誤爲《倉公》。憑胸記憶，不能盡撿其出處，亦勢所必然也。

---

① “署”,原作“庶”,今據《漢書·五行志》改。

② “人”,原脱,今據《隋書·王充傳》補。

卷三十

翰林院檢討徐文靖 撰

雜 述

1.《山海經》:“桂林八樹，在番禺東。”《西事珥》曰:“番禺即今桂州番禺。東在何處? 予讀《路史》桂國引伊尹四方令蓋桂陽也。然則八桂乃桂陽，以桂林爲八桂者誤。”

按,《漢書注》:“桂林，今桂州。番禺，今廣州。”考之地圖，桂陽在番禺西北，何得云在東乎? 范雲詩:“南中有八樹，繁華無四時。”陶潛詩:“亭亭凌風桂，八榦共成林。”褚禋詩:“誰謂重三珠，終焉競八桂。”《天台賦》:“八桂森挺以凌霜。”蓋八桂共成一林，非以桂陽爲桂林也。

2. 杜詩:“谷神如不死。”仇氏《詳注》云:“谷神即丹田之説。庾信詩虚無養谷神，舊解谷爲養，則谷神上不當加‘養’字。”

按,《老子》“谷神不死”，注云:“谷，養也。”《抱朴子》“咀吸日華，谷神太清”，庾肩吾《賦得嵇叔夜詩》“著書惟隱士，談玄止谷神”，又陶華陽墓誌“大德所以長生，谷神所以不死”，自當以養字解之。後漢高義方《清誡》“智慮赫赫盡，谷神綿綿存”，梁簡文帝《何徵君墓誌銘》"氣高瓊岳，心虛谷神"，王褒《明慶寺石壁詩》"石生銘字長，山久谷神虛"，《溫湯銘》"谷神不死，川德愈深"，則又不可以養字解矣。蓋心體虛無如空谷之神，故須養耳。

3.《容齋隨筆》曰："海一而已，北至於青滄，則曰北海；南至於交廣，則曰南海；東漸吳越，則曰東海。無由所謂西海者。《漢·西域傳》所云蒲昌海，疑亦渟居一澤爾。班超遣甘英往條支，臨大海，蓋即南海之西云。"

按，《山海經》："西北海之外，有山而不合，名曰不周。"《離騷經》："路不周以左轉兮，指西海以爲期。"《前漢·西域傳》："烏弋山離國西與犂靬、條支接。行可百餘日，乃至條支，臨西海。"又"于闐之西，水皆西流，注西海。"范史《西域論》："臨西海以望大秦，距玉門、陽關四萬里。"《隋書·裴矩傳》："發自燉煌，至於西海，凡爲三道，各有襟帶。北道從伊吾，經蒲類海至拂菻國，達於西海。其中道從高昌、焉耆，至波斯，達於西海。其南道從鄯善、于闐至北婆羅門，達於西海。"《唐書·西域傳》："有碎葉者，出安西西北千里，所得勃達嶺。由嶺北行贏千里，得細葉川。川長千里，西屬恒邏斯城，自此抵西海矣。"

又按，釋法顯記曰："度葱嶺，已入北天竺境。於此順嶺西南行十五日，有水名新頭河。自新頭河至南天竺，入於南海，四五萬里也。"安得謂甘英窮臨西海，蓋即南海之西耶？

4. 朱文公曰："自古無人窮至北海者。想北海只挨却天殼邊，其勢甚狹而長。"

按，《魏書》列傳："烏洛侯國在地豆于之北，去代都四千五百餘里。其國西北二十日行，有于巳尼大水，所謂北海也。"杜氏《通典》："流鬼國在北海之北，北至夜叉國。餘三面皆抵大海。骨利幹國居迴紇北方瀚海之北，其北又距大海，晝長夜短，煮一羊胛纔熟，而東方已明。”《唐書·骨利幹傳》“煮羊胛熟，日已出”，歐陽公詩“邇來不覺三十年，歲月纔如羊胛熟”，黄魯直詩“數面欣羊胛，論詩在雉膏”，正用此耳。

5. 張衡《靈憲》曰：“微星之數萬一千五百二十，海人之占所未詳也。”

按，唐開元中，測影使者太相元太云：“交州望極纔出地三十餘度，以八月自海中望老人星殊高。老人星下，衆星粲然，其明大者甚衆，圖所不載，莫辨其名。大率去南極二十度以上，其星皆見。乃自古渾天以爲常没地中，伏而不見之所也。”今西洋《南極星圖》有火馬、金魚、海石、十字架之類，即《靈憲》所云海人之占。《唐志》所云莫辨其名者也。《坤輿圖説》曰：“天下有五大州，利未亞州其地南至大浪山。航海過大浪山，已見南極出地三十五度矣。”

6.《唐·天文志》：“參伐爲戎索，爲武政。”

按，康成注《尚書大傳》曰：“參伐爲武府。”向以爲武府即武政也。近讀《管子》曰“武政聽屬”，房喬注曰：“以武爲政者聽於屬。”乃知“武政”二字所出也。

7.《新唐書·藝文志》：“蕭方《三十國春秋》。《容齋隨筆》曰：崔鴻《十六國春秋》，蕭方、武敏之《三十國春秋》。”

按，内典有大方等大集經。徐陵《傳大士碑文》“大乘方等，靈藥寶珠”，江總《大莊嚴寺碑》“弘宣方等，博綜圍陀”，皆謂此也。梁尚佛教，故元帝世子以方等爲名。據《梁書》，徐妃生忠壯世子方等，王夫人生貞惠世子方諸、愍懷太子方矩。兄弟皆雙名也。方等以母失寵，内不自安，嘗啓曰：“申生不顧其死，方等敢爱其生。”《南史》：“梁太清三年七月，遣世子方等討河南王譽，① 軍敗，死之。”方等爲雙名，歷歷可證。《綱目》亦書蕭方，無等字，非是。

8.《孟子》：“外丙二年，仲壬四年。”程子曰：“古人謂歲爲年。湯崩時，外丙方二歲，仲壬方四歲，惟太甲差長，故立之也。”

按，《竹書紀年》：“成湯十八年癸亥，王即位。二十九年陟。外丙名勝，元年乙亥，王即位，居亳。二年陟。仲壬名庸，元年丁丑，王即位，居亳。四年陟。太甲名至，元年辛巳，王即位，居亳。命卿士伊尹。”趙岐注《孟子》謂：“外丙立二年，仲壬立四年，皆太丁弟也。太甲，太丁子也。”時《竹書》未出，岐注先與之符，必有所據也。

9.《列女傳》云：“紂爲長夜飲，而諸侯有叛者。妲己曰：罰輕誅薄，威不立耳。紂乃重刑辟，爲炮烙之法。”

按，《竹書》：“帝辛元年己亥，王即位，居殷。命九侯、周侯、邘侯。三年，有雀生鸇。四年，大蒐于黎，作炮烙之刑。九年，王師伐有蘇，獲妲己以歸。”《列女傳》之説，出於漢儒，而《牧誓書疏》引之，殊失考也。

10. 曹植《螢火論》曰：“《詩》云‘熠燿宵行’，《章句》以爲鬼火，或謂之燐，未爲得也。天陰沈數雨，在於秋日，螢火夜飛之時也，故曰宵行。”

按，毛傳：“熠燿，燐也。燐，螢火也。”張揖《廣雅》曰：“景天、螢火，𧍧也。”𧍧音吝，爲螢火。毛傳“燐，螢火”，燐一作𧍧。説見《解詁》。則是作“燐”者，字之訛也。或引《淮南子》“久血爲燐”，

① “南”，《南史·梁本紀》作“東”。

以燐爲鬼火，因以爲毛傳之誤，非矣。

11. 杜牧《池州別孟遲先輩詩》：“好鳥響丁丁，小溪光汎汎。”

按，《爾雅》：“丁丁、嚶嚶，求友聲也。”牧蓋據之而誤以丁丁爲鳥聲。當依毛傳云：“丁丁，伐木聲也。”又劉夢得《嘉話》曰：“《毛詩》‘伐木丁丁，鳥鳴嚶嚶’‘出自幽谷，遷于喬木’，並無鶯字。頃歲省試《早鶯求友詩》，及《鶯出谷詩》，別書固無證據。斯大謬也。”

12. 《隋·天文志》云：“三國吴太史令陳卓始列甘氏、石氏、巫咸三家星官，著於圖録。”

按，《晋志》云：“班固以十二次配十二野。又費直説《周易》、①蔡邕《月令章句》，② 所言頗有後先。魏太史令陳卓更言郡國所入宿度。”此太史令陳卓是一人，而《晋志》誤吴爲魏。

又按，《晋戴洋傳》云：“元帝將登祚，使洋擇日。洋以爲宜用三月二十四日丙午。③ 太史令陳卓奏用二十二日。”是又一太史令陳卓也。

13. 杜詩：“已從招提游，更宿招提境。”注云：“魏太武始光元年創造伽藍，立招提之名。”

按，杜詩兩用“招提”，上招提指僧言，下招提指寺言也。指寺言者，如謝靈運有《石壁立招提精舍詩》。杜他日又有詩云“招提憑高岡”，是也。其指僧言者，如劉孝綽《棲隱寺碑文》“莫不嚴事招提，歸仰慧覺”，梁元帝《金樓子》云“余於諸僧重招提琰法師”，《梁安寺刹下銘》云“有識之所虔仰，無覺之所招提”，是也。

① “説”，原脱，今據《晋書·天文志》補。

② “章句”，原脱，今據《晋書·天文志》補。

③ “丙”，原作“景”，今據《晋書·戴洋傳》改。

14. 魏伯陽《参同契》曰："鄶國鄙夫，幽谷杇生。"朱子曰："魏君實上虞人，當作會稽，或是魏隱語作鄶。"

按，《地志》："會稽郡，秦置。漢高帝六年爲荆國，十二年更名吴國。"永建中，分置會稽郡。晋爲會稽國。至咸和三年，拜王舒爲撫軍將軍、會稽内史。舒疏父名會，乞換他郡。朝廷乃改會爲鄶。或當時本云"會國"而注録之家因改爲"鄶國"也。

15. 陳仁山《四書考》云："《唐志》曰：鶉首實沈，以負西海。其神主於華山，太白位焉。太白即鬼谷子授蘇秦以佐國之術處。"

按，《唐志》："降婁、玄枵以負東海，其神主於岱宗，歲星位焉。星紀、鶉尾以負南海，其神主於衡山，熒惑位焉。鶉首、實沈以負西海，其神主於華山，太白位焉。大梁、析木以負北海，其神主於恒山，辰星位焉。"此太白，即金星也。仁山碩學，何有是誤？及閲《山堂肆考》，亦引《唐·天文志》曰："其神主於華山，太白位焉。太白，即鬼谷子授蘇秦以佐國之術處。"仁山采之而不考其謬，可謂疎矣。

16. 李義山《爲懷州李中丞謝上表》曰："蘇公舊田，懷侯故邑。"注曰："懷侯，未詳。《韓詩外傳》武王更邢丘曰懷。《括地志》懷在武陟。歷考傳記，未有以此爲懷國之邑者。"

按，《寰宇記》曰："管叔廢絀。封康叔爲懷侯。"又按叔改封衛，此爲南宫氏國。周《南宫仲鼎銘》曰："王命太史括懷土，王曰：中，兹懷人。内史錫於琖，王作臣今括里汝懷土。"《括地志》曰："故懷城，周之懷邑，在懷州武陟縣西十一里。"《路史·國名記》有懷國，所謂懷侯故邑者，指此。中讀爲仲。或引懷姓九宗以實之，皆謬説也。

17.《筆叢》曰："阿環，上元名。王介甫《雪詩》：'瑶池渺漫阿環家。'方萬里謂阿環，王母名。王、方二子俱誤。"

按，《漢武内傳》："上元遣侍女答問王母云：阿環再拜，上問起居。"時上元未至漢殿，遣其侍女阿環來，故李義山《曼倩辭》"如何漢殿穿針夜，又向窗中覷阿環。"陳心叔《名疑》曰："阿環，上元侍女也。"《酉陽雜俎》："王母名回，字婉妗。"其説雖屬不經，而要以阿環爲王母名，則非。然以爲上元名，亦非也。

18.《彝器欵式》："漢武安侯鈁。"

按，許氏《説文》："鈁，方鐘也。"他書不見有此器，又漢田蚡、劉悛皆封武安侯，不知是誰器也。

19. 劉公幹《贈五官中郎將詩》："昔我從元后，整駕至南鄉。"《文選》注："元后，謂曹操也。至南鄉，① 謂征劉表也。"

按，史建安十三年秋七月，② 曹操南擊劉表。會表卒，子琮爲嗣。操至新野，琮遂舉州降。又曹丕爲五官中郎將在建安十六年，楨是時謂曹操爲元后。操甘心於簒漢者，皆若輩有以逢其惡也。又王仲宣《從軍詩》："籌策運帷幄，一由我聖君。恨我無時謀，譬諸具官臣。"聖君，謂操也。具官臣，粲自謂也。據《魏志》"建安二十年三月，公西征張魯"，魯及五子降。十二月，至自南鄭，侍中王粲作五言以美其事。夫操欲簒漢久已，此稱爲聖君，彼稱爲元后，真名教中罪人也。而昭明並録之而不削，抑已過矣。

---

① "至"，原脱，今據《文選》注補。

② "三"，原作"二"，今據《三國志·魏書·武帝紀》改。

20. 謝惠連《西陵遇風詩》:“昨發浦陽汭，今宿浙江湄。”注引晋灼《漢書注》:“江水至會稽山陰爲浙江。”

按,《山海經》“浙江出三天子都”，與岷江江水無涉。此晋注之誤，引之非也。

21. 韓文公《諫佛骨表》:“自黄帝以至禹、湯、文、武，皆享壽考，百姓安樂。當是時未有佛也。漢明帝時，始有佛法，其後亂亡相繼，運祚不長。宋、齊、梁、陳、元魏以下，事佛愈謹，年代尤促。梁武帝身爲寺奴，事佛求福，乃更得禍。”上怒，貶潮州刺史。

按,《唐書·姚崇傳》:“崇治令曰：今之佛經，羅什所譯，姚興與之對翻，而興命不延，國亦隨滅。梁武帝身爲寺奴，齊胡太后以六宫入道,① 皆亡國殄家。孝和皇帝發使贖生，太平公主、武三思等度人造寺，身嬰夷戮，爲天下笑。五帝之時，父不喪子，兄不哭弟，致仁壽，無凶折也。下逮三王，國祚延久，其臣則彭祖、老聃，皆得長齡。此時無佛，豈鈔經鑄象力耶?缘死喪造經像，以爲追福。夫死者生之常，古所不免。彼經與像何所施爲?兒曹慎不得爲此。”此又昌黎公《諫佛骨表》之藍本也。

22. 張衡《西京賦》:“集重陽之清澂。”薛綜曰:②“言神明臺高，上止於天陽之宇,③ 清澂之中。上爲陽，清又爲陽,④ 故曰重陽。”

按，天爲陽，天有九重，故曰重陽。《楚辭》云:“集重陽而入帝宫，造旬始而觀清都。”是重陽蓋圜則九重之謂也。

---

① “齊”,原脱,今據《新唐書·姚崇傳》補。

② “薛綜”,原作“索隱”,今據《文選·西京賦》注改。

③ “天”,原作“太”,今據《文選·西京賦》注改。

④ 此句薛綜注云“上爲清陽,又爲陽”。

23. 范至能《石榴詩》:“玉池嚥清肥，三彭迹如掃。”

按，鄧元錫曰:“石榴子白者名水晶石榴，道家謂之三尸酒。此范詩所由出也。”東坡《榧子詩》:“驅攘三彭仇，已我心腹疾。”意亦相似，而不必實有所指。

24. 阮籍登廣武，嘆曰:“時無英雄，使豎子成名。”史經臣曰:“豈謂沛公豎子乎?”東坡曰:“非也。傷時無劉項也。豎子謂晋魏間人耳。”

按，《漢紀》:韓信破齊，且欲擊襲楚。羽亦軍廣武，與漢相守。及信死，詔齊捕蒯通。通曰:“豎子不用臣之計，故令自夷于此。”籍所謂“使豎子成名”者，正謂淮陰豎子耳。籍是以遭時遇主如漢高者,① 自屬一世之英雄，何至令豎子成名?李白《弔古戰場詩》:“沈酣呼豎子，狂言非至公。”蓋譏其自許太過，以爲狂也。東坡以白爲誤，非。

25. 韓昌黎詩:“瘖蟬終不鳴，有抱不列陳。”陶隱居《本草》曰:“瘖蟬不能鳴者，雌蟬也。”

按，揚雄《方言》:“蟬，楚謂之蜩。寒蜩，瘖蜩也。”郭璞注云:“《月令》亦曰寒蜩鳴。知寒蜩非瘖者也。”然揚子以寒蜩、瘖蜩二者，楚人通謂之蜩也，豈以寒蜩爲瘖哉?《周書·時訓解》“寒蜩不鳴，人皆力爭”,《風土記》“寒螿鳴於夕”，王粲詩“寒蜩在樹鳴”，曹子建詩“寒蟬鳴我側”，寒蟬非瘖，人所知也。

26. 黄山谷《聽崇德君鼓琴詩》:“猶如優曇花，時亦出世間。”

按,《法華經》“如優鉢曇花，時一見耳。”東坡詩“優鉢曇花豈有

---

① “是”,中華本作“自”。

花”，皆用此也。《梁書》云：“波斯國中有優鉢曇花。”杜佑《通典》云：“優鉢曇花，鮮華可爱。”《廣志》云：“優鉢曇花似枇杷，不花而實，實不因花而生。”《本草綱目》云：“優鉢曇花，波斯謂之阿馹，又謂之底珍。”蘇黄二公猶未免爲《法華》所愚耳。

27. 杜詩：“波漂菰米沉雲黑。”施愚山曰：“沉雲黑，言黑如池水，見菰米之繁殖。”①

按，《周禮·膳夫》注：“苽，雕胡也。”賈氏曰：“今南方見有苽米，一名雕胡。”干寶曰：②“苽米，其米色黑。”庾肩吾《奉和山子納凉詩》“黑米生菰葑”，又有詩“秋菰成黑米”。菰蔣結實，至秋乃黑。則黑字屬苽，不屬波也。

28. 沈約《宋書》云：“漢武帝令樂人侯暉依琴作坎侯，即空侯也。”

按，《漢書·郊祀志》：③“禱祠泰一、后土，始用樂舞。益召歌兒，作二十五絃及空侯、瑟，自此起。”晋鈕滔母孫氏《箜篌賦》：“考兹器之所起，實侯氏之所營。”又楊方《賦序》“作兹器於漢代，猶擬《易》之《玄經》”。應劭曰：“箜篌，漢武帝令樂人侯調依琴作。”《宋書》云“侯暉”，恐字誤也。惟劉熙《釋名》以空侯爲師延作，不知何據？《隋書·禮樂志》又云：“箜篌出自西域，非華夏舊器。”杜氏《通典》謂“竪箜篌，胡樂也。漢靈帝好之。體曲而長，二十二絃。”又《後魏書》云：“烏洛侯國樂有箜篌，木槽革面而施九絃。”《隋志》以爲非華夏舊器，疑此類也。

---

① 中華本此句作“錢牧齋曰：菰米沉沉，象池水之玄黑，乃極言其繁殖”。
② “干”，原作“于”，今據中華本改。
③ “漢書”，原作“史”，今據《漢書·郊祀志》改。

29.《古令通韻》云："客有出《韻要》一書，謂石部有磁字，引羊士諤《和蕭侍御覧鏡詩》'歳晏豈磷磁'爲證。予謂此必緇訛。客以咏鏡，於緇何有？後見陳子昂《荆玉篇》'此玉有緇磷'，南巨川《賦得沽美玉》'緇磷志不移'，則咏玉亦著緇字，始知磁訛。"

按，陸賈《新語》："琥珀、珊瑚、翠羽、珠玉，山生水藏，擇地而居，磨而不磷，涅而不緇。"沈約《高士贊》："猶玉在泥，涅而不緇。"簡文帝《君子行》："君子懷琬琰，不使涅塵緇。"劉孝威《堂上行辛苦篇》："黄金坐銷鑠，白玉遂緇磷。"咏玉用緇字，不始唐人。

30. 張景陽《七命》："蹙封豨，[①] 僨馮豕。"《選注》曰："《淮南子》曰：吴爲封豨脩蛇。《小雅》曰：封，大也。《爾雅》曰：僨，僵也。僨或爲撌，非也。"

按，《字彙》引晋書"撌馬豕"，則撌是批擊之義，未始爲非。《通雅》引作"撌馬家"，誤矣。又《左傳》"后夔娶有仍氏女，生子伯封，實有豕心，故謂之封豕"。注家並以爲大豕，恐非。

31.《華陽國志》："公孫述廢銅錢，置鐵錢，百姓貨賣不行。鐵錢鑄始見此。"

按，史梁普通中，乃議盡罷銅錢，置鐵錢。人以鐵錢易得，盡皆私鑄。任昉《贈到溉詩》云："鐵錢兩當一，百易代名實。"蓋謂此也。宋太祖令收民間鐵錢鑄農器，給江北流民復業者。黄山谷詩"紫蔆可斸宜包貢，青鐵無多莫鑄錢"。蓋謂此也。

32. 王弇州《宛委餘編》云："蔡倫造紙，見《東觀雜記》。"

---

① "蹙",原作"促",今據《文選》改。

按，盛弘之《荆州記》：“蔡倫，漢順帝時人，始以魚網造紙。”張華《博物志》：“漢桓帝時，桂陽人蔡倫始擣故魚網造紙。”《後漢書》：“蔡倫，和帝中常侍。”按《漢紀》自和帝歷殤帝、安帝至順帝，又歷冲帝、質帝至桓帝，相距六七十年，而三書所言各異，意當從范史是也。

33. 趙德麟曰：“潘安仁餉人酒云：‘一經二經至五經。’乃五瓶也。”

按，《侯鯖録》曰：“陶人爲器有酒經，環口脩腹，可以盛酒受一斗。”徐淵子以三雅對五經，《研北雜録》記昔人《飲酒詩》云“登樓客在傳三雅，問字人來揖五經”，是也。

又按，《東觀漢記》曰“今日歲首請上雅壽”，注云：“雅，酒鬬也。”酒杯名雅，不始於劉表之子伯雅、仲雅、季雅也。

34.《元史》：“大都八百里以内，以天鵝、雌䳄、仙鶴、鵶、鶻賣者，即以其家婦子給捕獲之人。”

按，歐陽原功《漁家傲詞》：“水暖天鵝紛欲下，鷹房奏獵催車駕。”柯九思《宫詞》：“得雋歸來如奏凱，天鵝馳道入宫庭。”諷刺之意，蓋在言外。

35.《淮南子・墬形訓》曰：“海外有無繼民，雒棠、① 武人在西北陬。硥魚在其南。”誘注：“硥魚如鯉，有神聖者乘行九野，在無繼民之南。硥，音蚌。”

按，《括地圖》曰：“龍魚，一名鰕魚，而有神聖乘此以行九野。”是《淮南》所説硥魚即龍魚也。龙蓋爲龍之省文，硥當音龍。注云音蚌，非。

---

① “棠”，原作“常”，今據《淮南子・墬形訓》改。

36.《周禮·龜人》注:“東龜青,西龜白。左倪靈,右倪若。”賈疏引《爾雅》曰:“右倪不若。不若即若也。”

按,《墨子》:“夏后開使飛廉鑄鼎於昆吾,使翁難雉乙灼白若之龜。”蓋即所謂西龜白、右倪若也。《爾雅》不若即若,又即《詩》所謂於乎不顯,不顯即顯也。

37.《月令》:“鴻鴈來賓,雀入大水爲蛤。”鄭注曰:“來賓,言其客止未去也。”

按,魏摯《箛賦》“賓鳥鼓翼,蟋蟀悲鳴”,謝朓《郊廟歌》“榆關命賓鳥”,當即以賓鴻爲賓鳥也。《吕氏春秋》高誘注曰“賓雀入水化爲蛤”,張叔皮論曰“賓雀下革,田鼠上騰”,則誤以“賓”字屬下。又《古今注》曰:“麻雀一曰家賓”,李嶠詩“大厦初成日,家賓集杏梁”,則又因賓雀之訛,以瓦雀爲賓雀矣。

38.《尚書考靈曜》曰:“冬至日,月在牽牛一度。求昏中者取六項加三,旁蠡順布之。”鄭注曰:“蠡,猶羅也。”

按,《史記》“黄帝順天之紀,旁羅日月星辰”,陸倕《刻漏銘》“俯察旁羅”,即旁蠡也。用修以爲即今之羅盤,非矣。

39.《周七律記》曰:“揆觀琴制,舊惟五絃。少宫、少商,加二爲七。琴書所載,起於文武,實自周始。”

按,《通禮纂義》曰:“堯使無勾作琴。”揚雄《琴清英》曰:“舜彈五弦之琴而天下治。堯加二弦,以合君臣之恩。”則七弦不始周也。

又按,《魏氏春秋》曰:“孫登好讀《易》,鼓一絃琴。”《真誥》曰:“周大賓善鼓一絃琴。是教孫登者。”杜氏《通典》曰:“一絃琴有十二柱,柱如琵琶。”此一絃琴也。《雲山雜記》曰:“謝涓子魯人,作琴名龍腰,三絃。”《琴談》曰:“漢琴客張道作琴,名響泉,三絃。”此三絃琴也。《琴書》曰："琴本七絃，後漢蔡邕又加二絃，以象九星，在人法九竅。"《筆談》曰："太宗令待詔蔡裔增琴爲九絃。"此九絃琴也。《西京雜記》曰："高祖初入咸陽，周行府庫，見有琴長六尺，按十三絃，二十六徽。"此又十三絃琴也。

40. 李義山詩："錦瑟無端五十絃。"或曰："此詩當爲十五絃。《吕氏春秋》：朱襄氏作五絃瑟。瞽叟拌爲十五絃。"

按，《漢·郊祀志》"泰帝使素女鼓五十絃瑟"，高誘注《淮南子·覽冥訓》"《白雪》，太乙五十絃琴瑟樂名"，李長吉《上雲樂篇》"五十絃瑟海上聞"，義山《與王鄭二秀才聽雨夢後作》"雨打湘靈五十絃"，豈不爲五十絃明証哉？《爾雅注》："大瑟二十七絃。"《周禮樂器圖》："雅瑟二十三絃，頌瑟二十五絃。"温庭筠詩"二十三絃何太哀"，雅瑟也。又一詩"二十五絃彈夜月"，頌瑟也。《世本》"伏羲作瑟，四十五絃"，《帝王世紀》云"三十六絃"，則又所傳聞之不同也。

41. 黄伯思曰："按《刀劍録》：夏少康三年，商太甲四年，各鑄銅劍一，其文曰定光。"

按，《刀劍録》："啓子太康，歲在辛卯，三月春，鑄一銅劍。"又曰："殷太甲四年，歲次甲子，鑄一銅劍，長三尺，文曰定光。"今云"各鑄銅劍一，其文曰定光"，非是。又《竹書紀年》"帝太康元年癸未，四年陟"，無辛卯。"太甲元年辛巳"，四年是甲申，非甲子也。其説都無足據。

42. 朱子《小學》云："孫思邈曰胆欲大而心欲小，智欲圓而行欲方。"

按，計然子曰："凡人之道，心欲小，志欲大，智欲圓，行欲方。"孫思邈曰："心爲之君，君尚恭，故欲小。《詩》曰'如臨深淵，如履薄冰'，小之謂也。胆爲之將，以果决爲務，故欲大。《詩》曰'赳赳武夫，公侯干城’，大之謂也。仁者静，地之象，故欲方。《傳》曰‘不爲利回，不爲義疚’，方之謂也。智者動，天之象，故欲圓。《易》曰‘見幾而作，不俟終日’，圓之謂也。”以此言之，蓋是心欲小而胆欲大，仁欲方而智欲圓。孫蓋因計然之語而爲之釋其義。①《小學》引之，則又誤仁欲方爲行欲方也。

43.《唐書·五行志》:“大中十年，舒州吴塘堰有衆禽成巢，濶七尺，高一尺。水禽山鳥，無不馴狎。中有如人面緑毛紺爪嘴者，其聲曰甘，人謂之甘蟲。”

按，《隋·五行志》:“陳后主時，蔣山有衆鳥，鼓翼而鳴曰：奈何帝。”《唐書·董昌傳》:“中和時，鳥見吴越，四目三足，其鳴曰羅平天册。”此《周禮·庭氏》所謂妖鳥若神者也。鄭氏曰：“神謂非鳥獸之聲，或叫於宋太廟譆譆詘詘者。”是也。

44.《楚辭·九思》云：“思丁文兮聖明哲，哀平差兮迷謬愚。吕傅舉兮殷周興，忌嚭專兮郢吴虚。”王逸注云：“丁，當也。文，文王也。”

按，《離騷經》:“説操築於傅巖兮，武丁用而不疑。吕望之鼓刀兮，遭周文而得舉。”豈非丁文之證乎？今云吕傅舉兮殷周興，豈非武丁舉傅、文王舉吕乎？平，楚平；差，夫差；忌、嚭，皆吴、楚佞臣，詞意甚明，以丁爲當，蓋謬也。

45.胡元瑞曰：“象戲之製，載《太平御覽》，用修似未睹也。又周武所造象戲，與今俗象戲迥不同。亦無楊所謂孤虚衝破也。”

---

① “計”,原作“季”,今據上文改。

按,《御覽》所載,即王褒《象經序》也。一曰天文,二曰地理,三陰陽,四時令,五算數,六律吕,七八卦,八忠孝,九君臣,十文武,十一曰禮儀以制其則,十二曰觀德以考其行。元瑞於十二下無所述,但曰《御覽》缺此二字,則元瑞仍未睹也。又庾信《象戲賦》曰:"應對坎而衡離,或當申而取未。"亦未始無孤虚衝破也。

又按,《隋書·郎茂傳》:①"周武帝爲《象經》。高祖從容謂茂曰:②人主之所爲也,感天地,動鬼神。而《象經》多糾法,③何以致治?④茂竊嘆曰:此言豈常人所及!"因念漢帝之彈棋,唐宗之擊踘,周武之象戲,無益於治,徒以階亂。人主之所爲,可不慎乎!

46. 顧炎武《日知録》曰:"三代以上,人皆知天文。七月流火,農夫之辭也。三星在天,婦人之語也。月離于畢,戍卒之作也。龍尾伏晨,兒童之謡也。後世文人學士,有問之而茫然不知者。"

按,秦苻生時,有奏:太白犯東井者。言東井秦分,太白謫見,必有暴兵起於京師。生曰:"星入井者自爲渴耳,⑤何足怪乎?"⑥又北齊源師攝祠部,謂高阿那肱曰:"龍見當雩。"阿那肱驚曰:"何處龍見?其色何如?"皆此類也。

47. 茅鹿門《漢書·王褒傳》以褒作中和樂爲句,職先布詩爲句。

按,《何武傳》"使辨士王褒頌漢德,作《中和》《樂職》《先布》

---

① "郎",原作"郭",今據《隋書·郎茂傳》改。
② "高祖",原作"隋文",今據《隋書·郎茂傳》改。
③ "糾",原作"亂",今據《隋書·郎茂傳》改。
④ "治",原作"人",今據《隋書·郎茂傳》改。
⑤ "自爲",《晋書·苻生傳》作"必將"。
⑥ "足",《晋書·苻生傳》作"所"。

詩三篇",① 師古曰:"樂職,謂百官萬姓之樂得其常道也。"茅以"中和樂"爲樂篇之名,與《武傳》云"詩三篇"舛矣。

48.《山堂肆考》云:"無爲州西北有墨池,宋米芾爲守時所穿,初厭池中蛙鳴,取瓦書字投之。自是無蛙鳴。"

按,吴僧《贊寧感應類從志》"甑瓦之契,投梟自止",注云:"以故瓦書契字置墻上,忽聞梟鳴,取以投之,即不敢更鳴。"亦此類也。《周禮·䂂蔟氏》:"覆妖鳥之巢,以方書日月星辰歲之號,懸其巢上,則去之。"是古者已有是術。

49.《尚書大傳》:"別風淮雨。"

按,《隋書》虞綽《大鳥銘叙》:"聖德遐宣,息別風與淮雨。休符潛感,表重潤於夷波。"是"別風"爲"烈風"之訛,"淮雨"爲"淫雨"之訛也。

50. 張揖《博雅》曰:"昌光、握譽爲祥氣。"

按,《天官書》曰"地維藏光,見有德者昌",疑即爲昌光也。《孝經援神契》曰:"喜則含譽射。"《荆州占》曰:"含譽似彗。"《通考》曰:"大中祥符七年正月己酉,含譽星見,似彗,有尾而不長。"與周伯星同占。疑即爲握譽也。

51. 張揖《博雅》曰:"天地闢,設人皇以來至魯哀公十有四年,積二百七十六萬歲。"

按,自周敬王四十一年壬戌孔子卒,至於宋慶元三年丁巳一千六百七十六年,文公是年正旦書於藏書閣下東楹。蓋文公以道統自任之意也。

---

① "先",《漢書·何武傳》作"宣"。

附　録

一、《清史稿·徐文靖傳》

徐文靖，字位山，當塗人。父章達，以孝義稱鄉里。文靖務古學，無所不窺。著述甚富，皆援據經史。雍正改元，年五十七，始舉江南鄉試。侍郎黄叔琳典試還朝，以得三不朽士自矜，蓋指文靖及任啓運、陳祖范也。乾隆改元，試鴻博，不遇。詹事張鵬翀以所著《山河兩戒考》《管城碩記》進呈，賜國子監學正。十七年，徵經學，入都。會開萬壽恩科，遂與試。年八十六，以老壽賜檢討，給假歸。卒，年九十餘。其所著又有《周易拾遺》《禹貢會箋》《竹書統箋》諸書。

二、《四庫全書提要·管城碩記》

國朝徐文靖撰。文靖號位山，當塗人，雍正癸卯舉人。乾隆元年薦舉博學宏詞，十七年薦舉經學，特授翰林院檢討銜。此其所作筆記，自經史以至詩文，各加辨析考證，每條以所引原書爲綱，而以已按爲目，蓋欲小變説部之體，其大致與箋疏相近。其間疏漏之處，讀《易》據梁武以解《文言》，而王應麟之輯鄭注反未之見。至於讀史引證，乃及於潘氏之《總論》、劉定之之《十科策略》、蔡方炳之《廣治平略》、廖文英之《正字通》、陰時夫之《韻府群玉》，皆未免齗齗俗學。然其推原《詩》《禮》諸經之論，旁及子史説部，參互考證，語必求當，亦頗能有所發明，要可謂博而勤者矣。乾隆四十一年十月恭校上。

三、《四庫全書總目提要》卷一百十九子部雜家類

《管城碩記》三十卷提要，兩江總督采進本

國朝徐文靖撰。文靖有《禹貢會箋》，已著録。此其筆記也。自經史以至詩文，辨析考證。每條以所引原書爲綱而各繫以論辨，略似《學林就正》之體，而考訂加詳，大致與箋疏相近。若其讀《易》據梁武以解《文言》，而王應麟所輯鄭注尚未之見。讀史引證，乃及於潘榮之《總論》、劉定之之《十科策略》、蔡方炳之《廣治平略》、廖文英之《正字通》、陰時夫之《韻府羣玉》。斯皆未免汨於俗學。要其推原《詩》《禮》諸經之論，旁及子史説部，語必求當，亦可謂博而勤矣。

四、《四庫全書簡明目録·管城碩記》

《管城碩記》三十卷，國朝徐文靖撰。皆辨析典籍之疑誤，每條以原書爲綱，各系以考證，略如陳耀文《學林就正》之體，而論説加詳。

五、《周中孚鄭堂讀書記·管城碩記三十卷題記》

國朝徐文靖撰，《四庫全書》著録。是編乃其考訂古書訛

誤而作。凡《易》二卷。《書》《詩》《春秋》各三卷，《禮》二卷，《楚辭集注》四卷，《史類》三卷，《正字通》四卷，《詩賦》二卷，《天文考異》一卷，《楊升庵集》一卷，《通雅》一卷，《雜述》一卷，共一千二百八十四則（今注：與實際數目不同）。每一則以前人之言爲客，復加按字以相駁難。或所援引者甚多，則又加按字、據字，不厭其複，總以考證明確爲主。《自序》稱"窮年繙閲，掩卷輒忘，故不得已而托之管城子，假以記室"，而取《小雅》"蛇蛇碩言，出自口矣"，名之"碩記"。其書博引群書，捃摭秘冊，或一説而取證十説，必求其正且大，使之有可信無可疑而後已，則誠可以爲記之碩者矣。然如《正字通》之類，本無人尊奉之者，何勞詞費，而輒與古書并加指摘，何其不憚煩耶？前有《自序》《凡例》及合河孫靜軒嘉淦、永陽明恕齋晟二序，又有何鑫鋤庭樹、其婿胡寧倉、唐時敏、侄婿毛大鵬四跋。

六、叙跋

（一）讀古人之書，而自謂了了無可致疑，此其人正不可與論古。蓋好古而能信聖人也，蓄疑求信以期進於聖人之道者，學者事也。此徐生《管城碩記》所繇譔與？

碩者何？實也，大也。《易》之《大畜》曰："篤實輝光。"又曰："多識前言往行以畜其德。"則碩之義也。今是記於《易》《詩》《書》《春秋》《三禮》傳注，上而儀象，下而山川名物，以及於諸子百家，遇有可疑，一一而取證皆有所考究。先之前人之言以爲端，加之案以發其義，著之事以徵其實。博引群書，捃摭秘冊，或一説數十説，必求其正且大，使之有可信無可疑而後已。則誠可以爲記之碩者。

余嘗謂士人讀書，但當息心静氣以折衷理之至是，初不必毛舉他人之短，以矜一己之長。然或經傳、子史、事理、名物，訛以傳訛，轉相承襲，初學不知而信爲誠然，貽誤將來，伊於胡底！

夫古人校書，不厭詳慎，而或至未免激烈，如所謂《左氏膏肓》《穀梁廢疾》《公羊墨守》，而又有鍼者起者發者。至《新唐書》之《糾謬》，《通鑒》之《辨誤》，小顔之《匡謬正俗》，則似尊己過高，而責人以謬誤者太顯。今但云《碩記》，其所爲是正可否，裒集古人之成説，祛疑從信，而不敢妄參己意以自詡詡然誇論古之識者。余以爲有當於聖賢之旨，殆可與進於道也。

而或者疑之，謂揚子雲作《方言》，郭景純注之，復爲之叙，以爲洽見之奇書，不刊之碩記。今自云"碩記"，可乎？余曰不然。揚子《太玄》曰"我心孔碩"，《崧高》之詩曰"吉甫作頌，其詩孔碩"，是皆自以爲碩者。於徐生何疑焉？徐生向留心著述，其所著《禹貢證發》《山河兩戒考》諸書，久已見稱於世。余於是記，益信其讀書好古，蓄疑求信，洵可與進於道也。爰欣然搦管而爲之叙。

時乾隆二年，歲次丁巳，春仲中澣之吉，年家眷侍生合河孫嘉淦題於燕山宅舍。

（二）當塗位山徐先生，予同年友也，篤志好古，博極群書，著作等身，立言不朽。雍正癸卯恩科歌《鹿鳴》而游京師，名公鉅卿，咸以閉户先生目之。以故巾車所至，賞晰奇疑，户外之屨常滿。

予愧竊禄風塵，簿書鞅掌，高山仰止，時切景行，彈指二十年矣。今上龍飛御極之元年，詔舉博學鴻詞，私心竊喜曰："大江以東有徐君者，必與其選。"既而果登薦牘。雖天禄、石渠猶虚前席，而同聲稱慶，海内翕然，亦足信今而傳後矣。

乃先生玩碩果之占，借然藜之照，役管城子鉤玄提要，口吟身披，扃户著書，老而不倦。家徒四壁，環堵蕭然，先生處之晏如也。邇者聘主翠螺書院，講席雍容，生徒日益，恂恂雅飭，裁就良多。蘇湖宗風，於今未墜，居是邦者，抑何厚幸歟！

予適奉命而來，承乏太郡，曠覽江山，人文最盛。下車之後，有事觀風，甫得禮謁先生於講舍。謙和静穆，如坐春風中。傾吐夙懷，大慰飢渴。爰出所著《管城碩記》三十卷，上自《六經》，旁及子史雜集，因文審義，校字辨音。凡漢唐以來注疏諸家傳訛者，靡不訂正。旁徵博引，考據精詳。千古疑團，涣然冰釋。述而不作，竊比老彭，厥功豈淺鮮哉！嗚呼！秦灰方焰，大雅云亡。煨燼之餘，竹帛散佚。傳述之際，訛誤相仍。非好學深思之士，貫通三極，别白源流，詎易撥雲霧而睹青天也！恭遇聖天子右文稽古，經學昌明，復論直省大吏并督學使，采訪遺書，凡足羽翼聖經者，搜羅登進。而先生是編，觀厥成於此日，藏山懸國，意在斯乎？予得先天下而窺其全豹，樂何如也！運值天地之和，居得山川之秀，質之往代而不悖，傳之奕世而無疑，於歷聖爲功臣，于諸儒爲益友，嘉惠後學，宗主斯文，微先生其誰與歸？行將徵車下逮，需次銓曹，拜獻先資，於是乎在。予知處爲名士，出爲名臣，經術湛深，樹立宏遠，又豈徒戔戔然沉湎殘編蠹簡，讐挍魯魚豕亥而已哉？

時乾隆七年，歲在壬戌，長至後三日，永陽年眷弟明晟恕齋氏頓首拜題古丹陽郡之觀我軒。

（三）聞之讀書難，校書尤難。蓋聚天下之書而讀之，摭其華不茹其實，非真能讀書者也。抑聚千古之疑而析之，語焉不精，略焉不詳，非真能校書者也。岳父位山翁有慨於此，臚列先代之貽書，坐誦彌年，探嘖索隱，鉤深提要，凡經史子集，傳注箋釋，踳駁舛馳，聚訟盈庭，不可究詰者，一一冥搜遐討，必求確有所證據，日而積之，月而累之，裒爲《管城碩記》三十卷。俾讀者按文求義，即字審音，靡不爽然於口，瞭然於心，夙昔之迷津頓渡，世俗之疑案全消，讀書樂事，無過於此。其用功於讎校者，爲何如也？

夫古人謂校書如掃葉，旋掃旋落。抑謂校書如拂塵，旋拂旋生。至若緒雨新晴，秋風迅捲，碧天如洗，白日高懸。此情此景，不可多得，而校書者之能事畢矣！向非讀書破萬卷，下筆無點塵，安能考據精詳若是哉？

敏捧讀之下，如泛大海得奉指南，謹掇管綴數語於後。門下子壻唐時敏百拜謹識。

（四）書苟無當於前賢，無裨於後學，雖刊而布之，覆瓿物耳。嘗慨世之讀書者，略觀大意，不求甚解。即一二汲古之士，率皆穿鑿附會，強作解人。此經傳子史騷賦雜集，箋注承訛，互相祖述，其繇來久矣。岳父位山翁自少資秉穎異，十行俱下，而又沉酣典籍，旁搜冥討，凡天地山川、艸木蟲魚，爲類雖夥，無不辨之至精，而察之至細。間有諸儒聚訟，疑信相參，先後互異處，一字一句，不敢以輕心掉之。今日之所疑，閱異時而更糾其謬；此部之所惑，觸他書而盡發其蒙。原原本本，確有證據，命之曰《管城碩記》。俾讀者了然於口，輒了然於心。其有功於前賢，裨於後學者，何如？刊而布之，以廣厥傳，洵一時之不刊之碩記與！

寧不才，獲游門下，竊見於丹陽石臼之間，闢一畝之宫，蒔花植木，爲藏脩游息之所。寒燈殘焰，雞鳴月落，口湓手披，略無虚日。至義微言，悉深有得於聖賢之旨，以視世之略觀大意，穿鑿附會，而漫無所決擇者，不且雲泥之別耶！爰不揣謭陋，遂於剞劂氏告竣之後，聊尾數言，以誌青雲之附云。子婿胡寧蒼謹跋。

（五）天地理數之變幻，古今載籍之煩賾，莫可紀極。洞然於胸，有所見而發爲文章，著爲論説而記之，名以傳學者，拈數寸管，搜奇索隱，窮歷浩渺，思兼收博覽，盡管城之能事，將摭獵前人，驚愚飾智。求其出一言而千百世之心胸頓開，疑案頓釋，蓋往往難之。先秦、晋、魏之文多尚瑰瑋。漢人以經術名世，臆説固多。唐取士重科目，一時競爲聲調。至宋儒注疏之學，周、程、張、朱外，著述多而惑滋甚。有明諸子門户分列，所謂經世不刊者蓋寡。他如驅騁字畫，雕鏤蟲魚，則折衷益靡所定矣。夫士君子欲出其胸臆，參互考訂，以成一代大著作，苟非網羅補益，爲功於先儒，不易於論定，則不足以傳世而解惑。雖矜淵博，毋抑強顔蔓辭而好爲饒舌乎？且夫支遁之愛馬，米癲之愛石，非盡馬與石也，精明者用，爐錘者心，廣而蓄之，擇而識之，雖馬與石，而吾學之取數亦藉是以傳。

位山先生之有《管城碩記》也，予不富其學而信其傳，於是乎書。癸亥仲冬書於別墅之南窗，翠螺學晚何庭樹心鋤氏拜跋。

（六）叔岳位翁於天下書無不讀，讀不過三復，大義微言，瞭然心目。所著《禹貢證發》《山河兩戒攷》諸書，久已風行海内。學者想望其風采，其問奇而造訪者，殆無虚日。今上元年丙辰歲，大司馬奉新甘公、都掌院合河孫公同薦舉博學鴻詞，中外翕然稱慶。宫詹張南華先生贈聯云“承家舊學諸儒問，脱手新詩萬口傳”，蓋篤評也。

丁巳南旋，扃户著書，復理其平時所筆記者，會粹成書，次三十卷，命之曰《管城碩記》。凡經傳、子史、雜集，疑訟未決者，悉皆剖雪無訛，洵所謂不刊之碩記也。

先岳父冠山老翁宦後著書，簒有《經言茹實》二十卷，隨將授之剞劂氏，共編爲《花萼》一集，鼓吹《六經》，囈華百氏，咸萃於一門，厥功偉哉！

時乾隆九年，歲在甲子孟春上浣，門下侄壻毛大鵬雲軒謹跋。